插图本
名著名译
丛 书

插图本名著名译丛书

上

苦难历程

Хождение по мукам
А. Н. Толстой

〔苏联〕阿·托尔斯泰 著

王士燮 译

人民文学出版社

А. Н. ТОЛСТОЙ
ХОЖДЕНИЕ ПО МУКАМ
据 ГОСУДАРСТВЕННОЕ ИЗДАТЕЛЬСТВО ХУДОЖЕСТВЕННОЙ ЛИТЕРАТУРЫ, МОСКВА,1961 年版译出

图书在版编目（CIP）数据

苦难历程：全2册／（苏）阿·托尔斯泰著；王士燮译.—北京：人民文学出版社，2021

（插图本名著名译丛书）

ISBN 978-7-02-014714-4

Ⅰ.①苦… Ⅱ.①阿…②王… Ⅲ.①长篇小说—俄罗斯—近代 Ⅳ.①I512.45

中国版本图书馆CIP数据核字（2018）第280755号

责任编辑　李丹丹
装帧设计　刘　静
责任印制　任　祎

出版发行　人民文学出版社
社　　址　北京市朝内大街166号
邮政编码　100705

印　　刷　三河市宏盛印务有限公司
经　　销　全国新华书店等

字　　数　873千字
开　　本　880毫米×1230毫米　1/32
印　　张　31.75　插页6
印　　数　1—5000
版　　次　1997年11月北京第1版
印　　次　2021年11月第1次印刷

书　　号　978-7-02-014714-4
定　　价　128.00元（全二册）

如有印装质量问题，请与本社图书销售中心调换。电话：010-65233595

出 版 说 明

　　人民文学出版社自上世纪五十年代建社之初即致力于外国文学名著出版，延请国内一流学者论证选题，优选专长译者担纲翻译，先后出版了"外国文学名著丛书""世界文学名著文库""二十世纪外国文学丛书""名著名译插图本"等大型丛书和外国著名作家的文集、选集等，这些作品得到了几代读者的认可。丰子恺、朱生豪、傅雷、杨绛、汝龙、梅益、叶君健等翻译家，以优美传神的译文，再现了原著风格，为这些不朽之作增添了色彩。

　　2015年，精装本"名著名译丛书"出版，继续得到读者肯定。为了惠及更多读者，我们推出平装版"插图本名著名译丛书"，配以古斯塔夫·多雷、约翰·吉尔伯特、乔治·克鲁克香克、托尼·若阿诺、弗朗茨·施塔森等各国插画家的精彩插图，同时录制了有声书。衷心希望新一代读者朋友能喜爱这套书。

人民文学出版社
2018年1月

目　次

第一部　两姐妹……………………………………………… 1

第二部　一九一八年……………………………………… 289

第三部　阴暗的早晨……………………………………… 607

前　言

　　《苦难历程》这个书名来自俄国古代伪经《圣母历难记》。本书虽然没有正面描写十月革命，然而书中所反映的正是苏联十月革命前后的社会变革和无产阶级革命的历史进程。小说的时间跨度从一九一四年开始，经过第一次世界大战、二月革命、国内战争，到一九二〇年初为止，历时六年。应该说在这六年间，俄国人民为了创建世界上的第一个社会主义国家经历了真正苦难的历程。对十月革命如何评价，在当时和现在的俄国以及全世界都有不同的见解，然而不论褒或贬，这部小说都有历史文献的价值，可以帮助读者认识十月革命的各个方面。

　　如果考虑到作者是贵族出身，从不赞成十月革命而迁居国外到返回祖国讴歌十月革命，确实在心灵深处经历了一番苦难的历程。这是"作者的良心所经受的一段痛苦、希望、喜悦、失望、颓丧和振奋的历程"。也许读者会从书中找到败笔，但是无论如何，我们可以相信作者的真诚，因为作者确实努力反映这段历史事实的本来面貌。

　　阿列克谢·尼古拉耶维奇·托尔斯泰(1883年1月10日—1945年2月23日)生于萨马拉省尼古拉耶夫斯克。从小受过良好教育。他的母亲是作家，对他后来成为作家有很大影响。他从一八九九年就开始写诗，到一九〇九年为止曾出版过两本诗集，这个时期的诗作主要受象征派影响。一九〇八年他发表第一篇小说，到十月革命前夕，他已是崭露头角的青年作家了。代表作有《怪人》(1911)、《跛老爷》(1912)等。这些小说的题材都是写贵族的荒唐和没落。

　　青年时代的托尔斯泰在政治态度上是摇摆的，在一九〇一年到一九〇四年的俄国革命高潮时期，他曾积极参加社会民主党所领导的学生运动(但他没参加社会民主党),热烈欢迎一九一七年的二月革命,并担任书刊注册委员。十月革命时,莫斯科发生巷战,他参加护楼值勤,表面上中立,实际上同情临时政府。一九一七年曾在白军邓尼金的宣传部工作。一九一九年春离开俄国,侨居巴黎,后来移居柏林。将近五年的流亡生活,使他无时无刻不怀念祖国。"侨居国外是我一生中最痛苦的时期。在国外我终于明白,做一个受歧视、远离祖国、无足轻重、无所作为、在任何情况下都不为人所需要的人是什么滋味。"一九二三年八月,他携家返回祖国。在最初的十年里,他一直被当作同路人,但他孜孜不倦地写作,写出一生中最重要的作品《苦难历程》和《彼得大帝》。一九三四年他被选为苏联作协委员,一九三九年被选为苏联最高苏维埃代表和科学院院士。

《苦难历程》的第一部《两姐妹》写于一九二〇至一九二一年,一九二二年在柏林出版,回国后经作者修改,一九二五年在莫斯科重版。第二部《一九一八年》写于一九二七至一九二九年,一九二八年开始在《新世界》杂志上发表。第三部《阴暗的早晨》写于一九三九至一九四一年六月二十二日,完稿的那天恰巧是德国法西斯入侵苏联的日子。这三部曲的写作几经停顿,前后历时二十多年,所以无论在创作方法、人物形象、小说体裁和语言风格上都有很大变化。

第一部《两姐妹》虽然写于十月革命后,但其创作方法仍是旧的,可以归为批判现实主义范畴。小说的体裁可以归入社会小说,但也确实以卡佳的家庭悲剧和达莎的爱情故事为框架,只是这些悲剧和故事都以第一次世界大战为背景,这是向历史小说过渡的基础。所以第一部的主要人物就是卡佳和达莎两姐妹。卡佳从与丈夫吵架、出走、归来、重病、丈夫的死和自杀未成到跟罗辛结合,构成一条线索。达莎从被诱惑到与捷列金的相遇、离别和重逢,构成另一条线索。作者在两姐妹中间似乎也有所偏重,笔触大多落在达莎身上,把她的春心萌动写得淋漓尽致,即使到了危险的边缘,总能逢凶化吉。

捷列金和罗辛只能看作两姐妹的陪衬和烘托。当然他们也有各自的命运。捷列金虽然不是自觉的革命者,但他出身微贱,跟工农结合比较容易,而罗辛出身贵族,又是高级军官,所以他从一开始就反对十月革命。作者在回国后对第一部进行了重大修改,着重修改的是共产党人阿昆金和库兹马的形象,其次便是削弱罗辛的反共情绪和增加了捷列金关于伟大俄国的长篇议论。如果说两姐妹在第一部占重要地位的话,那么到了第二、三部便降到次要地位,而捷列金和罗辛的经历则占据了更重要的地位,也占了更多的篇幅。作者就是用这四个人悲欢离合的故事来编织整个国内战争的浩大场面。这正是历史小说的惯用手法。《两姐妹》还有一个重要内容,就是对资产阶级代表人物及资产阶级文艺流派的批判。如对卡佳的丈夫斯莫科夫尼科夫律师和对诗人别索诺夫的批判,对未来派的虚无主义和对无政府主义的批判等。

　　作者在着手写第二部之前,阅读了大量资料,到内战战场实地考察,询问当事人。作者追求的是"严格的史实精神",所以几乎每章开头都介绍内战战场的实际情况,虽然有时与故事情节缺乏密切联系,但是构成了故事发展的背景和小说的框架。第二部也可分出两条线索,反映十月革命后俄国知识分子所走的不同道路。捷列金投奔革命,上前方打仗,而罗辛则寻找白军,走上反革命道路。达莎也落入反革命阴谋的圈套中,但未构成独立的线索。卡佳落入马赫诺匪巢,只是为罗辛寻找她而埋下的伏笔。第二部登场的人物特别多,第一部大约仅九十五人,第二部则多达二百余人,第三部虽然篇幅最长,却只有六十人左右。作者很善于写次要人物,在第二部中出场的,除开索罗金及其部下外,主要是马赫诺匪帮及其部下,克拉西利尼科夫一家以及红军战士克瓦申、游击队员皮亚夫卡。作者对这些人物的描写虽然只有寥寥几笔,却都写得栩栩如生。按作者的说法,第二部主要是写农民,即写十月革命对农民的影响和农民在国内战争中的作用。

　　第三部《阴暗的早晨》在结构上跟第二部一气呵成。捷列金在第三部中一帆风顺,虽然挂了花,却因此而与达莎重逢。罗辛则要通过在马赫诺匪帮中经受考验,并在攻城中负伤之后,才弃暗投明,终于跟捷列金合作。达莎在戏剧方面发挥了才能,而卡佳的命运带有传奇色彩,虽然受马赫诺匪帮和阿列克谢的威逼,却终于脱险并成为自食其力的教师,达到了性格上的完善。如果说第二部写的阴暗面较多的话,那么第三部里塑造出像伊万·戈拉、阿格里皮娜、拉图金和阿尼西娅等正面人物,标志着作者在创作方法上的重要转变。第二部和第三部里真实人物较多,其中不论革命领袖(如列宁)或白军首领(如邓尼金),都写得恰如其分。

就语言的风格而言,第一部写得比较文雅,而第二部则比较芜杂,方言土语较多,这与作者力求反映"史实精神"不无关系。第三部则写得干净明快,人物比较集中,前后的衔接也天衣无缝。

最早翻译《苦难历程》的是瞿秋白先生,可惜译稿尚未出版便毁于淞沪抗战。一九四〇年香港出过蔡咏裳女士的删节本《黑暗与黎明》。一九五〇年三联书店出版了郑伯华的《两姊妹》。一九五二年平明出版社出版朱雯先生的全译本(从英语转译),一九五八年人民文学出版社又出版朱雯先生的新译本。这些译本对我都有帮助,特在此表示感谢。

王 士 燮

第一部

两姐妹

啊，俄罗斯的土地！

(《伊戈尔王子远征记》)

第 一 章

一个外地的观光者，从椴树成荫的偏僻小巷来到彼得堡，当他仔细观看的时候，便会产生一种复杂的感情——既精神振奋，又心情沮丧。

当他漫步在雾气弥漫的笔直的大街上，经过阴森森的楼房，窗户黑洞洞，门前还站着昏昏欲睡的扫院人；当他凝望涅瓦河浩浩荡荡、阴阴沉沉的河水；凝望大桥天蓝色的线条和桥上一对对不等天黑就亮了的路灯，凝望既不舒适也不美观的皇宫的柱廊、彼得保罗大教堂高得突兀的非俄国式尖顶、飘摇在黑魆魆的河水里的简陋小船、靠在花岗岩堤岸旁数不清的运送湿木柴的驳船；当他打量行人的面孔发现人人心事重重、脸色苍白而眼神像城中的烟雾一样朦胧的时候——一旦他看到并能领略这一切，他如果是安分的人，便会把头深深埋进衣领里，如果是不安分的人，便会想：狠打一锤，把这静止的迷人景色砸个落花流水该有多好！

早在彼得一世在位的时候，圣三一教堂(这座教堂至今还在，位于圣三一桥旁)的敲钟人，有一次从钟楼上下来，昏暗中恍惚看见一个妖精——披头散发、骨瘦如柴的妖婆——吓得魂不附体，后来跑到一家酒馆大喊起来："彼得堡将来要空的。"他为这句话被抓到秘密厅①严刑拷打。

大约从那以后，大家便怀疑彼得堡闹鬼。有的说亲眼看见魔鬼坐着马车在瓦西里岛的街上走。有的说一天深夜下暴雨，河水猛涨，皇帝的铜像从花岗岩石座上下来，骑着铜马在石头道上奔跑。又有的说一个刚死的小官吏，爬到三等文官老爷的带篷马车上，脸贴着玻璃窗不肯下来。许

---

① 秘密厅是彼得一世于一七一八年设立审讯政治犯的机关，于一七二六年撤销。

多类似的谣言在城里传来传去。

就在不久以前，诗人阿列克谢·阿列克谢耶维奇·别索诺夫有天夜里坐着华丽的马车往岛上走，路过一道拱桥，透过撕裂的云层看见天上有颗星星，便噙着眼泪望着星星想：这华丽的马车，这迤逦的路灯和他身后沉入梦乡的彼得堡，不过是一种幻想，是他这被美酒、爱情和苦闷所陶醉的头脑里出现的幻影。

二百年像梦一般地逝去了：屹立在大地边缘和沼泽、荒野之中的彼得堡，曾梦想过无上的光荣和无边的权力；宫廷政变、谋弑国君、凯旋和血淋淋的斩首示众，如同昏迷中出现的幻影一闪即逝；软弱的女人曾经掌握半神的权力；人民的命运决定于被揉皱了的热被窝之中；膀阔腰圆、双手沾过泥土而发黑的棒小伙子也来到这里，大胆靠近宝座，以便分享权力、床笫和拜占庭式的豪华。

邻国都恐惧地注视这些乖戾想法的疯狂发作。俄国人民垂头丧气、战战兢兢恭听京城的呓语。国家用鲜血喂养彼得堡的这些幽灵，并且永远也喂不饱他们。

彼得堡过着热闹而冷漠、酒足饭饱的夜生活。发着磷光的疯狂甜蜜的夏夜、不眠的冬夜、绿色牌桌和金币的哗啦声、音乐、窗子里旋转的舞伴、疾驰如风的三马车、吉卜赛女郎、黎明前的决斗、在刺骨寒风的呼啸声和长笛凄厉的呜咽声里的阅兵式——在沙皇拜占庭式眼睛令人惶恐的逼视下的检阅。这就是京城的生活。

近十年来，大企业以飞快的速度蓬勃兴起。几百万的财富就像从天上掉下来似的。用精制玻璃和水泥建造起一座座银行、音乐厅、溜冰场和富丽堂皇的酒家。在酒家人们被音乐、镜子的反光、半裸的女人、灯光和香槟酒搞得头昏眼花。赌场、幽会公寓、剧院、影院和月下公园都匆匆开业。在离彼得堡不远的荒岛上，准备兴建前所未有的新繁华区，工程师和资本家正在搞设计。

自杀像瘟疫一般在城中流行。法庭上挤满歇斯底里的女人，贪婪地倾听血淋淋的或带刺激性的案情。无论是豪华生活，还是女人——一切都可以搞到。淫荡到处蔓延，像传染病一样传到了皇宫。

一个目不识丁的乡下佬,有一对疯狂的眼睛和男子汉的强悍力量,走进宫廷,靠近皇帝的宝座,开始嘲弄和轻蔑地蹂躏整个俄国①。

彼得堡跟任何城市一样,有它统一的生活,这是一种紧张而忧心忡忡的生活。中央力量控制生活的进程,但是它跟所谓的城市精神格格不入:中央力量努力建立秩序、安定和适宜的环境,城市精神则要破坏这种力量。破坏精神无所不在,它那致命的毒汁渗透到赫赫有名的萨什卡·萨克利曼庞大交易所的鬼蜮伎俩里,渗透到铸钢工人阴郁的愤怒里以及清晨五点还坐在地下室"红铃铛"艺人咖啡屋里的时髦女诗人的畸形幻想里。甚至那些应该跟这破坏作用做斗争的人,也在无意中干着加剧破坏的事。

在这个时代,爱情和一切美好健康的感情都被看成庸俗和陈腐。谁也没有真正的爱,但人人都有淫欲,像中毒似的吞咽一切有刺激性的撕裂人心的东西。

少女都讳言自己的贞操。夫妻都讳言自己的忠实。破坏被看作高尚趣味,神经衰弱被看作文雅特征。那些在一个季节里突然从虚无中出现的时髦作家,都在宣扬这些东西。人们挖空心思,想出种种恶习和反常行为,只是为了不被人视同平庸而已。

这就是一九一四年的彼得堡。它受尽不眠之夜的折磨,用美酒、黄金、没有爱的爱情以及如挽歌的探戈的声嘶力竭、绵软肉麻的靡靡之音来消除心头的烦闷;它好像等待不可逃避的可怕末日的到来。而末日的预兆层出不穷——不可知的新鲜事物从所有的缝隙里脱颖而出。

第 二 章

"……我们什么都不想记住。我们说:够了,把过去扔在背后好了!

---

① 这里写的是拉斯普京(1872—1916),他原属于西伯利亚神秘教派,因为给王储治病有功,取得皇后信任,操纵朝政,本书第三十三至三十四章描写他被暗杀的情况都是有根据的。

什么人在我们的背后？是米罗的维纳斯①吗？那又怎么样？她可以吃吗？或者有助于长头发？我不明白这个石像对我有什么用处？可这是艺术，艺术，呸！你们还喜欢用这个概念陶醉自己吗？请您往两旁看看，往前、往脚底下看看。您脚上穿的美国皮鞋！美国皮鞋万岁！一辆红轿车，橡皮轮胎，一普特汽油一小时跑一百俄里②，这才是艺术。它能激起我征服空间的欲望。十米高的广告，画一个时髦的年轻人，头戴大礼帽，像太阳一样光芒四射，这才是艺术。这是个裁缝，是个艺术家，是当代的天才！我想尽情地生活，而您却用白糖水款待我，那是给得了阳痿的人喝的……"

在狭窄的大厅尽头，爆发出一阵哄笑和掌声。在椅子后面站着密密麻麻的年轻人，都是大学生和进修生。谢尔盖·谢尔盖耶维奇·萨波日科夫刚做完讲演，湿润的嘴唇露出淡淡的微笑，把跳动的夹鼻眼镜往大鼻子顶上一推，快步走下柞木讲台的台阶。

在一旁的长桌上放着两盏烛台，每个烛台点着五根蜡烛，把桌面照得通亮。长桌后面坐着哲学晚会会员。其中有协会主席神学教授安东诺夫斯基、今天的主讲人历史学家韦利亚米诺夫、哲学家博尔斯基和滑头作家萨库宁。

这年冬天哲学晚会受到一些伶牙俐齿的无名之辈的攻击。他们猛烈抨击德高望重的作家和受人尊敬的哲学家，发表许多有失体统、蛊惑人心的言论，因此坐落在丰坦卡的协会所在地——一座古老的小楼——每逢星期六举行公开例会的时候，总是挤得水泄不通。

今天就是这样。当萨波日科夫在热烈的掌声中消失在人群里的时候，有个矮个儿青年走上讲台。这个人是光头，脑壳疙里疙瘩，高颧骨，黄面皮，姓阿昆金。他在这里露面才几天，却大受欢迎，尤其在大厅的最后几排。有人问到他从哪里来、干什么的时候，知情的人只是神秘地笑笑。不管怎么说，他不姓阿昆金，刚从国外回来，他的演说颇有来头。

---

① 维纳斯是罗马神话的美神和爱神。米罗的维纳斯是世界上最古的希腊雕像。
② 1俄里约等于1.0668公里。

阿昆金捻捻稀疏的胡子,扫视一下安静下来的大厅,薄嘴唇淡然一笑,开始了讲演。

这时在中间过道第三排的皮椅上坐着一位年轻姑娘,黑呢子连衣裙领口齐脖颈,用拳头支着下颔。淡灰色的秀发从耳朵往上拢,挽成一个大发髻,用梳子别着。她一动不动,没有笑容,只是端详坐在绿呢桌子后面的人。她的视线有时久久地停留在蜡烛的火苗上。

当阿昆金用拳头敲一下柞木讲台,高喊道:"世界经济就要举起铁掌,向教堂的圆顶发出第一次打击"时,姑娘轻轻叹了口气,从发红的下颔底下抽出拳头,往嘴里放了一块水果糖。

阿昆金继续讲:

"……你们还在做救世主下界的美梦,可是他们不管你们怎么努力,仍然在睡大觉。或者你们指望他们有一天会苏醒,并像巴兰①的驴一样口吐真言?是的,他们会苏醒,不过能唤醒他们的不是你们诗人的甜蜜的声音,也不是你们香炉冒的烟——只有工厂的汽笛才能唤醒人民。他们会苏醒,会讲话,不过他们的声音会很刺耳。或者你们指望那些密林和沼泽吗?我相信在这儿还可以打半个世纪盹。只是不要把这叫救世主下界。这不是未来,而是倒退。在这儿,在彼得堡,在这堂皇富丽的大厅里人们编造出俄罗斯农民。写出好几百部赞美农民的著作,还有歌剧。我担心这场游戏将以血流成河而告终……"

但在这时主席制止他发言。阿昆金淡然一笑,从上衣里掏出一块大手绢,用习惯的动作擦擦额头和脸。大厅的尽头爆发一片喊声:

"让他讲下去!"

"封住人家嘴巴,真岂有此理!"

"这简直是侮辱!"

"你们那边静一静,后排的!"

"您自己静一静!"

阿昆金接着讲:

---

① 巴兰是《圣经》中人物,见《旧约·民数记》第二十二章第五节。

"……俄罗斯农民是我们发挥理想的着眼点。是的,如果这些理想跟农民世世代代的愿望不能有机地结合起来,跟农民关于正义的原始观念——这是全人类共同的观念——不能结合起来,那么这些理想就像种子撒到石头上。只要一天不把农民看成活生生的人,他们饿着肚皮,磨光了脊背,只要一天不剥掉某位老爷强加给他们的救世主特征,那么这种两极现象就要可悲地存在下去:一方面是你们躲进昏暗的书房里杜撰的美好理想,另一方面是你们并不想去了解人民……我们在这里甚至不是认真地批评你们。不必浪费时间去重新估价人类的幻想这种古怪的东西。不,我们只是说,趁为时不晚,快快救救你们自己吧!因为你们的理想和你们的宝藏都将被无情地扔进历史的垃圾堆……"

穿黑呢子连衣裙的姑娘没心思去考虑从柞木讲台上发表的演说。她觉得这些演说和争论固然很重要,意义深刻,不过最重要的恰恰是这些人没讲到的事……

这时绿呢桌子后面又新来一个人,不慌不忙地坐到主席身旁,左右点点头,用冻红的手掠掠被雪淋湿的淡褐色头发。他把手藏到桌子底下,挺直腰板,身穿瘦瘦的黑礼服,瘦削的脸毫无光泽,两道弯眉底下在黑圈中间是一对灰色大眼睛。头发又厚又密地披到肩上。他就是阿列克谢·阿列克谢耶维奇·别索诺夫。跟最近一家周刊上登的照片一模一样。

这阵子那个姑娘只管盯着这张漂亮得几乎令人讨厌的面孔,别的什么也看不见了。她仿佛满怀恐惧地打量这张在彼得堡的寒风之夜经常梦见的古怪面庞。

而他正侧耳听邻座说什么,微微一笑。笑容倒蛮憨厚,可是细小的鼻孔、女人似的弯眉以及脸上与众不同的文弱神态,却流露出奸诈、傲慢和一种她拿不准的特令她激动的表情。

这时主讲人韦利亚米诺夫开始回答阿昆金的问题。这位历史学家红脸膛,大胡子,戴着金丝镜,大脑壳周围长着几绺发黄的灰白头发。

"您说得完全正确,就像雪崩一定要从山上往下滚一样。我们早就等着可怕的世纪到来,早就料到您说的真理一定要实现。你们掌握着自发势力,而不是我们。不过我们知道,你们用工厂的汽笛号召人们去夺取

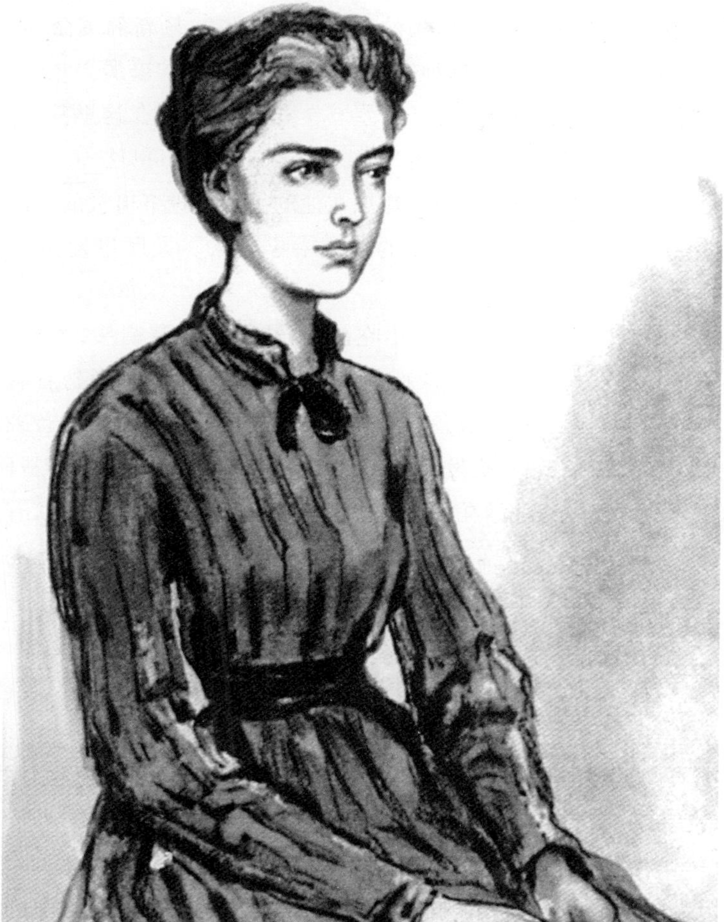

最高正义,结果不过是一片废墟,一片混乱,只有被震聋了的人到处游荡。他会说:'我口渴。'因为在他身上一滴神水也没有了。你们要小心,"韦利亚米诺夫伸出像铅笔一样长的手指,透过眼镜严厉地扫视一下听众,"你们梦想着天堂,为了实现这个天堂把人变成活的机器,变成一种号码,把人变成号码,可就在这可怕的天堂里将爆发一场新的革命,所有革命中最可怕的革命,这就是精神革命。"

阿昆金从座位上冷冷地说:

"把人变成号码也是唯心论。"

韦利亚米诺夫把两手一摊。蜡烛在他的秃顶上投下斑驳的光影。他讲起世界将陷于罪恶之中,可怕的报应一定到来。大厅里发出一片咳嗽声。

休息的时候,那个姑娘走到小吃部倚门而立,皱着眉头,旁若无人。有几个律师带夫人喝茶,他们谈话的嗓音比旁人都高。炉旁坐着名作家切尔诺贝林。他正在吃越橘鱼,不时用恶狠狠的醉眼打量来往行人。两个中年女文人脖子挺脏,头发上戴着大蝴蝶结,在柜台旁嚼着火腿面包。有几个神甫道貌岸然地站在一旁,跟俗人互不相扰。大吊灯底下,有个穿长长的常礼服的人,背着手用鞋跟摇来晃去,花白头发故意弄得乱蓬蓬的——这是批评家契尔瓦在等着有人过来跟他攀谈。韦利亚米诺夫出现了,有个女文人扑上前去抓住衣袖。另一个女文人也突然停止咀嚼,抖落掉面包渣,低下头,瞪大眼睛。原来是别索诺夫朝她走来,一边客气地点头跟左右打招呼。

黑衣姑娘用皮肤感觉出来这女文人连裹着胸衣的部位都振作起精神。别索诺夫满脸懒洋洋的伴笑,不知跟她说的什么。她拍着胖手,翻白眼珠,哈哈大笑起来。

姑娘摇摇肩膀,走出小吃部。这时有人喊她。有个皮肤发黑的瘦弱的年轻人,穿着天鹅绒短外衣,正挤过人群朝她走来。他高高兴兴地朝她点头,满意地皱着鼻子,一把握住她的手。他的手掌黏糊糊的,前额上一绺黏糊糊的头发,一对又细又长的黑眼睛也黏糊糊的,闪着水光脉脉含情地凝视她。他叫亚历山大·伊万诺维奇·日罗夫。他说:

"是您？达丽亚·德米特里耶夫娜，您在这儿干什么？"

"跟您一样。"她回答说，把手抽回来，伸进手笼在手绢上擦擦。

他嘻嘻地笑了，更加多情地看着她。

"难道这回您对萨波日科夫还不满意吗？他今天的演说简直像预言家。讲得斩钉截铁，表达方式很独特，也许会使您生气。不过他最根本的思想——难道不正是我们在背地里想说而又不敢说的吗？可他就敢说。这正是：

> 我们个个年轻，年轻，年轻，
> 肚子里都是饥肠辘辘，
> 我们只好吞咽真空……①

多么不平凡，多么新颖和大胆。达丽亚·德米特里耶夫娜，难道您就觉不出来——新东西正要破土而出吗？这就是我们的、新鲜的、贪婪的、大胆的东西要出生了。阿昆金也讲得蛮好。他太讲究逻辑了，可他多么善于击中要害！再有两三个这样的冬天，一切都会开始瓦解，开始崩溃——那有多好呀！"

他轻声说着，做出甜蜜多情的笑容。达莎觉得他好像由于过度兴奋，全身轻轻地发抖，便不等他讲完，点点头挤过人群朝存衣室走去。

气冲冲的看门人戴着勋章，拖着一抱皮大衣和皮靴走来，对达莎伸过去的号牌瞅也不瞅。她等了很久，空荡荡的门洞，两扇大门忽闪忽闪地晃着，一阵阵冷风直扑大腿。门口有几个马车夫身材高大，穿着淋湿的旧式蓝外衣，朝出去的人快活而蛮横地招呼说：

"快车，您老请！"

"捎个脚，到沙滩！"

突然听到别索诺夫冷冷的声音在达莎背后一字一板地说：

"看门的，大衣，帽子和手杖。"

达莎觉得好像有无数小针刺痛她的脊背。她迅速转过脸去，径直逼

---

① 这是俄国诗人布尔柳克（1882—1967）的诗句，他跟日罗夫同属于未来派，一九二〇年逃亡国外。

视别索诺夫的眼睛。别索诺夫若无其事地对视着她投来的目光,仿佛那目光是理所当然的。后来他的眼皮眨动一下,灰眼睛里现出生气、变得潮湿。他的眼神屈服了。于是达莎感到她的心扑通直跳。

"如果我没认错的话,"他向她俯下身子说,"我们在令姐家见过面喽?"

达莎立刻不客气地回答说:

"是的,见过。"

她从看门人手里夺过皮大衣,便朝正门跑去。街上阴湿刺骨的寒风掀起她的连衣裙,把带铁锈味的水珠溅她一身。达莎把脸埋在皮大衣领里,只露眼睛。不知是谁从旁边擦身而过,俯在她耳边说:

"啊,好漂亮的眼睛!"

达莎沿着湿漉漉的柏油路,踏着一条条摇曳不定的电灯光快步走去。一家饭店敞开的门里传出小提琴的哀号——华尔兹舞曲。达莎朝四外望也不望,对着毛茸茸的手笼曼声说:

"嘿,不那么轻松,不轻松,不轻松!"

第 三 章

达莎在前厅解开淋湿了的皮大衣,向女仆问道:

"家里必是没人吧?"

莫卧儿①(这是她们给女仆卢莎起的绰号,因为她的脸又宽又扁,跟泥胎一样,而且扑上厚厚一层粉)瞧着镜子,细声细气地回答说,太太的确不在家,可老爷在书房里,过半小时开晚饭。

达莎走进客厅,在钢琴旁坐下,把一条腿压在另一条腿上,抱住膝盖。

姐夫尼古拉·伊万诺维奇在家——这就是说他跟姐姐吵嘴了,正在生闷气,一会儿又该向她诉苦了。现在是十一点整,到三点以前如果睡不

---

① 莫卧儿是十六世纪在今印度境内建立的帝国,属于突厥族。

着,便无事可做。看书吗?有什么可看的?一点儿情绪也没有。就这么坐着胡思乱想——更是顾影自怜了。说真的,人生在世有时可真不舒服。

达莎叹口气,掀开钢琴盖,侧着身用一只手练习斯克里亚宾①的钢琴曲。一个人在十九岁这种令人为难的年纪生活可真不易,何况又是个女孩子家,何况又是一个十分伶俐的女孩子,何况她对那些愿意替她消除少女苦闷的男人——这种男人倒挺多——又过分苛刻,而这种苛刻却出于荒唐可笑的纯洁感。

去年达莎从萨马拉来到彼得堡,进法律讲习班学习,住在姐姐叶卡捷琳娜·德米特里耶夫娜·斯莫科夫尼科娃家里。姐夫是位很有名气的律师。他们过着热闹阔绰的生活。

达莎比姐姐小五岁。叶卡捷琳娜·德米特里耶夫娜出嫁的时候,达莎还是个孩子。近几年姐妹很少见面,于是现在在她们之间形成一种新关系:达莎爱慕姐姐,姐姐温柔地爱着达莎。

开头达莎处处都模仿姐姐,对她的美貌、趣味和善于周旋都钦佩之至。她在姐姐的朋友面前显得十分羞怯,有时因为害臊对人说话很不礼貌。叶卡捷琳娜·德米特里耶夫娜竭力使她的家永远成为讲究时尚的典范,凡是市面上还没流行的新鲜玩意儿她都要有。她从不放过任何画展,还买了未来派的作品。今年为这件事她跟丈夫有过几次激烈的争论,因为尼古拉·伊万诺维奇喜欢有思想内容的画,而叶卡捷琳娜·德米特里耶夫娜则以女人的热情决心宁可为新艺术担罪名,也不肯被人说成跟不上潮流。

达莎对这些挂满客厅的古里古怪的画也赞不绝口,尽管有时也不免苦恼:这些方形的人体、几何图形的面孔、超出正常数量的胳膊和大腿,还有像头痛一样沉闷的色调——这种玩世不恭的灰色情趣远非她那笨拙的想象力所能领会的。

每逢星期二,斯莫科夫尼科夫家的枫木花纹餐厅里总有一群热热闹闹、有说有笑的人聚集起来吃晚饭。其中有健谈的律师,他们喜欢追求女

---

① 斯克里亚宾(1872—1915),俄国作曲家。

性，又颇关心文学流派的发展；有两三个新闻记者，他们对应该怎样执行国内外政策都了如指掌。有神经不正常的批评家契尔瓦，他正准备在文坛上导演一幕悲剧。有时也有些青年诗人来得很早，把诗稿留在前厅里挂着的大衣兜里。晚饭刚要开始，还会有某名人出现在客厅，从容不迫地走过来吻吻女主人的手，大模大样地坐到沙发椅上。晚饭吃到中间，常常可以听到前厅里脱皮靴的哐啷声和一种甜蜜的嗓音：

"向你致敬，莫卧儿！"接着是一张刮得精光、肌肉松弛的脸俯在女主人的椅子上——这是那个常扮情人的演员：

"卡秋莎，伸出你的小手！"

对达莎说来，这些晚餐的中心人物就是姐姐。如果有谁对单纯、善良、可爱的叶卡捷琳娜不够亲热，达莎就会不满。如果有谁显得过分亲热，她又会忌妒——甚至用恶狠狠的目光盯着那个做错事的人。

开头这么多客人令她晕头转向，渐渐地她也能分出上下高低。如今她已瞧不起那些律师的助手：他们除了毛茸茸的常礼服、紫领带和大分头之外，一无可取。至于演情人的演员她更恨之入骨：她没有权利那么亲昵地称呼她的姐姐和莫卧儿，更没有理由呷着伏特加酒、眯缝松弛的眼泡看着达莎说：

"为一朵盛开的扁桃花干杯！"

每逢这类场面她便气得要死。

她的脸颊的确红扑扑的，不论用什么办法也弄不掉这该死的扁桃红。所以她觉得自己在餐桌上倒真像那个用木头刻的村姑了。

这一年夏天达莎没回尘土飞扬、炎热的萨马拉父亲家里，高高兴兴留下来，陪姐姐在海滨胜地谢斯特罗列茨克避暑。在那里还是冬天常来的那些客人，只是接触更频繁了：划船呀，游泳呀，在松林里吃冰激凌呀。每到傍晚听听音乐，然后就在疗养区大厅的凉台上、在星星底下热热闹闹地吃晚饭。

叶卡捷琳娜·德米特里耶夫娜特意给达莎定做一件平面绣花的白连衣裙、一顶系黑带子的白纱帽子和一条在背后打蝴蝶结的宽宽的绸腰带。于是姐夫的助手尼卡诺尔·尤里耶维奇·库利切克仿佛刚刚打开眼界一样，突然爱上了达莎。

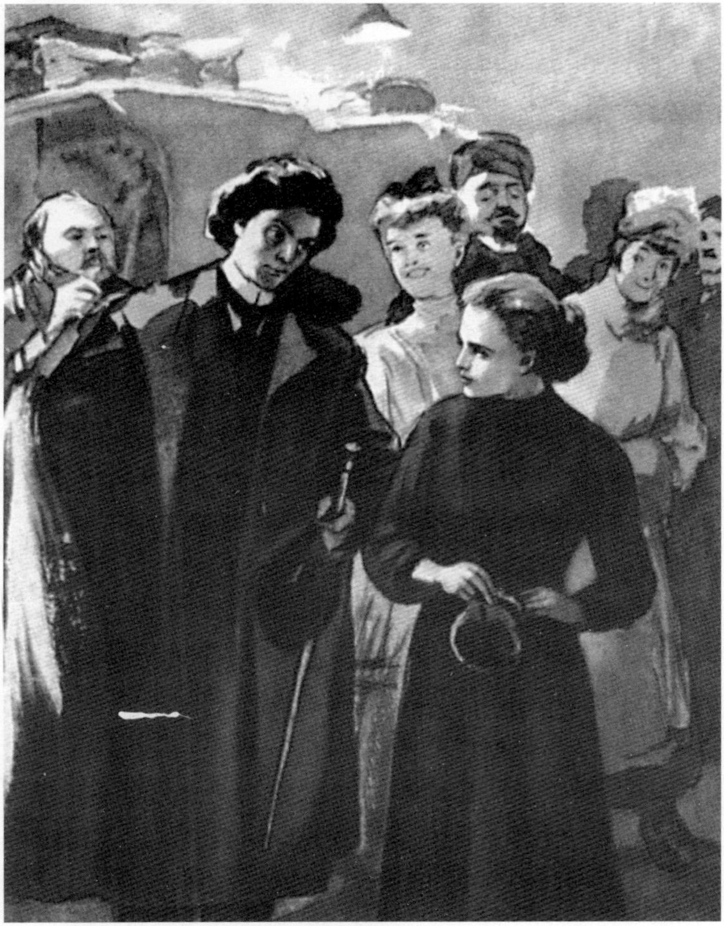

然而他恰恰是达莎"瞧不起"的人。达莎气忿极了,把他叫到树林里,不容分说把他训了一顿:她不允许别人把她看做"女性";又说她非常愤慨,认为他这个人一肚子男盗女娼,还说今天就要找姐夫告状。而他只是用拳头把手绢攥成团,一个劲儿擦前额。

当天晚上她果然向姐夫告了状。尼古拉·伊万诺维奇捋着保养得好的胡须,诧异地看着达莎气得像红扁桃的脸、愤怒地哆嗦着的白帽子和苗条的白色身影,仔细听她讲完,一下子坐到海滩上,哈哈大笑起来;然后掏出手绢,擦着眼睛说:

"你快走吧,达莎,快走吧!不然会笑死我的!"

达莎莫名其妙,不好意思、不高兴地走了。如今库利切克连正眼也不敢瞧她,一天天消瘦,不敢见人。达莎的名誉总算保全了。可是这场风波突然扰乱了她那处于朦胧状态的少女的心。微妙的平衡被打破了,仿佛达莎浑身上下,从头发到脚跟,产生了另一个人——这个人总感到憋闷,富于幻想,无形无影却令人讨厌。达莎浑身的皮肤都感觉到这另一个人的存在,并且像脏东西一样使她苦恼。她想洗掉这张看不见的蜘蛛网,重新得到清新、凉爽和轻松。

现在她总要一连打几小时网球,每天游两次泳,而且要早起:树叶上还闪着大颗露珠,水平如镜的海面上还冒着雾气,侍者刚把淋湿的桌子摆到凉台上,正打扫潮湿的沙径。

然而当她在沙滩上晒太阳或夜晚躺在软床上的时候,另一个人就活了,偷偷爬上心头,用柔软的爪子揪她的心。就像蓝胡子魔钥匙上的血[①]一样,剥不掉也洗不净。

所有的熟人,首先是姐姐,开始发现达莎这一夏天变得漂亮了,而且好像一天比一天漂亮。一天早晨叶卡捷琳娜·德米特里耶夫娜来到妹妹的房里说:

"我们往后可怎么办哪?"

"你说什么,卡佳?"

[①] 法国作家佩罗(1628—1703)著有童话《蓝胡子》。

达莎穿衬衣坐在床上,把头发挽成个大发髻。

"你变得太漂亮了——我们往后可怎么办呢?"

达莎用长睫毛的眼睛狠狠瞪了姐姐一眼,扭过脸去。她的脸和耳朵都红了。

"卡佳,我不愿意听你说这些话,我讨厌死了,你明白吗?"

叶卡捷琳娜·德米特里耶夫娜坐到床边,用脸贴着达莎裸露的脊背,笑着亲吻肩胛骨中间的地方:

"你就是厉害!不像棘鲈,不像刺猬,也不像野猫,就是头上长角。"

有一天网球场上出现一个英国人——他长得很瘦,脸刮得很光,下巴突出,有一对孩子气的眼睛。他的装束整洁,无可挑剔,使叶卡捷琳娜·德米特里耶夫娜身边围着的年轻人都泄了气,他邀请达莎打网球。他打球像机器一样准确。达莎觉得打球时他从没看过她一眼。只管瞅着旁边。她输了一场,提出再打一场。为了灵巧,她挽起白上衣的袖子。一绺头发从凸纹布的小帽里滑落出来,她也顾不得整理。达莎打个有力的擦网球,一边想:

"这是个多么灵巧的俄国姑娘,动作优美而难于捉摸,连脸上的红晕也很适宜。"

这一次又是英国人赢了。他朝达莎鞠了一躬——神情十分冷淡——点上一支喷香的带嘴香烟,在不远的地方坐下,要了杯柠檬水。

第三场达莎是跟一个有名的中学生运动员打的,她朝英国人那边瞥了几眼,只见他坐在小桌旁,把一条腿搭在另一条腿上,用手抱住这只穿丝袜子的脚的踝骨,把草帽推到后脑勺上,连头也不回地望着大海。

夜里达莎躺在床上,回忆白天的情景,清楚看见自己在网球场上跳来跳去,脸色涨红,小帽里滑落一绺头发,便由于自尊心受到损伤和一种不能自主的感情而大哭一场。

从这以后她再也不上网球场了。有一天叶卡捷琳娜·德米特里耶夫娜告诉她说:

"达莎,贝利斯先生每天都打听你,问你为什么不去打球?"

达莎张大了嘴——她竟然大吃一惊,随后气冲冲地说,她不想听这种

"愚蠢的闲话",她不认识什么贝利斯先生,也不想认识他。如果他以为她是因为他而不去打那"混账的网球",这个人脸皮可就太厚了。达莎连饭也不吃,往兜里揣块面包和一把醋栗,便躲进松树林。在散发着闷热的松脂味的松树林里,在树梢掠过一阵阵松涛的高大的红树干中间走来走去,她终于明白,她再也无法隐讳一个可怜的事实:她爱上这个英国人了,由于爱得毫无希望而痛苦不已。

就这样,达莎身上的第二个人逐渐抬头,一天天长大。开头,这第二个人的存在像脏东西一样令人恶心,像生病一样不舒服。后来达莎习惯于这种复杂状态,就像人们过完夏天,享尽沁人心脾的清风和冷水浴之后,到了冬季总要箍上紧身、穿上呢连衣裙似的。

这场对英国人的有伤自尊心的爱情,持续了两周。达莎既痛恨自己,又生英国人的气。有好几次她从远处看到,他懒洋洋而又灵巧地打网球,并跟俄国水手一起吃饭,便绝望地想,他是世界上最有魅力的人。

后来有个穿白法兰西绒衣服的又高又瘦的姑娘——一位英国女郎,他的未婚妻——出现在他身边,他们一起离开此地。达莎一夜未能入睡,她恨自己,恨到非常厌恶的程度。快到天亮,下决心让这次单恋成为她一生中最后一次错误。

做出这一决定之后,她心里安静了。后来她甚至感到奇怪:这一切怎么这么快、这么轻易地就过去了。然而并非一切都过去了。达莎现在感到第二个人仿佛跟她融为一体了,在她身上融化从而消失了。如今她完全变成另外一个人——像从前一样轻松愉快、生气勃勃,只是她整个儿仿佛变得更柔和、更温存、更不可理解,仿佛她的皮肤也变得更嫩,她的面庞连自己在镜子里也认不出来了,尤其是她那一对眼睛变样了,这对眼睛太美了,你如果仔细瞅,甚至会感到头昏眼花。

八月中旬,斯莫科夫尼科夫一家带着达莎回到彼得堡,回到潘捷列伊蒙街宽大的住宅,一切又都恢复老样子:星期二聚餐、画展、剧场里轰动全城的首次公演、法庭上泄露丑闻的官司、购买名画、爱好古玩、乘车到"撒马尔罕"饭店吉卜赛人那里去做通宵达旦的玩乐。那个扮情人的演员又露面了。他去矿泉疗养,体重减轻了二十三磅。而在这些忙乱的娱乐之外,又增加一些说不大准、令人忧喜参半的谣传,说是可能发生政变。

达莎如今没工夫思考或体味那么多了:上午上课,四点钟陪姐姐散步,晚上不是上剧场、听音乐会,就是聚餐或有客人。没有一分钟消停的时候。

有一次星期二聚餐过后,客人正喝甜酒,阿列克谢·阿列克谢耶维奇·别索诺夫走进客厅。叶卡捷琳娜·德米特里耶夫娜一见他站在门口,脸顿时绯红。大家的谈话也中断了。别索诺夫坐到沙发上,从叶卡捷琳娜·德米特里耶夫娜手里接过一杯咖啡。

有两个懂文学的律师凑到他跟前,可他却用奇怪的目光久久谛视女主人,接着突然宣称,世界上根本没有什么艺术,有的只是骗人的把戏,江湖艺人的戏法,比如说可以让猴子顺绳子爬上天。

"无所谓诗歌。不论是人也好,艺术也好——一切早都毁灭了。俄罗斯不过是一堆野兽的尸体,一群乌鸦落在上面,举行乌鸦的盛宴。凡是写诗的人,将来都得进地狱。"

他说话声音不高,嗓子有点儿发哑。他那凶狠苍白的脸上显出两块红斑。他的软领揉皱了,常礼服上落满烟灰。他手中端着的杯子溅出咖啡,洒到地毯上。

两位文学爱好者正要跟他争论,可他根本不听他俩的,只是用发黑的眼睛直勾勾望着叶卡捷琳娜·德米特里耶夫娜。接着站起身,走到她面前,达莎听见他说:

"人一多我就受不了。请允许我走吧。"

她怯生生地求他给朗诵点儿什么。他摇摇头,告别时久久吻着叶卡捷琳娜·德米特里耶夫娜的手,连她的后背都红了。

他走后,大家争论起来。男人一致认为:"不论什么事总得有个限度,不应该这么明显地瞧不起我们。"批评家契尔瓦依次走到每个人身边,重复地说:"先生们,他是喝醉了。"女士们则断定:"不管别索诺夫喝醉也好,脾气古怪也好,不过大家应该明白:他毕竟是个叫人动情的人。"

第二天吃午饭时,达莎说:她觉得别索诺夫属于"真正的人"。这种人的感受、罪恶和趣味,就像镜子反光一样,能反映出叶卡捷琳娜·德米特里耶夫娜客厅里这群人的精神世界。"卡佳,我非常理解,这种人可以使人神魂颠倒。"

尼古拉·伊万诺维奇一听火了:"我说,达莎,你不过是被他的名气冲得发了昏。"叶卡捷琳娜·德米特里耶夫娜在旁边一声不吭。从此别索诺夫再也没来过斯莫科夫尼科夫家。传说他经常到后台跟女演员恰罗杰耶娃厮混。库利切克跟几个朋友跑去看这位恰罗杰耶娃长得怎么样,却大失所望。原来她瘦得像干尸——只不过是一堆带花边的裙子罢了。

有一次达莎在展览会上遇见了别索诺夫。他站在窗前漫不经心地翻着目录,面前站着两个粗墩墩的讲习班女学员,仿佛在欣赏陈列馆的蜡人,带着出神的笑容望着他。达莎从他身旁缓缓走过去,走进另一个大厅找张椅子坐下——觉得两条腿突然发软,心头一片怅惘。

在这之后,达莎买了一张别索诺夫的小照摆到桌上。别索诺夫的诗集共有三本,白封皮,她乍读起来,有中毒的感觉:一连好几天都神情恍惚,仿佛参与了一件罪恶的秘密勾当。但在反复阅读之后,她从这种病态感觉中找到一种乐趣,好像有人在耳边低语:忘乎所以吧,变得骨酥肉麻吧,把自己最宝贵的东西糟蹋了吧,去渴求根本不存在的东西吧。

她为了能看到别索诺夫,便开始参加"哲学晚会"。可他来得晚,也很少发言。不过达莎每次开会回来,心情都很激动。如果发现家中有客人,就会更高兴。她的自尊心已经不再作祟了。

今晚却不得不独自练习斯克里亚宾的钢琴曲。琴声好像用冰做的小圆球,缓缓掉进她的内心里,仿佛落进幽暗无底的湖水深处。落进去,搅起一片涟漪便沉下去,涟漪荡来荡去,她的心在闷热的幽暗里不安地怦怦乱跳,好像很快,马上,就在这一刹那要发生一件不可能发生的事。

达莎把手放在膝盖上,抬起头。在橙黄灯罩的柔和光线里,墙上那些血红臃肿的面孔一个个龇牙瞪眼地望着她,就像混沌初开的幽灵在创世第一天贪婪地望着乐园的围墙。

"是呀,尊贵的小姐,我们的境况挺糟。"达莎自言自语。飞快地从左往右弹弄一下琴键,轻轻合上钢琴盖,从日本香烟盒里抽出一支烟,点着了,一下子呛了,马上在烟缸里掐灭了。

"尼古拉·伊万诺维奇,几点钟了?"达莎大声喊,大概隔四个房间都能听到。

书房里不知什么东西掉到地上,却没有人回答。莫卧儿走进来,望着镜子说,开晚饭了。

达莎走进餐厅,坐到花瓶跟前,瓶里的花枯了,她一瓣一瓣摘下来扔到桌布上。莫卧儿端来茶、冻肉和煎蛋。尼古拉·伊万诺维奇终于露面了,他穿了一件蓝色新西服,没系活领。头发乱蓬蓬的,胡子向左歪,上面挂着一根从沙发垫子掉出的绒毛。

尼古拉·伊万诺维奇阴郁地朝达莎点点头,在桌子的一头坐下,把盛煎蛋的平锅挪到跟前,贪婪地吃起来。

然后他把胳膊肘靠在桌沿上,用长满汗毛的大拳头支着脸颊,用视而不见的眼睛盯着一堆撕碎的花瓣,用低沉的不大自然的声音说:

"昨天晚上你姐姐背叛了我。"

第 四 章

她的亲姐姐卡佳做了一件可怕的、不可理解的丢人的事。昨天晚上她的头丢弃了一切骨肉相连、亲切温暖的东西,枕到别人的枕头上,玉体横陈,任人蹂躏。达莎就是这样理解尼古拉·伊万诺维奇所说的背叛,心里不禁打着寒颤。况且卡佳没在家,仿佛她在这个世界上已不复存在了。

达莎先是一愣,只觉得两眼发黑。她屏住呼吸,等待尼古拉·伊万诺维奇大哭一场,或大喊大叫。可他除了那句话之外,没再吐一个字,只是用手指摆弄放刀叉的架子。达莎不敢瞧他的脸。

后来,经过长时间沉默之后,他哐啷一声推开椅子,回到书房。"必是自杀去了。"达莎想。可他并未自杀。她不禁怀着一霎时强烈的怜悯回想他方才放在桌上的毛烘烘的大手。接着他从她的视野里消失了。达莎只是叨咕着:"可怎么办呢?可怎么办呢?"脑子里嗡嗡响——一切,一切,一切都毁灭和破碎了。

莫卧儿端着托盘从呢门帘后出现,达莎瞥了她一眼,突然领悟,如今再也不会有什么莫卧儿了。眼泪充满她的眼眶,她咬紧牙跑进客厅。

这里的一切,包括每件小玩意儿,都是卡佳精心布置的。但是卡佳的灵魂已经离开这个房间,因而室内的一切都显得陌生和凄凉。达莎在沙发上坐下。她的目光渐渐落在一幅新买的画上。第一次看清楚并领悟了这幅画的内容。

上面画着一个裸体女人,全身是化脓的红色,仿佛被活活剥了皮。嘴是歪的,没鼻子,长鼻子的地方是个三角形窟窿,头是四方的,上面贴块破布——这是块真的布。大腿好像是用合叶连着的两块木头。一只手里拿着鲜花。其余的细节就更可怕了。而最可怕的就是她叉开双腿坐着的那个角落,画成一片沉闷的褐色。这幅画题名为"爱情"。卡佳把它叫做现代的维纳斯。

"怪不得卡佳那么赞赏这个该死的婆娘呢。现在她也成了这种女人——手里拿着花,躲在角落里。"达莎一头倒在沙发上,把脸埋在坐垫里哭起来,为了不让自己喊出声,便用牙咬住坐垫。过了不一会儿,尼古拉·伊万诺维奇走进客厅。他叉开腿,气冲冲地打着打火机,然后走到钢琴跟前,用手指杵着键盘。出人意外,他竟然弹出一首《黄雀》。达莎觉得心凉了。尼古拉·伊万诺维奇啪的一声合上钢琴盖说:

"这原是意料中的事。"

达莎暗自把这句话重复了几遍,努力理解其中的含义。突然前厅响起刺耳的铃声。尼古拉·伊万诺维奇捋着胡子,用低沉的声音"哦"了两声,却毫无表示,快步回到书房去了。走廊传来莫卧儿的脚步声,就像一阵马蹄声似的。达莎从沙发上跳起来——她的心乱跳,只觉得两眼发黑——一下子跑进前厅。

前厅里叶卡捷琳娜·德米特里耶夫娜正用冻僵的手指解皮风帽的淡紫色带子,一边皱着鼻子。她把冻得冰凉的红脸蛋伸给妹妹去吻,当没人去吻时,她便摇摇头,脱掉风帽,用灰色的眼睛仔细瞅了妹妹一眼。

"你们出什么事了吗?你们吵架了?"她用一种浑厚低沉的声音问,她的声音总是那么甜得迷人。

达莎望着尼古拉·伊万诺维奇那双皮套鞋,家里人平常把它叫做"自动炮车",如今孤零零地立在那里。她的下巴颤抖起来。

"没有,没什么事,我就是这样。"

叶卡捷琳娜·德米特里耶夫娜缓缓解开灰鼠皮大衣的大纽扣,摇摇裸露的肩头,甩掉大衣,如今她整个儿显得那么温暖、娇媚而又慵倦。她又弯下身子,一边解护腿一边说:

"你知道,没等找到汽车,鞋已经湿透了。"

这时达莎仍然望着尼古拉·伊万诺维奇的套鞋,用严厉的口吻问:

"卡佳,你上哪儿去了?"

"参加一个文艺界的晚餐,我的亲爱的,至于用什么人的名义,我根本不知道。都是这么回事。我累得要死,只想睡觉。"

她走进餐厅,把皮包往桌上一扔,用手绢擦擦鼻子问:

"谁把花给揪了?尼古拉·伊万诺维奇在哪儿?睡了吗?"

达莎莫名其妙:姐姐一点儿也不像画上那个该死的婆娘,她不但不陌生,今天反倒格外亲切,达莎恨不得抱住她好好抚摩一番。

但是达莎仍然鼓起勇气,靠在半小时前尼古拉·伊万诺维奇吃煎蛋的地方,用手指甲挠着桌布说:

"卡佳!"

"什么事,亲爱的?"

"一切我都知道了。"

"知道什么了?出什么事了?你倒说说看?"

叶卡捷琳娜·德米特里耶夫娜在桌旁坐下,用膝盖碰碰达莎的腿,用好奇的目光仰脸望着她。

达莎说:

"尼古拉·伊万诺维奇把一切都告诉我了。"

她看不清姐姐的脸色,不知她心里作何感想。

经过长时间的沉默——长得可以闷死人——之后,叶卡捷琳娜·德米特里耶夫娜用气忿的语声说:

"尼古拉·伊万诺维奇讲了我什么惊人的事呢?"

"卡佳,你自己知道。"

"不,我不知道。"

"我不知道"这句话,她咬得干脆,就像用冰做的小圆球。

达莎一下子蹲在她膝前。

"那么,这也许不是真的?卡佳,我的亲姐姐,可爱的、漂亮的姐姐,你说呀——这是没有的事?"于是达莎拼命地吻起卡佳细嫩的胳膊来,胳膊上有一条条像山溪似的青筋,还散发着香水味。

"唉,当然是没有的事。"叶卡捷琳娜·德米特里耶夫娜回答说,疲倦地闭上眼睛。"可你马上就抹眼泪。明天还不把眼睛哭红、把鼻子哭肿才怪呢。"

她抱起达莎的头,用嘴唇久久地吻达莎的头发。

"我得说,我真傻!"达莎伏在她怀里说。

这时就听书房门里尼古拉·伊万诺维奇用响亮清晰的声音说:

"她撒谎!"

姐俩急忙转过身去,可是房门关着。叶卡捷琳娜·德米特里耶夫娜说:

"你去睡吧,小妹妹。我去把问题谈清楚。说真的,我可真有这种兴致——已经累得打晃了。"

她把达莎送到房门前,心不在焉地吻了她一下,然后回到餐厅,拿起皮包,正了正头上的梳子,用一个指头轻轻敲敲书房的门:

"尼古拉,请开门。"

里面没人答应。经过一阵不祥的沉默,里面传来嗤鼻子声,钥匙转动了,叶卡捷琳娜·德米特里耶夫娜走进书房,看见丈夫的宽大脊背。他连头也不回走到桌旁,在皮沙发椅上坐下,拿起象牙刀,顺着打开的书缝狠劲划了一下(那是瓦塞尔曼①的长篇小说《四十岁的男人》)。

他那种神情,仿佛叶卡捷琳娜·德米特里耶夫娜根本不在房间里。

她在沙发上坐下,把大腿上的裙子抻平,把擦鼻子的手绢放进皮包,

---

① 瓦塞尔曼(1873—1934),德国小说家。

喀嚓一下锁上。这时尼古拉·伊万诺维奇头顶上的一绺头发抖动了一下。

"只是有一点我不明白,"她说,"你爱怎么想,随你的便,只是求你不要用你的情绪去影响达莎。"

这时他在沙发椅上迅速转过身来,伸长脖子,把小胡子撅起来,从牙缝里吐出一句话:

"你可真会开玩笑,把这说成我的情绪?"

"我不明白。"

"好哇!你不明白?可你的行为像个娼妇,你似乎总该明白吧?"

叶卡捷琳娜·德米特里耶夫娜听到这句话,只是微微张张嘴。望着丈夫涨红得出汗的难看的面孔,轻声说:

"请问,你从什么时候开始对我说话这么不礼貌?"

"实在对不起!不过我不会用另一种口吻说话。总之,我想了解细节。"

"什么细节?"

"不要当面说谎。"

"哦,你原来说的是这个,"叶卡捷琳娜·德米特里耶夫娜好像过于疲劳,向上翻着大眼睛。"前几天我是对你说过什么……可我早忘了。"

"我要知道——这种事是跟谁发生的?"

"可我不知道。"

"我再一次请求你不要说谎。"

"我根本没说谎。我怎么那么愿意跟你说谎。是的,我说过。可在气头上有什么话不会说。说过就忘了。"

尼古拉·伊万诺维奇听她说这番话的时候,脸依然绷得很紧,可他的心由于高兴而蠕动了一下,颤抖起来:"谢天谢地,她不过是瞎说。"这回他可以高枕无忧,装作不相信她的话。可以大吵大闹一场——发发牢骚。

他从沙发椅上站起来,在地毯上走走停停,一边挥舞着象牙刀在空中砍杀,一边谈起家庭的堕落、道德的败坏、女人的神圣职责——女人应该是贤妻良母,丈夫的内助,可如今已被人忘记。他责备叶卡捷琳娜·德米特里耶夫娜精神空虚,随意挥霍他用血汗挣来的钱("不是用血汗,是摇唇鼓舌。"叶卡捷琳娜·德米特里耶夫娜纠正他说),不,比血汗还珍贵,不知耗费了多少神经细胞。他责备她什么人都交,不加选择,把家弄得乱七八糟,还偏爱这个白痴——莫卧儿,甚至说她买来那些"绘画真叫人讨厌,挂在你那市侩的客厅里,叫人感到恶心"。

总之,尼古拉·伊万诺维奇把憋在心里的话都倾吐出来了。

这时已是清晨三点多钟。当丈夫已经声嘶力竭、不再作声的时候,叶卡捷琳娜·德米特里耶夫娜说:

"没有比又胖又歇斯底里的男人更讨厌的了。"她站起身,回卧室去了。

可是现在尼古拉·伊万诺维奇听了这话也并不生气。他慢吞吞地脱下衣服,搭在椅背上,上了表,轻松地吐了口气,钻进铺在皮沙发上换洗过的被窝里。

"是的,我们的生活过得不对头。应该改变生活方式。不对头,是不对头。"他想,并顺手打开一本书,想在睡前读上一会儿,以便平静一下心情。但他马上又把书放下,侧耳倾听起来。房子里静悄悄的。有人擤鼻子,他听了不免心跳。"她哭了,"他想,"唉,唉,唉,看来我的话说过头了。"

他回忆起谈话的情景和卡佳坐在那儿听他发议论的神情,心里又可怜起她来。他用胳膊肘支起身子,准备钻出被窝,只觉得浑身无力,仿佛经过多日劳累,把头一搭就睡着了。

达莎在她收拾得干干净净的卧室里,脱下衣服,取下头上的梳子,使劲一摇头,便把发卡甩掉了,然后钻进洁白的被窝,把被子盖严,一直盖到下巴颏,眯起眼睛。"万事大吉,谢天谢地!这回什么也别想,睡觉。"从她眼角里浮现出一张可笑的小脸。达莎微微笑了笑,蜷起腿,两手抱住枕头。昏沉沉的甜蜜的梦乡已经把她笼罩了,突然在她的脑海里清晰地响起卡佳的声音:"唉,当然是没有的事。"达莎睁开眼睛。"我一个字也没提,什么也没对她说,只是问问有没有那种事。可她马上就回答我,仿佛她清楚知道指的是什么。"这种意识像根针刺透她全身。"卡佳骗我!"接着她逐渐回忆谈话的一切细节、卡佳说的话和她的一举一动。达莎明白了:是的,她的确是骗我。她不由得感到震惊。卡佳背叛了丈夫,然而她在失节、犯罪、扯谎之后,仿佛变得更富有魅力了。只有瞎子才看不出,她有一种新的神态,一种与往日不同的慵懒的娇媚。连她对你说谎时,也会让你神魂颠倒——一心一意爱她。可她毕竟是个罪人哪。不可理解,真叫人不可理解。

达莎心情激动,又感到糊涂。她喝了一口水,打开灯,然后又关掉,在床上翻来覆去,一直到天亮,她觉得,她既无力责备卡佳,又无法理解她的行为。

这一夜叶卡捷琳娜·德米特里耶夫娜也未能入睡。她仰卧在床上,浑身无力,把两只胳膊伸到丝被外面,也不去擦眼泪,径自哭泣。她哭的是内心感到不安、难过和羞耻,而她又无力抵制这件事,她永远也不会像达莎那样热烈而严肃;她哭还因为尼古拉·伊万诺维奇竟然把她叫做娼妇,把她的客厅说成是市侩的。一想到昨夜的情景,她就哭得更伤心了,原来阿列克谢·阿列克谢耶维奇竟然在深更半夜用一辆快马车把她拉到市郊的旅馆,他并不了解、并不爱惜、也体会不到她心中最珍贵、最亲切的感情,竟然令人讨厌、不慌不忙地占有了她,仿佛她不过是个模特儿——迪克莱太太在海军大街开设的巴黎时装店里摆的一个红脸蛋的模特儿。

第 五 章

在瓦西里岛第十九道街一所新建的楼房里,在五层楼伊万·伊里奇·捷列金工程师的公寓里,成立了一个所谓的"跟生活习惯做斗争中心站"。

捷列金租了一套房子,期限一年,因为是新楼,设备不全,所以租金很便宜。他自己只留一个房间,其余的都租了出去,里面只安铁床、松木桌和板凳。他打算招来一些"跟他一样独身并且必须是快活的人"。他的一位老同学和好朋友谢尔盖·谢尔盖耶维奇·萨波日科夫立即为他找来这样的房客。

他们是:法律系大学生亚历山大·伊万诺维奇·日罗夫、采访地方新闻的记者安托什卡·阿尔诺利多夫、画家瓦列特和一个还没找到合乎趣味的工作的年轻姑娘伊丽莎白·拉斯托尔古耶娃。

这几位房客起得很晚,直到捷列金从工厂回来吃早饭,他们才起床,然后不慌不忙各干各的事。安托什卡·阿尔诺利多夫乘电车到涅瓦大街的咖啡馆打听新闻,然后到编辑部去。瓦列特平时总是坐下来画他的自画像。萨波日科夫则关门写文章——他在准备关于新艺术的讲稿和论文。日罗夫偷偷跑到伊丽莎白·基耶夫娜的房间里,用猫一般柔和的声音跟她讨论人生的问题。他常写诗,不过爱面子,不肯给任何人看。伊丽莎白·基耶夫娜认为他很有天才。

伊丽莎白·基耶夫娜除了跟日罗夫及其他房客闲聊之外,还用各色毛线织成不知有什么用的长条,同时用浑厚响亮、常常走调的嗓音唱乌克兰歌曲,或者把头发梳成奇怪的发式,再不就停止唱歌,披散头发躺在床上看书——看得入迷,直到头痛脑涨为止。伊丽莎白·基耶夫娜是个面颊红润、身材高大的漂亮姑娘,一对近视眼好像画在脸上似的,穿着颇不讲究,连捷列金的房客都骂她穿得不三不四。

如果有生人来这里,她便硬把人家请到她的房间,开始一场令人头晕目眩的谈话,全是各种尖锐而深奥的问题,同时还逼问人家,有没有犯罪的念头?比方说敢不敢杀人?有没有"跟自己作对"的心理?她认为这正是每个伟人的特征。

捷列金的房客甚至把这些问题列成表,钉在她门上。总之,这是一个不满现实的姑娘,总是期待着发生某种"变革"或"骇人听闻的事件",这类事件将使人生变得更加有趣,让人尽情地生活而不必守着被雨淋得发灰的小窗发愁。

捷列金认为这些房客都是出色而古怪的人,跟他们在一起,自己也得到很大的乐趣,只是由于没工夫,很少参加他们的娱乐。

有一个圣诞节,谢尔盖·谢尔盖耶维奇·萨波日科夫把房客召集到

一起,发表了如下的演说:

"同志们,到了行动的时候了。我们虽然人很多,却是一盘散沙。到目前为止,我们都是各自为战,小打小闹。我们必须组成战斗队,给资产阶级社会以打击。为此,我们首先要筹建一个小组,其次是发表宣言。宣言准备好了:'我们都是新哥伦布!我们都是天才的鼓动家!我们都是新人类的种子!我们要求脑满肠肥的资产阶级社会取消一切偏见。从今以后不存在什么美德!至于家庭、社会礼节、婚姻——统统取消。这就是我们的要求!一切人——不分男女——都应该一丝不挂,自由结合。两性关系是社会的财富。少男少女,先生女士,从你们蛰居的洞穴里爬出来吧,赤身露体、欢欢乐乐走到野外的太阳底下跳起轮舞吧!……'"

萨波日科夫接下去说,还得出一本未来派杂志,取名《神肴》,经费由捷列金提供一部分,剩下的必须从资本家的嘴里掏——一共三千卢布。

"跟生活习惯做斗争中心站"就这样创办起来了。名称还是捷列金想的。有一次他从工厂回来,听到萨波日科夫提出的方案,笑得直淌眼泪,便取了这个名称。大家立刻着手进行《神肴》第一期的出版工作。几个有钱的赞助人和律师,甚至包括萨什卡·萨克利曼凑足了所需的数目——三千卢布。特地用包装纸订制了办公用纸,上面印有"未来派中心"这几个令人难解的字样。还邀请了主要撰稿人,征集稿件。画家瓦列特提议,既然萨波日科夫的房间改作编辑部,就要画上一些大伤风化的绘画,才能免落俗套。他在墙上画出十二幅自画像。关于家具的陈设考虑了好久。终于决定把室内的一切东西都搬走,只留下一张贴金纸的大桌子。

第一期出版后,城里对于《神肴》议论纷纷。有的人愤慨不已,另一些人则断言,这一切并不那么简单,恐怕不久的将来,普希金的作品便将被束之高阁了。文学批评家契尔瓦感到惊慌失措,因为《神肴》把他称作恶棍。叶卡捷琳娜·德米特里耶夫娜·斯莫科夫尼科娃马上预订全年的杂志,并决定某个星期二聚餐会邀请未来派参加。

"中心站"派谢尔盖·谢尔盖耶维奇·萨波日科夫为代表出席斯莫科夫尼科夫家的聚餐会。他穿一件肮脏的常礼服来赴宴。这件常礼服原是演《曼侬·莱什戈》①的道具,用绿棉绒布做的,他特地从剧院理发室租来的。在席面上他故意大吃特吃,还尖声怪笑,连自己都觉得讨厌。还当着契尔瓦的面说批评家都是"吃死兽的胡狼"。然后两腿一叉,身子向后一仰,抽起烟来,用手正了正汗淋淋的鼻子上的夹鼻眼镜。总的说来并没有超出大家的预料。

第二期出版后,决定举办晚会,取名"盛大亵渎会"。有一次达莎也来参加这个晚会。日罗夫打开大门,一看是她,立刻忙得不可开交,又给她扒套鞋,又给她脱大衣,还从她的呢连衣裙上摘掉一个线头。达莎闻到门厅里有大头菜味,觉得有些奇怪。日罗夫侧着身子,出出溜溜跟在后面,穿过走廊走进会场,问达莎说:

"您用的什么香水?这味儿可真好闻。"

达莎进去一看,对这轰动全城的大胆举动竟然这么平庸无奇就更加奇怪。虽说墙上胡乱画着眼睛、鼻子、胳膊、裸露的下体、倾斜的摩天高楼——总之,这一切加在一起,恰好构成瓦西里·文亚米诺维奇·瓦列特的自画像,他本人正默默站在这里,脸上还画着几条曲线。虽说不分宾主,都坐在用圆木头支的没刨的木板(这些都是捷列金捐助的)上,而经常到斯莫科夫尼科夫家参加星期二聚餐的青年诗人几乎全都到场了;虽说他们用故作涎脸的声音读了一些歪诗,什么在穿廊上爬行的汽车呀,什么"唾骂天上的老梅毒患者"呀,什么作者像嗑榛子一样咬碎教堂圆顶的年轻腭骨呀,什么令人莫名其妙到头痛地步的蝈蝈穿着呢大衣,携带旅行指南和望远镜,从窗口跳到马路上呀。可达莎不知为什么,只觉得这些吓人的玩意儿太贫乏了。只有捷列金这个人叫她打心眼儿里喜欢。大家谈话的时候,他走到达莎跟前,带着怯生生的笑容问她想不想喝茶,吃点儿夹肉面包。

"我们的茶和香肠可是平常的,很好吃。"

他的脸晒得发黑,刮得精光,样子蛮憨厚,一对蓝眼睛,十分善良,必要时会变得聪明和刚毅。

---

① 根据法国作家普雷沃(1697—1763)所著同名小说改编的一出歌剧。

达莎想,如果她同意,一定会使他高兴,便走进饭厅。里面有一张桌子,上面放着一盘夹肉面包和一个磕出了坑的茶炊。捷列金立刻把脏碟子收拾起来放到墙角的地板上。找了一圈也没找到抹布,便掏出小手绢擦桌子,给达莎倒茶,又挑一块最"精致"的夹肉面包。他那双有力的大手做这些活,总是慢条斯理,他还一边说着话,好像极力要使达莎在这堆垃圾中间也觉得舒服:

　　"我们的伙食搞得乱七八糟,这不假,可茶和香肠都是上等的,是从叶利谢耶夫店买来的。本来还有糖果,可都吃光了,不过,"他咬紧嘴唇,瞥了达莎一眼,他的蓝眼睛流露出犹豫,后来变成果断:"如果您不嫌恶的话,"说着从坎肩的口袋里掏出两块纸包糖。

　　"跟这样的人在一起不会受罪的。"达莎心里想,不过为了使他高兴还是顺口说:

　　"这正是我最爱吃的糖。"

　　然后捷列金在达莎对面侧身坐下,拿眼盯着芥末罐。他宽大的前额上,由于紧张而青筋暴起。他小心翼翼掏出手绢,擦擦前额。

　　达莎情不自禁地咧嘴笑了——这个长得蛮漂亮的大个子竟然这么缺乏自信,甚至准备躲到芥末罐后面。她想他家可能住在阿扎尔马斯什么地方,家里有个干净利索的老妈妈,常给他写严厉的家信,劝他改掉"把钱借给傻瓜的老毛病",告诫他"只有谦虚和勤奋才能受人尊敬"。而他在读信时一定唉声叹气,因为他明白自己并没有完全做到。达莎感到自己对这个人产生了好感。

　　"您在哪儿工作?"她问。

　　捷列金马上抬起眼睛,看到她的笑容,便也咧嘴笑了。

　　"在波罗的海工厂。"

　　"您的工作有趣吗?"

　　"不知道。我认为任何工作都是有趣的。"

　　"我想工人一定非常喜欢您。"

　　"这可从来没考虑过。不过,据我看他们不会喜欢我。他们为什么要喜欢我呢? 我对他们要求很严。不过我跟他们关系也不错。还合得来。"

"您说,今天在那个房间里搞的名堂,您真的喜欢吗?"

伊万·伊里奇前额上的皱纹立刻消失了。他大笑起来。

"他们是一群孩子。一群不要命的流氓。一群挺不错的孩子。我对这些房客很满意,达丽亚·德米特里耶夫娜。有时在工厂发生了不愉快的事,回到家心情很坏,可他们会让你看到新奇的玩意儿……第二天想起来还要笑破肚子。"

"可我对这些亵渎把戏一点儿也不喜欢,"达莎很严肃地说,"这简直是下流。"

他吃惊地望着她的眼睛。她又重复一遍:"一点儿也不喜欢。"

"不用说,首先是我的错,"伊万·伊里奇沉思地说。"是我鼓励他们干的。也真是的,请客人来,整晚上说些不知羞耻的话……这使您感到不快,太不好了。"

达莎含笑望着他的脸。她对这个几乎陌生的人可以无话不说。

"我觉得,伊万·伊里奇,您喜欢的应该是完全不同的东西。我觉得您是一个好人。比您自己想象得要好。真的,真的。"

达莎把胳膊肘靠在桌子上,支起下巴,用小拇指摇动嘴唇。她眼睛里流露出笑意,可他觉得这对眼睛非常可怕——这对有些冷漠的灰色大眼睛令他震惊。伊万·伊里奇不知所措了,把茶匙弯了又直,直了又弯。

这时幸亏伊丽莎白·基耶夫娜走进饭厅——她披着土耳其披肩,两条辫子像羊犄角盘在耳朵上。她向达莎伸出一只柔软的长手,自我介绍说:"拉斯托尔古耶娃。"坐下来又说:

"关于您,日罗夫对我讲了很多很多。今晚我曾仔细观察您的脸。您感到厌恶,这很好。"

"丽莎,要不要喝点儿凉茶?"伊万·伊里奇连忙问。

"不,捷列金,您知道我从来不喝茶……好了,您一定在想,哪儿来的怪物在跟您说话?我什么也不是。我无足轻重。既无才又无德。"

站在桌旁的伊万·伊里奇无可奈何地背过脸去。达莎垂下眼睑。伊丽莎白·基耶夫娜笑眯眯地仔细端详她。

"您举止文雅,生活优裕,而且长得非常漂亮。您不必争辩,这一点您很清楚。您当然了,有几十个男人会爱上您。仔细一想,也真窝囊,这一切的结局很简单——来个公的,您为他生孩子,然后去见上帝。真无聊。"

达莎气得嘴唇直哆嗦。

"我根本就不想当不凡的人,"她回答说,"并且不知道您为什么那么担心我未来的生活。"

伊丽莎白·基耶夫娜笑得更加快活了,只是她的眼神依然忧郁而温和。

"我方才说过,作为人我无足轻重,作为女人我让人讨厌,能受得了我的脾气的人为数不多,就是有,比方捷列金,也是出于怜悯。"

"丽莎,天知道您说的什么。"他连头也不抬,喃喃地说。

"我对您没有任何要求,捷列金,请放心好了。"接着她又对达莎说:"您经历过暴风雨吗?我经历过一场暴风雨。有个人,我很爱他,可他当然恨我。当时我住在黑海。有一次起了暴风雨。我对那个人说:'走哇,划船去……'他气急了,便跟我去……我们一下子冲到大海里去了……真快活。快活得要命。我从身上扒下连衣裙,对他说……"

"听我说,丽莎,"捷列金紧皱着嘴唇和鼻子说,"您胡扯些什么。我知道根本没有这种事。"

这时伊丽莎白·基耶夫娜带着古怪的笑容瞥了他一眼,突然大笑起来。她把两个胳膊肘放到桌上,把脸藏在胳膊肘里,一边笑,一边抖动着肥胖的肩头。达莎站起身对捷列金说她要回去,如果可以的话,她准备不跟任何人告别就走。

伊万·伊里奇小心翼翼给达莎递过皮大衣,仿佛这件皮大衣就是达莎的一部分,然后走下黑暗的楼梯,不时划亮火柴,并且难为情地说,楼梯又黑又滑,还冷飕飕的,终于把达莎送到拐角,叫了一辆拉座的雪橇,扶她坐好——赶雪橇的是个老头儿,他那匹瘦马落得满身雪。伊万·伊里奇没戴帽子,也没穿大衣,站在那里望了很久,直到矮矮的雪橇和上面坐着的少女的身影融化和消失在黄乎乎的雾里为止。然后他慢吞吞地走回

去,进了饭厅。只是伊丽莎白·基耶夫娜依然两手抱着头,坐在桌旁。捷列金挠挠下巴,皱着眉头说:

"丽莎。"

她迅速抬起头,抬得太快了。

"丽莎,您为什么,请原谅,老说这种话,搞得大家都不自在,都挺难堪?"

"你爱上她了。"伊丽莎白·基耶夫娜低声说,用她那带着忧郁神情、仿佛画上去的近视眼继续望着他。"我一眼就看出来了。可真无聊。"

"这是根本没有的事。"捷列金脸红了。"没有的事。"

"好吧,那就请原谅了。"她懒洋洋地站起来走了,土耳其披肩拖在地板上,沾满了尘土。

伊万·伊里奇在沉思中踱了一会儿步,喝了点儿凉茶,然后拿起达丽亚·德米特里耶夫娜坐过的椅子回到自己的房间。他先在屋里打量一下,把椅子放到墙角上,用五个指头抓住自己的鼻子,仿佛非常诧异地说:

"胡说。真是胡说八道!"

对达莎说来,这次见面是司空见惯的事——她遇见了一个好人,如此而已。像达莎这种年纪,对外界的观察和听觉都不仔细——听觉被血液的喧响震聋了,而眼睛不管看什么,即使是别人的脸,也像照镜子似的,只能看到自己的模样。像这种年纪的人,只有畸形才能激发她们的幻想,至于漂亮的男人、迷人的风景和一般的美丽的艺术品,不过是天天陪伴十九岁女王的随从。

伊万·伊里奇可就大不相同了。达莎的来访已经过去一个多星期了,如今他倒觉得奇怪,这个皮肤嫩得发红、穿黑呢连衣裙、把浅灰色头发拢得高高的、长着傲慢的孩子气小嘴的少女,怎么能在不知不觉(他甚至没马上跟她问好)中那么随便(走进来、坐下、把手笼放在膝盖上)出现在他们乱哄哄的寓所里。更为不可理解的是,他怎么会那么平静地跟她谈起叶利谢耶夫店的香肠。

竟然把口袋里焐暖的水果糖掏给她吃?真混账!

伊万·伊里奇有生以来(他刚满二十九岁)已经恋爱了六次:早在喀

山读中学的时候,他就爱上一个发育成熟的姑娘,叫玛鲁霞·赫沃耶娃;她是兽医的女儿,早就开始逛马路了,但总是毫无结果,每当下午四点,她总是穿着一件长毛绒大衣出现在最热闹的大街上;不过玛鲁霞·赫沃耶娃不想胡闹,干脆拒绝了他。于是他没经过任何过渡,又爱上了到喀山巡回演出的女演员阿达·季列;这个女演员轰动了喀山,因为她不论演什么时代的小歌剧,都要设法穿游泳衣登场,连剧场经理部在海报上也特别说明:"名演员阿达·季列,曾荣获大腿美金奖"。

伊万·伊里奇甚至曾溜进她的寓所,把从市公园采来的一束鲜花献给她。可是阿达·季列把鲜花拿给长毛叭儿狗去闻,并对伊万·伊里奇说,当地的伙食把她的胃搞坏了,求他跑一趟药房。恋爱就这样告吹了。

后来他来到彼得堡上大学,又爱上医科的女生维利布舍维奇,甚至到解剖室里赴过约会,但是不知什么缘故,也没有什么结果,维利布舍维奇离开学校,到县城当医生去了。

有一次伊万·伊里奇被一个大商店的女时装设计师爱上了,她叫济诺奇卡。她爱得死去活来,眼泪汪汪,而他出于腼腆和心软,尽量满足她的要求,当她随着商店时装部迁到莫斯科的时候,他真是轻松地吐了口气——总算摆脱了天天完不成使命的紧张感。

他最后一次爱情发生在前年夏天六月。他住的房间朝小院,每当夕阳西下,院里对面的窗口就会出现一个身材瘦削、脸色苍白的姑娘。她一打开窗户,就拿出一件棕红色的连衣裙,使劲抖搂,再用刷子刷,然后就穿上它,走出来到街心公园坐坐。

在静谧的黄昏,伊万·伊里奇在公园里跟她攀谈起来——从此以后,每天傍晚他们便一起散步,欣赏彼得堡的落日,聊聊天。

这个姑娘叫奥莉亚·科马罗娃,孑然一身,原来在公证处当职员,老是有病——咳嗽不止。他们便谈她的咳嗽,谈生病,谈独身的人每到黄昏多么寂寞,还谈她的女朋友基拉爱上一个好人,跟他到克里米亚去了。他们谈得很枯燥。奥莉亚·科马罗娃对幸福已失去信心,所以毫不难为情地把心事和盘托出,甚至对伊万·伊里奇说,她有时指望他会爱她,跟她同居,带她去克里米亚。

伊万·伊里奇十分可怜她,也很尊敬她,就是没法爱她,尽管他们谈话之后,他有时摸黑躺在沙发上想:他是个多么自私、没有心肝、多么缺德的人。

秋天奥莉亚·科马罗娃患了感冒,便卧床不起。伊万·伊里奇把她送到医院,又从医院送到墓地。她临死之前曾说:"我的病能好的话,您会跟我结婚吗?""我保证,一定跟您结婚。"伊万·伊里奇回答说。

他对达莎的感情跟以前那几次大不相同。伊丽莎白·基耶夫娜说:"爱上她了。"但是要爱总得爱一种能够得到的东西,比方说,总不能爱一尊石像或天上的白云。

他对达莎的感情有些特别,他从未经历过,并且难于理解,因为这种感情的基础太薄弱了——只不过谈了几分钟的话,还有放在墙角上的那把椅子。

这种感情甚至并不强烈,但是伊万·伊里奇很想从现在起做个与众不同的人,开始注意自己的言行。他常想:

"我都快三十了,可从前生活得稀里糊涂。像野草一样乱长,没有约束。自私自利,不关心人。趁为时不晚,应该求上进。"

三月末一个早春的日子突然闯入白雪皑皑、捂得严严的城市,打清晨起门上的檐板和屋檐便开始有水珠闪烁,滴滴答答往下落,排水管里响起哗哗的水声,下面绿色大木桶接得满满的,溢出水来;大街上雪化得泥泞不堪,柏油路冒起蒸气,一块一块晒干了;这时沉重的皮大衣只好搭在肩上,而你抬头一看:有个留山羊胡的男人只穿上衣就出来了,周围的人都回头看他,露出微笑,可你翘首仰望,上面是深邃无底的蓝天,仿佛用水洗的一样清澄——在这样一个早春日子里,下午三点半,伊万·伊里奇从坐落在涅瓦大街的技术事务所走出来,解开黄鼬皮大衣的纽扣,被阳光照得眯缝起眼睛。

"活在世上毕竟不错。"

就在这一刹那,他看见了达莎。她从人行道边上款款走来,穿着一件蓝色夹大衣,左手拎着小纸包摆来摆去;蓝色小帽上插着几朵白甘菊,不住地颤动着;她的脸流露出若有所思、快快不乐的神色。她从西向东走,一轮光芒四射的硕大的太阳从她背后深邃的蓝天上喷射着春天的娇艳,照到一块块水洼上、电车的铁轨上、玻璃窗上、行人的后背和脚底下、马车的辐条和铜饰上。

达莎仿佛从蓝天和阳光里走来,又走过去,消失在人群中。伊万·伊里奇朝她走去的方向望了很久。他的心跳得缓慢有力。空气很浓郁,富有刺激性,令人头晕目眩。

伊万·伊里奇慢步走到拐角上,在一根贴海报的电线杆跟前倒背着手站了半天。"开膛大师杰克的新奇有趣的表演。"他读着,茫然不解,却感到从来没有过的幸福。

他刚离开电线杆,又看到达莎。她正往回走,跟方才一样,插着白甘菊,拎着小纸包,从人行道边上走来。他迎上去,摘下礼帽。

"达丽亚·德米特里耶夫娜,天气真好……"

她轻轻哆嗦了一下,抬起冷冰冰的眼睛望着他——由于阳光直接照射到眼睛上,眼里闪烁着绿色的斑点——温柔地一笑,伸出戴白羊皮手套的手,友好地紧握着。

"我遇到您可太好了。我今天还想起您来着……真的,真想过。"达莎点了点头,小帽上的白甘菊也跟着点头。

"达丽亚·德米特里耶夫娜,我方才到涅瓦大街办事,这回可整天没事了。这天气有多好……"伊万·伊里奇竭力抿着嘴憋足了劲,不让自己咧开嘴笑。

达莎问:

"伊万·伊里奇,您能不能送我回家?"

他们拐进旁边一条横街,在阴影里走。

"伊万·伊里奇,要是我问您一件事,您不会觉得奇怪吧?当然不会,那我就跟您说说。只是您要立刻回答。不必思考,直截了当。我怎么问,您就怎么答。"

她的脸色显得心事重重,眉头紧皱。

"从前我总觉得是这样,"她用手在空中比划一下,"世界上有小偷、骗子、杀人凶手……他们都像蛇,像蜘蛛,像老鼠似的藏在角落里。可是人,所有的人,可能有各种弱点,性格很怪,但他们都是善良的,一目了然……您看那边来了一个小姐,从外表上看她什么样,就是什么样。那时我觉得整个世界都是用美丽的颜色画成的。您懂我的意思吗?"

"可是,这不很好吗,达丽亚·德米特里耶夫娜……"

"听我往下说。可我现在好像掉进这幅画里边去了,又黑又闷……我发现一个人可能很可爱,甚至有某种特别动人的地方,只要凭直觉就可以感觉出来。与此同时,他又有罪,有很大的罪。您不要以为,比如到小吃部偷两个馅饼,而是真正有罪——欺骗丈夫,"达莎扭过脸,她的下巴抖动了一下,"这个人跟别人私通。一个有夫之妇。这么做可以吗?我问您,伊万·伊里奇。"

"不,不,不可以。"

"为什么不可以?"

"为什么,我一下子说不清,不过我觉得不可以。"

"您以为我不是这样想的吗?从两点钟我就愁得到处乱走。天气这么晴朗清新,可我怎觉得在这些楼房里,在窗帘背后藏着许多犯罪的人。而我不得不和他们生活在一起,您明白吗?"

"不,我不明白。"他迅速回答说。

"不,我不得不这样呀。唉,我多发愁呀。这意味着我不过是个好孩子。而这座城市不适合小孩子居住,它是为大人造的。"

达莎在一座楼房台阶前面停住脚步,用高勒皮鞋的鞋尖把一个烟盒在柏油路上踢来踢去,烟盒上画一个绿衣女郎,嘴里喷着烟雾。伊万·伊里奇望着达莎脚上穿的漆皮鞋鞋尖,心中觉得达莎好像在融化,好像雾一样在消散。他想留住她,可用什么力量呢?有这样一种力量,他感到这力量在压迫他的心,在扼住他的喉咙。但是对达莎说来,他的这种感情不过像墙上的影子,因为在她眼里,他不过是一个"善良的好人伊万·伊里奇"而已。

"好,再见,谢谢您,伊万·伊里奇。您真好,真善良。我并没感到轻松,不过我还是非常非常感谢您。您已经理解我的心情了,是吧?世上竟然有这种事。只有长成大人,再也没有别的办法。您得闲的时候过来玩吧。"她笑了笑,摇摇他的手,进了大门口,消失在黑暗中。

第 六 章

达莎一拉开自己房间的门,便莫名其妙地站在那里:屋里散发着鲜花的芬芳,她立刻看见梳妆台上放着一个花篮,高高的梁,上面系着蓝蝴蝶结,便跑到跟前,把脸埋在花里。花篮里是帕尔马紫罗兰,虽然被揉搓了,依然很新鲜。

达莎心情激动。她一大早就觉得想要什么东西,究竟是什么自己也说不准。如今她明白了,她想要的就是紫罗兰。可是这是谁送来的呢?是谁今天这么关心她,甚至能猜到连她自己也没想出来的东西呢? 只是蝴蝶结放在这里不合适。达莎一边解下蝴蝶结,一边想:

"她尽管心情不好,可不是个坏姑娘。不管你们干什么犯罪勾当,她却我行我素。或许你们认为她太高傲了吧? 不过这种傲气也会有人理解,甚至加以欣赏。"

原来蝴蝶结里还塞着硬纸片,竟是一张便条,上面用陌生的笔体写着五个大字:"要珍惜爱情!"背面标着:"尼茨花房"。这就是说有人在买花时写上"要珍惜爱情!"这几个字。达莎提起花篮到走廊上喊:

"莫卧儿,这花是谁送来的?"

莫卧儿看看花篮,轻爽地叹口气——这些玩意儿跟她毫不相干。

"花店的小伙计给叶卡捷琳娜·德米特里耶夫娜送来的。太太叫放在您的房里。"

"是谁派他来的,说过没有?"

"什么也没说,只告诉交给太太。"

达莎回到房里,站在窗前。透过玻璃可以看到落照——霞光从左侧邻房的砖墙后面射出,洒满天空,变成绿色,并渐渐淡下去。就在这绿幽幽的空间出现一颗星星,闪闪发光,像刚刚洗过一样晶莹。下面现在变得雾茫茫的狭窄街道上,街灯一下子都亮了,只是亮度不够,光线暗淡。就在左近响起汽车喇叭声,可以看见汽车从街上驶过,消失在暮霭里。

屋里完全黑了,紫罗兰散发着幽香。花是跟卡佳犯罪的那个男人送来的。这一点肯定无疑。达莎站在那儿想,如今她像苍蝇一样坠入类似蜘蛛网的东西里——这种网薄得看不见,却富有诱惑力。这种"网"隐藏在湿润的花香中,矫情而动人的"要珍惜爱情!"的字样中,隐藏在这春夜的魅力中。

她的心突然狂跳起来。达莎立刻觉得她好像用手指摸得到、好像看得到、听得到并感觉得到一种甜蜜得令人陶醉的被禁止的隐秘的东西。她好像突然精神上获得解脱,竟可以放任自己了。最不可理解的是,她怎么会突然一下子来到这儿。她的严肃好像一层薄薄的冰墙已经融化了,化成烟雾,就跟街道尽头那辆坐着两个戴白帽子的太太的汽车悄然消失在里面的烟雾一样。

只是心乱跳,头有些发晕,周身感到一种愉快的寒意,仿佛一首乐曲径自唱着:"我活着,我爱着。欢乐、生活、整个世界都是我的,我的!"

"告诉你说,我的亲爱的,"达莎睁开眼,出声地说,"你是一个处女,我的朋友,你的脾气糟透了……"

她走到房间的另一个角落,在一张柔软的大沙发椅上坐下,一边慢慢剥掉巧克力糖纸,一边回忆这两周所发生的事。

家里没有任何变化。卡佳甚至对尼古拉·伊万诺维奇格外体贴。而他兴致蛮好,正准备在芬兰修一所别墅。只有达莎一个人默默忍受着两个盲人之间的这场"悲剧"。她不敢主动跟姐姐提这件事,而卡佳平时很注意观察达莎的情绪,这次仿佛什么也没察觉。叶卡捷琳娜·德米特里耶夫娜为自己和达莎定做了复活节的春装,花很多时间跟裁缝和时装设计师商量,经常参加慈善义卖活动,还应尼古拉·伊万诺维奇的请求举办文艺晚会,目的是为社会民主党左翼(所谓的布尔什维克)委员会募捐,需要保密。如今除星期二聚餐会之外,每逢星期四也招待客人——总之,她没有一分钟的闲工夫。

"你这一阵子总是胆怯,拿不定主意,对你所思考的问题像绵羊一样根本不懂,只要你自己没尝过苦头,恐怕永远也搞不懂,"达莎想着,不禁悄悄笑了。她内心深处好像幽暗的湖水,只有冰做的小圆球沉下去,不会产生任何美好的影像,这几天常常出现的是别索诺夫刻薄凶恶的形象。现在就是这样,由于她放任自己,于是他便占据了她的心。达莎渐渐平静下来,在昏暗的房间里只能听到滴滴答答的钟声。

接着远处的房门砰的一声关上,听见姐姐的声音问:

"你早就回来了?"

达莎从沙发椅上站起来,走到前厅。叶卡捷琳娜·德米特里耶夫娜马上问:

"你的脸怎么这么红?"

尼古拉·伊万诺维奇一边脱厚呢大衣,一边说了句俏皮话,这是从情人演员的台词里借用的。达莎狠狠瞥了一眼他软软的厚嘴唇,跟卡佳走进姐姐的卧室。进了屋,在梳妆台旁坐下。这件梳妆台跟房里的其他东西一样,既雅致,又小巧玲珑。然后听姐姐絮絮叨叨讲散步时所碰到的熟人。

叶卡捷琳娜·德米特里耶夫娜一边讲,一边收拾带大镜子的衣柜,衣柜里放着手套、花边、面纱和女人的缎子鞋——许许多多小玩意儿,都散发着她用的香水味。"原来克伦斯基①又输了一场官司,穷得精光;我碰见他夫人,她对我诉苦说,她的日子太艰难了。季米里亚泽夫家小孩出麻疹。舍恩别尔格又跟那个歇斯底里的女人同居了,据说她甚至在他家开枪自杀过。你看,春天就是这样。可今天天气多么好!街上的人像喝醉了酒,东游西逛。对了,还有个消息,我遇见了阿昆金。他告诉我说,马上就会爆发革命。你知道,不论工厂还是农村,到处发生骚动。啊,但愿它早点儿爆发吧。尼古拉·伊万诺维奇高兴极了,把我领到'皮瓦多'饭店,我们喝了一瓶香槟,没影儿的事,我们却庆祝起未来的革命了。"

达莎一面默默地听姐姐讲,一面拿着装香水的玻璃瓶,把瓶盖打开盖上,盖上再打开。

---

① 克伦斯基(1881—1970),俄国律师,一九一七年参加社会革命党,二月革命后任临时政府总理,十月革命后逃亡外国。

"卡佳，"她突然说，"你知道，像我这样的人对谁都没有用处。"叶卡捷琳娜·德米特里耶夫娜正把一只丝袜子往手上套，立刻转过身，仔细看看妹妹的神色。"主要是我觉得对自己无用。好像一个人决定只吃生胡萝卜，就以为会出人头地似的。"

"我不明白你说的什么。"叶卡捷琳娜·德米特里耶夫娜说。

达莎望着她的背影，叹口气说：

"人人都不好。人人我都责备。有的愚蠢，有的讨厌，还有的卑鄙。只有我自己好。我在这里格格不入，所以我很难过。我连你也责备，卡佳。"

"为什么？"叶卡捷琳娜·德米特里耶夫娜并不回头，只是悄声地问。

"不，你要明白，我高傲得不得了，这就是我的全部优点。这不过是愚蠢，我再也不愿意跟你们格格不入了。我够了。总之，你明白，我喜欢一个人。"

达莎说完，低垂着头。她把手指伸进香水瓶，怎么也拔不出来。

"好呀，小妹妹，如果你喜欢他，可就谢天谢地了。你会幸福的。你应该得到幸福，不然又有谁应该得到幸福呢？"叶卡捷琳娜·德米特里耶夫娜轻轻叹了口气。

"可你要知道，卡佳，事情并不那么简单。我觉得我并不爱他。"

"如果你喜欢的话，就会爱上的。"

"关键在于我并不喜欢他。"

叶卡捷琳娜·德米特里耶夫娜关上衣柜门，在达莎身旁站住。

"方才你自己说喜欢……这可真……"

"卡秋莎，别挑字眼儿。你可记得在谢斯特罗列茨克遇见的那个英国人吗？我喜欢他，甚至爱上他了。可当时我能控制自己……尽管我发脾气，不敢见人，夜里偷着哭。可这个人……我甚至不知道是不是他……不，是他，是他，是他……扰乱了我的心……我如今完全变了一个人。好像被什么烟熏迷糊了……如果他现在走进我的房间，我连动也动弹不得……只好听他摆布……"

"达莎，你说的什么话？"

叶卡捷琳娜·德米特里耶夫娜在妹妹身边的椅子上坐下,把她拉近一些,捧起她的热乎乎的手,吻吻手心,可达莎慢慢抽出手,叹了口气,用手支着头,久久地望着发蓝的窗户和窗外的星星。

"达莎,他叫什么?"

"阿列克谢·阿列克谢耶维奇·别索诺夫。"

卡佳听了,挪到旁边的椅子上,用手捂住喉咙,一动不动坐在那里。达莎看不清她的脸,因为脸全被阴影遮住了,却感觉出来向她提了一件可怕的事。

"这倒更好,"她掉过脸去,暗自想道。有了这种想法,她反而觉得轻松和空虚了。

"请问,为什么别人可以,我就不可以呢?这两年我听说过六百六十六次诱惑,我活这么大只在滑冰场上跟中学生吻过一次。"

她大声叹了口气,便不再说了。叶卡捷琳娜·德米特里耶夫娜现在佝偻身子坐着,两手放在膝盖上。

"别索诺夫是坏人,"她说,"是个可怕的人,达申卡,你在听我说话吗?"

"听着呢。"

"他会把你毁了的。"

"嗯,现在还有什么办法?"

"我不希望发生这种事。最好让别人去……而不是你,不是你,我的亲妹妹。"

"不,小老鸹,人人嫌,黑羽毛,黑心肝,"达莎说,"请问,别索诺夫坏在哪儿呢?"

"我说不上来……不知道……可我一想起他,就浑身发抖。"

"可你好像也挺喜欢他?"

"没有的事……我恨他!……但愿上帝保佑你,不要上他的当。"

"你可知道,卡秋莎……现在我非陷进他的罗网不可。"

"你说什么?……我们俩都疯了。"

而达莎喜欢的正是这样的谈法,就像跷脚走在木板上似的。看到卡

43

佳激动的样子,她暗暗高兴。至于别索诺夫她几乎忘得干干净净,却故意絮絮叨叨地讲起自己对他的感情,描绘跟他见面的情景以及他的相貌。她的话有意夸大其词,给人的印象仿佛她真害了相思病,彻夜不眠,恨不得马上就跑去找别索诺夫。讲到最后连她自己也觉得可笑,很想抱住卡佳的肩膀,好好亲亲她:"要说傻,就是你最傻,卡秋莎。"可叶卡捷琳娜·德米特里耶夫娜突然从椅子上滑下去,坐到地毯上,两手抱住达莎,把脸埋到她的膝盖上,浑身打颤,用一种甚至吓人的声音喊道:

"饶了我,饶了我吧……达莎,饶了我吧!"

达莎反倒吓坏了。俯到姐姐身上,由于惊恐和怜悯,自己抽抽噎噎地哭起来,并且开始问姐姐,她说的话是什么意思?为什么要饶恕她?可叶卡捷琳娜·德米特里耶夫娜咬紧牙,不住地抚摩妹妹,不住地吻她的胳膊。

吃午饭时,尼古拉·伊万诺维奇看看两姐妹的脸说:

"是这样。能不能让我也知道这些眼泪的原因呢?"

"眼泪的原因是我的心情不佳,"达莎马上回答说,"请放心好了,不用你告诉我也明白,我还赶不上尊夫人的一个小拇指呢。"

午饭要吃完,正准备喝咖啡的时候,来客人了。尼古拉·伊万诺维奇考虑到家里人情绪欠佳,决定到酒馆去玩玩。库利切克往车库打电话要车,卡佳和达莎回房换衣服。契尔瓦来了,听说他们要到酒馆去,突然大发脾气:

"这些没完没了的狂饮,到底谁受损失呢?俄罗斯文学!"可他也跟其他客人一起被拉进了汽车。

"北方巴利米拉"①酒家熙熙攘攘,人声鼎沸,宽敞的大厅位于地下室,被精制玻璃大吊灯的白光照得通明。这些大吊灯、从池座飘起的香烟的烟雾、摆得密密麻麻的小餐桌、穿燕尾服的男人、裸露肩头的女人和头上染的假发——有绿的、紫的和白的——一束束雪白的羽毛、在脖颈和耳朵上摇颤的璀璨的宝石——有橙黄色、碧蓝色和正红色——在昏暗中溜

---

① 巴利米拉是叙利亚的古城名,北方巴利米拉是彼得堡的别名。

来溜去的侍者、一个举起双手的瘦子和他那根在紫红色丝绒幕布前像魔杖似的晃来晃去的指挥棒、铜号的闪光——这一切都映照在墙上镶的大镜子里,现出重重叠叠的影像,仿佛这里能无限地延伸开去,坐得下整个人类,容得下全世界。

达莎一边用麦秸秆啜着香槟,一边打量其他的桌子。有一张桌上放着挂水珠的维德罗①和一堆龙虾壳,桌旁坐着一个男人,脸刮得精光,还擦着粉。眼睛半睁半闭,嘴紧闭着,露出轻蔑的神气。他坐在那里显然在想:电灯总归要灭的,所有的人都要死的——还有什么值得高兴的呢?

这时幕晃动了,向两边分开。一个满脸悲苦皱纹的小个子日本人走到台前,于是彩球、碟子、火把在空中团团飞舞。达莎想:

"卡佳为什么要说:饶了我,饶了我吧?"

突然仿佛有一只发箍紧紧箍在头上,心也停止了跳动。"难道说?"但她摇摇头,长叹一口气,甚至不让自己去想"难道说"的下文,朝姐姐瞥了一眼。

叶卡捷琳娜·德米特里耶夫娜坐在桌子另一头,显得疲倦、忧郁和美丽,使得达莎不禁热泪盈眶。她把手指放在嘴唇前,偷偷吹一下。这是她俩之间的暗号。卡佳看到,明白妹妹的意思,便慢慢露出温柔的笑容。

大约半夜两点他们发生了争论——到哪儿去?叶卡捷琳娜·德米特里耶夫娜提出回家。尼古拉·伊万诺维奇说,大家说上哪儿,他就上哪儿。"大家"决定"往前走"。

这时达莎透过稀落的人群看见别索诺夫。他把胳膊肘整个儿放在餐桌上,坐在那里仔细听阿昆金讲什么。阿昆金嘴上叼着已嚼剩一半的纸烟,一边讲一边用指甲在桌布上使劲地划着。别索诺夫正盯着这划来划去的指甲。他的脸色苍白,神情专注。达莎透过喧闹声好像听他说:"完蛋了,一切都完蛋了。"恰在这时有个大肚子的鞑靼侍者把他俩挡住了。卡佳和尼古拉·伊万诺维奇站起身,招呼达莎,达莎却怀着好奇心,依然十分激动地坐在那里。

---

① 维德罗就是水桶,在俄国又是计量单位。1 维德罗约合 12 升。

他们走到街上,寒气迎面扑来,他们立刻感到振作和爽适。黑紫色的天空里,繁星凌乱。达莎背后有人笑着说:"真他妈的漂亮的夜呀!"一辆汽车开到人行道旁,汽车后面喷出的臭气里钻出一个衣衫褴褛的人,一把摘下便帽,蹦蹦跳跳走到车旁,给达莎打开车门。达莎一边上车,一边打量这个人,见他骨瘦如柴,胡子拉碴,冻得咧着嘴,抱着膀子,浑身打哆嗦。

"恭喜您在豪华肉感的宫殿里度过愉快的夜晚!"他振作精神,用嘶哑的声音喊道,灵巧地接过不知是谁扔给他的二十戈比银币,用手举起破帽子表示敬意。达莎感到他那对凶恶的黑眼睛好像利刃从她身上划过。

他们回到家,夜已深了。达莎仰面躺在被窝里,甚至不是睡着了,而是失去知觉,她仿佛全身都瘫痪了——已经疲乏到这种程度。

突然她呻吟一声,掀开胸前的被子,坐起来,睁开眼睛。阳光透过玻璃窗照到拼花地板上……"我的上帝,这有多可怕呀?!"方才的情景真可怕,她差点儿哭出来,等她定下神来,又把一切都忘了。只是心头还留着做了一场噩梦的痛苦。

吃过早饭,达莎到讲习班去,报名参加考试,还买些书。直到午饭之前的确过着严肃的劳动生活。一到晚上,又只好穿上丝袜(早晨还下决心只穿棉线袜子),胳膊和肩头都搽上粉,把头重新梳一下。"在脑后挽个发髻挺不错,不然的话,大家光嚷嚷梳个时髦的发式,可头发一披散开,能梳什么发式呢?"这简直是活受罪。在新做的蓝绸子连衣裙前襟上发现一块香槟酒的酒渍。

达莎突然觉得这件衣服太可惜了,也为自己虚度光阴而感到惋惜,竟然抱着脏裙子坐下,大哭起来。尼古拉·伊万诺维奇把头探进门,一看达莎只穿衬衫坐在那儿哭,便去唤妻子。卡佳跑来,一把抓起连衣裙,感叹说:"唉,这一下子就洗掉了,"然后唤莫卧儿,让她取来汽油和热水。

连衣裙洗干净,又给达莎穿好衣服。尼古拉·伊万诺维奇在前厅急得连说"见鬼":"这可是首次演出,先生们,不能迟到。"等他们来到剧院当然晚了。

达莎跟叶卡捷琳娜·德米特里耶夫娜并排坐在包厢里,望着台上一个魁梧的男人,颔下粘着假胡子,不自然地瞪着眼睛,在扁平的大树底下对一个穿鲜艳的粉红色衣服的少女说：

"我爱你，我爱你。"一边拉住她的手。尽管这个剧的调子并不悲惨，可达莎一直想哭，她替穿粉衣服的少女感到惋惜，并为情节发展不对味而生气。后来是这样的：少女像是爱他，又像不爱他；他上前拥抱，她却像女水妖一样，一阵狂笑，跑到坏蛋那里。这个坏蛋穿白裤子，在后场一闪就不见了。男主人公抱住头，说要毁掉手稿——这是他一生的心血。第一幕就结束了。

包厢里来了一些熟人，照例开始了一场急促热烈的谈话。

矮小的舍恩别尔格长着秃头顶，布满皱纹的脸刮得精光，仿佛老要从硬衬领里跳出来。他说这个剧很吸引人。

"又是性的问题，但问题提得很尖锐。人类总该结束这个该死的问题了。"

阴郁的大个子布罗夫对这个问题作了回答。他担任特别重要的案件的侦查，又是一位自由主义者。他的老婆跟跑马场的老板跑了。

"看对什么人说——对我来说，这是已经解决的问题。女人存在的这一事实本身，就是欺骗，而男人行骗则要讲究手段。性的问题不过是一种肮脏的勾当，而手段则是刑事犯罪的一种方式。"

尼古拉·伊万诺维奇望着妻子大笑起来。布罗夫用阴沉的调子继续说：

"鸟到下蛋的时候，公鸟便换上花尾巴。这就是欺骗，因为它的尾巴生下来是灰的，不是花的。树要开花，也是一种欺骗，是诱饵，而它的要害在地底下乱七八糟的根子上。而最善于欺骗的还是人。人既不会开花，也没有尾巴，只好用三寸不烂之舌；而最令人讨厌的地地道道的欺骗，就是所谓的爱情，以及跟爱情有联系的一切。这种东西只有黄花少女才觉得神秘，"他拿眼瞟了一下达莎，"如今，在全面愚昧的时代，有些正经人居然也干起这种无聊的把戏。是呀，俄国正患消化不良症。"

他带着犯胃病似的苦脸，俯身在糖盒上，用手指翻了一气，一块也没选中，又把用皮带挎在脖子上的航海望远镜举到眼前。

话题转到政治的停滞和反动。库利切克压低声音激动地讲了一件最近发生的宫廷丑闻。

"真可怕,真可怕。"舍恩别尔格急促地说。

尼古拉·伊万诺维奇拍一下膝盖说:

"革命,先生们,我们刻不容缓地需要革命。不然我们就得憋死了。我听到消息说,"他压低嗓音,"工厂里很不安定。"

舍恩别尔格由于兴奋把十个指头朝上托掌着。

"可什么时候呢,什么时候?总不能无限期地等下去。"

"我们会等到的,亚科夫·亚历山大罗维奇,会等到的,"尼古拉·伊万诺维奇快活地说,"还要把司法部长的位子交给阁下呢。"

关于这些问题、关于革命和部长的人选,达莎早已听腻了。她把胳膊肘挂在包厢用天鹅绒包的栏杆上,用另一只胳膊搂住卡佳的腰,向池座里张望,有时看见熟人就含笑地点点头。达莎知道并且看得出来,她跟姐姐是招人喜欢的,而人群中这些惊奇的目光——男人是温柔的,女人是恶狠狠的——只言片语和微笑,犹如令人陶醉的春风,令她兴奋。要哭的心情早已烟消云散。卡佳的一绺鬈发搔得她耳边的脸颊发痒。

"卡秋莎,我爱你。"她轻声说。

"我也爱你。"

"我住在你这儿,你高兴吗?"

"非常高兴。"

达莎正想再对卡佳说点儿暖心的话,突然看见了下边的捷列金。他身穿黑礼服,拿着帽子和戏报站在那里,为了不惹人注目连头也不抬,只是向上翻着眼睛望着斯莫科夫尼科夫家的包厢,已经望了好长时间。他那硬邦邦的脸孔晒得黑黝黝的,在周围不是过于苍白就是枯瘦不堪的脸孔中间显得非常突出。他头发的颜色也比达莎想象的要浅得多——几乎像裸麦一样黄。

他的目光跟达莎相遇之后,他马上鞠了一躬,然后转过身,却把帽子掉了。他刚一弯腰,碰到了坐在沙发椅上的胖太太,连忙道歉,涨红了脸,后退一步,又踩了美学杂志《缪斯的合唱》的编辑的脚。达莎告诉姐姐:

"卡佳,他就是捷列金。"

"看见了,挺可爱。"

"太可爱了,我真想吻他。卡秋莎,但愿你能知道,他是个多么聪明的人。"

"可是,达莎……"

"什么?"

但是姐姐又不作声了。达莎心里明白,也沉默了。她又觉得难过起来——她那蜗牛壳似的心里出了毛病,有一阵子把它忘了,可是再往里细瞧:黑洞洞的,令人忐忑不安。

当大厅里熄了灯、幕又向两边拉开的时候,达莎叹了口气,掰块巧克力放进嘴里,开始仔细听。

粘假胡子的人继续吓唬说要烧稿子,而那个少女坐在钢琴旁只管嘲笑他。显然应该赶快让这个老姑娘出嫁,用不着把故事再拖上三幕。

达莎抬眼望望大厅的天花板,上面有个半裸的美女在彩云中飞翔,脸上带着快乐明朗的微笑。"天哪,她多么像我呀。"达莎想。她马上用旁人的眼光观看自己:一个少女坐在包厢里,吃着巧克力,信口开河,自己也不明白说的是什么,一心盼着发生什么不寻常的事。但什么事也不会发生。"我要是不去找他,听不见他的声音,感觉不到他在身边,我就活不成了。其余的一切都是假的。人就要表里一致。"

从这天晚上起达莎不再犹豫了。她如今知道她一定会去找别索诺夫,并且害怕这一时刻到来。有一阵子她决定回萨马拉父亲家里。可是转念一想,一千五百俄里路程未必就能使她摆脱诱惑,便作罢了。

她那健康的童贞愤愤不平了,然而世上的一切都偏袒这"另一个人",她又有什么办法。加上这么长时间她一直为相思别索诺夫而痛苦,可他压根儿不理睬她,只管住在石岛街享受快乐,并且写诗赞美穿花边裙子的女演员——这样的屈辱毕竟难于忍受。达莎的每一滴血里都充满了他。她把心都放在他身上了。

达莎现在故意把头梳得很光滑,在脑后挽个髻,穿上从萨马拉带来的旧中学制服,一个劲儿苦苦背诵罗马法,既不见客人,也不参加娱乐。要做到表里一致真不容易。达莎简直有些胆怯了。

49

四月初的一个颇有寒意的傍晚,落照已经熄灭了,绿幽幽的天空退了色,洒满磷光,在地上照不出一点儿阴影,达莎从岛上徒步往回走。

她离家时说是上课去,其实却坐上电车来到叶拉金桥,沿着光秃秃的林荫路游荡了一晚上,走过一道道桥,望望桥下的流水,望望在落日橙黄色余晖中伸展开的淡紫色树枝,望望来往行人的脸孔,望望长满青苔的树干后面闪过的车灯。她什么也不想,也不急于到哪儿去。

她心情平静,全身沉浸在海边略带咸味的空气里。这春天的空气仿佛透入肌骨。脚走不动了,却不想回家。在宽阔的石岛街上,马车在奔跑,长长的汽车疾驰而过。三三两两的游人有说有笑地走去。达莎拐进侧面一条小巷。

这里静悄悄、空荡荡的。屋顶上天空绿幽幽的。从家家落下窗帘的窗户里传出音乐。这儿在练习奏鸣曲,这儿在弹一支非常熟悉的华尔兹,而这儿在一家小阁楼被夕阳染红了的不透明的窗户里,有人在拉小提琴。

达莎全身好像被音乐浸透了,她的心也在歌唱,发出幽怨。她觉得她的身子变得轻飘而纯洁了。

她拐进街角,看见一座房子墙上的门牌,微微一笑,走到正门跟前,门上的铜狮子头顶上有一张名片——"阿·别索诺夫",然后使劲按按门铃。

第 七 章

"维也纳"饭店的看门人一边替别索诺夫脱大衣,一边意味深长地说:

"阿列克谢·阿列克谢耶维奇,有人在等您。"

"什么人?"

"一位女士。"

"到底是什么人?"

"我们没见过。"

别索诺夫把茫然的目光越过众人的头顶,穿过顾客满座的大厅走到最远的角落。侍者的领班洛斯库特金把花白的连鬓胡子触到他后肩上,告诉他说有平时难得到的正脊羊肉。

"我不想吃,"别索诺夫说,"来点儿白葡萄酒,我最喜欢的那种。"

他把双手放在餐桌上,端端正正、一本正经坐在那儿。在这一时刻,在这种地方,他往往处于阴郁的灵感来潮的习惯状态。一天积累的印象都纳入整齐明确的形式之中,在他的心灵深处,受到罗马尼亚小提琴的呜咽、女人的香水味和熙熙攘攘的大厅里闷热的刺激,产生出这种来自外界的形式的影子——这就是灵感。于是他觉得,他内心有一种盲目的触觉可以把捉事物和词汇的秘密含义。

别索诺夫举起酒杯,从牙缝里啜了一口。他的心跳得很慢。他感到自己浑身都被音响和人语声浸透了,因而有一种难以形容的快感。

萨波日科夫、安托什卡·阿尔诺利多夫和伊丽莎白·基耶夫娜正在对面靠镜子的餐桌旁吃晚饭。伊丽莎白·基耶夫娜昨晚给别索诺夫写了一封长信,约他在这里会面,这阵子坐在那里,脸颊绯红,心情激动。她穿一件黄黑条的连衣裙,头上打着同样花布的蝴蝶结。一见别索诺夫走进来,她觉得透不过气来。

"您可要小心,"阿尔诺利多夫悄声对她说,立刻露出满口坏牙和金牙。"他刚把那个女演员甩了,这阵子没女人,像老虎一样危险。"

伊丽莎白·基耶夫娜笑起来,摇了摇头上的花条蝴蝶结,穿过餐桌向别索诺夫走去。两旁的顾客都回头看她,脸上露出嘲笑。

伊丽莎白·基耶夫娜最近生活得十分沉闷,天天没事可做,对未来没有憧憬——总而言之,就是苦闷。捷列金显然不喜欢她,对待她倒也客客气气,只是尽量避免跟她单独会面和交谈。而她怀着绝望的心情感到,他正是她所需要的人。当前厅传来他的语声时,伊丽莎白·基耶夫娜眼睁睁望着屋门。他却跟往常一样,蹑手蹑脚穿过走廊。她苦苦等待着,心都停止了跳动,眼前屋门都模糊了,可他又从门前走过去了。他哪怕敲敲门,找一根火柴也好。

前几天为了故意刺激日罗夫——他像猫一样小心谨慎地诅咒世上的

一切——她买了一本别索诺夫诗集,用发卡划开页边,一连读了几遍,上面洒了咖啡,在被窝里揉搓了,终于在吃午饭时宣布:别索诺夫是个天才……捷列金的房客们大为愤慨。萨波日科夫把别索诺夫叫做资产阶级腐烂尸体上的毒菌。日罗夫前额暴起了青筋。画家瓦列特摔了碟子。只有捷列金无动于衷。于是她便开始了所谓的"跟自己作对的时刻",哈哈大笑,回到屋里给别索诺夫写了一封热情洋溢而又荒唐可笑的信,约他会面,然后又回到饭厅,一声不响把信扔到桌上。房客们朗朗诵读,还讨论了半天。捷列金说:

"写得真大胆。"

于是伊丽莎白·基耶夫娜把信交给厨娘,让她马上投入信筒,并且感到自己正坠入深渊。

这会儿伊丽莎白·基耶夫娜走到别索诺夫跟前,活泼地说:

"是我给您写的信。您能来,太感谢了。"

她立刻在他对面坐下,侧身对着桌子,把一条腿压在另一条腿上,胳膊肘靠在桌布上,支起下巴,用她那仿佛画上的眼睛仔细端详阿列克谢·阿列克谢耶维奇。他默不作声。洛斯库特金又送上一个杯子,给伊丽莎白·基耶夫娜斟上酒。她说:

"您当然会问,我为什么要见您?"

"不,我不会问这个。喝酒!"

"您是对的,我没什么可讲的。您在生活,别索诺夫,可我不是。我简直寂寞死了。"

"您做什么工作?"

"没工作。"她大笑起来,立刻脸红了。"做情妇太无聊。所以什么也不做。只等待一旦号角吹响,火光冲天……您觉得奇怪吧?"

"您是什么人?"

她没马上回答,低垂下头,脸红得更厉害了。

"我是怪物喀迈拉①。"她悄声说。

---

① 喀迈拉是希腊神话中的怪物,长三个狮头,羊身蛇尾,会喷火。转义为胡思乱想。

别索诺夫佯笑了笑。"傻丫头,真是个傻丫头。"他想。但她那淡褐色头发梳成少女式可爱的发缝,她那袒露的丰满的肩头,显得那么纯洁,别索诺夫不禁又笑了笑,这次略带善意。他从牙缝里啜了一杯酒,突然想要向这个纯朴少女施放他的幻想的黑烟。他说俄罗斯大地上黑夜正在降临,以便实现一场可怕的报复。他根据神秘不祥的征兆感觉到这一点。

"您看见城里张贴的宣传画了吧?一个魔鬼笑哈哈地骑在汽车轮胎上,从高大梯子上往下滑……您明白这是什么意思吗?"

伊丽莎白·基耶夫娜望着他那冷冰冰的眼睛、女性的嘴、向上扬起的细眉,望着他举酒杯的手指在微微颤抖,望着他贪婪而缓慢地呷着酒。她的头陶醉地眩晕起来。萨波日科夫从远处向她发来暗号。别索诺夫突然转过脸,皱着眉头问:

"这是些什么人?"

"是我的朋友。"

"我可不喜欢他们做暗号。"

于是伊丽莎白·基耶夫娜不假思索地说:

"我们另找个地方,您愿意吗?"

别索诺夫仔细打量她一下。她两眼微斜,嘴角露出浅笑,太阳穴渗出汗珠。突然他对这个健壮的近视眼姑娘产生了强烈的欲望,拉起她放在桌上的热乎乎的大手说:

"您或者马上走开……或者什么也别说……我们走!应该这么办……"

伊丽莎白·基耶夫娜只是短叹了一声,脸色更苍白了。她自己也不知道怎么站起来的,挽住别索诺夫的臂膀,从餐桌中间走出去,甚至当他们坐上马车的时候,凉风也吹不散她皮肤的灼热。马车走在石头道上,发出辚辚声。别索诺夫双手拄着手杖,把下巴搭在手上说:

"我才三十五岁,可我的一生完结了。爱情再也欺骗不了我。当你突然发现骑士的骏马不过是木马,还有什么比这更可悲的呢?可我像一具僵尸沿着这漫长的人生之路不知还要走多久……"他一下子转过脸,嘴唇微张,露出一丝冷笑。"看来,我应该和您一起等待耶利哥号角①吹响的时候。如果这片坟地突然响起滴滴答答的号声,那该有多好!于是火光冲天……是的,看来您说得很好……"

他们来到市郊的一家旅馆。睡眼惺忪的茶房带他们穿过长长的走廊,走进一间没人住的单间。房间矮小,墙上糊的红纸已经裂缝累累,污痕斑斑。靠墙放着一张大床,上面挂着退色的幔帐,床脚有个洋铁洗脸盆。屋里散发着不通风的霉味和抽烟的烟味。伊丽莎白·基耶夫娜站在门口,用勉强听得出来的声音问:

"您干吗把我带到这儿来?"

"没什么,没什么,我们还是在这儿好。"别索诺夫匆忙回答说。

他替她脱下大衣,摘掉帽子,放在一把破沙发椅上。茶房送来一瓶香槟酒、几个小苹果和一串沾上软木屑的葡萄,朝洗脸盆里瞥了一眼,又阴沉着脸走出去。

伊丽莎白·基耶夫娜拉开窗帘,外面是一片阴雨中的荒郊,当中点着一盏瓦斯灯。有拉大木桶的车走过,车夫披着蒲席,蜷缩在车上。她笑了笑,走到镜子跟前,用自己也感到异样和陌生的动作梳理头发。"明天醒来我会发疯的。"她平静地想,把花条蝴蝶结拉平整。别索诺夫问:

"想喝点儿酒吗?"

"想喝。"

她坐在沙发上,他在她脚跟前的小地毯上蹲下来,沉思地说:

"您的眼睛太可怕了:又野蛮又温顺。一对俄国姑娘的眼睛。您爱我吗?"

这时她又感到一阵迷惘,但她立刻想:"不,这就是疯狂。"她从他手里接过满满一杯酒,一饮而尽,马上感到头部一点点眩晕起来,仿佛要跌倒似的。

"我怕您,一定还会恨您。"伊丽莎白·基耶夫娜说,倾听着仿佛从远

---

① 耶利哥是约旦的古城名。据《圣经》记载,该城是不可攻破的,却被以色列士兵的号声吹倒了城墙。

处传来的她自己的声音,这声音仿佛又不像她的。"别那么瞅我,我害臊。"

"您是位奇怪的姑娘。"

"别索诺夫,您是位非常危险的人物。我可是从分裂教派家庭出身,我相信魔鬼……啊,上帝,别那么瞅我。我知道您要我什么……我怕您。"

她放声大笑,笑得整个身子颤抖起来,手中端的杯子溅出酒来。别索诺夫把脸埋在她的膝盖里:

"爱我吧……我恳求您,爱我吧,"他用绝望的声音说,仿佛现在只有她能拯救他。"我痛苦……我害怕……我一个人怕极了……爱我吧,爱我吧……"

伊丽莎白·基耶夫娜把手放在他的头上,合上眼睛。

他说每天夜里他都感到死亡的恐怖。他必须能感到活人在他身边,和他挨着,能可怜他,温暖他,把自己完全献给他。这是苦难给他的惩罚……"是的,是的,我知道……但是我的身子全僵了。我的心停止了跳动。温暖我一下吧。我需要的是那么少。可怜可怜我吧,我要完蛋了。别撇下我,只剩我一个人。亲爱的,亲爱的姑娘……"

伊丽莎白·基耶夫娜又害怕,又激动,一句话也不说。别索诺夫开始久久地吻她,先吻手掌,后吻她粗大结实的大腿。她使劲眯缝眼睛,觉得心停止了跳动——她太害臊了。

突然她全身升起一团火。她开始觉得别索诺夫那么可爱而又可怜……她抱起他的头,贪婪用力地吻他的嘴唇。在这之后她不再害羞了,急忙脱掉衣服,躺进被窝。

当别索诺夫枕着她赤裸的肩头睡熟了的时候,伊丽莎白·基耶夫娜还用她那双近视眼久久凝视着他的脸——他脸色白里透黄,布满疲倦的皱纹:在鬓角上、眼皮下面和紧闭的嘴角上。这脸原是陌生的,如今变得永远亲切了。

伊丽莎白·基耶夫娜望着这个熟睡的人,心中无限痛苦,甚至哭起来了。

她觉得别索诺夫醒来,看见她躺在床上,又胖又丑,两眼红肿,一定想法赶快甩掉她;而且永远不会有人爱她,人人都相信她似乎是个放荡、愚蠢而庸俗的女人,而她也会故意做出样子,让别人以为她爱上一个人,却跟另一个人发生暧昧关系,于是她一生将充满渣滓、垃圾和可怕的屈辱。伊丽莎白·基耶夫娜轻轻啜泣着,用床单角擦干眼睛。她就这样噙着泪水,不知不觉地昏然睡去。

别索诺夫用鼻子深深吸了口气,翻过身,仰面朝天,睁开眼睛。浑身酸痛,这正是酒后那种无法形容的苦闷。一想到又要开始一天的生活,便觉得厌倦。他朝着床头上的铜球望了很久,然后打定主意,向左边瞥了一下。身边还仰卧着一个女人,她的脸被赤裸的胳膊肘遮住了。

"她是谁?"他集中模糊的记忆,却什么也想不起来,从枕头底下小心地拽出烟盒,点上一支烟。"嘿,见鬼! 忘了,忘了。呸! 多不好意思。"

"您好像醒了,"他用讨好的声音说,"早安。"她默不作声,也不肯挪开胳膊肘。"昨天我们还互不相识,今天却被一夜的神秘关系联结在一起了。"他皱了皱眉,这一切未免有些庸俗。而最主要的是,还不知道她会怎么样:是悔恨? 大哭一场? 还是会有一种亲密的感情涌上心头? 他轻轻碰碰她的胳膊肘,然后又缩回来。她好像叫玛尔加丽塔。他忧愁地说:

"玛尔加丽塔,您生我的气了吗?"

这时她在枕头间坐起来,拉住滑落的衬衣挡住胸口,用突出的近视眼瞪着他。她的眼皮肿了,肥厚的嘴唇撇着,露出一丝冷笑。他立即想起昨晚的会面,并产生出一股兄长般的温情。

"我不叫玛尔加丽塔,我叫伊丽莎白·基耶夫娜,"她说,"我恨您。下床去。"

别索诺夫立刻从被窝里爬出来,到幔帐外在发臭的洗脸盆旁马马虎虎穿好衣服,然后拉起窗帘,关掉电灯。

"有些时刻是令人难忘的。"他喃喃地说。

伊丽莎白·基耶夫娜继续用深色的眼睛盯住他。当他叼着香烟在沙发上坐下的时候,她缓缓地说:

"我回家就服毒自杀。"

"我真不理解您这种心情,伊丽莎白·基耶夫娜。"

"好哇,您也用不着理解。请出去,我要穿衣服。"

别索诺夫来到走廊上。走廊散发着煤气味,穿堂风也挺厉害。他等了很久。他坐在窗台上抽烟;然后走到走廊尽头,那里有间小厨房,从里面传来茶房和两个女用人低微的谈话声——他们在喝茶,只听茶房说:

"你又提起你们那个村子。也算俄国。你懂得什么。夜晚你挨个看看那些单间:这才是俄国呢。全都是坏蛋。坏蛋加无赖。"

"说话要正经点儿,库兹马·伊万内奇。"

"我在这旅馆干了十八年,所以我这么说是有根据的。"

别索诺夫走回来。他住的单间敞着门,屋里没有人。他的帽子掉在地板上。

"哦,这样更好。"他想,打了个哈欠,伸伸懒腰,抻抻筋骨。

新的一天就这样开始了。今天跟昨天不同。从早晨起强劲的南风就撕碎了雨云,把它们撵到北方,在那里堆积成高大洁白的云团。湿冷的城市一下子洒满了新鲜的阳光。在阳光照耀下,肉眼看不见的胶质状怪物——伤风、咳嗽、梅毒和痨病的忧郁的杆菌,被晒得痉挛着,昏死过去,连严重的神经衰弱半神秘的霉菌也躲到帷幔后,藏到房间和潮湿的地下室的昏暗里了。街上春风荡漾。家家擦玻璃,打开窗户。穿蓝罩衫的扫院人在打扫马路。在涅瓦大街上,有些脸色灰暗的下贱的女孩子向路人兜售一束束散发着廉价香水味的雪花。商店连忙把冬季商品撤掉,鲜艳悦目的春季时装像早春的鲜花一样出现在橱窗里。

下午三点出版的报纸都采用《俄罗斯的春天万岁》的标题。有几首小诗颇有些语意双关。总而言之,书刊检查机关受到了愚弄。

最后还有"中心站"小组的未来派,在一群男孩子的口哨声和嘲笑声中招摇过市。他们一共三人:日罗夫、画家瓦列特和当时还不为人知的阿尔卡季·谢米斯韦托夫——一个身材高大的年轻人,长着一张马脸。

这几位未来派身穿橙黄色天鹅绒短外套,外套上缝着一条条黑色折线布条,不系腰带,头戴高筒大礼帽。人人都戴单眼镜,脸上画着一条鱼、一支箭和字母"P"。快到五点钟他们被铸造厂区警官扣住了,用马车送往警察局,以便查明身份。

全城的人都涌上了街头。沿着海军街、滨河街和石岛街,闪光的马车和汹涌的人流络绎不绝。有许多人、相当多的人都觉得今天一定会发生什么大事:或者冬宫要签署什么诏书,或者大臣会议室会挨炸弹,或者总会有什么地方开始"行动"。

但是蔚蓝的暮色笼罩了城市,沿街和运河两岸的灯火都亮了,映到黑色的河水里,好像千万根颤动的银针。站在涅瓦河桥上,可以看到造船厂的烟囱后面烟雾弥漫的广阔晚霞。什么事也没发生。彼得保罗要塞的尖顶闪耀出最后一次光芒,于是这一天结束了。

这一天别索诺夫干了很多活,而且成绩可观。吃过早饭他又睡了一觉,精神爽快,便埋头读歌德的诗。读诗既使他振奋,又使他激动。

他在书橱旁走来走去,一边出声地思索着;有时坐到写字台前记下一些词或诗句。为他这个单身汉照料家务的老保姆送上一把瓷咖啡壶,咖啡壶冒着热气,散发出上等咖啡的香味。

别索诺夫正处于最好的心境。他在抒写:黑夜即将降临俄国,一场悲剧已拉开帷幕,原来拥戴上帝的臣民就像《可怕的复仇》①里的哥萨克一样,奇怪地变成了上帝的敌人,露出狰狞的面目。全国人民正准备做一场罪恶的弥撒。深渊裂开了。一点儿挽救的办法也没有。

他闭上眼,想象前面是一片荒野、坟头上一排排十字架、被风掀掉的茅草屋顶和远山后面大火的反光。他用双手抱住头,想他爱的就是这样一个国家,而他对这个国家的了解只限于书本和画片。他的前额布满深深的皱纹,他的心充满了恐怖的预感。于是他用手指夹着冒着烟的香烟,在一张张四开纸上窸窸窣窣写满硕大的字迹。

在暮色中别索诺夫没有开灯,仰在沙发上,心情仍很激动,头脑发热,手发湿。他一天的工作到此结束了。

他的心渐渐跳得均匀而平静。现在需要考虑的是怎么打发今天的黄

---

① 果戈理的短篇小说名。

昏和黑夜。唉!……既没有人打电话来,也没有人来做客。只好一个人来斗斗忧郁的魔鬼了。楼上住着一家英国人,有人正在弹钢琴,这琴声勾引起种种模糊的无法实现的愿望。

突然在楼内一片寂静中响起门铃声。保姆趿拉着鞋去开门。只听一个傲慢的女人声说:

"我要见他。"

接着一阵轻快急促的脚步声在门口停住。别索诺夫一动不动,露出一丝微笑。来人没敲门便打开了门,走进来的是个少女,前厅的灯光从后面照着她,显出苗条纤弱的身影,宽边帽子上还插着几朵甘菊。

她从亮处进来,一时什么也看不清,便在屋中间站住;当别索诺夫一声不响从沙发上站起来时,她后退了几步,但又固执地甩了一下头,仍用高嗓音说:

"我来找您谈一件很重要的事。"

别索诺夫走到写字台跟前,拧开开关。蓝色的灯罩亮了,照出旁边成堆的书和手稿,整个房间充满了淡淡的静谧的光辉。

"找我有什么事?"阿列克谢·阿列克谢耶维奇问;他向来客做出让座的手势,自己从从容容在平时写字的沙发椅上坐下,双手放在扶手上。他的脸细嫩而苍白,眼皮下面有点儿发青。他不慌不忙抬眼打量来客,身子打了个寒战,手指竟然哆嗦起来。

"达丽亚·德米特里耶夫娜。"他轻声说。"您刚进来,我还没认出来。"

达莎像进屋时一样,毅然决然地在椅子上坐下,双手戴着羊皮手套交叠地放到膝盖上,阴沉着脸。

"达丽亚·德米特里耶夫娜,您的光临给我带来莫大幸福。这真是最好最好的礼品。"

达莎并不听他的话,声明说:

"请您不要以为我是您的崇拜者。您的诗有的我喜欢,有的我并不喜欢——我读不懂,压根儿不爱看。我今天来的目的,不是要讨论诗……我所以要来,是因为您把我折磨坏了。"

她低下头,别索诺夫看得很清楚,她的脖子红了,手套与黑连衣裙的袖子之间露出来的胳膊也红了。他默不作声,一动不动。

"您当然不会想到我。我也多么希望不受任何干扰。可是您瞧,有时心里很不痛快……"

她迅速抬起头,用严峻而安详的目光谛视他的眼睛。别索诺夫慢慢垂下睫毛。

"您就像一种疾病钻入我心里。我常常发现我在想您。这叫我简直受不了。最好还是来直截了当告诉您。今天我到底拿定主意了。您看我吐露了爱情……"

她的嘴唇哆嗦一下。她连忙扭过脸去望着墙,墙上挂着彼得大帝闭目合嘴、微露笑容的假面具,被从下面反射的灯光照亮。这在当时是诗人最喜欢的面具。楼上的英国牧师家正在合唱一支四声部的赋格曲:"我们将死亡。""不,我们将飞腾。""飞向晴朗的天空。""飞向永远永远的欢乐。"

"您要是想对我说,您同样在爱我,我马上就走。"达莎急促而热烈地说。"您甚至不可能尊重我,这很清楚。一般的女人是不会这样做的。但我对您既不抱任何希望,也没有任何要求。我只需要告诉您,我爱您爱得痛苦而又强烈……这种爱情完全把我毁了……我连一点儿自尊心都没了……"

于是她想:"马上站起来,对他高傲地点点头,抬腿就走。"可她依然坐在那里,望着微笑的假面具。她觉得软弱无力,连胳膊都抬不起来。这时她才感到自己身体的存在,它是那么沉重而灼热。"倒是回答呀,回答呀!"她仿佛在梦中似的想。别索诺夫用手掌遮住脸,开始轻声说——像在教堂里谈话似的压低了声音:

"您对我的感情,我只能用整个灵魂来表示我的感谢。您赐给我这么美妙的时光,这样的温馨,是永生难忘的……"

"没人要您记住。"达莎从牙缝里吐出这几个字。

别索诺夫沉吟一会儿,站起身,走到墙跟前,背靠书橱站着。

"达丽亚·德米特里耶夫娜,我对您只能表示深深的谢意。我不配听您说这话。可能我从来没有像现在这样诅咒自己。我已经糟蹋了自己,浪费了青春,耗尽了精力。我能用什么来报答您呢?请您到市郊去住旅馆?达丽亚·德米特里耶夫娜,我对您是诚实的。我用什么来爱您呢?什么也没有了。如果倒退几年,我相信我还能享受永恒的青春。我是不会放过您的。"

达莎觉得他的话像针一样刺痛了她。这些话里包含着一种诱惑人的痛苦……

"现在我是滥泼珍贵的美酒。您应该明白,这不费吹灰之力。一伸手就可以得到……"

"不,不。"达莎急促地低声说。

"是不能呀。连您也感觉到了。没有比暴殄天物更甜蜜的罪过了,滥泼美酒。您不也是为了这才到这儿来的吗?滥泼少女的美酒……您把它奉献给我了……"

他慢慢眯缝起眼睛。达莎连气也不敢喘,惊惧地望着他的脸。

"达丽亚·德米特里耶夫娜,请允许我说句心里话。您跟令姐太像了,所以您一进来……"

"什么?"达莎叫道。"您说什么?"

她从椅子上跳起来,站到他面前。别索诺夫不明白她为什么这么激动,竟把她的激动理解错了。他觉得自己神魂颠倒了。他的鼻孔吸进香水的芬芳和女人皮肤那种难以捉摸、却令人眩晕的气味——这种气味在每个女人身上都不一样。

"这是发疯……我知道……不过我无力……"他喃喃地说,一边去摸她的手。然而达莎一躲,拔腿就跑。到门口又回头用吓人的目光瞥了一眼便消失了。只听房门砰的一声关上了。别索诺夫走到写字台前,用指甲敲敲玻璃烟盒,取出一支烟,然后用手捂住眼睛,以他那可怕的想象力感觉到,这是准备决战的白骑士团给他派来这个热情、温柔、迷人的少女,以便收服他,使他得到转变和挽救。但他已经完全落到黑暗势力手里,如今已不可救药了。于是一种没有得到满足的欲望和悔恨像流在血液里的毒汁使他五内俱焚。

第 八 章

"是你吗,达莎?可以。进来。"

叶卡捷琳娜·德米特里耶夫娜正站在带大镜子的衣柜前面系紧身。她看见达莎,只是心不在焉地笑笑,仍然对着镜子认真地转来转去,脚上瘦小的拖鞋在地毯上不住地倒换着。她穿着一件薄薄的衬衣,上面有不少花边和带子,修长的胳膊和肩膀都扑着粉,头发蓬蓬松松地挽在头顶上,好像华丽的王冠。她身旁是一张矮小的桌子,上面放着一杯热水,还凌乱地摆着指甲刀、小锉、描眉笔和粉扑。今晚没有应酬,叶卡捷琳娜·德米特里耶夫娜像家里人说的那样,"在刷自己的羽毛"。

"你知道吗,"她一边扣袜扣一边说,"现在不兴穿带直扣的紧身了。你看这件,是新式的,是杜克莱太太店里卖的。肚子松快多了,甚至稍微显出来一点。你喜欢吗?"

"不,不喜欢。"达莎回答说。她靠墙站着,两手背在后面。叶卡捷琳娜·德米特里耶夫娜诧异地挑起眉毛:

"真不喜欢?多遗憾。穿起来可舒服着哪。"

"舒服什么,卡佳?"

"也许你不喜欢这些花边?可以换别的样式嘛。不过也真怪——你为什么不喜欢呢?"

于是她又对着镜子转悠起来,一会儿照照左边,一会儿照照右边。达莎说:

"请不必问我喜不喜欢你的紧身。"

"可尼古拉·伊万诺维奇对这个一窍不通。"

"这跟尼古拉·伊万诺维奇没有一点儿关系。"

"达莎,你怎么了?"

叶卡捷琳娜·德米特里耶夫娜诧异得甚至张开嘴。直到这时她才发现达莎勉强控制住自己,她说话都是从牙缝里往外挤的,脸上现出火热的红晕。

"我觉得,卡佳,你不必在镜子前面转悠了。"

"可我总得打扮一下呀。"

"为的是谁?"

"你到底怎么了?……为我自己。"

"瞎说。"

接着两姐妹沉默了好长时间。叶卡捷琳娜·德米特里耶夫娜从椅子背上拿起蓝绸子面的驼绒睡衣穿在身上,慢慢系好腰带。达莎注视着她的每一个动作,然后说:

"到尼古拉·伊万诺维奇那儿去,把一切都老实告诉他。"

叶卡捷琳娜·德米特里耶夫娜仍然站在那里摆弄腰带。可以看见她喉咙里有什么东西滚动了几下,仿佛她正吞咽什么似的。

"达莎,你是不是听到什么了?"她轻声问道。

"我方才到别索诺夫家去过。(叶卡捷琳娜·德米特里耶夫娜的眼神显得茫然,突然脸色惨白,耸起肩膀。)你不必担心,我在那儿没出什么事儿。他及时地告诉我……"

达莎倒换着双脚。

"我早就猜到你……就是跟他……只是这档子事太卑鄙了,叫人难于相信……你害怕了,说了谎。我可是不愿意在卑鄙中生活……到姐夫那儿去,把一切都告诉他。"

达莎说不下去了——姐姐低着头站在她面前。达莎对这个场面有种种推测,但是就没料到姐姐会这般负疚而温顺地低垂着头。

"现在就去吗?"卡佳问。

"是的,马上就去……你自己应该明白……"

叶卡捷琳娜·德米特里耶夫娜短叹了一声,向门口走去。到门口停住脚步又说:

"我不能去,达莎。"可达莎一声不吭。"好,我去说。"

尼古拉·伊万诺维奇坐在客厅里,用象牙刀刮着胡子,一边读刚收到的《俄罗斯论丛》杂志上登的阿昆金的文章。

这篇文章是为纪念巴枯宁①逝世周年而写的。尼古拉·伊万诺维奇十分赞赏。妻子一进去,他便兴奋地叫道:

"卡秋莎,快坐下。你听听他写些什么,就是这儿……'这个人——说的是巴枯宁——的魅力甚至不在于他的思想方法和对事业的忠诚不渝,而在于他把理想变成现实的那种热情。这种热情贯穿他的每一个行动——包括他跟蒲鲁东②的彻夜长谈,他投入斗争烈火中去的勇敢,甚至包括他那种浪漫姿势,他路过奥地利起义者队伍的阵地时,还没弄清楚他们跟什么人作战和为什么作战,便指挥他们放炮。巴枯宁的热情,就是新兴阶级登上斗争舞台所显示的强大力量的象征。实现理想正是即将到来的时代的任务。这种理想既不是从一堆听凭生活的盲目性支配的事实中取得的,也不是要把理想引入理想的世界,而是一个相反的过程:用理想的世界去征服物质的世界。现实好比一堆燃料,理想就是火花。这两个世界本来是分开的、互相敌对的,将在世界大变革的烈火中溶为一体……'嘿,卡秋莎,想想看……这不是分明写着'革命万岁'吗?阿昆金真是好样的。的确是这样,我们的生活既没有伟大的理想,也没有伟大的感情。政府的指导思想只不过是对未来的疯狂的恐惧。知识分子只知道大吃大喝。而我们还不是空谈一气,卡秋莎,好像掉进泥潭里不能自拔。人民活活被腐烂掉。整个俄国沉湎于梅毒和烈酒。俄国在腐朽,只要吹上一口气,它就会化为灰烬。这样生活是不行的……我们需要进行一场自焚,在烈火中求得净化……"

尼古拉·伊万诺维奇用兴奋而温柔的声音讲着,眼睛瞪得溜圆,挥舞手里的象牙刀在空中砍杀。叶卡捷琳娜·德米特里耶夫娜扶着椅子背,站在旁边。等他讲完,又要裁杂志边的时候,她走到他跟前,把一只手放在他头上。

---

① 巴枯宁(1814—1876),俄国无政府主义者。
② 蒲鲁东(1809—1865),法国人,无政府主义创始人。

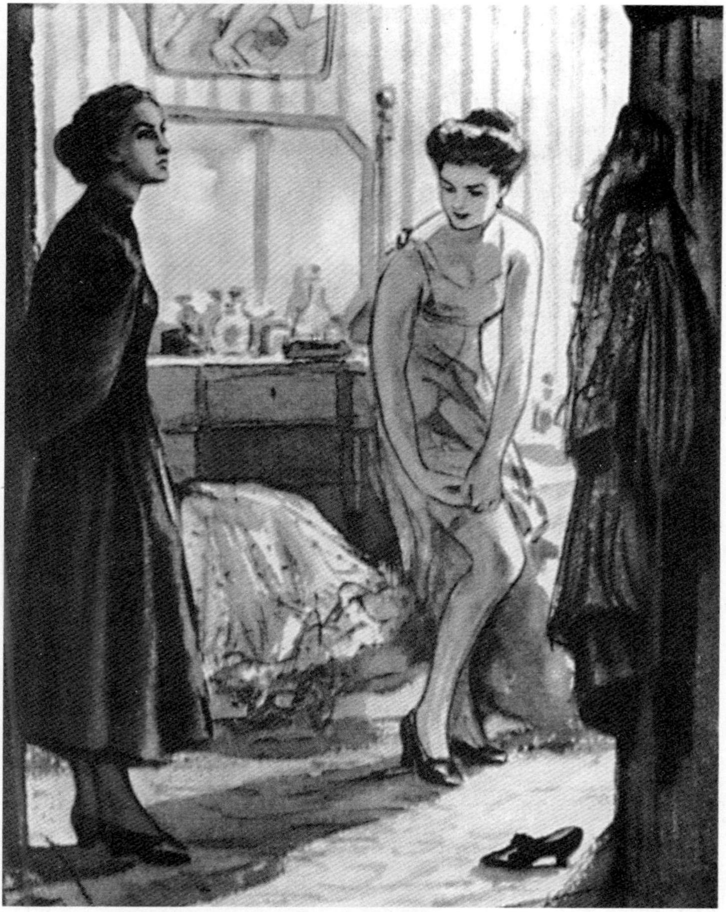

"科连卡,我想说一件事,一定会使你伤心。我本想瞒着,可现在看来应该告诉你……"

尼古拉·伊万诺维奇把头躲开她的手,仔细审视她:

"好,你说吧,卡佳。"

"你还记得那次我们口角,我故意气你说不要以为我就不能怎么样……过后我又否认了这件事……"

"是呀,记得。"他放下书,在沙发椅上转过身来。他的眼睛遇到卡佳坦率而镇静的目光,吓得骨碌乱转。

"就是这件事……我当时撒了谎……我做过对不起你的事……"

他皱紧眉头,显得十分可怜,却竭力装出笑脸。他只觉得嘴发干。他实在沉默不下去了,便用沙哑的声音说:

"你把话说出来,这很好……谢谢你,卡佳……"

于是她抱住他的一只手,用嘴唇去吻它,然后又把他的手贴在自己胸脯上。可是那只手滑落了,她也没想拉住它。接着叶卡捷琳娜·德米特里耶夫娜悄悄蹲在地毯上,头枕着沙发椅的皮扶手:

"不用对你再讲什么了吗?"

"不用。你去吧,卡佳。"

她站起身走出来。到餐厅门口,达莎突然扑过来抱住她,用力搂她,一边吻着她的头发、脖颈和耳朵,一边轻声说:

"原谅我,原谅我吧!……你可真好,真了不起!……你说的话我都听到了……你能原谅我吗?能原谅我吗,卡佳?……卡佳?……"

叶卡捷琳娜·德米特里耶夫娜轻轻挣脱出来,走到餐桌跟前,抻平桌布的褶子说:

"我执行了你的命令,达莎。"

"卡佳,你总有一天会原谅我吧?"

"你是对的,达莎。这样做更好。"

"我有什么对的!我由于气愤……是由于气愤……可现在我明白谁也不敢指责你了。尽管我们大家都会痛苦,都会难过,但你是无罪的,这一点我感觉到了,你是完全无罪的。原谅我,卡佳。"

大颗泪珠像豌豆似的从达莎脸上滚落下来。她站在姐姐背后有一步远的光景，稍微提高了声音说：

"你要不原谅我，我就不想活了。"

叶卡捷琳娜·德米特里耶夫娜连忙转过身对着她：

"你还要我怎么样？你以为一切又恢复正常，彼此坦诚相见……我告诉你吧……我所以要说谎，要隐瞒，只不过是因为这样做可以使我们跟尼古拉·伊万诺维奇在一起生活的时间能拖得长一点儿……可现在一切都完了。你明白吗？我早就不再爱尼古拉·伊万诺维奇了，早已对他不忠实了。至于尼古拉·伊万诺维奇爱不爱我，我不知道，只是不再觉得他可亲了。你明白吗？可你像一只燕雀似的，因为不愿意看见可怕的事物，便把头藏在翅膀底下。我看到了丑恶，我了解它们，但我仍然生活在污泥之中，因为我是一个软弱的女人。我看到这种生活会连你也拖下去。我尽力保护你，不让别索诺夫到家里来……这还是在他……在那之前……唉，反正是……现在这一切都结束了……"

叶卡捷琳娜·德米特里耶夫娜突然抬起头侧耳倾听。达莎由于害怕，觉得脊背发冷。尼古拉·伊万诺维奇侧身从门帘后面钻出来，出现在门口。他把双手藏在背后。

"别索诺夫？"他问，含笑摇摇头，然后走进餐厅。

叶卡捷琳娜·德米特里耶夫娜没有搭腔。她脸上现出红晕，眼睛发干。她紧闭着嘴。

"你似乎以为，卡佳，我们的谈话已经结束了。可你想错了。"

他继续笑着说：

"达莎，请让我们俩单独谈谈。"

"不，我不走。"达莎站到姐姐身旁。

"不，既然我请你走，你就得走。"

"不，我偏不走。"

"那样的话，我只好离开这个家了。"

"你就离开吧。"达莎怒不可遏地望着他，回答说。

尼古拉·伊万诺维奇满脸通红，但他的眼睛里立刻又流露出原来的神情———一种快活的疯狂。

"那更好,你就待在这儿吧。是这么回事,卡佳……方才你走了,我坐在那儿,说实在的,在几分钟里经受了难于忍受的痛苦……我得出了结论:我应该打死你……是的,是的。"

达莎听到这话,急忙靠在姐姐身上,用双手抱住她。叶卡捷琳娜·德米特里耶夫娜只是嘴唇鄙夷地颤抖起来。

"你是歇斯底里……你该喝点儿缬草酊,尼古拉·伊万诺维奇……"

"不,卡佳,这次可不是歇斯底里……"

"你既然要打,就给你打吧。"她大喊一声,推开达莎,凑到尼古拉·伊万诺维奇跟前。"好,你就打吧。我当面告诉你,我不爱你。"

他后退了,从背后拿出一把女式小手枪放在餐桌上,把手指头放在嘴里咬住,转过身朝门口走去。卡佳望着他的背影。他连头也不回地说:

"我真痛心……真痛心……"

于是她追上去,抓住他的肩头,把他的脸扳过来对着自己:

"撒谎……你是撒谎……你现在还在撒谎……"

但是他摇摇头就走了。叶卡捷琳娜·德米特里耶夫娜在餐桌旁坐下:

"看吧,达申卡,这是第三幕的场面,还带枪声呢。我得离开他。"

"卡秋莎……上帝保佑你。"

"我要走,我不能这样生活下去。再过五年就老了,到那时就晚了。我不能再这样生活下去……丑恶,真丑恶!"

她用手捂住脸,然后用胳膊肘支着桌子,把脸埋在胳膊肘中间。达莎坐到她身旁,又快又轻地吻她的肩膀。叶卡捷琳娜·德米特里耶夫娜抬起头:

"你以为我不可怜他吗?我一直可怜他。可是你想想——这时候去看他,便要进行一次长谈,而且完全是虚情假意……我们俩中间总像有个小鬼在搅和、捣乱。跟尼古拉·伊万诺维奇谈话,就像弹走了调的钢琴一样……好,我一定要走……唉,达莎,你可不知道我是多么苦闷!"

入夜,叶卡捷琳娜·德米特里耶夫娜还是到书房里去了。

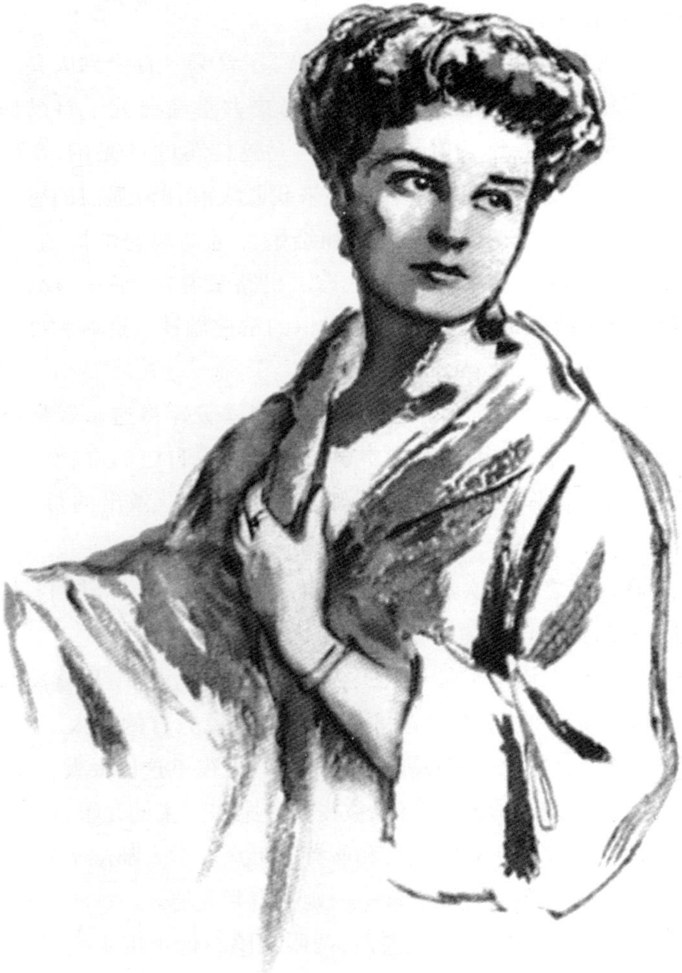

跟丈夫的谈话是冗长的,两人说话声音很轻,充满苦恼,都尽量做到诚实,彼此也毫不留情,可在谈过之后两人都觉得,这次谈话没有达到目的,彼此并没有理解,没有弥合裂痕。

剩下尼古拉·伊万诺维奇一个人在写字台旁一直坐到天亮,不住长吁短叹。卡佳后来得知,他这一夜仔细考虑并重新研究了自己的一生。结果是写给妻子的一封长信。信的结尾是这样写的:"是的,卡佳,我们大家都走进了道德的死胡同。这五年来我既没有任何强烈的感情,也没采取任何重大行动。甚至跟你恋爱和结婚都像是匆匆忙忙的。活得渺小,半带歇斯底里,一直处于麻醉状态。出路只有两个——或者结束自己,或者拿掉束缚我的思想、感情和意识的精神枷锁。这两种办法,我哪一种也做不到……"

家庭的不幸发生得这么突然,这个小家庭破碎得这么轻易而彻底,使达莎感到惘然若失,因而她根本没来得及考虑自己的事;女孩子的心情不值得一提,就像小时候保姆给她和卡佳在墙上做出的可怕的山羊影子。

达莎在一天之中几次走到卡佳门前,用手指挠门。卡佳回答说:

"达申卡,如果可以的话,让我一个人静静。"

尼古拉·伊万诺维奇最近几天需要出庭辩护。他一早就离开家,早饭和午饭都在饭店吃,直到深夜才回来。他为税务官的太太卓亚·伊万诺夫娜·拉德尼科娃发表一篇辩护词——一天夜里这位太太在戈罗赫街旅馆的床上杀死她的情夫什利佩,彼得堡一家房产主的儿子,还是个大学生。他的演说震惊了所有的法官和所有的听众。女人都泣不成声。被告卓亚·伊万诺夫娜用头直撞椅背——她被宣判无罪。

尼古拉·伊万诺维奇脸色苍白,两眼深陷。他走出法庭时有一群女人把他围住,向他扔鲜花,向他欢呼,还吻他的手。他从法庭回到家,心肠已完全软化,跟卡佳解释清楚了误会。

这时叶卡捷琳娜·德米特里耶夫娜的皮箱已经收拾好了。他出于好心劝她到法国南部去,并且给她一万二千卢布做路费。也是这次谈话时他决定把工作交给助手,他到克里米亚去休息,认真考虑一下问题。

他们究竟是暂时分手还是永远离异？到底是谁抛弃了谁？这一切并不清楚，也没有决定。这些尖锐的问题都被临行前的忙碌周密地掩饰起来。

至于达莎，他俩全忘了。叶卡捷琳娜·德米特里耶夫娜消瘦了许多，神情忧郁，却显得更加可爱，她直到穿好灰色旅行装，戴上雅致的小帽，罩上面纱，在临行前的最后一分钟看见达莎坐在前厅的箱子上，才想起了她。达莎悠荡着一只脚，正在吃果冻面包，因为今天忘记让女仆做午饭了。

"我的亲爱的，达纽莎，"叶卡捷琳娜·德米特里耶夫娜说，隔着面纱去吻她，"你可怎么办呢？要不跟我一起走。"

可是达莎说她一个人留下，跟莫卧儿住在这里，准备参加考试，到五月末回到父亲那里度夏。

第 九 章

家里只剩达莎一个人了。如今她觉得房间虽大却不舒服，里面的陈设也都是多余的。连客厅里的立体派绘画，主人走了之后也不再吓人，变得黯然失色了。门帘叠成死褶挂在那里。尽管每天早晨莫卧儿一声不响，像幽灵似的在每个房间走来走去，用鸡毛掸子掸尘，但是仿佛有一种看不见的尘土落在这屋里，越积越厚。

从姐姐的房间可以看出叶卡捷琳娜·德米特里耶夫娜的生活情趣，就像从书上看的一样清楚。墙角放着小画架，上面有一幅刚动笔的画——一个戴白花冠的少女，只画出眼睛往上的半张脸。叶卡捷琳娜·德米特里耶夫娜为了摆脱疯狂的忙碌而埋头在小画架上，可她毕竟未能坚持下去。这里有一张做活计的老式案子，上面凌乱地堆满了各种没做完的针线活和花布头，都是刚开头就撂下了——这也是一种尝试。书橱同样杂乱无章，看得出来主人刚动手整理便又放下了。刚裁开半本的小册子到处乱扔乱塞。有瑜珈派①著作,有人智学②通俗讲义,有诗集和长篇小说。她为了开始健康的生活曾做过多少尝试,做过多少徒劳的努力!在梳妆台上达莎看到一个银皮笔记本,上面记着:"衬衫二十四件、乳罩八件、花边乳罩六件……为克伦斯基一家买《万尼亚舅舅》③的剧票……"接下去用孩子式的大字写着:"给达莎买个苹果蛋糕。"

达莎想起——苹果蛋糕到底没买成。她不禁可怜起姐姐来,甚至落下眼泪。姐姐有多么温柔、善良、过分殷勤和气,本难适应这种生活,可是为了站住脚跟,以免粉身碎骨和遭到毁灭,便极力抓住每件小玩意儿不放,结果什么也挽救不了她,也没有人帮助她。

达莎每天很早就起来读书,考试也考得很好,几乎门门五分。书房的电话一个劲儿丁零零直响,她总是打发莫卧儿去接。莫卧儿照例回答说:"老爷和太太出门了,小姐没工夫。"

每天晚上达莎都弹钢琴。但是跟以前不同,音乐再也不能使她兴奋,她再也没有追求某种缥缈东西的欲望,她的心也不再沉醉于幻想。如今达莎端庄而平静地坐在乐谱前,一边点着一支蜡烛,把她的脸照得通明,仿佛她要用庄严的乐曲净化自己,让琴声充满空荡荡的寓所的每个角落。

有时在乐曲中间会有不期而至的回忆,像小对头似的钻出来。达莎垂下双手,锁紧眉头。这时房子里鸦雀无声,连烛花的毕剥声都听得一清二楚。接着达莎大声叹了口气,她的手又有力地弹着冰冷的琴键,于是那些小对头便像被风卷起的尘土和落叶飞出宽大的房间,钻到黑暗的走廊里和书橱、纸板后面……从前那个达莎永远不复存在了,那个达莎曾跑到别索诺夫寓所按门铃,曾对可怜无告的卡佳说刺伤她的话。这个傻丫头差点儿闯下大祸。说来也怪!春情好像是小窗口露出的一点光亮,她还没真正恋爱。

到了十一点光景,达莎盖好钢琴,吹灭蜡烛,便去睡觉——这一切她都做得很坚决,很认真。在这段时间她决定尽快开始独立生

---

① 瑜珈派是古印度哲学的一派,讲究修行,现代神秘主义者也加以利用。
② 人智学是一种现代迷信,认为人可以跟灵魂交往。
③ 契诃夫的剧作。

活——自己谋生,并把卡佳接来一起住。

五月末刚考完试,达莎就取道伏尔加河经雷宾斯克回父亲家。傍晚她下了火车,上了一艘白轮船。在黑夜里,在黑暗的河面上这艘船更显得灯火通明;她走进干干净净的船舱,整理一下东西,编好辫子,心想她的独立生活开始得不错,便把头枕着胳膊肘,脸上露出幸福的微笑,在发动机均匀的颤抖中睡着了。

甲板上沉重的脚步声和奔跑声把她惊醒了。阳光透过百叶窗照射进来,在洗脸池的红木框上闪烁着游动的光辉。清风吹开柞丝绸窗帘,送来一阵带蜜味的花香。她把百叶窗打开一点。轮船停在一带荒凉的岸边。岸上有一座不高的峭壁,由于新近塌方,裸露出树根,堆积着土块。峭壁底下停着几辆拉松木箱的大车。河边有一匹棕色小马叉开膝盖粗大的瘦腿,正在喝水。峭壁顶上竖立着红十字形的航标。

达莎从铺位上跳下来,在地板上打开浴盆,把海绵浸上水挤到自己身上。她立刻觉得又凉爽又害怕,嬉笑着蜷起腿,把膝盖顶着肚子。然后穿起昨晚准备好的白袜子、白连衣裙,戴上白帽子——这些衣服她穿起来很合身——感到从此她就自立了,便带着矜持,喜气洋洋走上甲板。

白轮船的整个船身都闪耀着游动的阳光,水面更令人睁不开眼——河水闪闪发光,变幻着各种色调。远处的对岸群山起伏,有一座古老的白钟楼被桦树遮住一半。

轮船离开河岸,划了个半圆向下游驶去,于是两岸缓缓迎面扑来。从小土丘后面偶尔露出农家小房发黑的麦秸顶。这些小房仿佛陷进地底下似的。天上飘着一朵朵白云,白云深处发蓝,向天蓝泛黄的河水深处投下白色的影子。

达莎坐在藤椅上,一条腿盘在另一条腿上,双手抱住膝盖。她感到这耀眼的河湾、天上的浮云和它们的白色影子、长满白桦的山峦、草地和清风——清风送来一阵阵沼泽的水草味,或新翻地的干燥味、蜜一样的苜蓿味和苦艾味——仿佛都透过她的身体流过去,她感到一种平静的喜悦而心旷神怡。

有个人慢慢走到跟前,在她身旁靠栏杆站住,好像不时地打量她。有几次达莎把他全然忘了,可他依然站在那里。于是她拿定主意不理他,不过她的脾气太急躁,怎么能心平气和地让别人那么瞅她。她脸色绯红,急忙怒气冲冲转过脸去。站在她面前的竟然是捷列金。他靠着一根柱子,正左右为难,不知是走上前去打招呼好,还是干脆走掉。达莎突然大笑起来——他使她想起难于说清楚的快活美好的事物。而伊万·伊里奇长得膀阔腰圆,穿一件白制服,既强壮有力,又腼腆害羞,这时从河上一片恬静中走出来,仿佛是必不可少的结尾。她向捷列金伸出手。捷列金说:

"我看见您上船了。其实从彼得堡出发我们就坐同一节车厢。只是我没敢打招呼——您好像有什么心事……我不妨碍您吧?"

"请坐,"她把一张藤椅推到他跟前,"我回父亲那儿去,您上哪儿去?"

"老实说,连我也不知道。先去基涅什马,回家看看。"

捷列金在旁边坐下来,摘下礼帽。他紧锁着眉头,前额起了皱纹。他眯缝眼睛望着河水从船底下往外涌,形成一条泛着泡沫、凹陷下去的波纹。船尾的水面上有一群尖翼的海鸥,忽而落在水上,忽而发出嘶哑凄厉的叫声腾空飞起,远远落在轮船后面,盘旋着争夺漂在水上的面包渣。

"天气可真好,达丽亚·德米特里耶夫娜。"

"天气太好了,伊万·伊里奇,太好了!我坐在这儿想:就像逃出地狱得到了自由似的!您可记得我们那次在街上的谈话吗?"

"记得,每个字都记得,达丽亚·德米特里耶夫娜。"

"那次谈话之后发生了一件大事,现在回想起来都害怕。以后有机会我再讲给您听。"她沉思地摇摇头。"您是彼得堡惟一没有发疯的人,这是我的感觉。"她微微一笑,把手放在他的衣袖上。伊万·伊里奇吓得眼皮直打哆嗦,嘴唇闭得紧紧的。"我非常相信您,伊万·伊里奇。您一定很坚强,是不是?"

"唉,我坚强什么呀。"

"而且是诚实的人。"达莎感到她的一切想法都是善良的、明确的,充满着爱,而伊万·伊里奇的想法同样是善良的、诚实的、坚强的。现在使她特别高兴的是,她可以讲出来,可以照直表达这些涌上心头的明净的感情波澜。"我觉得,伊万·伊里奇,您要是爱谁的话,一定要爱得勇敢,充满信心。您想得到什么的话,不达到目的决不罢休。"

伊万·伊里奇没有回答,把手慢慢伸进衣袋里掏出块面包,掰成小块,扔给鸟吃。大群的白鸥发出惊叫声扑过来,叼面包渣。达莎和伊万·伊里奇从椅子上站起来,走到船舷上。

"给这个扔点儿,"达莎说,"看它饿成什么样子了。"

捷列金把剩下的面包往空中抛得远远的。一只肥胖的大头鸥平展着像刀似的翅膀,滑翔着扑上去,却没叼住,马上又有十来只海鸥去追逐落下去的面包,一直追到从船舷底下溅起的水花上,水花冒着温暖的泡沫。达莎说:

"您知道我想做什么样的女人吗?明年从讲习班毕业,我要挣很多很多的钱,把卡佳接来跟我住。到时候您就会看到了,伊万·伊里奇。"

她说这些话的时候,捷列金皱着眉,强忍住笑,可终于咧开嘴露出一排洁白结实的大牙,快活地哈哈大笑起来,连睫毛都沾上了泪花。达莎脸红了,可是她的下巴抖动起来,尽管她不想笑,却也跟捷列金一样笑出声来,连她自己也不知道笑什么。

"达丽亚·德米特里耶夫娜,"他终于说道,"您可真了不起……从前我见了您就怕得要命……可您的确了不起!"

"哎,这么办——我们一起吃早饭去。"达莎生气地说。

"好吧。"

伊万·伊里奇叫人把一张餐桌搬到甲板上,一边看菜单,一边为难地挠着刮得光光的下巴。

"您看怎么样,达丽亚·德米特里耶夫娜,来瓶淡的白葡萄酒好吗?"

"少来一点儿,我会高兴的。"

"白的还是红的?"

达莎同样委婉地回答说:

"白的红的都可以。"

"那样的话我们就来香槟吧。"

冈峦起伏的河岸从船旁向后移去,冈上是一条条麦田:像缎子一样绿油油的是小麦,绿中透蓝的是黑麦,淡粉色的是开花的荞麦。拐过弯在陡峭的黏土河岸上有几座低矮的小木房,好像直接修在粪堆里,上面覆盖着宽大的麦秸顶,小窗反射着阳光。再往前去是乡间坟地上十来个十字架和一座带六个叶片的风车,像玩具一样小,风车的侧面已经破了。一群小孩子沿着陡岸奔跑,追逐轮船,向轮船扔石头,可这些石头连水边都到不了。轮船拐了弯,在荒凉的河岸上只有一片低矮的灌木和空中的几只鹞鹰。

暖风徐徐吹到白桌布底下和达莎的连衣裙底下。金黄色的香槟盛在带棱的大高脚杯里,仿佛是天赐的琼浆。达莎说她很羡慕伊万·伊里奇,他有工作,对生活充满信心,而她还要啃上一年半的书本,尤为不幸的是,她是女人。捷列金笑着回答说:

"可我已经被工厂撵出来了。"

"您说什么?"

"限令二十四小时之内滚蛋。要不我怎么能跑到船上来。难道您没听说我们厂子出事吗?"

"没有,没有……"

"我还算是便宜的呢。是呀……"他沉默一会儿,把胳膊肘放到餐桌上。"您看怪不怪,我们国家办事多愚蠢,多无能——真是少见。鬼知道我们俄国人的名誉有多糟。叫人又生气又害臊!请想想看——多么有才能的人民,资源多么丰富的国家,可是搞成了什么样子?到处是一副蛮横的公务员嘴脸。用纸张和墨水代替实际生活。您难于想象我们要用掉多少纸张和墨水。从彼得一世开始就用一纸空文来应付实际问题,直到如今还是这样。而实际上,请想一想,墨水是能造成流血的玩意儿。"

伊万·伊里奇推开酒杯,抽起烟来。看样子他不愿意继续讲下去了。

"唉,光回忆过去有什么用。应该想到我们将来总会变好的,不会比别人差。"

这一整天达莎和伊万·伊里奇都是在甲板上度过的。外人也许会以为他俩在闲聊,其实这是由于他俩在打哑谜。一些最平常的字眼都会神秘地莫名其妙地获得双关意义,比如达莎用眼瞟着一位围着随风飘摆的

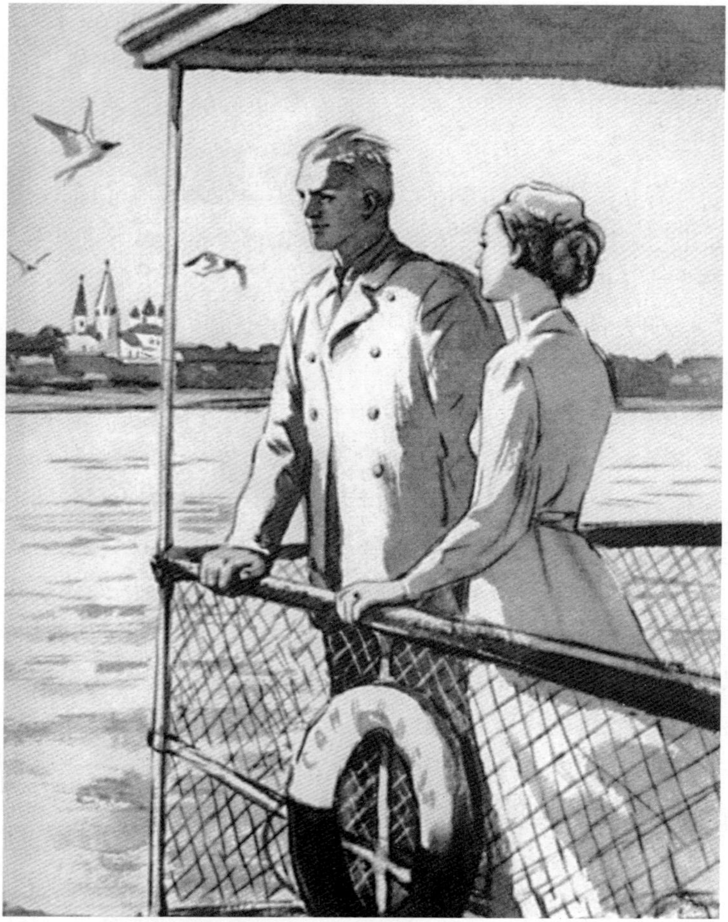

紫围巾的胖小姐和她身旁一本正经走着的二副说:"您瞧,伊万·伊里奇,他们的事好像妥了。"——这句话应该理解为:"如果我们之间有什么的话,那可就大不相同了。"他俩谁也实在记不清楚,他们都说了些什么,但是伊万·伊里奇觉得达莎要比他聪明得多,精细得多,比他更有观察力;而达莎觉得伊万·伊里奇要比她更善良,更厚道,更聪明,比她好上一千倍。

达莎有几次鼓足勇气要把关于别索诺夫的事告诉他,但都改变了主意;太阳照得膝盖发暖,微风仿佛用温柔滚圆的手指抚摩她的脸颊、肩膀和脖颈。达莎想:

"不,明天我再告诉他。要是下雨,我就告诉他。"

达莎喜欢观察人,跟一切女人一样,很有眼力,到了傍晚便大致了解船上所有乘客的底细。这在伊万·伊里奇看来几乎是奇迹。

彼得堡大学的一位系主任,戴着烟色眼镜,披着斗篷,脸色阴沉,达莎不知为什么断定他是在船上流窜的大赌棍。伊万·伊里奇尽管知道他是系主任,如今也产生了怀疑——他会不会是赌棍呢?总之,他对客观现实的看法在一天之间发生了动摇。他自己也说不清,他是头晕还是处在迷离的梦境中,不论他看到或听到什么,心头都荡起一阵阵爱的波澜,几乎难以抑制。这会儿他正仔细四下观看,比如那个剪短发的小姑娘要是失足落水,他马上跳进河里去救她,该有多好。但愿她真的掉进水里!

过了半夜十二点,达莎突然困了,感到一阵甜蜜的睡意,勉强走到船舱,在门口告别的时候,一边打哈欠一边说:

"晚安!您可小心,瞅着点儿那个赌棍。"

伊万·伊里奇立刻回到头等舱,那位系主任患失眠症,正在读大仲马的作品。他又把这位系主任打量一遍,心想这个人尽管是赌棍,倒也是个好人。接着又回到走廊,走廊里散发着机油味、木板的油漆味和达莎的香水味,他蹑手蹑脚从她门前走过,然后又回到自己的船舱,一头仰在铺位上,闭上眼睛,感到自己受到强烈的震动,浑身充满各种声音、气味、灼热的阳光和像心疼一样剧烈的欢乐。

早晨六点多钟他被轮船上汽笛的吼声惊醒了。到达基涅什马了。伊万·伊里奇急忙穿好衣服,探头往走廊里张望。所有的门都紧闭着,乘客都还在睡觉。达莎也在睡觉。"我该下船了,不然的话成什么事了呢?"伊万·伊里奇想,走到甲板上,望着这座出现得不是时候的基涅什马。基涅什马坐落在又高又陡的河岸上,岸边修有木梯,岸上有一群仿佛胡乱堆积的小木房,城市公园的椴树在晨光中呈现出鲜艳的黄绿色,城里的坡路上大车络绎不绝,城市上空凝然不动地罩笼着尘霭。水手踏着赤裸的脚掌坚定地走在甲板上,送来捷列金的棕色皮包。

"不,不,我改主意了,把它送回去吧。"伊万·伊里奇激动地对水手说。"您要知道,我决定一直坐到下城。我到基涅什马也没什么要紧的事。来,放在这儿,放铺位底下,谢谢你了,朋友。"

伊万·伊里奇在船舱里足足坐了三个小时,一直盘算着如何向达莎解释自己的行为,按他的理解,这是一种死气白赖的卑鄙行为,并且终于明白,他没法解释:既不好撒谎,又不能吐露真情。

到了十点多钟,他才后悔不已,怀着既痛恨又瞧不起自己的心情出现在甲板上——倒背着手,佝着身子,一脚高一脚低地走着,满脸不自然的神气。总之,活像一个下流的角色。但是他在甲板上转了一圈,没找到达莎,不禁激动起来,便到处寻找。哪里也没有达莎的影子。他觉得嗓子发干。看来一定出事了。突然他一下子碰上了她。达莎还在昨天那个地方,还坐在藤椅上,神情忧郁而沉静。她膝盖上放着一本书和一个梨。她慢悠悠向伊万·伊里奇转过头来,眼睛仿佛由于吃惊而睁大了,洋溢着欢乐,脸蛋儿上泛起红晕,那个梨也从膝盖滚落到甲板上了。

"您在这儿?没下船?"她轻声问。

伊万·伊里奇咽下他的激动,在旁边坐下,用沙哑的声音说:

"我不知道您对我的行为怎么看,但我是有意没在基涅什马下船的。"

"对您的行为怎么看?哼,这可不能告诉您。"达莎笑起来,突然把她的手自然而含情地放在伊万·伊里奇的手掌里,弄得他头晕了一整天,而且比昨天还要厉害。

第 十 章

机械厂的确出事了。在一个雨濛濛的黄昏,风吹乱云,布满饱和磷质的天空,下工的汽笛一响,成群的工人涌到一条臭气熏人、泥泞不堪的小胡同里。泥泞中还夹杂着煤屑和铁渣,这是大工厂附近街道上到处堆积的玩意儿。这时有个穿胶皮雨衣的陌生人,把雨帽盖得严严的,出现在放工回家的工人中间。

他先跟大家走一会儿,然后停下脚步向左右的工人散发传单,一边悄声说:

"中央委员会的……看一看吧,同志们。"

工人们一边走一边接过传单,塞进衣袋里,或藏在皮帽子里。

穿雨衣的人快把传单撒完的时候,门卫晃着肩膀挤进人群,出现在他身旁,急促地说:"你站一站!"从后面抓住他的雨衣。可是那个人身上又湿又滑,往外一挣就跑了。响起一阵尖厉的哨子声,远处另一个哨子也嘟嘟应和着。在稀落了的人群中传过一阵低语。但是任务完成了,穿雨衣的人也不见了。

过了两天,机械厂钳工车间从早晨就停工了,令厂方感到十分突然,工人还提出一些并不太高的要求,但是态度坚决。

长长的厂房里,透过肮脏的玻璃窗和被煤烟熏黑了的玻璃屋顶,射进暗淡的光线,不时像火花似的爆发出含糊其词的话、批评的意见和咒骂的字眼。工人们站在车床跟前用异样的目光打量从身旁走过去的工长,怀着抑制的兴奋心情等待下一步指示。

工长帕夫洛夫是个好告密、好造谣的人,他正在水压机旁转悠,不小心被烧红的钢锭轧扁了脚面。他鬼哭狼嚎地叫起来,于是打死人的谣言顿时传遍工厂。九点钟总工程师的大轿车风驰电掣开进工厂的院子。

伊万·伊里奇·捷列金跟平常一样,按时来到翻砂车间。这是一座像马戏棚似的庞大的建筑物,有些窗户玻璃打碎了,桥式起重机的铁链子向下搭拉,靠墙修了几座熔炉,地下竟然是泥地。他一进门便停下脚步,早晨很冷,冻得他抖了抖肩膀,看见蓬科师傅走上前来,便快活地跟他问好握手。

翻砂车间接到一批发动机座的紧急订货,于是伊万·伊里奇跟蓬科谈起马上要着手的工作。他一本正经、仔仔细细跟这位师傅商量对他俩本来不成问题的事。这个小小的手腕果然使蓬科对谈话大为满意,他的自尊心得到了满足。原来这个蓬科十五岁就来到工厂,当时不过是普通的力工,如今当上工长,他对自己的知识和经验都估计甚高。而捷列金相信只要蓬科高兴,活计一定干得顺利。

伊万·伊里奇在车间里转了一圈,跟翻砂工和造型工都说上两句话。他跟每个人说话都用半开玩笑的同行口吻,这种口吻最恰当地表明他们之间的关系:咱俩干的一种活,所以是同行,可我是工程师,您是工人,所以实际上又是对头,可是我们能互相尊重,就只好彼此开开玩笑了。

一架起重机一边哗啦啦往下放铁链子,一边向熔炉靠近。菲利普·舒宾和伊万·奥列什尼科夫立刻开始工作。他俩长得肌肉结实、身材魁梧:一个是黑头发里夹着几丝白发,戴着一副圆眼镜;另一个长着卷曲的胡子,一头浅色头发用小皮条扎住,蓝眼睛,像大力士一样有力气。一个用铁扦子撬开坩埚正面的石板,另一个用起重机的钳子吊住烧得发白的高高的坩埚。铁链子又响了,坩埚移动了,便发出哗哗声,闪耀着火花,洒落着渣皮,从半空向车间中央移去。

"停!"奥列什尼科夫喊道。"往下放!"

起重机又哗啦作响了,坩埚落下来,一股耀眼的铜水迸溅着时明时灭的绿星,流到地底下,把车间天幕似的棚顶映照成橘黄色。散发出铜烧焦了、令人作呕的甜味。

这时通向隔壁厂房的双扇门一下子开了,有个年轻工人脸色苍白,气急败坏,匆忙而坚定地跑进翻砂车间。

"放下工作……往下撤!"他斩钉截铁地厉声喊道,并且斜眼瞟了一下捷列金。"听见了吗?还是没听见?"

"听见了,听见了,你不要吼。"奥列什尼科夫平静地说,抬头望着起重机:"德米特里,别睡觉,再松一下。"

"喂,既然听见了,你们应该明白怎么办,我们不会再来求你们。"这个工人说着,把手插进裤袋里,灵巧地转过身就走了。

伊万·伊里奇蹲在一块刚出炉的铸件跟前,用一根铁丝小心地往下抠泥。蓬科坐在门口斜面账桌前的高椅上一个劲儿摩挲灰色的山羊胡,两眼骨碌乱转地说:

"不管你愿不愿意,可都得放下活计。可是要让人家撵出工厂,孩子可吃什么呀?这些小伙子想没想到这一层呢?"

"你最好还是别议论这些事,瓦西里·斯捷潘内奇。"奥列什尼科夫瓮声瓮气地说。

"你说别议论,是什么意思?"

"因为这是我们的事。一会儿你可以跑到老板那里去当面拍马。可现在你还是闭嘴。"

"为什么事罢工?"捷列金终于问道。"提出什么条件了?……"

他拿眼瞅奥列什尼科夫,可奥列什尼科夫却把眼睛扭到一边去了。蓬科回答说:

"钳工先罢的工。上礼拜他们有六十台车床搞计件工资试验。可是结果达不到定额,还得多加几个小时的班。他们在六车间门上钉着一份清单,上面开列了各种要求,要求不算高。"

他气冲冲地把钢笔插进墨水瓶蘸一下,便开始造表。捷列金倒背手走到每个熔炉跟前看看,然后望着圆孔里沸腾的铜水在白热化的刺目火光中像万道金蛇似的舞蹈着、跳动着,说:

"奥列什尼科夫,我们这一炉可别熬过火了,啊?"

奥列什尼科夫也不回答,解下皮围裙,挂在钉子上,戴上羊羔皮帽子,穿上又长又结实的上衣,用响遍整个车间的重浊低音说:

"停工,同志们。到六车间中门集合。"

说完朝门口走去。工人们默默地放下工具。有的从起重机上下来,有的从地坑里上来,一窝蜂似的跟在奥列什尼科夫后面往外走。突然在门口出了事——传来一阵阵疯狂的尖叫声:

"你在记吗？……你在记吗，狗杂种？……好，你就把我记上吧！……上老板那里去告状吧！……"这是造型工阿列克谢·诺索夫朝蓬科喊叫；他显得疲惫不堪，胡子好久没刮了，昏花的眼睛深陷下去，脸上的肌肉在抖动、抽搐，细长的脖子暴起青筋；他用乌黑的拳头敲着桌沿叫道："吸血鬼！……害人精！……我们也要用刀来治你！……"

这时奥列什尼科夫一下子抱住诺索夫的身子，不费劲地把他从账桌跟前拖开，推他往门口走。诺索夫立刻安静了。车间空了。

到晌午整个工厂都罢工了。谣传奥布霍夫工厂和涅瓦机器制造厂也都发生了骚动。工人一大群一大群地站在工厂院里，等待厂方跟罢工委员会谈判的结果。

谈判是在办公室里进行的。厂方管理人员害怕了，一再让步。如今僵持在板墙上开小门的问题上。工人要求开个小门，不然他们得绕着走，多踩四分之一俄里的稀泥。实际上开不开小门对双方都无关紧要。双方争的是面子，厂方突然不肯让步，于是开始没完没了的争论。恰好这时接到内务部的电话命令：不许答应罢工委员会的任何条件，并要求在没有得到专门指示以前不准跟罢工委员会进行任何谈判。

这道命令把整个局势弄僵了。总工程师马上坐车进城报告情况。工人感到莫名其妙，但是他们的情绪还是稳定的。有几个工程师从屋里出来，走到人群跟前，说明原委，并做出无可奈何的手势。有的人群中甚至响起了笑声。终于魁伟肥胖、白发苍苍的工程师布尔宾出现在台阶上，朝整个院子喊，谈判改在明天举行。

伊万·伊里奇在车间里一直等到晚上，看来熔炉反正是要熄灭，便挠挠后脑勺，坐车回家了。那几位未来派都坐在饭厅里。他们对工厂发生的事竟然非常感兴趣。但是伊万·伊里奇什么情况也没讲，只是心事重重地嚼着伊丽莎白·基耶夫娜递给他的夹肉面包，然后回房锁上门，躺下睡了。

第二天他坐车上班，快到工厂时离老远就看见情况不妙。整个胡同挤满一堆堆的工人，正在商议什么。大门口聚集着一大群人，有好几百，就像炸了营的蜂窝似的发出一片嗡嗡声。

伊万·伊里奇戴着软呢帽,穿着便服大衣,所以没有人注意他,于是他仔细听人群的争论,才知道昨天夜里罢工委员会全体成员被逮捕了,现在还在工人中间进行搜捕,但是已经选出新委员会,现在他们提的要求已经是政治性的;工厂整个院子挤满了哥萨克,还说政府有命令让哥萨克驱散人群,但哥萨克似乎拒绝了,最后还说奥布霍夫工厂、涅瓦造船厂、法国工厂和几家小厂也参加罢工了。

伊万·伊里奇决定想法挤进办公室——了解一下最新消息,但他费了九牛二虎之力只挤到大门口。他熟识的门卫巴勃金阴沉着脸,穿大皮袄站在那里,旁边还有两个高大的哥萨克,歪戴着无檐帽,下巴留着左右分开的大胡子。他们望着工人睡眠不足和不健康的脸孔,流露出快活和蛮横的神气。他们俩都红光满面,撑饱了肚子,看样子一定很好动手打人和嘲弄别人。

"是呀,这些庄稼汉可不会客气。"伊万·伊里奇想,打算进院子,可离他近的哥萨克挡住去路,还蛮横地瞪着眼珠子说:

"上哪儿去?往后退!"

"我要上办公室,我是工程师。"

"没告诉你吗?向后退!"

于是人群发出一片喊声:

"丧尽天良的家伙!走狗!"

"你们手上还少沾了我们的血吗?"

"撑饱了的杂种!活像地主!"

这时有个矮个子青年挤到前排——他满脸粉刺,挺大的鹰钩鼻子,穿一件大得不合身的大衣,卷曲的头发上卡着一顶高筒皮帽子,很不相称,他一边无力地摇晃着手,一边咬舌头地说:

"哥萨克同志们!难道我们不是俄国人吗?你们把枪口对准了谁?对准了自己的同胞。难道说我们是你们的敌人,你们非打死我们不可?我们要的是什么?我们要的是所有的俄国人都得到幸福。我们要的是人人都得到自由。我们要的是消灭专制……"

有个哥萨克紧闭着嘴,用鄙夷的目光把青年人从头到脚打量一番,转过身在大门口来回走。另一个哥萨克用教训的口气咬文嚼字地说：

"任何叛乱，我们都坚决不允许，因为我们已经宣誓了。"

这时头一个哥萨克显然想出回答的方法，便对鬈发青年说：

"同胞们，同胞们……快把裤子往上提提，别掉下去。"

于是两个哥萨克哈哈大笑起来。

伊万·伊里奇离开门口，被人群拥到一边，一直被挤到堆着锈迹斑斑的废生铁的板墙跟前。他本想爬到废铁堆上，突然看见奥列什尼科夫把羊羔皮帽子推到后脑勺上，若无其事地啃着面包。他扬扬眉毛，算是跟捷列金打招呼，用低音说：

"这事可真妙呀，伊万·伊里奇。"

"您好，奥列什尼科夫。这种局面可怎么收场呢？"

"我们呼喊一气，然后还不是乖乖儿地上工。这就算是暴动了。哥萨克都搬来了。我们用什么跟他们拼呢？难道用这个洋葱头打他们——一下子就砸死俩？"

这时人群传过一阵埋怨声，接着就平息了。在一片寂静中从大门口传来断断续续的命令声：

"各位，请你们各自回家去吧。你们的要求一定会研究的。请你们安静地散开。"

人群开始骚动了，向后和向旁边挤去。有的退下来，又有的往前面挤。人声更嘈杂了。

奥列什尼科夫说：

"这是第三次发出客气的请求了。"

"讲话的是什么人？"

"一个大尉。"

"同志们，同志们，不要散。"一个激动的声音在喊。有人跳到伊万·伊里奇背后的废铁堆上。他脸色苍白，神情兴奋，戴着大礼帽，下巴留着的黑胡子揉乱了，胡子底下露出考究的西服上衣，领口还别着别针。

"同志们，无论如何不要散。"他用洪亮的声音喊道，举起两个握紧的拳头。"我们有准确消息，哥萨克拒绝开枪。厂方通过第三者要同罢工

85

委员会谈判。此外铁路工人正讨论举行总罢工。政府已经惊惶失措了。"

"好!"不知是谁用疯狂的声音喊了一声。人群里一片嗡嗡声,讲话的人钻进人群不见了。可以清楚看见,又有许多人从胡同里向这边跑来。

伊万·伊里奇拿眼去寻找奥列什尼科夫,可奥列什尼科夫早离他远远的,跑到大门前去了。"革命,革命"的喊声不止一次传入他的耳鼓。

伊万·伊里奇觉得浑身激动得发抖,真是又惊又喜。他爬上废铁堆,俯瞰现在已变得人山人海的群众,突然在只有两步远的地方发现了阿昆金,见他戴着眼镜和大檐便帽,披着黑斗篷。有个戴圆顶礼帽的绅士嘴唇直哆嗦,挤过人群朝阿昆金走来。捷列金只听他对阿昆金说:

"快去吧,伊万·阿瓦库莫维奇,大家都在等您。"

"我不去。"阿昆金简短地气忿地说。

"全体委员都到齐了。您要是不去,伊万·阿瓦库莫维奇,他们不愿意做出决定。"

"我坚持不同意见,这是大家都知道的。"

"您疯了。您没看见现在是什么形势。我告诉您,说不定马上就会开枪……"戴圆顶礼帽的绅士嘴唇抖得更厉害了。

"第一,您不要喊,"阿昆金说,"您就去通过那个妥协的决定吧。我决不参加这种叛卖勾当。"

"见鬼!见鬼!您真疯了!"戴圆顶礼帽的绅士说,又挤到人群当中去了。昨天从捷列金的车间把工人都叫走了的那个年轻人侧着身子靠近阿昆金。不知阿昆金对他说些什么,只见他点点头就不见了。接着又来了一个工人,照样行事——也是只说一句简短的话,对方点点头。

可就在这时人群发出告警的呼喊,接着突然响起三声短促、清脆的枪声。顿时一片沉寂。一个喑哑的声音仿佛故意拖长地"哎呀"直叫。人群向后退去,离开大门。在被众人踩得稀烂的泥地上趴着一个哥萨克,两腿蜷着,膝盖顶着肚子。有人去开门。这时所有的人立即劝阻地喊:"别开,别开!"但这时从侧面又打出第四声手枪,还飞起几块石头,一下子砸到铁门上。这时捷列金又看见奥列什尼科夫。只见他一个人没戴帽子,大张着嘴,站在大门前的空地上,而其他人早已纷纷逃散了。奥列什尼科夫好像吓呆了,两只大皮靴也像在地上生了根。这时几支步枪同时响了,就像抽鞭子的啪啪声———一、二、三……发出一阵长长的排枪声。奥列什尼科夫瘫软地跪下去,摔个仰面朝天。

过了一个星期,工厂罢工事件调查完毕。伊万·伊里奇的名字被列入有同情工人嫌疑的名单。他被叫到办公室,出乎大家意料,他对上司讲了许多激烈的话,并签字辞职。

第十一章

达莎的父亲德米特里·斯捷潘诺维奇·布拉文医生坐在饭厅里,守着冒热气的大茶炊读当地的报纸《萨马拉报》。当烟卷烧到棉花①的时候,医生从装得鼓鼓的烟盒里又取出一支,用烟头对着了,呛得直咳嗽,满脸涨红,把手伸进敞开怀的衬衫里挠挠毛茸茸的胸脯。他一边看报,一边用茶碟喝着浓茶,把烟灰撒落到报纸上、衬衫上和桌布上。

从隔壁房间传来吱吱咯咯的床响声,接着又是啪嗒啪嗒的脚步声。达莎走进饭厅,她在衬衣外面披着罩衫,脸色绯红,睡眼惺忪。德米特里·斯捷潘诺维奇用跟达莎同样冷淡而又嘲笑的目光从有裂纹的夹鼻眼镜顶上瞥了女儿一眼,把脸颊伸给她去吻。达莎吻了父亲一下,便坐在对面,把面包和奶油往跟前挪挪。

"又刮风了。"她说。的确,猛烈的热风已经刮两天了。石灰的粉末像云雾一样悬在城市上空,遮天蔽日。一团团浓密刺人的尘土一阵阵顺街刮去,可以看见稀少的行人一遇到飞尘,马上背过脸去。飞尘钻进所有的缝隙,穿过窗框,在窗台上落成薄薄的一层,钻进嘴里,被牙咬得咯吱响。玻璃被刮得直摇颤,屋顶的铁皮刮得哗啦啦响。再加上天气灼热闷人,连房间里也有大街上的尘土味。

---

① 俄国人抽的烟叫大白杆,带一截纸烟嘴,塞些棉花起过滤作用。

"眼病该流行了。不坏。"德米特里·斯捷潘诺维奇说。达莎叹了口气。

两星期前她在轮船的跳板上跟捷列金分手,捷列金到底一直把她送到萨马拉。从那以后她就闲住在父亲新搬入的住宅里。这所住宅显得陌生、空旷,客厅里堆着还没打开的书箱子,直到现在还没挂上窗帘和门帘。什么东西也找不到,就像住旅馆似的,连个坐的地方也没有。

达莎一边搅杯里的茶,一边愁苦地望着窗外从下往上飞旋的一团团灰色尘土。她觉得这两年就像一场梦似的过去了,如今她又回到家中。所有的希望、激动、形形色色的人——繁华热闹的彼得堡——都幻灭了,只剩下这一团团飞尘。

"大公被暗杀了。"德米特里·斯捷潘诺维奇说,一边翻弄着报纸。

"哪个大公?"

"什么'哪个'?奥地利大公,在萨拉热窝被暗杀的①。"

"他挺年轻吗?"

"不知道。再给我倒杯茶。"

德米特里·斯捷潘诺维奇往嘴里扔了一小块方糖——他喝茶时总喜欢嚼糖——带着嘲笑的神气审视达莎。

"请告诉我,"他一边端起茶碟一边问,"叶卡捷琳娜跟她丈夫算是彻底离了吗?"

"我已经对你说过了,爸爸。"

"嗯,嗯……"

于是他又读起报来。达莎走到窗前。多么寂寞呀!她想起那艘白轮船,更重要的是想起到处洒满的阳光——蓝天、河水、干净的甲板,一切一切都充满了阳光、水分和新鲜空气。当时觉得这慢悠悠蜿蜒曲折的宽阔河流,好像一条闪闪发光的带子,而载着达莎和捷列金的"费奥多尔·陀思妥耶夫斯基号"轮船,仿佛将驶向光明和欢乐的无边的蓝色海洋——

---

① 一九一四年六月二十八日奥地利皇储弗朗茨·斐迪南大公被塞尔维亚爱国者暗杀,成为第一次世界大战的导火线。

幸福。

当时达莎尽管十分清楚捷列金对她的感情而且对这种感情并不反对,可她一点儿也不着急。既然这段旅程的每一分钟已经够美满的了,他们终究会达到幸福的目的地,又何必匆促行事呢?

轮船快要到达萨马拉时,伊万·伊里奇消瘦了,已不再说笑。达莎想——我们正向幸福航行,同时又感到他投来的目光含着痛苦,就像一个快活健谈的人被车轧了似的。她很可怜他,可她又有什么办法呢?因为她知道,如果她允许他更亲近一些,哪怕更亲近一点点,那么应该在旅程终点发生的事马上就会发生。他们也就不会到达幸福的目的地,由于缺乏耐心而在中途毁掉了幸福。因此她对待伊万·伊里奇十分温存,并且到此为止。而伊万·伊里奇觉得,如果他在话语之间把引起他失眠四夜的苦衷对她稍做暗示,都会伤害她的感情。他觉得自己仿佛生活在半梦幻的奇异世界里,外界好景象像幽灵似的在蓝雾中从一旁闪过,只有达莎灰色的眸子严厉而令人发慌地逼视着他。在这个世界里只有香味、阳光和绵绵不绝的心疼才是真实的。

到了萨马拉,伊万·伊里奇换了一艘船返回去了。而达莎那么平静驶向的闪闪发光的海洋一下子消失了,破碎了,变成发抖的玻璃窗外面一团团飞尘。

"奥地利人一定会好好教训那帮塞尔维亚人。"德米特里·斯捷潘诺维奇说,从鼻子上取下夹鼻眼镜扔到报纸上。"喂,你对斯拉夫问题有何看法,我的小猫咪?"

达莎站在窗前,耸了耸肩。

"回来吃午饭吗?"她无精打采地问。

"绝对回不来。波斯特尼科夫的别墅有个猩红热患者要我去看。"

德米特里·斯捷潘诺维奇不慌不忙地从桌上拿起胸衣套在里面,扣好柞丝绸西服上衣的扣子,又摸摸衣袋——该带的东西是否齐全,然后用破梳子往前梳理卷曲的白发。

"喂,关于斯拉夫问题你究竟有何看法,啊?"

"哎呀,上帝呀,我真不知道,爸爸。你干什么老缠着我?"

"可我倒有自己的看法，达丽亚·德米特里耶夫娜。"看样子他很不高兴到别墅去，况且平时德米特里·斯捷潘诺维奇喜欢在喝早茶时谈论政治。"斯拉夫问题——你在听我讲吗？——是世界政治的症结所在。在这个问题上有许多人会碰得头破血流。这就是为什么斯拉夫人发源地巴尔干正是欧洲的阑尾炎的缘故。你也许想问我这是怎么回事？好吧。"他开始扳着胖指头数："第一，斯拉夫人有两亿多，他们繁殖得像兔子一样快。第二，斯拉夫人建成了俄罗斯帝国这样的军事强国。第三，一些小的斯拉夫群体尽管受到同化，也组织成独立的集团，他们还倾向于结成所谓的泛斯拉夫联盟。第四，最主要的是斯拉夫人代表着在道德上崭新的、在某种意义上对欧洲文明构成严重威胁的寻神派典型。而寻神说——你在听我讲吗，我的小猫咪？——是对一切现代文明的否定和破坏。我寻神就意味着，我寻找真理——在自己身上找。为了这个缘故，我需要绝对自由，所以我要破坏把我埋葬了的道德基础，破坏用铁链锁住我的国家。"

"好爸爸，你快上别墅去吧！"达莎沮丧地说。

"不，真理要到那里去找。"德米特里·斯捷潘诺维奇用手指往下指，仿佛指着地底下，但又突然打住话头，扭过脸去看门口。前厅响起铃声。

"达莎，去开开门。"

"我不能去，我没穿好衣服。"

"玛特廖娜！"德米特里·斯捷潘诺维奇叫起来。"唉，这个该死的婆娘。"于是自己去开门，马上就回来了，手里拿一封信。

"卡秋什卡来的。"他说。"等一等，不要抢，我先把话说完……这个，寻神说首先从破坏开始，这个时期非常危险，并且有传染性。俄国现在经历的正是病程的这个阶段……晚上你到大街上走走试试，会听到一片'救命'的喊声。街上到处是流氓，他们闹得可凶了，把警察忙得不可开交。这些年轻人连一点儿道德的影子都没有，他们就是寻神派。明白了吗，我的小猫咪？今天他们在大街上闹腾，明天就会跑到全国闹腾。总的说来，我国人民正在经历寻神说的第一个时期——破坏基础。"

德米特里·斯捷潘诺维奇又抽着一支烟，用鼻子呼哧起来。达莎从他手里抽出卡佳的信回到自己房里。他还讲了一气,极力说明什么道理,在有一半空着的大住宅里到处乱走。住宅虽是新油的地板,却积满灰尘。他把一扇扇房门关得砰砰响,然后坐车上别墅去了。

"达纽莎,亲爱的,"卡佳写道,"直到现在我对你和尼古拉的情况都一无所知。我现在在巴黎。这儿正是盛夏。连衣裙的裙子都很瘦,薄纱最时兴。巴黎真美。简直是所有的人——你真该来看看——整个巴黎都在跳探戈。吃早饭时,在上菜的间歇大家站起来就跳,下午五点或吃午饭时照样跳,晚上跳个通宵。这种舞曲我想躲也躲不掉。舞曲有点儿忧郁,令人感伤,又有点儿甜蜜。当我望着这些袒胸露背、抹蓝眼皮的女人和她们的舞伴时,就觉得我在埋葬自己的青春,埋葬一种永远再也得不到的东西。总之我很苦闷。总觉得有谁会死去。我很替爸爸担心。他年纪已经不小了。这里俄国人很多,都是熟人:每天我们都聚在一块儿,就像根本没离开彼得堡似的。顺便说一句,这儿有人告诉我,好像尼古拉跟一个女人关系很密切。这个女人是寡妇,有俩孩子,以后又生了一个。你明白吗?开头我很难过。后来不知为什么非常可怜这个孩子……唉,达纽莎,有时我也想要个孩子。不过要孩子,一定是跟所爱的人生的。你结了婚一定要生个孩子,听见了吗?"

达莎把信读了好几遍,热泪夺眶而出,特别是为这个无辜的婴儿难过,于是坐下写回信,一直写到吃午饭。午饭是一个人吃的——不过是随便嚼点儿东西,然后走到书房,翻弄旧杂志,找出一本最长的长篇小说,躺在沙发上,就在凌乱的书籍中间一直读到傍晚。父亲终于回来了,身上落满尘土,神情疲惫不堪。两人坐下吃晚饭。不管她问什么,父亲只是哼哈答应。达莎到底问明白了:原来那个猩红热患者是三岁的男孩儿,已经死了。德米特里·斯捷潘诺维奇说出这个消息之后,用鼻子呼哧两下,把夹鼻眼镜放进盒里便睡觉去了。达莎躺在床上,用被单蒙着头,为了种种伤心事而痛哭了一场。

又过了两天。刮得黄尘滚滚的狂风在雷雨中结束了,滂沱大雨好像敲鼓似的在屋顶敲了一整夜。星期天早晨显得那么宁静和湿润,好像刚刚用水洗过。

早晨达莎刚起床,便有人来看她。这是她家的老朋友谢苗·谢苗诺维奇·戈维亚金,在地方自治会当统计员。他长得干瘦,驼背,脸色总是苍白,下巴留着淡褐色胡子,大背头一直梳到耳朵后。他身上带有酸奶油味。他不抽烟不喝酒,还不吃肉,受到警察的注意。他跟达莎打过招呼,便无缘无故用嘲笑的口气说:

"我是来找您的,女人。我们到伏尔加河上玩玩。"

达莎立刻想道:"看来最后要坏在统计员戈维亚金身上。"她拿着一把白阳伞,跟谢苗·谢苗诺维奇上了伏尔加河,直奔停船的码头。

有许多装卸工人,都是宽肩膀、宽胸脯的庄稼汉和小伙子,光着脚,不戴帽子,裸露着脖子,在长排的存放粮食的木板房、木材垛和堆积如山的羊毛包和棉花包中间游来荡去。有的在赌钱,有的躺在麻袋和板子上睡觉。远处大约有三十人扛着箱子从摇摇颤颤的跳板上往下跑。在大车中间站着一个醉汉,浑身泥垢和尘土,有半边脸鲜血淋淋,用双手提着裤子,懒洋洋地骂娘。

"这种人既没有节假日,也不知道休息,"谢苗·谢苗诺维奇用教训的口气说,"可是我们俩是有头脑有知识的人,我们有闲情逸致来欣赏大自然。"

一个厚嘴唇、厚胸脯的小伙子仰面朝天地躺着,戈维亚金就从他光着的大脚上跨过去。另一个小伙子坐在原木上,嚼着椭圆形白面包。达莎听见躺着的那个小伙子朝她背后说:

"菲利普,咱们要能找这么一个玩玩多好。"

另一个小伙子塞了满嘴面包,回答说:

"太干净了。太麻烦。"

在黄澄澄的宽阔河面上,有几只小船的影子在太阳底下摇曳荡漾的反光中向远处的沙滩驶去。戈维亚金也租了一只小船。他让达莎掌舵,自己划桨,顶水朝上划。不一会儿他那苍白的脸便沁出了汗珠。

"运动真是一件了不起的事。"谢苗·谢苗诺维奇说,开始脱上衣,不好意思地解下背带,一古脑儿塞到船头底下。他长着两只干瘦无力的手,手上长长的汗毛,套着用马来树胶做的袖口。达莎打开伞,眯缝起眼睛望着河水。

"请原谅我提个冒昧的问题,达丽亚·德米特里耶夫娜,城里传说您要结婚了,是真的吗?"

"不,没有的事。"

于是他咧嘴得意地笑笑,这笑容跟他那心事重重的知识分子气的脸孔很不相称,然后勒细嗓子试着唱歌:"哎,顺着亲爱的伏尔加河往下走,"但又害臊地停住了,用力划起桨来。

迎面驶来一只小船,船上坐满了人。有三个女人小市民打扮,穿着大红大绿的开司米连衣裙,嗑着葵花子,把皮吐在怀里。她们对面坐着一个醉醺醺的流氓,卷毛头发,留着小黑胡,好像要死的人翻着白眼,用手风琴拉着波尔卡舞曲。还有个流氓使劲摇桨,把船摇得东摇西晃。第三个家伙扬起舵,对谢苗·谢苗诺维奇喝道:

"让开路,笨蛋,不然就要你的命!"他们吆喝着、咒骂着,紧贴着跟前划过去。

小船终于沙沙响地擦着沙底滑过。达莎跳到岸上。谢苗·谢苗诺维奇又系上背带,穿上上衣。

"我虽然是城市人,却真诚地爱大自然,"他说着,眯缝起眼睛,"尤其是如果有位少女的芳姿给它增添光彩的话,我觉得真有点儿屠格涅夫小说的情调。我们到树林那儿去吧。"

他们在滚烫的沙滩上吃力地走着,脚陷进沙子里直没脚踝。戈维亚金不时停下脚步,掏出手绢擦脸,一边说:

"喂,您看,这是多么迷人的地方。"

沙滩终于走完了,他们又爬上不太高的陡岸,往前去是一片草地,有的地方草已割倒,一排排的有些枯萎了。这里散发着闷热的花蜜味。在峡谷的岸上,俯着水面长着蓬松的榛丛。洼地的茂草中间有一条小溪潺潺流过,流到另一片湖里——这是个圆湖。湖岸上长着几株老椴树和一棵弯曲虬结的松树,松树只剩下一个树丫,像胳膊似的伸出去。再往前沿着一道狭窄的山梁,长着白色的野蔷薇。这里正是山鹬天暖北飞时喜欢栖息的地方。达莎和谢苗·谢苗诺维奇在草地上坐下来。他们脚下沿着弯弯曲曲的峡谷,溪水倒映出蓝天和绿树。离达莎不远的一棵灌木上有两只小灰鸟蹦来蹦去,发出单调的啁啾声。一棵大树稠密的枝叶里有只野鸽不知疲倦地咕咕叫,抒发失恋的满腔哀愁。达莎伸直腿坐着,把手放在膝盖上,听着枝头被遗弃的鸽子柔声柔气地喃喃说:

"达丽亚·德米特里耶夫娜,达丽亚·德米特里耶夫娜,您怎么了?为什么这么忧愁,恨不得大哭一场? 可什么事也没发生,而您却愁得好像生命已经完结,已经一去不复返了。您是天生就爱哭的人。"

"我想跟您开门见山,达丽亚·德米特里耶夫娜,"戈维亚金说,"请允许我,这么说吧,抛开一切斯文好吗?……"

"您就说吧,我一点儿也不在乎。"达莎回答说,把手放在脑后仰面躺下,以便眺望天空,避开谢苗·谢苗诺维奇两只骨碌乱转的小眼睛。他正不时偷偷拿眼瞟她的白袜子。

"您是位高傲大胆的姑娘。您年轻、漂亮,充满蓬勃的生命力……"

"就算是这样。"达莎说。

"难道您就从来没想到要破坏教育和环境所形成的虚伪的道德吗?难道您为了已经被一切权威所否定的道德而抑制自己美好的本能吗?"

"就算我不想抑制美好的本能,那又怎么样?"达莎问,怀着懒洋洋的好奇心等待下文。太阳晒得她身上暖洋洋的,她望着天空,望着洒满蓝色苍穹的阳光,十分惬意,既不想思索,也不想动弹。

谢苗·谢苗诺维奇沉默了,用手指抠着泥土。达莎知道他跟助产士玛丽亚·达维多夫娜结了婚。他的妻子一年之中总要跟他分居两次,带上三个孩子回到隔道的娘家去。谢苗·谢苗诺维奇在地方自治会跟同事谈到这些家庭纠纷时,总是说由于玛丽亚·达维多夫娜性欲强烈和脾气暴躁的缘故。他妻子在自治会医院谈起这些纠纷,则说是因为丈夫心邪,不管什么样的女人都爱勾搭,不惜背弃她。至于说至今还没勾搭上,只是出于怯懦和精力不济。这就更令人憋气,她再也不愿意看见他那副素食者的长脸。他们夫妻吵架时,谢苗·谢苗诺维奇一天要光着头穿过街跑到岳母家去好几次。然后夫妻又言归于好。玛丽亚·达维多夫娜带上孩子抱着枕头回家。

"女人跟男人单独在一起时,女人自然会有把自己献给男人的愿望,而男人也自然会有占有女人身体的愿望,"他咳嗽了一声,终于开口了。"我希望您能诚实,坦诚相见。您往自己内心深处看看,便会发现您的心里,在偏见和虚伪之中有一种健康的性欲油然而生。"

"可我心里什么欲望也没有,这又意味着什么呢?"达莎问。她既感到可笑,又懒于跟他搭话。头上有只蜜蜂在野蔷薇的白花里,在黄色花粉中间打转。而失恋的野鸽在杨树林里继续喃喃地说:"达丽亚·德米特里耶夫娜,达丽亚·德米特里耶夫娜,您是不是真的爱上谁了?我敢肯定说您一定是爱上谁了,爱上谁了,所以您才难过。"达莎听着,不禁悄悄笑起来。

"您鞋里好像钻进了沙子。让我给您倒掉。"谢苗·谢苗诺维奇用异样的沙哑声音说,一把拽住她的鞋后跟。这时达莎急忙坐起来,从他手里抢过鞋,啪的一声打到谢苗·谢苗诺维奇的脸上。

"您是个坏蛋,"她说,"我从来没曾想您是这么卑鄙的家伙。"

她穿上鞋,站起身,拣起阳伞,连看也没看戈维亚金一眼,便朝河边走去。

"我真傻,我真傻,连通信地址也没问。"她想着,走下陡坡。"不知往基涅什马写,还是往下城写。现在只好跟这个戈维亚金坐在这儿。唉,我的上帝。"她回过头去。谢苗·谢苗诺维奇正顺着斜坡的草地往下走,像仙鹤一样倒换着两只长腿,眼睛望着一边。"我要写信告诉卡佳:'你想想看,我在恋爱了,我是这样觉得的。'"达莎一边仔细谛听,一边悄声叨念着:"亲爱的,亲爱的,亲爱的伊万·伊里奇。"

这时不远的地方有人喊:"我不下去,我不下去,放开我,裙子要拽破了。"一个赤身露体、上年纪的男人在靠岸边齐膝深的水里跑着,下巴留着短胡子,肋骨发黄,塌陷的前胸用黑线吊着十字架。他那样子不堪入目,正一声不响、气势汹汹要把一个垂头丧气的女人拉进水里。她一个劲儿央告:"放开我,裙子要拽破了。"

于是达莎顺河岸向小船拼命跑去——由于厌恶和羞臊,她觉得喉咙被堵住了。她把小船拉到水里的时候,戈维亚金也气喘吁吁地跑来。达莎不搭理他,也不瞅他,只管坐在船尾,用阳伞遮住自己,在回去的路上一直默默不语。

这次野游之后,达莎自己也不知道怎么回事,竟然生起捷列金的气来,好像一切都是他的过错。正是由于他的错,这尘土飞扬、太阳灼热的外省城市才这么死气沉沉,到处是发臭的栅栏、讨厌的大门闸、像木匣一样单调的砖房、代替了树木的电线杆和电车线的立柱;一到中午酷热不堪,在没树荫的灰白色街道上便会出现傻里傻气的婆娘,用扁担挑两串干鱼,悠悠荡荡地走着,望着落满尘埃的窗户叫卖:"买鳓鱼来,谁买鱼!"然而只有一条也傻里傻气、还有点儿半疯的公狗在她身旁站下来嗅嗅鱼味;这时从远处谁家的院落传来手风琴声,发出多瑙河那种扣人心弦的哀愁。

正是由于捷列金的错,达莎对周围小市民的沉闷的寂静才特别敏感,这寂静好像要永远笼罩这座城市不肯散去,使人恨不得跑到大街上拼命叫喊:"我要活,我要活!"

捷列金的错处还在于他过于老实和腼腆——总不能让达莎先张口说:"您知道吗,我爱您。"他还错在一封信也不写,就像钻进地里去了似的,也许甚至忘了她。

此外,在像炉膛一样闷热漆黑的一个夏夜,达莎做了个梦,更加令她灰心丧气。这梦跟在彼得堡的梦境一样,使她哭醒了,而醒来之后也跟那次一样,梦中的情景又全忘了,就像玻璃上挂的哈气一样无影无踪。但是她觉得这场使她心惊肉跳的噩梦,一定是个不祥之兆。德米特里·斯捷潘诺维奇劝达莎注射砷制剂。接着又收到卡佳的第二封信。她写道:

> 亲爱的达纽莎,我非常想念你,想念家里的人,想念俄罗斯。我越来越强烈地感到,在跟尼古拉破裂的问题上我也是有过错的。早晨醒来便整天怀着这种内疚和精神霉烂的感觉。还有——我不记得上次写信告诉过你没有——有个人好多天来一直追求我。我一走出房门,他就迎面走来。到了大商店,我一上电梯,他会半路上跳进来。昨天我去卢浮宫博物馆参观,觉得累了,在一条长椅上坐下,忽然觉得好像有人用手抚摩我的后背,我回头一看:他果然坐在离我不远的地方。长得又瘦又黑,头发白得挺厉害,络腮胡子好像贴上去的似

的。他两手放在手杖上,深陷的眼睛流露出严肃的神情。他并不找我攀谈,也从来不纠缠我,可我害怕他。我总觉得他围着我转来转去……"

达莎把信拿给父亲看。德米特里·斯捷潘诺维奇第二天早晨读报时有意无意地说:

"小猫咪,到克里米亚去吧。"

"做什么?"

"找到这个尼古拉·伊万诺维奇,告诉他,他是个饭桶。让他到巴黎去找他的妻子。不过他愿意怎么办就怎么办……这是他们的私事……"

德米特里·斯捷潘诺维奇显得非常生气和激动,尽管他最不喜欢流露感情。达莎却突然喜出望外:她把克里米亚想象成一望无际、波浪滔滔的美丽的蓝色海洋。角锥形白杨投下的长长的影子、石椅、在头上飘拂的纱巾、不知什么人盯着达莎的骨碌乱转的眼睛。

她连忙收拾收拾就坐车到尼古拉·伊万诺维奇洗海水浴的叶夫帕托里亚去了。

第十二章

这一年夏天,从北方涌到克里米亚的游客格外多。整个海滩上来来往往都是鼻尖晒脱了皮的外地人——有说话挖苦的彼得堡人,大都患有黏膜炎和支气管炎;有爱吵爱闹、头发蓬乱的莫斯科人,说起话来懒洋洋,像唱歌似的;有黑眼睛的基辅人,吐音O、A不分;有富有的西伯利亚人,看不上俄国内地的忙忙碌碌。不论是年轻的女人、长腿的少年人,还是神甫、官吏、受人尊敬的有家室的人,都在这里晒太阳,把皮肤晒得发黑。他们跟当时俄国的一切都摇摇欲坠一样,仿佛被打断了腰,过着不稳定的生活。

在盛夏季节由于咸的海水、热的天气和晒黑的皮肤,所有这些人都失却了羞耻心,觉得城市的装束未免庸俗,于是海滩上出现了用鞑靼毛巾勉强遮住身体的女人和很像伊特拉斯坎①花瓶上的图像的男人。

在蔚蓝的波浪、灼热的沙滩和到处爬动的赤裸的身体所形成的这种不平常的环境里，家庭的基础动摇了。这里的一切都似乎是轻松随便的。至于将来回到北方会有什么报应——回到寂寞的住宅，听到窗外淅沥的雨声和前厅丁零的电话铃声，总有欠人家情分的感觉——这种报应值得考虑吗？海水带着轻柔的哗啦声涌到岸边，触摸人们的脚，于是仰卧在沙滩上的身体、枕在脑后的胳膊和紧闭的眼皮，都有一种轻松、灼热和甜蜜的感觉。一切一切，哪怕是最危险的事都会觉得轻松、甜蜜。

这年夏天游客的轻佻和放荡超越了一切限度，好像六月的一个早晨从通红的太阳上掉下一个巨大的日珥，使几十万人失去了记忆力和理智。

整个海岸上没有一家平安和睦的别墅。牢固的联系意想不到地中断了。好像空气也充满爱的絮语和多情的笑声，以及在这布满古城的断垣残壁和灭绝的民族的骨骸的灼热土地上说出的无法形诸笔墨的废话。看样子，人们都在为淅沥秋雨中的普遍报应准备痛苦的眼泪。

达莎到达叶夫帕托里亚已经是下午。当汽车驶近城市的时候，她从公路上迎着阳光看见一艘大木船。公路好像一条落满尘土的白带子伸展在平坦的草原上，绕过盐沼地和干草垛，而大木船约有半俄里远，沿着草原穿过苦艾缓缓移动着，船上从上到下都横扯着黑色的船帆。这种景象如此奇异，达莎不禁惊叫一声。汽车里坐在她身旁的亚美尼亚人笑着说："你马上就会看到大海。"

汽车绕过一片云块形的盐田爬上沙冈，从冈上便看到海了。大海仿佛高出地面，呈深蓝色，上面覆盖着一条长索似的白色泡沫。快乐的风在耳边呼啸。达莎把小皮箱紧紧抱在怀里，想道：

"这就是大海。马上露出来了。"

这时尼古拉·伊万诺维奇·斯莫科夫尼科夫正坐在一座用桩子架着伸向海里的亭子上，跟演情人的演员一起喝咖啡。避暑的游客午睡之后，

---

① 伊特拉斯坎是古代民族，曾占有意大利大部分地区。花瓶上的人体图像大约是裸体的。

纷纷来到亭子上,坐在小桌旁,彼此打招呼,谈谈碘疗的效果、海水浴和女人。亭子里挺凉爽。微风吹动白桌布的边和女人的纱巾。有一条单帆快艇从亭子前驶过。快艇上的人快活地喊着什么。一群莫斯科人蜂拥而来,占了一张大桌子。他们都是世界名人。情人演员一见到他们,皱皱眉头,然后继续讲他想写的剧本的内容。

"我把整个剧情都仔细考虑了,但只写出第一幕。"他带着沉思和高尚的神情望着尼古拉·伊万诺维奇的脸。"你头脑清楚,科利亚,你会明白我的构思:一个年轻美貌的女人感到忧郁、苦闷,她周围是一片庸俗的气氛。本来都是正派人,可生活使他们沉沦了——感情腐化,酗酒无度。总之,你明白……于是她突然宣布:'我应该离开这儿,跟这种生活一刀两断,到那儿去,到有光明的地方去……'丢下丈夫和朋友……两个人都很痛苦……科利亚,你要明白——生活使人沉沦了……她出走了,我不想写她跟谁出走——她并没有情人,一切都由于心情不好……于是这两个男人坐在酒馆里默默地喝酒……把眼泪和白兰地一起咽进肚里……风在壁炉的烟囱里呼啸,为他们唱挽歌……忧伤……空虚……黑暗……"

"你想听听我的意见吗?"尼古拉·伊万诺维奇问。

"是的。你只要说:'米沙,别写了,用不着写。'我马上就不写。"

"你这个剧本很好。这就是生活。"尼古拉·伊万诺维奇闭上眼睛,摇摇头。"是的,米沙,我们没能珍视自己的幸福,幸福就溜走了,于是我们既没有希望,也没有意志,坐在这儿喝酒。风在我们的坟头上呼啸……你的剧本深深打动了我……"

情人演员眼睛底下的泪囊颤抖起来,探过身子,使劲吻了尼古拉·伊万诺维奇一下,然后斟上两杯酒。他们碰了杯,把胳膊肘伏在桌上继续谈心。

"科利亚!"情人演员说,阴郁地望着对方,"你可知道,我像爱上帝一样爱着你的夫人吗?"

"是的。我有这种感觉。"

"我很痛苦,科利亚,但你是我的朋友……有多少次我从你家跑出来……发誓永远不登你家的门……可是我还照样去,扮演个小丑……而你,尼古拉,不应该责怪她。"他气冲冲地撅起嘴。

"米沙,她对待我太残酷了。"

"可能……不过我们大家在她面前是有错处的……唉,科利亚,有件事我真无法理解——家里有这么好的妻子——请原谅我——同时又跟一个寡妇索菲亚·伊万诺夫娜搞在一起。这是为的什么?"

"这是个复杂的问题。"

"扯谎!我看见过她,不过是个普普通通的娘儿们。"

"你要知道,米沙,现在这件事当然已成为过去……索菲亚·伊万诺夫娜的确是个善良的人。她给与我一些快乐的时刻,却从来没提出任何要求。可在家里,一切都过于复杂、微妙,太难了……为了应付叶卡捷琳娜·德米特里耶夫娜我已心力交瘁。"

"科利亚,可难道说——我们回到彼得堡,到了星期二,我演完剧到你家去……你家竟然空空如也……叫我怎么活下去呢?……我问你,尊夫人现在在哪儿?"

"在巴黎。"

"你们通信吗?"

"不通信。"

"你快到巴黎去。我们一起去。"

"没有用……"

"科利亚,我们为她的健康干杯!"

"干杯!"

这时女演员恰罗杰耶娃突然出现在亭子上,她站在餐桌中间,穿着一件透明的绿连衣裙,戴着一顶大檐帽,瘦得像一条蛇,下眼皮上现出两块蓝色的阴影。她扭扭捏捏,向前佝偻着,好像她的脊背支撑不住身子。美学杂志《缪斯的合唱》的编辑站起身迎上前去,拉起她的手,在臂弯上不慌不忙吻了一口。

"一个了不起的女人。"尼古拉·伊万诺维奇从牙缝里挤出一句话。

"不对,科利亚,不对,恰罗杰耶娃不过是一具僵尸。为什么这么说呢?……她不过是跟别索诺夫同居了三个月,在音乐会上学猫叫似的哼哼几句颓废派的诗……你瞧,你瞧,她那张嘴快到耳根子了,脖子青筋暴起。这不是女人,简直是条鬣狗!"

可是当恰罗杰耶娃晃动着大檐帽,左右点头,笑嘻嘻咧开两片红嘴唇的大嘴,走到他们的餐桌跟前时,情人演员仿佛为之一惊,慢吞吞地站起来,把两手一拍,然后又攥在一起贴到下巴底下。

"亲爱的……尼诺奇卡……你打扮得多漂亮!……我可不成,不成……大夫嘱咐我要绝对安静,亲爱的……"

恰罗杰耶娃用骨瘦如柴的手拧了一下他的脸蛋,皱了皱鼻子。

"昨天你在饭店里说我什么来着?"

"昨天我在饭店里骂过你?尼诺奇卡!"

"骂得可狠了!"

"我敢发誓,这是有人造我的谣。"

恰罗杰耶娃大笑起来,用小拇指摁住他的嘴唇:"你是知道我不会老生你气的。"然后仿佛在舞台上演剧似的换成一种上流社会的腔调对尼古拉·伊万诺维奇说:

"方才我经过您的房间。有位女士来找您,好像是您的亲戚——一位美貌的姑娘。"

尼古拉·伊万诺维奇飞快地瞥了朋友一眼,然后从小碟上拿起未吸完的雪茄,拼命抽起来,以致胡子都埋在了烟雾里。

"这太出乎意料了,"他说,"这可能意味着什么呢?……得快去看看。"他把雪茄扔进海里,顺楼梯下到地面,一边摇着银柄手杖,把帽子推到后脑勺上。尼古拉·伊万诺维奇走进旅馆已经气喘吁吁了……

"达莎,你干什么来了?出什么事了?"他问,随手带上门。达莎坐在地板上,守着打开的箱子正在补袜子。姐夫走进来,她从容地站起来,伸出脸让姐夫吻了一下,然后漫不经心地说:

"看见你很高兴。爸爸和我决定,让你到巴黎去。我带来了卡佳的两封信。在这儿。请看看吧。"

尼古拉·伊万诺维奇从她手里接过信,走到窗前坐下。达莎走进洗脸室,一边穿衣服,一边听姐夫把信纸翻得簌簌响,不住唉声叹气。后来就一声不响了。达莎聚精会神地听着。

"你吃过早饭没有?"他突然问。"你要是饿,我们一起到亭子上去。"

这时达莎想:"他一点儿也不爱她了。"用双手把小帽往前额上一卡,打定主意把去巴黎的问题留到明天谈。

在往亭子去的路上,尼古拉·伊万诺维奇一直默默不语,低头望着脚底下,但是当达莎问他:"你下水没有?"便高兴地抬起头,说他们在这里组织了一个取消游泳衣协会,主要目的在于讲究卫生。

"你想想看,在这海滨浴场洗上一个月的澡,身体所吸收的碘,要比同样时间用吞服方法所吸收的多。此外你还吸收了阳光和沙滩的热量。对我们男人来说还没什么,只有一条不太大的腰带,可是女人把身体的三分之二都遮上了。我们决定为此展开坚决的斗争……星期天我将就这个问题发表讲演。"

他们沿着水边走在像天鹅绒一样柔软的淡黄色沙滩上,沙子里净是被海浪磨碎了的贝壳片。不远的地方有一带浅滩,轻轻的海浪一阵阵涌来,激起翻花的泡沫。在浪花里有两个戴小红帽的姑娘,像鱼漂一样摇来摆去。

"这都是我们的信徒。"尼古拉·伊万诺维奇一本正经地说。达莎心中涌起一种越来越强烈的感情,说不清是兴奋还是不安。这种感情是她在草原上看到黑帆船的刹那间产生的。

达莎停下脚步,望着海水像一片薄布似的漫过沙滩,然后又退下去,留下几条涓涓细流,海水和大地的这种接触,既是那么充满欢乐,又是那么永恒。达莎情不自禁蹲下去,把手放到沙滩上。一只扁扁的小螃蟹急忙往旁边一蹦,拱起一片沙子,钻到沙滩里去了。海浪涌来,一直淹到她的胳膊肘。

"你有点儿变了,"尼古拉·伊万诺维奇说,眯细眼睛,"不是变漂亮了,就是变瘦了,再不就是该出嫁了。"

达莎回过头,用异样的目光瞥了他一眼,站起身,连胳膊也不擦就朝亭子走去。情人演员正摇着草帽召唤他们呢。

他们给达莎要了当地风味的羊肉馅饼和酸奶,还要了香槟。情人演员忙得不亦乐乎,还站在那儿一阵阵发呆,仿佛自言自语地说:"我的天哪,多么漂亮!"还领来一些年轻人——戏剧学校的学生,介绍给她。这些年轻人好像做忏悔似的压低了嗓音说话。尼古拉·伊万诺维奇看到"他的达舒尔卡"取得这样的成功,心里美滋滋的。

达莎喝着酒,笑逐颜开,伸出手让人家来吻,目不转睛地望着闪耀天蓝色光辉的波涛滚滚的大海。"这就是幸福。"她想。

他们洗完澡,散完步,回旅馆去用晚餐。餐厅里人声嘈杂,灯光通明,人们衣着华丽。情人演员谈论起爱情滔滔不绝,热情洋溢。尼古拉·伊万诺维奇有点儿喝醉了,望着达莎,有些心情抑郁。达莎透过窗帘间的缝隙一直眺望不远处有斑驳的光点时隐时现,摇曳不定。她终于站起来走到海岸上。一轮皎洁的圆月悬在海上,在水面上照出一条波影粼粼的光带。那月亮就像《天方夜谭》里讲的一样近切。达莎把十指交叉起来,捏得嘎巴嘎巴响。

她一听到尼古拉·伊万诺维奇的唤声,连忙顺水边往远处走去。海浪睡意蒙眬地舔着岸边。有个女人的身影坐在沙滩上,有个男人的身影把头枕在她的怀里。在紫黑色的水面上,有个人头在摇曳不定的光影中飘动。有两只眼睛反照出月光,谛视达莎,并久久望着她的背影。接着又有两个人紧贴在一起站着。达莎从他们身边走过时,听到喘息声和接吻声。

远处传来呼唤声:"达莎,达莎!"于是她在沙滩上坐下,把胳膊肘放在膝盖上,用手支着下巴。如果这时捷列金走上前来,在身旁坐下,用胳膊搂住她的后背,严肃地轻声问:"你是属于我的吗?"她一定会回答说:"是属于你的。"

小沙包后面有个趴在地上的灰色人影动弹了一下,坐起来,低着头,久久凝望着月光在海面照出来的光带。这条光带好像有意逗弄小孩似的不住嬉戏着。这个人影站起来,从达莎身边慢吞吞地走过去,像死人一样垂头丧气。达莎的心突然狂跳不已——她辨认出来,这人是别索诺夫。

达莎在克里米亚的生活就这样开始了,其实这正是世界末日。像这样充满残夏的酷热、过得欢快、无忧无虑的日子已经不多了。可是那些惯于把明天看成像远山的蓝色轮廓一样清晰的人们,甚至是头脑清楚、有洞察力的人们,也看不清楚,更无法知道,在他们的生命的一瞬间之后究竟是什么?在这五光十色、芳香馥郁、生机勃勃的一瞬间之后,将是邈不可测的黑暗……无论视觉、感觉或思想,都丝毫不能穿透这层黑暗,也许有人赋有野兽在大雷雨前的那种感觉,能预感到即将发生的事件。这种感觉就是一种无法解释的恐惧心理。这时有一块看不见的白云正在向地面降落。白云疯狂地翻滚着,有的云彩显得得意洋洋,气势汹汹,有的则摇摇欲坠,疲惫不堪。而这种景象只有太阳投射的一条阴影能标识出来。这条阴影从东南到西北把大地上欢乐而罪恶的旧生活都涤荡殆尽了。

第 十 三 章

别索诺夫整天躺在海边上。他端详每个人的脸:女人的脸被太阳晒得黝黑,总笑眯眯的,男人的脸是红铜色,往往很兴奋。他却凄然感到他的心就像怀里抱着一块冰。他眺望大海,心想这海浪几千年来哗啦啦地拍打海岸。岸上从前荒无人烟,如今却住满了人。一旦这些人都死掉,岸上又空荡荡的,而大海还像现在这样波涛滚滚,向沙岸涌来。他一边想,一边皱紧眉头,用手指把贝壳堆成堆,把熄灭的烟头塞进去。然后下水洗澡。然后懒洋洋地吃午饭。然后回去睡觉。

昨天在离他不远的沙滩上,有个姑娘一下子坐下来,久久望着明月。从她身上散发出淡淡的紫罗兰味。在他麻木的头脑里掠过一段回忆。别索诺夫辗转起来,心想:"哼,不成,用这个钩是钓不住的,见鬼去吧,睡觉!"他站起身,慢慢腾腾地朝旅馆走去。

这次邂逅之后,达莎不禁害怕了。她原以为彼得堡的生活——那些雷雨之夜——早已永远成为过去,而不知什么原因刺激过她的想象的别索诺夫也已被遗忘。

如今由于他那一瞥,由于刹那间他那在月光下黑糊糊的侧影从眼前走过,她心中的一切又都更加强烈地翻腾起来,而且已不再是朦胧模糊的情绪,而是明确的欲望,像正午的烈日一样炽热的欲望:她想从这个人身上得到感受。不是爱,不是折磨自己,不是犹豫不定,只是要得到实实在在的感受。

她在洒满月光的白色房间里,坐在白色的床上,用微弱的声音反复叨念着:

"唉,我的天哪,唉,我的天哪,这是怎么了?"

早晨一过六点,达莎就来到海边,脱掉衣服走进没膝盖深的水里,看得出了神。大海好像退色了,变成淡蓝色,只是远处有的地方泛起一条条发乌的波纹。海水不慌不忙,一会儿没到膝盖顶上,一会儿又落下去。达莎伸开手臂,扑倒在这跟天上一样凉气袭人的海水里游起来。游了一会儿,她感到精神焕发,浑身沾满咸的水珠,用毛茸茸的浴衣裹住身子,躺在已经暖和的沙滩上。

"我只爱伊万·伊里奇一个人。"她想。脸枕着胳膊肘,连胳膊肘也散发着一股清新味。"我爱伊万·伊里奇,我爱的是他。跟他在一起感到纯洁、新鲜和快乐。谢天谢地,我爱伊万·伊里奇。我要嫁给他。"

她闭上眼,觉得身旁一阵阵涌上沙滩的海水好像在喘息,跟她的呼吸很合拍,便睡着了。

这一觉睡得很香。她不时感到躺在沙滩上浑身又暖和又轻松。在梦中她是多么热烈地爱她自己。

夕阳西下,太阳变成一个扁球坠入无云的橙黄色的光芒中。这时达莎在小径上遇见了别索诺夫。这条小径弯弯曲曲地穿过一片长满苦艾的平地。别索诺夫就坐在小径旁的石头上。达莎出来散步,无意中折到这里,一下子看见别索诺夫,便停下脚步,想要转身逃脱,但是原来的轻快感又不见了,两只脚好像长进地里,沉得拔不动。她皱着眉头看他一步步走上前来,似乎他对这次邂逅并不意外,看他摘下草帽,像修士一样恭恭敬敬施个礼。

"昨天我没搞错,达丽亚·德米特里耶夫娜——是您在海边上来着?"

"是我……"

他垂下眼睑,沉吟片刻,然后避开达莎,抬眼望着草原的远处。

"夕阳西下的时候,这片旷野会使你觉得到了沙漠似的。这里很少有人来。周围净是苦艾、石头,黄昏时候令人觉得好像大地上一个人也不剩了。"

别索诺夫笑了起来,慢慢露出两排白牙。达莎像一只怯生生的野鸟望着他。然后她跟他并肩沿着小径走去。小径两旁和整个旷野上长着一簇簇散发着苦味的高大苦艾。每簇苦艾都向干旱的土地上投下月光照出的不大清晰的阴影。头上有两只蝙蝠在夕阳余晖中看得清清楚楚,忽上忽下,忽疾忽徐,扑扑棱棱地飞着。

"诱惑,诱惑是无法逃避的,"别索诺夫说,"诱惑会把你迷住,会勾引你,使你一再上当受骗。您瞧,世上的一切安排得多狡猾,"他用手杖指着天边一轮低低的圆月说,"它整夜都拼命织网,把小径变成小溪,把每一丛灌木变成人家,甚至连死尸都会变得漂亮,女人的脸庞会变得神秘……也许的确需要这样:一切奥妙都在这欺骗之中……您是多么幸福,达丽亚·德米特里耶夫娜,您是多么幸福……"

"您为什么说这是欺骗?照我看根本不是欺骗。这明明是月光照的。"达莎固执地说。

"哦,当然,达丽亚·德米特里耶夫娜,当然……'你们要变成小孩子'①。我之所以说是欺骗,因为对世上的一切我都不再相信了。不过'你们还要像蛇一样'②。这两者怎么才能结合起来呢?……据说需要爱情?你怎么想的呢?"

"不知道。我什么也不想。"

"爱情来自何处呢?用什么办法能把它引诱来呢?用什么话能把它呼唤来呢?是不是要伏在地上恳求上帝:'啊,主啊,请赐给我爱情

---

① 《新约·马太福音》第十八章第四节:"我实在告诉你们,你们要不回转,变成小孩子的样式,断不得进天国。所以凡自己谦卑像这小孩子的,他在天国里就是最大的。"

② 《新约·马太福音》第十章第十六节:"我差你们去,如同羊进入狼群,所以你要灵巧像蛇,驯良像鸽子。"

吧!'……"他低声笑了,露出牙齿。

"我不往前走了,"达莎说,"我想到海边上去。"

他们转过身,踏着苦艾向沙包走去。别索诺夫突然用轻柔的声音字斟句酌地说:

"那次在彼得堡,您在我家里说的话,每个字我都记得。是我把您吓跑了。(达莎两眼只管往前瞅,走得很快。)那次,有一种感觉使我大为震动……倒不是您的姿色出众,不是……令我感到惊异的,令我刻骨铭心的,是您那无法形容、优美动听的声音。当时,我一边看着您,一边想:您就是我的救星——我要把心献给您,我要变做乞丐,变做奴仆,融化在您的光辉中……或许应该占有您的心?成为最富有的人?……您考虑一下吧,达丽亚·德米特里耶夫娜,您这次来了,我应该解开这个谜。"

达莎把他抛在后面,跑到沙包上。月光在无边无际、沉甸甸的海水上照出一条宽宽的光带,像鱼鳞一样闪闪发亮,到了大海的尽头变成一条又细又长的清晰的痕迹,而在这条光痕上面是一片朦朦胧胧的光辉。达莎的心跳得非常厉害,不由得闭上眼睛。"主啊,救救我吧,别让我受到他的诱惑。"她心想。别索诺夫把手杖往沙地里插了好几次。

"您只要拿拿主意就行了,达丽亚·德米特里耶夫娜……我们俩总要有个人被这团烈火烧成灰烬……或者是您……或者是我……您考虑一下,回答我……"

"我不明白。"达莎猛然说了一句。

"只有当您沦为乞丐,失掉一切,烧成灰烬的时候,您才会开始真正的生活,达丽亚·德米特里耶夫娜……用不着这月光。月光不过是不值钱的诱惑。您会变得绝顶聪明。为此您只消解开处女的腰带。"

别索诺夫用冰冷的手握住达莎的手,凝视她的眼睛。达莎能做出的反应只是慢慢眯细了眼睛。经过一阵漫长的沉默之后,他说:

"也罢,我们各回各家——睡觉。我们已经谈得差不多了,从各方面对这一问题进行了探讨,况且现在夜已深了……"

他把达莎送到旅馆,彬彬有礼地告了别,把礼帽推到后脑勺上,又顺着海边走去,仔细观看来往行人的模糊的身影。他突然停下脚步,转过

身,走到一个高个儿的女人身旁。那个女人裹着白披肩,一动也不动站在那里。别索诺夫把手杖搭在肩头,一手抓住一头说:

"尼娜,你好!"

"你好。"

"你一个人在海边干什么?"

"站着。"

"为什么只一个人?"

"因为只有一个人,所以就一个人。"恰罗杰耶娃气恼地轻声说。

"你难道还在生气吗?"

"不,亲爱的。我早就消气了。"

"尼娜,走,到我的住处去。"

她听了,把头向后一仰,沉默了许久,然后用颤抖的声音含糊不清地回答说:

"你疯了吧?"

"难道这一点你还不知道吗?"

他挽起她的胳膊,她却猛然挣脱了,慢吞吞地跟他并排沿着海边走去,月光也跟着他们的脚步在油墨的水面上向前滑动。

第二天早晨,尼古拉·伊万诺维奇小心翼翼敲达莎的房门,把她叫醒:

"达纽莎,起来吧,亲爱的,一起去喝咖啡。"

达莎把脚伸下床,看看袜子和鞋,都落满了灰不溜丢的尘土。好像出什么事了。或是又做了那个令人讨厌的梦?不,不,比做梦还要糟得多。达莎马马虎虎穿上衣服,跑去游泳。

然而海水使她疲倦,太阳又晒得难受。她披上毛茸茸的浴衣坐在沙滩上,双手抱住裸露的膝盖,心里想这种地方不会有什么好事。

"我脑袋笨笨,胆又小,整天游手好闲。想象力过分敏锐。我自己也不知道,我想要的是什么。早晨想要这个,晚上又想要那个。正是我自己深恶痛绝的那种人。"

达莎垂下头凝望着大海,甚至热泪盈眶了——她的心情是那样慌乱和忧伤。

"我保护着一件硕大的宝贝——好像有什么了不起似的。可是谁稀罕它？世界上没有一个人需要它。其实我谁也不爱。这么说来倒是他说得对：最好还是把一切都烧掉，化成灰烬，成为一个清醒的人。他既然约我，今晚就到他的房间去，并……啊，不成……"

达莎把脸藏到膝盖中间——天气热得太厉害了。显然这种自相矛盾的日子再也过不下去。这个令人受不了的童贞毕竟到了该摆脱的时候了。或者要发生什么不幸，就让它发生好了。

她心灰意懒地坐在那里反复琢磨：

"就算我离开这儿。回到父亲身边。去吃那尘土。去忍受苍蝇。等到秋天。讲习班开课。我一天工作十二个小时。我会变得又瘦又丑。把国际法背得滚瓜烂熟。我将穿上棉绒布裙子，成为受尊敬的女律师布拉文娜。这当然是最理想的前途。"

达莎抖掉沾在皮肤上的沙子，走回住处。尼古拉·伊万诺维奇穿着绸睡衣，躺在阳台的摇椅里读阿那托尔·法朗士①的被查禁的小说。

达莎走到他跟前，坐在摇椅的扶手上，悬在半空中的拖鞋也跟着摇摆起来。她沉思地说：

"我曾想跟你谈谈卡佳的事。"

"是呀，是呀。"

"你要知道，尼古拉·伊万诺维奇，女人的日子向来是非常不好过的。比方我十九岁了，真不知道应该把自己怎么办。"

"你这般年纪，达纽莎，应该尽情地生活，什么也不要考虑。考虑太多，就会虚度青春。你看看自己：出落得太漂亮了。"

"我就知道你说不出正经话！尼古拉，跟你谈话真是白费工夫。你说话总说不到点子上，不知深浅。正是因为这个卡佳才离开了你。"

尼古拉·伊万诺维奇大笑起来，把阿那托尔·法朗士的小说放到肚

---

① 法朗士(1844—1924)，法国著名小说家。他的作品具有反宗教思想，曾全部被教会查禁。他于一九二一年加入法共，同年获诺贝尔文学奖。

子上,把两只胖手枕在脑后。

"天一下雨,小鸟儿就会回巢的。你总该记得她是怎么刷羽毛的?……不论发生什么事,我还是深深爱着卡秋莎。还有什么呢?我们已经两清了。"

"啊,你现在还这样说!我要是处在卡佳的地位也会那样对待你……"

于是她气冲冲地走开,站到阳台的栏杆前。

"你年纪大一点儿就会明白,对待生活中的不幸过分认真,既有害健康,又十分愚蠢,"尼古拉·伊万诺维奇说,"把一切问题复杂化,倒是你们布拉文家族的脾气……单纯点儿,应该单纯点儿,越近乎本色越好……"

他叹了口气,不再说下去了,仔细端详起指甲。有个中学生骑着自行车从阳台前走过,累得满头大汗,他从城里带来了邮件。

"我准备去当乡村教师。"达莎闷闷不乐地说。

尼古拉·伊万诺维奇马上追问:

"当什么?"

但她没有回答,走回自己房里。从邮局带来的信有两封是给达莎的:一封是卡佳写的,另一封是父亲写的。德米特里·斯捷潘诺维奇写道:

> ……现将卡佳的信给你寄去。我已读过,并不喜欢。不过你们愿意怎么办就怎么办好了。我们这里一切照旧。天气很热。此外,谢苗·谢苗诺维奇·戈维亚金昨天在公园里被流氓打了,可为什么挨打,他一直不肯说。这就是全部新闻。是的,还有个捷列金给你寄来一张明信片,可是我给弄丢了。他好像也在克里米亚,再不就是别的什么地方。

达莎把最后几行字又仔细读了一遍,心不由得怦怦乱跳。然后气得一跺脚——可真有意思:"不是在克里米亚,就是在别的什么地方……"父亲可真糟糕,马大哈,又自私。她把信揉成团,用手支着下巴,在写字台旁坐了半天。然后才开始读卡佳的信:

达纽莎,你可记得我在信中曾经告诉过你,有个男人一直跟着我。昨天傍晚在卢森堡公园,他一下子坐到我身旁。开头我挺害怕,但是我仍然坐着没动。这时他对我说:"我一直追随您,并且知道您的姓名和身份。可是后来发生了一件不幸的事——我爱上了您。"我看了他一眼,他端正地坐在那儿,神情严肃,脸色有点儿阴沉和消瘦。"您不必害怕,我是个老头子,一个孤独的人。患了心绞痛,随时都可能死去。可如今却发生了这种不幸的事。"他的脸上流下一颗泪珠。接着他一边摇头,一边说:"哦,您的脸长得多么可爱,多么可爱呀。"我告诉他:"请不要再跟着我了。"想起身走开,可又可怜他,便留下来跟他聊天……他一边听,一边闭上眼睛,不住摇头。你想想看,达纽莎,今天我接到一个女人的来信。这个女人大概是他住的公寓的看门的……信上说,"受他的委托"通知我,他昨晚已经死了……啊,有多么可怕……现在我走到窗前,大街上万家灯火,车水马龙,行人在树丛中往来穿梭。刚下了一场雨,雾气弥漫。而我觉得这一切不过是陈迹。一切都已经死去,这些人也都是死人。仿佛我看到的都是已经成为过去的事物。就当我站在窗前向外眺望的时候,眼前发生的一切我并看不见,但我知道一切都已成为过去。想必是我的心境太坏了。有时一躺下就痛哭起来——我惋惜自己的一生,怎么一下子就消逝了呢?不论如何我毕竟有过幸福,有过亲爱的人,可如今连一点儿影子都没留下……我的心已经死寂了——它已经干枯了。我知道,达莎,在前面等待我们的,还是一场灾难,而这一切都是因为我们从前生活得不对头才得到的报应。

达莎把信拿给尼古拉·伊万诺维奇看。

他一边看信,一边长吁短叹,然后说他总觉得自己在卡佳面前是有过错的。

"我早就看到了我们的生活不对头,这些没完没了的寻欢作乐,总有一天要在绝望的大爆发中结束。不过既然我和卡佳以及周围的人的生活内容就在于享乐,我又能有什么办法? 有时,我在这儿望着大海,心想有这么一个俄国,人民在耕田、牧马、掘煤、织布、打铁、盖房子,另有一些人强迫他们劳动,而我们是第三种人,是这个国家的精神贵族,是知识分子。不论从哪一方面,我们跟这个俄国都毫不相干。是俄国在养活我们。我们不过是蝴蝶。这是一场悲剧。比如说我要是尝试种菜或别的什么有益的事,则什么也搞不成。我这一生是注定了,只能像蝴蝶一样飞来飞去。当然,我们在写书、讲演、搞政治,但是这一切都属于消遣的范围,甚至受到良心折磨时也是一样。而对卡秋莎来说,这些没完没了的寻欢作乐,只能带来精神上的空虚。不会有别的结果……唉,你可不知道她是一个多么好、多么温柔和顺的女性!是我教坏了她,使她变得精神空虚……是的,你说得对,我应该去找她……"

他们决定两人一同去巴黎,只要一拿到出国护照,马上出发。吃过午饭,尼古拉·伊万诺维奇就进城去了。达莎动手改她的草帽,准备路上戴。不料草帽改坏了,只好送给女用人。然后她给父亲写了回信,天将黑就往床上一躺——她突然感到疲乏极了——把手掌放在脸蛋底下,听着大海的涛声变得越来越遥远,越来越悦耳……

后来她觉得有人俯身看她,从她脸上拂开一绺头发,吻她的眼睛、脸颊和嘴角,吻得很轻,只能感觉出他的呼吸。这吻产生一种甜蜜感,传遍她的全身。达莎慢慢醒来。敞开的窗口现出几点疏星,微风吹进来,把信纸吹得沙沙响。接着从墙后闪出一个人影,把胳膊肘伏在外面的窗台上,望着达莎。

这时达莎完全苏醒了,坐起身,用双手捂住衣扣被解开而露出的胸口。

"你要干什么?"她用勉强可以听到的声音问。伏在窗口的人用别索诺夫的声音说:

"我一直在海边等您。您为什么没去?害怕了吗?"

达莎沉吟片刻,回答说:

"是的。"

于是他从窗台爬进来,推开桌子,走到床前:

"我度过了一个最难熬的夜晚——恨不得上吊。您对我哪怕有一点点感情呢?"

达莎摇摇头,却没张嘴。

"您听我说,达丽亚·德米特里耶夫娜,这件事即使今天明天不发生,那么一年之后也一定要发生。离开您我就活不成了。您不要逼我顾不得体面。"他用嘶哑的声音轻轻说,一下子走到达莎跟前。她突然深深地短叹了一声,继续注视他的脸。"昨天我说的不过是谎话……我太痛苦了……我没法抹掉您给我留下的印象……您就做我的妻子吧……"

他俯身去闻达莎身上的香气,用一只手搂住她的后脖颈,把嘴贴到她的嘴唇上。达莎用双手推他的前胸,可是她的胳膊弯了。这时在她麻木的意识中掠过一个冷静的念头:"这正是我既害怕又渴望的事,但是这很像谋杀……"她转过脸,闻到别索诺夫的酒气,听他朝耳边含含糊糊地说些什么。达莎于是想:"他大概也是这样对待卡佳的。"这时一阵清醒、理智的寒颤传遍全身,她觉得酒气更刺鼻,絮絮不休的耳语更讨厌了。

"放开我!"她说,用力推开别索诺夫,走到门旁,终于把衣领的扣子扣好了。

这一下子别索诺夫可发疯了,他抓住达莎的胳膊,把她拉到身边,拼命吻她的喉咙。她紧闭着嘴,一声不响地挣扎着。当他把她抱起来往床前走的时候,达莎急促地低声说:

"要死您就去死,这辈子也甭想……"

她用力一推,挣脱了身子,靠墙站住。他仍然艰难地喘着气,在一把椅子上坐下,便不再动弹了。达莎抚摩一下胳膊上留下他的指印的地方。

"我不该太性急了。"别索诺夫说。

她答道:

"我讨厌您。"

他立刻把头歪到椅子背上。达莎说:

"您失去理智了……快走开……"

她又反复说了几遍。他终于明白,站起身,吃力而笨拙地从窗口爬出去。达莎把百叶窗关好,开始在黑暗的房间里走来走去。这一夜她过得很不好。

天将亮,尼古拉·伊万诺维奇光着脚,啪嗒啪嗒地走到门口,用睡意蒙眬的声音问：

"你是牙疼了怎么的，达莎？"

"不是。"

"那么夜里哪来的响声？"

"不知道。"

他嘟嘟哝哝地说了一句："怪事！"就走了。达莎坐也坐不住，躺也躺不住，一个劲儿从窗口走到门口，又从门口走到窗口，好把这像牙疼一样剧烈憎恶自己的心理排除。假如别索诺夫征服了她，也许会好过一点儿。她怀着绝望的痛苦回忆起洒满阳光的白轮船，还想起杨树林里那只失恋的野鸽子对她咕咕地叫个不停，对她扯谎，说她爱上了什么人。达莎渐渐分辨出在昏暗中发白的床。就是在这个地方，方才有一张人面竟然变成禽兽的嘴脸，于是她感到怀着这种心理是无法生活下去的。什么痛苦她都可以忍受，惟独忍受不了这种厌恶心理。她觉得头发烧，恨不得从脸上、脖子上、身上揭掉这层薄薄的网。

天终于亮了，光线透过百叶窗照进来。旅馆里房门开始砰砰响，不知是谁用响亮的声音叫道："玛特廖莎，打点儿水来……"尼古拉·伊万诺维奇也醒了，隔着墙刷牙。达莎洗洗脸，把小帽卡在眼眉上，来到海边。大海像乳汁一样，沙滩有些潮湿。散发着海藻味。达莎拐到野地里，顺着路旁踱去。迎面走来一辆一匹马拉的车，车上是用柳条编的车斗，车轮扬起滚滚的黄尘。赶车的是个鞑靼人。他身后坐着一个膀阔腰圆的人，穿了一身白。达莎朝他瞥了一眼，睡意蒙眬（由于阳光强烈和过度疲劳，她已睁不开眼睛了）想道："这倒是个好人，有福的人，那么就祝愿他好，祝愿他好吧！"然后就离开路旁。突然从车上传来惊异的喊声：

"达丽亚·德米特里耶夫娜！"

有人从车上跳下来，向这里跑来。达莎听到这个人的声音，心怦怦跳，两腿发软。她转过身，捷列金已经跑到眼前。他晒黑了，神情激动，蓝蓝的眼睛，出乎意外地可亲，达莎不由得一下子把手放到他胸脯上，脸也贴上去，孩子似的放声大哭。

捷列金紧紧抱住她的肩膀。达莎泣不成声，想向他解释什么，他说：

"请您,达丽亚·德米特里耶夫娜,请您以后再说。这没什么关系……"

他穿的帆布上衣前胸被达莎的眼泪润湿了。她的心情也轻松些了。

"您是来找我们的吗?"她问。

"是的,我是来告别的,达丽亚·德米特里耶夫娜……昨天才听说您在这里,现在想来告别一下……"

"告别?"

"我被征了兵,没办法。"

"征兵?"

"难道您一点儿也没听说吗?"

"没有。"

"发生战争了,就是这么回事。"

达莎瞥了他一眼,眨了眨眼,直到这时仍然没有明白是怎么回事。

第十四章

在一家自由派大报《人民言论》的主编室里,正在召开编辑部紧急会议,由于昨天公布的法令禁止饮用酒精饮料,所以编辑们用茶时破例地端来白兰地和罗木酒。

几个蓄着大胡子、有经验的自由主义者,深深地坐在沙发椅里抽烟,他们觉得自己的头脑被弄糊涂了。年轻的编辑分别坐在窗台上和那张有名的皮沙发上。这张沙发是反对派的堡垒,有位著名作家曾经有欠谨慎地把那里叫做臭虫窝。

主编头发花白,脸色红润,颇有英国绅士风度,正在一字一板地发表讲演。这是他最出色的演说之一。这篇演说应该成为,实际上也正是自由派所有报刊的指导方针。

"……我们的任务的复杂性,在于我们反对沙皇政府的立场不能有丝毫动摇,然而面对威胁俄罗斯国家领土完整的危险,又要向这个政权伸

115

出援助之手。我们的姿态必须诚恳坦率。至于沙皇政府把俄国拖入战争的责任问题,在当前只不过是次要问题。我们必须打败敌人,然后再来审判罪犯。先生们,当我们在这里发议论的时候,克拉斯诺斯塔夫城下正在进行浴血奋战,我们的近卫军已被派去堵住敌人冲破的防线。战斗的结局未可逆料,但是大家必须记住,基辅已经受到威胁。这场战争不超过三四个月肯定会结束,而且不论结果如何,我们都必须高昂着头对沙皇政府说:在紧急关头我们曾经跟你们站在一起,现在我们要追究你们的责任……"

编辑部资格最老的成员之一、专写地方自治问题的别洛斯维托夫再也忍不住了,气急败坏地喊道:

"打仗的是沙皇政府,跟我们有什么相干?为什么要伸手援助它?打死我,也弄不明白。我们应当跟这场冒险战争划清界限,这样一来整个知识界都会跟我们走,这是最简单的逻辑。让沙皇吃败仗去吧,我们只会得到好处。"

"是呀,你们愿意怎么干,随你们的便,只是向尼古拉二世伸出援助之手,不论怎么说,先生们,总是叫人讨厌的事。"专门写社论的阿利发嘟哝地说,从糖罐里挑了一块甜点心。"连睡梦里也会出一身冷汗……"

立刻有几个人同时议论开了:

"没有,也不会有迫使我们妥协的条件……"

"这算怎么回事——是投降吗?请问。"

"让整个进步运动落个可耻的下场?"

"可我,先生们,总希望有人能对我解释一下这场战争的目的。"

"等德国人掐住脖子,您就会明白了。"

"啊哈,老兄,您好像是个民族主义者!"

"我不过是不愿意挨打罢了。"

"可德国人并不打您,他们打的是尼古拉二世。"

"对不起……那么波兰呢?沃伦呢?基辅呢?"

"我们越挨打,革命来得越快。"

"我决不希望为了你们的什么革命而丢掉基辅。"

"彼得·彼得罗维奇,您应该知道害臊,老兄……"

主编好容易恢复了秩序,详细说明,只要报纸对政府进行微不足道的攻讦,军事书刊检查机关就可以根据戒严令加以封闭。那样一来,花偌大力气争取到的言论自由的萌芽便要遭到摧残。

"……因此我建议这次重要会议能找到一个可以接受的观点。本人斗胆提出一点也许使大家感到奇怪的看法:我们必须完全接受这场战争,包括战争的一切后果。大家不要忘记,这场战争在社会上得到热烈拥护。在莫斯科这场战争被说成是第二次卫国战争,"他露出微妙的笑容,并垂下眼睑,"沙皇到了莫斯科,几乎可以说是受到热烈欢迎。民众的动员情况极其顺利,这是我们原先未能、也未敢预料的……"

"瓦西里·瓦西里耶维奇,您是不是在开玩笑?"别洛斯维托夫喊道,他的声音已经完全沮丧了。"这样一来,您可把我们的世界观彻底破坏了……要我们去为政府帮忙?那么,被关押在西伯利亚的上万名俄国最优秀的分子怎么办呢?……枪杀工人事件又怎么对待?……血迹还没干呢。"

这一切当然是最冠冕堂皇和最高尚的议论,可是人人心里明白,跟政府妥协是在所不免的了。因此当印刷厂送来社论校样时,与会的人都一声不响地把长条清样看了一遍。社论是这样开头的:"面对德国的侵略,我们应当紧密地结成统一战线。"接着有人轻轻叹了口气,有人意味深长地说:"竟然落到这步田地。"别洛斯维托夫冲动地扣好黑礼服的扣子,礼服上落满了烟灰,可是他也没有退席,又在沙发椅上坐下。这一期报纸在拼版时还加上通栏标题:"祖国危急!快拿起武器!"

然而每个人内心毕竟感到惶惑不安。欧洲本来牢固的和平怎么会在二十四小时之内化为泡影,为什么富有人道精神的欧洲文明竟然一点儿也靠不住,而《人民言论》每天都借助欧洲文明来抨击政府和启发庸人的羞耻之心(他们觉得人类既然发明了印刷术和电灯,甚至发现了镭,可时候一到,在那浆硬的衬衫里显露出来的竟然还是跟野兽没有什么区别的野蛮人,手持大棒,毛发蓬松)。这一点编辑们要想领会可太难了,要想承认又过于痛苦。

会议在一片沉默中不欢而散。名作家都到古巴酒家去吃饭,年轻人聚集到新闻编辑室。会上决定详细调查一下各个阶层和各界人士的情绪。安托什卡·阿尔诺利多夫被派去了解军事书刊检查处的情况。他趁机预支了一笔钱,租了一辆豪华的马车,沿涅瓦大街向总参谋部疾驰而去。

总参谋部上校、新闻处处长索恩采夫在他的办公室里接见了安托什卡·阿尔诺利多夫。他用安详、快活的金鱼眼盯着客人的眼睛,彬彬有礼地听对方说明来意。安托什卡以为他一定会遇见一位传奇式的英雄——狮子相的红脸将军、扼杀新闻自由的刽子手,然而坐在面前的竟然是一位温文尔雅、颇有教养的军人。他既没用嘶哑的声音叫喊,也没用低沉的声音咆哮,丝毫没有作威作福和横加挞伐的样子——这跟平时对沙皇爪牙的印象有点儿对不上号。

"那么,上校,希望您能就我准备好的问题发表一下权威性意见。"阿尔诺利多夫说,斜眼瞥了瞥沙皇尼古拉一世发黑的全身像。沙皇那双冷冰冰的眼睛正瞅着这位报界代表,似乎要对他说:"看你那短上衣、黄皮鞋、汗淋淋的鼻子、讨厌的样子——你害怕了,你这下流坯!""我完全相信,俄国军队在新年到来之前一定会攻克柏林,不过编辑部感兴趣的都是一些具体问题……"

索恩采夫上校很有礼貌地打断他的话:

"我觉得俄国各界人士对这场战争的规模了解不够。当然,我对阁下希望我英勇的部队攻克柏林的良好祝愿不能不表示欢迎,不过我担心,要做到这点比您想象的要难得多。我个人认为,当前报界最重要的任务是:使人们对威胁我们国家极端严重的危险有思想准备,另外还要准备做出我们每个人都应当做的特别牺牲。"

安托什卡·阿尔诺利多夫放下笔记本,莫名其妙地看着上校。索恩采夫接着说:

"我们并不希望打这场战争,在现阶段我们不过是自卫。德国人在大炮的数量上和边境铁路的密集程度上都超过了我们。不过我们将竭尽全力阻击敌人,不让他们跨过我们的国境线。俄国军队正在履行他们所承担的义务。但是我们非常希望全国人民也能充分认识到他们对国家的义务。"索恩采夫扬起眉毛。"我很了解,在某些阶层中间爱国主义感情有些复杂。不过国家的危险既然这么严重,所以我相信:一切争论和宿怨都可以推迟到时局好转再说。俄罗斯帝国就是在一八一二年也没经历过这么严重的危机。这些就是我希望阁下加以注意的情况。其次,要让大家知道,政府现有的军医院远远容纳不了伤员。因而民众应该在这方面做广泛支援的准备……"

"对不起,上校,我不明白,伤兵的数量可能有多大?"

索恩采夫又高扬起眉毛:

"据我估计,最近几周就可能有二十五万到三十万。"

安托什卡·阿尔诺利多夫咽了一口唾沫,把数字记录下来,已经毕恭毕敬地问:

"那么,阵亡的该有多少?"

"按照通常的计算法,要占伤员数量的百分之五到百分之十。"

"啊哈,谢谢您。"

索恩采夫站起身来,安托什卡连忙跟他握手,然后拉开柞木门,跟正往里走的阿特兰特撞了个满怀。阿特兰特也是记者,患有肺病,头发乱蓬蓬的,穿着一件揉得皱皱巴巴的上衣,从昨天开始已经不喝伏特加酒了。

"上校,我向您了解一下战争情况。"阿特兰特说,用手掌遮住肮脏衬衫的前胸。"嗯,怎么样?我们能很快就拿下柏林吗?"

阿尔诺利多夫从总参谋部出来,走到皇宫广场,戴上礼帽,眯缝着眼站了片刻。

"一定要打到最后胜利,"他咬着牙喃喃地说,"你们这些废物,这回可要当心了,我们一定叫你们知道知道,什么叫失败主义!"

宽阔的广场打扫得干干净净,广场中央耸立着亚历山大纪念碑的笨重的花岗岩圆柱。到处都是蓄着大胡子、笨手笨脚的庄稼汉,一堆堆地在进行操练。不时传来刺耳的口令声。这群庄稼汉忽而排成队形,忽而从这面跑到那面,忽而卧倒。有个地方约摸有五十人,一下子从马路上爬起来,参差不齐地高喊"乌拉!"跌跌撞撞地快步朝前跑去……"站住!立正……混蛋！你们这些杂种！……"一个嘶哑的声音压过他们的喊声。在另一个地方可以听到："跑到跟前，扎他的肚子，刺刀断了就用枪托砸！"

就是这些丑陋的庄稼汉，蓄着笤帚似的大胡子，穿着树皮鞋和肩头带汗渍的布衫，两百年前来到涅瓦河岸边的沼泽地带修建城市。如今他们又被召集来用他们的肩头扛住帝国摇摇欲坠的支柱。

安托什卡拐到涅瓦大街上，一直在思考他的文章。街心有两连全副武装的士兵，背着背囊、铁锅和铁锹，在像秋风一样哀号的长笛声中走过。士兵们颧骨宽大的脸膛，显得疲惫，布满灰尘。一个小个子军官身穿草绿色军装，十字交叉地挎着新皮带，不时地跷起脚，回头望望，瞪圆了眼睛。"右脚！右脚！"豪华的涅瓦大街像在梦境中似的沸沸扬扬，来往车辆的铜饰和两旁的玻璃窗闪闪发光。"右脚。右脚。右脚。"那些脚步沉重的庄稼汉顺从地跟在小个子军官后面，有节奏地摇摆着身子。一匹乌黑的大走马嘴吐白沫，赶上了队伍。大屁股的车夫把马勒住。马车里坐着一位漂亮的太太。她站起身望着向前开拔的士兵。她用戴白手套的手为他们画十字。

士兵走过去了，马车的洪流把他们完全遮蔽了。人行道上又热又拥挤，大家仿佛都期待着发生什么事。过路人常常停下脚步，听听人们的谈话和呼喊，有时还挤到人群里面，问长问短，然后兴奋地离开这群，凑到另一群人中间。

这种漫无秩序的行动渐渐有了统一的方向——人群从涅瓦大街涌到海军街。到了海军街，人群挤到街中心。有几个矮小的年轻人一声不响、心事重重地从旁边跑过去。在十字路口人群把帽子扔到空中，挥动着阳伞。"乌拉！乌拉！"整个海军街喊声响成一片。小孩子们吹出尖厉的口哨声。在停下的马车上都站着花枝招展的女人。人群向伊萨阿基亚广场蜂拥而去，到了广场四下散开，钻进公园的栅栏。伊萨阿基亚教堂的窗户、房顶和花园台阶，到处都挤满了人。这里有好几万人向德国大使馆的方向眺望。大使馆暗红色的笨重楼房最上层窗户冒出滚滚黑烟。透过破碎的玻璃窗，可以看到里面有人来回奔跑，把一叠叠文件向人群抛去。这些纸片在半空中散开,缓缓落下。每冒出一团黑烟,或每从窗口抛出一件东西,人群便爆发出一阵吼声。如今这几个忙碌的小人儿又转到这幢房子正面,房前有两个巨大的铜人骑马勒缰站在那里。人群沉静下来,可以听见铁锤敲打金属的当当声。右边的铜像摇晃了一下,倒在人行道上。人群吼叫起来,一齐向铜像涌去,你拥我挤,从四面八方朝那里跑去。"扔进莫伊卡河!把这些可恶的东西扔进莫伊卡河!"另一个铜像也倒了。一个戴夹鼻眼镜的胖女人一把抓住安托什卡·阿尔诺利多夫的肩膀,朝他喊道:"把它俩都扔进水里去,年轻人!"人群又向莫伊卡河跑去。这时响起了消防车的喇叭声,远处出现了闪闪发光的铜帽子。从拐角后面闯来警察的骑兵队。阿尔诺利多夫突然在奔跑、呐喊的人群当中看见一个脸色惨白、光着脑袋的人,大睁着两只呆滞无神的眼睛。他认出这个人是别索诺夫,便凑到跟前。

"您刚才在那儿吗?"别索诺夫问。"我听说杀人了。"

"难道还杀人了?杀的是什么人?"

"不知道。"

别索诺夫转过身,好像盲人似的,一脚高一脚低地从广场上走去。剩下的人三三两两往涅瓦大街跑去,那里已开始捣毁莱特尔的咖啡馆。

当天晚上,安托什卡·阿尔诺利多夫在编辑部烟雾腾腾的房间里,站在高高的斜面写字台前,在长条纸上飞快地写道:

"……今天,我们目睹了人民的愤怒多么声势浩大和雄伟壮观。必须指出的是:德国大使馆地窖的藏酒,没有人喝一瓶,全都砸碎扔进了莫伊卡河。没有任何妥协的余地。不论我们要付出多大牺牲,也一定要战斗到最后胜利。德国人原以为俄国仍在酣睡中,但是在'祖国危急'这一响亮的号召下,人民起来了,团结得像一个人。人民的愤怒是不可阻挡的。祖国是早已被我们忘却的强有力的字眼。德国的大炮一响,这个字眼便得到了新生,展现出圣洁的美,变成火红的大字,照亮我们每个人的心……"

安托什卡眯缝起眼睛,觉得背上掠过一阵寒战。他竟然写出这样的文章!这跟两周前他给派去报道夏日的娱乐相比有多么不同。他一下子想起演滑稽戏的剧场里曾经有个演员打扮成猪,走上舞台唱道:"我是一个小猪崽儿,一点儿不害臊,我是一个小猪崽儿,反倒更骄傲。我的妈妈是母猪,我长得跟她一样俏……"

"……我们正跨入英雄的时代。我们不应再醉生梦死。战争就是我们的洗礼。"安托什卡写着,笔尖溅出了墨水。

尽管以别洛斯维托夫为首的失败主义者极力反对,阿尔诺利多夫的文章仍然刊登出来了。如果说对旧的习惯势力有所让步的话,也仅仅表现在这篇文章刊登在第三版并加了一个空洞的标题《在战争的日子里》。编辑部马上收到读者的纷纷来信——有对这篇文章热烈赞扬的,有加以辛辣讽刺的。不过头一种来信毕竟多得多。于是安托什卡的计行稿酬增加了。又过了一个星期,他被叫到主编办公室,头发花白、脸色红润的瓦西里·瓦西里耶维奇,散发着英国香水味,请安托什卡坐在沙发椅上,心事重重地说:

"您得到乡下走一趟。"

"好的。"

"我们需要了解庄稼人想些什么和说些什么。"他用手掌拍拍一大摞信。"知识分子对农村又产生了极大的兴趣。关于这个不可解的谜,您应当给我们写一些直接的生动的印象。"

"动员的结果证明了爱国主义的巨大高涨,瓦西里·瓦西里耶维奇。"

"这个我知道,但是,真见鬼,这种高涨是从哪儿来的呢?您愿意到哪儿去就到哪儿去,听一听,问一问。我等您星期六寄来五百行的农村印象。"

阿尔诺利多夫走出编辑部,奔涅瓦大街,买了一套旅途用的军装、黄色皮裹腿和一顶制帽。他换好衣服,坐车到顿农餐厅吃早饭,一个人喝了一瓶法国香槟。他得出了结论:最简单的办法是到赫雷贝村去——伊丽莎白·基耶夫娜现在在那里,在她的哥哥基伊家做客。傍晚他搭上国际列车,在单间里找到座位,点上一支雪茄,望着那副威武地咯吱作响的黄皮裹腿,不禁想道:"这才叫生活!"

赫雷贝村坐落在一片沼泽和斯维纽哈河之间的洼地里，一共有六十多户人家。家家的菜园长满醋栗，街心长着老椴树。小山冈上有间大房子，原来是地主的宅院，现在改做学校。全村土地少，土质瘠薄，几乎所有的庄稼人都常到莫斯科去找活干。

快到黄昏的时候，安托什卡坐着大车进了村，他感到奇怪的是，村子里一片沉寂。只有一只愚蠢的母鸡，咯咯地叫着，从马蹄底下逃了命。仓房跟前有一只老狗唔呶地发威，再就是从小河边传来捶棒槌声，两只山羊正在街心顶架，把犄角撞得直响。

安托什卡付了从车站把他拉来的聋老头儿的车钱，顺着小径往学校走去。学校旧木房的正面墙，在葱翠的桦树掩映中已隐约可见。学校正门的台阶大半已经烂了，教师基伊·基耶维奇和伊丽莎白·基耶夫娜正坐在台阶上从容地聊天。高大的白柳在下面的草地上投下长长的阴影。成群的椋鸟好像一片乌云飞来飞去，变幻着斑斓的色调。远处吹起了号角，召唤牛羊归群。有几头红色的母牛从芦苇里钻出来，其中有一头扬起脸叫着。基伊·基耶维奇跟妹妹长得一模一样，眼睛也像画上的。他一边咬着草茎一边说：

"除此之外，你呀，丽莎，在性的问题上过于混乱了。像你这类人物，正是资产阶级文明的讨厌的渣滓。"

伊丽莎白·基耶夫娜带着懒洋洋的笑容望着草地。草地上的青草和阴影在落日的余晖中染上淡黄的暖色。

"听你讲话可真没意思，基伊，你全是从书上背下来的。你以为一切都像书上写的那么一清二楚。"

"每个人，丽莎，都应该注意把自己的思想整理好，形成体系，而不必关心别人的话有没有意思。"

"好吧，你就关心你自己的好了。"

黄昏静悄悄的。台阶前长着几棵白桦，下垂的枝条玲珑剔透，凝然不动。山脚下有一只秧鸡在啄食。基伊·基耶维奇嚼着一根草茎。伊丽莎白·基耶夫娜沉入幻想地望着蔚蓝的暮色里变得模糊的树木。在树丛中间突然出现一个矮小机灵的人，手提着皮箱。

"好,正是她。"安托什卡叫了起来。"丽莎,你好,我的美人儿……"

伊丽莎白·基耶夫娜一看是他,喜出望外,急忙站起来抱住他。

基伊·基耶维奇有点冷淡地打了招呼,继续嚼草茎。安托什卡叉开双腿在台阶上坐下,抽起雪茄。

"我是到你们这里来采访的,基伊·基耶维奇,请您详细谈谈,你们赫雷贝村的人对于战争有些什么想法和议论……"

基伊·基耶维奇冷笑了笑。

"鬼知道他们想些什么……他们一声不吭……狼在聚群的时候也不叫唤。"

"这么说,动员他们入伍,他们一点儿也不反对?"

"是的,不反对。"

"他们明白德国人是敌人吗?"

"不,问题不在德国人。"

"那在谁呢?"

基伊·基耶维奇冷笑了笑。

"问题不在德国人,而在于枪……人人要把枪弄到手。手里有了枪,心理可就不同了……我们活着就会看见,他们打算朝哪里开枪……就是这么回事……"

"嗯,那么关于战争,他们到底有什么议论没有?"

"您到村子里去听听吧……"

天将黑的时候,安托什卡和伊丽莎白·基耶夫娜一起往村子里走。八月的繁星布满了清冷的天空。下面的赫雷贝村空气潮湿,散发着牲畜扬起的、还没落定的尘土味和新挤的牛奶味。家家的大门前都停着卸了牲口的大车。老椴树底下已经一片漆黑了,井上的桔槔还吱吱嘎嘎地响。马打了一下响鼻,还可以听见马的喝水声和喘气声。一座用麦秸苫顶的木仓房前的空地上,有三个姑娘坐在原木堆上,轻轻地唱着歌。伊丽莎白·基耶夫娜和安托什卡走到跟前,也在一旁坐下。姑娘们唱道:

赫雷贝村呀,

出产的东西样样全——

有椅子,有鲜花,

还有小姑娘的画片……

有个姑娘转过脸瞅瞅新来的人,悄声说:

"怎么样,姑娘们,是不是该睡觉去了?"

可她们都一动不动地坐着。仓房里有人鼓捣什么,门吱嘎一声开了,从里面走出一个秃顶的庄稼人,穿着短皮袄,敞着怀。他吭吭哧哧地锁了半天吊锁,然后走到姑娘们跟前,两手叉腰,把山羊胡往前一撅。

"你们这些小夜莺,还唱呀?"

"唱呀,可唱的不是你,费奥多尔大伯。"

"我现在要用鞭子把你们撵走……半夜里唱歌……成什么体统……"

"你是不是忌妒了?"

另一个姑娘叹了口气说:

"我们也没什么可干的了,费奥多尔大伯,只好唱咱们的赫雷贝村了。"

"是呀,你们的日子不好过呀。你们都成为孤儿了。"

费奥多尔在姑娘们旁边坐下。离他最近的那个姑娘说:

"今天听科济莫杰米扬村的女人们说,人都给抓去打仗了——世界上的人给抓走了一半。"

"快了,姑娘们,马上就轮到你们了。"

"抓我们去打仗?"

姑娘们笑起来,坐在边上的姑娘又问:

"费奥多尔大伯,我们的沙皇跟谁打仗?"

"跟另一个沙皇。"

姑娘们彼此交换了一下眼色,有一个叹了口气,另一个正了正头巾,坐在边上的说:

"科济莫来米扬村的女人也是这么说的,说是跟另一个沙皇打仗。"

这时从原木后面抬起一个头发蓬乱的脑袋,那人一边往上拽拽短皮

袄,一边嘶哑地说:

"喂,你呀,别瞎扯了。哪来的另一个沙皇——我们是跟德国佬打仗。"

"什么事都可能发生。"费奥多尔回答说。

那个脑袋又不见了。安托什卡·阿尔诺利多夫掏出烟盒,给费奥多尔递一支烟,小心翼翼地问:

"请问,你们村里的人都是自愿去打仗的吗?"

"有不少是自愿的,先生。"

"这么说,情绪蛮高?"

"是呀,挺高,为什么不去呢? 出去走走,开开眼界。可能给打死,可留在这里也一样是死。我们这里地薄,日子过得可穷啦。到了部队,都说一天能吃两顿肉,还有糖,还有茶,还有烟,你愿意抽多少就抽多少。"

"可打仗不害怕吗?"

"怎么不害怕,当然害怕。"

第 十 五 章

苫着帆布的大车、拉着麦秸和干草的车、救护车、大马槽似的浮桥船,沿着布满稀泥浆的宽阔公路,摇摇晃晃、吱吱嘎嘎地移动着。斜斜的细雨下个不停。地里的垄沟和路旁的壕沟都积满了水。远处的树木和丛林只露出模糊的轮廓。

转入进攻的俄国军队的辎重队,在叫声和咒骂声中、在鞭子的劈啪声和车轴的撞击声中,踏着泥浆,冒着风雨,以排山倒海之势向前行进。路旁躺着已死和快死的马匹,翻倒的大车四轮朝天。间或有一辆军用小汽车闯进这股洪流。于是开始了吆喝、咳嗽,马一下子蹿起老高,装满东西的大车翻到坡底下,赶车的士兵也跟着滚下去。

再往前去,在大车的洪流尽头走着步兵。他们背着背囊和帐篷,拉成长长的队形,在泥泞中一步一滑地走着。在这些不整齐的人群中,还夹杂着拉辎重和枪支的大车,车上的步枪横七竖八,朝哪儿放的都有,还有几个勤务兵佝偻着身子坐在顶上。隔一阵子就有人下了公路,跑到野地里,把步枪放到草上,蹲下去。

再往前去,又是满载东西的大车、浮桥船和救护车摇摇晃晃地走着,其中还有几辆城市的马车,上面坐着身穿军官雨衣、淋得湿漉漉的人影。这轰隆作响的车流,一会儿下了坡,进入谷底,在大桥上拥挤着,彼此咒骂和厮打,一会儿拖长队形,慢慢往山上爬去,到了山口便消失了。两旁还有拉着粮食、干草和炮弹的大车不断汇入这股洪流。野地里常有小队骑兵赶过辎重队,疾驰而去。

有时,炮兵也带着喀嚓声和铁板的轰隆声穿插到辎重队里。宽胸脯的高头大马拉着炮车,车上坐着驭手,都是蓄着大胡子、相貌凶悍的鞑靼人。他们用鞭子抽打马匹和行人,就像赶犁杖似的在公路上开出一条道,后面还拖着不住跳动的粗口大炮。人群从四面八方跑来,大车上的人也站起来招手。随后,这条河流又汇合起来,涌进森林。森林里散发着刺鼻的蘑菇味和败叶的霉烂味,到处都柔和地响着淅淅沥沥的雨声。

再往前去,路两旁的垃圾和烧焦了的木头中间,竖着炉灶的烟囱,一盏打碎了的街灯随风摇曳,被炮弹炸塌了的房子只剩下一堵砖墙,墙上有一张电影广告被刮得啪嗒啪嗒响。跟前有一辆大车,没有前轮,上面躺着一个奥地利伤兵,身穿天蓝色大衣,脸色蜡黄,失神的眼睛流露出愁苦的神情。

离这里大约二十五俄里远,在浓烟滚滚的地平线上,沉闷地回荡着轰隆的炮声。这些军队和辎重车不分昼夜往那里赶去。运载着粮食、人员和炮弹的火车,也从全国各地络绎不绝地开赴那里。整个国家被隆隆的炮声震动了。人们在禁锢和窒息的环境里所郁积起来的一切贪婪的、得不到满足的和激忿的心情,终于得到了发泄的机会。

城市的居民对荒唐罪恶的生活已经厌倦了,仿佛从梦魇中惊醒过来。在大炮的隆隆声中,有一种振奋人心的声音在宣告世界风暴的来临。似乎从前的生活再也无法忍受了。市民们怀着疯狂的幸灾乐祸心情欢迎这场战争。

在乡下没人仔细询问:这是跟谁打仗?为什么打仗?反正都一样。

他们的怨气和仇恨早已像一片血红的雾遮住了眼睛。杀人放火的时机到了。小伙子和壮年纷纷抛下女孩子和老婆,变得又机灵又贪婪,打着口哨,哼着下流的曲子,跳上货车,驶过一座座城市。旧的生活结束了——仿佛有人用大汤勺把俄国搅乱了,搅浑了,一切都动荡了,错位了,被战争所陶醉了。

这些辎重车和部队一进入枪炮声蔓延几十俄里的作战地带便分散和融化了。一切有生命有人性的东西,到这里就结束了。每个人都会在地底下、在战壕里分到一个位置。他就在这里睡觉、吃东西、捉虱子和向雾蒙蒙的雨幕不住地打枪,直到脑袋发昏为止。

一到晚上,整个地平线慢慢燃烧起大火,火光冲天,火箭像闪光的带子划过天空,化作万点星星落下,炮弹带着追逐的呼啸声飞来,纷纷炸开,迸起一团团火光、浓烟和尘土。

在这里由于难忍的恐怖,总感到腹中隐隐作痛,皮肤紧张,不时地握紧拳头。快到半夜发出信号。军官们龇牙咧嘴地跑来,咒骂、吆喝,连踢带打,把由于睡眠和潮湿而发膀的士兵叫起来。于是士兵们一边骂娘,一边像野兽似的吼叫着,趔趔趄趄,不成队形地在野地里跑去,忽而卧倒,忽而爬起,直到耳聋头昏,由于恐怖和气愤而失却理智,冲进敌人的战壕。

事后谁都永远也想不起来,在这些战壕里究竟干了些什么。要是有人想夸耀战功,怎么用刺刀扎敌人的胸膛,怎么用枪托把敌人的脑袋打开了花,就只好瞎说一气。夜间的战斗倒是留下不少尸体。

新的一天开始了,军厨车送饭来了。无精打采、冻得直哆嗦的士兵开始吃饭、抽烟。然后谈论肮脏的事,谈论女人,其中大部分也是胡说。他们捉一阵虱子,接着又是睡觉。他们就在这遍地粪便和鲜血、到处是炮声和死亡的裸露的地带一连睡上几天。

捷列金过的也是这样的生活,在泥浆和潮湿的战壕里滚爬,不脱衣服,几星期也不脱靴子。他所在的团正进行强攻。他当上了准尉。团里的官兵死伤过半,却得不到增援,大家心里只存一线希望:什么时候将累得半死的、衣衫褴褛的他们撤回到后方。

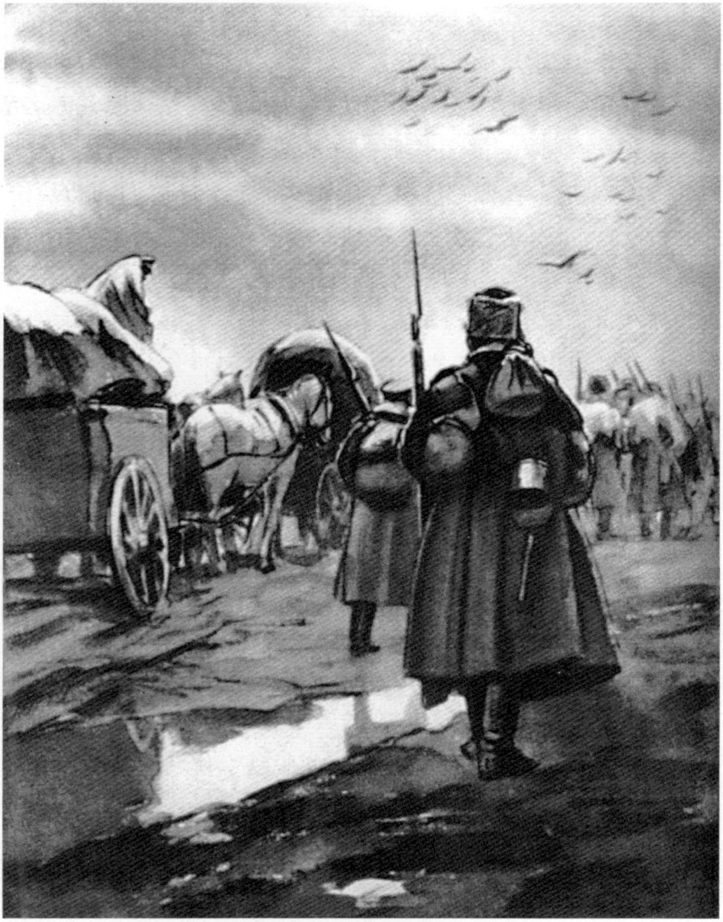

然而最高统帅部的意图是在入冬以前不惜一切代价越过喀尔巴阡山,进入匈牙利,把它夷为平地。人用不着吝惜——后备人员有的是。他们似乎以为三个月持续不断的猛攻,一定会摧毁溃退奥军的抵抗,攻下克拉科夫和维也纳,于是俄军的左翼便可以挺进德国毫无防守的后方。

俄军根据这个作战方案,马不停蹄地向西挺进,俘虏了几万名敌军,缴获了大批粮食、炮弹、武器和军服。在从前的战争中只要缴获这些战利品的一部分,只要有一次像这样消灭几个军的连续血战,便可以决定整个战役的胜负。这一次,尽管在头几次战斗中正规部队已经打垮了,战斗反而更加激烈。全国人民不分老少,都走上战场。在这场战争中有一种为人的理智所不可理解的东西。原以为敌人被打垮了,已流尽最后一滴血,再加一把劲儿就可以取得决定性的胜利。劲儿是使了,可是在敌军溃败的地方,又出现了新的军队,他们怀着沮丧的固执走向死亡和毁灭。不论是鞑靼的骑兵,还是波斯的大军,都没有这些软弱无力、娇生惯养的欧洲人或狡黠的俄国农民打得这么残酷,死得这么容易,因为双方的士兵早已明白,他们只是不会说话的牲口,是主子们安排的这场大屠杀中任人宰割的肉而已。

捷列金所在团的剩余官兵,沿着一条又窄又深的小河的河岸挖壕据守。这里的地势糟透了,完全暴露在敌人面前,而且战壕又浅。大家时刻等待进攻的命令,这阵子乐得睡上一觉,脱脱靴子,歇一歇,尽管对岸奥国部队的战壕里不住发出猛烈的射击。

快到黄昏时候,炮火总要停上两三个小时,伊万·伊里奇动身到团部去。团部设在一座没人住的大宅院里,离前沿大约有两俄里远。

凌乱的浓雾笼罩着蜿蜒穿过茂草的小河河面,缠绕着沿岸的灌木丛。周围一片寂静,空气潮湿,散发出一股浸湿了的败叶的气味。偶尔不知什么人打一枪,暗哑的枪声像圆球从水面上滚过。

伊万·伊里奇纵身跳过壕沟,上了公路,停下脚步,点着一支烟。路旁笼罩在浓雾中的光秃的大树,仿佛高得出奇。树木旁边低洼的沼泽地好像泼了乳汁似的。在一片沉寂中,有一颗子弹发出凄哀的嗖嗖声。伊万·伊里奇长长地吐了口气,沿着嚓嚓响的砾石大步走去,不时抬头望望奇形怪状的树枝。由于周围很静,由于一个人走路,他边走边想,心情放松了,白天劈劈啪啪的枪声都退到一旁去了,却有一股细微而尖利的哀愁袭上心头。他又叹了口气,扔掉烟卷,把双手搭在脖子后,径直走去,仿佛走进一个奇异的世界,展现在他眼前的只有树枝的怪影、他那颗充满着爱的痛苦的活蹦乱跳的心和达莎的无形的倩影。

在这轻松和静谧的时刻,达莎是和他在一起的。每当炮弹的铁的轰鸣、步枪的嗒嗒声、人的呐喊和诅咒——这些在上帝创造的世界里多余的声音——沉寂下去的时候,每当他在战壕里找个角落躲起来的时候,他就会感到她的亲近,她的倩影便会出现在他的心头。

伊万·伊里奇觉得,如果他被打死的话,直到最后一分钟他都会感到这种心心相印的幸福。他从来没想到死,也不怕死。现在没有什么力量能够夺去他对人生的这种美好感情,就连死亡也无能为力。

今年夏天伊万·伊里奇到叶夫帕托里亚去的时候,原以为是跟达莎的最后一次见面了,心中不免忧郁、激动,并且想好了各种求她原谅的话。但是,他们中途的相逢、达莎出他意外的热泪、她那伏在他胸上的头、她那散发着海水味的淡色头发、手臂和肩膀,还有那张孩子气的嘴——她仰着脸,眯缝起湿润的睫毛望着他说:"伊万·伊里奇,亲爱的,您可叫我等得好苦!"——这种场面好像从半天空掉下来的,很难用语言来形容,就在海边的路上,就在几分钟之内使伊万·伊里奇的全部生活发生了变化。他望着可爱的脸庞说:

"我会爱您一辈子的。"

后来他甚至觉得,他可能并没说出这句话,只是这样想过,她便心领神会了。达莎松开抱住他肩膀的手说:

"我有很多话要跟您说。我们一起走吧!"

他们往前走,来到海边的沙滩上坐下。达莎抓起一把小石子,一个一个慢慢扔进水里。

"关键是我还有一个问题,就是当您了解了一切情形之后,您对我的看法还会好吗?不过也没什么。您愿意怎么样就怎么样好了。"她叹了口气。"我们分手之后,我生活得很不如意,伊万·伊里奇。如果可以的话,就请您原谅我吧。"

于是她讲起这一段的生活,老老实实,原原本本——从萨马拉开始,讲到她怎么来到这里,怎么遇见别索诺夫,怎么失掉了生活的兴趣,对一切都感到厌恶,因为在彼得堡出现的那种着魔心理复发了,毒化了她的血液,激起她的好奇心……

"一个人究竟能挣扎多久?要是想往泥潭里跳,那才活该。可是我,到最后一分钟害怕了……伊万·伊里奇,亲爱的……"达莎拍了一下巴掌。"帮我一下吧。我不想、也不能再恨我自己了……我的心灵并没彻底毁灭……我所希望的完全是另一种,完全另一种……"

达莎讲完这一席话之后,沉默了很久。伊万·伊里奇目不转睛地望着在太阳底下闪闪发光、水平如镜的蔚蓝的海水,不论达莎讲的是什么,他的心都充满了幸福。

直到海上起了风,浪打湿了达莎的腿,她才想起爆发了战争,捷列金明天就要去赶队伍。

"伊万·伊里奇!"

"嗯。"

"您会对我好吗?"

"会的。"

"很好吗?"

"很好。"

于是她从沙滩上跪着爬到他跟前,就像那次在轮船上似的把手放在他的手里。

"伊万·伊里奇,我也会对您很好。"

她紧紧握住他那颤抖的手指,沉默片刻之后问:

"您方才在路上对我说什么来着?……"她皱紧前额。"什么战争?跟谁打仗?"

"跟德国人。"

"那么,您呢?"

"明天就走。"

达莎哎哟了一声,又沉默不语了。尼古拉·伊万诺维奇远远地顺着海岸跑来,身上还穿着带条的睡衣,显然是刚从床上爬起来,手里一边摇晃着报纸,一边高声喊着什么。

他根本没理伊万·伊里奇。直到达莎介绍说"尼古拉,这是我最要好的朋友"时,尼古拉·伊万诺维奇才一把抓住捷列金的上衣,冲他的脸叫起来:

"我们活到了这种年头,年轻人。啊?这叫什么文明!啊?这真可怕!您明白吗?这真是荒谬之极!"

一整天达莎跟伊万·伊里奇形影不离,神情温顺,若有所思。他却觉得这充满淡蓝色阳光和大海的喧响的一天过得格外充实。每一分钟都像一生一样长。

捷列金和达莎在海边徘徊了一阵,在沙滩上躺了躺,又在阳台上坐了一会儿,两人都像丢了魂似的。尼古拉·伊万诺维奇也寸步不离,到处都跟在他们后面,一边就战争和德国人的横行霸道大发议论。

将近黄昏时候,他们终于甩掉尼古拉·伊万诺维奇。这会儿只剩达莎跟捷列金,他俩沿着海湾慢坡的沙岸走出挺远。两人默默地走着,迈着一致的步子。到这时伊万·伊里奇才开始考虑,应该跟达莎说些什么。不用说,她是希望他能做出热烈而明确的表示。而他能说些什么呢?难道用语言能够表达他心中的全部感受吗?不,表达不出来。

"不成,不成,"他心里想,望着脚底下,"我现在要是对她说这些话,那就太卑鄙了,因为她不可能爱我,不过我要是马上向她求婚的话,像她这么诚实善良的姑娘,倒一定会答应。可是这等于强加于人。况且现在我更没有权利说这种话,因为我们马上就得分手,说不定什么时候才能见面,而且很有可能,我从战场上回不来……"

这是一种自咎心理作祟。达莎突然停下脚步,用一只手扶住他的肩膀,用另一只手脱鞋。

"啊,我的上帝,我的上帝,"她说着,把鞋里的沙子倒出来,然后穿上鞋,直起身来,长叹了一口气。"您走之后,我会一心地爱您,伊万·伊里奇。"

她把一只手放在他的脖颈上,用安详的灰眼睛几乎严肃得毫无笑意地望着他的眼睛,又轻轻叹了口气:

"您到了那儿,我们也在一起,对不?"

伊万·伊里奇小心翼翼把她拉到身边,吻她温柔、颤抖的嘴唇。达莎闭上眼睛。后来他俩都喘不上气来了,达莎松开嘴,挽住伊万·伊里奇的胳膊,他们又沿着沉甸甸、黑糊糊的海水旁边走去,海浪闪耀着嫣红的光彩,舔着他们脚下的沙岸。

每当周围平静的时候,伊万·伊里奇总是怀着不知疲倦的激动心情回想这些情景。这时他把双手搭在脖子后,沿着公路在大雾弥漫的树木中间偶偶独行的时候,仿佛又看到了达莎那谛视的目光,又感到了她那久久的吻。

"站住!什么人?"雾里有个粗暴的声音吆喝道。

"自己人,自己人,"伊万·伊里奇回答说,把双手插进大衣口袋里,在柞树下拐了弯,向一座轮廓模糊的高大宅第走去,正房有几个窗口露出昏黄的灯光,台阶上站着一个人,见了捷列金,马上扔掉烟卷,做出立正姿势。

"怎么,邮件还没到吗?""没有,长官,马上就到。"伊万·伊里奇走进前厅。前厅紧里头宽敞的柞木楼梯上面,挂着一块古老的织花壁毯,图案里有纤细的树木,树当中站着亚当和夏娃,夏娃手里拿着苹果,亚当手里拿着折下来的鲜花。楼梯的柱子上有一只插在瓶里的蜡烛,朦胧地照出亚当和夏娃的退了色的脸和淡蓝色的身体。

伊万·伊里奇打开右侧的门,走进一间空荡荡的房间,房里雕花的天棚有个角已经塌了,昨天有颗炮弹打在那面墙上。壁炉生着火,炉旁的床上坐着中尉别利斯基公爵和少尉马尔特诺夫。伊万·伊里奇跟他俩打过招呼,又问司令部的汽车什么时候到,便在离不远的弹药盒堆上坐下,炉火照得他眯缝起眼睛。

"怎么样?你们那儿还打枪吗?"马尔特诺夫问。

伊万·伊里奇只是耸了耸肩,没有回答。别利斯基公爵继续轻声念叨着:

"最主要的是这臭气难闻。我给家里写信说,我不怕死。为了祖国我准备牺牲自己的生命,说真的,我就是为这才调到步兵,在这里蹲战壕,可是这股臭气把我熏死了。"

"臭气倒没什么,你不爱闻就不闻好了,"马尔特诺夫接下去说,正了正穗带,"可这儿没有女人,这倒是最重要的。这不会有好结果。你说说看——司令老得不中用了,把我们这儿搞成了修道院,不给酒喝,也没女人。难道就这么关怀军队吗?难道就这么打仗?"

马尔特诺夫从床上站起来,用皮靴往里踢正在燃烧的木柴头。公爵望着火光,若有所思地吸着烟。

"五百万大兵到处拉屎,"他说,"还有,那些死尸和死马都在腐烂。我这辈子也忘不了这场战争就是臭气熏天。呸!……"

外面响起了汽车的嘟嘟声。

"长官,邮件到了!"一个激动的声音朝屋里喊。

军官们都走到台阶上。汽车旁边有几个黑糊糊的人影在晃动,院子里还有几个人往这里跑。有一个嘶哑的声音反复说:"诸位,请大家不要抢!"

装信件和邮包的口袋都搬进了前厅,在楼梯上,就在亚当和夏娃底下打开口袋。这里装着整整一个月的邮件。这些肮脏的帆布口袋好像装着大海一样深沉的爱和思念——装着从前的、亲切的、不可再得的全部生活。

"诸位,不要抢了,"巴勃金上尉用嘶哑的声音喊道。他是个胖子,脸色红润。"捷列金准尉,六封信,一个包裹……涅日内伊准尉,两封信……"

"涅日内伊已经阵亡了,长官……"

"什么时候?"

"今天早晨……"

伊万·伊里奇朝壁炉走去。六封信都是达莎寄来的。信封上的地址字迹挺大。伊万·伊里奇一想到写下这些字迹的可爱的手,心头不禁涌起一股柔情。他俯下身子,借着火光小心翼翼撕开第一封信。信里有一股香味袭来,立刻勾起往事的回忆,只好闭上一会儿眼睛。然后读起信来:

我们送您走之后,当天就跟尼古拉·伊万诺维奇一起去了辛菲罗波尔,晚上搭开往彼得堡的列车。现在我们又回到了老屋。尼古拉·伊万诺维奇很为卡秋莎担心。她一点儿音信也没有。现在究竟在哪儿,我们也不知道。在我和您之间所发生的事,这么重大,这么突然,直到如今我还没冷静下来。请不要因为我在信中称呼"您"而责怪我。我爱您。我一定要真诚、热烈地爱您。可这阵子,我心里很乱——开赴前线的部队正奏着军乐从街上走过,令人那么悲伤,仿佛幸福都随着军号声,随着这些士兵消逝了。我知道,我不应该写这些,但是您在前方总要小心才好。

"报告长官,报告长官!"捷列金吃力地转过身,门口站着一个传令兵。"您的电话记录,长官……要您赶快回连。"

"谁?"

"罗扎诺夫中校。要您赶快回去。"

捷列金把没看完的信叠好,跟另外几封信一起塞到衬衫里面,把制帽往眼皮上一拉,走出房门。

雾现在更浓了,两旁的树木根本看不见,就像走在乳汁里似的,只能根据砾石的嚓嚓声辨认道路。伊万·伊里奇不住地念叨着:"我一定要真诚、热烈地爱您。"突然他停下脚步,仔细倾听。大雾中没有一点儿声音,只是树上偶尔有一颗沉重的水珠滴落下来。这会儿他听出来,不远的地方有潺潺的水声和轻轻的沙沙声。他又往前走了几步,水声更加清晰了。他猛地向后一退,一大块土块从他脚下裂开,带着沉重的哗啦声掉进河里。

这显然是公路到了尽头,河上的桥已经被烧毁。他知道河对岸离这儿大约有一百步的光景,奥军的战壕一直挖到河边。果然不出所料,河水哗啦一响,对岸就打起了像鞭子一样脆快的枪声,顺着河面传开去,接着是第二枪、第三枪,然后打起一大阵排枪,就像钢铁撞击的声音。为了回答排枪,四面八方都劈劈啪啪地响起急促的枪声,只是在雾里变得低哑。枪声越来越响,整个河面上砰砰啪啪连成一片,在这该死的吼声中,又有嗒嗒的机枪来凑热闹。扑通一声——树林里不知什么倒了。这轰隆作响的雾已被打得百孔千疮,却依然密密实实地笼罩着地面,把这既平常又讨厌的对射遮蔽起来。

有好几次子弹吧嗒吧嗒地打在伊万·伊里奇身旁的树上,打落了树枝。他离开公路,来到野地里,在灌木丛中摸索着往前走。枪击开始得突然,停止得也突然。伊万·伊里奇摘下帽子,擦干湿淋淋的前额。四周又像水底下一样静,只有灌木上的水珠不住滴答着。谢天谢地,达莎的来信他今天还能看完。伊万·伊里奇笑起来,跳过一道壕沟。终于听到就在跟前有人打着哈欠说:

"嘿,总算睡了一觉,瓦西里,我说总算睡了一觉。"

"等等,"有人急促地说,"有人走动。"

"什么人?"

"自己人,自己人。"捷列金连忙说,马上看清了战壕的土胸墙和从地下向上仰着的两张胡子拉碴的脸。他问:

"哪一连的?"

"三连的,长官,我们一个连。可您,长官,干吗在上面走?会被打着的。"

捷列金跳进战壕,从那里走到通军官掩蔽部的交通壕。被枪声惊醒的士兵们议论着:

"这么大的雾,敌人很容易渡河。"

"一点儿也不费劲。"

"突然一阵砰砰啪啪,无缘无故乱打枪……他们是想吓唬我们,还是自个儿害怕了?"

"你难道不害怕吗?"

"我算什么?我可胆儿小。"

137

"弟兄们,加夫里尔的手指头给打掉了。"

"他正叫唤呢,把手指朝上举着。"

"他可真走运……一定会让他回家。"

"胡说!要是打掉一只胳膊还差不多。一个手指头,不过让他在附近什么地方烂上一阵子,然后还得回连……"

"这场战争什么时候能打完呢?"

"你就别说了。"

"总有打完那一天,只怕我们是看不见了。"

"要能打下维也纳就好了。"

"你要维也纳有什么用?"

"没什么用,反正打下来的好。"

"过年春天要还打不完仗,大家都会跑光了。地让谁来种?让老娘儿们吗?已经打死多少人了?够多的了。算了吧!我们喝够了血,应该住手了。"

"哼,将军们可不会马上住手。"

"这是什么话?……这是谁说的?……"

"你别找挨骂了,上士……快过去吧……"

"将军们是不会住手的。"

"说得对,弟兄们。头一条,他们能拿双饷,还有十字章、勋章。有人告诉我说,每招一个新兵,英国人就付给我们的将军三十八个半卢布。"

"啊,这群坏蛋!就像卖牲口似的。"

"算了,再忍耐忍耐,总会有好戏看。"

捷列金走进掩蔽部,营长罗扎诺夫中校正坐在墙角的马毡上,头顶上垂着一些松树枝。他是个胖子,戴眼镜,长着稀疏的卷毛头发,见了捷列金说:

"你可来了,老兄。"

"对不起,费奥多尔·库兹米奇。我迷路了,这雾太大了。"

"这么回事,老兄,今天晚上得干点儿活……"

他把一直攥在肮脏的拳头里的面包皮塞进嘴里。捷列金慢慢咬紧腭骨。

"有这么个活计:上级命令我们,亲爱的伊万·伊里奇,我的老兄,渡过河去。我们得想个容易的办法完成这个任务。来,到我这儿坐。想喝点儿白兰地吗?我想出来这么个法子……正对着大柳树架个桥。派两个排过去……"

第 十 六 章

"苏索夫!"

"有,长官。"

"挖坑……轻一点儿,不要往河里扔土。弟兄们,往前走,往前走……祖布措夫!"

"有,长官。"

"等一等……放在这儿……再挖深点儿……往下放……轻点儿……"

"轻点儿,弟兄们,快把肩膀给拽掉了……往上顺一顺……"

"喂,再推一推……"

"别叫,你小点儿声,混蛋!"

"把那头顶住……长官,往起竖吗?"

"头上都拴好了吗?"

"好了。"

"竖吧……"

在月光照射下的浓雾里,有两根长长的杆子用横掌连接在一起,吱吱咯咯地竖起来——这就是座吊桥。河岸上勉强可以辨认出志愿兵的影子在来回移动。他们不论说话或骂人,都急促而低微。

"怎么样,落下去了吗?"

"立好了。"

"往下放……轻点儿……"

"尽量轻点儿,轻点儿,弟兄们……"

两根杆子,这头支在河岸上,在河面最窄的地方开始慢慢往下落,悬在河上面的雾中。

"能搭到对岸吗?"

"慢点儿放……"

"太沉了。"

"停下,停下,轻点儿!……"

然而,桥的那一端落在水面上时仍然发出响亮的啪嚓声。捷列金一挥手。

"卧倒!"

志愿兵的身影悄悄伏在岸边的草丛里,隐蔽起来。雾稀了,可天色更黑了,黎明前也更冷了。对岸一点儿声音也没有。捷列金叫道:

"祖布措夫!"

"有!"

"下水,架桥!"

志愿兵瓦西里·祖布措夫高大的身影散发着刺鼻的汗臭,从捷列金面前闪过,从岸上滑进水里。伊万·伊里奇看见他那只大手颤抖着抓住岸上的草,然后一松手就不见了。

"好深哪,"祖布措夫用打寒战的小声从河里说。"弟兄们,递板子……"

"板子,递板子!"

大家手递手,迅速地悄悄传递着木板。不敢用钉子钉——怕发出声响。祖布措夫把头一排木板放好之后,从水里爬上浮桥,牙打着颤,压低声音说:

"快点儿,快点儿递……别睡觉……"

冰冷的河水从桥下潺潺流过,桥身在颤动。捷列金已经辨认出对岸灌木丛的黑糊糊的轮廓,尽管那里的灌木跟岸上长得一样,它们的样子却令人觉得阴森可怖。伊万·伊里奇回到河岸上其余志愿兵躺着的地方,厉声喝道:

"起来!"

成团的白雾里立刻站起许多模糊的、显得格外高大的身影。

"单行跑步前进!……"

捷列金回身往桥头走。就在这一刹那,就像阳光射进云雾似的,黄色的木板、祖布措夫惊惶失措向上仰起的黑胡子拉碴的脸,一下子都被照亮了。探照灯光向旁边的灌木丛射来,照亮一根丫杈光秃、盘曲虬结的树枝,然后又落到木板上。捷列金咬紧牙,跑过浮桥。这黑洞洞的寂静仿佛一下子被撕破了,他只觉得脑袋嗡的一声。奥军开始用步枪和机枪向桥上射击。捷列金跳上岸,蹲下身子,回过头。有个大个子士兵正从桥上往这边河岸跑——他没认出是谁——这个兵本来把枪紧抱在怀里,突然把枪一扔,举起双手,往旁边一栽就落进水里。机枪朝桥上、水里和岸上疯狂扫射……第二个士兵跑过来,是苏索夫,在捷列金身旁卧倒……

"我要咬死他们,撕开他们的心!"

接着又有一个人向桥上跑来,第三个,第四个,又有一个人掉下去了,号叫起来,在水里打扑腾……

志愿兵全都跑过来了,就地卧倒,用铁锹挖些土堆在自己前面。现在整个河面上,枪声发疯似的响成一片。有一挺机枪朝志愿兵卧倒的地方泼水似的狂射,让你无法抬头。突然有什么东西嗖的一声从半空中飞过,接着是第二声,一共六声,就听前面响起六下低沉的爆炸声。这是我方在炮击敌人的机枪阵地。

捷列金和在他前面的瓦西里·祖布措夫跳起来,往前跑了四十步,又卧倒。机枪又扫射起来,是从左面黑洞洞的地方射来的。但是这时已看得清楚,我方的炮火更猛烈,奥军已经被赶到地底下去了。志愿兵趁敌人暂时停止射击的机会跑到奥军的战壕跟前,那里的铁丝网昨天就被我军的大炮给炸开了。

夜里敌军曾动手修过铁丝网。上面还挂着一具尸体。祖布措夫把铁丝剪断,尸体好像一个大口袋落在捷列金面前。这时志愿兵拉普捷夫没带武器,匍匐前进,抢在大家前面,猛然向前一跳,趴在战壕的胸墙跟前。祖布措夫向他喊道:

"站起来,扔手榴弹!"

但是拉普捷夫没吭声,一动不动,连头也不回——他一定是给吓懵了。敌人的火力更猛了,志愿兵没法前进,只好紧贴着地面,用铁锹挖土挡在头上。

"站起来投弹,混账东西!"祖布措夫叫道。"投手榴弹!"于是他探出身子,手把着枪托,用枪上的刺刀去捅拉普捷夫鼓起来的军大衣。拉普捷夫转过脸,龇着牙,从皮带上解下手榴弹,突然向前一扑,把前胸伏在胸墙上,把手榴弹扔进去;手榴弹爆炸之后,他马上跳进战壕。

"杀呀,杀呀!"祖布措夫拼命叫喊……

大约有十个志愿兵站起来向前跑去,消失在地底下,只能听到一片撕裂的、尖厉的爆炸声。

捷列金像瞎子似的,在胸墙前面来回跑,怎么也解不下手榴弹,好歹算跳进了战壕,便顺着战壕跑去,肩头直往黏糊糊的壕壁上撞,脚底下被绊得直打趔趄,张着大嘴拼命喊着……他突然看见一张脸,白得像面具,那人把身子贴在战壕的小洞里。捷列金抓住他的肩头,那人还像在梦中似的念叨着……

"住嘴,你这混蛋,我不会碰你的。"捷列金几乎用哭声向这张白面具喊道,然后跳过几具尸体,向前跑去。但是战斗还没结束。一群灰色的人放下武器,从战壕里爬出来,走到野地里。后面有枪托推着他们。在四十步远的光景有个隐蔽的枪眼,里面的机枪还在嗒嗒地响,向渡桥扫射。伊万·伊里奇从志愿兵和俘虏中间穿过去,喊道:

"你们瞅什么,你们瞅什么!……祖布措夫!祖布措夫在哪儿?"

"我在这儿……"

"你瞅什么,该死的混蛋!"

"难道能靠近吗?"

他们向那里跑去。

"站住!……在这儿!"

战壕里有一条窄道通机枪阵地。捷列金弯着腰顺着小道跑去,跳进掩蔽部。里面黑洞洞的,一切都被难以忍受的嗒嗒声震得颤抖。他抓住一个人的胳膊肘,往外一拽。机枪立刻沉寂了,只有被他从机枪旁边拉开的人一边挣扎,一边发出嘶哑的声音。

"这个混蛋倒活得挺来劲儿,不愿意投降,松开他吧!"祖布措夫在后面嘟哝着,用枪托朝那个奥军的头上打了三下,那个奥军哆嗦着,只说出:不,不,不,然后就不作声了……捷列金松开他,走出掩蔽部。祖布措夫从后面赶上来喊道:

"长官,原来他是被锁着的。"

不一会儿天光大亮了。在黄色的黏土上可以清楚看出斑斑的血迹和一摊摊鲜血。凌乱地放着几张破烂的小牛皮、罐头盒、平底锅和许多尸体。这些尸体大都把脸扎进地里,像布口袋一样倒在那里。志愿兵都疲惫极了,有气无力——有的躺着休息,有的吃罐头,有的翻奥军丢下的行军包。

俘虏早都被赶过河了。团队正在渡河,占领阵地。炮兵向奥军第二道防线开炮,奥军有气无力地还击着。下起濛濛细雨,雾已经散了。伊万·伊里奇把胳膊肘靠在战壕沿上,凝望他们夜里跑过的田野。这一片田野跟别的田野没有什么不同——灰褐色、湿漉漉的,有的地方还残存着一块块铁丝网,有的地方保留着挖过坑的黑糊糊的痕迹和几具志愿兵的尸体。这道小河离得很近。既看不见昨夜的大树,也看不见阴森可怖的灌木丛。为了跨过这三百步,花了多少力气!

奥军继续撤退,俄国部队不肯稍停地紧追不舍,一直追到天黑。捷列金接到命令:率领他那些志愿兵占领小山上苍翠的树林。经过短暂的对射,他们在傍晚时候占领了树林,匆匆挖好战壕,派出岗哨,通过电话跟团部建立了联系,把行军包带的东西吃上一点儿,就在濛濛细雨里,在黑暗和树林的霉味里,有许多人都睡着了,尽管上级命令他们要彻夜不停地射击。

捷列金坐在树桩子上,背靠树干,树干上长满青苔,显得很柔软。树上的水珠有时掉进衣领里,这倒很好——省得睡着。早晨那种兴奋的心情已经消失了,而在被水泡了的庄稼地里走过十里之后,又钻过篱笆,跳过壕沟,两腿发麻,不问深浅高低地胡乱走去,脑袋涨得发疼,因而连极端的疲乏感也消失了。

有人踏着败叶走到近前,听语声知道是祖布措夫,他轻声说:

"您吃不吃点儿面包干?"

"谢谢。"

伊万·伊里奇从他手里接过一块面包干,嚼起来。这面包干真甜,一到嘴里就化了。祖布措夫在他旁边蹲下来:

"能让我抽口烟吗?"

"你可千万要小心。"

"我抽烟斗。"

"祖布措夫,你不该把他打死,是不?"

"您说的是机枪手吗?"

"是呀。"

"的确不该打死。"

"你想睡吗?"

"不要紧,我不会睡。"

"我要打盹儿,你就捅捅我。"

水珠慢慢地轻柔地落在发霉的败叶上,落在手上,落在帽檐上。在枪炮声、喊杀声和讨厌的忙乱之后,在打死机枪手之后,这些水珠就像小玻璃球似的,慢慢落下来。落进黑暗里,落进散发着发霉的败叶气味的密林深处。簌簌的雨滴声不让人入睡……不能睡、不能睡……伊万·伊里奇勉强睁开眼睛,看到一片模糊的、好像用炭笔勾勒出的树枝轮廓……彻夜不停地射击也是蠢事,让志愿兵好好休息一下吧……打死八个,打伤十一个……当然,在战场上是要多加小心……啊,达莎,达莎!这玻璃水珠会使一切都平息下来,使一切都安静下来……

"伊万·伊里奇!……"

"啊,啊,祖布措夫,我没睡……"

"这个人不是白白给打死了吗?……他一定有家,家里有亲人,可你用刺刀一捅,就像捅个草人似的——一下子就完了。我头一次打死人,连饭也吃不下,恶心得很……可现在,打死的不是十个,就是九个了……多可怕,您说是不是?这么说,不知什么人把这罪过承担过去了……"

"什么罪过?"

"比方说,我的罪过……我是说有人承担了我的罪过——可能是哪个将军或者彼得堡哪个管这事的人……"

"你是在保卫祖国,能有什么罪过?"

"倒是这么回事……可您听我说,伊万·伊里奇——总有人要承担罪过的,我们会找到他的。谁挑起这场战争,谁就应该负责任……为了这事,他们要受到残酷的惩罚……"

树林里发出响亮的枪声。捷列金身子一哆嗦。从另一面又打来几枪。

从昨天傍晚敌人就没有反击过,所以这枪声就更显得蹊跷。捷列金跑去打电话,话务员从坑里探出头说:

"电话断了,长官。"

现在林子四周都响起密集的枪声,子弹打在树杈上,啪啪地响。最前面的岗哨渐渐靠拢,一边向敌人还击。志愿兵克利莫夫突然出现在捷列金跟前,用草原人难听的口音说:"敌人在包抄我们,长官!"说完,用手捂着脸,坐在地上,然后就趴下了。黑暗里还有人喊道:

"弟兄们,我要死了!"

捷列金可以分辨出树干中间那些志愿兵高大的、一动不动的身影。他们大家都望着他——他感到了这一点。他命令大家散开,一个个向树林北面摸去,那里大概还没被包围。他自己和愿意留下的人守在战壕里,尽可能多拖延一些时间。

"需要五个人。谁愿意留下?"

有几个人离开大树,走到他跟前。他们是祖布措夫、苏索夫和年轻的小伙子科洛夫。祖布措夫转过脸喊道:

"还缺俩!里亚布金,来!"

"好,我可以留下……"

"还缺一个,缺一个。"

从地上站起一个矮小的战士,穿着短皮袄,头戴毛茸茸的皮帽子。

"我行吧。"

六个人相距二十步远,卧倒开火。其他人都消失在树后了。伊万·伊里奇打了几排枪之后,突然清楚地看到,明天早晨将会有几个穿天蓝色大衣的人,把他龇牙咧嘴的尸体翻个仰面朝天,搜遍他的全身,有一只肮脏的手一定会伸进他的衬衫里。

他放下步枪,扒开松软的湿土,把达莎的信掏出来,吻了吻,放进坑里埋好,上面又撒些败叶。

"哎呀,哎呀,弟兄们!"他听见苏索夫的声音从左面传来。伊万·伊里奇只剩两夹子弹,便爬到头触地的苏索夫身旁,挨着他躺下,从他的行军包里掏出几夹子弹。现在只有捷列金和左面一个人还在开枪。后来子弹打光了。伊万·伊里奇等了一会儿,四下望望,站起身来,挨个儿叫志愿兵的名字。只有一个声音回答:"有"——科洛夫拄着步枪走到跟前。伊万·伊里奇问:

"子弹没有了?"

"没了。"

"别的人都没答应吗?"

"没有,没有。"

"好。我们走。你快跑!"

科洛夫把大枪挎在背后,撒腿就跑,不时找个树干做隐蔽。捷列金还没走上十步,一个钝的铁指头从后面顶住他的肩膀。

第十七章

那种把战争当成剽悍骑兵的冲杀、雄壮的列队前进和官兵的英雄功绩的见解,早已过时了。

团长多尔戈鲁科夫公爵率领近卫重骑兵做过一次有名的冲锋,他嘴里叼着雪茄,按照习惯用法语咒骂着,冒着机枪的射击昂首阔步,后面三个骑兵连排成步兵队形,不放一枪冲过敌军的铁丝网,结果是伤亡过半,只缴获了两门重炮,炮眼被钉死了,只有一挺机枪掩护。

关于这次冲锋,哥萨克骑兵连有个连长说:"要叫我打,只要带上十个哥萨克就会拿下这些破玩意儿。"

从战争的头几个月就看清楚了,靠从前那种士兵的勇敢——他们个子高大,胡子拉碴,样子威武,善于骑马、砍杀,见了子弹都不低头——已毫无用处。技术装备和后方的供应在战争中占据了首位。对于士兵的要求,不过是要他们顽强而顺从地死在地图上给他们指定的地方。现在需要的士兵是善于隐蔽自己,能钻到地底下,能跟尘土的颜色融为一体。海牙会议做出的温情的决议——怎么杀人算是道德的,怎么杀人是不道德的——早已撕成碎片。再也没人需要的道德法律的最后残迹,也跟这些碎片一起化为乌有了。

战争只用几个月的时间就完成了一个世纪的工作。在这之前有许多人还以为人类的生活是以善的最高法律为准绳的。以为善一定战胜恶,人类终究要达到完美的境界。唉,这种见解不过是中世纪的残余。它只会涣散斗志,阻碍文明的进程。如今连最顽固的唯心主义者也明白,善和恶不过是纯哲学的概念,人类的才智正在为一个暴虐的主宰者效力……

在这样的时代,连幼儿也被告知:杀人、破坏、消灭整个民族,是英勇而神圣的行为。每天有几百万份报纸在重复着、叫嚷着这种思想,号召人们这样做。有些不寻常的行家每天早晨都能预言战事的结局。有些报纸还刊登了著名预言家泰布太太的预言。一下子涌现出许多算卦的、看星象的和预测吉凶祸福的。商品短缺,物价上涨。俄国不能向外出口原料。北方和东方的三个港口,是被困得要死的国家仅有的通风口,而进口的只有战争用的大炮和弹药。地种得很糟。几十亿卢布的纸币流进乡村,可庄稼人已不大乐意卖粮。

人智学通灵会的成员在斯德哥尔摩召开一次秘密大会,创办人在会上说,在天上进行的激烈斗争已经转移到地上,世界的灾难来临了,为了赎罪,俄国将成为牺牲品。事实上的确如此,鲜血流遍横贯欧洲三千里的广阔地带,一切理智的论断都淹没在血海里。任何理性也无法解释,人类为什么用钢铁、炸药和饥饿来固执地消灭自己。几世纪的脓疮溃烂了。旧时代的遗祸给人类带来痛苦。然而这也说明不了问题。

有些国家开始闹饥荒。生活到处都陷于停滞。人们开始感到,战争不过是一幕悲剧的开场。

在不久之前,每个人还构成一个"小宇宙",还是一个无限膨胀的个体,如今在这种景象面前变得渺小了,变成一颗软弱无能的尘芥。如今在悲剧舞台灯光前面抢占他的位置的,竟然是一群原始人。

日子最不好过的还是女人。从前每个女人都可以凭自己的姿色、魅力和手段撒下蜘蛛网,这些网丝虽细,用来应付正常生活倒也蛮结实。凡是她选中的目标总会堕入网中,还不住地嗡嗡叫,表白他的爱情。

然而,战争把这些情网也撕个粉碎。要想重织起来,在这种残酷的年代连想也不用想。只好等待好时光。于是女人们都耐心地等着,可是光阴易逝,女人屈指可数的年华,在忧伤中白白地消逝了。

丈夫、情人、兄弟和儿子,如今都成了代号似的、完全抽象的东西,他们都长眠在旷野里、树林边或路旁的荒丘底下。女人渐渐衰老的脸庞上,皱纹越来越多,无论用什么方法也去不掉。

第十八章

"我对哥哥说:'你是个死教条,我就恨社会民主党,你们谁要是说错一个字,就会遭到拷打。'我对他说:'你是个不食人间烟火的人。'这一下子他就把我赶出了家门。现在来到莫斯科,一个钱也没有。倒真有意思。达丽亚·德米特里耶夫娜,请替我求求尼古拉·伊万诺维奇。干什么工作都行,最好当然还是到救护列车上。"

"好,我一定对他说。"

"我在这里一个熟人也没有。可您还记得我们那个'中心站'吗?听说瓦西里·文亚米诺维奇·瓦列特好像去了中国……萨波日科夫上了前线,不知在什么地方。日罗夫在高加索,还在讲他的未来主义。伊万·伊里奇·捷列金上哪儿去了,我不知道。您好像跟他挺熟啊?"

伊丽莎白·基耶夫娜跟达莎沿着胡同里高高的雪堆中间的小道缓缓走去。雪花还在落,在脚下沙沙作响。一辆矮雪橇从旁边慢吞吞地驶过。赶雪橇的人从座位上向外伸出一只粗毡靴子,对她俩喊道:

"小姐们,小心挂着!"

这一年冬天雪特别大。小胡同两旁的椴树枝上都落满了雪,压得向下弯着。大雪纷纷,一片白茫茫的天空里,群鸦乱飞。教堂上的寒鸦散乱地结着群,呱呱地叫着,在城市上空盘旋,忽而落到塔尖上和教堂的圆顶上,忽而飞向寒冷的高空。

达莎在拐角上停下脚步,正了正白头巾。她那海狗皮大衣和手笼都落满了雪。她的脸消瘦了,眼睛显得更大、更严肃了。

"伊万·伊里奇失踪了,"她说,"我一点儿也不知道他的消息。"

达莎抬眼望望空中的寒鸦。在这落满大雪的城市里,这些寒鸦必是饿坏了。伊丽莎白·基耶夫娜猩红的嘴唇上的微笑收敛了,低着头站在那里。她戴着一顶带耳的皮帽子,穿着一件男式大衣,胸部显得太瘦,毛皮领子又显得太大,袖子太短,根本盖不住她那冻得发红的手。雪花落到她那发黄的脖子上,马上融化了。

"我今天就跟尼古拉·伊万诺维奇说说,"达莎说。

"什么工作我都可以干。"伊丽莎白·基耶夫娜望着脚底下,摇了摇头。"我曾经热烈地爱过伊万·伊里奇,非常热烈地爱过他。"她笑起来,那双近视眼里充满了热泪。"好,我明天来。再见。"

她告了别,转身就走,穿着毡靴的脚跨着大步,冻僵的手像男人似的插进衣袋里。

达莎望着她的背影,看她走远,然后皱起眉头,拐过街角,走进一所私宅的房门。现在这所住宅被市医院占用了。里面用柞木装饰的高大的房间里,散发着碘仿的气味,病床上都是伤员,有躺着的,有坐着的,都剪光了头,穿着病号服。靠窗有两个人在下跳棋。有一个人趿拉着便鞋,从这个墙角到那个墙角轻轻踱来踱去。达莎一进来,他机灵地回过头,看见她,便皱紧低低的前额,躺到病床上,把双手枕在头底下。

"护士小姐!"一个微弱的声音唤道。达莎走到一个大个子、厚嘴唇、有些浮肿的小伙子跟前。"给我翻个身吧,看在基督的面上,朝左翻。"他说着,每吐一个字便哎哟一声。达莎抱住他的身子,用尽力气扶他侧身,像捆个大袋子似的给他翻了身。"该给我试试体温了,护士小姐。"达莎甩了一下体温计,塞进他的腋下。"我老是吐,护士小姐,吃点儿面包渣也吐出来。一点儿劲也没有。"

达莎给他盖好被便走开了。旁边病床上的伤员都微笑着。其中有一个说:

"他呀,护士小姐,不过是为了您才装熊,其实他像肥猪一样棒。"

"别打搅他了,他够遭罪的了,"另一个声音说,"他又不碍谁的事——护士小姐应该照看他,他也真不好受。"

"护士小姐,谢苗想问您一件事,他不好意思开口。"

达莎走到一个坐在病床上的庄稼汉跟前,他长着像寒鸦一样圆圆的快活的眼睛和像熊一样的小嘴;下巴上留着像笤帚一样扎煞开的大胡子,梳得整整齐齐。当达莎走到跟前的时候,他便朝她翘起大胡子,努起嘴唇。

"他们开玩笑,护士小姐。我非常满意,真感谢您哪!"

达莎笑了。很久以来压在她心头的沉重心情,顿时消失了。她在谢苗的床边坐下,挽起他的衣袖,检查一下绷带。于是他开始详细讲他哪儿痛,痛得厉不厉害。

达莎是在十月来到莫斯科的,这时尼古拉·伊万诺维奇受到爱国热情的鼓舞,参加了城市支前联合会莫斯科分会。他把彼得堡的住宅让给英国军事代表团的人员居住,而自己跟达莎在莫斯科过着简朴的生活,平时穿着一件麂皮上衣,骂知识分子软弱无能。按他自己的说法,他像马一样地工作着。

达莎依然学习刑法,料理小小的家务,天天给伊万·伊里奇写信。她的心情很平静,心扉却关着。往事似乎很遥远,仿佛那是别人生活中的故事。她好像闲着半截肠子过日子,提心吊胆,盼着前方的消息,还要想尽办法为伊万·伊里奇而保持自己的纯洁和严肃。

十一月初,有一天早晨喝咖啡的时候,达莎打开《俄国言论报》,在失踪者的名单里发现了捷列金的名字。这份名单用小号字印了整整两栏。负伤的有某某、某某,阵亡的有某某、某某,失踪的有某某、某某,在最末尾印着:捷列金·伊万·伊里奇——准尉。

这一小行铅字,标志着使她的全部生活都变得暗淡无光的事件。

达莎觉得这些小小的字迹,这干巴巴的标题和字里行间,都渗透着鲜血。这真是令人恐怖万状的瞬间——在报纸的版面上浮现出它所描写的内容:一堆臭气熏天、血肉模糊的尸体。从报纸上散发出恶臭,有无数喉咙在无声地吼叫。

达莎打起寒战。连她的绝望也被这种动物的恐怖和厌恶所淹没了。她往沙发上一躺,把皮大衣盖在身上。

傍晚尼古拉·伊万诺维奇回来吃饭,坐在达莎脚边,默默抚摩着她的腿。

"你应该等一等,这是主要的,达纽莎。"尼古拉·伊万诺维奇说。"他失踪了——显然是被俘了。这种情形我知道的就有几千件。"

夜里她做了一个梦:一个狭小的房间空荡荡的,只有一扇挂满蜘蛛网、落满灰尘的小窗,屋里放着一张铁床,床上坐着一个士兵模样的人。他那灰土土的脸疼得扭曲了。他用双手抠开自己光秃秃的脑壳,像剥鸡蛋皮似的扒开它,剜里面的东西吃,用手指头往嘴里填。

半夜达莎大叫起来,尼古拉·伊万诺维奇连忙披上毯子,跑到她床前,却半天也问不出个究竟。然后他往高脚杯里倒了几滴缬草酊,给达莎喝了,自己也喝了一点儿。

达莎坐在床上,把五个指头捏到一起,敲着自己的胸脯,绝望地轻声说:

"你知道,我再也活不下去了。你要知道,尼古拉,我不能活了,也不想活了。"

在发生了这种事之后,活下去是很困难的,而要像达莎从前那样生活,简直是不可能的。

战争只不过用它的铁指触动了一下达莎,如今所有的死亡、所有的眼泪都跟她息息相关了。当最初几天强烈的绝望稍稍平息之后,达莎便去做她所能做的惟一一件事:学完护士速成班,到医院里去工作。

开头工作十分困难。从前线送来的伤员接连不断,都好多天没换绷带;纱布绷带散发着臭味,护士被熏得头晕。做手术的时候,达莎要用手把着发黑的大腿和胳膊,伤口上沾的东西一块块掉下来。这时她才知道,那些坚强的士兵把牙齿咬得直响,可他们的身体却无力地颤抖着。

这里的痛苦实在太多了,把世界上所有的恻隐之心都用在他们身上也不够。达莎觉得,她将永远跟这种丑陋不堪、鲜血淋淋的生活联系在一起,此外再也没有别的生活。夜里,值班室点着绿灯罩的电灯,隔壁有人说着梦话,汽车从街上驶过,震得架上的药瓶丁当响。这种凄惨景象已构成现实生活的一部分。

达莎每逢值夜班的时候,坐在值班室的桌子旁边,总要回想往事,并且越来越清楚地觉得,那不过是一场梦而已。那时她生活在天上,根本看不到地面;她的生活也跟那里所有的人一样,她只爱自己,高傲得不得了。如今从这些云端里坠落到血泊中、污泥中,落进这座医院——这里散发着病体的气味,伤员在梦中痛苦地呻吟着,说梦话,嘟嘟哝哝。这阵子有一个骆驼兵就要死了,十分钟之后要去给他注射一支吗啡。

今天跟伊丽莎白·基耶夫娜的会面,又使达莎的心翻了个个儿。这一天太累了,从加里西亚运来的伤兵伤势都很重,有一个需要锯掉一只手,另一个需要锯掉整个胳膊。还有两个要死了,正在说胡话。达莎工作了一天,尽管十分疲劳,却怎么也忘不掉伊丽莎白·基耶夫娜,忘不掉她那双通红的手、男式的大衣、可怜的笑容和温和的眼神。

傍晚,达莎坐下来休息,一边望着绿灯罩,一边想她多么希望自己也能在十字街头哭上一场,对一个陌生人说:"我曾经非常热烈地爱过伊万·伊里奇……"

达莎坐在一张大沙发椅上,一会儿侧着身子,一会儿蜷起腿,打开一本书——支前联合会三个月来的工作总结,里面净是一栏栏数字和看不懂的字句。她从书中找不到一点儿乐趣,看看表,叹了口气,往病房走去。

伤兵都睡了,空气很沉闷。高高的柞木天花板上吊着大吊灯的铁环,上面只有一盏灯发出昏暗的光亮。那个年轻的鞑靼兵锯掉了一只胳膊,正在说胡话,剃光了的头在枕头上不住地摇来晃去。达莎从地板上捡起冰袋,放在他那滚烫的前额上,又给他掖好被。然后围着所有的病床转一圈儿,在一张小方凳上坐下,两手捏在一起放在膝盖上。

"我的心没有受过训练,就是这个缘故,"她想,"它只想爱那些优雅、美丽的东西,没学会怜悯和爱那些不可爱的东西。"

"你是不是困了,护士小姐?"她听到一个声音亲切地问,便回过头来。是胡子拉碴的谢苗从病床上望着她。达莎问:

"你为什么不睡呢?"

"白天睡够了。"

"胳膊还疼吗?"

"不觉得疼了……护士小姐!"

"什么事?"

"你的脸蛋儿可真小——必是困了吧?去打了盹儿!我看着,有事我叫你。"

"不,我不想睡。"

"家里有人在前线吗?"

"未婚夫。"

"好,愿上帝保佑他。"

"失踪了。"

"唉,唉!"谢苗摇晃着胡子,叹息地说。"我有个弟弟,也失踪了,后来给家里来信,说他被俘虏了。你的未婚夫是个挺好的人吧?"

"是个非常非常好的人。"

"我也许听人提起过他。叫什么名字?"

"伊万·伊里奇·捷列金。"

"听说过。是的,是的,真听说过。说他被俘虏了……哪个团的?"

"喀山团。"

"对,正是他。被俘虏了。还活着。啊,是个好人!不要紧,护士小姐,忍耐一下!雪一化,仗打完了——我们可以讲和。你还会给他生上好几个儿子呢,你就相信我的话吧!"

达莎听着听着,喉咙里哽咽起来——她知道谢苗的话都是编的,他并不认识伊万·伊里奇,可她心里还是感激他。谢苗轻轻地说:

"唉,你呀,可爱的……"

达莎又坐在值班室里,脸朝沙发背,仿佛感到这些伤兵怀着亲切的感情把素不相识的她吸收为他们的成员,仿佛在说:你就跟我们在一起吧!于是她觉得,如今她可怜起一切病人和睡熟了的人。她一边怜悯,一边想着,忽然非常清晰地想象着伊万·伊里奇也跟这些人一样,躺在什么地方的一张窄床上,一边睡觉,一边喘气……

达莎开始在屋里走来走去。电话铃突然响了。达莎猛然打了个寒战——铃声在人们都已进入梦乡的寂静里显得格外响亮刺耳。大概又是夜车送来伤员了。

"喂!"她说,电话的耳机里有一个温柔而激动的女人声音急促地说:

"劳驾,请找一下达丽亚·德米特里耶夫娜·布拉文娜。"

"我就是,"达莎回答说,她的心猛烈地跳起来。"您是谁?……卡佳?……卡秋莎!……是你?……亲爱的!……"

第十九章

"好了,姑娘们,我们又到一起了。"尼古拉·伊万诺维奇说,拉了拉麂皮上衣的下摆,用手托住叶卡捷琳娜·德米特里耶夫娜的下巴颏儿,在她的脸上响亮地吻了一下。"早晨好,宝贝儿,睡得怎么样?"当他经过达莎坐着的椅子后面时,又吻了一下她的头发。

"卡秋莎,现在我跟达莎可以说是难舍难分了。她真是好样儿的,是个能干的姑娘。"

他在铺着新桌布的餐桌旁坐下,把盛着鸡蛋的高脚瓷杯往跟前挪挪,用刀切开鸡蛋的顶壳。

"你大概想不到,卡秋莎,我现在喜欢英国人吃鸡蛋的方法——放点儿芥末和奶油,味道格外好,我劝你也尝尝。可德国人每月只配给两次鸡蛋,每次只给一个。你听了这个消息,高兴吗?"

他张开大嘴笑起来。

"我们用这个溏心鸡蛋就能把德国干掉。据说他们现在出生的孩子都没有皮肤。俾斯麦①曾告诫过这些混蛋,不要跟俄国人打仗。可他们不听,瞧不起我们。这回可好了,一个月吃俩鸡蛋。"

"这太可怕了,"叶卡捷琳娜·德米特里耶夫娜说,垂下目光,"要是孩子生下来没有皮肤,那么不论是哪国孩子——我们的也好,德国的也好,都是可怕的。"

"对不起,卡秋莎,你这是信口开河。"

"我只知道,要是每天都这么没完没了地杀人,太可怕了,叫人都不想活了。"

"那有什么办法,亲爱的?我们必须通过亲身经历才能理解国家意味着什么。从前我们不过是从伊洛瓦伊斯基一类历史学家的著作中了解,俄国农民如何在库利科沃战场和波罗金诺战场上为保卫国土而战。我们总是这么想:哦,俄罗斯多么广大——你一看地图就知道了。而现在有劳大驾,为了保全地图上这块横跨欧亚大陆的绿色地带,请付出一定比例的生命作为代价吧。这是不愉快的事。你要是说我们国家机器不好,那我也同意。现在,如果要我去为国牺牲,我首先要问问:要我去送死的诸公可具备治理国家的才能?我能不能毫无遗憾地为国洒尽热血?是呀,卡秋莎,政府还是那个老习惯,瞧不起社会团体,可如今他们也明白了,离开我们是玩不转的。没门儿!我们先抓住一根手指头,然后就可以抓住一只胳膊。我是非常乐观的。"尼古拉·伊万诺维奇站起身,从壁炉上取下火柴,站着点着烟,把烧尽了的火柴杆扔进鸡蛋壳里。"血是不会白流的。这场战争的结果,将是我们这帮社会活动家掌握国家大权。那

---

① 俾斯麦(1815—1898),德国宰相,对内镇压工人运动,对外推行战争,谋取霸权,镇压巴黎公社,有"铁血宰相"之称。

些'土地与自由社'①、革命者和马克思主义者做不到的事,战争可以做到。再见了,姑娘们!"他抻平了上衣,走出门去,从背影看很像一个打扮成男人的胖女人。

叶卡捷琳娜·德米特里耶夫娜叹了口气,在窗旁坐下织毛衣。达莎走过来,坐到沙发椅的扶手上,从后面抱住姐姐的肩膀。她俩都穿领口齐到脖子的黑连衣裙,现在都默默不语,静静地坐着。两个人显得非常像。窗外慢悠悠地飘着雪花,晶莹的雪光映射到屋里的墙壁上。达莎把脸贴到卡佳的头发上,闻到头发散发出一股没闻过的香水味。

"卡秋莎,这段时间你生活得怎么样?你什么也不讲?"

"有什么可讲的,我的小猫咪?我给你写的信都说了。"

"可我怎么也弄不明白,卡秋莎,你长得漂亮,招人喜爱,又心地善良。像你这样的人我没见过第二个。可为什么你得不到幸福呢?你的眼神总是那么忧郁。"

"我的心必是很不幸。"

"不,我是一本正经的。"

"我自己,小妹妹,也一直考虑这个问题。想必是,人如果什么都有了,就会真正不幸了。我有个好丈夫,有个可爱的妹妹,又有自由……我好像生活在幻觉里,连我自己也好像是个幻影……记得在巴黎的时候,我曾经设想:现在我可以找个偏僻的小镇子住下,养养鸡,种种菜,到黄昏时候,跑过小河去会情人……不,达莎,我这一生算完了。"

"卡秋莎,别说傻话……"

"你要知道,"卡佳用变得暗淡无神的目光望着妹妹,"我已经感觉到这一天了……有时候我清楚看见条纹布的草垫子、滑落的床单、装胆汁的盆子……我躺在那儿已经死了,皮肤发黄,头发花白……"

叶卡捷琳娜·德米特里耶夫娜放下手中织的活计,望着窗外轻轻悄悄飘落的雪花。远处,在克里姆林宫的尖塔下面,在那只叉开两腿伫立着

---

① "土地与自由社"是民粹派政党,成立于一八七六年,于一八七九年分裂为"民意党"和"重分黑土党"。

的金鹰下面,有一群寒鸦像一片黑色的落叶在空中盘旋。

"我记得,达申卡,有一次我起得很早,非常早。从阳台上看到巴黎完全笼罩在一片淡蓝色的烟雾里,到处升起炊烟,有白的,有灰的,有蓝的。夜里下过一场雨,空气格外清新,散发着青草味和香荚兰味。街上人来人往,有夹着书的孩子,有提着篮子的妇女,卖吃食的店铺刚刚开业。我当时想象这一切景象会是一成不变的,是永恒的。我很想走下楼去,夹杂在人群中间,会跟一个眼神和善的人不期而遇,把双手放在他的胸脯上。可是,当我走下楼,来到大林荫路时,全城的人都发疯了。报童来回奔跑,到处是一堆堆神色慌张的人。所有的报上——都是死亡的恐怖和仇恨。战争爆发了,从这一天开始,我两耳听到的都是死亡,死亡……还有什么指望呢……"

达莎沉吟了片刻问:

"卡秋莎……"

"什么,我的小亲亲?"

"你跟尼古拉怎么样了?"

"不知道,我们彼此好像是谅解了。你看,这不已经三天了,他对我一直很亲切。做女人的有什么旧账好算。你痛苦,你发疯——活该,有谁管你。你就是诉苦,也不过像蚊子似的,连自己都听不清楚。我真羡慕那些老太婆,她们的日子最好过:既然快死了,就等着死好了。"

达莎坐在扶手上,扭了几下身子,又长叹了几口气,把扶着卡佳肩膀的手撤回来。叶卡捷琳娜·德米特里耶夫娜温柔地说:

"达申卡,尼古拉·伊万诺维奇告诉我,说你已经有了未婚夫。是真的吗?你真够可怜的。"她拉起达莎的手,吻了吻,又放到胸脯上,用手抚摩着。"我相信伊万·伊里奇一定还活着。你要是真心爱他,那么这个世界上你就再也不需要什么了。"

姐俩又沉默了,望着窗外飘落的雪花。街上有一排士官生从雪堆中间走过,大皮靴在雪地上直打滑,腋下夹着洗澡用的桦树条和干净的衬衣。他们排着队去澡堂,一边走一边齐声唱着,末了还吹一阵口哨:

年轻人,像雄鹰展翅高飞,

157

不要痛苦,不要悲伤……

过了几天,达莎又开始到医院去上班。叶卡捷琳娜·德米特里耶夫娜一个人留在家里。这里的一切都是陌生的:墙上挂着两张单调的风景画,画的是干草垛和光秃秃的桦树林间融化的雪水;客厅里的沙发顶上,挂着几幅陌生人的照片;墙角上放着一捆落满尘土的针茅。

叶卡捷琳娜·德米特里耶夫娜也尝试着到剧院里去消遣一下。那里正上演奥斯特罗夫斯基的剧,出场的都是老演员,还参观了画展和博物馆。可是这一切她都觉得没趣,没有光彩,没有生气,而她自己也好像是一个幽灵,在大家早已抛弃的生活中漫无目的地游荡。

有时,叶卡捷琳娜·德米特里耶夫娜在窗前守着热乎乎的暖气一坐就是几个小时,望着窗外落着大雪的静悄悄的莫斯科,在柔和的空气中,透过飘飘洒洒的雪花传来凄凉的钟声——不知是在追荐亡灵还是给新从前线运回来的人举行葬礼。手里的书落到地上——有什么值得读的呢?有什么可以幻想的呢?那些幻想和从前的种种想法,现在看来显得多么渺小!

时间在从读晨报到读晚报之间悄悄流逝了。叶卡捷琳娜·德米特里耶夫娜看到周围的人都生活在对未来的期待里,他们盼望着想象中的胜利和和平的日子;凡是能够坚定这些期待的事,他们都感到欢欣鼓舞,一听到打败仗,都脸色阴沉,垂头丧气。人们仿佛患了躁狂病,贪婪地捕捉一切道听途说、只言片语和不可信的消息,看到报上的一行新闻也会雀跃欢呼。

叶卡捷琳娜·德米特里耶夫娜终于拿定主意,跟丈夫谈谈,要求给她安排点儿事做。三月初,她也到达莎工作的医院上班了。

开头她跟达莎一样,对肮脏和痛苦感到厌恶。但是她克制着自己,渐渐埋头于工作。这种自我克制给她带来莫大乐趣。她第一次感到自己比较密切地接触到生活。她爱上了这种肮脏而困难的工作,并且怜悯起她所护理的伤员。有一次,她对达莎说:

"为什么会凭空产生出这样的想法:我们应该过一种与众不同、非常讲究的生活呢?其实我们是跟大家一样的女人,我们所需要的是丈夫越平凡越好,儿女越多越好,生活越朴素越好……"

在复活节前一周,姐妹俩到尔热夫大街的尼古拉鸡腿①教堂做了斋戒祈祷。叶卡捷琳娜·德米特里耶夫娜把医院做的甜奶渣糕带去施行圣礼,然后跟达莎一起到医院开斋。这天晚上尼古拉·伊万诺维奇参加一个紧急会议,到后半夜两点多钟才坐小汽车来接她俩。叶卡捷琳娜·德米特里耶夫娜说,她跟达莎不想睡觉,想坐汽车兜兜风。这种要求虽然荒唐,可给司机喝了一杯白兰地,他们就坐车直奔霍登旷野去了……

开始上冻了,寒风有点儿刺脸。天空中万里无云,疏星朗朗。车轮轧在薄冰上,咯嚓有声。卡佳和达莎都扎着白头巾,穿着灰皮大衣,坐在汽车往下沉的座位上,两个人挤在一起。尼古拉·伊万诺维奇坐在司机旁边,有时回头望望她俩——两个人都是黑眉毛,大眼睛。

"说真的,我真分不出,你们当中哪位是我太太。"他轻声说。不知她俩中间是谁回答说:

"你是猜不出来的。"说完,两人都笑了。

广阔的田野一片朦胧,只是天边微微发绿,远处呈现出谢列布良松林黑魆魆的轮廓。

达莎悄声说:

"卡秋莎,我太渴望爱情了。"叶卡捷琳娜·德米特里耶夫娜轻轻握了一下达莎的手。有树梢顶上,在薄雾笼罩的绿色曙光中,有一颗大星亮晶晶的,好像呼吸似的闪烁着。

"我忘了对你说,卡秋莎,"尼古拉·伊万诺维奇在座位上把身子转过来说,"方才,我们的全权代表丘马科夫回来了,说是加里西亚的形势很糟。德国人的炮火非常猛烈,我们的部队整团整团地被消灭。可是你瞧,我们的炮弹又不足……鬼知道是怎么回事!……"

卡佳没搭腔,只是抬头望着星星。达莎把脸贴到卡佳的肩上。尼古

---

① 尼古拉是圣徒的名字,鸡腿小房来源于神话,是妖婆雅加的住处。这里用作教堂的名称,显然来自神话。

拉·伊万诺维奇又骂了一句,便叫司机开车回家。

复活节的第三天,叶卡捷琳娜·德米特里耶夫娜觉得不舒服,没到医院去值班,便病倒了。她患的是肺炎,可能是被过堂风吹得着了凉。

第 二 十 章

"咱们的情况可真糟,说起来都可怕。"
"别瞪着眼睛看火了,躺下睡吧。"
"情况可真糟……唉,弟兄们,俄国算完了!"
在一座草棚的泥墙前面,有三个士兵围着篝火坐着。草棚用麦秸苫顶,像草垛一样高。篝火已经快熄了。有一个士兵把包脚布搭在木桩上烘干,留神看着,免得烤煳了;另一个士兵在补裤子,小心地拽着线;第三个人蜷着腿坐在地上,两手深深地插进大衣兜里。他长着一副麻脸,大鼻子,下巴上留着几根稀疏的黑胡子,一对深陷下去的发疯的眼睛望着篝火。

"糟就糟在一切都被出卖了。"他低声说。"我们刚一占上风,马上就下令退却。我们光知道把犹太人吊在树杈上,那有什么用?你们可要当心,叛卖勾当都出在最上层。"

"我讨厌死这场战争了,哪家报纸也不会反映我这种情绪。"烤包脚布的士兵说,在火堆上又小心翼翼添上一根干树枝。"我们开始进攻,然后撤退,接着再进攻,唉,这些该死的东西,又是退却,一直退到原地。一点儿进展也没有!"说完,往火堆里吐了一口唾沫。

"刚才扎多夫中尉走到我跟前,"补裤子的士兵连头也不抬,嘲笑地说,"可倒好。大概闲得要死,待不住了。跑这里找碴儿。裤子为什么出窟窿了?又是——你怎么站着的?我没吱声。不过这次谈话的结果很简单——他打了我一个大嘴巴。"

烤包脚布的士兵回答说:

"没有枪,也没有子弹。咱们炮兵连,每门大炮只有七发炮弹。他们没事可干,只会打嘴巴子。"

补裤子的士兵用惊异的目光瞥了他一眼,摇摇头:"你怎么这么说呢?"那个黑脸膛、目光发疯的士兵说:

"把全国老百姓都折腾起来了,现在征兵征到四十二岁。这么多的军队可以打遍全世界。我们倒也不反对。可你得干好你的事,我们干好我们的事。"

补裤子的点点头:

"对呀……"

"我到过华沙城下的战场,"黑脸膛的说,"那里足足有五六千西伯利亚兵躺在地上。都给打死了,就像一捆捆放倒了的草。什么原因?怎么回事?原来是这么回事……开军事会议,决定这么办,这么办,马上就有一个将军走出来,偷着给柏林发报。明白了吗?两个西伯利亚军出了火车站,照直奔这个战场开来,一下子落到机枪的枪口上。你方才说什么,打了一个嘴巴子。小时候因为我把马套套错了,我爹走过来就是一个嘴巴子,打得对,就是要你学着点儿,知道害怕。可这些西伯利亚兵为什么都像绵羊一样给撂倒了呢?我告诉你们吧,弟兄们,俄国完蛋了,我们被出卖了。出卖我们的也是庄稼人,我们一个村儿的,就是波科罗夫村的,原来是个流浪汉。他的名字①我就不想说了……一个大字不识,净干坏事,表面装好人,放着活不干,学会了偷马,到修道院乱窜,喜欢搞女人,还爱喝酒……现在到了彼得堡,坐在沙皇的位子上,大臣和将军都得围着他转。我们在这里挨打,成千上万地给埋进黄土,可他们在彼得堡,电灯照得通亮。吃呀,喝呀,胖得肚皮都要撑破了。"

他突然沉默了。四周静悄悄的,潮气阴冷,只听得见草棚里马的嚼草声,一匹马踢墙的砰砰声。从草棚的棚顶后面,有一只夜鸟朝火堆扑来,惨叫一声便不见了。这时,远处的天空中发出一片嗡嗡声,声音凄厉,越来越近,仿佛是一只猛兽以不可想象的速度凌空飞来,用它的嘴撕破黑暗,然后撞到什么东西上了,在离草棚挺远的地方发出一片巨响,整个大

---

① 当指拉斯普京,参看第5页注①。

地都震动了。马乱蹦乱跳,把笼头挣得直响。补裤子的士兵害怕地说:

"这劲头可真大!"

"好厉害的大炮!"

"等着瞧吧!"

三个人都抬起了头。在没有星光的天空中又响起第二声。这一次大约持续了两分钟,就在近前,在草棚这面发出第二声爆炸,云杉的圆锥形树冠被照亮了,大地又震撼起来。立刻又听到第三发炮弹飞过来。这颗炮弹的声音是气喘吁吁、摄人魂魄的……听起来非常难受,好像心都停止了跳动。黑脸膛的士兵从地上站起来,开始向后退去。从头上刮来一阵风,好像划过一道黑色的闪电,然后随着轰隆一声撕裂,飞起一团黑红色的火柱。

火柱落下去之后,原来烧篝火和坐人的地方,只剩下一个深坑。草棚的泥墙被炸塌了,麦秸的棚顶打着了,冒着滚滚的黄烟。一匹长鬃马打着响鼻,从火光中飞跑出来,向从黑暗里闪现出来的云杉冲去。

这时在平原的锯齿状边缘后面,发出一闪一闪的火光,大炮在轰鸣,信号弹好像长长的蚯蚓升上天空。它们的火焰慢慢坠落,照亮了黑暗、潮湿的大地。炮弹咆哮着、怒吼着,钻破了天空。

第二十一章

同一天晚上,在离那座草棚不远的军官掩蔽部里,乌索利斯基团某连的军官们,为庆贺捷季金大尉得到生儿子的喜讯而举行酒宴。掩蔽部修得很深,用三层圆木做上盖,里面是低矮的地窖,把硬脂蜡烛扎成把,插到几只杯子里,把室内照得通亮。围着桌子坐着八个军官、野战医院的一个医生和三个护士。

他们都喝得酩酊大醉。那个有福的父亲捷季金大尉已经睡着了,一头扎到装剩菜的盘子里,一只肮脏的巴掌无力地悬在光秃秃的脑壳顶上。由于室内气闷,由于酒劲作祟,由于烛光柔和,这三个护士都显得很俊俏;

她们都穿着灰连衣裙,扎着灰头巾。其中有一个叫姆什卡,鬓角卷了两个乌黑的卷儿;她不住地笑着,露出雪白的脖颈,坐在她身旁的两个军官和坐在对面的两个军官,都用呆滞的目光盯住她的脖颈。另一个叫玛丽亚·伊万诺夫娜,长得胖乎乎的,脸颊一直红到眉毛,正在唱吉卜赛浪漫曲,唱得很动听。听的人都神魂颠倒,拍着桌子,不住地说着:"嘿,妈的!这才是生活!"桌边坐着的第三个女人,就是伊丽莎白·基耶夫娜。她觉得眼前的烛光变得越来越多,越来越亮,透过烟雾,人们的脸都发白,而坐在她身旁的扎多夫中尉的脸,显得既可怕又漂亮。他宽肩膀,淡色头发,刮得光光的脸和一对清澈的眼睛。他坐得笔直,腰带扎得绷紧,酒喝得挺多,而且越喝脸越白。当黑发的姆什卡发出一串吃吃的笑声时,当玛丽亚·伊万诺夫娜拿起吉他,用揉成团的手绢擦擦脸,用低沉的胸音唱"我生在摩尔达维亚的草原"时,扎多夫平直的嘴唇只有嘴角上慢慢露出一丝笑容,还一边为自己斟酒。

伊丽莎白·基耶夫娜望着他那离得很近的白净脸孔,脸上没有一丝皱纹。他出于礼貌跟她随便攀谈,顺口讲到他们团的马尔特诺夫上尉,说他似乎是个出名的宿命论者;他还真是说到做到,喝上一点儿白兰地,就会在半夜爬过铁丝网,凑到敌人的战壕跟前,操四种语言咒骂德国人。前几天就是为了出风头,肚子上挨了一枪。伊丽莎白·基耶夫娜叹了口气说,马尔特诺夫上尉一定是个英雄。扎多夫冷笑说:

"对不起,世上只有野心家和傻瓜,没有英雄。"

"可是,当你向敌人冲锋的时候,这难道不是英雄行为吗?"

"首先,冲锋并不是自愿的,而是被迫的,凡是上前冲锋的人,都是胆小鬼。当然,也有人是心甘情愿的,没有人强迫他们,不过这些人都是杀人成性的家伙。"扎多夫用坚硬的指甲敲着桌子。"也可以说,这些人达到了现代意识的最高水平。"

他略微欠起身,从桌子另一端拿起一个装果汁软糖的大盒子递给伊丽莎白·基耶夫娜。

"不,不,我不想吃。"她说,觉得心扑腾直跳,浑身发软。"那么请问:您呢?"

扎多夫皱起眉头,脸上突然布满细小的皱纹,立刻显得苍老了。

"什么'您呢?'"他用严厉的声音重复说。"昨天我在草棚后面枪毙了一个犹太人。您想问问我是乐意干这种事还是不乐意干吗?真是胡说八道!"

他用尖细的牙齿叼住烟卷,划着了火柴,拿着火柴的扁扁的手指倒挺稳当,可烟卷怎么也碰不到火上,到底没抽着。

"是呀,我醉了,对不起。"他说着,扔掉烧到指甲的火柴杆。"我们到外面走走吧。"

伊丽莎白·基耶夫娜像在梦中似的站起来,跟着他向掩蔽部狭窄的出口走去。席上喝醉酒的快活的叫声从后面传来,玛丽亚·伊万诺夫娜使劲弹起吉他,用女低音唱道:"黑夜燃烧着情欲的快乐……"

外面散发着春天特有的一股强烈的霉味,周围一片漆黑和寂静。扎多夫把双手插进衣袋里,踩着湿漉漉的草地快步走去。伊丽莎白·基耶夫娜稍稍落后,仍然不住微笑。突然,他站住了,急促地问:

"喂,怎么样?"

她的两耳一下子红了。她勉强抑制住喉咙里的哽塞,用刚刚听得出的声音回答说:

"不知道。"

"来吧。"他向着棚盖黑糊糊的草棚点点头。走了几步,又站住了,用冰冷的手紧紧抓住伊丽莎白·基耶夫娜的手。

"我的身体像上帝一样棒。"他怀着令人感到突然的热情说。"我可以把二十戈比的银币掰成两半。每一个人我都看透了,就像看透玻璃似的……我恨死他们了!"他突然顿住,仿佛想起什么往事似的,跺了跺脚。"这些人嘻嘻哈哈,唱呀,说些胆怯的话,真叫人讨厌!他们都是温热的厩肥里的蛆……我要踩死他们……我告诉您说……我并不爱您,也不能爱您!将来也不会爱您……您可别当真……不过我需要您……我最讨厌那种拜倒在女人裙下的感情……您应该明白……"他把双手伸到伊丽莎白·基耶夫娜的胳膊肘底下,用力一拉,就把他那像火炭一样灼热的、干巴巴的嘴唇紧紧贴在她的鬓角上。

她使劲往外挣,可是他抱得紧紧的,连骨头都嘎巴响,她的头向后一仰,沉甸甸的身体竟然被他抱起来。

"您跟别的女人,跟所有的女人不一样,"他说,"我可以教会您……"他突然不作声了,仰起头。黑暗里有一种尖厉刺耳的声音越来越响亮。

"啊,见鬼!"扎多夫咬着牙说。

远处立刻发出一声轰隆的爆炸声。伊丽莎白·基耶夫娜又挣了一下,但是扎多夫把她抱得更紧了。她绝望地说:

"放开我!"

第二颗炮弹又爆炸了。扎多夫仍然叨咕着什么,突然在跟前的草棚后面蹿起一股黑红色的火柱,轰隆一声巨响把烧着了的麦秸抛起老高。

伊丽莎白·基耶夫娜终于从他怀里挣脱出来,向掩蔽部跑去。

从掩蔽部的洞口匆匆忙忙跑出几个军官,回头看见烈火熊熊的草棚,便在被斜射的火光照出坑洼不平的黑漆漆的地面上奔跑,有个人向左,奔小树林,树林里有战壕,另一些人向右,右边有通向桥头堡的交通沟。在河对岸山后很远的地方,德军的大炮轰隆作响。从两个地方开始了炮击:往右打的是桥,往左打的是通河对岸庄园的渡口,这个庄园是乌索利斯基团某连刚刚占领的。还有一部分炮火集中攻击俄军的炮兵阵地。

伊丽莎白·基耶夫娜看见扎多夫没戴帽子,两手插在衣袋里,穿过野地照直向机枪阵地大步走去。突然,就在他那高大的身影走过的地方,飞起一圈四下迸放的黑烟和火光。伊丽莎白·基耶夫娜立刻闭上眼睛。等她睁开眼一看,扎多夫继续往前走,只是稍稍靠左,并且仍然架起胳膊肘。捷季金大尉带着望远镜站在伊丽莎白·基耶夫娜的旁边,怒气冲冲地叫道:

"我就说过,占领这个庄园有什么鬼用处!这下可好了,看吧,整个渡口得炸个稀烂。唉,这些混蛋!"然后又举起望远镜向前看。"唉,混蛋,他们照直朝庄园开炮!六连算完了。唉!"他掉过脸,使劲挠挠光秃秃的后脑勺。"什利亚普金!"

"有!"一个小矮个儿、大鼻子、戴着一顶高筒皮帽的人急忙回答。

"跟庄园通话了吗?"

"联系切断了。"

"通知八连,让他们派兵去支援庄园。"

"是!"什利亚普金回答,麻利地收回举到太阳穴上的右手,走出两步,马上又站住。

"什利亚普金中尉!"大尉怒不可遏地再次叫道。

"有!"

"请执行命令。"

"是!"什利亚普金又往前走了几步,低下头,用手杖掘起地来。

"什利亚普金中尉!"大尉大叫起来。

"有!"

"您懂不懂人话?"

"是的,懂。"

"把我的命令通知到八连。不过,您自己可以告诉他们不必执行。他们也不是白痴,不会往那里派人。让他们派上十五个人到渡口进行还击。马上向师部报告,说八连正以英勇的突击发起强渡。至于伤亡数字,用六连的顶上。去吧。您也滚开吧,小姐!"他转过身对伊丽莎白·基耶夫娜说。"快离开这里,见你的鬼妈妈去吧!马上要开始炮轰了。"

这时,有一发炮弹咝咝地飞过,落在附近的地方。

第二十二章

扎多夫躺在机枪掩体的枪眼跟前,眼睛不离望远镜,贪婪地注视着战斗。这个掩体挖在山坡上,山上树木稠密,山脚下有一条河拐着慢弯流过;右侧的桥刚才被打着了,冒着滚滚黑烟;再往前去,在河对岸长满茂草的沼泽里,可以看见一条弯弯曲曲的战壕线。乌索利斯基团的第一连就驻守在那里。一连左侧,有一条小溪弯弯曲曲地穿过芦苇流进河里;再往左,在小溪的对岸,就是那座庄园了。庄园的三栋房子已经火光冲天;庄园后面有两条战壕夹成一个尖角向前伸去,六连就蹲在里面。离六连有三百步的光景,就是德军的前沿阵地。他们的战壕从那里向左延伸,直向远处树木葱茏的丘陵地带。

两处大火的熊熊火光,把河面映照成肮脏的紫红色,无数炮弹纷纷落入河里,河水沸腾起来,溅起水柱,红褐色的烟雾把河面完全笼罩了。

敌军把最猛烈的炮火集中到庄园上。在燃烧着的房顶上,不时有榴霰弹爆炸的闪光。尖角形的战壕线被打烂了,战壕两旁不时升起四散的黑色火柱。从小溪对岸的芦苇和茂草中间,步枪射击的火光像针一样闪闪发亮。

轰!轰!重磅炮弹的爆炸声震撼着空气。啪!啪!啪!榴霰弹在河面上、草地上和我方的二连、三连、四连战壕的上空发出无力的爆炸声。轰隆!轰隆!从丘陵后面传来雷鸣般的炮声,那里有德军的十二个炮兵连,放炮的火光忽闪忽闪的,像夏夜的闪光。嗖!嗖!我方还击的炮弹穿过空气,向丘陵后面飞去。这隆隆的炮声震得人耳痛,胸口憋闷,怒火中烧。

这场炮战持续了很久很久。扎多夫看了一下夜光表,已经两点半,这就是说快亮天了,敌人马上就要发起冲锋。

果然不出所料,大炮的轰隆声越来越厉害,河水也沸腾得更厉害了,炮弹都打在渡口上和这岸的山冈上。有时大地沉闷地抖动起来,掩蔽部的墙和天棚上的泥土和石块纷纷落下来。但是,快烧光了的庄园旷场上沉寂下来。突然远处斜对河面的地方升起几十个照明弹,拖着蜿蜒的火带,把地面照得像白昼一样亮。照明弹熄灭之后,接着是一阵漆黑。德国兵爬出战壕,开始冲锋。

扎多夫在黎明时朦胧的光线中,终于辨别出远处草地上移动的人影,看见他们忽而卧倒,忽而争先恐后地往前跑。庄园已经没有人打一枪去阻拦他们。扎多夫掉过脸喊:

"打!"

机枪好像魔鬼发怒似的颤抖着,匆忙把子弹发射出去,喷出令人窒息的、刺鼻的焦味。这时,草原上的人影移动得更快了,有些人伏在地上不

167

动。但是整个地带布满了进攻的敌兵的小黑点。其中跑在最前面的人已经快到六连被摧毁的战壕跟前。从战壕里跳出二十来个人。于是这里很快就聚集了一大群人。

这场争夺庄园的战斗，在前线绵延数百俄里、双方要付出几十万人生命代价的大战役中，不过是一个微不足道的组成部分。

俄军在两周前攻占了庄园，准备把它当成渡河进攻的据点。德军决定夺回庄园，以便把他们的瞭望哨向前推进，靠近河边。这种目标只是对双方——德军和俄军——师长显得十分重要，因为他们都把攻占庄园纳入春季战役的战略计划，而这场战役的一切细节都是经过深思熟虑的。

俄军师长多布罗夫将军，半年前才受沙皇恩准把原来的外国姓改成这个姓，当他得到德军进攻乌索利斯基团的地段的消息时，正在玩扑克。

将军扔下扑克，跟几名校官和两名副官一起来到大厅，大厅的桌子上放着很多地形图。从前线送来的报告说，渡口和桥梁遭到炮击。将军明白，德国人企图夺回庄园，而这座庄园正是他制定有名的进攻计划的立足点，如今这个计划已经得到军部批准，呈交集团军司令审批。德军进攻庄园，便会打乱他的全部计划。

接连送来的电话记录都证实了他的忧虑。将军摘下大鼻子上的夹鼻眼镜，用手摆弄着，用镇静而果断的口气说：

"好！我所占领的阵地，寸土不让。"

立刻发出电话指示：要采取一切办法死守庄园。命令原来派作后备的第三梯队昆德拉温斯基团用两个营的兵力去渡口支援捷季金。这时重炮连连长派人送来报告，说炮弹太少，有一门大炮已经打坏了，所以没有办法压住敌人的猛烈的炮火。

多布罗夫将军听了，用严厉的目光扫视一遍在座的人，回答说：

"好！炮弹打光，我们就拼刺刀。"他从红翻领的灰上衣口袋里掏出一块雪白的手绢，抖搂开，擦干净夹鼻眼镜，又俯身去看地图。

接着，低级副官、骑兵少尉博鲁伊斯基伯爵出现在门口。他穿一套深褐色军装，紧搂着身子，就像手套套在手指上一样熨帖。

"报告长官，"他说，长着一张年轻好看的嘴，嘴角上露出一丝浅笑，

"捷季金大尉报告说,八连冒着敌人的猛烈炮火,发起进攻,准备强渡。"

将军从夹鼻眼镜顶上瞥了骑兵少尉一眼,刮得精光的嘴唇仿佛咀嚼似的动了动说:

"很好。"

尽管他说话的语气蛮有精神,可是前线送来的报告却越来越坏。昆德拉温斯基团已开到渡口,挖壕据守。八连继续猛攻,却始终未能渡河。臼炮营营长伊斯拉姆别科夫报告说,他有两门臼炮已被打坏,炮弹不足。乌索利斯基团第一营营长博罗兹金上校报告说,由于阵地暴露在敌人的炮火底下,二连、三连和四连伤亡惨重,因此他请求准许他发起冲锋,以便打败骄横的敌人,或者退守林边。占领庄园的六连却一份报告也没有。

后半夜两点半召开军事会议。多布罗夫将军说,他准备亲自率领部队打冲锋,但是绝对不能把已经占领的进攻据点让给敌人,寸土也不能让。这时送来报告说,庄园已被德国人占领,六连全部阵亡。将军攥紧了手中的麻纱手绢,闭上眼睛。参谋长斯韦钦上校耸耸肥胖的肩膀,下巴上长着黑胡子的胖脸涨红着,用嘶哑的声音清晰地说:

"将军阁下,我不止一次地禀告过,把阵地推进到右岸太冒险了。光为了渡河,我们就牺牲两三个,甚至四个营的兵力,即使我们能夺回庄园,要守住也是十分困难的。"

"我们需要一个渡河作战的据点,我们必须有这个据点,也一定能得到它。"多布罗夫将军说,鼻子上沁出汗珠。"问题在于这个据点一丢,我的进攻计划就等于一张废纸了。"

"将军阁下,敌人的炮火这么猛,我们的炮兵又不能给与相应的支援,部队实际上是无法渡过河去的,您知道炮兵已经没有炮弹了。"

将军回答说:

"好。那样的话,您就向下传达,说对岸的铁丝网上挂着乔治十字勋章。我是了解我的士兵的。"

将军说完这句应当载入史册的话之后,站起身,用短粗的手指拿着金丝夹鼻眼镜在背后摇晃着,眼睛望着窗外。窗外弥漫着浅蓝色的柔和的晨雾,在草地上伫立着一棵湿淋淋的白桦。一群麻雀落满白桦浅绿色的纤细的枝丫,急促而惊怯地唧唧喳喳叫了一阵,突然离开树枝飞向远处。这时,金黄色的斜阳已经照遍了白雾漫漫、树影迷离的草地。

太阳出来了,战斗结束了。德国人占领了庄园和小溪的左岸。俄军原来控制的阵地,只剩下小溪右岸的一片洼地,一连还在那里据守。整个白天双方隔着小溪懒洋洋地对射,然而形势很明显,一连有被包抄的危险——由于桥梁被烧毁,一连同此岸已经失掉直接联系,最明智的办法似乎只有在夜幕降临之后马上撤离沼泽。

但是当天下午,指挥一营的博罗兹金上校得到命令,要他们今夜蹚水渡河,赶到沼泽去加强一连的阵地。捷季金大尉得到命令,要他收集残兵,用五连和七连的兵力在庄园下游用浮桥船渡河。原来作后备的乌索利斯基团第三营进入渡河部队的阵地。昆德拉温斯基团得到命令:在被烧毁的桥梁附近的浅水处渡河,进行正面攻击。

命令是严格的,部署也很明确:用钳形攻势夹击庄园——一营从右翼,二营从左翼,后备的昆德拉温斯基团的任务是吸引敌人的全部注意力和火力。预定在半夜开始攻势。

黄昏时分,扎多夫到渡口上去安排架设机枪的位置,并小心避开敌人的眼目,用小船把一挺机枪运到小岛上。小岛只有几十平方丈大小,上面长满了柳条。扎多夫就留在岛上。

整个白天,俄军稀稀落落地打炮,轰击庄园和庄园后面德军伸向河边的阵地。河面上有的地方间或响起零星的枪声。半夜,俄军在一片沉寂中从三个地方一齐渡河。为了转移敌人的目标,别洛采尔科夫斯基团在上游五俄里的地方开始猛烈的射击。德国人警惕地沉默着。

扎多夫拨开挂满蜘蛛网的柳条,注视渡河的情况。右边有一颗黄色的星星一眨不眨,低悬在树木葱茏的山峦上空,它那暗淡的光辉映照在黑糊糊的河面上,不住地摇颤。这一点星光,不时被一些黑影切断。在沙洲和浅滩上出现了奔跑的人影。在离扎多夫不远的地方,有十来个人高举着步枪和子弹袋,在齐胸深的河水里向前移动,发出轻微的溅水声。这正是昆德拉温斯基团在渡河。

突然,在对岸很远的地方射出一排快速的火光,炮弹带着呼啸声飞来。啪!啪!啪!榴霰弹在河面上空发出金属的破裂声。每一下火光都照亮从水里向上仰起的大胡子的脸孔。整个浅滩上都是黑压压一片奔跑的人影。啪!啪!啪!又打出一排榴霰弹。响起一片喊杀声。照明弹一个个腾空而起,散落成耀眼的火花,布满天空。俄军的大炮吼叫起来。河里有个人扑腾着,被水流冲到扎多夫脚边。"我的脑袋,我的脑袋给打破了!"他用被水呛的声音念叨着,用手抓住柳条。扎多夫跑到小岛的另一头。远处有许多载满了人的浮桥船在河面上移动。可以看见渡过河的部队在田野里奔跑。如今整个河面上、渡口和丘陵上,都是跟昨天一样像狂风暴雨一般猛烈的炮火,照得人眼花,轰隆声震得人耳聋。翻花的河水里仿佛有无数的蛆在钻动——在黑黄的烟雾中间,在飞溅的水柱中间,有无数士兵在爬动、喊叫和打着扑腾。到达对岸的士兵向岸上爬去。扎多夫安排的机枪从后面嗒嗒地扫射。俄军的炮弹在前面炸开了花。捷季金大尉的两个连用交叉火力攻打庄园。昆德拉温斯基团的先头部队——后来才知道他们在渡河时已经死伤一半——本想拼刺刀,但是被敌人打得抬不起头,只好匍匐在铁丝网外面。一营密集的散兵线从小溪的芦苇丛后面冲出来。德国兵退出了战壕。

扎多夫趴在机枪旁边,扣住疯狂抖动的扳机,向德军战壕后面一块长满茂草的山坡上密集扫射,山坡上不时有三两个或一小群德国兵跑过。他们纷纷跌倒,有的伏在地上,有的侧身躺下。

"五十八。六十。"扎多夫数着。这时有个瘦小的人影直立起来,抱着脑袋,慢吞吞地上了山坡。扎多夫把机枪枪筒对准这个人影,见他先是跪下,然后就倒了。"六十一。"突然一道灼热难忍的火光在眼前一闪,扎多夫觉得自己被抛到空中,胳膊上一阵剧痛。

庄园和跟它相连的战壕线都攻下来了:大约抓到两百个俘虏。黎明时分,双方的大炮都沉默了。开始收拾伤员和尸体。卫生兵在搜索小岛时,在被打断了的柳条丛里发现一挺翻了个儿的机枪,旁边还有个士兵把脸埋在沙土里,后脑勺被打飞了。离他大约五俄丈①远的光景,在小岛的另一端,躺着扎多夫,两条腿伸到水里。大家把他抬起来,他开始呻吟了,从凝着血的袖筒里伸出一根血红的骨头。

当扎多夫被送到野战医院的时候,医生对伊丽莎白·基耶夫娜喊道:"您那位小伙子送来了。上手术台,马上开刀!"扎多夫已经不省人事,鼻子显得更尖削,嘴唇发黑。他的衬衫被脱掉之后,伊丽莎白·基耶夫娜看到他那雪白的宽阔胸脯上刺着图案——两只交缠着尾巴的猴子。动手术时,他咬紧牙,脸上的肌肉抽搐着。

他挨过了痛苦,被包扎好,才睁开眼来。伊丽莎白·基耶夫娜俯身去看他。

"六十一。"他说。

扎多夫一直说胡话,到早晨才睡着。伊丽莎白·基耶夫娜请求允许她亲自护送他去师部的大医院。

第二十三章

达莎走进餐室。尼古拉·伊万诺维奇和从萨马拉接到加急电报前天赶来的德米特里·斯捷潘诺维奇立刻默不作声了。达莎用手抓住裹在下巴上的白披肩,望望父亲红润的脸,见他头发散乱,蜷着一条腿坐在那里,又望望尼古拉·伊万诺维奇愁苦的脸和红肿的眼皮。达莎也在桌旁坐下。窗外,在蔚蓝的暮色中悬挂着一弯皎洁纤细的新月。

德米特里·斯捷潘诺维奇正在抽烟,把烟灰撒到毛茸茸的坎肩上。尼古拉·伊万诺维奇全神贯注地把餐桌桌布上的面包渣收集到一起。三个人默默地坐了许久。

尼古拉·伊万诺维奇终于哽咽着说:

"为什么都离开了她呢?这样不行。"

---

① 1俄丈等于2.134米。

"你坐着,我去。"达莎回答说,站起身来。她已经不再感到浑身的疼痛和疲倦了。"爸爸,你再去给她打一针吧。"她说,用披肩捂住嘴。德米特里·斯捷潘诺维奇用鼻子使劲地嗤了一声,把抽完的烟卷往肩后一扔。他周围的地板上已经扔满了烟头。

"爸爸,再给她打一针吧,我求求你。"

这时尼古拉·伊万诺维奇发火了,仿佛演戏似的怒冲冲高声地说:

"她总不能光靠樟脑活着。她快死了,达莎。"

达莎一下子朝他转过身去。

"你怎么敢说这话!不能这么说!她不会死的!"

尼古拉·伊万诺维奇蜡黄的脸抽搐了一下。他转脸去望窗外,也望见了蔚蓝的天空中一弯尖尖的纤细的新月。

"多么痛心呀,"他说,"她要是走了,我也不能……"

达莎跷着脚穿过客厅,又向窗外望望,窗外还是冰冷、永恒的严寒,然后悄悄走进卡佳的卧室,卧室里点着一盏暗淡的小灯。

房间紧里头,在一张又宽又矮的床上,一张瘦小的脸一直一动不动地枕在枕头上,一头失去光泽的枯发散落在头顶上,下边露出一只小小的手掌。达莎在床前跪下来。卡佳的喘气声勉强可以听见。过了许久她才用低微、凄凉的声音问:

"几点钟了?"

"八点,卡秋莎。"

卡佳喘了一阵,又仿佛诉苦地问:

"几点钟了?"

今天一整天,她一直重复这句问话。她那张半透明的脸很平静,眼睛紧闭着……她觉得自己在一条长长的黄色走廊里,脚踩着柔软的地毯,不知走了多久。走廊是一律的黄色,不管墙壁或天棚,都是一样。右侧的高处,透过落满尘土的玻璃窗,射进一条令人痛苦的黄光。左侧有许多光秃秃的门。门外——如果把门打开的话——便是世界的尽头,是一片深渊。卡佳像在梦中似的从这些光秃秃的门和落满尘土的窗子中间缓缓、缓缓地走去。前面是长长的、光光的走廊,映照着一片黄光。闷得喘不上气来,每扇门都使人想到死亡的痛苦。上帝呀,什么时候才能走到头呢?停下脚步听一听……什么也听不见……门外的黑暗里响起一阵缓慢低沉的声音,很像挂钟的发条被敲响了,嗡嗡个不停……啊,多么痛苦呀!……要能醒过来该多好……说上一句简单的、暖人心的话……

卡佳用很大力气,仿佛诉苦似的重复着:

"几点钟了?"

"卡秋莎,你一个劲儿问什么?"

"好,达莎在这儿……"于是她觉得自己又踏上走廊的长长的地毯,地毯柔软得令人恶心,从落满尘土的窗子射进强烈的、令人窒息的黄光,从远处传来挂钟发条的嗡嗡声……

"我但愿听不见这种声音……什么也看不见,什么感觉也没有……安静地躺着,头埋在枕头里……快点儿结束吧……只有达莎妨碍我,不肯让我昏睡过去……拉着我的手,一个劲儿吻它,一个劲儿念叨什么……好像她身上有一股生命的流注入我这空虚、轻飘的躯壳……这有多么难受……怎么能跟她说清楚,死才是最轻松的呢,比这股生命的流注入自己的身体要轻松得多……她要是放开我就好了。"

"卡秋莎,我爱你,我爱你呀,你听见了没有?"

"她不肯放开我,她舍不得我……这就是说我不能走……只剩下小妹妹一个人,孤苦伶仃……"

"达莎!"

"什么,什么?"

"我不会死的。"

这大概是父亲走到跟前了,带来一股烟味。他俯下身,掀开被,往胸口扎进一根针,感到一阵剧烈而甜蜜的疼痛。一股令人镇静舒适的水流溶进她的血液里。黄色走廊的墙壁晃动起来,向两边退去,感到一阵凉爽。达莎抚摩着她放在被外面的手,用嘴唇紧紧地吻它,呼出一股热气。再过一会儿,她的身体就会沉浸在睡乡甜蜜的黑暗里了。但是,一条条强烈的黄光又从旁边闯入眼帘,忽闪,忽闪,洋洋得意地兀自存在着,变得越来越多,筑成一条令人窒息的痛苦的走廊……

"达莎,达莎,我不愿意到那边去。"

达莎抱住她的头,在身旁躺下,枕着一个枕头。两人靠得紧紧的,达莎强壮而富有生命力,仿佛她身上流出一股旺盛的、火热的力量——一定要活下去!

可是长长的走廊又在眼前出现了,只好站起来,迈着艰难的步子走去,她觉得每条腿都有千斤重。不能躺着。达莎会抱住她,扶她站起来,对她说:"走吧!"

卡佳就这样跟死亡搏斗了三天三夜。她在自己身上一直感到达莎的顽强意志,如果不是达莎守着她,她早就会丧失力量,安静地睡过去了。

到了第三天傍晚和深夜,达莎都一直没离开卡佳床边。两姐妹仿佛变成了一个人,有着共同的痛楚和共同的意志。到天快亮时,卡佳终于出一身透汗,侧着身子躺着。她的呼吸几乎一点儿也听不到。达莎吓了一跳,忙把父亲唤来。两人决定等等看。到了早晨六点多钟,卡佳长出了一口气,翻身朝另一侧躺着。极期过去了,卡佳获得了生机。

达莎就坐在床边的一张大沙发椅上睡着了,这是她多少天来第一次睡觉。尼古拉·伊万诺维奇听说卡佳活过来了,抱住德米特里·斯捷潘诺维奇毛茸茸的坎肩痛哭起来。

新的一天开始了,这是快乐的一天——又暖和又晴朗,人人好像都心地善良。花店送来一棵白丁香树,摆在客厅里。达莎觉得是她亲手把卡佳从通往永恒黑暗的冰冷、漆黑的洞口拉了回来。是的,世界上再也没有比生命更可贵的东西了,这一点她现在了解得非常透彻。

五月末,尼古拉·伊万诺维奇把叶卡捷琳娜·德米特里耶夫娜送到莫斯科近郊的一所别墅。这是一座用原木搭的小房,两面都有凉台,一面朝向一片小桦树林,林间翠绿的阴影总是摇曳不定,树下有几头小花牛闲散地走来走去;另一面朝向一块绿浪起伏的荒坡。

每天晚上达莎和尼古拉·伊万诺维奇坐上市郊列车到一个小站下车,还要走过一带多沼泽的草地。蚊子成团地在头上乱飞。接着还要爬

一段坡。尼古拉·伊万诺维奇上了坡,仿佛为了眺望落日,往往停下脚步,气喘吁吁地说:

"啊,多么美呀,美极了!"

眼前是一片暮色苍茫、波浪起伏的平原,平原上是一条条麦田,中间夹杂着一块块婆娑的核桃树和白桦林。平原尽头是日落时常见的云彩——呈淡紫色,凝然不动,没有雨兆。长长的云缝中间露出天空中的晚霞,也变得越来越暗淡,并在山下不远的小溪的水湾里倒映出一条橙黄色的云罅。鼓噪的蛙声响成一片。平坦的田野上,草垛和村中的屋顶显出模糊的黑影。田野里还有一处烧着篝火。从前就在那一带土墙和栅栏里曾是土希诺窃贼①的营地。一列火车拖着悠长的汽笛声从树林后面钻出来,载着士兵向西驶去,消失在苍茫的残阳里。

达莎和尼古拉·伊万诺维奇沿着林边走到别墅跟前,透过凉台上的玻璃窗,看到里面已经摆好的餐桌和一盏乌玻璃灯罩。别墅里养的一只狗,叫沙里克,迎面跑来,表示欢迎地叫了几声,等跑到近前,便摇起尾巴,观察主人的眼色,退到苦艾丛中,向一边吠叫着。

叶卡捷琳娜·德米特里耶夫娜用手指敲着凉台的玻璃窗——天黑以后,医生不许她到外面来。尼古拉·伊万诺维奇随手带上小院的角门说:"我告诉你说吧,这真是一座十分可爱的别墅!"大家坐下来吃晚饭。叶卡捷琳娜·德米特里耶夫娜讲述别墅的新闻:土希诺村的一条疯狗,跑到这里把基什金家的两只小鸡崽给咬死了;今天日尔金一家刚刚搬进西莫夫的别墅,茶炊就被偷走了;厨娘玛特廖娜又把儿子揍了一顿。

达莎一声不响地吃着——在城里忙一天,她已筋疲力尽了。尼古拉·伊万诺维奇从皮包里取出一摞报纸,一边用牙签剔牙,一边读报;每当他读到不愉快的消息时,便发出啧啧的咂嘴声,直到卡佳劝阻他:"尼古拉,请不要咂嘴!"才算作罢。达莎走到门前的台阶上坐下,用手支着

---

① 土希诺窃贼指僭王季米特里第二(生年不详,死于1610年)。僭王季米特里第一死后,他冒充沙皇伊万四世的儿子,在波兰贵族支持下进攻莫斯科,曾在土希诺村驻兵。

下巴,望着一片漆黑的平原和上面几点微弱的篝火,望着夏夜逐渐出现的小星星。花园里传来刚刚浇过水的花坛的湿土味。

尼古拉·伊万诺维奇在凉台上一边哗啦哗啦地翻报纸,一边说:

"同盟国和我们协约国都要破产了,光凭这一点,战争就不可能拖得太久。"

卡佳问:

"你要喝点儿酸牛奶吗?"

"只要是凉的就行……太可怕了!太可怕了!利沃夫和卢布林已经失守。鬼知道是怎么回事!叛徒在我们背后捅刀子,怎么能打仗呢!真是不可想象!"

"尼古拉,别咂嘴。"

"你不要管我!我们要是丢了华沙,那可是奇耻大辱,还有什么脸活下去。真的,有时候我就产生过这样的想法:是不是跟德国人签个停战协定,掉转枪口去打彼得堡会更好。"

远处传来火车的汽笛声,还可以听见火车从他们方才看见倒映晚霞的小溪的桥上开过的隆隆声——这必是往莫斯科运送伤员。尼古拉·伊万诺维奇又把报纸翻得直响:

"军用列车一个劲儿往前线开,却没有枪,让士兵拿着棒子蹲在战壕里。五个人才一条枪。他们拿着棒子打冲锋,指望同伴给打死了,好捡起他的枪。唉,真见鬼!真见鬼!……"

达莎走下台阶,把胳膊肘倚着角门站着。凉台上的灯光落到栅栏旁边发亮的牛蒡叶子上和道路上。玛特廖娜的儿子小佩佳耷拉着头从旁边走过,光着两只脚带起尘土。他那样子怏怏不乐,甚至愁眉苦脸,因为他只好回到厨房让妈妈打一顿,好躺下睡觉,再也没有别的办法了。

达莎出了角门,漫步来到希姆卡河边。

她站在陡峭的河岸上,在黑暗中侧耳静听,听到一种只有夜间才能听到的淙淙泉水声;一块土从干裂的崖岸上脱落,刷刷地滚下去,扑通一声掉进河里。两旁黑魆魆的树影一动不动,树叶偶尔发出一阵催人入梦的飒飒声,然后又是一片沉寂。"得等到什么时候呀?什么时候,什么时候?"达莎低声自语,把手指捏得嘎巴嘎巴响。

　　六月初的一个假日,达莎起得很早,怕惊醒卡佳,便到厨房去洗脸。桌子上放着一堆菜,菜上放着一张绿色明信片,大概是送青菜的人把它跟报纸一块儿从邮局带来的。玛特廖娜的儿子小佩佳坐在门坎上,累得直呼哧——他要把母鸡的腿绑到棍子上。玛特廖娜正往锦鸡儿树上晾衣服。

　　达莎往瓦盆里倒了一点儿从河里打来的水,把衬衫从肩上褪下来,又往桌上瞥了一眼,这张奇怪的明信片到底是谁的呢? 她用沾了水的手指尖把明信片拿起来,只见上面写道:"亲爱的达莎,心中十分惦念。为什么我给你寄去那么多信,你连一封也不回,难道这些信都丢了吗?"

　　达莎连忙坐到椅子上,觉得眼前发黑,两腿无力……"我的伤完全好了。现在我每天都做操,总的说来,能控制自己。我正在学英语和法语。拥抱你,达莎,如果你还没把我忘了的话。伊·捷列金。"

　　达莎把衬衫套到肩上,又看了一遍信。

　　"如果你还没把我忘了的话!"……她跳起来,就往卡佳的卧室跑去,一下子拉开花布窗帘。

　　"卡佳,你念念! ……"

　　卡佳茫然不知所措,达莎坐到床边,不等卡佳念,便自己念了一遍,然后又跳下床,举起手拍了一下。

　　"卡佳,卡佳,这有多么可怕呀!"

　　"可是谢天谢地,他毕竟还活着,达纽莎。"

　　"我爱他! ……上帝,怎么办呢? 我问你:战争什么时候结束呢?"

　　达莎一把抓住明信片,又跑去找尼古拉·伊万诺维奇。她把信念给他听,然后就怀着绝望的心情要他作出明确的回答:战争什么时候结束?

　　"我的姑奶奶,这种事现在谁也不知道。"

　　"那么你在这个混账的城市联合会里干什么? 从早到晚闲扯一气。我要马上去莫斯科见全军总司令……我要他来回答……"

　　"你要他回答什么呢? ……唉,达莎,达莎,要耐心等待。"

178

一连好几天,达莎都坐立不安,后来心情平静下来,却又仿佛憔悴了。每到傍晚就早早回自己房间,给伊万·伊里奇写信,用粗麻布给他做包裹,又是包,又是缝。每当叶卡捷琳娜·德米特里耶夫娜跟她提起捷列金时,她往往一声不吭。傍晚的散步她也放弃了,多半跟卡佳坐在一起,缝缝衣服,看看书——她好像要尽量把自己的感情埋藏在心底,把日常琐事当做一层坚固的外壳把自己裹起来。

整个夏天,叶卡捷琳娜·德米特里耶夫娜虽然完全恢复了健康,却也跟达莎一样,憔悴了许多。两姐妹常常谈起,她们每个人现在都好像被磨扇压着一样沉重。早晨醒来就觉得不好受,走路也艰难,思考问题、与别人会面,也感到有一种无形的压力;一心盼到天黑可以躺到床上,可躺在床上也同样痛苦,惟一的乐趣就是进入梦乡,便什么感觉也没有了。昨天日尔金家邀请许多客人去品尝新做的果酱。正在吃茶的时候送来了报纸,在阵亡的名单里就有日尔金的弟弟——他光荣牺牲了。主人和主妇立刻回里屋了,客人们在苍茫的暮色里在阳台上坐了一会儿,悄悄地散了。像这类的场面比比皆是。物价上涨。前途暗淡凄凉。华沙已经放弃。布列斯特-利托夫斯克也被炸毁,已经陷落。到处都搜捕间谍。

希姆卡河的峡谷里起了土匪。整整有一周没人敢到树林里去——都怕被劫。后来警察把他们撵出峡谷。抓住两个,跑了一个。据说这个家伙跑到兹维尼戈罗德县去了,专门洗劫庄园。

一天早晨,一个马车夫站在四轮马车上疾驰而来,在斯莫科夫尼科夫家别墅旁边的空场上停下。只见村中的妇女、厨娘和小孩儿从四面八方向他跑去。一定是出了什么事。避暑的人当中也有的走出角门。玛特廖娜一边擦手,一边迈着碎步穿过果园。马车夫跑热了,涨红着脸,站在马车上讲:

"……他从办公室里给拖出来,被人来回悠着,一下子摔到马路上,然后扔进莫斯科河里了。工厂里还有五个人,也是德国人,躲起来了……找到了三个,被警察抢去了,不然他们也会照样给扔进河里……卢比扬广场上绸缎和天鹅绒到处乱飞。全城到处都有抢劫发生……人可多了……"

他见套在两根弯车辕中间的雄赳赳的儿马蹲下去,便用缰绳使劲抽了一下:"不行!"接着又抽一下,于是浑身大汗的儿马打起响鼻,又奔跑起来,拉着东摇西晃的马车拐到小酒店那里去了。

当时达莎和尼古拉·伊万诺维奇正在莫斯科。从城里升起一股黑烟,直上天空,弥漫在被太阳烤热了的灰色烟霭里,铺成一片乌云。这场大火从村子的空场上看得很清楚,村中的老百姓都成群结队挤在那里看热闹。当避暑的人走到他们跟前时,谈话马上停止了——他们冷冷地打量这些阔佬,那目光说不清是含着冷笑还是一种奇怪的窥伺。这时走来一个结实的汉子,光着头,穿着一件破衬衫,走到用砖砌的小教堂跟前大喊起来:

"莫斯科杀德国鬼子了!"

他刚一喊,就把一个孕妇吓得大哭起来。人群向小教堂涌去,叶卡捷琳娜·德米特里耶夫娜也跑到那里。群情激愤,人们嗡嗡地叫嚷着:

"华沙车站失火了,是德国鬼子放的。"

"有两千个德国人给宰了!"

"不是两千,是六千,都扔进河里了。"

"开头被抢的是德国人,后来就挨家抢了。听说库兹涅茨桥的大买卖被抢了个精光。"

"他们这才是活该!不知喝了我们多少血汗,这帮混蛋!"

"难道能限制人民吗?人民是限制不住的。"

"就在彼得公园,说真的,我不是瞎扯,我妹妹刚从公园回来,说是在那里的一家别墅发现一台无线电发报机,还抓到两个间谍,下巴上粘的假胡子。当然啦,这两个家伙当场就给打死了。"

"所有的别墅都应当搜查一遍,这才是正经事!"

不一会儿就见几个姑娘拿着空袋子往山下的水坝跑去,那里是通往莫斯科的大路。人们朝她们的后影呼喊。她们回头摇摇袋子,嘻嘻地笑。叶卡捷琳娜·德米特里耶夫娜向身旁一个拄着拐杖、样子庄重的老农问:

"这些姑娘上哪儿去?"

"去抢东西,亲爱的太太。"

晚上五点多钟,达莎和尼古拉·伊万诺维奇终于坐马车回来了。两个人都很激动,互相抢着讲全莫斯科的人都成群结队去砸德国人的住宅和店铺。有几栋房子被放火烧了。曼德尔服装商店被抢劫一空。库兹涅茨桥的贝克尔钢琴仓库给砸了,钢琴从二楼窗口扔出来,堆成堆,点着了。卢比扬广场上撒满了药和碎玻璃。据说是打死了人。下午巡逻队出动,驱散了人群。现在一切都平静了。

"这当然是野蛮行为,"尼古拉·伊万诺维奇说,激动得直眨眼睛,"可我喜欢这股热情。力量蕴藏于民众之中。今天抢了德国人的铺子,明天也许会真的动手修街垒。政府有意纵容这些洗劫。我敢保证是这么回事——为了让老百姓发泄一下憋得太多了的愤懑。不过,老百姓干了这些勾当,尝到甜头,就要干出更严重的事来……"

当天晚上,日尔金家的地窖被抢了,斯韦尼科夫家晾在顶间上的衣服也被偷了。小酒店的灯光一直亮到天明。直到过了一周之后,村子里的人看到城里来避暑的人出来散步,便窃窃私语,并投来莫名其妙的目光。

八月初,斯莫科夫尼科夫一家搬回城里,叶卡捷琳娜·德米特里耶夫娜又到医院去上班。这一年秋天,莫斯科挤满了波兰逃来的难民。库兹涅茨桥、彼得罗夫卡、特维尔大街,都挤得水泄不通。商店、咖啡馆和剧院,到处都满员——随时随地可以听到一句时髦的客套话:"对不起!"

所有这些忙碌、奢华、超员的剧院和旅店,熙熙攘攘、灯火辉煌的闹市,是由一千二百万浴血奋战的军队用人墙保卫着,才免遭涂炭。

而战局依然令人沮丧。不论是前线,还是后方,到处议论拉斯普京的横行霸道、叛徒的出卖,除非圣徒尼古拉显灵,拯救俄国,不然这场战争再也打不下去了。

正当人心涣散、大有土崩瓦解之势的时候,鲁兹斯基将军[①]却出人意

---

① 鲁兹斯基(1854—1918),俄国步兵上将,第一次世界大战时在西北和北部前线作战。

料地在开阔地带阻挡住德军的进攻。

第二十四章

在一个秋天的黄昏,东北风把海岸上光秃秃的白杨刮弯了,把坐落在山冈上带木塔的老屋的窗框刮得摇摇欲坠,把屋顶的铁瓦刮得哗啦响,就像有个沉重的人在屋顶上走动似的,风吹进烟囱,从门底下吹进屋里,吹进一切缝隙。

从老屋的窗户可以看到,光秃秃的玫瑰在深翻过的褐色土地上摇晃着,被撕裂的云块在汹涌激荡的铅灰色海面上飞驰着。天气寒冷,景色凄凉。

阿尔卡季·扎多夫坐在二楼一个房间里的破旧沙发上——这是惟一一间住人的屋子。他原来挺讲究的军装上衣,有一只空袖筒塞进腰带里。眼皮浮肿,脸刮得精光,发缝也梳得很整齐,颧骨上有两块肌肉在抽动。

扎多夫被香烟熏得眯缝起眼睛,一边喝着红葡萄酒。这酒是在这座祖传老屋的地窖里保存下来的。沙发的另一头坐着伊丽莎白·基耶夫娜,她也在抽烟喝酒,脸上露出温顺的笑容。扎多夫使她养成整天不说话的习惯——不许她开口,却要等他喝完六瓶陈酿卡别尔奈酒之后,听他大发议论。这座半倒塌的老屋就叫做卡别尔奈古堡,有大约两公顷的葡萄园,是他父亲死后留给他的惟一财产。在整个战争期间,在蹲在老屋里挨饿期间,他的脑海里积累了许许多多残酷的念头。

六个月以前,在后方医院的一个难熬的夜里,扎多夫被截肢的胳膊疼得不得了,便气冲冲、恶狠狠、令人难堪地说:

"干吗整夜故作多情地望着我,不让我睡觉,不如明天找个神父来,结束这场无聊的把戏。"

伊丽莎白·基耶夫娜吓得脸煞白,然后点点头——好吧。他们在医院里举行了婚礼。十二月扎多夫被送到莫斯科做第二次手术,第二年早春他跟伊丽莎白·基耶夫娜来到阿纳帕,在卡别尔奈古堡住下来。扎多夫没有任何经济来源,只靠卖旧家具和破烂东西弄点儿钱买面包。不过酒倒有的是——都是战争年代窖好了的上等卡别尔奈酒。

就在这座木塔上栖满野鸟的空落落、半倒塌的老屋里,开始了无事可做、令人绝望的漫长岁月。要说的话早已说完了。前途渺茫。扎多夫一家身后的大门仿佛也关死了。

伊丽莎白·基耶夫娜试图用自己的妩媚来填补这令人痛苦的漫长岁月的空虚,却常常遭到失败——她本想讨他的欢心,总是显得可笑、粗疏和笨拙。为了这,扎多夫还要取笑她,使她绝望,想到自己虽然思想开朗,但是既然是女人,就难免多情。尽管这种生活十分贫困,充满着屈辱、难堪的寂寞,对丈夫低三下四、难得有的疯狂的短暂欢乐,她决不肯用它去换取另一种生活。

近来在光秃秃的海岸上刮起秋风,扎多夫变得格外暴躁。她只要稍微动一下,他的嘴唇就会抽搐起来,露出凶恶的牙齿,从牙缝里挤出清晰的字眼,而他说的话都非常难听。伊丽莎白·基耶夫娜有时只是内心里发抖,受到侮辱的身体起鸡皮疙瘩。不过她仍然拿眼望着扎多夫漂亮而瘦削的脸,一连几个钟头听他信口开河。

他常常叫她到地窖去取酒,地窖是砖砌的,拱顶,里面有许多大蜘蛛爬来爬去。在地窖里,伊丽莎白·基耶夫娜蹲在酒桶旁,眼望着绯红的卡别尔奈酒流进坛子里,胡思乱想。她想到有一天阿尔卡季也许会在这地窖里把她打死,然后埋在酒桶底下。等过去了许多个冬夜之后,他会点上蜡烛,再下到这蜘蛛成群的地窖里,在酒桶前坐下,也像她这样望着酒往坛子里流,会突然叫上一声:"丽莎!……"然而,只有蜘蛛在墙上爬。他会由于孤独和难捱的苦闷而有生第一次失声痛哭。伊丽莎白·基耶夫娜这样遐想着,感到一种欣慰的痛苦,好像她所受到的侮辱都得到了补偿,归根结底,取得胜利的不是他,而是自己。

风势越来越猛。玻璃窗被刮得摇摇颤颤。木塔上响起一声声凄厉的惨叫,看样子会叫上一夜。大海的上空连一颗星星也没有。

伊丽莎白·基耶夫娜已经下了三次窖,取来满满三坛子酒。扎多夫仍然一动不动、一声不吭坐在那儿。看来今天夜里他会发一通独特的议论。

"家里一点儿土豆都没了吗?"扎多夫突然大声问她。"你总该发现,我从昨天起就什么也没吃。"

伊丽莎白·基耶夫娜一下子愣住了。土豆,土豆……从一清早她就只顾想心事,考虑阿尔卡季对她的态度,甚至忘了做晚饭。她急忙从沙发上跳起来。

"坐下,你这个马大哈,"扎多夫用冷冰冰的声音说,"不用你说,我也知道,家里没有土豆。不过我应该提醒你,你这一辈子除了胡思乱想之外,什么也不会干。"

"我到邻居家跑跑,看看能不能用酒换点儿面包和土豆。"

"等我讲完,你再去办这件事。坐下。我今天算彻底解决了允不允许犯罪的问题。(伊丽莎白·基耶夫娜一听这话,把披肩往脖子上一缠,躲到沙发角上去了。)我从小就对这个问题感兴趣。我所遇见的女人都把我当成一个恶人,却又特别热烈地委身于我。可是直到昨天这一天一夜,我才解决了什么叫犯罪的问题。"

他伸手端起酒杯,贪婪地一饮而尽,点上一支烟。

"比方说,我蹲在战壕里,离敌人有三百步远。为什么我不可以爬出去,越过胸墙,钻到敌人的战壕里,愿意打死谁就打死谁,把钱、毯子、咖啡和香烟都抢来呢?要是我敢断定他们不会开枪打我,或者即使开枪也打不着我的话,我当然会去杀人和抢劫。而且我会成为英雄,我的相片也可以登报。这个道理似乎十分清楚和合乎逻辑。现在再说,我待在离阿纳帕只有六俄里远的卡别尔奈,为什么我不可以夜间进城,撬开穆拉韦伊奇克珠宝店的门,拿走他的宝石和金首饰,如果碰上穆拉韦伊奇克,乐得把刀刃给他放在这儿。"他果决地用手指指了指脖子。"为什么直到现在我不这样做呢?只不过因为我害怕。怕被抓住,被审讯和判刑。我说的似乎合乎逻辑吧?关于杀死敌人和抢劫敌人财物的问题,国家已经给解决了,也就是说,由沙皇所规定的道德标准解决了,也就是说,由刑法和民法给解决了,受到法律保护。由此可见,这个问题归根结底不过是看我个人觉得怎么样,取决于我把谁看成了敌人。"

"那是国家的敌人,而你说的是你自己的敌人。"伊丽莎白·基耶夫娜用勉强听得出的声音说。

"真了不起!你大概还想向我宣传宣传社会主义吧。荒唐!构成道德的基础是个人的权利,而不是什么集体。可以肯定地说,各国的征兵工作都做得挺出色,不管罗马教皇如何反对,这场战争已经全速进行了两年多,要找它的原因,不过是因为我们每个人再也不是小孩子了。我们愿意、或即使不公开表示愿意,却也并不反对杀人和抢劫。现在这场杀人抢劫是国家组织的。只有傻瓜和窝囊废才把杀人抢劫说成是杀人抢劫。从今以后,我要把它说成是充分行使个人权利。老虎想吃什么,就可以得到什么。我总要比老虎强。谁敢限制我的权利?是法律大全吗?它早被虫子嗑了。"

扎多夫收回两条腿,轻快地站起来,在昏暗的房间里走来走去,外面一条暗淡的落日余晖透过肮脏的玻璃窗勉强射进来。

"有十亿人参加了这场战争,有五千万士兵正在各个战场上厮杀。他们都是有组织、有武装的。目前他们代表着两个互相敌对的集体。可是有朝一日,他们为什么不可以停火而联合一致呢?只要有一个人告诉那个拥有五千万人的集体说:'你们这些傻瓜,你们打错了目标!'这一天就来到了。这场战争的结果,一定要发生暴动、革命、全世界的大火。枪口一定会转向国内。集体将成为生活的主人。一个满身脓疮的叫花子会被推上宝座,大家向他朝拜。就让它这样好了。不过这样一来,我就更可以放手地干了。他们那里是群众的法律,我这里是个人的法律,是可以尽情呼吸的赤裸裸的个人的法律。你们拥护社会主义,我们拥护热带森林的自然法律,我们拥护用铁的纪律组织起来的神圣的无政府状态。"

伊丽莎白·基耶夫娜的心疯狂地跳着。这正是她在捷列金寓所里所梦想过的"深渊"。然而,这已经不是捷列金的房客们在丽莎的门上钉的十二条"跟自己作对"的轻松的玩笑了……如今,在苍茫的暮色里,有个人在窗前走来走去,就像关在铁栏里的美洲狮子一样可怕。他之所以要发这通议论,只不过因为他还没得到自由。伊丽莎白·基耶夫娜一边体味着他的话,一边感到,也可以说几乎看到,一个马队在拼命飞跑——一片草原,火光冲天……她几乎能听到呐喊声、刀枪声、垂死挣扎的哀叫和草原的歌声。

第二十五章

一九一六年初冬,在一片沮丧和绝望的期待中,俄军在积雪里挖出深深的地道,攀登陡峭的冰峰,出人意外地一举攻克了埃尔斯伦要塞①。当时英国人正在美索不达米亚和君士坦丁堡城下节节败退,西面战场正在为伊泽尔河上的渡口小房进行激烈的战斗,只要能夺得几米被鲜血浸透了的土地,便当成胜利消息在艾菲尔铁塔上匆匆忙忙向全世界宣布。

在奥地利战场,俄军在布鲁西洛夫将军②的指挥下也出人意外地转入坚决的进攻。

国际上发生一片惊慌。英国出了一本书来探讨俄国魂之谜。这件事的确违反逻辑常识。俄国经过一年半的战争与溃退、丢失十八个省份、普遍士气低落、经济崩溃和政治解体之后,又在三千俄里长的战线上发起全面进攻。一股新鲜的、仿佛还没有耗尽的力量掀起了反击的巨浪。

几十万名俘虏络绎不绝地送往俄国内地。奥地利遭到致命的打击,使它在两年之后像瓦罐一样轻易地四分五裂了。德国秘密提出媾和。卢布增值了。用军事进攻结束世界大战的希望又复活了。"俄国魂"变成妇孺皆知,家喻户晓。一艘艘远洋巨轮运送俄国军队。来自奥廖尔、图拉和梁赞的庄稼汉,在萨洛尼卡、马赛和巴黎的大街上唱起《夜莺之歌》,并且为了拯救欧洲的文明疯狂地投入白刃战。

整个夏天,俄军都保持攻势。征兵的年龄不断扩大,原属于预备役的人纷纷应征入伍。四十三岁的农民正在地里干活,便被拉去当兵。各城

---

① 埃尔斯伦是土耳其北部城市。这次战役就叫做埃尔斯伦战役。
② 布鲁西洛夫(1853—1926),俄国骑兵上将,指挥过有名的"布鲁西洛夫突破",一九二〇年加入红军,任骑兵总监。

市都在增编补充部队。应征人员的总数达到两千四百万。整个德国,整个欧洲上空,像乌云似的笼罩着自古就有的对亚洲军队的恐怖①。

这一年夏天莫斯科都要走空了——战争就像水泵一样,把男人都抽走了。尼古拉·伊万诺维奇也上了前线,去明斯克。达莎和卡佳在城里日子过得很平静,不与人往来——她们有的是事要做。有时接到捷列金寄来的简单而忧伤的明信片——原来他企图逃跑,但是被抓住了,转移到一座要塞。

有一段时间有个很可爱的年轻人常来看望两姐妹,他就是罗辛大尉,被派到莫斯科来接收装备。有一次尼古拉·伊万诺维奇从城市联合会坐车回来,带罗辛来吃饭,从那以后罗辛就常来坐坐。

每天傍晚,天刚黑正门的门铃就会丁零丁零响。叶卡捷琳娜·德米特里耶夫娜马上轻轻叹了口气,走到橱柜跟前,把果酱放在高脚盘里,或者切几片柠檬,准备往茶里放。达莎发现,每当铃声响过,罗辛走进餐室的时候,卡佳总是并不马上掉过头来看他,而是拖一小会儿,然后才在嘴唇上露出她那惯有的温柔的微笑。瓦季姆·彼得罗维奇·罗辛总是默默向她鞠躬。他长得瘦削,两只深色眼睛显得很忧郁,剃光了的头倒很端正……他斯斯文文在桌旁坐下,轻声细语地讲起有关战局的消息。卡佳总挨着茶炊坐着,一声不响,眼睛望着他的脸。根据她那放大瞳孔的眼神可以断定,她听得特别认真。罗辛一跟卡佳的目光相遇,仿佛轻轻地皱皱眉。他在桌子底下的马刺也会撞出声来。有时谈话会出现长时间的冷场,就听卡佳突然叹了口气,脸刷地红了,露出负疚的笑容。将近十一点罗辛站起身,毕恭毕敬吻吻卡佳的手,又漫不经心地吻一下达莎的手,请她们不必送,便自己穿过前厅走了。空荡荡的大街上长时间还能听到他那坚定的脚步声。卡佳洗了茶杯,擦干净,关好橱柜,总是一句话也不说就回到自己的房里,从里面把门锁上。

有一天夕阳西下的时候,达莎坐在打开的窗子跟前。街上的燕子高

---

① 这里借成吉思汗曾率兵打到欧洲(所谓的黄祸),暗喻俄国军队大量补充鞑靼人及其他位于亚洲的少数民族。

高地飞翔。达莎一面听着燕子细碎清脆的呢喃,一面想,燕子飞得这么高,明天一定晴天,天气要热,而且燕子压根儿不懂得什么叫战争,所以燕子真是幸福的鸟。

太阳落了,城市上空弥漫着一片金黄色的尘土。黄昏时分,各家大门前坐着许多人。气氛很凄凉,达莎期待着,这时从不远的地方传来手摇风琴的声音,琴声充满了自古以来就有的小市民在黄昏时候的忧郁。达莎把胳膊肘伏到窗台上。一个女人的声音高得直达顶间,唱道:"我吃的是干面包皮,喝的是冰凉的水……"

卡佳走到达莎坐的沙发椅背后,大约也在一动不动地听着歌声。

"卡秋莎,唱得有多好呀!"

"为什么?"卡佳突然用低沉而发疯的声音说,"为什么我们要受这种罪?我们有什么罪过?当战争结束的时候,我就变成老太婆了,你明白吗?我再也忍受不下去了,受不了,受不了啦!……"她气喘吁吁地靠着墙挨着窗帘站着,脸色苍白,嘴角上露出明显的皱纹,用干涩阴沉的目光望着达莎。

"我再也忍受不下去了,受不了啦!"她用嘶哑的声音轻轻地念叨着。"这种状况永远不会结束!……我们快要死了……我们永远也不会再尝到快乐了……你听见她唱的是什么吗?她在为活人唱挽歌……"

达莎抱住姐姐,抚摩她,想安慰安慰她,可是卡佳用胳膊肘挡开,挣脱了身子。

前厅里响起了铃声。卡佳推开妹妹,望着门。罗辛走进来,穿着一件粗呢子上衣和一双擦得锃亮的新皮靴。他先笑了笑,跟达莎打过招呼,然后把手递给卡佳,突然诧异地瞥了卡佳一眼,皱紧眉头。达莎立刻走进餐室。她一边往餐桌上摆茶具,一边听到卡佳仍然用低沉而嘶哑的声音问罗辛:

"您要走了吗?"

他咳嗽一声,淡然地回答说:

"是的。"

"明天走?"

"不,还有一小时零一刻。"

"上哪儿去?"

"上前线。"他沉吟片刻,然后说:

"是这么回事,叶卡捷琳娜·德米特里耶夫娜,这大概是我们最后一次见面了,所以我打定主意要对您诉说……"

卡佳慌忙打断他的话:

"不,不……一切我都明白……您对我也有所了解……"

"叶卡捷琳娜·德米特里耶夫娜,您……"

卡佳用绝望的声音喊道:

"是的,您看得出来!……我恳求您,走吧……"

达莎手里的茶杯哆嗦起来。客厅里一片沉默。最后卡佳轻声说:

"请您走吧,瓦季姆·彼得罗维奇……"

"再见了!"

他短叹一声。他那擦油的皮靴咯吱作响,正面的房门啪的一声关上了。卡佳走进餐室,在桌旁坐下,猛地捂住脸。

从此以后,关于罗辛她只字不提。卡佳坚强地忍受着痛苦,尽管每天早晨起床她眼圈儿都通红,嘴唇也肿了。罗辛半路上寄来一张明信片,向两姐妹问候——明信片放在壁炉上,落满了苍蝇粪。

每天黄昏时候姐妹俩都到特维尔林荫路上去——听听音乐,在长椅上坐坐,看姑娘和半大女孩子都穿着洁白的或粉红色的连衣裙在树底下散步——女人和小孩子非常多;偶尔走过一个军人,吊着一只胳膊,再就是拄拐杖的残疾人。管乐队正在演奏华尔兹舞曲《在满洲的群山中》。嘟,嘟,嘟——圆号吐出凄凉的声音,飞上暮色苍茫的天空。达莎拉起卡佳瘦削无力的手。

"卡秋莎,卡秋莎,"她说,望着树木枝丫中透出的落日余晖,"你可记得:

　　啊,我未能实现的爱情,
　　心中渐渐冷却的柔情……

我相信如果我们坚强一些,我们一定能活到好日子,那时恋爱再也不必忍受痛苦……我们现在已经知道,世界上没有比爱情更高尚的了。我有时觉得,伊万·伊里奇从俘虏营里回来,将完全变成另一个人,一个新人。现在我孤零零地在心里爱着他。当我们重逢的时候,就像我们彼此前生曾经热烈地爱过。"

叶卡捷琳娜·德米特里耶夫娜靠着她的肩头说:

"可是我,达纽莎,心里非常痛苦,一片漆黑,我的心已经衰老了。你是会看到好日子的,我算是看不到了,我是一朵谎花,已经凋谢了。"

"卡秋莎,你这么说也不嫌害臊?"

"不,小妹妹,应该正视现实。"

有一天傍晚,她们来到林荫路上,有个军人在长椅的另一头坐下来。管乐队演奏着古老的华尔兹。树后的街灯亮了,闪烁着暗淡的光辉。坐在长椅另一头的军人目不转睛地望着达莎,达莎感到脖子挺不舒服。她转过脸去,突然惊奇地低声叫起来:

"不可能!"

她身旁坐的正是别索诺夫,脸孔干瘦,头发脱落,身穿一件过分肥大的军装上衣,头上戴着一顶带红十字的帽子。他站起身默默地鞠了一躬。达莎说了声:"您好!"便闭紧嘴唇。叶卡捷琳娜·德米特里耶夫娜向长椅的靠背上一仰,躲在达莎帽子的阴影里,闭上眼睛。别索诺夫脸色灰青,不知是由于满面灰尘还是好久没洗过脸的缘故。

"昨天和前天,我都在林荫路上看见您了,"他对达莎说,扬起眉毛,"但我没敢走到近前……我要去打仗了。您看,连我也给拉去了。"

"您打什么仗?您不是在红十字会吗?"达莎突然感到恼怒地说。

"就算是危险性当然小一些。不过说起来,他们会不会打死我,我根本不在乎……寂寞呀,寂寞,达丽亚·德米特里耶夫娜,"他抬起头用暗淡无神的目光望着她的嘴唇。"看到到处都一片片死尸,真叫人寂寞呀……"

卡佳连眼也不睁地问:

"您是由于这个缘故才感到寂寞吗?"

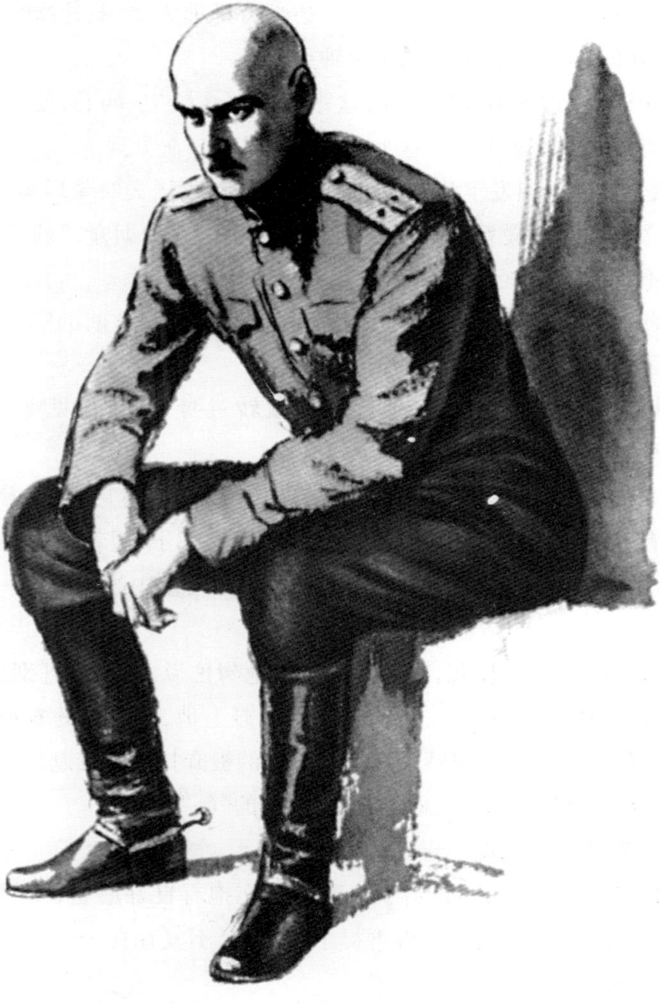

"是的,寂寞之至,叶卡捷琳娜·德米特里耶夫娜。从前总还有过一点点希望……哼,在这一片片死尸之后,末日的黑夜降临了……死尸和鲜血,一片混乱。说起来……达丽亚·德米特里耶夫娜,我这次坐到您跟前,说实在的,是请您给我抽出半个钟点。"

"干什么?"达莎望着他的脸:这张脸是那么陌生、病态,使她突然清楚地觉得自己头晕起来——这个人她竟然是第一次见到。

"关于克里米亚发生的事,我想了很多。"别索诺夫皱紧眉头说。"我很想跟您谈谈,"他慢吞吞伸手到上衣的侧兜里去掏烟盒,"我想消除某种于我不利的印象……"

达莎眯缝起眼睛——在这张令人讨厌的脸孔上,从前的魅力一点儿也没有了。于是她果断地说:

"我觉得,我跟您无话可说。"说完就转过身去。"再见吧,阿列克谢·阿列克谢耶维奇。"

别索诺夫撇撇嘴,露出一丝冷笑,举举帽子就走了。达莎望着他那虚弱的后背,望着他那过分肥大、仿佛要坠下去的裤子,望着他那落满尘土的沉重的皮靴——难道这就是那个出现在她少女梦中的恶魔——别索诺夫吗?

"卡秋莎,你坐一会儿,我去去就来。"她匆忙说,跑去追赶别索诺夫。他已经拐进侧面的小路了。达莎气喘吁吁赶上他,拉住他的衣袖。他停下脚步,转过身来,他的眼睛像有病的鸟似的被耷拉的眼皮遮住了。

"阿列克谢·阿列克谢耶维奇,别生我的气。"

"我倒没生气,是您不愿意跟我谈话。"

"不,不,不……您理解错了……我对您抱有良好愿望,希望您事事如意……至于从前的事不值得再提了,过去已不复存在……我觉得我也有不对的地方,我很可怜您……"

他耸耸肩,冷笑了一下,把眼睛避开达莎望着过路的人。

"谢谢您的怜悯。"

达莎叹了口气——如果别索诺夫是个孩子,她可以把他领回家,温上水给他洗个澡,再给他拿糖果吃。可是对这个人她有什么办法?他是自寻苦恼，自找罪受，找气生，又怨天尤人。

"阿列克谢·阿列克谢耶维奇，要是您高兴的话，您每天都可以写信来，我一定给您回信。"达莎说，望着他的脸，尽量露出善意的表情。他把头向后一仰，佯笑了笑：

"谢谢……但是我对纸和墨水都已厌烦了……"他好像吃了酸东西，紧皱眉头。"达丽亚·德米特里耶夫娜，您如果不是圣人，便是傻瓜……您让我尝到地狱的苦难，这是上天让我活受罪，明白了吗？"

他想要走，却仿佛迈不动步。达莎低着头站在那里——她一切都明白了，她感到忧伤，然而内心里却冷冰冰的。别索诺夫望着她那低垂的脖颈、从白连衣裙领口露出来的处女的胸脯，心里想，毫无疑问，这就是他的坟墓。

"请您以仁慈为怀。"他用富有人性的纯朴的声音轻轻地说。她头也不抬，立刻低语道："是的，是的。"然后就穿过树丛走掉了。别索诺夫两眼在人群当中最后一次觅见她那浅色头发的头影——她再也没回头。他用一只手扶住树，把手指抠进绿色的树皮里——连大地这个最后的避难所也想从他脚底下溜走。

第二十六章

月亮好像一个昏暗的圆球，悬挂在荒无人迹的泥炭沼泽的上空。被放弃的战壕的壕沟里升腾起雾气。到处都是树桩子，有些地方还有几棵黑魆魆的矮松树。空气潮湿，四周一片寂静。沼泽里用树干和树枝铺成小路，救护队的辎重车排成单行，沿着小路缓缓前进。前线就在锯齿状轮廓的树林后面，离这里大约只有三俄里远，不过那里一点儿声音也没有。

别索诺夫仰脸躺在辎重车的干草堆上，身上盖着散发马汗味的马毡。每天晚上太阳一落，他就发烧，冷得直打牙，全身渐渐干瘦下去，头脑倒很冷静，各种清晰轻快的思绪在脑海里翻腾，一一掠过。这是一种很奇妙的感觉，好像身体已经没有一点儿重量了。

阿列克谢·阿列克谢耶维奇把马毡一直拉到下巴颏，望着烟霭沉沉、发着高烧的天空——那里就是人生旅程的终点：烟霭、月光和像摇篮一样摇来晃去的大车；犹如西徐亚人的车队经过几世纪绕了一个圈子，又吱吱咯咯地响起来。而过去的一切不过是一场梦：彼得堡的灯火辉煌、建筑物的庄严巍峨、明亮温暖的大厅里的音乐、剧场里徐徐升起的幕布的诱惑、雪夜和女人在枕席上张开手臂的诱惑——那发疯的深色眸子的诱惑……名声带来的激动……名声带来的喜悦……书房里半明半暗的灯光、欢快跳跃的心房和妙语联珠的喜悦……那个头上戴白甘菊的少女，她从明亮的前厅突然闯进他昏暗的书房，闯进他的生活……这一切不过是一场梦……大车东摇西晃……车旁走着一个庄稼汉，把带檐的军帽卡在眼睛上——他在大车旁已经走了两千年……看，那就是在月光照亮的烟霭里展现时间的无限空间……从多少世纪的黑暗里显现出无数黑影，可以听见大车吱咯咯的声音，车轮在世界上轧出黑魆魆的车辙。在暗淡的雾气中还可以看到竖立的烟囱，在一片火光中滚滚的黑烟直上云霄，车轮发出吱吱咯咯和轰轰隆隆的声音。这吱咯声和轰隆声越来越大，越来越广，整个天空都充满了震撼人心的隆隆声……

突然车停住了。透过响彻发白的暗夜的轰隆声，传来车夫们惊慌的喊叫。别索诺夫欠起身。树林上面不高的地方，在月光中有个长柱子在飘动，柱子的棱面闪闪发光——它拐个弯，一闪烁，发动机一吼，便从腹部射出一条窄窄的蓝白色光带，打在沼泽上、树桩上、砍倒的树木上、枞树林上，最后落到公路上、大车上。

透过轰隆声传来一阵微弱的嗒嗒声，仿佛节奏器发出的急促的声音……人们都跳下车。一辆两轮救护车拐到沼泽里翻了……就在离别索诺夫大约有一百步远的光景，升起一片像灌木丛似的耀眼的光芒，一匹马和一辆大车变成黑糊糊的一团飞到半空中，接着冒起滚滚的浓烟，于是一阵轰隆声和一阵旋风便把整个车队冲散了。马匹只拉着两个前轮在沼泽里乱跑，人也四下跑散。别索诺夫躺着的那辆大车，给马一挣就翻了，阿列克谢·阿列克谢耶维奇滚到公路旁的壕沟里，后背被一个沉重的袋子撞了一下，又被干草埋住。

齐伯林①式飞艇投下第二颗炸弹,然后发动机的吼声渐渐远去,终于消失了。这时别索诺夫才呻吟着扒开干草,好不容易从压在身上的行李底下爬出来,拍拍身上的尘土,爬到公路上。公路上有几辆翻倒的大车,前轮都没有了。沼泽里有一匹马仰脸躺着,身上还套着车辕,一条后腿一个劲儿乱蹬。

　　别索诺夫摸摸脸和头,耳根子有点儿黏糊糊的,他用手绢按住擦破皮的地方,顺着公路向树林里走去。由于惊吓和翻车,两条腿发抖,他只走了几步就在乱石堆上坐下。他很想喝上一口白兰地,可是行军壶跟行李一起掉进壕沟里了。别索诺夫好容易从衣袋里掏出烟斗和火柴,抽着了——烟味又辣又令人恶心。这时他才想起来,自己正发烧——情况不妙,无论如何也要走到树林里去,听说那里驻扎着炮兵连。别索诺夫站起身来,可是两条腿完全麻木了,好像两块木头在肚子底下勉强移动着。他又坐到地上,用手揉呀,抻呀,搯呀,直到觉得疼,又站起来慢慢跛去。

　　月亮现在升得很高了,道路在夜色里穿过空荡荡的沼泽,弯弯曲曲地伸展开去——似乎没有尽头。别索诺夫两手搯着腰,吃力地抬起有千斤重的皮靴,拖拖沓沓地走着,自言自语地说:

　　"你就慢慢挪动吧,只要车轮还没把你轧死……你写些歪诗,引诱糊涂的女人……她们收留你,然后再把你撵出来——你就向太阳落下去的地方走吧,只要你还没跌倒……你可以抗议,请吧。你抗议吧,吼叫吧……你可以试着拼命号叫吧,咆哮吧……"

　　别索诺夫突然回过头去。有一个灰色的影子从公路上躲进沼泽……一阵寒战传遍他的后脊梁。他冷笑了笑,大声说出一些断断续续、毫无意义的句子,又在路中间向前走去……然后又小心翼翼回头望望:果然在他身后五十步的光景有一条头挺大、腿挺长的狗跟着。

　　"鬼知道这是什么东西!"别索诺夫嘟哝着。他加快脚步,又扭头望了一下。大约有五条狗排成一行紧跟着他。它们都低着头,一身灰毛,臀部松垂。别索诺夫拾起一块石子向它们投去:"看我打你们!……滚开,

---

①　齐伯林(1838—1917),德国的飞艇设计师。

可恶的东西……"

这些野兽一声不响往旁边一躲,下了公路,躲进沼泽。别索诺夫又拾起一把石子,走一会儿停一停,投石头打它们……然后继续往前走,打一阵口哨,高喊:"嘿嘿……"这些野兽又爬上公路,排成一行跟在他后面。

路两旁出现一片低矮的枞树林。就在路拐弯的地方,别索诺夫看见前面有人影。这个人影停下来,仔细窥望,慢慢退到松树林的阴影里。

"见鬼!"别索诺夫低声说了一句,也退到阴影里,站了许久,尽力抑制住心跳。那些野兽也在不远的地方停下。最前头的那个野兽把脸搭在前爪子上。前面那个人仍然一动不动。别索诺夫清楚看见一片像薄膜似的长条白云遮住了月亮。接着传来咔嚓一声,就像一根针扎进他的脑子里,想必是那个人把树枝踩断了。别索诺夫快步走到路中间,拼命握紧拳头,大步走去。他终于在路右侧看到了那个人——他原来是个士兵,大高个子,有点儿罗锅,披着军大衣,长长的脸没长眉毛,看上去好像死人脸——灰土土的,半张着嘴。别索诺夫喝问:

"喂,你是哪个团的?"

"炮兵二连。"

"你带我到连部去。"

那个兵不回答,也不动弹,只是用无神的目光望着别索诺夫,然后把脸扭到左边问:

"这是些什么玩意儿?"

"是狗。"别索诺夫不慌不忙回答说。

"哼,不对,不是狗。"

"走吧,向后转,把我送去。"

"不,我不去。"那个兵轻声回答说。

"我跟你说,我发烧了,你把我送去,我给你钱。"

"不,我不能去,"那个兵提高嗓门,"我开小差了。"

"混蛋,你会被抓住的。"

"完全可能。"

别索诺夫斜眼往后面望望:野兽已经不见了,大概躲进枞树林里了。

"离连部还挺远吗?"

那个兵没有回答。别索诺夫转过身准备赶路,但是那个兵一把抓住他的胳膊肘,就像钳子一样结实……

"不,您不能去那里……"

"松手。"

"我不松!"那个兵不肯放开手,眼睛望着旁边枞树林的上空。"我三天没吃东西了……刚才躺在壕沟里打盹,听见有人走动……我想一定是部队开过去了。我躺着不动。部队还在走,有很多人,迈着整齐的步伐走在公路上。这是怎么回事?我从沟里往外看:原来都穿的是白色殓衣,一眼望不到头……就好像一片雾……"

"你跟我胡说些什么?"别索诺夫发疯地喊,使劲一挣。

"我说的是真的,你应该相信,你这个混蛋!……"

别索诺夫挣脱了胳膊,拔腿就跑,只是两条腿像棉花似的不听使唤。那个兵从后面追上来,两只大皮靴跺得啪嗒啪嗒响,吃力地喘着粗气,一把抓住别索诺夫的肩头。别索诺夫跌倒了,用双手捂住脖子和脑袋。那个兵呼呼哧哧压到别索诺夫身上,把坚硬的手指伸到喉咙上,用力一掐,便屏住呼吸,一动不动。

"你原来是这么个家伙!"那个兵咬着牙低声说。直到底下躺着的人全身发出一阵长时间的痉挛之后,长拖拖地躺在地上,仿佛被压扁了似的,那个兵才松开他,站起来,拾起制帽,也不回头望望他所干的事,顺着路扬长而去。他突然一晃悠,摇摇头,坐到地上,让两条腿耷拉在壕沟里。

"现在该怎么办呢?上哪里去?"那个兵自言自语地说。"啊,我也死到临头了!……你们这些可恶的东西,吃了我吧!……"

第二十七章

伊万·伊里奇·捷列金企图逃出集中营,但是被抓住了,并被转移到要塞,关进单人囚室。到这里之后,他第二次打算逃跑,花了六个星期锉窗户的铁栏。到了仲夏,整个要塞突然要撤到后方,由于捷列金是受处罚的战俘,又被送到所谓的"臭坑"。这是个可怕的鬼地方:一片泥炭地带中间有一块宽阔的洼地,洼地上修着四排长长的木板棚,四周用铁蒺藜圈着。远处的山冈上耸立着几根用砖砌的大烟囱,那里修有窄轨铁道,生锈的铁轨穿过一片沼泽,一直延伸到离木板棚不远的一座深矿井跟前。这座矿井是去年才挖的,在这里有五千多俄国兵死于伤寒和痢疾。在黄褐色平原的尽头,便是像锯齿一样冈峦起伏的淡紫色的喀尔巴阡山。木板棚北面的沼泽地上,有一大片松木十字架伸向远方。在炎热的暑天,平原上热气蒸腾,牛虻营营乱飞,太阳呈浑浊的红色,加速了这令人绝望的地方的腐烂。

这里对俘房管得严,而且不让吃饱。关在这里的人有一半患胃病,发疟疾,长疮,生疱疹。但是战俘们的情绪仍然很高,因为布鲁西洛夫发起连续猛攻,向前推进,法国人在香槟和凡尔登打败了德国人,土耳其人正从小亚细亚撤出。看样子,现在离战争结束真的不远了。

然而盛夏过去了,秋雨绵绵。布鲁西洛夫既没能攻下克拉科夫,也没占领利沃夫,法国战场上的血战也平静下来。同盟国和协约国双方都在舐自己的伤口。显然战争结束的日子又要拖到明年秋天。

这时,在"臭坑"里出现了一片绝望情绪。跟捷列金铺挨铺的维斯科博伊尼科夫突然胡子不刮脸不洗,床铺也不收拾,整天躺着。问他什么,也不回答。有时突然爬起来,龇牙咧嘴,狠狠挠自己的胸脯。他身上长了粉红色的癣,时起时消。有一次半夜,他把伊万·伊里奇叫醒,用沙哑的声音说:

"捷列金,你结婚了吗?"

"没有。"

"我有老婆和一个女儿,在特维尔。你去看看她们,听见没有?"

"别说了,睡觉吧。"

"我呀,老弟,可要好好睡睡了。"

第二天天刚亮,一点名,维斯科博伊尼科夫没答应。在厕所里找到了他,他用一根细皮带吊死了。整个板棚的人都激动起来。战俘们把放在地板上的尸体团团围住。风灯照出他被憎恶的痛苦扭曲了的脸和撕开衬衫露出的前胸上的斑斑搔痕。灯光昏暗,把俯身去看尸体的活人的脸也照成臃肿、蜡黄和难看的样子。其中有个人,梅尔申中校,转过脸来对着板棚里的黑暗,大声说:

"怎么,弟兄们,难道我们就保持沉默吗?"

人群和铺位上传过一阵低微的嘟哝声。房门砰的一声打开了,走进来一个奥地利军官——战俘营的看守长。人群一下分开,让他走到尸体跟前,立刻发出一片尖厉的喊声:

"我们不能沉默了!"

"把人都折磨死了!"

"这就是他们杀人的方法!"

"我也在活活地烂死!"

"我们又不是犯人!"

"你们这些坏蛋,就是欠揍……"

看守长踮起脚,喝道:

"肃静!各回各位!俄国蠢猪!"

"什么?……他说什么?……"

"我们是俄国蠢猪?"

这时有个矮胖子,满脸乱糟糟的大胡子,从人群中挤出来,凑到看守长跟前。这个人是茹科夫大尉。他把短粗的大拇指夹在食指和中指之间,举到奥国军官的鼻子底下,带着哭声喊:

"看见了我的拳头吗?你这狗崽子,看见了这个吗?"接着晃晃乱发蓬松的头,一下子抓住看守长的肩膀拼命摇晃,把他按倒在地,并且压了上去。

军官们团团围住这两个厮打的人,都默不作声。但这时传来看守们在木板上奔跑的脚步声,于是看守长大喊起来:"救命啊!"捷列金把同伴们推开说:"你们疯了,他会把他掐死的!"便抱住茹科夫的肩膀,把他从奥地利军官身上拖开。"你是个坏蛋!"捷列金用德语对看守长喊道。茹科夫喘着粗气。"放开我,我要教训教训这个蠢猪。"他轻声说。但是看守长已经站起来,把揉皱了的制帽又卡在脑袋上,迅速而仔细地扫视了一遍茹科夫、捷列金、梅尔申和另外两三个站在跟前的人的脸,好像要记住他们的模样,然后把马刺撞得直响,果决地走出板棚。房门立刻被锁上了,门前派了岗。

这天早晨既没点名,没打鼓,也没发橡子面咖啡。大约到了中午,有几名看守抬着担架走进板棚,把维斯科博伊尼科夫的尸体抬出去。房门又被锁上了。屋里的人各自回到铺位上,有许多人躺下了。板棚里鸦雀无声——事情很明显:这是一次暴动、谋杀,必然被送交军事法庭。

这一天伊万·伊里奇是跟往常一样开始的。他不肯违反自己规定的每一条规则。这些规则他已经严格遵守一年多了:早晨六点压一桶褐色的水,冲洗一下身子,用毛巾擦干。然后做一百零一个体操动作,一定要把肌肉抻得咯吱响,穿好衣服,刮了脸,因为今天没有咖啡,只好空着肚子坐下来学德语语法。

在俘房生活中,最难做到和最有破坏作用的就是节欲。有许多人在这方面发生过动摇:有一个人突然开始扑粉、勾眼描眉,整天跟另一个扑粉的小伙子嘀嘀咕咕;也有的人躲开大家,整天躺着,用破毯子蒙着头,脸不洗,床也不收拾;还有的人开始讲下流话,见到任何人都讲些淫秽的故事,终于做出不大体面的事来,只好送进医院。

要避免这类事情发生,惟一的办法就是过严格的生活。捷列金在整个被俘期间变得沉默寡言,他的身体原来长着结实的肌肉,就像披着铁甲似的,如今变得干瘪了,他的动作变冲了,他的眼睛里出现一种冷酷固执的光芒,尤其他发怒或下决心干什么的时候,他的目光就更加可怕。

今天捷列金比往常更用心复习了昨晚抄好的德语单词,然后打开一本已经读烂了的施皮尔哈根[①]选集。茹科夫凑过来,坐到他的铺位上,伊万·伊里奇连头也不抬,依然小声读他的书。茹科夫叹了口气说:

"到法庭上,伊万·伊里奇,我打算装疯。"

[①] 施皮尔哈根(1829—1911),德国现实主义作家。他的小说在俄国进步知识分子中间有很大影响。

捷列金迅速瞥了茹科夫一眼。茹科夫长着宽大的鼻子、虬结的胡须,从乱蓬蓬的口髭下露出柔软热乎的嘴唇。他那温和的脸孔通红,低垂着,显出负疚的神情;浅色的睫毛不住地眨动。

"我真是鬼迷心窍,干吗要向他伸这该死的拳头,现在连我自己也弄不明白,我想干什么。伊万·伊里奇,我明白,当然是我错了……我不该出头,连累了大家……我打定主意装疯卖傻……您看行吗?"

"听我说,茹科夫,"伊万·伊里奇回答说,把手指夹在书里,"我们当中一定会有几个人被枪毙的……您了解这一点吗?"

"是呀,了解。"

"那样的话,在法庭上不装傻瓜不是更干脆吗?……您觉得怎么样?"

"当然是这么回事。"

"同伴没人责怪您。只是为了一时高兴打奥地利人嘴巴要付出的代价太高了。"

"伊万·伊里奇,可我连累了大家去受审判,我的心情别说有多么难过!"茹科夫摇摇乱蓬蓬的头。"要是他们这帮坏蛋光抓我一个就好了。"

他又把这类话反复说了几遍,但是捷列金已不再去听他,接着读他的施皮尔哈根,然后站起身来,伸伸懒腰,抻抻肌肉。这时房门砰的一声打开了,走进来四个枪上刺刀的士兵,站在门两旁,喀嚓嚓扳动枪栓;又进来一个上士,脸色阴沉,一只眼睛蒙着绷带,扫视一下板棚,用凶狠沙哑的声音喊:

"茹科夫大尉、梅尔申中校、伊万诺夫少尉、乌贝科少尉、捷列金准尉……"

被点了名的人走上前来。上士把每个人都仔细打量一遍,看守们把他们围住,带出板棚,穿过院子,来到一座小木房——看守长的办公室。房前停着一辆刚开来的军用小汽车。院子通向公路的出口原来挡着铁蒺藜障碍物,现在搬开了。在涂着黑白条纹的岗亭跟前,有个哨兵一动不动地站着。汽车驾驶室里,方向盘后面仰歪着一个司机,竟然是个肿眼泡的小家伙。捷列金用胳膊肘碰了一下跟他并排走的梅尔申。

"会开车吗？"

"会,怎么的？"

"别响了。"

他们被带进办公室。里面有一张铺着粉吸墨纸的松木桌,后面坐着三个刚来的奥国校官。其中有一个把脸刮得发青,胖胖的腮帮子长着许多红斑,正在抽雪茄。捷列金注意到,他对被带进去的人连睬也不睬——他把双手放在桌上,胖胖的手指长满黑毛,两手叉在一起,有一只眼睛被雪茄烟熏得眯缝着,衣领卡到脖子里。"这个家伙已经拿定主意了。"捷列金想。

另一个法官是法庭庭长,是个瘦老头,长着一张丧气的长脸,脸上有几条洗得干干净净的皱纹和毛茸茸的白唇髭。戴着的单眼镜使眉毛微微抬高了一点。他仔细打量这些被告,他那只灰眼睛被眼镜片照得格外大——目光安详、机智而温和——当他的目光落到捷列金身上时,他的唇髭哆嗦了一下。

"糟糕。"伊万·伊里奇想,两眼又去看第三个法官。这个法官面前放着一副玳瑁眼镜和一张写得密密麻麻的四开纸。这个人个子矮小,脸色土黄,硬撅撅的头发剪成平头,两只大耳朵像饺子。从他的各种特征可以判定,这是个不得志的老军人。

当五名被告在桌子前面站好之后,他不慌不忙戴上圆眼镜,用干瘦的手掌把写满字的纸抚平,突然露出一口金黄的假牙,读起起诉书。

桌子头上坐的是被害人看守长,他皱紧眉头,紧闭着嘴。捷列金集中精力去听起诉书的字句,可是他的思想却违背他的意志,忙于紧张地思考另一类问题。

"……当自杀者的尸体抬到板棚里的时候,有几名俄国人乘机煽动同伙公开对抗当局,高喊骂人话和煽动性词句,挥舞拳头进行威胁。例如梅尔申中校,手里就握着一把打开的小折刀……"

伊万·伊里奇从窗口看到那小司机正用手指抠鼻子,然后在座位上侧身一躺,把制帽的大帽檐一直拉到脸上。这时有两个小个子看守,肩上披着天蓝色军大衣,走到汽车跟前停下脚步看一会儿。其中一个还蹲下去用手指按按轮胎。然后两人又转过身去——一辆行军炊事车开进院子,车上的烟囱还冒着袅袅炊烟。炊事车往营房拐过去,两个看守也懒洋洋地朝那里走去。司机头也不抬,身也不翻——他必是睡着了。捷列金急得直咬嘴唇,又仔细去听公诉人阴阳怪气的声音:

"……前面提到的茹科夫大尉怀着危害看守长先生性命的明显目的,首先把五个指头握在一起举到看守长面前,并把第五个指头夹在食指和中指之间。这种可恶的手势,显然是要侮辱皇帝陛下军服的荣誉……"

念到这里,看守长站起来,脸上泛出一块块红斑,向法官详细讲述茹科夫大尉举拳头这一段不大了了的情节。茹科夫本人不大懂德语,却仔细听着,几次想插话,带着负疚的善意微笑转脸看看大伙儿,终于忍不住,用俄语对公诉人说:

"上校先生,请允许报告——我对他说:您为什么这么虐待我们,为什么?……我不知用德语该怎么说,所以才用手指比画比画。"

"别说了,茹科夫!"伊万·伊里奇从牙缝里说。

庭长用铅笔敲敲桌子。公诉人继续往下读。

上校把茹科夫用什么方式抓住看守长什么部位,又如何"把他推个仰面朝天,用粗大的手指掐他的喉咙,企图杀害他"等等叙述一番之后,开始读起诉书中最微妙的部分:"俄国人推推撞撞,大喊大叫,教唆凶手杀人,其中有一个人,就是约翰·捷列金听到看守奔跑的脚步声,赶到出事地点,把茹科夫拉开,再迟一刻,看守长先生必然死于非命。"公诉人念到这里,稍稍停顿,得意地笑了笑。"但是在这千钧一发之际,值班的看守赶到现场,于是捷列金准尉只来得及骂被害人一句:'坏蛋!'"

接着对捷列金的行为作了巧妙的心理分析,"大家知道,他曾经两次企图逃跑……"上校指控捷列金、茹科夫和挥舞小折刀的唆使犯梅尔申确实犯有杀人罪。为了加强起诉的力量,上校甚至为伊万诺夫和乌贝科开脱,说他们是"在精神错乱的情况下行事的"。

读完起诉书,看守长加以证实:事实经过就是这样。又传讯了看守。

他们作证说,头三名被告确实有罪,至于其余两个人,他们一无所知。庭长搓搓两只瘦手,提出伊万诺夫和乌贝科由于证据不足,可以释放。那个红脸军官还在抽雪茄,差一点儿就要烧到嘴唇了,他点点头。公诉人稍微迟疑一下,也表示同意。这时有两个押送的看守挎上了枪。捷列金说:"再见吧,弟兄们!"伊万诺夫低下头,乌贝科一声不吭,惊恐地瞥了伊万·伊里奇一眼。

他俩被带走了,庭长提出允许被告发言。

"您承认犯有煽动暴乱、谋害俘房营看守长性命的罪状吗?"他问捷列金。

"不承认。"

"那么关于这件事您有什么话要说呢?"

"起诉书从头到尾都是纯粹的捏造。"

看守长气得跳起来,要求作出解释,庭长做手势制止他。

"您对申诉没什么要补充的了吗?"

"没有。"

捷列金从桌子跟前后退几步,仔细打量茹科夫一眼。茹科夫脸红了,用鼻子嗤了两下,回答时一字不差地重复了捷列金说的话。梅尔申也照样回答了提问。庭长听完他们的回答,疲倦地闭上眼睛。最后,法官们站起来,走进隔壁的房间。那个红脸军官走在最后,在门口把快烧到嘴唇的雪茄吐出来,抬起胳膊痛快地伸伸懒腰。

"要枪毙的——一进门我就看出来了。"捷列金悄声说,然后对身后的看守说:"请递我一杯水。"

看守急忙走到桌子跟前,一手扶着枪,一手拿起长颈瓶倒出浑浊的水。伊万·伊里奇急忙对梅尔申附耳低声说:

"我们被带出去,您想法发动汽车。"

"明白。"

过了一会儿法官们回来了,坐到原来的位置上。庭长不慌不忙摘下单眼镜,颤巍巍地把一张不大的纸举到眼睛跟前,宣读简短的判决书:宣布捷列金、茹科夫和梅尔申判处死刑,就地枪决。

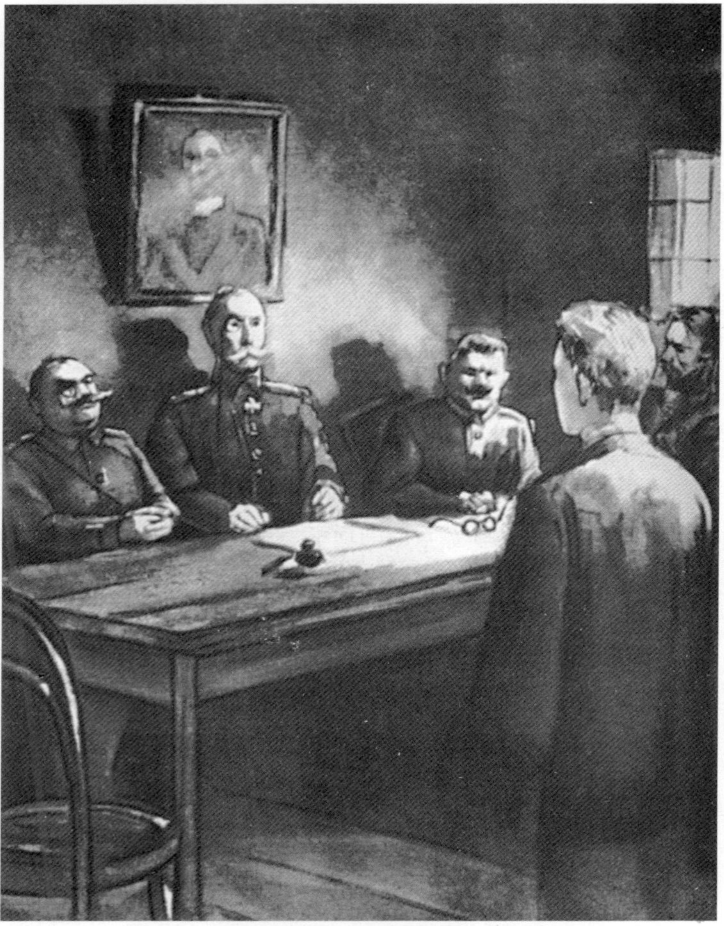

当奥国军官吐出这几个字眼时,伊万·伊里奇尽管早已料到这种判决,却也感到心凉了半截,茹科夫耷拉脑袋了,梅尔申体格健壮,膀阔腰圆,长着一只鹰钩鼻子——慢慢舔舔嘴唇。

庭长揉揉疲倦的眼睛,然后把手掌遮在眼睛上,清楚而轻声地说:

"委派看守长先生立即执行判决。"

法官们站起来。看守长还挺直腰板坐了一会儿,脸色白得发青。他站起身,整了整干干净净的军装,故意提高嗓门命令剩下的两名看守把判处死刑的犯人带下去。捷列金走到狭窄的门口磨蹭一会儿,让梅尔申先出去。梅尔申装作没力气的样子,抓住看守的一只胳膊,嘟嘟哝哝、口齿不清地说:

"一起走吧,一起走,不远,再走几步……肚子疼,没劲儿……"

看守莫名其妙地看着他,用手推他,张张皇皇地回头瞅,不知在这种出乎意料的情况下应该怎么办。但是梅尔申已经把他拖到汽车车头前,蹲下来,脸上装出痛苦的样子,嘴里叨咕什么,用哆哆嗦嗦的手指忽而抓抓自己衣服的纽扣,忽而抓抓车门的把手。从看守的面部表情可以看出,他既可怜梅尔申,又讨厌这个人。

"肚子疼,好,坐下,"他气忿地嘟哝着说,"快坐下!"

可是梅尔申突然发疯似的用力摇发动汽车的摇把。看守惊慌地俯身去拉他。小司机一下子醒了,恶狠狠地吆喝一声,从汽车上跳下来。后来的一切发生在几秒钟之间。捷列金一直尽量贴近第二个看守,皱着眉注视梅尔申的动作。发动机突突地响了,他的心也随着这猛烈而动听的突突声狂跳起来。

"茹科夫,抓住枪!"捷列金叫了一声,拦腰抱住他身旁的看守,往起一举,然后用力往地上一摔,几步就跳到汽车跟前。梅尔申正在那里跟看守搏斗,想夺下他的步枪。伊万·伊里奇趁势照准看守的脖子就是一拳,看守哎哟一声,跌坐在地上。梅尔申奔到汽车的方向盘跟前,扳了变速杠。伊万·伊里奇清楚看见茹科夫挎着步枪爬上汽车,而那个小司机贴墙根悄悄溜走,一下子钻进看守长的办公室。窗口出现一张戴单眼镜、惊慌失措的长脸,还看到看守长跳到门口台阶上的身影和他手中挥动的手枪……砰！砰！两声枪响……"没打中。没打中。没打中。"汽车好像长进泥炭地里了。突然齿轮喀嚓一声，汽车向前冲去。捷列金沉重地跌倒在皮椅上。迎面吹来强劲的风，涂着黑白条纹的岗亭和举枪瞄准的哨兵迅速逼近了。啪！汽车像一阵疾风从哨兵身旁驰过。后边，奥地利士兵都跑到院子里，跪下一条腿瞄准。啪！啪！啪！——传来凌乱微弱的枪声。茹科夫转过身去，举起拳头吓唬他们。但是，呈正方形的阴森的木板棚已经越来越小，越来越矮，到了拐弯的地方集中营终于不见了。电柱、灌木丛和石柱上的数字迎面扑来，又急遽地一闪而过。

梅尔申回过头来，他的前额、眼睛和半边脸都鲜血淋淋。他向捷列金喊道：

"向前？"

"一直向前，过桥向右拐，进山。"

第二十八章

在秋风飒飒的黄昏，喀尔巴阡山显得荒凉凄清。三个逃亡者沿着弯弯曲曲的公路往山上跑，公路被大雨冲得露出砾石，有些发白，他们驶到了山口，心里仍然惊魂未定。悬崖上有三四株高大的松树随风摇摆。下面飘荡着雾气，几乎看不见树木，却可以听见低沉的沙沙声。再往下在深渊的谷底，有一条滔滔的大河，发出哗哗声和激溅声，流经巨石便发出轰隆声。

穿过松树的树干，可以看到树木葱茏、荒无人烟的远山，山后的铅色乌云里有一抹晚霞在闪耀着。在高山上，风尽情地猛烈地刮，把汽车的皮车篷刮得啪嗒响。

三个逃亡者都一声不响地坐着。捷列金正在看地图，梅尔申用胳膊肘倚着方向盘，眺望落照。他的头部用一块破布包扎着。

"这辆车怎么办？"他低声问。"没有汽油了。"

"车可千万不能扔在这儿。"捷列金回答说。

"把它往悬崖底下一推就完了。"梅尔申干咳了一声,从车上跳下来,跺跺脚,活动活动腿,然后摇晃茹科夫的肩头。"喂,大尉,别睡了,到地方了!"

茹科夫没睁开眼睛便爬出汽车,被什么绊了一下,坐到一块石头上。伊万·伊里奇从汽车里拽出几件皮斗篷和一个旅行食物箱,里面装着准备给法官们在"臭坑"吃的东西。他们把食物塞进衣袋,穿上斗篷,然后扶着挡泥板把汽车推到悬崖边上。

"你算完成任务了,老家伙,"梅尔申说,"好,大家加把劲!"

汽车的前轮悬在半空中。长长的车身沾满尘土,变得灰土土的。罩着皮车篷,包着铜片,像活物一样听话,往下一沉,身子一歪,便随着大小石块一起轰然坠落下去。在半空中被一块突出的巨石挂住,喀嚓一声翻了个个儿,伴随着乱石碎铁越来越大的哗啦声,轰隆隆掉进下面的河里。响起一片回声,沿着雾气弥漫的峡谷远远地传开去。

三个逃亡者钻进树林,顺着公路的方向往前走。他们很少说话,尽量压低声音。现在天全黑了。他们头上的松树发出庄严的涛声,很像远处的瀑布。

捷列金走一会儿就到公路上去看看里程碑。有个地方他们估计有军事哨所,便绕个大弯,爬过好几条冲沟,在黑暗里撞到风倒木上,蹚过山间的溪水,身上湿透了,衣服也挂破了。他们整整走了一夜。天快亮的时候,他们听到汽车声,就趴在壕沟里,汽车就在跟前驶过去,甚至听得清汽车上说话的声音。

天亮了,三个逃亡者在偏僻的密林深处的小溪旁找个地方休息。他们吃点儿东西,把行军壶里的白兰地喝了一半,接着,茹科夫用在汽车里找到的一把生锈的剃刀,求人给他刮胡子。他脸上的胡子一刮光,出人意外地露出一张孩子气的下巴和挺厚的大嘴唇。捷列金和梅尔申用手指点着他,笑了好一阵子。茹科夫兴高采烈、哞哞地叫着,咧歪着嘴唇,简直是得意忘形了。他们用树叶把他埋起来,命令他睡觉。

在这之后,捷列金和梅尔申在草地上摊开地图,各自描了一张小地形图。他们决定明天分两路走:梅尔申和茹科夫奔罗马尼亚,捷列金拐个弯,去加里西亚。他们把那张大地图埋在地里,然后也搂了一堆树叶,钻进去立刻就睡着了。

沟顶上是高高的悬崖,悬崖上是公路,公路边上站着一个人,用手拄着步枪,原来是守桥的哨兵。在他周围,在他脚下的林海里,都一片寂静,只有笨重的乌鸡打林间空地上飞过,翅膀碰到枞树上,扑棱有声。再有什么地方传来单调的瀑布声。哨兵站了一会儿,扛起枪走开了。

伊万·伊里奇睁开眼来,已经黑天了。亮晶晶的星星在一动不动的黑色树枝中间闪闪发光。他开始回忆昨天所发生的一切,然而在法庭上和逃跑时的紧张心情使他感到痛苦,于是他便驱散这些念头。

"您没睡吗,伊万·伊里奇?"梅尔申的声音轻轻问。

"没睡。我早就醒了。起来吧,叫醒茹科夫。"

一小时之后,伊万·伊里奇一个人沿着在昏暗里发白的公路方向大步走去。

第二十九章

第十天,捷列金接近前沿地带了。这十天里,他只能黑天赶路,天一亮就钻进树林。如果在平原上,就尽量找离人家远的地方过夜。吃的都是从菜园里偷的生菜。

这天夜里,冷雨凄凄,寒风刺骨。伊万·伊里奇上了公路,穿过往西开的满载伤兵的救护车、装破烂家什的大车和一群群抱着孩子、夹着小包和器皿的妇女和老人向前走去。

迎面有许多辎重车和大部队向东开来。细想起来也真是怪事:一九一四年和一九一五年已经过去了,一九一六年也快结束了,可是在这坎坷不平的公路上,辎重车照样吱吱嘎嘎地响着,照样有许多难民从被烧毁的村庄逃出来,怀着逆来顺受的绝望慢慢踱去。只不过现在那些高大军马已经步伐艰难,士兵衣衫褴褛,个子矮小,逃难的人群沉默寡言,对任何事都无动于衷了。强劲的东风吹逐着低低的浮云,在风刮来的地方,人们依然互相残杀,谁也不能把对方杀尽。

泥泞的谷底有一道桥横跨涨水的小河,在昏暗里有无数的人和大车在桥上攒动着。车轮的辚辚声、鞭子的啪啪声、口令的吆喝声,响成一片。许多风灯在晃动,灯光落在桥桩之间翻滚着的浑浊的河水上。

伊万·伊里奇沿着公路的斜坡一跳一滑地走到桥跟前。有一队辎重车正准备过桥。看来天亮前要想走到桥那头是不可能的了。

辕马一上桥就坐坡,用蹄子使劲踏住淋湿的桥板,勉强拖得动大车。桥头上有个人骑马站在那里,手里提着风灯,用嘶哑的声音吆喝着,他身上的斗篷被风刮得飘起来。有个老头儿走到他跟前,摘下帽子,看样子在恳求他。骑马的人不但不回答,还举起铁框的风灯朝老人的脸上打去,打得他一下子跌在车轮底下。

桥那头沉没在黑暗里,但是看那些斑斑驳驳的灯火,好像那里有成千上万的逃难者。辎重车队继续慢吞吞地往桥上走。伊万·伊里奇紧贴着一辆大车站着,车上坐着一个瘦瘦的女人,披着毯子,披散的头发遮住了眼睛。她一只手抱着鸟笼,另一只手拉住缰绳。辎重队突然停住了。女人惊恐地回过头去。从桥那头传来越来越嘈杂的人声,灯火也晃动得更快了。不知出了什么事。有一匹马像野兽似的狂叫起来。不知是谁用波兰语拖着长腔喊:"快快逃命!"立刻就有一阵排枪撕裂空气。马往两旁一躲,大车吱吱嘎嘎滚动起来,妇女和儿童的声音在哭号和尖叫。

右边挺远的地方,有几点稀落的灯火闪烁着,从那里传来还击的枪声。伊万·伊里奇站到车轮上想瞧个仔细。他的心像小锤子似的敲着。好像整条河上都响起了枪声。抱鸟笼的女人从车上往下跳,裙子飘起来,一下子绊倒了。"哟!救救我呀!"她用男人似的粗声喊。鸟笼骨骨碌碌滚到公路斜坡底下。

辎重队伴随着吆喝声和吱嘎声又往桥上走去,并加快了步伐。"站住,站住!"立刻有好几个声音拼命喊起来。伊万·伊里奇看到,有一辆顶大的大车歪倒在桥边上,翻过栏杆,扑通一声掉进河里。于是他从车轮上跳下来,从掉在地上的包裹上跳过去,赶上辎重队,往前一蹿,趴在一辆正走的大车上。立刻有一股烤面包的甜味扑鼻而来。伊万·伊里奇把手伸到帆布底下,从大圆面包上掰下一块就大口吃起来,噎得他都喘不上气了。

在一片混乱中,在劈劈啪啪的枪声中,辎重队终于走到了对岸。伊万·伊里奇从大车上跳下来,穿过逃难者的大车走到野地里,沿着公路的方向走去。他从黑暗里传来的只言片语中了解到,方才打枪的是敌方——也就是俄国的——骑兵侦察队。照这样看来,前线离这里顶多不超过十俄里。

伊万·伊里奇走一段路停一停,喘喘气。顶风冒雨往前走太吃力了。只觉得膝盖发酸,脸发热,两眼红肿起来。他终于在壕沟里的土台上坐下,两手抱住头。冰冷的雨珠从脖子后流下去,浑身酸疼。

这时,他忽然听到一种圆浑沉闷的轰隆声,就像远处发生了地陷似的。过了一会儿,黑夜又发出第二声叹息。伊万·伊里奇抬起头,侧耳倾听。在这两声深沉的叹息之间,他又分辨出一种低沉的嗡嗡声。这嗡嗡声一会儿沉寂下去,一会儿响亮起来,变成愤怒的隆隆声。这声音并不是从伊万·伊里奇行程的前方传来的,而是从左边,几乎是从相反的方向传来的。

他在壕沟的另一侧蹲下,现在可以清晰地看见灰暗铁青的天空中飘浮着被撕碎的低低的白云。这就是黎明。这就是东方。那里就是俄国。

伊万·伊里奇站起身,紧紧腰带,叉开两腿在泥泞中一跳一滑地走去。他穿过湿漉漉的麦茬地、一道道壕沟和去年挖的、半倾塌的战壕,一直向东走去。

天光大亮的时候,捷列金又看到田野的尽头是一条挤满行人和车辆的公路。他停下脚步,四下望望。旁边有一棵大树,树叶大半脱落了,树下有一座白色的小礼拜堂。门掉了,圆顶和地上都堆满了枯叶。

伊万·伊里奇决定在这里等到天黑,便走进礼拜堂,在长满青苔而发绿的地板上躺下。败叶发出一股柔和的气味,十分难闻,使他头晕。从远处传来车轮的辚辚声和鞭子的啪啪声。这些响声他觉得非常悦耳,却突然消失了。眼皮就像被人用手指按住了似的。在像铅一样沉重的睡梦中,渐渐出现一个活动的白点。这个白点好像要变成梦境,却又没变成。

伊万·伊里奇真是疲惫已极,哼哼着,睡得更沉了。但是那个小白点一直打扰他。他的睡意越来越轻,远处的车轮声又辚辚地响起来。伊万·伊里奇叹了口气,坐起来。

从门口可以看见一片平展的厚厚的乌云;西斜的落日把宽阔的光束伸到铅黑阴湿的云层底下。夕阳照在礼拜堂年久失修的墙上,好像一块水渍的斑点,却照亮了带金色光轮的圣母低垂的脸庞。圣母像是木雕的,由于年久也退色了。婴儿躺在她的怀里,身上穿的花布衣裳已经烂了。圣母为了给婴儿祝福而举起的手也被打掉了。

伊万·伊里奇从礼拜堂里走出来。门口的石磴上坐着一个年轻妇女,膝盖上放着一个孩子。她穿着一件白长衫,上面溅满了泥点。一只手托着腮,另一只手放在孩子的花被上。她慢吞吞地抬起头,瞥了伊万·伊里奇一眼。她的目光显得清澈而古怪,她那挂着泪珠的脸颤抖了一下,似乎想笑,她用乌克兰语轻轻地说:

"孩子死了。"

说着,她又低下头,把脸放在手掌上。捷列金俯下身去,抚摩她的头,她急促地叹了口气。

"走吧。我给你抱着孩子。"他温和地说。

女人摇了摇头。

"我上哪儿去呢?您自己走吧,好心的老爷。"

伊万·伊里奇迟疑了一会儿,把便帽往眼睛上一拉,便离开礼拜堂。这时有两个奥地利战地宪兵骑着快马从礼拜堂后面出来。他们穿着又湿又脏的外套,留着两撇胡子,脸色铁青。他们在路过的时候,回头看见伊万·伊里奇,便勒住马,走在前头的用嘶哑的声音喊:

"过来!"

伊万·伊里奇走到跟前。宪兵从马鞍上俯身用两只褐色的眼睛仔细打量他,那对由于风吹和失眠而发红的眼睛突然亮起来。

"俄国佬!"他叫道,一把抓住捷列金的衣领。伊万·伊里奇并没往外挣,只苦笑了一下。

捷列金被关在板棚里。这时已是深夜。大炮的轰隆声可以听得清清楚楚。透过墙缝可以看到一片暗红的火光。伊万·伊里奇把昨天吃剩下的从大车上掰的面包全吃了。顺着板墙来回踱着,找找有没有空子可钻,一下子绊到一捆压实的干草上,打了个哈欠就躺下了。但是他并没睡成,过半夜大炮就在附近轰隆起来。炮火的闪光透过墙缝射进棚子里。伊万·伊里奇欠起身来谛听着。打炮的间歇越来越短,板棚的墙颤抖着,突然就在跟前响起了步枪声。

显然战斗越来越近了。可以听到墙外惊慌的人声和发动汽车的声音。有无数的脚步劈劈啪啪跑过去。不知什么人沉重的身体撞到外面的墙上。直到这时伊万·伊里奇才听清楚,好像有许多豌豆打在墙上。他马上趴在地上。

甚至板棚里也散发着火药味。枪炮声接连不断,显然俄军正以飞快的速度向前推进。但是这种撕裂人心的暴风雨般的声音并没有持续多久。可以听到一阵阵爆炸声——手榴弹就像轧核桃似的炸开。伊万·伊里奇跳起来,顺着墙根来回躲避。难道他们能打退进攻吗?终于响起一片嘶哑刺耳的喊杀声、尖叫声和马蹄声。枪声立刻沉寂了。在一阵长时间的沉寂中,只能听到扑打软物体的啪嗒声和铁器的撞击声。接着是一片惊恐的叫喊声:

"我们投降,俄国人,俄国人!……"

伊万·伊里奇从门上掰下一块木片,看到纷纷奔跑的人影——他们都用手抱着头。有一大群骑兵的高大黑影从右边向他们扑过来,插入人群,打起转来。有三个步兵向板棚跑来。一个骑兵跟在他们后面追赶,他的风帽长长的帽耳在背后飘动。战马好像庞大的野兽,打着响鼻,用后蹄着地,沉重地直立起来。骑在马上的人好像喝醉了,挥舞战刀,他的嘴张得很大。当战马的前蹄着地时,他打了一声口哨,用力一砍,刀刃砍进去,一下子断了。

"放我出去!"捷列金敲打着门,发疯似的喊着。骑在马上的人勒住马:

"你是什么人?"

"战俘。俄国军官。"

"这就来。"骑马的人扔掉战刀的刀柄,俯身拉开门闩。伊万·伊里奇走出来,把他放出来的那个人——野蛮师的军官——用嘲笑的口吻说:

"这可真是意外相逢!"

伊万·伊里奇仔细打量他。

"认不出来。"

"我是萨波日科夫,谢尔盖·谢尔盖耶维奇。"他粗犷地大笑起来。"没想到吧?……见他妈的鬼,这就叫战争!"

第 三 十 章

离莫斯科只剩下一小时的时候,列车拖着长长的汽笛声,从没有人住的别墅旁边轰隆驶过。列车的白烟弥漫在深秋的树梢里、透明的黄色桦树林里、紫红色的柏树林里。从树林里传来蘑菇的香味。有时枫树巴掌状的红叶伸到路基顶上,向下耷拉着。透过稀疏了的灌木丛可以看到花坛里的圆玻璃灯罩,别墅的房子都钉上窗板,小径和台阶上铺满落叶。

小站从车旁一闪就过去了;有两个背着背囊的士兵用冷漠的神情望着列车的车窗,长凳上坐着一位穿带格外套的小姐,神情忧郁,似乎是被人遗忘了,用伞尖在月台湿漉漉的地板上乱画着。列车拐了弯,从前面的树丛后面露出一块木牌子,上面画着酒瓶子,并写着:"舒斯托夫花楸酒,香醇无比。"树林到了尽头,铁路两侧伸展开一长排一长排的白绿色洋白菜。道口的栏木旁停着一辆拉麦秸的大车,一个农妇穿着男人的短皮袄,用手紧紧抓住向后坐坡的瘦马的笼头。远处的一抹白云底下,已经看得见高塔的尖顶。高耸在全城之上的是基督救世主教堂金光闪闪的圆顶。

捷列金靠车窗坐着,呼吸着九月浓郁的气味,有落叶味、烂蘑菇味、不知什么地方烧麦秸的烟味,还有黎明时落霜的冻土味。

他感到这痛苦的两年他所走过的路程已经落在后面,在这漫长而美好的期待中终于走到了头。伊万·伊里奇设想着:恰好在两点半钟他将按动他心目中惟一一扇房门的电铃,把这扇门想象成本色柞木的,上面有两块玻璃窗,他就是累死也一定要爬到门口。

菜地到头了,两旁闪现出郊区一幢幢溅着泥浆的房舍、砌得粗糙的石头道和哐当哐当走过的大车、栅栏和里面的果园——果园里的老椴树把树枝一直伸到街心——五花八门的牌匾、为琐事而奔忙的行人。这些行人根本不注意轰隆而过的列车和列车车窗里的他——伊万·伊里奇。下面有一辆像玩具似的电车向街的尽头驶去。从一座房屋后面露出小教堂的圆顶——火车的车轮呱哒哒、呱哒哒从道岔上开过去。经过漫长的两年之后,莫斯科车站用木板铺的站台终于在车窗旁边飘浮起来。有些扎着白围裙的老头儿,干干净净,神情冷漠,走进车厢。伊万·伊里奇把头伸得很远,四下张望。这样做真蠢,因为他并没有通知达莎,说他今天到达。

伊万·伊里奇走出站台,情不自禁地笑了——大约五十步开外,有一长排马车停在广场上。马车夫坐在车座上,挥舞着手闷子,喊道:

"我送您!我送您!我送您!"

"您老,坐坐黑马试试吧!"

"看咱这匹马,可快啦,胶皮轱辘!"

被缰绳勒住的马跺着蹄子,打着响鼻,嘶叫着。整个广场人声嘈杂。好像再待一会儿,这一排马车就会开到车站里面去似的。

伊万·伊里奇登上一辆车身很高的四轮轻便马车,车座很窄。厚脸皮的车夫长得挺帅,故作殷勤地问清地址,为了显出优雅的风度,侧身坐着,左手握住放得很长的缰绳,打马大走——打足气的轮胎在鹅卵石上跳动起来。

"从前方回来吗,您老?"

"从战俘营逃出来的。"

"真的吗?哎,他们那边怎么样?都说是那边没有吃的。喂,小心点儿,老太太。原来是一位民族英雄……从那里逃出来的很多。赶大车的,小心点儿……唉,真是个粗人……您认识伊万·特里福内奇吗?"

"哪个伊万·特里福内奇?"

"住在拉兹古利亚伊,卖呢绒的!……昨天坐我的车来着,一个劲儿

215

哭。嘿,这才叫活该倒霉呢!……这家伙做买卖发了财,钱多得没地方放,谁曾想前天他老婆偏偏跟个波兰人跑了。我们这些车老板把这件事传遍了莫斯科。现在这个伊万·特里福内奇连街都不敢上了……他骗大家那么多钱,落这么个下场……"

"小伙子,赶快点儿。"伊万·伊里奇说,尽管高大而剽悍的儿马本来就风一般在胡同里奔跑,只是这马有一种坏习惯,总好扬头,露出凶恶的嘴脸。

"到了,您老,第二个门,吁,瓦夏!……"

伊万·伊里奇怀着激动的心情往一栋小白房的六扇窗子迅速瞥了一眼,窗子里平静整洁地挂着网扣窗帘,然后他在门口跳下了车。门是老式的,雕花,带狮子头像,门上安的不是电铃,而是小铃铛。伊万·伊里奇站在门前,迟疑了一会儿,不敢抬手去拉门铃,他的心跳得缓慢而痛苦。"说真的,究竟怎样还难以预料——可能家里没有人,也可能不肯见我。"他想着,拉了一下铜拉手。从屋里远远传来铃铛声。"肯定是家里没有人。"但是不一会儿就听到女人的急促的脚步声。伊万·伊里奇不知所措地回头望望,马车夫做出笑脸,向他挤眉弄眼。接着传出哗啦啦的铁链子声,门开了个缝,女用人探出头来,脸上略带几颗麻子。

"达丽亚·特米特里耶夫娜·布拉文娜住在这儿吗?"捷列金咳嗽了一声问。

"在家,在家,请进吧,"麻脸姑娘拖长声亲切地说,"太太和小姐都在家。"

伊万·伊里奇像在梦中似的穿过一面镶着大玻璃窗的走廊,走廊里放着许多筐,散发着皮袄味。女用人拉开右边第二道门,门上包着黑漆布——在昏暗的小前厅挂着女人的大衣,大镜子前放着手套、带红十字的头巾和绒毛围巾。所有这些衣物都散发着一股勉强可以觉察的十分熟悉的馨香的香水味。

女用人并没有问客人的姓名,就去通报去了。伊万·伊里奇用手指摸摸绒围巾,突然觉得在这纯洁美好的生活和从血泊里爬出来的他之间并没有任何联系。"小姐,有人找您。"他听到屋子里传出女用人的声音。

伊万·伊里奇闭上眼睛——马上就要打一个晴天霹雳——他从头到脚都颤抖起来,听到一个急促而清晰的声音:

"找我?谁呢?"

房间里响起脚步声。这声音仿佛是从两年期待的深渊里传来的。前厅门口从窗户射进的光线里出现了达莎。她那轻飘飘的头发闪着金光。她似乎个子高了,也更苗条了。身上穿着毛衣和蓝裙子。

"您找我吗?"

达莎突然说不出话了,脸颤抖起来,眉毛向上扬起,嘴微张着,但是刹那间的惊愕阴影立刻从脸上消失了,眼睛里闪射出惊喜交集的光彩。

"是您?"她用勉强听得见的声音说,抬起胳膊肘,一下子抱住伊万·伊里奇的脖子,用温柔的嘴唇哆哆嗦嗦地吻了他一下,然后放开他:

"伊万·伊里奇,请到里面来。"达莎说完,跑进客厅,在沙发椅上坐下,把头垂到膝盖上,用双手捂住脸。

"嗯,我真傻,当然,我真傻……"她低语着,使劲擦眼睛。伊万·伊里奇站立在她面前。达莎突然用手抓住沙发椅的扶手,抬起头:

"伊万·伊里奇,您是逃出来的?"

"逃出来的。"

"上帝呀,真的?"

"真的,然后……就一直奔这儿来了。"

他坐在对面的一张沙发椅上,把帽子使劲往胸前按。

"您是怎么逃出来的呢?"达莎结结巴巴地问。

"说起来,也很平常。"

"危险吗?"

"是的……也就是说,并不怎么危险。"

他们就这样又说了几句话。两人渐渐感到羞臊起来。达莎垂下眼睑:

"您到这儿,到莫斯科,好久了吗?"

"刚下火车。"

"我去叫人烧咖啡……"

"不用了,不必费心……我马上去找旅馆。"

这时达莎用勉强听得出的声音问:

"晚上来吗?"

伊万·伊里奇咬着嘴唇点点头。他简直喘不上气来了。

他站起身来。

"好吧,我走了。晚上来。"

达莎向他伸出手。他握住她那温柔有力的手,由于这种接触而感到身上发热,血直往脸上涌。他紧紧握了一下她的手指,便向前厅走去,走到门口又回头望望。达莎背着光站在那里,皱着眉望着他。

"七点来可以吗,达丽亚·德米特里耶夫娜?"

她点点头。伊万·伊里奇跳到台阶上,对马车夫说:

"上旅馆,找一家好的,最好的!"

他上了马车,身子朝后一仰,两手伸进大衣的衣袖里,咧开嘴笑了。眼前有许多蓝微微的影子——人啦,树啦,马车啦——飞驰而过。凛冽的寒风迎面扑来,砭人肌骨,散发着俄国城市的特殊气味。伊万·伊里奇举起由于跟达莎接触而还在发热的手去摸摸鼻子,不由得笑起来:"简直是魔法!"

这时,达莎送走伊万·伊里奇之后,仍然站在客厅的窗前。她的脑袋嗡嗡响,无论如何也集中不起精神好好考虑一下,究竟发生了什么事?她紧紧眯缝起眼睛,突然哎呀一声,向姐姐的卧房跑去。

叶卡捷琳娜·德米特里耶夫娜坐在窗前,一边缝衣服,一边想着什么。听到达莎的脚步声,她头也不抬地问:

"达莎,方才谁来看你?"

卡佳的两眼仔细打量她,脸上的肌肉哆嗦了一下。

"是他……你还不明白怎么的……是他……伊万·伊里奇。"

卡佳放下活计,慢慢地拍了一下巴掌。

"卡佳,你不明白,我甚至不觉得高兴,我只觉得害怕。"达莎用沙哑的声音说。

第三十一章

到了傍晚,只要一有动静,达莎就会打起哆嗦,跑进客厅里去听着……有好几次她随便翻开一本书,总是翻到那一页:"玛鲁霞喜欢丈夫从克拉夫特带给她的巧克力……"对面的一幢房子里住着女演员恰罗杰耶娃,有两扇窗户突然在寒冷的黄昏中亮了,原来是戴小白帽的女用人正在放桌子。接着恰罗杰耶娃也出现了,瘦得像骷髅,披着一件天鹅绒皮大衣,坐到桌旁,打了个哈欠——必是在沙发上睡了一觉。她舀了一勺汤,突然望着瓶里的一枝枯萎的玫瑰发呆,陷入沉思。"玛鲁霞喜欢巧克力……"达莎从牙缝里念叨这句话。突然门铃响了。达莎觉得心好像沉下去了。可这是送晚报的。"不会来了。"达莎想着,走进餐室。餐室里点着一盏灯,高悬在白桌布顶上,挂钟滴答滴答地响。差五分不到七点。达莎在桌旁坐下:"人生就是这样一秒一秒地过去了……"

正门的门铃又响了。达莎只觉得透不上气来,一下子跳起来跑到前厅……是医院的看门人来送文件。伊万·伊里奇肯定不会来了,也理所当然——人家等了两年,现在回来了,又没有话跟他说。

达莎掏出手绢,用牙咬起手绢的角。她早就感到,早就料到,会出现这种场面。两年来她爱的是她想象中的恋人,如今来了个活生生的人……她就不知所措了。

"可怕,真可怕。"达莎想。她竟然没发现门开了,麻脸的丽莎走进来。

"小姐,有人来看您。"

达莎深深叹了口气,仿佛脚不沾地轻轻走进餐室。卡佳先看见达莎,朝她笑笑。伊万·伊里奇跳起来,眨眨眼睛,挺直腰板。

他穿一件新呢子上衣,左肩挎着新子弹袋,脸刮得很光,头发刚刚理过,如今更加显得身材魁梧、仪表堂堂、肩膀宽阔。显然他完全变了一个人。他那浅色的眼睛,目光坚毅;笔直端正的嘴,两边各有一条皱纹,各有

219

一条线。达莎的心猛跳起来,她明白,这是死亡、恐怖和痛苦留下的痕迹。他的手很有力,又很凉。

达莎搬了一把椅子,坐到捷列金旁边。他把两只手放在桌布上,紧紧地攥了一下,偶尔不经意地迅速瞥达莎一眼,讲起他怎么被俘,又怎么从战俘营里逃出来。达莎坐在他紧跟前,眼巴巴地望着他的脸,嘴微微张着。

伊万·伊里奇在讲的过程中,觉得自己说话的声音听起来很陌生,好像从远处传来似的,令他自己也感到震惊和激动。而身旁又坐着一位难以用任何语言描绘的少女——一个完全不可理解的人,她的连衣裙碰到他的膝盖,从她身上散发出一股令人头晕的温暖的气息。

伊万·伊里奇整整讲了一晚上。达莎不断提问,打断他的话头,拍着巴掌,回头看看姐姐说:

"卡秋莎,你明白吗——他们竟然判处他枪决!"

捷列金讲他们夺汽车的情景,距离死亡只有一秒钟的紧急关头,汽车猛然飞奔起来,劲风扑面——终于得到了自由和生命!达莎听得脸色惨白,一把抓住他的手:

"我们哪儿也不放您走了!"

捷列金笑起来:

"我还会被征兵的,一点儿办法也没有。我只是盼望分到兵工厂。"

他小心握握她的手。达莎看着他的眼睛,仔细谛视着,她的脸上泛起淡淡的红晕,于是她抽出了手:

"您为什么不抽烟?我去给您取火柴。"

她快步走出房间,不一会儿就拿一盒火柴回来,站在伊万·伊里奇面前划,可是她拿得太往后了,把火柴杆都戳断了——唉,我们的丽莎买的是什么火柴!——到底划着了一根。达莎小心翼翼把火送到伊万·伊里奇的烟卷上,火光照亮了她的下巴。捷列金眯缝着眼睛抽着了烟。他从未领略过,抽着一支烟也会有这么大的幸福。

在这段时间里,卡佳一直默默注视达莎和捷列金。她心里感到高兴,替达莎高兴得了不得,可是又感到无限惆怅。她希望自己能忘掉瓦季姆·彼得罗维奇,可是怎么也无法把他从记忆中抹掉——她也曾跟她们这样围桌而坐,她也曾给他递过火柴,亲自给他点烟,一根也没弄断过。

直到半夜捷列金才走。达莎抱住姐姐,使劲吻了一气,然后回到自己房里,锁上门。她躺在床上,把双手枕在头底下想,她终于从痛苦的倒霉日子里熬出来了,尽管周围还是一片野蛮、空虚和恐怖,但是毕竟透出了一片蓝色——这就是幸福。

第三十二章

伊万·伊里奇回到莫斯科的第五天,接到彼得堡发来的公函,命令他马上到波罗的海工厂报到。

随后的一切好像一场梦:这种安排使他喜出望外,剩下的时间陪达莎一起在熙来攘往的闹市中度过,在尼古拉车站上匆匆话别,坐进燥热的二等车单间,暖气管嘎巴响,突然在衣袋里发现一个用带子系着的小包,里面有两个苹果、一块巧克力和几个油炸包子。伊万·伊里奇解开呢子上衣的领扣,伸开腿,却收敛不了脸上露出的憨笑,只管看着坐在对面的乘客——一个素不相识、神情严肃的戴眼镜的老头儿。

"您要离开莫斯科吗?"老头儿问。

"是的,离开莫斯科。"上帝呀! 莫斯科是个多么美妙而亲切的字眼! ……洒满秋阳的小巷、脚下干枯的落叶、落叶上走着轻盈苗条的达莎、她那聪明清楚的声音——她究竟说了些什么,他一点儿也没记住——他向她俯身或吻她的手时,总会闻到一股温馨的花香。

"真是乱七八糟,一座荒淫的城市。"老头儿说。"我在莫斯科住了三天……可算是看够了……"他叉开两只脚,脚上穿着皮靴,还套着高勒套鞋,然后啐了一口唾沫。"你一上街,来来往往都是人……到了晚上,灯火通明,吵吵嚷嚷,到处是牌匾,一个劲儿地旋转……行人摩肩接踵……真是荒唐!!! 是的,这就是莫斯科……这就是我们的发源地……可我亲眼看到的是发疯的无聊的忙碌。年轻人,您是打过仗、挂过彩的吧? 我一眼就看出来了……请您告诉我这个老头子:难道就是为这该死的忙碌而在前方流血的吗?哪里是祖国?哪里是信仰?哪里是沙皇?请您告诉我。我现在到彼得堡去办线去……让这些劳什子线去它的吧!……呸!……我带什么回秋明去呢?带线回去吗?……不,我不会带线回去的,我要回去告诉他们:同胞们,我们大家都完蛋了——这就是我回去要带的东西……您就记住我的话吧,年轻人,我们会得到报应的,为了这一切要得到报应的……为了这些荒唐事我们要受到惩罚的……"老头儿两手按着膝盖站起身,放下窗帘,在窗外的黑暗里,机车喷出的火星像一条条红线飞过。"我们把上帝给忘了,上帝也忘了我们……我对您说吧……将来一定会受到惩罚,唉,受到残酷的惩罚……"

"您怎么想的:德国人能不能征服我们?"伊万·伊里奇问。

"谁知道呀。上帝派什么人来惩罚我们,我们就要受他的苦……比方说,我铺子里的伙计要会闹……我会忍了又忍的,头一个打他的后脑勺,第二个打他个大脖溜,第三个把他撵出大门……可俄国不是我的铺子,这是多大的家业啊。上帝是慈悲的,可是如果世人弄脏了通向上帝的路,该不该把这条路打扫干净呢?我说的就是这个意思……上帝离开了这个世界……没有比这更可怕的事了……"

老头儿交叉着双手放到肚子上,闭紧眼睛,眼镜却闪耀着严肃的光辉,身子坐在灰色铺位上颠簸着。伊万·伊里奇走出单间,站在过道的窗子跟前,脸几乎贴到玻璃上。

透过窗缝刮进清新的空气,砭人肌骨。窗外的黑暗里有无数红线互相交错着坠落到地面上。有时掠过一团团灰烟。车厢的轮子顺从地哐当响着。机车发出悠长的哀鸣,向侧面拐去,火箱的光亮照出路旁枞树黑糊糊的锥形影子,这些枞树从黑暗里突然钻出来,马上又消失了。道岔呱哒哒地响了一阵,车厢轻轻摇晃一下,信号灯的绿色圆罩一闪就不见了,长长的红线又像雨丝似的从窗前飞掠而过。

伊万·伊里奇望着窗外的红线,突然有一种令他自己也惊奇的喜悦涌上心头,他感到这五天发生的事有多么重大。如果他向别人诉说这种心情,别人一定会把他当成疯子。然而对他说来,这件事毫不奇怪,也毫无发疯的痕迹———一切都非常清楚。

　　他感到：在这黑夜里有成千上万的人活着、忍受苦难或纷纷死去。不过他们活得并没有真正的价值，世界上发生的一切事都没有真正的价值，几乎是一种幻觉。说几乎是幻觉，因为只要伊万·伊里奇再加一把劲，一切都会变了样，变成迥然不同的样子。而在这幻觉的世界里，有一个活生生的中心人物——这就是他，伊万·伊里奇，俯到车窗上的身影。他是处于热恋中的人。他走出了幽灵的世界，在这雨丝般的火星中间，在黑暗的世界上空飞翔。

　　这种极不寻常的自怜自爱持续了几秒钟。他进了单间，爬上上铺，一边脱衣服，一边看自己的两只大手，有生以来第一次发现，这双手十分好看。他把手枕在头底下，闭上眼，立刻就看到了达莎。她正用爱恋的激动目光看他的眼睛。（这是今天在餐室里发生的事。达莎正包包子。伊万·伊里奇绕过桌子走到她身边，吻她那暖乎乎的肩膀，她急忙回过头来，他问："达莎，您肯做我的妻子吗？"她只是看了他一眼。）

　　这阵子伊万·伊里奇躺在铺位上，又看到达莎的面庞，并对这幻影永远也看不够，也是有生以来第一次体验到一种莫大的喜悦，因为达莎爱他——这个长着一双好看的大手的人。

　　伊万·伊里奇到了彼得堡，当天就上波罗的海工厂报到，他被分配在车间里值夜班。

　　这三年间工厂发生了很大的变化：工人的人数增加两倍，一部分是年轻人，另一部分是从乌拉尔或西部城市调来的，还有一部分是从作战部队抽的。工人们天天看报，诅咒战争，诅咒沙皇和皇后，诅咒拉斯普京和将军，人人愤恨不已，大家都相信，战争一结束，"就会爆发革命"。

　　大家感到特别气愤的是，城里的面包房开始往面包里掺朽木粉，市场上有时一连好几天没有肉，有肉也是发臭的；土豆拉到这里也冻了，白糖弄脏了，而且食品价格一个劲儿涨，而商店老板、暴发户和投机商人的生意发了财，这时他们肯花五十卢布买一盒糖果，花一百卢布买一瓶香槟，而对跟德国人讲和，他们连听也不愿意听。

223

伊万·伊里奇为了安排个人的事请了三天假,在这三天里他跑遍全城找房子。他看了几十处房子,一个也没相中。可是最后一天他意外地发现一座正是他在火车上所设想的住宅:有五个小房间,玻璃窗朝西,擦得干干净净。这所住宅坐落在石岛街的头上,对伊万·伊里奇说来房租未免贵了些,但他还是马上就把房子租妥了,并且写信通知达莎。

第四天晚上他到工厂去上班。工厂的院子被煤熏得发黑,院里有几根高高的柱子,上面点着灯。烟囱里冒出的烟被潮气一打,风一吹,都落到地面上,空气里充满了令人窒息的黄糊糊的煤烟。厂房半圆形的大窗户落满尘土,隔窗仍可看见里面有无数传动滑轮和皮带在旋转,车床上的铸铁机架来回移动,给钢件或铜件钻眼、刨平、磨光。冲压机的垂直圆盘不停地转动。高空中起重机的滑架来回奔跑,不时地消失在黑暗里。熔铁炉发出红光和白光。汽锤的庞然大物的十字头忽上忽下,剧烈的敲击声震撼着大地。从低矮的烟囱里冒出一根根火柱,冲上灰色天空变成黑烟。在车床的吱嘎声和轰隆声中,晃动着幢幢人影……

伊万·伊里奇走进冲压车间,这里正在做榴霰弹的弹壳。工程师斯特鲁科夫是他的老相识,带他在车间里转了一圈,把捷列金不大了解的一些工作特点讲给他听。然后跟他一起走进车间角落里用木板钉的办公室,把账目和报表拿给他看,交出钥匙,接着一边穿大衣,一边说:

"车间的废品率是百分之二十三,您保持这个数字就行。"

伊万·伊里奇从他说话的口气和交代工作的态度察觉出,他对待工作毫不热心,可他从前所认识的斯特鲁科夫却是个出色的工程师和十分热情的人。这种想法很令伊万·伊里奇苦恼,于是他问:

"您认为这个废品率再不能降低了吗?"

斯特鲁科夫打着哈欠摇摇头,把制帽往乱蓬蓬的头上狠劲一扣,跟伊万·伊里奇回到车床跟前。

"拉倒吧,老兄。哼,不过是前方少杀百分之二十三的德国人罢了,这跟您有什么相干?何况也没什么办法——车床都老掉牙了,让它们见鬼去吧！"

他在冲压机前停下。一个腿短的老工人围着皮围裙，把一块烧红的钢锭放到冲模下面，冲模框落下来，冲模杆轧进粉红色的钢锭，就像插进黄油里似的，向上冒起一股火焰，冲模框又抬起来，做成了的榴霰弹弹壳滚落到土地上。老工人马上又把一块钢锭放上去。另一个工人挺年轻，大高个儿，留着小黑胡，在熔铁炉前忙活着。斯特鲁科夫对那个老工人说：

"怎么样，鲁布廖夫，弹壳有废品吗？"

老头儿笑了，把下巴上稀疏的胡子往旁边一甩，狡黠地眯缝着眼朝捷列金一瞥。

"是呀，有废品。您倒看看它干的什么活计？"他用手扶住冲压模框上下滑动的柱子，柱子油污得发绿了。"它打起哆嗦来了。这样的破玩意儿早就该扔了。"

在熔铁炉旁干活的年轻工人是伊万·鲁布廖夫的儿子，叫瓦西卡，他笑了起来。

"这里该扔的东西多着呢。机器都生锈了。"

"喂，你呀，瓦西里，说话要小心。"斯特鲁科夫快活地说。

"是得小心点儿。"瓦西卡晃晃一头卷毛头发，他的脸很瘦，颧骨略高，留着小黑胡，眼神专注而凶狠。这时他龇牙一笑，更显出恶狠狠和自信的神情。

"车间的工人都是好样的。"斯特鲁科夫一边准备走，一边对伊万·伊里奇说。"再见。今天我到'红铃铛'去。您从来没去过吗？是挺不错的酒馆，有酒卖。"

捷列金开始怀着好奇心观察鲁布廖夫父子。于是他惊奇地发现，斯特鲁科夫跟他们谈话时，几乎每句话、每一笑、每个眼色都是一种暗号，他们三个人好像在考查捷列金究竟是敌人还是自己人？根据后来几天鲁布廖夫父子跟他谈话的那种随便口吻，他明白他们已经把他看成"自己人"了。

这种"自己人"的概念,大概甚至不包括伊万·伊里奇的政治观点,因为他的政治观点并没经过深思熟虑因而不大固定,而是多半出于一种信赖心理,这是任何人跟他相处都会感觉到的:他的言谈举止没有任何特别之处,一看便知,这是一个诚实的人、善良的人、一个完全光明正大的人、自己人。

伊万·伊里奇值夜班的时候,常常凑到鲁布廖夫父子跟前,听他俩争论。

瓦西卡·鲁布廖夫读过很多书,张口闭口都是阶级斗争和无产阶级专政,而且一讲起来总引经据典,口气挺大。伊万·鲁布廖夫是旧教徒,是个狡猾的老头儿,并不大敬畏上帝。他常说:

"我们那里的佩尔米森林修道院,经书上什么都写着呢,比方这场战争,书上就有,还说是要弄得家破人亡,全国都要家破人亡,还说能剩下多少人,剩下的人可很少……还说森林修道院能出来一个能人,会治理国家,他要用上帝的戒条治国。"

"神秘主义。"瓦西卡说。

"唉,你这个坏小子,什么都不懂,光学了几个名词儿……就说自己是社会主义者!……什么社会主义者?你是个地道的哥萨克!我从前也是这样。他心里想的就是把皮帽子往耳朵上一卡,眼珠子瞪得溜圆,一边冲一边喊:'起来斗争呀……'跟谁斗?为什么斗?你是个死朽木疙瘩。"

"您瞧,老头子说的什么话,"瓦西卡用大拇指指着父亲说,"这是最有害的无政府主义者,对社会主义一窍不通,可每次反驳我都骂骂咧咧的。"

"不,"伊万·鲁布廖夫从熔炉里取出一块冒火星的钢锭,"不,先生们,"他举着钢锭画了个半圆,灵巧地送到正往下落的冲模杆下面,"你们是读了很多书,可都是用不着的。没有一点儿谦虚的意思,这一点他们连想都不想……他们不懂得在我们这个时代,每个人都应该感到自己的不足。"

"爸爸,你的头脑真糊涂了,头些日子是谁叫喊:我是革命者?"

"我是喊过。我呀,孩子,要是有什么事,头一个操起叉子。我干吗要保沙皇呢？我是个庄稼人。你知道,这三十年我用犁杖翻了多少地？我当然是革命者:难道我还不关心自己的灵魂得救吗？"

捷列金每天都给达莎写信,可是达莎却很少回信。就是写也写得很怪,仿佛上面覆着一层薄冰,伊万·伊里奇读她的信,总感到微微的寒意。平时他总是靠窗坐下,每页都要读上好几遍,达莎的字迹很大,行行都向下扭歪着。看完信,他就眺望群岛上紫灰色的丛林和布满乌云的天空。天空就跟运河里的水一样浑浊——他一边眺望一边想,看来达莎的信就应该这样写,而他想让达莎的信能写得缠绵多情,不过是因为他缺乏理智罢了。

"我亲爱的朋友,"她在信中写道,"您租下一套五室的住宅。您没想一想,这样一来,您要有多大的开销。甚至即使您不是一个人住,五个房间也太多了! 而且还要找用人,按照现在的习惯,要用两个女人。莫斯科正是秋天,很冷,阴雨连绵,一点儿阳光也没有……让我们等待春天吧……"

就像伊万·伊里奇上前线时问她肯不肯做他的妻子,达莎只是望着他,不肯正面回答一样,她在信中从来没正面谈他们什么时候结婚,也不谈未来的共同生活。需要等待春天。

现在人人都等待春天,怀着一种模糊而绝望的心情盼望某种奇迹出现。生活停滞不前,它也在冬眠,在舔自己的爪子。在清醒的时候,好像再也没有力量忍受对血腥的春天的新的期待。

有一次达莎在信中写道:

……我本来不想把别索诺夫死去的消息告诉您,连写信也不想谈。可是昨天有人又把他惨死的详情讲给我听。伊万·伊里奇,在他上前线之前不几天,我曾在特维尔林荫路上遇见过他。他的样子很可怜,而且我觉得,要不是当时我不理他,他也许不会死。但是我把他撵走了。我也不可能不那么做,如果往事能够重演的话,我也还会那么做的。

捷列金为了写回信,整整花了半天时间……

"怎么能想象我会不同意您所做的事呢?"他写得很慢,字斟句酌,以免说假话。"有时我反省自己,要是您甚至爱上别人,也就是说,对我说来发生了最可怕的事……我也会承受下来……我当然不会泰然处之,不会的,因为我失去了太阳……但是我对您的爱只为了求得快乐吗?我知道,当一个人深沉地爱着谁,会产生出情愿献出生命的心理……显然,别索诺夫临上前线的时候,就是怀着这种心情……而您,达莎,应该感到您是绝对自由的……我对您没有任何奢望,甚至不要求您爱我……这一点我是近来才明白的……"

过了两天,伊万·伊里奇黎明时从工厂下班回来,洗了澡,躺在床上,但是立刻就被唤醒了——送来一份电报:

一切都好。热烈爱你。你的达莎。

有个星期天,斯特鲁科夫工程师坐汽车来找伊万·伊里奇,带他到"红铃铛"去。

这个酒店在地下室。拱形的天棚和墙壁上画着五颜六色的小鸟、相貌淫猥的婴儿和寓意深奥的涡纹。人声嘈杂,烟雾弥漫。舞台上坐着一个秃顶的小个子,脸上搽着胭脂,在弹弄钢琴的键子。有几个军官喝烈性混合酒,对走进来的每个女人都评头品足,高声议论。爱好艺术的律师们喧嚷着,争论着。一个肿眼泡的黑发女郎——酒店的皇后——正纵声大笑。安托什卡·阿尔诺利多夫一边用手指卷着一绺头发,一边写前方通讯。靠墙的平台上,未来派的创始人正耷拉着烂醉的头打盹,他原来是个口歪眼斜的兽医,患有痨病。酒店老板当过演员,留着长发,脾气随和,也喝得醉醺醺的,有时在侧门门口露露头,用发疯的眼睛扫视一下顾客,然后又不见了。

斯特鲁科夫喝了混合酒,带着醉意对伊万·伊里奇说:

"我为什么喜欢这个酒店呢?像这样的糜烂生活到哪儿也找不到——真是一种享受……你看那个角上坐着的女人,骨瘦如柴,相貌可怕,连动弹都动弹不得了——歇斯底里症到了晚期,却红得不得了。"

斯特鲁科夫哈哈一笑,呷了一口酒,也不去擦蓄着鞑靼式小黑胡的柔软的嘴唇,继续向伊万·伊里奇介绍顾客们的名字,用手指着一张张睡眼惺忪、半疯狂的病态的脸孔。

"这都是最后的莫希干人①……美学沙龙的遗老……啊!简直都发霉了!啊!他们把自己关在这里,装作没发生战争的样子,一切都照旧。"

捷列金一边听着,一边看……由于闷热、烟气和酒劲,仿佛一切都在梦中,只觉得天旋地转……他发现有好几个人转过脸望着门口;连兽医也勉强睁开黄色的眼睛;酒店老板发疯的脸孔从墙后探出来;坐在伊万·伊里奇侧面的半死不活的女人挑起睡不醒的眼皮,她的眼睛突然炯炯有神了,以难以理解的灵巧直起腰,望着众目所瞩的地方……整个地下室出人意外地变得鸦雀无声,只有一只酒杯落在地上,啪嚓一声碎了……

门口站着一个上了年纪的汉子,中等身材,一个肩头往前探着,双手插在呢子外套的衣袋里。脸挺窄,下巴上耷拉着一绺黑胡子,脸上露出愉快的笑容,形成两条深深的习惯的皱纹,整个面部最惹人注目的,还是那对闪着灰色光芒的眼睛,眼神聪明专注,洞察秋毫。这种场面持续有一分钟,从门口的黑暗里又出现一张脸,向他靠近,看样子是个官员,露出不安的微笑,附耳说些什么。那个人不高兴地皱皱大鼻子。

"你又是那套蠢话……唉,我都听腻了。"他更加快活地扫视一下地下室里的顾客,摇摇胡子,用洪亮的声音高声说道:"好,再见吧,快乐的朋友们!"

说完就不见了。门啪的一声关上了。整个地下室一片嗡嗡声。斯特鲁科夫用指甲掐住伊万·伊里奇的手。

"看见没有?看见没有?"他上气不接下气地说。"他就是拉斯普京。"

---

① 借自美国小说家库珀(1789—1851)的小说名《最后的莫希干人》。

第三十三章

  天亮前三点多钟,伊万·伊里奇下班回家。正是十二月凛冽的寒夜。一辆马车也没遇上,如今在这个时候就是在市里也很难找到马车。捷列金在空荡荡的街心快步走去,向竖起的大衣领里呼出热气。
  疏落的街灯照见空气里飘落的针一样的霜花。雪在脚底下发出响亮的吱嘎声。前面一幢黄楼,平板的正面墙反射出殷红的火光。捷列金拐过街角,才看到有个带网眼的铁筒,里面烧着熊熊的篝火,四周是捂得严实的冻僵了的人影,被一团团热气笼罩着。再往前去,人行道上有一百来人排成一行,一动不动地站着,其中大半是妇女、老人和半大孩子——他们在食品店门前排队。旁边有一个打更人直跺毡靴,拍打着手闷子。
  伊万·伊里奇从排队的人跟前走过,望着这些围着大围巾和毯子、靠墙站着的佝偻的身影。
  "昨天维堡区有三家铺子给抢了。"有一个声音说。
  "也只好这么干。"
  "我昨天要买半磅煤油,告诉我没有;以后也不会有了,这时恰好杰缅季耶夫家的厨娘来了,当着我的面用高价买了五磅煤油。"
  "多少钱一俄磅?"
  "两个半卢布,姑娘。"
  "两个半卢布买煤油?"
  "决不能饶了这个老板,我们记住他,到时候再找他算账。"
  "我姐姐说,奥赫塔有个老板也是抬高物价,他们就把他抓住,头朝下塞进腌咸菜的桶里,浸得他,亲爱的,死气白赖告饶!"
  "这么惩治也不够,应该再狠点儿整他们。"
  "可我们只好在这里挨冻。"
  "可他这时正喝茶呢。"
  "谁正喝茶呀?"一个嘶哑的声音问。

"他们都在喝茶。我家的将军夫人晌午十二点起床,就开始大吃大喝,一直吃到半夜——这个糊涂虫,怎么不撑破肚子?"

"可你在这儿挨冻,得上痨病!"

"您说得太对了,我已经咳嗽了。"

"可我家小姐,我说亲爱的,是个婊子。我从市场回到家,餐厅里满是客人,都喝得醉醺醺的。马上要吃煎蛋、黑面包,还要伏特加酒——这都算是粗茶淡饭了。"

"他们吃喝花的都是英国人的钱。"不知是什么人很肯定地说。

"您说什么?"

"我告诉你们吧:一切都被出卖了,只管相信我的话好了。你们站在这儿,什么事也不知道,可是你们都被出卖了,期限是五十年。整个军队都被出卖了。"

"上帝呀!"

不知是谁用伤风的声音问:

"请问一下:打更的先生,打更的先生!"

"出什么事了?"

"今天卖盐吗?"

"大概不卖。"

"唉,该死的东西。"

"已经有五天不卖盐了。"

"他们喝人民的血,这帮坏蛋。"

"你们这些娘儿们,别吵了,小心冻坏嗓子。"打更人用浑厚的低音说。

捷列金绕过排队的人。愤怒的吵嚷声沉寂了,前面又是笔直的大街,空荡荡的,沉没在寒雾里。

伊万·伊里奇走到堤岸,拐到桥上,风掀起大衣的底襟,他想起还是要雇一辆马车,但是立刻又把这件事忘了。在遥远的对岸隐约可见的街灯像星星似的闪烁。过河的行人照出暗淡的光亮,像一条线斜穿过河冰。

整个宽阔的涅瓦河河面,黑糊糊,空荡荡,寒风肆虐,刮得雪花沙沙响,电车的电线和桥上铁栏杆的孔洞发出凄哀的呼啸声。

伊万·伊里奇不时停下脚步,凝望这一片阴郁的黑暗,然后继续往前走,心中想着近来经常思考的一个问题,这就是关于达莎、关于自己、关于在火车上他感到的像火焰一样热烈的幸福的一刹那。

周围的一切都是昏暗模糊的,跟他的幸福相矛盾,相敌对。面对这一切,要想平静地说:"我活着,我幸福,我的前途是光明和美好的",每次都不得不勉强自己。而那时候,在车窗旁望着飞驰的列车的火星,说这话是容易的,现在要把自己跟那些冻僵了的排队的人影、跟这发出死亡痛苦的悲鸣的十二月的寒风、跟这普遍的损失和即将临头的毁灭隔绝开来,就更不容易了。

有一点伊万·伊里奇是深信不疑的:他对达莎的爱、达莎的美貌、他站在车窗旁边感到达莎也爱他时的喜悦心情——这都是好事。生活的古老神殿舒适而美妙,也许过于狭窄,如今受到战争的打击而震动和破裂,圆柱动摇了,圆顶裂开个大缝,陈旧的石块纷纷坠落,就在这神殿即将崩溃的尘土飞扬和轰隆声中,有两个人——伊万·伊里奇和达莎——不顾一切地陶醉在爱情的疯狂欢乐之中,希望得到幸福。这样做对吗?

伊万·伊里奇凝望着冬夜阴郁的黑暗和闪烁的灯火,倾听着寒风呼啸,勾起令人心碎的痛苦,不禁想道:"我何必瞒着自己:幸福的愿望是高于一切的。我想要不顾一切去追求幸福,只管追求好了。我能消灭排队现象,养活挨饿的人,去制止战争吗?不能。但是,如果我做不到这些事,就应该让自己也消失在这一片黑暗中而拒绝幸福吗?不,不应该。但是我能得到幸福吗?我会幸福吗?……"

伊万·伊里奇过了桥,根本没注意路,顺着堤岸走去。这岸有高高的电灯,在风中摇曳,却照得很亮。雪花带着干燥的沙沙声掠过光秃秃的路面。冬宫的玻璃窗黑漆漆、空荡荡的。带条纹的岗亭被大雪埋住,岗亭前站着一个穿光板皮袄的大个子哨兵,紧紧把步枪抱在怀里。

伊万·伊里奇走着走着,突然停下脚步,望望冬宫的窗子,然后加快步伐,先是顶风,跟风搏斗,后来又被风推着往前走。他觉得,现在他可以向一切一切人说出一个简单清楚的道理,而且大家都会相信他的话。他要说:"你们看到没有,不能再这样生活下去了:国家是在仇恨的基础上建立起来的,国家之间的边界也是被仇恨划分开的,你们每个人都是一团仇恨,好比是向四外伸出炮口的碉堡。大家生活得太拥挤了,你怕我,我怕你。整个世界被仇恨窒息了,互相残杀,血流成河。你们觉得还不够吗?你们还不幡然悔悟吗?难道说你们希望在这每幢房子里人们都自相残杀吗?赶快醒悟吧,放下武器,不要边界,打开生活的大门和窗户……有的是可以耕种的土地,有的是可以放牧的草原,有的是可以栽葡萄的山坡……地下的矿藏取之不尽,用之不竭——人人都有足够的地方……难道你们没看到,你们还处在旧时代的蒙昧状态吗?"

在这一带市区也找不到马车。伊万·伊里奇又过了涅瓦河,钻进彼得堡弯弯曲曲的小胡同里。他一边想着,一边自言自语,终于迷了路,便沿着黑暗空旷的街道信步走去,一直走到一条运河的堤岸上。"这下子可算是散步了!"伊万·伊里奇停住脚步,喘喘气,笑起来了。看看表,已经是清晨五点整。从附近的拐角钻出一辆挺大的敞篷汽车,没打前灯,把雪地压得吱吱嘎嘎响。开车的是个军官,穿着大衣,没系扣;刀条脸刮得精光,显得苍白,眼神呆板,好像喝得酩酊大醉似的。在他身后坐的也是军官,把制帽推到后脑勺上——他的脸看不清——用双手抱住长长的蒲席卷。汽车上的第三个人是文官,把大衣衣领立起来,戴着一顶高筒的海狗皮帽。他欠起身,抓住开车的军官的肩头。汽车在离桥不远的地方停住。伊万·伊里奇看见三个人都跳到雪地上,从车上往下拽蒲席卷,在雪地上拖了几步,然后吃力地抬起来,到了桥中间,从栏杆上搁过去,扔到桥下。两个军官立刻回到汽车上,那个文官弯着腰向桥下望了片刻,然后放下衣领,跑步赶上同伙。汽车全速开动,一下子就不见了。

"呸,多么肮脏的勾当!"伊万·伊里奇喃喃自语。在这段时间里他一直屏住气站着不动。他走到桥上,不管他把眼睛睁多大,只能看到桥下有个大冰窟窿,黑糊糊的,什么也看不清,只听得从排水管流出发着臭气的温水汩汩作响。

"呸!多么肮脏的勾当!"伊万·伊里奇又喃喃地说了一遍,皱着眉头,沿着运河旁边的人行道走去。在拐角上他终于找到一个赶雪橇的老头儿,老头儿上了年纪,也冻僵了,前面驾着一匹大嘴的马。他坐上雪橇,挂好冻硬了的盖腿的毯子,闭上眼睛,便感到浑身累得酸痛。"我有了爱情,这是最实际的,"他想,"不管我干什么,只要是出于爱就好。"

第三十四章

那三个人从桥上扔进冰窟窿里的蒲席卷,原来是被谋杀的拉斯普京的尸体。为了杀死这个具有非凡生命力的强壮的庄稼汉,先用掺氰化钾的葡萄酒把他灌醉,然后朝前胸、后背和后脑勺连开三枪,最后又用铁拳套打碎他的脑壳。就是这样,当尸体被发现并从冰窟窿里拽出来的时候,法医断定,拉斯普京直到沉到冰底下之后才断气。

这次谋杀仿佛成为两个月之后发生的一系列事件的信号。拉斯普京不止一次说过,他要是一死,皇帝的宝座就得垮台,罗曼诺夫王朝就得灭亡。正像看家狗能预感到家里要死人似的,这个野蛮残暴的家伙也有大难临头的模糊的预感。这个沙皇宝座的最后一个捍卫者、庄稼汉、盗马贼、发狂的残忍信徒,是不肯轻易死掉的。

他的死在皇宫里引起不祥的沮丧,而在全国却引起一片欢腾;人们奔走相庆。尼古拉·伊万诺维奇从明斯克写信给卡佳说:"接到这个消息的夜里,总司令部的军官们要了八打香槟酒,运到宿舍。前线的全体士兵高呼:乌拉……"

过了几天全国已经把这次谋杀事件忘了,不过皇宫里却没有忘记:那里的人都相信预言,因而怀着阴郁的绝望准备对付革命。他们秘密地把彼得格勒划分成几个区,并向谢尔盖·米哈伊洛维奇大公要机枪,大公不给,他们便从阿尔汉格尔斯克订购来四百二十挺机枪,布置在楼房的阁楼和十字路口上。对报刊的检查更严格了,许多报纸不得不开天窗。皇后给沙皇写去好几封绝望的信,极力激励他的意志和果断精神。可是沙皇好像被什么迷住了似的稳坐在莫吉廖夫,靠一千万条忠实于他——对这一点他深信不疑——的刺刀保护自己。他觉得彼得格勒排队的女人们的骚乱和哭叫比起压在俄国前线上的三国大军并不那么可怕。恰在这时,在莫吉廖夫,最高统帅部总参谋长阿列克谢耶夫将军①正背着沙皇制定逮捕皇后和消灭亲德派的计划。

为了在春季战役前先发制人,一月便下令北方战线发动攻势。战斗在严寒的夜里在里加附近打响了。炮击一开始就起了暴风雪。士兵们在深深的积雪里,在风雪的怒吼声中,在像飓风一样爆炸的炮火中间向前移动。有几十架飞机投入战斗支援地面部队,被大风压住,不得施展,便在刮得天昏地暗的大风雪里用机枪滥射,既打死了敌人,也打死了自己人。俄国在做最后一次挣扎,要打碎箍在身上的铁圈;俄国农民披着白色殓衣,被北极的暴风雪吹逐着,为保卫拥有世界六分之一领土的帝国,为保卫封建专制而做最后一次奋战。这个专制制度曾经据有广大领土,对全世界构成威胁,如今不过是延续过久的封建残余,成为历史的荒唐和整个国家的绝症。

激烈的战斗只持续了十天,几千人的性命葬送在雪堆里。攻势受挫便终止了。前线又被大雪冻结了。

第三十五章

伊万·伊里奇本想到莫斯科过圣诞节,但是没去成,因为厂里派他到瑞典出差,直到二月才回来;他马上请了三周假,并给达莎拍了电报,说他二十六日动身。

他临走前要在车间里值一周的班。伊万·伊里奇感到他不在的时候厂里有很大变化,令他惊奇:厂方从来没有像现在这样客气和关怀备至,工人却气势汹汹,恨不得马上把扳子往地上一摔,大声喊:"撂下活儿,

---

① 阿列克谢耶夫(1857—1918),帝俄将军,二月革命后任临时政府总司令,十月革命后成为南俄白匪军总头目之一。

上街……"

这几天特别令工人激动的是国家杜马的工作报告,杜马正就粮食问题进行辩论。根据这些报告可以清楚看出,政府勉强保持着镇定和尊严,想方设法驳回各种攻击;沙皇的大臣们讲起话来已经没有神话的英雄那种神气,开始讲人话了,不过,不论大臣讲的还是杜马说的,都谎话连篇,而真实情形却不胫而走,到处传播不祥和悲观的消息:由于饥饿和经济衰落,前线和后方在最近就要发生总崩溃。

伊万·伊里奇最后一次值班的时候,发现工人的情绪格外不安。他们不时离开车床,凑到一起商量什么——看样子在等待什么消息。他问瓦西里·鲁布廖夫,工人在商量什么事,瓦西卡突然气冲冲把棉袄往肩头一搭,走出车间,啪的一声关上门。

"瓦西里这个混蛋,近来脾气可大了,"伊万·鲁布廖夫说,"不知从哪里弄来一枝手枪,总带在身上。"

但是不一会儿瓦西里又回来了,到车间紧里头有几个工人围上去,其他人都离开车床。"彼得堡军区司令哈巴洛夫中将布告……"瓦西卡大声宣读一张白纸告示,把字眼咬得挺重。"近日来分配给面包房的面粉和烤制的面包数量均与以前相同……"

"瞎扯,瞎扯!"有几个人一齐喊起来。"已经三天没卖面包了……"

"面包供应不应有所匮乏……"

"他还发号施令呢!"

"如果有些面包铺面包供应不足,乃因众人担心面包缺乏,大量购买,制成面包干贮存之……"

"谁做面包干了?把面包干拿出来看看!"不知谁的声音嚷嚷起来。"让面包干把他自己噎死!"

"静一静,同志们!"瓦西卡压过大家高声喊道:"同志们,我们应当上街……奥布霍夫工厂已经有四千人走上涅瓦大街……维堡区的工人也上街了……"

"对!让他们把面包拿出来给我们看看!"

"面包他们是拿不出来的,同志们。市里的面粉只够吃三天的,以后既没有面包,也没有面粉了。列车都停在乌拉尔山那面了……那里的粮仓都装满了粮食……切利亚宾斯克就有三百万普特肉烂在车站上……西伯利亚用奶油上车轱轳……"

整个车间嗡嗡声响成一片。瓦西里举起一只手。

"同志们……要是我们自己不去拿面包,是没有人给我们的……我们跟别的工厂一起上街吧,同志们,我们的口号是:'全部政权归苏维埃'……"

"别干了!……扔下活儿!……熔炉停火!……"工人们在车间里乱跑,七嘴八舌地嚷着。

瓦西里·鲁布廖夫走到伊万·伊里奇跟前。他的小黑胡直哆嗦。

"走开,"他清楚地说,"趁你还活着,赶快走开!"

这一夜剩下的时间,伊万·伊里奇也没睡好,在惊慌不安中醒来。早晨天气阴沉沉的,外面化雪的水点滴滴答答地滴落在铁檐上……伊万·伊里奇躺在床上,想集中精神考虑一下问题。不成。他的不安心情仍然未能消散,外面的水点好像滴进他的脑子里去了,更增添了烦恼。"何必等到二十六号,应该明天就走。"他想着,脱下衬衫,光着身子走进浴室,打开淋浴器,站到喷下来的冰冷的水流底下。

临走之前还有很多事要办。伊万·伊里奇匆匆喝了咖啡,走到街上,跳上电车,车上坐满了人。他在这里又感到那种惊慌不安的心情。乘客跟平时一样,保持阴郁的沉默,蜷着腿,气冲冲地拽出被邻座压住的衣角。地上黏糊糊的,玻璃窗往下淌水,车头平台上的铃铛丁当乱响,令人心烦。伊万·伊里奇对面坐着一个军官,长着臃肿的黄脸膛,刮得精光的嘴角上露出一丝佯笑,眼睛却显出少有的机灵,怀疑地观望着。伊万·伊里奇仔细打量一下车上的乘客,大家都带着惶惑猜疑的目光面面相觑。

电车开到大直街的拐角上停下了。乘客们动了起来,东张西望,有几个人从车梯上跳下去。司机把扳子取下来,往蓝色的光板皮袄里一塞,打开前门,气呼呼而又惊慌地说:

"车不往前开了。"

在石岛街和整个大直街上,凡是眼睛看得到的地方,都停着电车。站在两旁人行道上的黑压压的人群骚动起来。有时商店橱窗外面的铁栅板轰隆一声落在地上。飘着湿漉漉的雪花。

有个人穿着长长的大衣,敞着怀,爬到电车顶上,摘下皮帽子,看样子喊着什么。人群发出一阵叹息声——哎哟……穿大衣的人拿一根大绳子往车顶上拴;然后直起身子,又摘下皮帽子。哎哟!——人群又发出一阵叹息。穿大衣的人跳到马路上。人群向后闪开,这时才看清楚,有一群人挤作一团,在泥泞发黄的雪地上打着滑,拉住拴在电车上的绳子。电车被拽歪了。人群向后退,孩子们吹起口哨。但是电车晃了一下又回到原地,可以听到车轮跟铁轨相撞的哐啷声。这时有许多人从四面八方向那群人跑去,心事重重、默默不语地拉起大绳。电车又拽歪了,突然轰隆一声倒了,听得见碎玻璃的哗啦声。人群仍然默不作声,向翻倒的电车走去。

"这下子可就热闹了!"那个臃肿的黄脸官吏站在伊万·伊里奇身后说。立刻有几个声音不大和谐地唱起来:

你们在决死的斗争中牺牲……

伊万·伊里奇往涅瓦大街走去,一路上看到同样惶惑的目光和惊慌不安的脸色。到处都有急不可待的听众把传播消息的人团团围住,就像大河中间出现一圈圈小小的旋涡。在高大楼房门前,站着养得胖胖的看门人,女用人探头探脑往街上瞅。有个绅士穿着黄鼬皮袄,敞着怀,胡子保养得很好,手提着皮包,向扫院子人问道:

"请问,亲爱的,那群人是怎么回事?那里到底出了什么事?"

"要面包,要闹事,老爷。"

"啊!"

十字街头站着一个脸色苍白的女人,胳膊夹着一条患硬化症的狗,朝下耷拉的狗屁股哆嗦着。有人从旁边路过,她就问:

"那群人是怎么回事?……他们要干什么?"

"要闹革命,太太。"穿黄鼬皮袄的绅士从她身旁走过时颇为快活地说。

有个工人顺人行道走来,短皮袄的下摆使劲摇来摆去,没血色的脸不住抽搐着。

"同志们，"他突然转过身来用哭咧咧的痛苦声音喊道，"还能让他们一个劲儿喝咱们的血吗？……"

有个圆脸的小军官叫马车停住，用手扶住马车夫的宽腰带，望着浩浩荡荡的人群，仿佛看日蚀似的。

"你就瞅吧，瞅吧！"那个工人从马车旁边走过，带哭声地说。

人越聚越多，现在已经挤满了整个街面，惶惶不安地吵嚷着，向大桥涌去。有三个地方打起小白旗。过往行人就像河里的小木片，被浩浩荡荡的人流裹走了。伊万·伊里奇也跟着人群过了桥。前面是寒雾弥漫的马尔斯广场，白雪皑皑，足迹凌乱，有几个骑马的人在上面疾驰。他们看到这群人便掉转马头，慢步走来。其中有个脸色红润的上校，下巴的胡子分成两绺，笑嘻嘻行个举手礼。人群里响起悲戚沉重的歌声。夏园的雾霭里有几只乌鸦扎煞着羽毛，从光秃秃的黑色树枝上飞起来，想当年乌鸦曾使暗杀保罗皇帝①的刽子手胆战心惊。

伊万·伊里奇走在人群前面；他觉得喉咙哽咽，咳嗽几下，内心的激动仍然一次又一次地往上涌。走到工程师大厦，他向左拐，沿着铸造厂街走去。

铸造厂街上又有一股人流浩浩荡荡穿过大桥，从维堡方面涌来。一路上所有的大门口都挤满了看热闹的人，所有的窗口都露出兴奋的脸孔。

伊万·伊里奇在一个大门口停下，他身旁站着一位老态龙钟的官员，两腮松弛的肌肉在发抖。右边挺远的地方有一排士兵横截住大街，一动不动地挎着枪站着。

人群径直向士兵走去，只是速度放慢了。人群里发出惊慌的呼喊声：

"站住！站住！"

这时立刻有几十个高亢的女人声音呼喊起来：

"要面包，面包，面包！……"

"绝对不能姑息！"那个官员说，用严峻的目光从眼镜框顶上瞥了伊万·伊里奇一眼。这时从大门里走出两个身高力壮的扫院子人，用肩膀

---

① 保罗（1754—1801），俄国沙皇，一七九六年即位，实行专制，镇压百姓，被弑。

撞开看热闹的人。官员的腮帮子直哆嗦,有个戴夹鼻眼镜的小姐叫嚷起来:"你这混蛋,你敢!"但是大门关上了。整条街上的大门和房门都纷纷关闭了。

"别关,别关!"又发出一片惊慌的喊声。

呼喊着的人群向士兵逼近了。有个戴宽檐礼帽的青年人跑到队伍最前面,激动得满脸通红。

"旗往前面去,旗往前面去!"人们互相传着。

这时在那排士兵前面出现一个军官,大高个儿,腰束得挺细,歪戴一顶高筒皮帽。他用一只手扶着挎在大腿旁的手枪套,大声喊着,不过只能听得清只言片语:

"上级下令开枪……我不希望流血……散开!……"

"要面包,面包,面包!"疯狂的喊声响成一片……人群向士兵涌去……不少眼神发狂的人从伊万·伊里奇身旁挤过去……"面包!……滚开!……混蛋!……"有人跌倒了,扬起皱紧眉头的脸,拼命喊:"我恨你们!……我恨你们!"

突然,顺着大街传来一阵好像撕裂白洋布的响声。一切都立刻沉寂了。有个中学生两手抱住头上的帽子钻进人群……那个官员举起骨节粗大的手画起十字。方才是朝空中放了一排枪,没等放第二排枪,人群已经向后退了,有一部分跑散了,另一部分随着白旗向兹纳缅广场涌去。在大街发黄的雪地上扔下许多皮帽子和套鞋。伊万·伊里奇来到涅瓦大街上,又听到沸沸扬扬的人声。这是第三队人马从瓦西里岛出发,已经过了涅瓦河。两旁的人行道上,站满了衣着华丽的女人、军人、大学生和外国人模样的陌生人。有个英国军官,长着孩子气的红扑扑的脸孔,直挺挺地站在那里。商店的女店员头上扎着黑蝴蝶结,把扑粉的脸贴到门玻璃窗上。街中心有一群气势汹汹的工人,有男有女,向雾茫茫的远方走去,一边高喊着:

"要面包,面包,面包!……"

人行道旁有个赶雪橇的,侧身俯在雪橇的前座上,对脸色涨红、不知所措的太太快活地说:

"您说说看,我往哪儿赶呀?这里连苍蝇也飞不过去。"

"往前赶,混蛋,你敢顶嘴!……"

"不,从今往后我不是混蛋了……请下车吧……"

人行道上行人拥挤不堪,抻长脖子听着,激动不安地询问:

"铸造厂街打死了一百人?……"

"瞎说……就打死一个孕妇和一个老头儿……"

"上帝,这老头儿为啥被打死呀?"

"普罗托波波夫①掌大权。可您知道,他是个疯子……"

"先生们,有个消息……叫人难以相信!总罢工开始了!"

"怎么?水电也罢工了吗?……"

"上帝保佑,但愿如此……"

"工人真是好样儿的!"

"不要高兴得太早了,会镇压的……"

"您可小心点儿,就您那副尊容,可别先把您镇压了……"

伊万·伊里奇浪费许多时间,已经够懊丧了,跑了好几家,却一个人也没找到,便气冲冲地沿着涅瓦大街信步走去。

街上的雪橇又来来往往奔跑了,扫院子人也出来扫雪了,十字街头出现一个大个子,穿着黑大衣,举着白木棒——这是用来维持秩序的有魔力的权杖,高悬在激昂的人头和老百姓的混乱思想之上。过横道的行人幸灾乐祸地回头望望这个警察,心里想:"走着瞧吧,亲爱的,到时候再算账!"但是他们谁也没想到,时候已经到了,这个像大圆柱子的家伙,留着小黑胡,举着白木棒,不过是个幽灵而已,明天他就会从十字街头,从生活中,从人们的记忆里消失……

"捷列金!捷列金!站住,你这个聋乌鸡!……"

斯特鲁科夫工程师朝伊万·伊里奇跑来,他把制帽推到后脑勺上,两眼闪射出强烈的快活的光芒。

"上哪儿去?到咖啡馆里坐坐……"

---

① 普罗托波波夫(1866—1917),俄国内务大臣,企图镇压二月革命,后被全俄肃反委员会判处枪决。

他拽住捷列金的手,拉着他走进一家咖啡馆。里面雪茄的烟雾刺得人眼疼。许多戴圆顶礼帽和海狗皮帽、敞着大衣扣的人正在争论着,叫喊着,不时从座位上跳起来。斯特鲁科夫挤到窗子跟前,跟伊万·伊里奇在一张餐桌旁对面坐下。

"卢布贬值了!"他高声说,用双手抓住桌子。"股票都不值钱了。这才叫力量呢!……你说说,你都看到什么了?……"

"我路过铸造厂街,那里开枪了,不过好像是朝空中打的……"

"你对所发生的事有什么看法?"

"没有。据我看,现在政府应该认真抓一下粮食运输问题。"

"晚了!"斯特鲁科夫喊了起来,用手敲着餐桌上的玻璃板。"晚了!……我们连自己的肠子都吃光了……战争结束了,好了!……可你知道工厂里叫喊什么?召开工人代表苏维埃——这就是他们的要求。除了苏维埃,对谁也不相信!"

"你说什么?"

"这是真正的彻底完蛋,亲爱的!专制政府垮台……你睁开眼看看……这不是暴动……甚至也不是革命……这是混乱的开始……一场大混乱……"斯特鲁科夫前额上汗水淋淋,暴起一条横筋。"三天之后,什么国家呀,军队呀,省长呀,警察呀,都不存在了……只有一亿八千万茹毛饮血的人!你知道那是些什么样的人吗?相形之下,老虎和犀牛不过是儿童玩具。一个有机体分解之后的细胞——原始人就是这种玩意儿。这太可怕了。这好比一滴水里的鞭毛虫互相吞食。"

"去你的吧,"捷列金说,"不会发生这种事。嗯,是呀,这是革命。那就感谢上帝了。"

"不!你今天所看到的情形绝对不是革命。这是物质分解。革命会来的,会来的……只是我和你是看不到的。"

"也许是那么回事,"伊万·伊里奇说,站起身,"瓦西卡·鲁布廖夫干的是革命……可你,斯特鲁科夫,就不行。你太好发议论了,讲起话来总自作聪明……"

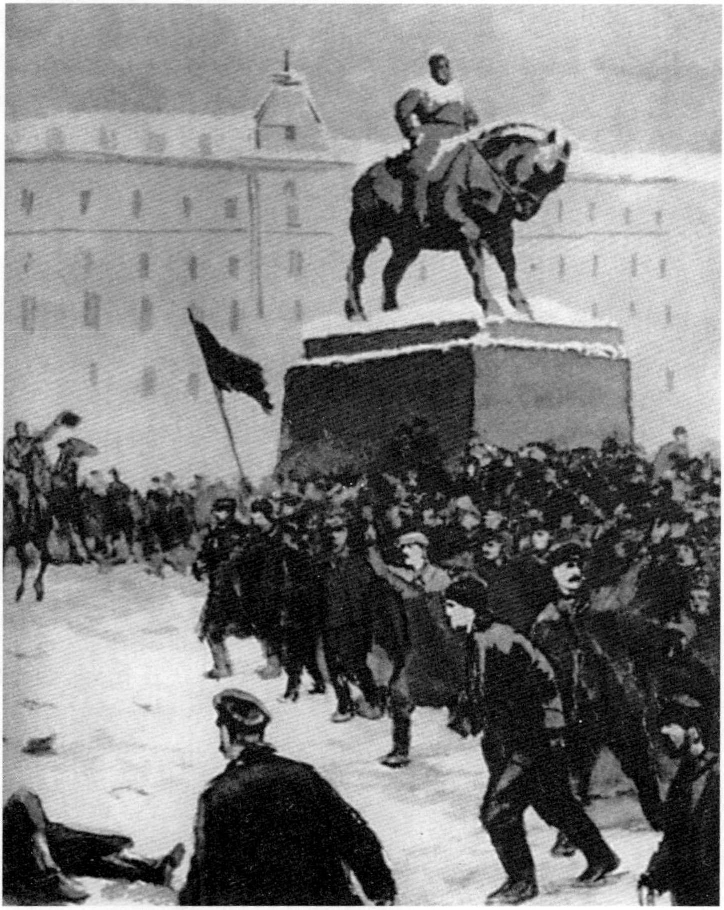

伊万·伊里奇回到家，时间还很早，他立刻就躺下了。但是他昏昏沉沉只睡了不一会儿，叹了口气，费劲地侧过身子，睁开眼睛。闻到皮包发出的皮革味，皮包敞开放在椅子上。这是从斯德哥尔摩买来的，里面放着上等皮革做的镶银梳妆盒，是给达莎的礼品。伊万·伊里奇对这件礼品也怀着一股柔情，每天都要把包装纸打开仔细观看。他甚至清楚地想象出他跟达莎坐火车旅行的情景，他们坐的是外国车的单间，车窗要更长一些，达莎穿着旅行装坐在铺位上；她的膝盖上放着这个散发着香水和皮革味的小盒子。小盒子是快乐、美妙的旅行的标志。

伊万·伊里奇望着窗外暮霭沉沉的天空中映射出这座城市的紫灰色的反光。他清楚感觉到，今天白天喊着要面包的人也正望着这紫灰色的光辉，他们心里一定燃烧着痛苦的仇恨。这座叫人不喜欢、使人感到艰难、感到讨厌的城市……国家的头脑和意志……它如今患了绝症……处于濒死状态……

伊万·伊里奇大约十二点走出家门。宽阔的大街雾茫茫的，阒无人迹。透过蒙上一层薄薄的水气的玻璃窗，看到花店里的水晶玻璃瓶里插着一束盛开的红玫瑰，花上落着大颗水珠。伊万·伊里奇透过飘飘洒洒的雪花，怀着柔情望着红玫瑰。

从旁边一条街走出一支哥萨克骑兵巡逻队，一共五个人。边上的哥萨克拨转马头，快步朝人行道跑去。人行道上有三个戴鸭舌帽的人，一边走一边激动地悄声议论什么。这三个人站住了，其中有一个人抓住哥萨克的马笼头，快活地说些什么。这个举动太异乎寻常了。伊万·伊里奇不禁心跳了。哥萨克却笑了，扬起头，赶着用蹄子刨地的粗脖子马追上同伴，一起驱马大走，消失在街头的白雾中。

快到堤岸时，伊万·伊里奇开始遇见一堆堆激动的市民。看样子，昨天的事件发生之后，谁也平静不下来，大家都议论纷纷，传播谣言和新闻——有许多人向涅瓦河涌去。涅瓦河边，沿着花岗岩石墙，有几千看热闹的人像一群黑蚂蚁在雪地上移动。桥头上有一堆嗓门大的人闹哄哄的——有一队士兵横在桥头，挡住去路，顺着桥也有士兵站岗，一直排到对岸桥头。对岸桥头在飘着雪花的白雾中隐约可见。桥这头的人正朝士兵们高喊：

"干吗把桥挡住！放我们过去！"

"我们要进城。"

"岂有此理，欺侮老百姓……"

"桥是让人走的，不是给你们……"

"你们是不是俄国人？……放我们过去！"

一个身材高大的士官戴着四个乔治十字章，从这边栏杆走到那边栏杆，大马刺撞得咔咔响。听到人群里有人高声咒骂他，他转过阴沉的黄脸，脸上还有几颗浅麻子。

"喂，你们还算是上等人，可说话太那个。"他那向上卷着的两撇胡哆嗦着。"我不能放行人过桥……如果有人不服从，我只好动用武器……"

"士兵不会开枪的。"那些人又嚷起来。

"怎么偏把你这麻面鬼，你这狗东西派到这儿……"

那个士官又转过身子说了一气，他那嘶哑急促的声音虽然一派军人口气，但是也跟大家一样，言谈中流露出这些天人人都有的不安的疑惑。那些吵吵嚷嚷的人觉察到这一点，便骂起街来，朝士兵们挤过去。

一个细高个儿，歪戴着夹鼻眼镜，长脖子上围着围巾，突然提高嗓门沙哑地说：

"截断交通，到处下卡子，封锁桥梁，真是捉弄人。我们可不可以在城里随便走动，还是连走路也不行了？公民们，我看不用管这些兵怎么样，从冰上走到对岸……"

"对！从冰上走！乌拉！……"有几个人立刻朝白雪皑皑的花岗岩石级跑去，准备下到河边。那个细高个儿果决地踏上冰贴桥边走去，围巾在后面飘动。士兵从桥上俯下身子喊：

"喂，回来，要开枪了……回来，瘦长鬼！……"

但是那个人连头也不回，只管大步走去。他后面跟着一溜人，急促地走着，而且越来越多。这些人好像豌豆粒从堤上滚到冰上，在雪地上奔跑，只看得见一个个小小的黑影。士兵从桥上喊他们，他们一边跑，一边把手放在嘴旁，他们也喊。有个士兵刚要举枪，另一个士兵捅捅他的肩膀,他就没开枪。

后来才知道,这些走上大街的人并没有一定的目的,不过是看桥头和十字路口都有卡子,便产生一种自古就有的心理:越不让干就越要干,便成帮结队走过桥去。本来就已病态的幻想更加活跃了。结果满城风雨,说是这些闹事举动背后有人操纵。

第二天傍晚,帕夫洛夫团开到涅瓦大街,离老远就朝看热闹的和单个行人开枪。市民这才明白,大概是发生革命了。

不过革命策源地在哪儿?什么人在领导?没有人知道。不但军队的司令官不知道,警察也不知道,至于临时掌握大权的独裁者①就更不知道了。这个独裁者原是辛比尔斯克一家毛呢厂厂主,当初在辛比尔斯克的圣三一旅馆里被地主纳乌莫夫按住头往门上撞,门心板撞破了,他的头也撞坏了,他的脑壳和脑子都受了伤,从此得了头痛症和神经衰弱。后来当他掌握管理俄罗斯帝国的大权时,便得了惊慌失措的不治之症。革命策源地到处都是,存在于每家每户,每个市民的头脑里。这些头脑充满幻想、愤怒和不满。寻找不到革命策源地,是不祥之兆。警察只能捕风捉影。实际上警察应该把彼得格勒二百四十万居民统统逮捕入狱。

一整天伊万·伊里奇都是在街上度过的,他大概跟所有的人一样,有一种目眩头晕的奇怪感觉。他感觉到城里的激昂情绪不断增长,几乎达到疯狂地步——人人都融化在普遍的、群众性的眩晕状态中。这些群众之所以在街上乱闯和闹事,是在寻找和追求一种信号,一种能发出耀眼的火花并使人人融成一体的闪电。

很少有人被涅瓦大街上的枪声所吓住。人们像野兽似的围住两具尸体:一具是穿花裙子的女人,一具是穿貂绒大衣的老头儿,都躺在弗拉基米尔大街拐角上……枪声一紧,人们就跑散了,然后又贴墙根偷偷往前走。

黄昏时候,枪声沉寂了。刮起冷风,吹散满天乌云,乌云层层叠叠堆

---

① 这个独裁者大约指国家杜马主席罗江科,参看第250页注①。

在大海对面,乌云里露出阴郁的血红的残阳。一弯纤纤的新月低挂在城市上空,月牙周围的天空像煤一样黑。

这天夜里街灯没亮。窗子都黑糊糊的,大门紧闭。沿着雾茫茫、空荡荡的涅瓦大街架着一堆堆步枪。十字路口上晃动着哨兵高大的身影。月光忽而照在镜子似的玻璃窗上,忽而照在长长的铁轨上,忽而照在刺刀的钢刃上,反射出寒光。四周静悄悄的,一点儿动静也没有。只是家家的电话机都用有气无力的羊叫声喃喃讲着关于事变情况的疯话。

二月二十五日早晨,兹纳缅广场上全是军队和警察。北方旅社前面站的都是警察马队,他们骑着细腿的棕黄马,马不住地跳来跳去。不骑马的警察身穿黑大衣,围着亚历山大三世纪念像站着,或一堆堆站在广场上。火车站前站的是哥萨克马队,歪戴着高筒皮帽,留着浓密的胡子,神情很快活,马鞍后用皮带系着干草。涅瓦大街上可以看到身穿灰大衣的帕夫洛夫团士兵。

伊万·伊里奇拎着皮包走到车站的汽车入口处的高高石台上,从这里整个广场看得一清二楚。

广场正中有一块血红花岗岩的大石块,上面立着一匹大马,可能由于骑在马上的皇帝像重力一般沉,压得马垂下铜头,而皇帝阴郁的肩膀和圆圆的小帽都盖着一层雪。从五条通向广场的大街上,人们成群结队,呼喊着,咒骂着,打着口哨向铜像涌来。

跟昨天在桥上的情形一样,士兵们,尤其是哥萨克,一对对骑着马走近四面八方涌来的人群,跟他们对骂,互相嘲笑。警察都很魁梧,神色阴郁,一堆堆站在那里,保持沉默,流露出明显的犹豫不决。伊万·伊里奇非常了解这种等候下令作战的不安心情——敌人已经来到近前,人人都清楚应该怎么办,可是命令迟迟不下,每一分钟都过得非常痛苦。突然,候车室的门吱嘎一声开了,一个脸色苍白的宪兵军官出现在台阶上,他身穿短大衣,佩带上校肩章。他挺直身子,扫视一下广场,他那浅色眼睛在伊万·伊里奇的脸上瞥了一下……他迈着轻快的步伐从给他让路的哥萨克中间跑下台阶,翘着胡子向哥萨克大尉附耳说些什么。哥萨克大尉叉开胳膊和腿,漫不经心地坐在马鞍上,佯笑地听着。上校朝老涅瓦街方向点点头,在雪地上一蹿一蹿地穿过广场。有个警官用皮带把大肚子勒得紧紧的,跑到上校跟前,手举到帽檐跟前,直打哆嗦。老涅瓦街上有一群人正向这里走来,他们的喊声越来越响亮,终于能分辨出他们的歌声。有人使劲抓住伊万·伊里奇的衣袖,爬上石台,站到他身边。那神情非常激动,没戴帽子,肮脏的脸上有一条鲜红的划伤。

"弟兄们,哥萨克们!"他用一种可怕的嗓音声嘶力竭地喊叫,这种声音只有看到杀人和鲜血的时候才喊得出来。他用一种在荒野里可以听到的疯狂的声音喊叫着,这种声音不管谁听了都会心惊肉跳,两眼发直。"弟兄们,杀人了……弟兄们,救救我吧……他们要杀死我!"

哥萨克们在马鞍上转过身来,默默望着他。他们脸色变白了,眼睛睁得老大。

正在这时,科尔皮诺区工人从老涅瓦街走来,只见无数人头攒动,密麻麻、黑压压一片。淋湿了的红旗随风飘扬。警察马队一下子离开北方旅社门前,突然抽出宽宽的军刀,明晃晃举在手里。人群发出一片疯狂的喊声。伊万·伊里奇又看见那个宪兵上校用一只手扶住手枪的皮套奔跑,另一只手朝哥萨克们挥动着。

科尔皮诺区工人队伍里抛出冰块和石头,朝上校和警察的马队飞去。细腿的棕黄马跳得更起劲了。啪啪地响起微弱的手枪声。在纪念像底座跟前冒起几缕青烟——这是警察朝科尔皮诺区工人开枪了。离伊万·伊里奇大约有十步远的哥萨克马队里,立刻有一匹顿河种的凸鼻子红骒马飞起前蹄直立起来。就见一个哥萨克俯在马脖子上,捅了马一下,几步蹿到宪兵上校跟前,并没停步,抽出军刀用力一挥,只听嗖的一声,然后又让马直立起来。哥萨克马队都向杀人的地方赶去。人群冲过防线,涌进广场……有的地方响起零星的枪声,但都被一片喊声淹没了。

"乌拉!乌拉!……"

"捷列金,你在这儿干什么?"

"无论如何我今天得走。坐货车,搭车头,怎么都行……"

"得了,现在不能走……亲爱的,爆发革命了……"安托什卡·阿尔诺利多夫胡子拉碴,衣衫不整,大瞪着眼睛,眼皮红肿,用手抓住伊万·伊里奇的大衣领子。"你看见没有,那个宪兵的脑袋怎么被人砍下去的?……就像足球一样乱滚——真棒!你这个傻瓜,还不明白这就是革命!"安托什卡像说梦话似的嘟哝着。他们被人群挤住了,站在车站的过道上。"今天早晨立陶宛团和沃伦团拒绝开枪……帕夫洛夫团有一个连携带武器上了街……全城一片混乱,可谁也不知道是怎么回事……涅瓦大街上士兵像苍蝇似的到处乱窜,不敢回营房……"

第三十六章

达莎和卡佳穿着皮大衣,头上披着绒围巾,沿着灯光昏暗的小尼基塔街快步走着。脚下的薄冰喀嚓作响。碧绿色的寒空升起一弯皎洁的新月。有的人家从大门里传出狗叫声。达莎围巾的绒毛被哈气浸湿了。她一边听着薄冰的喀嚓声,一边笑。

"卡佳,要是能发明一种仪器放在这儿,"达莎把手放在胸前,"可以记录很多不寻常的东西……"达莎轻轻唱起歌来。卡佳挽住她的胳膊。

"好了,走吧,走吧!"

达莎走几步又站下了。

"卡佳,你相信真的发生革命了吗?"

远处,律师俱乐部大门上的电灯发出刺眼的光芒。今天晚上九点半,立宪民主党在彼得格勒传来的疯狂谣言的影响下,在这里举行公开讨论会,以便交换看法,制订出在这动荡不安的日子里共同行动的纲领。

两姐妹顺楼梯跑上二楼,也没脱皮大衣,只把围巾往后一抹便走进大厅,大厅里早已坐满了人,正全神贯注听一位胖绅士讲演,这个人红光满面,下巴留着胡子,一双大手做出优雅的手势。

"……事态发展之迅速,令人头晕目眩。"他用悦耳的男中音说。"彼得格勒的大权已全部落入哈巴洛夫将军手中,他昨天在全城张贴布告,说:'近来彼得格勒发生骚乱,竟然使用暴力戕害军官和警官的性命。今后禁止任何人在街上集会。特此警告彼得格勒市民,本司令明令所有部队,为了维持首都秩序,将不顾一切使用武器!……'"

"刽子手!"大厅后面有个神学院学生用粗重的嗓音喊了一声。

"这张布告不出所料,只能火上浇油。彼得格勒卫戍部队各兵种共有两万五千人站到起义者一边……"

他还没讲完,大厅里爆发一片掌声。有几个人站到椅子上,高喊些什么,做手势,仿佛要把旧制度彻底戳穿。讲演的人望着哗然的听众,咧嘴笑了,然后举起手,继续讲下去:

"刚才收到一份特别重要的电话记录。"他伸手从带格上衣的口袋里取出一张纸,打开来。"国家杜马主席罗江科①今天通过直通电报线给皇帝发了一份电报:'局势严重。首都处于无政府状态。政府瘫痪。运输、食品和燃料一片混乱。街上乱打枪。部分军队互相开枪射击。必须立即指定能得到全国信任的人重新组阁。万万不可拖延。任何拖延都等于死亡。祈祷上帝,不使陛下在此刻承担责任。'"

红光满面的绅士把记录放下,用炯炯有神的目光扫视一下大厅。这样激动人心的场面,莫斯科人还从来没见过。

"先生们,我们正处在我国历史上最伟大的事件即将发生的时刻,"他用浑厚柔和的声音继续说。"也许在这一刹那,在那里,"他高举起一只手,那神情宛如丹东②的雕像。"在那里已经实现了多少代人的期望,十二月党人的冤魂将含笑九泉了……"

"啊,上帝!"一个女人忍耐不住而叫了出来。

"也许整个俄国明天将汇合成一部欢乐、友爱的大合唱——自由!……"

"乌拉!……自由!……"许多人高呼着。

那位绅士坐到椅子上,用手背擦擦前额。这时桌角上站起来一个人,大高个儿,留着一头淡黄色的长发,刀条脸,下巴蓄着棕黄色胡子,胡子显

---

① 罗江科(1859—1924),俄国大地主、反动的"十月党"首领,历任第三、四届国家杜马主席、国家杜马临时委员会主席,十月革命后逃亡国外。
② 丹东(1759—1794),法国资产阶级革命家,曾参加雅各宾派,发表过抗御外侮的著名演说,后因反对雅各宾派的政策而被处死。

得很死板。他对谁也没看一眼,用嘲笑的口吻讲起来:

"我方才听到有的同志高喊:乌拉、自由。不错。最好是马上就能逮捕在莫吉廖夫的尼古拉二世,把大臣都送上法庭,用拳头赶走省长和警察……让革命的红旗迎风飘扬……这是正确的开端……根据现在得到的消息,革命过程的开始是对头的,很有力量。从一切情形看来,这次不会失败。可是方才在我前面发言的那位绅士,讲得倒蛮漂亮。他说——也许我听错了——他表示对即将到来的革命完全满意,并且预言不久的将来整个俄国将汇合成友爱的合唱……"

留淡黄色长发的人掏出手绢捂到嘴上,好像要尽力掩饰他的冷笑似的。可是他的颧骨一下子红了,耸起瘦削的肩头咳嗽起来。达莎和姐姐坐在一排,就听身后有人问:

"讲话的是谁?"

"库兹马同志,"有人小声回答说,"一九〇五年参加过工人代表苏维埃。刚流放回来。"

"我要是处在方才发言的人的地位,就不会高兴得这么早。"库兹马同志继续说,他那蜡黄的脸突然变得愤怒和坚决。"有一千二百万农民准备受屠杀,他们还在前线。有几百万工人住在地下室,憋得透不上气来,在排队的行列里挨饿。你们是不是准备踩着这些工人和农民的脊背来唱友爱的合唱呢?……"

大厅里发出一阵嘘嘘声,一个愤慨的声音高喊:"这是挑拨离间!"那个满面红光的绅士耸耸肩膀,摇了一下铃铛。库兹马同志接下去说:

"……帝国主义把欧洲投入一场骇人听闻的战争,而资产阶级从上到下都把它说成是一场神圣的战争,其实这是一场争夺世界市场、争取资本空前胜利的战争……那帮黄色的混蛋、社会民主党支持他们的主子,公然承认:是的,这是一场民族的战争,神圣的战争。农民和工人被撵到前方当炮灰……我倒要问问:在这血腥的日子里有谁出来说过一句话?"

"他说的什么?……他是什么人?……不许他发言!"许多愤怒的声音喊起来。嘈杂声响成一片。有些人跳起来,做手势。

"……时候到了……革命的火焰应该传播到农民和工人中

251

间去……"

大厅里吵吵嚷嚷,底下的话根本听不清。有几个穿常礼服的人冲向讲台。库兹马同志退下舞台,在门后消失了。在他原来的位置上出现一个著名的儿童教育女活动家。

"刚才发言的人真岂有此理……"

这时有人在达莎耳边激动而温柔地说:

"你好,我亲爱的……"

达莎甚至没回头,急忙站起来,原来是伊万·伊里奇站在门口。她瞥了一眼:这是世界上最漂亮的人,是属于我的人。而他又因为眼前的达莎跟他想象中的达莎迥然不同而大为诧异,这种情形对他来说已不止一次,他觉得达莎比他想象的美丽得多——脸颊上泛起热烈的红晕,蓝灰色的眼睛像湖水一样深邃。她是完美无缺的,再也不需要增加任何东西。达莎轻轻说了一句:"你好!"便挽起他的胳膊一起往外走。

到了街上,达莎停下脚步,满面含笑看着伊万·伊里奇,然后叹了口气,举起双手,吻他的嘴唇。她身上散发着带有刺鼻香水味的女人的魅力。达莎又默默挽起他的胳膊,两人踏着喀嚓响的碎冰走去。月牙低低挂在大街的尽头,照得碎冰闪闪发亮。

"啊,我真爱你,伊万!可把我等坏了……"

"我来不了,你知道……"

"你别因为我写那些糟糕的信而生气,——我不会写信……"

伊万·伊里奇停住脚步,看着她那向上仰着的脸。这张脸在默然微笑,扎上绒围巾而显得格外纯朴可爱,两条眉毛被围巾衬得更加乌黑。他小心翼翼把达莎拉到身旁,她便迈出两步,紧紧贴在他身上,仍然目不转睛看着他的眼睛。他又吻她一下,两人继续往前走。

"你要待很久吗,伊万?"

"不知道——局势这样……"

"是呀,你知道,这是革命。"

"你知道,我是搭火车头来的……"

"你知道,伊万……"达莎迈着跟他一致的步伐,眼睛看着自己高勒套鞋的鞋尖。

"什么?"

"这次我准备跟你去——到你那儿去……"

伊万·伊里奇没有回答。达莎只感到他有好几次想深深吸进一口凉气。她爱他,又可怜他。

第三十七章

第二天真有意思,因为它证实了时间的相对性。马车拉着伊万·伊里奇从特维尔街的旅馆走到阿尔巴特胡同,大约花了一年半的时间。"不,老爷,只花半个卢布坐马车的时候过去了。"马车夫说。"彼得格勒百姓得到了自由,我们莫斯科明天就会动手。你看——有个警察站着。我恨不得把车赶到这个狗崽子跟前,用鞭子抽他的脸。等着瞧吧,老爷,到时候我们会算总账的。"

伊万·伊里奇走到餐室门口,达莎出来迎他。

她穿一件罩衫,灰色的头发是匆忙别起来的。她身上散发着冷水的清新味。时间的钟声敲过了,时间便停止了。时间全都被达莎的话、达莎的笑声、达莎在朝阳中闪闪发光的轻盈的头发所填满了。甚至连达莎走到桌子另一端,伊万·伊里奇也会觉得不自在。达莎打开橱柜,抬起胳膊,罩衫肥大的衣袖滑落下来。伊万·伊里奇想,人是不会有这样的胳膊的,只有肩头下边有两颗白白的痘瘢,能证明这毕竟是人的胳膊。达莎取出一只茶杯,转过满头浅色的头发,说出一句绝妙的话便笑了。

她让伊万·伊里奇喝了好几杯咖啡。她说了一些话,伊万·伊里奇也说了一些话,不过人类的语言显然只有在正常运行的时候才有意义,而今天,语言已经没有意义了。叶卡捷琳娜·德米特里耶夫娜也坐在餐室里,听捷列金跟达莎俩不同寻常的闲谈。他俩忽而表现出热烈的惊异,忽而又马上忘掉了,他们谈到咖啡、皮梳妆盒、彼得格勒砍了人头、达莎的头发……说来也奇怪,在强烈的阳光下,达莎的头发竟然变成棕黄色。

253

女用人送来报纸。叶卡捷琳娜·德米特里耶夫娜打开《俄罗斯公报》,哎呀一声,便大声读起沙皇的诏书,要解散国家杜马。达莎和捷列金听到这个消息,大吃一惊,可是叶卡捷琳娜·德米特里耶夫娜没继续往下读,只管拿着《俄罗斯公报》默默地看。达莎对捷列金说:"走,到我那儿去。"便领他穿过黑洞洞的小走廊,往她的房间走去。她先进了房间,匆忙对他说:"等等,等等,不许看!"只见她把一件白东西藏进五斗橱抽屉里。

伊万·伊里奇有生以来第一次看到达莎的卧室——有个小梳妆台,上面放着许多莫名其妙的玩意儿;有张挺窄的床,洁白的被褥,两个枕头,大枕头是枕的,小枕头达莎临睡前用来垫胳膊肘;靠窗放着宽大的沙发椅,椅子背上搭着那条绒围巾。

达莎让伊万·伊里奇坐在这张沙发椅上,自己搬来小凳坐在对面,胳膊肘拄在膝盖上,双手托着下巴,目不转睛看着伊万·伊里奇的脸,叫他说说,他到底怎么爱她。时间钟声又敲一下,预报第二个时辰。

"达莎,就是把世界上所有的东西都给我,"捷列金说,"把所有的土地都给我,我也不会觉得快活——你明白吗?"达莎点点头。"要是我只一个人,我自己又有什么用,是不是?……我能把自己怎么样?"达莎点点头。"吃饭、走路、睡觉——都为的什么?这手和脚又有什么用?……比方说,我就算像神话说的一样富有,又怎么样呢?可你想象得到,一个人生活有多么痛苦吗?"达莎点点头。"可是现在,你坐在我眼前……现在我就不存在了……我只感觉到你的存在,这就是幸福。你就是一切。我看着你,觉得头昏眼花——你会呼吸吗?你是活人吗?你真的属于我吗?……达莎,你懂我的意思吗?"

"我记得,"达莎说,"我们坐在甲板上,微风吹来,杯子里的酒闪着光,当时我突然感到我们正向幸福航行……"

"你可记得河上天蓝色的阴影?"

达莎点点头,她马上觉得好像也记得一些美丽的天蓝色阴影。她想起了在轮船后面追逐的海鸥、低低的河岸、太阳在远处河面上照出的一条金灿灿的光带。她觉得这条光带最终会融入蔚蓝的灿烂的幸福海洋中。

达莎甚至想起她穿的哪件连衣裙……从那以后流逝了多少岁月……

傍晚,叶卡捷琳娜·德米特里耶夫娜从律师俱乐部跑回家,满面春风,神情激动,告诉他俩说:

"彼得格勒全部政权归杜马委员会了;大臣都被逮捕了,不过有个谣传,搞得人心惶惶,说是皇帝已经离开大本营,伊万诺夫将军①正率领全军向彼得格勒进军,准备镇压……这儿明天决定攻打克里姆林宫和军械库……伊万·伊里奇,明天一早我跟达莎到你那儿去看革命……"

第三十八章

从旅馆窗口可以看见下面有无数的人,好像一条缓慢的黑色洪流沿着狭窄的特维尔街向前移动——人头、制帽、制帽、制帽、皮帽、头巾、蜡黄的脸孔都在攒动。家家窗口都有人看热闹,屋顶上还站着一些小男孩。

叶卡捷琳娜·德米特里耶夫娜把面纱撩到眉毛顶上站在窗前,忽而抓住捷列金的胳膊,忽而抓住达莎的胳膊说:

"这多么可怕!……这多么可怕!……"

"叶卡捷琳娜·德米特里耶夫娜,您听我说,城里的情绪最稳定不过了。"伊万·伊里奇说。"你们没来之前我跑到克里姆林宫看看:那儿正进行谈判,很明显,军械库不放一枪就会缴械。"

"可是他们往那儿去干什么?……看,有多少人……他们要干什么?"

达莎望着像潮水一般汹涌的人头,望着屋顶和高塔的轮廓。这是一个雾霭弥漫的柔和的早晨。远处克里姆林宫大教堂的金色圆顶和塔尖上叉开腿的双头鹰的上空,有一群寒鸦在盘旋。

达莎觉得好像有好几条江河冲开冰层,淹没大地,她和她心爱的人被

---

① 伊万诺夫(1851—1919),俄国炮兵上将,一九一七年春奉沙皇旨意率兵去彼得格勒镇压二月革命,失败后投奔克拉斯诺夫将军。

洪流卷走了,如今她只有紧紧抓住他的手。她的心就像飞上天空的小鸟似的,又害怕又高兴。

"我想什么都看一看,我们上街去吧。"卡佳说。

一幢灰溜溜的砖楼修有许多瓶子似的大圆柱、雕着人体的栏杆、阳台、尖塔,到处都挂满红旗。这里就是革命的司令部——市杜马。圆柱用红布缠着,正面的锥形屋顶上也挂着红布。正门前结冰的石头道上停着四门灰色大炮,架在高高的车轮上。台阶上坐着几个机枪手,都蜷着身子,肩章上别着一绺红绦子。一群群的人怀着快活的恐惧望着红旗,望着市杜马落满灰尘的发黑的窗户。当正门顶上的阳台上出现一个意气风发的小伙子身影,挥舞胳膊,不知高喊什么的时候,人群里发出一片欢呼声。

人群看够了红旗和大炮,便沿着融化了的泥泞雪地穿过特维尔街的长拱门,向红场走去。红场的救世主门和尼古拉门附近,起义部队正和守卫克里姆林宫的预备团代表进行谈判。

卡佳、达莎和捷列金被人们拥到市杜马的门口。从特维尔街到整个红场,到处是越来越响亮的歌声。

"同志们,让开点儿……同志们,要遵守纪律!"响起年轻人激动的声音。有四个中学生摇晃着步枪,一个头发蓬乱的漂亮姑娘手里拎着军刀,穿过不大情愿让路的人群向市杜马门前走去。他们押着十个被捕的警察。这些警察大高个子,留着两撇胡子,反剪双手,耷拉着阴沉的脸。走在最前面的是警官,没戴帽子,头剃得发青,太阳穴上凝结的血块已经发黑。他用炯炯有神的棕黄色眼睛匆匆扫视一下人们洋洋得意的脸孔。他大衣上的肩章连呢子一起被撕掉了。

"喂,哥儿们,你们也有这一天呀!"人群里有人说。

"你们要笑我们,总算够了吧?……"

"你们的天下完了……"

"警察没有一个好东西!……都是狗腿子!……"

"抓住他们好好收拾一顿……"

"小伙子们,上去揍!……"

"同志们,同志们,让我们过去,要遵守革命秩序!"中学生们声嘶力竭地喊。他们把警察推推搡搡押上市杜马台阶,走进大门不见了。有几个人跟着他们也挤了进去,其中就有卡佳、达莎和捷列金。

高大的前厅没有任何装饰,灯光昏暗,有几个机枪手守着机枪蹲在地板上。一个胖脸蛋的中学生,由于喊叫和疲劳而昏头昏脑,冲着走进来的每个人喊道:

"我什么人也不认!拿通行证来!……"

有的人给他看通行证,有的人不理他,挥挥手,顺着宽阔的楼梯走上二楼。二楼走廊也挺宽,有许多士兵一声不响,满脸灰尘、睡意蒙眬靠在墙边,有坐着的,有躺着的,手里紧握着步枪。还有的啃面包,有的蜷着打裹腿的腿,发出鼾声。有些闲杂的人从一旁挤过去,观看门上钉的纸上写着稀奇古怪的名称,瞅瞅从这个房间跑到那个房间的委员。这些委员们兴奋到最高限度,连声音都沙哑了。

卡佳、达莎和捷列金看够了这些新鲜玩意儿,便挤进大厅。大厅里有上下两排大玻璃窗,窗上挂着退色的紫窗帘。椅子按剧场格局摆成半圆形,包着紫套。正面墙上原来装沙皇肖像的镀金镜框,已经空空如也,露出两丈长的大洞,好像一块黑色的补丁。空镜框前立着叶卡捷琳娜女皇的大理石像,青铜披肩披散在身后,正向她的臣民流露出亲切狡猾的微笑。

半圆形剧场的椅子上坐着一些人,脸色阴沉,胡子拉碴,显得疲惫不堪,都用手支着头。有几个人把脸埋在椅子背的折板上睡着了。有的人了无食欲地嚼着面包,剥着香肠皮。最前面靠近笑容满面的叶卡捷琳娜女皇,有一张长条桌,铺着带金穗子的绿台布,周围坐着一群年轻人,穿着黑衬衫,面容消瘦。年轻人当中有个人留着长长的头发,棕黄色胡子……

"达莎!你看:库兹马同志坐在桌旁。"卡佳说。

这时有个留短发的尖鼻子的姑娘走到库兹马同志跟前,悄声说些什么。他连头也不回地听着,然后站起来说:

"市长古奇科夫再次宣布,武器不发给工人。我提议不再进行辩论,马上把抗议革命委员会的决定的意见付诸表决。"

捷列金终于弄明白(他向一个心事重重的抽烟的小个子中学生打听到的)，工人代表苏维埃在这间叶卡捷琳娜大厅已经一连开了两天两夜会了。

吃午饭的时候，守卫克里姆林宫的预备团看到红场上行军厨车冒出的烟，便投降了，打开宫门。整个红场响起一片欢呼声，皮帽子一个个飞到空中。红场上有个土台，从前被枭首示众的伪季米特里①就曾赤身露体躺在土台上，脸上戴着羊皮面具，肚子上放着小丑的笛子。从前在土台上宣布新沙皇和废黜沙皇的名字。在土台上宣读加给俄国人民的各种恩典和苛政。就在这无数次长满牛蒡又无数次洒满鲜血的小土台上，出现一个小兵，身穿粗糙的大衣，向大家行过礼，用双手把帽子拉到耳朵上，开始讲话，由于人声嘈杂，谁也没听清楚讲的什么。这个小兵其貌不扬，是最后一次征兵从穷乡僻壤搜罗来的，可是竟然有个太太歪戴帽子，还插几根羽毛，跑上台去吻他，然后有人把他从土台上拉下来又抬起来，鼓噪而去。

这时，特维尔街总督宅邸对面，人群中有个小伙子爬到斯科别列夫②纪念像上，在军刀上系一块红布。人群高呼"乌拉"。有几个神秘莫测的人从胡同里溜进暗探局，可以听到里面打碎玻璃的声音，然后从那里冒起黑烟。人群高呼"乌拉"。特维尔林荫路的普希金纪念像跟前，有一位著名女作家泪流满面地讲述新生活的曙光，然后在中学生的帮助下把一面小红旗插到伫立沉思的普希金手里。人群高呼"乌拉"。这一天仿佛全城的人都喝醉了。直到深夜也没人回家。三五成群地议论着，高兴得流出眼泪，互相拥抱，不知在等什么电报。经过三年的消沉、仇恨和流血牺牲之后，莫斯科市民心中郁积的愤懑都发泄出来了。

卡佳、达莎和捷列金直到天黑才回家。到家一看，女用人丽莎到普列奇斯坚林荫路开会去了，厨娘在厨房里扣上门，沙哑地嚎叫着。卡佳好容

---

① 这里当指伪季米特里第一(？—1606)冒充伊万雷帝之子，借波兰贵族力量打到莫斯科，当了两年沙皇被推翻。普希金在《戈都诺夫》里写的就是他。
② 斯科别列夫(1843—1882)，帝俄将军，多次参加征服中亚的远征和对土耳其的战争，立有战功。

易才叫开门。

"您怎么了,玛尔富莎?"

"我们的沙皇给杀——杀——杀死了。"她说着,用手捂住哭肿了的厚嘴唇。嘴里喷出酒气。

"您净说胡话,"卡佳生气地说,"谁也没杀他。"

她把茶壶放在煤气炉上,然后去放桌子。达莎躺在客厅里的沙发上,捷列金坐在她腿旁。达莎说:

"伊万,亲爱的,我要是睡着了,茶端来后,你可要叫醒我——我真想喝口茶。"

她翻了个身,把两只手放在脸颊底下,睡意蒙眬地说:

"我真爱你。"

达莎围的绒围巾在昏暗里显得发白。她的喘气声已经听不见了。伊万·伊里奇一动不动坐在那里——他觉得心里非常充实。里屋门开了个缝,露出一线光亮,接着门大开了,卡佳进来,坐在伊万·伊里奇身旁的沙发圆扶手上,双手抱住膝盖,沉默片刻之后,轻声问:

"达莎睡了?"

"她要我喝茶时叫她。"

"玛尔富莎在厨房里大哭大闹,说沙皇被杀死了。伊万·伊里奇,将来会怎么样呢?……我有一种预感,好像一切堤防都被冲毁了……我提心吊胆,真替尼古拉·伊万诺维奇担心……好朋友,我求求您明天早点儿给他拍份电报。告诉我,您打算跟达莎什么时候去彼得格勒?"

伊万·伊里奇没回答,卡佳转过脸看他,两只大眼睛仔细谛视着他,这一对眼睛跟达莎一模一样,只是更富于女性的温柔,也更严肃。她微微一笑,拉住伊万·伊里奇,在他的前额上吻了一下。

第二天一早,全城的人都涌上街头。满载士兵、密布着刺刀和军刀的大卡车,穿过稠密的人群,在经久不息的"乌拉"声中,沿着特维尔街向前移动。小孩子骑在隆隆驶过的大炮上。人行道旁有许多年轻姑娘和中学生站在泥泞的雪堆上维持秩序,姑娘们举着军刀,神色紧张,中学生都全副武装,铁面无私——他们都是自愿组织起来的民兵。店铺老板爬上梯子,摘下牌匾上的双头鹰。有些病容憔悴的姑娘,都是烟厂的女工,举着列夫·托尔斯泰的肖像沿街游行,托尔斯泰皱着眉望着这些新奇的事。仿佛再也没有战争,没有仇恨了,仿佛只要把一面红旗挂在高高的钟楼上,整个世界都会明白:我们大家都是兄弟,世界上只有欢乐、自由、爱情和生命,再也没有别的力量……

电报带来令人震惊的消息:沙皇已退位,国家大事交给米哈伊尔大公,米哈伊尔也拒绝接受皇冠。但是并没有人感到震惊,好像在这种时期会有更新奇的事发生。

高低不平的屋顶和橙黄色的落照上面,在透明的天空中,有一颗星星闪闪发光。光秃的椴树枝黑魆魆的,一动不动。树底下更加幽暗。人行道上的水坑结了冰,在脚下喀嚓作响。达莎停下脚步,她一只胳膊挽着伊万·伊里奇,双手扣在一起,隔着低矮的栅栏望着尼古拉鸡腿教堂深凹的小窗里刚刚点亮的微弱的灯光。

小教堂和庭院都被椴树的阴影罩住了。远处啪的一声门响,有个身材矮小的人穿过院子走来。他穿着长得拖地的大衣,头戴蘑菇顶式的帽子,毡靴踩在冰上喀嚓响。可以听到他摆弄钥匙的哗啦声,然后他不慌不忙爬上钟楼。

"敲钟人打钟去了。"达莎低声说着仰起头。金色的小圆顶反射出落日的余晖。

"当,当……"晚祷的钟声响了,这钟声三百年来一直号召居民临睡之前祈祷心灵的安宁。霎时在伊万·伊里奇的脑海里浮现出那座小教堂的影子,小教堂门口坐着穿白长衫的女人,膝盖上放着死了的孩子,女人默默啜泣着。伊万·伊里奇用胳膊肘紧紧夹住达莎的胳膊。达莎瞥了他一眼,仿佛在问:怎么了?

"你愿意吗?"她急促地悄声问。"我们进去……"

伊万·伊里奇咧嘴笑了。达莎皱起眉头,跺跺脚。

"这有什么可笑的? 你跟这世界上你最爱的人挽手走,看到窗口的灯光,顺便进去举行个婚礼……"达莎又挽起伊万·伊里奇的胳膊。"你明白我的意思吗?"

第三十九章

"公民们,从今以后你们就是自由俄国的军队的军人了。今天能够向大家祝贺这个光辉的节日,非常荣幸。这是砸碎奴隶的锁链的节日。三天来,俄国人民没流一滴血就完成了历史上最伟大的革命。加冕沙皇尼古拉已退位,沙皇的大臣们已被逮捕,皇位继承人米哈伊尔也拒绝了他顶不起来的皇冠。从今以后,政权全部交到人民手里。现在国家由临时政府领导,为了在最短时间内,在直接、普遍、平等和无记名投票基础上进行全俄立宪会议选举……从今以后——俄国革命万岁!立宪会议万岁!临时政府万岁!……"

"乌拉—拉!"成千的士兵发出拖长的吼声。尼古拉·伊万诺维奇·斯莫科夫尼科夫从麂皮上衣的口袋里掏出草绿色的大手绢,擦擦脖子、脸和胡子。他站在临时用木板搭起的讲台上向士兵发表讲话。要登上这个讲台得扳着横掌往上爬。他身后站着捷季金营长,不久前才提升为中校,他的脸被风吹得粗糙,下巴上留着短胡子,鼻子肥大,脸上流露出紧张的专注神情。人群欢呼"乌拉",他忧心忡忡地举起手行个军礼。讲台前是一片旷场,露出化了雪的发黑的土地和残雪的泥泞痕迹。旷场上大约站着两千名士兵,没带武器,头戴钢盔,穿着揉皱了的大衣,没扎腰带,张大嘴听着这位脸红得像吐绶鸡的绅士讲些从未听说过的话。远处灰蒙蒙的云雾中,竖立着村庄里烧焦了的烟囱。再往前去,便是德军阵地。有几只羽毛蓬乱的老鸦从这片凄凉的旷野上飞过。

"士兵们!"尼古拉·伊万诺维奇把张开五指的手掌向前伸着,继续讲下去,他的脖子涨红起来。"昨天你们还是下级士兵,是沙皇政府送去当炮灰的不会说话的牲口。没有人问问你们为什么应该去送死……你们一出错就要挨鞭子,不经审问就枪毙。"(捷季金中校咳嗽一声,倒换一下脚,没吱声,又垂下头仔细听着。)"我是临时政府任命的西线部队政委,我向你们宣布,"尼古拉·伊万诺维奇攥紧手指,仿佛要抓住马笼头似的。"从今以后,再也没有下级士兵了。这种叫法取消了。从今以后,你们士兵们,也是俄国的平等的公民。司令和士兵之间没有任何差别了。什么'大人'、'长官'之类的叫法,统统取消。今后你们可以这么打招呼:'您好,将军先生',或'不,将军先生','是,将军先生'。那类'遵命'、'岂敢'等有失尊严的对答法,统统取消。士兵必须向所有的军官行礼的规定也永远取消。你们如果想跟将军握手的话,也可以跟将军握手问好……"

"哈—哈—哈!"士兵群里响起一片哄笑。捷季金也笑了,只是吃惊地眨了眨眼。

"最后,最主要的是,士兵们,从前战争是由沙皇政府进行的,现在要由人民进行了,也就是由你们进行。因此临时政府建议你们在所有的部队里建立士兵委员会——有连级的、营级的、团级的等等,直到军级的……你们要把你们所信任的同志选派到委员会里!……从今以后,士兵的手指头可以跟最高统帅的铅笔一起在军用地图上比比画画……士兵们,我祝贺你们得到了革命的最主要的成果!……"

"乌拉—拉"的欢呼声又响彻整个旷野。捷季金立正站着,行举手礼。他的脸色发灰。人群里叫喊起来:

"是不是快跟德国人讲和了?"

"一个人发几块肥皂?"

"我想问放假的事。有什么说法?"

"政委先生,我们现在该怎么办,是不是选个国王?谁去打仗呢?"

尼古拉·伊万诺维奇为了详细回答各种问题,跳下讲台,立刻被兴冲冲的士兵团团围住。捷季金中校把胳膊肘靠在讲台的栏杆上,望着政委没戴帽子、新剪过的头和肥厚的后脑勺在密密麻麻的钢盔中间移动,旋转并渐渐远去。有个兵长着棕黄色头发,披着大衣,是个笑里藏刀的家伙(捷季金了解他,他是电话连的),他一把抓住尼古拉·伊万诺维奇的皮带,眼珠滴溜乱转,开口问道:

"军事政委先生,你跟我们讲得蛮漂亮,我们听得也蛮高兴……现在请您回答我的问题。"

士兵们兴高采烈地吵嚷起来,围得更紧了。捷季金中校皱起眉头,不无担忧地从讲台上跳下来。

"我给您提个问题。"那个兵说,黑糊糊的指甲差一点儿没触到尼古拉·伊万诺维奇的鼻子尖上。"我接到一封家信,说家里的母牛死了,可我又没有马,我老婆带着孩子出外要饭去了……现在我来问您,比方说我要开小差,您还有权枪毙我吗?……"

"如果您把个人利益看得比自由更宝贵,您可以不要自由,就像犹大一样出卖自由好了;可俄国会毫不客气地正告您:您不配做革命军人……您回家好了!"尼古拉·伊万诺维奇厉声喝道。

"您别朝我大喊大叫!"

"你算老几,这么吆喝我们!……"

"士兵们,"尼古拉·伊万诺维奇跷起脚,"这是误会……革命的首要原则,先生们,就是要忠实于盟国……自由、革命的俄国军队,应当以新的力量去攻击德国帝国主义,因为它是自由的最凶恶的敌人……"

"可你在战壕里喂过虱子吗?"一个粗暴的声音问。

"他生来就没见过虱子什么样……"

"送给他三个好下崽……"

"你用不着跟我们讲什么自由,还是讲讲战争吧。我们打了三年仗……你们在后方倒挺自在,肚皮撑得挺大。可我们要知道,这场战争怎么才能结束……"

"士兵们,"尼古拉·伊万诺维奇又大声说,"革命的旗帜既然举起来,就要把争取自由的斗争和这场战争进行到最后胜利!……"

"真见鬼,这个糊涂虫……"

"我们打了三年了,从来没见到过胜利……"

"那为什么推翻沙皇呢?……"

"因为沙皇不让再打下去了,所以他们才推翻沙皇……"

"同志们,他被外国人收买了……"

捷季金中校用胳膊肘分开士兵,朝尼古拉·伊万诺维奇挤过去。他

263

看见一个身材高大的炮兵,脸孔黝黑,有点儿驼背,抓住政委的前胸,一边晃,一边冲政委的脸喊:

"你跑到这里干吗?……你说:你干吗要跑到我们这里来?是来出卖我们,你这狗东西……"

尼古拉·伊万诺维奇胖得发圆的后脑勺早缩到脖子里了,好像画在脸上的胡子向上翘着,来回乱晃。他用手推这个兵,手指哆哆嗦嗦把那个兵的衣领扯破了。那个兵皱紧眉头,摘下头上的钢盔朝尼古拉·伊万诺维奇的头和脸用力砸了几下……

第 四 十 章

"穆拉韦伊奇克"珠宝店门口,坐着一个更夫和一个民兵,悄声聊天。街上空荡荡的,商店都关门了。三月的风在锦鸡儿枝丫中间呼啸,刮得栅栏上脱落的《自由公债》的广告沙沙响。月亮像南国一样明亮,像水母一样飘浮着,已经高悬城市上空。

"当时他恰好在雅尔达别墅度假,"更夫不紧不慢地说,"他出去散步,照规矩穿上白裤子,佩带所有的勋章。在街上有人给他一份电报:皇帝陛下退位了。他这家伙看完电报,就在大庭广众中大哭起来。"

"哎呀呀!"民兵叫起来。

"过了一个星期,他就被罢官了。"

"为什么?"

"因为他是省长,现在不兴这玩意儿了。"

"哎呀呀!"民兵又叫了一声,两眼望着一只矫健的猫从锦鸡儿底下的月影里悄悄溜过去,干自己的营生去了。

"……那时候,皇帝正在莫吉廖夫,有军队守卫。嗯,好哇,日子过得挺舒服。白天睡大觉,晚上看电报——什么地方发生了什么战斗。"

"这个坏蛋一定是要喝水,往水边去了。"民兵说。

"你说谁?"

"西诺普利烟铺的猫出来溜达了。"

"嗯,好哇。突然,直通电报线发来电报,报告皇帝,说彼得堡的老百姓闹事,士兵不愿意镇压,倒是想回家。皇帝想:嗯,这没什么了不起的。他把所有的将军都召集起来,戴上勋章绶带出去见他们。皇帝说:'彼得堡老百姓闹事,士兵不肯去弹压,只想回家。我应该怎么办?请说出你们的意见。'你猜怎么着?他望着将军们,我的朋友,将军们并不发表意见,把脸扭到一边去了……"

"哎呀呀,这下子可糟了!"

"其中只有一个将军没扭脸,他是个老将军,喝得烂醉。'陛下,'他说,'请下命令吧,我肝脑涂地,在所不辞。'皇帝摇摇头,苦笑了笑。他说:'我这么多大臣,这么多忠实的奴仆,只有一个人忠心报国,却每天一早就喝得酩酊大醉。看来我的天下完了。给我一张公文纸,我签署退位诏书。'"

"他签了吗?"

"签了,签完就放声大哭。"

"哎呀呀,这下子可糟了……"

这时街上有个大高个子从珠宝店门前匆匆走过。他戴一顶鸭舌帽,大帽舌紧紧卡在眼睛上。一只衣袖空的,塞在腰带里。他转过脸来看看珠宝店前坐着的两个人,他那雪白的牙看得清清楚楚。

"这个人打门前走过四趟了。"更夫悄声说。

"准是强盗。"

"这场战争可出了不少强盗,嗯,我的朋友。原来没有强盗的地方也来了强盗。他们也真有能耐。"

远处钟楼上敲过三点,接着就是鸡叫二遍。一只胳膊的人又在街上出现了。这次他径直朝更夫、朝珠宝店走来。他们一声不响看着他。更夫突然急促地低声说:

"我们完蛋了,伊万,快吹哨子。"

民兵刚要伸手取哨子,可是独臂人一步蹿到跟前,一脚踢在他前胸上,同时用手枪把照着更夫头上打去。刹那间,又有一个人跑到门口,他

265

穿着军装,敦实的个儿,扎煞胡子,跑上前按住民兵,麻利地把民兵两手反剪在背后。

独臂人和敦实个儿一声不响动手撬门锁。他们把珠宝店的门打开,把打昏了的更夫和被捆绑的民兵拖进店里,随手关上门。

他俩用几分钟的工夫就干完了活——把珠宝首饰包成两小包。然后敦实个儿说:

"这俩呢?"他用脚踹了一下躺在柜台旁地板上的民兵。

"哥儿们,朋友,别那样,"民兵低声哀求说,"哥儿们,朋友……"

"走!"独臂人厉声说。

"我跟你说,他们会报案的。"

"走吧,你这个坏蛋!"阿尔卡季·扎多夫用牙叼住包袱,把毛瑟枪对准他的同伙。那个家伙冷笑了笑,朝门口走去。街上仍然空荡荡的。他俩镇静地走出去,拐过弯向卡别尔奈古堡大步走去。

"你这个坏蛋,土匪,强盗!"扎多夫在路上对敦实个儿说。"你要是愿意跟着我干,以后就不会出这种事了。懂吗?"

"懂了。"

"现在把小包给我。你马上去准备船。我去找我老婆。天亮之前我们一定要出海。"

"到雅尔达?"

"这不用你操心。到雅尔达还是君士坦丁堡……我自有安排。"

第四十一章

只剩下卡佳一个人了。捷列金和达莎到彼得格勒去了。卡佳把他俩送上火车站——他俩都心不在焉,好像在梦中似的——回到家已经黑天了。

家里一个人也没有。玛尔富莎和丽莎开家庭仆妇会去了。餐室里还残留着香烟味和花香,没有人收拾的碗碟刀叉中间放着一盆盛开的樱桃花。卡佳端起长颈瓶给花浇点儿水,收拾了碗碟,也没开灯,脸朝窗在桌旁坐下。窗外是一片昏暗的天空,乌云密布。餐室墙上的挂钟滴答滴答地响。哪怕您愁得心碎了,挂钟还照样响下去。卡佳一动不动坐了很久,然后从沙发椅上拿起绒围巾披在肩上,来到达莎的房里。

在昏暗中可以隐约分辨出空床上剩下带条纹的草垫子,椅子上放着空帽盒,地板上扔着碎纸片和破布头。卡佳看到达莎把自己的东西全带走了,一点儿也没留,一点儿也没忘,便伤心得流出眼泪。她在床上带条纹的草垫子上坐下来,跟方才在餐室里一样一动也不动。

餐室的挂钟响亮地打了十下。卡佳正了正肩上的围巾,走到厨房。她站一会儿,听了听,然后跷脚从搁板上取下伙食簿,从上面撕下一张白纸,用铅笔写道:"丽莎和玛尔富莎:你们一天到晚不着家,总该觉得不好意思吧。"这张纸上还滴落一颗眼泪。卡佳把便条放在厨房的桌子上,走进卧室。她匆匆脱了衣服,上了床便没动静了。

半夜里,厨房门啪的一声关上,丽莎和玛尔富莎走进来,脚步声很大,说话声也很高。她俩在厨房里走了一圈,便不再有声响了。两人突然笑起来——想必是看到便条了。卡佳只是眨眨眼,没动地方。

厨房里终于静下来。不眠的挂钟响亮地敲了一点。卡佳翻过身,仰面朝天,用脚把身上的被子蹬掉,困难地吸几口凉气,好像气不够用似的,然后跳下床,打开电灯,灯光晃得她眯缝起眼睛,走到大穿衣镜跟前。这身白天穿的薄衫到不了膝盖。卡佳像看非常熟悉的东西一样迅速而又满腹忧虑地扫了自己一眼——她的下巴哆嗦了一下,她朝镜子凑得更近些,用手撩起右面的头发。"是呀,是呀,当然了——这儿,这儿,这儿还有……"她又端详一下自己的脸。"嗯,是呀,当然……再过一年头发就白了,以后就老了。"她熄了灯,又躺在床上,用胳膊肘挡住眼睛。"这一辈子连一瞬间的欢乐也没尝过。现在一切都完了……没有人会来拥抱我,把我紧紧搂住,没有人会对我说:我的亲爱的,我的宝贝儿,我的心肝儿……"

在痛苦的思虑和无限的惋惜中,卡佳突然想起那条湿淋淋的沙径,四周一片被雨浇成蓝灰色的林间空地和高大的椴树……就是她——卡佳——穿着烟色连衣裙,扎着黑色围裙,走在沙径上。她的鞋踏在沙子上刷刷响。卡佳感到她身子多么轻盈,多么苗条,微风吹拂着她的头发。她身旁有个中学生,叫阿廖沙,推着自行车走着——不过他走的不是沙径,而是湿漉漉的草地。卡佳扭过脸去,免得笑出声来……阿廖沙用沙哑的声音说:"我知道,我甭想得到您的好感。我这次来只是想告诉您这一点。我将找个偏僻的火车站结束自己的生命。再见了……"他骑上自行车,从草地上驶去,在青草上留下一条蓝灰色的车印……他穿着灰制服,躬着腰,戴着白制帽,消失在树丛中了。卡佳喊他:"阿廖沙,回来!"

……难道现在忍受失眠痛苦的她,曾经在那潮湿的沙径上站立过吗?带有雨气的夏风曾经吹拂过她的黑围裙吗?卡佳在床上坐起来,两手抱住头,把胳膊肘支在裸露的膝盖上,在她的记忆里浮现出路灯昏暗的灯光、扬长的风雪、枯枝间呼啸的风声、别索诺夫那双紧紧挨近她眼睛的冷冰冰的眼睛……一种软弱的优柔的甜蜜……好奇心的讨厌的冷漠……

卡佳又躺下去。寂静中响起门铃刺耳的响声。卡佳觉得浑身一阵发冷。门铃又响一遍。走廊上传来没睡醒的气冲冲的呼哧声,丽莎光脚跑过去,正门的铁链子哗啦了一阵,不一会儿有人敲卧室的门:"太太,您的电报。"

卡佳皱起眉头接过一个细长的信封,拆开封口,打开一看,只觉得眼前发黑。

"丽莎!"她说,看着吓得嘴唇发抖的姑娘。"尼古拉·伊万诺维奇过世了。"

丽莎叫了一声,大哭起来。卡佳对她说:"去吧!"然后又把电报带上扭曲的字母看了一遍:"尼古拉·伊万诺维奇在光荣的岗位上忠于职守,因重伤逝世。遗体将由联合会设法运到莫斯科……"

卡佳觉得胸口恶心,眼前发黑,把头往枕头上一搁就失去了知觉……

第二天,革命头一天在律师俱乐部发表过演说的那位红光满面、蓄着胡子的绅士前来看望卡佳。原来他就是著名社会活动家和自由主义者卡普斯京-温热斯基公爵。他把她的两只手一起握住,按在毛茸茸的坎肩上,便讲起来了,说他代表他跟尼古拉·伊万诺维奇共同参加的那个组织,代表莫斯科市政府——他在市政府里担任副政委——并以俄罗斯和革命的名义,对于为理想而努力奋斗的光荣战士不幸牺牲向卡佳表示不胜哀悼。

卡普斯京-温热斯基公爵天生那么幸福、健康和快活,他的哀痛又那么真挚,他的胡子和坎肩又散发出那么香的雪茄味,使得卡佳心里暂时轻松了一些,她抬起由于失眠而闪亮的眼睛,张开干巴巴的嘴唇:

"谢谢您对尼古拉·伊万诺维奇的褒奖……"

公爵掏出一块大手绢,擦干了眼睛。他完成了一项艰巨任务,便乘车走了——他的汽车在胡同里发出吓人的吼声。卡佳又在房间里踱来踱去,有时站下看看一副狮子相的陌生将军的照片,随便拿起纪念册、一本书或中国匣子看着,匣子盖上画的是一只白鹭嘴里叼着青蛙,然后她又来回踱步,看看壁纸,看看窗帘……吃午饭时她连动都没动。"您哪怕吃点儿果子羹也好。"女用人丽莎说。卡佳没张嘴,只是摇摇头。她想给达莎写封短信,可是刚开头就撕了。

躺下睡吧。可是一躺到床上,就像进了棺材,经过昨夜的折腾,她简直不敢上床……最难忍受的就是对尼古拉·伊万诺维奇无可奈何的怜惜之情:他是个善良而糊涂的大好人……就应该照他本来样子去爱他……可她却使他痛苦。他因此而过早地白了头。卡佳望着窗外白蒙蒙的昏暗的天空,捏得手指嘎巴响。

第二天举行祭祷,又过了一天,举行尼古拉·伊万诺维奇遗体安葬仪式。有不少人在坟前发表动人的演说:有人把死者比作淹没在深渊里的信天翁,也有人说死者好像在光辉的一生中一直高举火炬的人。有个迟到了的著名社会革命党人士,小个子,戴眼镜,气冲冲地对卡佳嘟哝说:"喂,借光,女公民,"然后挤到坟前讲起话来。他说尼古拉·伊万诺维奇之死再次证明他的党(指讲演者的党)所执行的土地政策完全正确。他脚上穿的脏皮鞋把土蹬掉了,砰的一声打在棺材上。卡佳恶心得喉咙抽搐起来。她悄悄走出人群,坐车回家了。

她只有一个愿望——洗个澡马上睡觉。可是一进家门,又感到害怕了:这带条纹的壁纸、这些照片、这带白鹭的匣子、餐室里揉皱的桌布、落满灰尘的窗户——这景象多么凄苦！卡佳吩咐准备洗澡水,便呻吟着躺进温暖的水里。她终于感到周身一阵极度的疲倦。她勉强挣扎着走进卧室,连被子也不打开,一下子就睡着了。她在蒙眬中听到一阵阵门铃声、脚步声、说话声,还有砰砰的敲门声,可她没有理睬。

卡佳醒来,天已黑定了,心痛苦地紧紧收缩起来。"什么,什么?"她从床上欠起身,惊疑而悲戚地问,有一阵子她希望这可怕的事不过是一场梦。然后她又感到一阵委屈和不平——为什么要这样折磨我?等她完全清醒过来,掠掠头发,光脚穿上拖鞋,清楚而冷静地想:"再也不想活了。"

卡佳不慌不忙打开墙上挂着的简单的药橱的门,开始认药瓶上的字。她打开了装吗啡的小瓶,闻了闻,把它攥在手里,准备到餐室去找酒杯,但半路上又停下脚步——客厅里有灯光。"丽莎,是您吗?"卡佳轻声问,打开门,看见沙发上坐着一个穿军装的人,身材高大,剃光了头,用黑布包着。他连忙站起来。卡佳只觉得膝盖哆嗦,心里说不出什么滋味。那个人看着她,两眼圆睁,大得吓人。他那直线似的嘴紧闭着。他就是罗辛,瓦季姆·彼得罗维奇。卡佳把双手放到心口上。罗辛并不垂下眼睑,缓慢而坚决地说:

"我本来是顺便来看看您的。您的女用人把您的不幸告诉了我。我待在这儿,就是想向您说明,您可以支配我和我的整个生命。"

当他说到最后一句话的时候,他的声音颤抖了,消瘦的脸上泛起暗褐色的红晕。卡佳用双手使劲按住心口。罗辛从她的眼神看出来,他应该走上前去扶她。等他走到跟前,卡佳把牙咬得直响地说:

"您好,瓦季姆·彼得罗维奇……"

他不由自主伸出双手去抱卡佳——她是那么脆弱,那么不幸,手里哆哆嗦嗦攥着小药瓶——他立刻又把手放下,皱起眉头。卡佳凭女性的直觉突然领悟到:不幸的她尽管渺小,罪孽深重,没有本事,眼含着哭不出来的眼泪,手里拿着可怜的吗啡药瓶,却为这个人所需要,为这个人所喜欢,他正一声不响、严肃认真地等候接受她的一颗心。卡佳强忍住眼泪,却张不开嘴,一个字也说不出来,只是朝瓦季姆·彼得罗维奇的手俯下身子,把嘴唇和脸紧紧贴上去。

第四十二章

达莎把胳膊肘伏在大理石窗台上,望着窗外。石岛街尽头一片苍郁的树林后面,半边天都是晚霞。天空中创造出奇迹。伊万·伊里奇坐在达莎身旁,一动不动看着她,尽管他完全可以随意动弹,因为现在达莎再也不会从这间白墙映照着殷红的晚霞的屋子里飞走了。

"多么忧伤,又多么美好。"达莎说。"好像我们坐上飞船在天上飞似的……"

伊万·伊里奇点点头。达莎从窗台上抬起胳膊。

"真想听听音乐。"她说。"我有多久没弹钢琴了?从战争一开始……你想一想,还在打仗……可我们……"

伊万·伊里奇活动了一下。达莎立刻接下去说:

"战争结束以后,我们一定搞搞音乐……你可记得,伊万,我们俩躺在沙滩上,看海水往沙滩上冲?你可记得大海的样子?是一种非常浅的浅蓝色……我觉得好像生来就一直爱着你。"伊万·伊里奇又动弹一下,想要说什么。可是达莎突然想起来:"茶壶开了!"忙着从屋里往外跑,到门口又站下。他在暮色中只看到她的脸、抓住门帘的手和穿着灰袜子的腿。达莎不见了。伊万·伊里奇把双手放在脑后,闭上眼睛。

达莎和捷列金是今天下午两点到的。车厢里挤得满满的,他们只好在过道里坐皮箱走了一宿。一到家,达莎就开始安置东西,把各个角落都查看个遍,擦净灰尘,对这所住宅赞不绝口,并决定把家具都重新布置一下。这件事必须马上动手。把下面的看门人叫来,跟伊万·伊里奇一起把大衣柜和沙发从这屋搬到那屋。东西倒腾完之后,达莎求伊万·伊里奇把所有的风窗都打开,自己去洗澡。她洗了好半天,把水弄得哗啦哗啦响,又修饰修饰脸孔,摆弄摆弄头发,一会儿不许他进这个房间,一会儿不许他进那个房间,尽管这一整天伊万·伊里奇的主要任务就是时时刻刻见到她,看着她。

到了黄昏,达莎终于安静下来。伊万·伊里奇也洗了澡,刮了胡子,走进客厅,在达莎身旁坐下。自从离开莫斯科,他们还是头一次单独安安静静地坐在一起。达莎仿佛害怕这种寂静,故意找话说。据她后来告诉伊万·伊里奇,她当真突然感到害怕,怕他会拿着"特殊的"腔调对她说:"喂,怎么样了,达莎?……"

她出去看看茶壶。伊万·伊里奇闭目静坐。她走了,可是空气里还弥漫着她的气息。从厨房里传来达莎的鞋后跟发出的难以描绘的优美的响声。突然厨房里啪的一声,不知什么东西打碎了,只听得达莎难过的声音:"茶杯!"伊万·伊里奇心头洋溢着热烈的喜悦:"明天我醒来,可不是平凡的早晨了——达莎在这儿。"他迅速站起来,达莎出现在门口。

"茶杯打了……伊万,你真要喝茶吗?"

"不喝……"

她走到伊万·伊里奇跟前,因为房间里完全黑了,她就把双手搭在他的肩头。

"你在想什么?"她轻声问。

"想你。"

"我知道。想我什么呢?"

她模糊的面影在暮色中好像愁眉苦脸,其实她正满脸含笑。她呼吸均匀,前胸一起一伏。

"我是想,我怎么也不能把你和我的妻子联系起来,后来一下子搞明白了,想去告诉你,可一下子又忘了。"

"哎哟,"达莎说,"你坐下,我坐在旁边。"伊万·伊里奇在沙发椅上坐下,达莎坐在旁边的扶手上。"你还想什么了?"

"你上厨房去,我坐在这儿想:'这屋里住着一个不寻常的人……'这样想不好吗?"

"不好,"达莎沉思地说,"这太不好了。"

"你爱我吗,达莎?"

"嗯,"她把头往上一扬,"爱你,一直到见到白桦树。"

"什么白桦树?"

"难道你不知道:每个人一生的尽头都有一个小土冈,土冈上有棵倒垂的白桦树。"

伊万·伊里奇搂住达莎的肩膀。达莎深情地俯就着,让他紧紧地搂着。就像很久以前在海边上那次似的,他们的亲吻是久长的,直到喘不上气。达莎说:"啊,伊万!"便抱住他的脖子。她听得见他的心沉重地跳着,又可怜起他来。她叹了口气,从沙发椅上站起来,只说了句:

"来吧,伊万。"

达莎来到彼得格勒的第五天接到姐姐的一封信。卡佳告诉她:尼古拉·伊万诺维奇去世了。

……我经历了一段时间的悲观和绝望。我清楚地感到,从今以后我将永远是孑然一身的。啊,这有多么可怕!……这太可怕了,所以我决意尽快摆脱这种处境……你懂我的意思吗?……是奇迹挽救了我……也许是机缘巧合……不,不是,这真像是奇迹……在信上是没法说清楚的……见面时再详细对你说……

卡佳的来信,姐夫去世的信息,使达莎大为震惊。她准备马上去莫斯科,但是第二天又接到卡佳的第二封信,信上写道,她正收拾行李准备到彼得格勒来,求达莎为她找一间便宜的房子。信尾的附言说:"瓦季姆·彼得罗维奇·罗辛顺便去看望你们。他会把我的情况详细告诉你们。对我来说,他好像兄长,好像父亲,好像生活的伴侣。"

达莎和捷列金在林荫路上散步。这是一个星期天。已经到了四月,还像早春一样蔚蓝的天空颇有寒意,被太阳晒化了的一片片淡淡的白云,在天上飘浮。阳光好像透过水面洒到林荫路上,从达莎白色的连衣裙上滑过。松树干巴的树干,好像一根根桅樯扑面而来,树梢发出阵阵的松涛,底下的叶子也沙沙作响。达莎不时拿眼瞟着伊万·伊里奇,只见他脱掉制帽,奔拉着眼眉笑。她有一种安详和充实的感觉,这种充实感来源于春光明媚的天气和呼吸舒畅、脚步轻松的喜悦,也来源于她把心献给这艳阳天、献给走在身边的人所获得的喜悦。

"伊万!"达莎说,嘿嘿一笑。

他含笑地问:

"什么事,达莎?"

"没什么……我只是想……"

"想什么?"

"不,以后再说。"

"我知道是什么事。"

达莎连忙转过脸:

"我保证你不知道……"

他们走到一棵大松树跟前。伊万·伊里奇揭下一片鳞皮,上面有几滴柔软的松脂,他用手把鳞皮掰成小碎块,温柔地皱着眉看着达莎:

"不,我知道。"

达莎的手都哆嗦起来了。

"你明白吗?"她悄声说,"我觉得我应当沉浸在更大的快乐中去……我的心那么充实……"

伊万·伊里奇不住点头。他们来到一片林间空地,上面长满嫩绿的小草和随风飘荡的黄毛茛。风掀起达莎的连衣裙。她一边走,几次躬下腰满腹心事地抻直裙子,一边念叨着:

"这风真该死!"

空地尽头是皇宫的高高的铁栏,铁栏涂着金色的尖头,因年代久远而发乌了。达莎的鞋里掉进一颗小石子。伊万·伊里奇蹲下去,从达莎穿着白袜子的温暖的脚上脱下鞋,在脚背上吻了一下。达莎穿上鞋,又跺了一下脚说:

"我要跟你生个孩子,这就是我心里想的……"

第四十三章

叶卡捷琳娜·德米特里耶夫娜在离达莎住处不远的地方找到一所小木房住下来。小木房里住着两个老太婆。一个叫克拉夫季娅·伊万诺夫娜,很久以前当过歌女,一个叫索涅奇卡,是她雇的女伴。克拉夫季娅·伊万诺夫娜一早起来,描好眉,戴上黑油油的假发,坐下来摆牌阵。索涅奇卡料理家务,说话满口男子嗓音。屋里收拾得干干净净,但未免有些狭窄,全是旧式陈设——摆着许多小巧的屏风、台布以及已经逝去的青春所留下的发黄的照片。早晨房间里散发着上等咖啡味;每当做午饭的时候,克拉夫季娅·伊万诺夫娜受不了油烟味,便嗅食盐,而索涅奇卡从厨房里用男子的嗓音喊:"我把臭味往哪儿放呀,总不能用香水炸土豆!"每到晚上便点上煤油灯,上面罩着毛玻璃圆罩。两个老太婆对卡佳关怀备至。

她就在这经历时代风暴居然保存下来的旧式生活环境里过着平静的日子。她起得很早,自己收拾房间,然后坐在窗前缝缝衬衣,补补袜子,或者把从前的华丽衣服改得朴素一点儿。吃过早饭,卡佳往往到小岛上去,随身带上一本书或一件刺绣活,走到她最喜欢的地方,在小湖边的长椅上坐下,望着沙滩上玩耍的孩子,看看书,绣绣花,想想心事。晚上六点,她赶到达莎家去吃午饭。十一点达莎和捷列金送她回家:姐俩挽着手走在前面,伊万·伊里奇把制帽推到后脑勺上,一边吹着口哨,走在后面,为她们"断后",因为现在晚上走在大街上很不安全。

卡佳每天都给瓦季姆·彼得罗维奇·罗辛写信。这时罗辛出差去了前线。她把一天所做的事和所想的心事都详细如实地写进信里,是罗辛要求她这样做的,并在回信里一再肯定这种写法:"叶卡捷琳娜·德米特里耶夫娜,您在来信中写道,今天您路过叶拉金桥的时候,淅淅沥沥下起雨来,您没带伞,只好到树下避雨——我觉得这对我说来十分珍贵。您生活中的一切琐事我都觉得珍贵。我甚至觉得,要是不了解您的琐事,我简直无法活下去。"

卡佳知道罗辛有些夸大其词,不了解她的琐事,他当然会照样生活下去,不过只要一想到哪怕是有一天她又要孤孤单单,顾影自怜,便觉得非常可怕,只好不再想下去,情愿相信瓦季姆·彼得罗维奇似乎非常需要她的全部生活,任何琐事他都十分珍贵。因此如今不管她干什么,都有了特殊的意义。有一次她把顶针丢了,整整找了一个小时,发现顶针戴在手指上——瓦季姆·彼得罗维奇如果知道她这么心不在焉,一定会笑她。如今卡佳对待自己的态度也发生了变化,似乎她已经不完全属于自己了。有一天她坐在窗前,一边干活,一边想心事,突然发觉手指打哆嗦。她抬起头,把针插到膝盖顶上的裙子上,向前呆呆地望了半天。她的目光终于在大衣柜的镜子里分辨出一张清瘦的脸、一对忧伤的大眼睛和梳得简单的发式——在脑后挽一个鬏……卡佳想:"难道这就是我吗?"她低下头继续做活,可心怦怦跳,一下子把手指扎破了。她把手指送到嘴里,又往镜子里瞥一眼,这一次已经分明是她的面容了,而且比方才更丑……当天晚上她在给瓦季姆·彼得罗维奇的信里写道:"今天,我整天都在想您。我太想念您了,我亲爱的朋友,我一直坐在窗前盼望。一种早已忘记的感觉,类似少女的心情又在我心头荡漾了……"

达莎把她跟伊万·伊里奇的关系看得很复杂,认为是创世以来绝无仅有的,因而完全沉醉在里边,对别的事都漠不关心,可是连她也察觉出卡佳的变化。有一天晚上喝茶的时候,她发了一通议论,说卡佳现在应该常穿这种朴素的黑连衣裙,领口齐到脖颈。"我告诉你说吧,"她说,"你看不见自己,卡秋莎,你呀,看上去只有十九岁……伊万,你说对不对,她比我还年轻?"

"是的,就是说,不完全对,不过,也许……"

"唉,你一点儿也不懂,"达莎说,"女人变得年轻完全不是因为年龄,而是由于别的原因。在这方面年龄一点儿作用也没有……"

尼古拉·伊万诺维奇死后所剩下的一点点钱,卡佳已经快用光了。捷列金劝她把潘捷列伊蒙街的旧居卖掉,那处住宅从三月起便没有人住了。卡佳也很同意,便跟达莎一起到潘捷列伊蒙街去,看看有什么有纪念意义的东西好取回来。

卡佳上了二楼,看见那扇值得记忆的柞木门,门上的铜牌还在,写着:"尼·伊·斯莫科夫尼科夫",觉得在人生的道路上绕了一圈之后又回到原地。看门的还是那个老头儿,十分熟,从前每当卡佳后半夜回来,他便气冲冲发出带睡意的呼哧声,披着大衣,用大衣领遮住喉咙,替她打开正门,而且不等卡佳上了二楼,便把电灯关掉。这一次却连忙拿钥匙开门,摘下制帽,让卡佳和达莎先进屋,还安慰卡佳说:

"您不必担心,叶卡捷琳娜·德米特里耶夫娜,一丁点儿东西也没丢,不管黑天白日,我都注意房客。他们的儿子在前线打死了,要不现在还会住,他们对这房子可满意了……"

前厅黑糊糊的,有股没人住的气味,各个房间都放着窗帘。卡佳走进餐厅,打开开关,精制玻璃吊灯一下子亮了,耀眼的灯光照亮下面铺灰呢子的圆桌,桌上还放着那只陶瓷的花篮,花篮里插着一株早已枯萎的含羞草。靠墙摆着一把把高背皮椅,它们都是这里曾喧闹一时的快乐生活冷漠的目击者。有一个跟风琴一般大的雕花橱柜开着一扇门,可以看见里面的高脚杯都底朝上放着。一面威尼斯的椭圆形大镜子,上面落了一层灰,镜子顶上的金娃娃依然在睡觉,伸着小手去够金涡纹……

卡佳站在门旁一动不动。

"达莎,"她轻声说,"你可记得吗,达莎!……谁曾想这里一个人也没有了……"

然后她走进客厅,打开大吊灯,四下望望,耸耸肩。那些立体派和未来派的绘画,从前看了觉得非常大胆,毛骨悚然,如今挂在墙上只觉得可怜,毫无光彩,好像很久很久以前狂欢节过后用不着了的华装丽服……

"卡秋莎,你还记得这幅画吗?"达莎说,用手指着那个手拿花、叉开腿坐在黄色角落里的"现代维纳斯"。"当时我还以为她是一切灾难的罪魁祸首呢。"

达莎笑了,开始翻寻乐谱。卡佳走进从前的卧室。这里一切都跟三年前一模一样。记得临走时她已穿好旅行装,戴上面纱,最后一次跑回屋里从梳妆台上拿的手套。

如今一切都显得暗淡无光,一切都比从前渺小多了。卡佳打开衣橱,里面塞满做衣服剩下的花边、绸子、布头、袜子、拖鞋。这些东西从前她认为是必不可少的,至今还有一股淡淡的香水味。卡佳漫无目的地翻弄着,每件东西都能勾起那段永远消逝了的生活的回忆……

整个房子里的沉寂突然颤抖了,充满了音乐,这是达莎在弹三年前准备应试而学的奏鸣曲。卡佳啪的一声关上衣橱门,走到客厅,在妹妹身旁坐下。

"卡佳,挺优美,你说是不?"达莎说,半转过身。她又弹了几小节,从地板上拣起另一本乐谱。卡佳说:

"走吧,我头疼得厉害。"

"东西怎么办?"

"这里的东西我什么也不想拿。只把钢琴弄到你那儿去,其余的就算了……"

卡佳来吃午饭时,由于走得太快,神情兴奋,样子也很快活,戴着一顶新帽子和蓝面纱。

"差一点儿挨了浇,"她说,把热乎乎的嘴唇贴到达莎的脸上,"皮鞋到底弄湿了。找双鞋给我换换。"她一边摘手套,走到客厅里的窗户跟前。这场雨有好几次要下都没下成,这阵子倾盆而泻,变成一片灰蒙蒙的水流,被阵阵疾风吹得直打转,在排水管里哗哗响。下面的街道上远远地看见许多伞在奔跑。漆黑的天空突然眨了一下眼,在窗前照出一片白光,接着是一声沉雷,把达莎吓得"哎哟"一声。

"你知道今天晚上谁来串门吗?"卡佳问,抿着嘴直笑。达莎问:"是谁?"可这时前厅响起门铃声,她便跑去开门。接着听到伊万·伊里奇的笑声,他在垫子上擦鞋声,然后他跟达莎俩大声说笑着走进卧室。卡佳摘下手套,脱掉帽子,掠掠头发,在这段时间里她一直抿着嘴,露出狡黠、温柔的微笑。

吃饭的时候,伊万·伊里奇头发还是湿的,却满面红光、兴致勃勃,给她俩讲外面发生的事。波罗的海工厂跟现在所有的工厂一样,正闹工潮。

苏维埃始终如一支持工人的要求。私营企业开始渐渐倒闭,官方企业也在赔钱,不过现在正在进行战争、革命,顾不上利润。今天工厂又开大会。许多布尔什维克上去发言。大家异口同声地要求:"结束战争!不要向资产阶级政府作任何让步!不要同企业主达成任何协议!全部政权归苏维埃!——苏维埃自会建立秩序!……"

"我也想上台说两句,可是不行——他们把我从台上拽下来了。瓦西卡·鲁布廖夫跑到我跟前说:'我知道你不是我们的敌人,何必上去说些没用的话,你满脑子糊涂思想。'我对他说:'瓦西里,再过半年工厂就得停产,连饭都吃不上。'可他说:'同志,不用到新年,一切土地、一切工厂都归劳动者所有,资本家在共和国里一个也不留,免得他再生崽子。以后钱也没有用了。你就只管干活、吃饭——一切都是属于你的。你要明白,这是一场社会革命!'他答应新年到来之前这一切都会实现。"

伊万·伊里奇拘谨地笑起来,但又摇摇头,用手指头把桌布上的面包渣归拢到一起。达莎叹了口气:

"我感到我们正面临巨大的考验。"

"是呀,"伊万·伊里奇说,"战争还没结束,这就是个关键问题。说真的,二月革命以来究竟有多大变化?沙皇是推翻了,可是混乱现象有增无已。一帮律师和教授,他们当然是有学问的人,向全国保证:'要忍耐,要打下去,到时候我们会赐给你们一部英国宪法,甚至比英国还要好得多。'这些教授并不了解俄国。他们不懂俄国的历史。俄国人民可不是抽象的东西。俄国人民是热情、能干而坚强的人民。俄国农民只穿草鞋就走到了太平洋,这不是没有原因的。德国人喜欢待在一个地方不动,为达到自己的目的奋斗一百年,一个劲儿忍耐。俄国人可不行,没有耐性。比方有人把征服宇宙的幻想说得天花乱坠,他就会跟着去干。他穿着麻布裤子,脚上穿着草鞋,腰里别把斧子,就会抬腿就走……可这些教授们却想把汹涌澎湃的人民海洋纳入他们那部冠冕堂皇的宪法里。是呀,看来我们将会看到非常严重的事态发生。"

达莎站在桌旁,正往茶杯里倒咖啡。她突然放下咖啡壶,一头扑到伊万·伊里奇怀里。

"喂,喂,达莎,别激动。"他说,抚摩她的头发。"眼下并没发生什么可怕的事……而我们是经历过困苦的,比现在要糟得多……我还记得——你听我说——我还记得,有一次我们来到一个叫烂椴树的地方……"

他开始回忆在前线所遭受的苦难。卡佳转脸看看墙上的挂钟,起身离开餐室。达莎看着丈夫镇定坚毅的脸孔、笑眯眯的灰眼睛,心情渐渐平静下来——跟这样的人在一起就什么也不怕了。她听完烂椴树的故事,回到卧室去搽粉。卡佳正在梳妆台的镜子前打扮她的脸。

"达纽莎,"她细声细气地说,"你还剩没剩那种香水,记得吧,巴黎的?"

达莎走到姐姐面前,蹲在地板上,不胜惊异地看着卡佳,然后悄声问:

"卡秋莎,你又在刷羽毛?……"

卡佳脸红了,点点头。

"卡秋莎,你今天是怎么了?"

"我早就想告诉你,可你不等我说就走了。今天晚上瓦季姆·彼得罗维奇要来,下了火车直接到你们这儿……我那儿不方便,太晚了……"

九点半门铃响了。卡佳、达莎和捷列金一齐跑到前厅。捷列金打开门,罗辛走进来,身上披着揉皱了的大衣,制帽一直卡到眼睛上。他那晒黑了的脸显得消瘦、阴沉,只是看见卡佳才微微一笑,显得温和些。卡佳不知所措而又满心欢喜地看着他。他把大衣和制帽扔到椅子上,跟大家问好,用稍微沙哑而有力的声音说:"请原谅我这么晚还闯来,因为我今天一定要见到您,叶卡捷琳娜·德米特里耶夫娜,还有您,达丽亚·德米特里耶夫娜。"卡佳的两眼闪耀着光辉。

"您来了,我很高兴,瓦季姆·彼得罗维奇。"卡佳说,当他俯身亲吻她的手时,她用哆哆嗦嗦的嘴唇去吻他的头。

"您应该把东西带来,"伊万·伊里奇说,"无论如何,我们也得留您住下……"

"可以在客厅里的土耳其沙发上睡,如果嫌短,可以接两把椅子。"达莎说。

罗辛仿佛在梦中听见这些亲切、文雅的人对他说话。他在旅途中经过多少不眠之夜,要爬出车窗搞"给养",为了在车厢里找到六俄寸①的地盘也要做不懈的斗争,谩骂声不绝于耳,所以一进屋他还怒气未消。而这三个人几乎是不可思议的美丽、纯洁,身上散发着香味,站在光滑的拼花地板上,这么高兴地欢迎他罗辛的到来,他还不免觉得奇怪……他仿佛在梦中看到卡佳美丽的眼睛,这对眼睛好像在说:我真高兴,真高兴,真高兴……

他正了正皮带,活动一下肩膀,深深叹了口气。

"谢谢,"他说,"现在上哪儿去呢?"

他被带到浴室洗了个澡,又到餐室去吃饭。他也不挑拣,给什么吃什么,不一会儿就吃饱了,推开盘子,点上一支烟。他那消瘦的脸刮得精光,刚一进门时那么严肃,把卡佳吓了一跳,现在变得温和了,显得更加疲倦了。他那双大手上落着橙黄色灯罩射出的光亮,他划火柴时,那双手在餐桌上颤抖着。卡佳坐在灯罩的阴影里,仔细打量瓦季姆·彼得罗维奇,觉得自己爱他手上的每根汗毛,揉皱了的咖啡色军装上衣的每个扣子。她还发现他说话有时咬紧下颚,从牙缝里吐字。他的话不连贯而且没有条理。看样子他自己也觉察到这一点,极力抑制内心郁积已久的愤慨……达莎跟姐姐和丈夫交换一下眼色,然后问罗辛,他也许累了,是不是想躺下休息?他突然涨红脸,在椅子上挺直腰板。

"我可不是为了睡觉才到这儿来的……不,不……"于是他走到阳台上,站在黑夜的蒙蒙细雨里淋着。达莎朝阳台使使眼色,摇摇头。罗辛又从阳台上说:

"看在上帝的面上,请您原谅,达丽亚·德米特里耶夫娜……这都是因为四宿没睡觉了……"

他又走进来,用手摩挲一下头顶上的头发,在原来的座位上坐下。

---

① 1俄寸等于4.4厘米。

"我是直接从大本营来的,"他说,"给陆军部长带来了十分不愉快的消息……我刚看到你们的时候,心里很难过……请允许我说心里话吧:叶卡捷琳娜·德米特里耶夫娜,在这个世界上没有比您更亲的人了。"卡佳的脸一下子白了。伊万·伊里奇倒背手靠墙站着。达莎用吓人的眼睛看着罗辛。"除非出现奇迹,"他咳嗽一下说,"不然的话,我们算完蛋了。军队已经不存在了……全线溃逃……士兵跑到车盖顶上往家跑……要想阻止前线的崩溃已经不是人力所及的了……这真像大海退潮似的……俄国士兵已经失去了为什么而战的概念,失去了对战争的尊敬,失去了对跟战争有联系的一切事物——国家、俄罗斯——的尊敬。士兵相信,只要高喊一声'和平',马上就可以结束战争……不愿意讲和的只有我们这些老爷……明白吗?士兵已经讨厌前线了,因为他们在前线被骗了三年,便扔下步枪,要强迫他们作战已经不可能了……等不到秋天,一千万士兵都会跑回来……俄国作为一个主权国家就不存在了……"

他咬紧下颚,颧骨上的肌肉鼓了起来。大家都默默不语。他用沙哑的声音继续讲下去:

"我给陆军部长带来一个方案。这是几位将军制定的挽救前线的方案……很有见地……无论如何盟国不能指责我们的将军缺乏作战愿望。方案是这样的:在最短期限内宣布总复员,也就是说把溃逃的士兵组织一下,这样做可以挽救铁路、大炮、军火和给养贮备。一面向盟国坚决声明,我们不会停止作战。与此同时,用可靠的部队——这样的部队还是找得到的——在伏尔加河流域组成一条防线,在伏尔加河东岸建立一支新的军队,用志愿部队作军队的核心。同时也要支援和组织游击队……依靠乌拉尔地区的工厂、西伯利亚的煤和粮食,重新开战……"

"向德军开放前线……把祖国让给敌人,听凭他们抢劫!"捷列金叫起来。

"您和我都再也没有祖国了,有的只是祖国曾经存在过的地方。"罗辛把放在桌布上的手紧紧攥在一起。"从人民放下武器的时候起,伟大的俄国就不复存在了……您怎么不愿意明白,这个事实已经发生了……圣徒尼古拉现在还能帮助您吗?我们连向他做祈祷都忘了……伟大的俄国现在不过是一堆耕地上的大粪……一切都要重新开始——重建国家，建立军队，连我们的心都要换新的……"

他使劲用鼻孔吸一口气，把头往放在桌上的手里一埋，像狼嚎似的粗声粗气、呜呜咽咽地哭起来……

这一夜卡佳没有回家睡——达莎安排她跟自己睡一张床。给伊万·伊里奇在书房里铺好被褥。在发生这场使大家都很难堪的争论之后，罗辛又到阳台上让雨淋个透，才又回到餐室，请求大家原谅；的确，最理智的办法还是躺下睡觉。他刚脱了衣服就睡着了。伊万·伊里奇蹑手蹑脚来给他关灯，罗辛仰脸朝天，把两个手掌摞在一起放在胸脯上，睡得正香。这张消瘦的脸、紧紧眯缝的眼睛、在蓝幽幽的曙光映照下显得很深的皱纹，都似乎表明，这个人在忍受着痛苦。

卡佳和达莎盖着一床被，又悄声唠了半天。达莎不时侧耳静听。伊万·伊里奇在书房里还没安静下来。达莎说："你听，还来回走，七点还要上工厂上班……"她从被窝里钻出来，光脚跑到丈夫房间。伊万·伊里奇只穿裤子，背带也扒掉了，坐在铺好的沙发上，把一本大书在膝盖上摊开，正在看书。

"你还没睡？"他问，用闪闪有光的眼睛漫不经心地瞥了达莎一眼。"坐下吧……我找到了……你听听……"他又翻了一页，低声读起来：

"三百年前，在森林和草原，在叫做俄罗斯土地的辽阔坟场上，风自由地刮来刮去。这片土地上有城市烧焦的断壁残垣、村镇遗址的灰烬、荒草丛生的大路旁的重重十字架和累累白骨、成群的乌鸦和夜半的狼嚎。有的地方还有最后一帮强盗在林间小路上流窜，他们把十年间抢劫的大贵族的皮袄、贵重的碗盏、圣像上装饰的珍珠都喝光了。如今罗斯大地上一切都被劫掠一空。

"俄罗斯荒无人烟。连克里米亚的鞑靼人也不到荒原上抢劫——因为没有什么可抢的了。十年大乱期间，僭王、盗贼和波兰铁骑，烧杀劫掠，从这头到那头，踏遍整个俄国大地。发生可怕的饥荒——吃马粪，腌人肉。黑死病流行。剩下的人逃窜到北方白海沿岸，逃往乌拉尔和西伯利亚。

"在这艰难的岁月,被焚毁和抢劫一空的莫斯科,虽经苦战从波兰侵略者手中收复回来,却早已变成一片大瓦砾场;一个吓坏了的男孩儿乘雪橇沿着三月的泥泞道路被送往莫斯科烧焦的城墙,他就是由牧首推荐、经破产的大贵族、生意萧条的外地商人和北方及伏尔加河流域的严肃的农民拥戴的莫斯科沙皇①。新沙皇只会哭泣和祈祷。当他惊恐而忧愁地望着雪橇窗外一大群走出莫斯科城门前来迎接他的俄罗斯人——他们衣衫褴褛,举止粗野——的时候,便一边祈祷,一边哭。俄罗斯人对于新沙皇没有多大信心。但是他们要活下去。于是他们开始安排生活。从商人斯特罗甘诺夫家借来一些钱。城市居民动手修造房屋,农民开垦荒废的土地。还派出一些好汉,有骑马的,有徒步的,去剿灭沿途的强盗。日子过得贫穷,艰苦。对克里米亚、立陶宛和瑞典人都要卑躬屈膝。但是保存了信念。他们知道只有坚强、机灵、性情随和的人民才是真正的力量。他们希望熬过苦难,果然就熬过来了。于是长满杂草的荒地又有人居住了……"

伊万·伊里奇啪的一声合上书:

"你看……这回我们也不会完蛋……谁说伟大的俄国完了!那些衣衫褴褛的农民曾拿着木棍来援救莫斯科,就是他们的子孙打败了查理十二和拿破仑……就是这个用雪橇硬拉到莫斯科去的男孩儿的孙子建造了彼得堡……谁说伟大的俄国完了!……我们只要剩一个县,就会从这个县开始诞生俄罗斯国家……"

他哼了一下鼻子,两眼望着窗外,外面灰暗的早晨开始降临。达莎把头靠在他的肩头,他抚摸她的头发,然后又吻了一下:

"去睡吧,你这个胆小鬼……"

达莎笑了,跟他告别,走到门口又回过头:

"伊万,卡佳多爱他呀……"

---

① 这个沙皇是罗曼诺夫王朝第一代沙皇米哈伊尔(1569—1645),从留里克王朝末年(1598)到米哈伊尔登基(1613)之间就是大混乱时期。僭王指伪季米特里,他在波兰贵族的支持下曾占据莫斯科。盗贼指波洛特尼科夫领导的农民起义。

"嗯，他人挺不错的……"

这是一个没有风的闷热的黄昏。空气里散发着汽油的臭味和木头马路的柏油味。涅瓦大街上，有形形色色的人群在蒸发的热气、抽烟的烟雾和尘土中熙来攘往。政府的小汽车飘舞着小旗，发着隆隆声和嘎嘎声飞驰而过。报童尖厉的声音喊出令人震惊的消息，只是已经没人相信。卖烟卷的，卖火柴的和卖赃物的在人群里钻来钻去。街心花园里有许多士兵，东倒西歪躺在花坛中的草坪上，嗑葵花子。

卡佳一个人从涅瓦大街往回走。罗辛跟她约好，晚上八点在堤岸上等她。卡佳拐个弯走到皇宫广场。血红色的皇宫阴沉沉的，二楼的黑玻璃窗里射出黄色的灯光。正门停着一排汽车，有几个士兵和司机走来走去，有说有笑。一辆摩托车发出嘟嘟声，风驰电掣而去，上面坐着的信使还是个孩子，戴着驾驶员的制帽，衬衫的后背鼓起个大包。在皇宫犄角的阳台上，有个老人蓄着长长的银须，凭着栏杆，一动不动地站在那里。卡佳绕过皇宫，回头一看，参谋部的拱门顶上那些轻捷的铜马依然迎着晚霞跃跃欲飞。卡佳穿过堤岸，走到河边的花岗岩长凳上坐下。涅瓦河懒洋洋地流去，河上的大桥呈现出天蓝色的玲珑剔透的轮廓。彼得保罗大教堂的尖顶金光灿烂，倒映在河面上。一艘简陋的小船在水面的反光中随波荡漾。彼得堡市区后面，在重叠的屋顶和烟雾后面，落日欲熄的圆球渐渐沉在橙黄色的霞光里。

卡佳把双手叠放在膝盖上，静静地望着夕阳的景色，温顺耐心地等着瓦季姆·彼得罗维奇。他从后面悄悄走来，用胳膊肘倚着花岗岩石墙，从高处望着卡佳。卡佳感觉到他来了，回头一望，笑眯眯地站起来。他用异样的惊奇的目光看着她。她顺石阶上了堤岸，挽起罗辛的胳膊。他们向前走去，卡佳轻声问：

"怎么了？"

他的嘴歪了歪，又耸耸肩，却没回答。他们穿过圣三一桥，在石岛街的头上，罗辛朝一座正面砌着褐色瓷砖的大楼摆摆头。花园暖房的大玻璃窗闪射出耀眼的光辉。正门停着几辆摩托车。

这里原来曾是一位著名的芭蕾舞女演员的住宅①,现在是布尔什维克总部所在地。这里不分昼夜,打字机一直在答答响。每天都有一大群工人、从前线回来的士兵、水手在大楼门前集会。布尔什维克党的领袖就走到阳台上讲演,说工人和农民应该用武力夺取政权,应该立即停止战争,在俄国和全世界建立一种合理的制度。

"刚才我也站在这儿的人群里听讲演。"罗辛从牙缝里挤出话来。"有个人站在阳台上哇啦哇啦地讲,发出激烈的批评,而下边的人老老实实听着……嘿,都听得出神了!……现在我真不明白:在这个城市里究竟谁是外路人,是我们还是他们?(他把头朝大楼的阳台上一扬。)再也没人愿意听我们的话了……我们净说些没意义的话……我从前线回来,我知道我是一个俄国人……到了这儿,我倒成了外路人……真搞不明白,搞不明白……"

他们沿着石岛街向前走。有个人穿着破大衣,戴着草帽,赶过了他们。这个人一手拎着小桶,一手拿一摞传单……

"我只知道一点,"罗辛用沙哑的声音说,把脸扭过去,不让卡佳看见他那难看的气色,"在这一片混乱中只有一件东西活蹦乱跳,光彩夺目,那就是您的一颗心……我们再也不能分开了……"

卡佳轻声回答说:

"我没敢向您说这句话……嗯,我们又怎么能分开呢,亲爱的朋友……"

他们恰好走到刚才那个拎桶的人在墙上贴传单的地方。因为两个人都很激动,暂时停下脚步。借着路灯光可以看见小小的白色传单上写着:"全体工人!全体工人!全体工人!革命在危险中!……"

"叶卡捷琳娜·德米特里耶夫娜,"罗辛说,用双手握住她那瘦弱的手,继续沿着宽阔的大街慢步走去,在苍茫暮色中街上渐渐沉寂了,只有街头的晚霞还留着一点点余晖,"光阴易逝,战争会停止,革命会结束,只

---

① 指芭蕾舞女演员克舍辛斯卡娅(沙皇的情妇)的住宅。一九一七年五月到七月,联共(布)中央设在这里,列宁流放归来曾在这里发表演说,后来修成纪念馆。

有一种东西是永恒不变的,那就是您这颗被爱着的、温柔多情的心……"

从高大楼房敞开的窗子里传出说笑声、争论声和音乐。那个拎桶的人缩着肩,又跑到卡佳和罗辛前面,贴上一张传单,转过头来看看。破草帽底下有一双燃着仇恨的眼睛死盯盯地看着他俩。

1921 年 8 月

第 二 部

一九一八年

> 在水里浸过三次,在血里洗过三次,在碱水里煮过三次。我们就彻底干净了。

第 一 章

一切都结束了。在沉寂了的彼得堡空荡荡的大街上,寒风吹逐着废纸——有撕碎的军事命令,有剧院的海报和唤起俄国人民的"良心和爱国精神"的传单。花花绿绿的纸片,粘着已经干了的浆糊,跟地上卷起的雪蛇一起沿街爬去,发出不祥的簌簌声。

这就是不久以前还热闹繁华、纸醉金迷的首都所遗留下来的一切。无所事事的人群从广场和大街上消失了。冬宫被"阿芙乐尔"巡洋舰的炮弹打穿了屋顶,如今也空了。临时政府的官员、举足轻重的大银行家和大名鼎鼎的将军们,都逃得不知去向……破烂不堪和无人打扫的大街上,再也看不见漂亮的马车、花枝招展的女人、军官、官吏和惶惶不安的社会活动家。夜里却越来越常常听到商店用木板把门钉死的锤子声。有的橱窗里还摆着点儿东西——这家有块干酪,那家有个干巴巴的油炸包子。不过,这只能加深人们对过去的生活的怀恋。吓坏了的行人斜眼瞅着巡逻队,紧贴着墙根。这些巡逻队都是雄赳赳的大汉,帽子上戴着红五星,肩上背着枪,枪口朝下。

北风把寒气吹进家家户户黑洞洞的窗子里,钻进空荡荡的门洞里,把往日豪华生活的影子刮得一干二净。一九一七年岁末的彼得堡是阴森可怖的。

阴森可怖,莫名其妙,不可理解。一切都结束了。一切都取缔了。有个戴破礼帽的人,手里拎着浆糊桶,拿着刷子,在被风雪扫干净的大街上来回奔跑。他把一张张新布告贴到临街房屋古老的勒脚上,好像一块块白补丁。什么官衔、功勋、退休金、军官的肩章、字母ъ①、上帝、私有财产以及想怎么生活就怎么生活的权利,全部取缔。已经取缔了!那个贴布告的人,有时从帽檐底下气冲冲地往镜子似的玻璃窗里窥望,里面的人穿着毡靴和皮袄,还在冰冷的房间里踱来踱去,一边撅着手指头,一边不住叨咕着:

"这是怎么了?将来会怎么样?俄国毁灭了,一切都完了……只好等死!……"

他们走到窗前,看到斜对面有座独门独院的宅邸,原是一位大员居住,从前常常有个警察斜眼望着正面墙,立正站着,现在门前停着一辆长长的大车,房门敞开,一些带枪的人从里往外搬家具、地毯、绘画。大门顶上挂着一面红布做的旗,那位大员就站在那里,不住地倒换着两只脚,长着像斯科别列夫一样的连鬓胡子,穿着一件夹大衣,花白的头不住摇晃。他被撵出了家门!这么冷的天可上哪儿去呢?随你的便,爱上哪儿就上哪儿……他可是一位大员,是国家机器永不损坏的骨干!

夜降临了。一片漆黑,既没有路灯,家家的窗子也没有灯光。没有煤,可是据说斯莫尔尼②灯火通明,工厂区也都有灯。在这座受尽折磨、饱经炮火的城市上空,暴风雪在百孔千疮的屋顶里呼啸着:"我们呜——呜呼哀哉了!"黑暗里响起劈劈啪啪的枪声。谁在打枪?为什么打枪?朝谁打枪?是不是在那闪烁着火光的地方打枪?那火光已染红了雪云。那是酒库着火了……酒桶打破了,酒灌满了地窖,人掉在里面,呛得要死……见他们的鬼,让他们活活烧死吧!

啊,俄罗斯人,俄罗斯人!

几百万俄罗斯人,一列车跟着一列车,从前线返回家园,回到村庄,回到草原,回到沼泽,回到森林……回到土地上,回到女人身边……他们在打碎了玻璃窗的车厢里挤在一起,密密匝匝,连动也不能动,就是有人死了,也休想把他从人堆里拖出去,扔到窗外。有的站在缓冲器上,有的坐

---

① 发生在十月革命前后的俄语改革运动,废除了"ъ"等四个字母。
② 斯莫尔尼原是女子学校,十月革命时是武装起义的指挥部。

在车盖顶上。有冻死的,有在车轮底下轧死的,有在桥架上撞破了头的。他们带着箱子和包裹,里面装着顺便捡到的东西——不管什么,过日子总用得着:有机关枪和炮闩,有从死人身上剥下来的破衣服,有手榴弹和步枪,有留声机和从车厢座位上割下来的皮子。他们就是不带钱,因为这种玩意儿连卷烟都不中用。

一列列火车在俄国的平原上缓慢地爬行着。爬不动了,便在打碎了玻璃窗、卸掉了门的车站上停下来。列车每到一个车站,便带来骂娘的吼叫声。一群穿灰大衣的人从车盖顶上跳下来,把枪栓扳得喀嚓响,到处寻找站长,好把世界资产阶级的走狗当场枪毙。"给个车头!……你这个杂种,是不是活腻了?快打发开车!……"他们又跑到断了气的机车跟前,车上的司机和司炉早已逃到草原里去了。"加煤!加木柴!把障子拆了!把门窗劈了!"

三年前,人们不会提出很多问题:跟谁打仗?为什么打仗?动员令和战争就像天崩地裂一样突然!老百姓知道,这是大难临头。过去的日子算是结束了,手里有了枪。愿意怎么就怎么,反正旧日子再也不能过了。几百年来郁结的怨气一下子爆发了。

三年来,人们了解什么是战争了。前面是机关枪,背后也是机关枪——只要死不了,就得躺在大粪堆和虱子窝里。接着发生了令人震惊的事,搞得晕头转向——爆发了革命……于是头脑清醒了——我们在干什么?是不是又在受骗?听宣传鼓动员讲:就是说以前我们上了当,现在可要学聪明了……打了三年仗,赶快回家去收拾地主。这回我们可知道刺刀应该往谁的肚子上捅。现在既没有沙皇,也没有上帝。我们就是老大。回家去分土地!

从前线往回开的兵车,像犁杖豁开俄罗斯的平原,把拆毁的车站、破坏的列车和洗劫过的城镇都抛在后面。各个村庄和各家单独居住的农户,都响起吱吱嘎嘎、当啷当啷的声音——这是人们用锉把步枪截短。俄罗斯人郑重其事在土地上安居下来。农家的小木房里,又像遥远的古代一样点起了松明,女人把经线安在曾祖母留下的织布机上。时间好像向后倒退了,又回到过去的年代。这正是第二次革命——十月革命开始的

293

那一年冬天……

饥饿的彼得堡,遭到乡村的掠夺,遭到北极风的袭击,被敌军所围困,被迭起的阴谋所震动,已经变成一个没有煤、没有面包、工厂的烟囱不冒烟的城市,它好像人的裸露着的大脑,这时正借助皇村电台的无线电波发射出疯狂爆炸的思想。

"同志们!"一个瘦削的年轻人站在花岗岩的基座上喊道,他的嗓子冻得发哑了,头上的芬兰帽戴倒了,"逃兵同志们,你们唾弃那些帝国主义混蛋……我们彼得堡的工人,告诉你们,你们干得对,同志们……我们不愿意给喝人血的资产阶级当雇佣兵……打倒帝国主义战争!"

"打倒……倒……倒……"在一堆胡子拉碴的士兵中间懒洋洋地响起一阵喊声。他们并不放下肩上的步枪和装东西的包裹,疲倦而吃力地站在亚历山大三世皇帝的纪念像前面。沙皇那庞大的黑像上落满了雪,而站在他那秃尾巴马的马嘴下面的讲演者,穿着破大衣,敞开怀,浑身也落满了雪。

"同志们……但是,我们不能放下枪!革命在危险中……世界各地的敌人正准备向我们进攻……他们那凶狠的手中掌握着堆成山的黄金和可怕的杀人武器……他们看到我们的鲜血都流成了河,乐得浑身发抖……但是,我们可一下也不哆嗦……我们的武器就是对世界社会革命的热烈信念……世界革命一定会爆发,这场革命已经不远了……"

这句话的末尾被风刮跑了。就在这座纪念像跟前,有一个膀阔腰圆的人,立起了大衣领,漫无目的地停下脚步。他好像对这座纪念像、讲演者和背着包裹的士兵,都不大注意。可是有一句话突然引起他的兴趣,甚至不是这句话本身,而是从青铜马嘴下面喊出这句话时所流露的强烈信念:

"……你们要明白……过半年之后,我们就要永远消灭最该死的罪恶——金钱……再也没有饥饿和贫穷,再也不用低三下四……你想要什么,就到公共仓库里去取好了……同志们,我们要用金子建造公共厕所……"

可是这时,一阵风夹着雪灌进讲演者的嗓子里。他气急败坏地弯下腰,咳嗽起来,怎么也止不住——他的肺像要撕裂似的。士兵们又站立一会儿,晃了晃高筒皮帽,便走开了——有人奔车站,有人穿过市区奔河对岸。讲演者用指甲抠着冰冻的花岗岩,却直打滑,从基座上爬下来。那个立起大衣领子的人轻声招呼他:

"鲁布廖夫,您好!"

瓦西里·鲁布廖夫还在咳嗽,开始扣大衣的纽扣。他并没伸出手来,颇无好感地瞥了伊万·伊里奇·捷列金一眼。

"嗯?干什么?"

"是呀,很高兴见到您……"

"这些魔鬼,都是死脑瓜,"鲁布廖夫说,两眼望着被雪花遮得模糊不清的车站的轮廓,那些挨虱子咬的胡子拉碴的士兵把破烂东西堆在一起,三五成群地站在车站前面。"有什么法子能让他们开窍呢?他们就像成群的蟑螂从前线往回跑。都是傻子……这里需要使用恐怖……"

他用冻僵了的手抓了一把夹着雪的风……然后用拳头一捶,不知把什么捶到这股风里。鲁布廖夫的手悬在半空中,身子冻得直打哆嗦……

"鲁布廖夫,老兄,您很了解我(捷列金把大衣领子放下来,俯下身去望着鲁布廖夫土色的脸)……看在上帝的面上,请您对我解释一下……我们不是自己找死吗……德国人如果愿意的话,只要一个星期就可以打到彼得格勒……您知道,我从来对政治不感兴趣……"

"怎么?不感兴趣?"鲁布廖夫全身毛发好像都竖立起来,生硬地转过脸朝着捷列金。"那你对什么感兴趣呢?现在什么人对政治不感兴趣——你知道是什么人吗?"他怒冲冲地望着伊万·伊里奇的眼睛。"中间分子……人民的敌人……"

"所以,我才想跟你谈谈……你讲话也要通点儿人情。"

伊万·伊里奇气得也立眉瞪眼。鲁布廖夫用鼻孔深深吸了一口气。

"你真是个怪人,捷列金同志……可是,我没工夫跟你谈话——你能不能明白这一点?……"

"你听我说,鲁布廖夫,我目前的境况是这样……你听说科尔尼洛夫①正号召顿河起来吗?"

"听说了。"

"我或者投奔顿河……或者跟你们在一起……"

"你这个'或者'是什么意思?"

"这就要看我相信哪一边了……你拥护革命,我拥护俄国……说不定我也会拥护革命。你知道,我是打过仗的军官……"

鲁布廖夫两只深色眼睛里的怒火,顿时熄灭了,只剩下了失眠的疲惫。

"好吧,"他说,"你明天到斯莫尔尼来找我……俄国……"他冷笑着摇摇头。"你那个俄国气死人……气得两眼出血……不过,我们大家情愿为俄国而牺牲……你马上到波罗的海火车站去。那里有三千个逃兵在地板上躺了三个星期了……你给他们开个会,宣传一下苏维埃政权的主张……告诉他们:彼得格勒需要粮食,我们需要战士……(他的眼睛又无精打采了)你就对他们说:你们要是躺在炉炕顶上挠肚皮,就会像狗崽子一样完蛋。应该在你们的屁股上来一场革命……你就用这句话凿开他们的脑壳!……现在谁也不能挽救俄国,谁也不能挽救革命——只有苏维埃政权能做到……明白了没有?现在世界上没有比我们的革命更重要的事情了……"

捷列金沿着结了一层冰的楼梯,摸黑爬上他住的五楼。用手摸着门。先敲了三下,然后又敲一下。里面有人走到门后。沉默了片刻,听妻子轻声问:

"谁呀?"

"我,我,达莎。"

门后有人长叹了口气。铁链子响了。半天也摘不下门钩。听见达莎低声地叨咕:"唉,我的上帝呀,我的上帝呀!"她终于把门打开,立刻摸黑

---

① 科尔尼洛夫(1870—1918),帝俄将军,二月革命后,任临时政府总司令。

从走廊里走回去,在什么地方坐下了。

捷列金仔细闩好门,把所有的门钩都挂好,把所有的门闩都闩上。他脱了套鞋,摸摸衣袋,真糟糕,没有火柴。他也没脱衣服,没摘帽子,向前伸着两手,往达莎走去的地方摸索着走。

"真不像话,"他说,"又是停电。达莎,你在哪儿?"

她沉默了一会儿,才从书房里轻声回答:

"来过,又灭了。"

他进了书房;这本是整个住宅里最暖和的房间,可是今天这儿也很冷。他瞪大眼睛,却什么也看不见,连达莎的喘气声都听不到。他很想吃点儿东西,特别想喝口茶。可是,他觉得出来,达莎什么吃的也没准备。

伊万·伊里奇放下大衣领子,脸朝窗户在沙发旁边的一把椅子上坐下。外面,在大雪纷飞的黑暗中,有一股暗淡的光亮来回晃动。这如果不是喀琅施塔得射出来的,便是附近什么地方——大概是用探照灯搜索天空。

"要生上小炉子就好了。"伊万·伊里奇想。"得想法小心地问问达莎,她把火柴放在哪儿了?"

可是,他却拿不定主意。他想弄清楚,她究竟是在哭泣还是打盹?四周静极了。整个大楼里都是一片荒漠般的沉寂。只是远处什么地方偶尔传来微弱的枪声。突然,大吊灯上的六个灯泡都烧红了,微红的灯光朦胧地照亮了房间。达莎原来坐在写字台跟前,身上披着皮大衣,里面不知还蒙着什么,向旁边伸出一条腿,脚上穿着毡靴。她头枕着桌子,脸贴着吸墨纸。她的脸很瘦,留着痛苦的痕迹,有一只眼睛睁着——她甚至连眼都没合,坐得不舒服,不自然,马马虎虎……

"达申卡,总不能老这样子,"捷列金声音发哑地说。他心疼她,疼得简直受不了。他朝写字台走去。但是,灯泡里的红丝颤抖了几下就熄灭了。灯只亮了几秒钟。

他站到达莎的背后,屏住呼吸俯下身去。最简单的办法似乎是应该一声不响地抚摩她几下。她却像死人似的,对他走近一点儿反应也没有。

"达莎,你不要这么折磨自己……"

一个月以前,达莎生过孩子。她生的小男孩儿第三天就死了。由于受到剧烈的惊吓,胎儿是早产的。有一天黄昏,在马尔斯广场上有两个人向达莎扑来,他们的身材比一般人要高,身上穿着飘飘摇摇的殓衣。这大概就是那些"蹦跶蹦",脚底下装上特制的弹簧,在那充满离奇故事的年代出现在彼得格勒街头专门吓人。他们朝着达莎狠狠地咬牙,打起呼哨。达莎跌倒了。他们剥掉她的大衣,一蹦一蹦地过了天鹅桥跑掉了。达莎在地上躺了一会儿。大雨一阵紧似一阵,夏园里光秃秃的椴树疯狂地呼啸着。丰坦卡河对岸有人凄厉地喊叫:"救命呀!"小孩儿用他的小脚在达莎的肚子里乱踢,他急于出生了。

孩子提出了要求,达莎站起来,直奔圣三一桥。风刮得她俯在铁栏杆上,淋湿了的连衣裙粘在两条腿中间。没有一点儿光亮,没有一个行人。下面是黑糊糊的、波浪滔滔的涅瓦河。达莎刚一过桥,便感到第一阵阵痛。她明白,她是走不到家了,只想找棵大树底下避一避风。就在红霞街上,她被一个巡逻兵喝住。巡逻兵一手提着步枪,俯下身子去看她那像死人的脸孔:

"扒了衣服。唉,这帮坏蛋!嘿,你看,还是大肚子呢。"

他把达莎送到家,拖上了五楼。他用枪托当当地敲门,朝着探出头来的捷列金喊道:

"这叫什么事——夜里让女人一个人出去。差一点儿把孩子生在大街上⋯⋯真见鬼,你们这些糊里糊涂的资产阶级⋯⋯"

当天夜里就开始分娩了。一个好唠叨的助产士被请到家。阵痛拖了一天一夜。小孩子生下来就没气了——嘴里灌进了羊水。助产士又是拍,又是搓,又是对着嘴吹气。他才皱起眉头,哇的一声哭了。接着又咳嗽起来,可是助产士还不灰心。小孩子先是像小猫一样哭得很可怜,不肯吃奶。后来不哭了,只是干咳。第三天早晨,达莎把手伸到摇篮里,马上又缩了回来——她摸到小身子冰凉,急忙抱起来,打开一看:高高的脑壳上有几根稀疏的淡色头发竖竖着。

达莎发疯地叫了起来。跳下床,向窗口扑过去——她要打碎玻璃,从窗口跳下去,她不想活了⋯⋯"我害了他,我害了他⋯⋯我不活了,不活

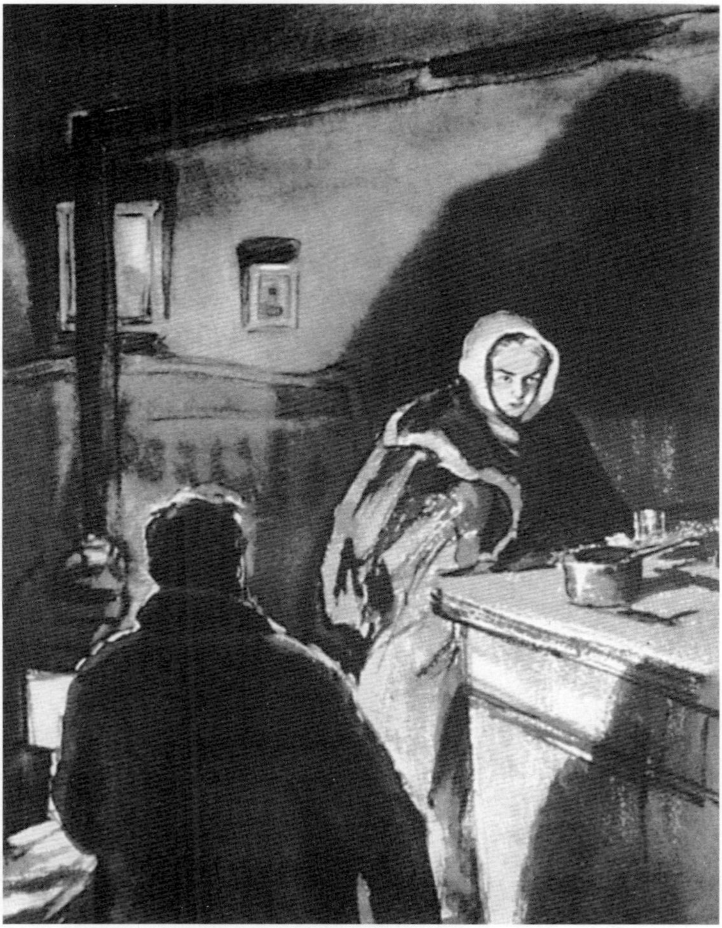

了!"她一个劲儿叨咕着。捷列金好容易抱住她,把她按倒在床上。把小尸体抱走。达莎对丈夫说:

"我还睡着的时候,他就死了。你看:他的小头发都竖着……他一个人受折磨……可我还睡觉……"

她眼前总是出现小孩子一个人跟死亡搏斗的幻象,不管怎么劝解,也是没用。

"好吧,伊万,我再也不说这个了。"她回答捷列金说,以便不再听到丈夫讲大道理的声音,不再看见他那健康、红润的脸孔,尽管目前生活艰苦,丈夫的脸却依然充满着"乐观"。

捷列金身体健壮,他有充沛的精力从天明跑到深夜,穿着破套鞋跑遍全城去找辅助工作,或买吃食、柴火和别的东西。一天之中,他要回家好几次,张张罗罗,对达莎关怀备至。

可是达莎现在最不需要的,就是这些温存的关怀。伊万·伊里奇越是干得起劲,达莎跟他越是不可挽救地疏远了。她整天一个人坐在寒冷的房间里。如果能打个盹儿还好——打完了盹儿,用手揉揉眼睛,觉得还舒服些。走进厨房,尽力想想,伊万·伊里奇嘱咐她做什么。可是,她连最简单的活也做不来了。而十一月的冷雨敲打着窗子。彼得堡的上空,寒风呼啸。她儿子的小尸体在这冰天雪地里就躺在海边上的一块坟地上,这么小的孩子甚至还不会诉苦呢……

伊万·伊里奇知道她是心里有病。只要电灯一灭,她就会龟缩到角落里,用披肩蒙上头,一声不响地坐在沙发椅上,陷入极端苦闷中。可总得活下去……得活下去……他往莫斯科写信,把达莎的情形告诉她姐姐叶卡捷琳娜·德米特里耶夫娜,可这些信必是没有寄到。卡佳一封信也没回,或许她也出了什么事。可真是艰难的时代呀。

伊万·伊里奇站在达莎身后直跺脚,偶然踩到火柴盒上,这才恍然大悟:刚才电灯熄灭之后,达莎曾经隔一会儿划亮一根火柴来跟黑暗、苦闷搏斗。"唉,唉,"他想,"她整天就一个人在家,太可怜了。"

他小心翼翼地捡起火柴盒——里面还剩下几根火柴。于是他从厨房里取来早晨就已准备好的劈柴——原来是把一个旧衣柜仔细锯成一截一截的。他在书房里蹲下来,开始生他那座小炉子——这是砖砌的炉子,用铁筒子接上拐脖,从整个房间里通过。燃烧着的松木条散发出喷香的烟味。炉口抽得呼呼直响。天棚上出现一个摇曳不定的光圈。

这种自己动手做的炉子,后来得到一种广泛流传的绰号,叫做"资本家"或"小蜜蜂"。它们在军事共产主义时期,曾经诚心诚意地为人们服务。最简单的炉子是铁的,底下有四条腿,只有一个炉眼;比较考究一点儿的,装有烤箱,可以把咖啡渣烤成饼,甚至烤鳑鱼馅的馅饼;最豪华的炉子是用从壁炉上拆下来的瓷砖砌的,既能取暖,又能煮东西或烤东西,并在风雪的呼啸声中唱着火的永恒的歌。

人们都集聚在热烘烘的火炉跟前,就像古代人集聚在火堆跟前一样,烤烤冻僵了的手,等待茶壶的盖子跳动起来。大家守着炉子闲聊,遗憾的是,这些话没人记录下来。胡子拉碴的教授穿着毡靴,披着毛毯,把破沙发椅挪到炉子跟前,写出惊人的著作。诗人饿得皮肤都透明了,仍然在写歌颂爱情和革命的诗篇。阴谋分子围成一圈儿,把脑袋凑到一起,悄声传递一个比一个古怪、一个比一个离奇的消息。在这些年代,有许多古老的华丽家具都变成一缕青烟,从铁筒子里飞走了。

伊万·伊里奇很重视这个炉子,用黄泥把缝隙抹死,还在炉筒子底下吊几个罐头盒子,免得烟油子滴落到地板上。等茶壶开了,他从衣袋里掏出一个纸袋,往茶杯里倒上许多糖,让它甜点儿。从另一个衣袋里掏出一个柠檬,这个柠檬今天会落到他手里,简直是个奇迹(他在涅瓦大街用一双手闷子跟残废军人换来的),他做了一杯甜甜的柠檬茶,放到达莎面前。

"达申卡,这杯茶可是带柠檬的……我马上点着小油灯。"

这是一种用洋铁罐子做的灯具,里面倒点儿葵花油,上面漂着一根灯捻儿。伊万·伊里奇取来了灯,房间里照得朦朦胧胧的。

达莎已经像好人一样坐在沙发椅上,喝起茶来。捷列金感到十分满意,在她身旁坐下。

"你知道我碰见谁了?碰见了瓦西里·鲁布廖夫。你记不记得从前在我那个车间里有姓鲁布廖夫的爷俩?我跟他们可是要好的朋友。老鲁布廖夫,那眼神可狡猾了,一只脚踩在乡下,另一只脚伸到工厂。这个人可不寻常!而瓦西里那时候就是布尔什维克了,人挺机灵,就是像鬼一样凶。二月里,他带头领着全厂的人上了街。还爬到大楼的顶间去搜索警察。听说他亲手揍死了五六个……十月革命以后,他变成大人物了。可我今天跟他谈了一次话……达莎,你听着吗?"

"听着呢。"她说。放下空杯子,用瘦小的拳头支起下巴,望着油灯摇曳的火苗。她那双灰眼睛,流露出对人间的一切都漠不关心的神情。脸沉得老长,细嫩的皮肤仿佛是透明的,连原来傲气十足、甚至有些轻佻的小鼻子,如今也瘦得发尖了。

"伊万,"她说(大概是为了那杯柠檬茶想表示感激),"刚才我找火柴,发现书后面有一盒烟卷儿。你要是想……"

"烟卷儿!这可是陈货了,达申卡,正是我最爱抽的那种!"伊万·伊里奇故作高兴的样子,其实这盒烟是他自己藏在书后的,以备实在买不到的时候好抽。他马上点了一支,不时地乜斜着眼睛望望达莎呆若木鸡的侧影。"应当让她离开这儿,越远越好,到南方去。"

"嗯,我方才说,我跟瓦西里·鲁布廖夫谈了一次话,他帮了大忙,达莎……我就不相信这些布尔什维克一下子就会完蛋。他们的根子就扎在鲁布廖夫这样的人身上,你明白吗?……当然,他们并不是选举出来的。他们的政权也不稳固,只在彼得堡、莫斯科和几个省会建立起来了……但是这里的奥妙在于政权的性质……这种政权跟瓦西里·鲁布廖夫这样的人有着血肉联系……像他们这样的人在我国还不多……但是他们有坚定的信念。就是让狮子和老虎去咬他,或者用火活活烧他,他也会热情地高唱《国际歌》……"

达莎依然默默不语。他捅了捅炉子。蹲在炉门前面接着说:

"你知道我说的意思吗?……不管哪边,总得站在一边。坐在这儿等现成的,你知道,总觉得不好意思……比方说坐在道边上,求人施舍,多么可耻。我的体格蛮好。我可不想消极怠工……老实说,我的两手都发痒了……"

达莎叹了口气。她紧闭上眼皮,从睫毛底下滚落一颗泪珠。伊万·

伊里奇吭吭哧哧地说：

"当然，首先得解决你的问题，达莎……你应该找到生活的力量，振作精神……像你现在这个样子，简直是慢性毁灭。"

他实在憋不住了——带着火气，把"毁灭"这个词咬重了点儿。达莎听了，像孩子一样诉苦地说：

"我当时没死，难道是我的不是？可现在反倒累赘了您……您给我带柠檬回来……可我并没向您要……"

"嘿，你瞧，还有法谈吗！"伊万·伊里奇这样想着，在屋里踱来踱去，用指甲敲了敲蒙上哈气的玻璃窗。外面雪花打着旋儿，风雪呜呜地吼，狂风刮得那么猛，仿佛要赶过时间本身，飞向未来去报告发生了不寻常事件的消息。"把她送到国外去？"伊万·伊里奇想。"还是送到萨马拉她父亲家？这些事真够复杂的……不过，再也不能这样生活下去了……"

达莎的姐姐，叶卡捷琳娜·德米特里耶夫娜带着丈夫瓦季姆·彼得罗维奇·罗辛早已回到萨马拉的父亲家里，因为在父亲家可以安安稳稳地住到春天，不必为每一块面包发愁。不用到春天，布尔什维克当然都得完蛋。德米特里·斯捷潘诺维奇·布拉文医生甚至推算出准确的日期，就是在严寒消退之后和春天化冰之前，德国人一定会全线发起攻势，而俄军前线，剩余的部队寥寥无几，还在天天开会，在这一片混乱、叛变和逃跑之中，士兵委员会虽然试图寻找新形式的革命纪律，不过只是白费力气。

在这几年之间，德米特里·斯捷潘诺维奇老了许多，日子过得马马虎虎，只是谈论政治的劲头更大了。大女儿回来，使他喜出望外，并且立刻着手对罗辛进行政治培养。他们在餐室里守着茶炊，一坐就是几个小时（这种茶炊是一件磕瘪了的机器，足足盛两维德罗水，从它那肚子里放出来的开水可以形成一个小湖，由于年代已久又学会一种新的绝技——只要往里放进一块木炭，便会唱起外省的茶炊曲，而且一唱就是老半天）。德米特里·斯捷潘诺维奇的穿着也极为邋遢，身体发胖，肌肉松弛，鬈曲的白发连梳也不梳，抽着一种气味难闻的烟卷，一咳嗽起来，憋得脸通红，唠唠叨叨没个完……

"我们的国家,算是彻底完蛋了……这场战争我们打输了……我这么说,您可别生气,中校先生。早在一九一五年就应该签订和约……应当让德国人统治我们,教训教训我们。那样的话,我们也许会跟他们学到一点玩意儿,我们也许会学成个人。可现在一切都完了……正像俗话说的,在这种情况下,医学也无能为力……请您不要说了!……我们用什么来自卫呢——难道用三股叉不成?今年夏天,德国人就会占领俄国的南部和中部地带,日本人会占领西伯利亚,我们拿着有名的三股叉的庄稼佬会给撵到北极圈附近的冻土地带,那时候就会建立起秩序,什么文化啦,对个人的尊重啦,也都有了……我们会出现一个新俄国……对这一点,我倒是非常满意……"

德米特里·斯捷潘诺维奇是个资格很老的自由主义者,如今却用辛辣的讽刺口吻嘲笑他从前认为"神圣"的东西。甚至他的整个寓所都带有这种自暴自弃的痕迹。各个房间都从不打扫,玻璃窗上落满灰尘,书房里的门捷列夫肖像也挂了厚厚一层蜘蛛网,木桶里栽的花草都枯死了,书啦,地毯啦,绘画啦,还都放在沙发底下的箱子里,从一九一四年夏季达莎最后一次回家起,从未动过。

当萨马拉也建立起工农兵代表苏维埃政权的时候,大部分医生都拒绝跟这些"鱼鳖虾蟹的代表们"在一起工作,于是德米特里·斯捷潘诺维奇受到邀请,让他负责管理所有的市区医院。按照他的估计,反正一到春天德国人就会来到萨马拉,所以他就接受了这个任命。由于药品缺乏,德米特里·斯捷潘诺维奇便把灌肠当作包治百病的办法。"病因都在肠子里。"他对助手们说,透过有裂纹的夹鼻眼镜,怀着一种讥笑的优越感看着他们。"在整个战争期间居民都从来不洗胃。你们要是探索一下造成我们这种值得赞美的无政府状态的始因,就不难发现,都是由于胃里积食。所以,诸位……要不论条件、无一例外地使用灌肠方法……"

这些茶桌上的谈话,给罗辛留下很沉重的印象。他在十一月一日莫斯科的巷战中所受的震伤,还没有痊愈。当时,他指挥一个连的士官生守卫尼基塔门的要冲。萨布林带着一群布尔什维克从受难广场向这里进逼。这个萨布林在莫斯科念中学的时候,罗辛就认识,他当时是一个像天使一样善良的小男孩儿,长着一对浅蓝色的眼睛,一害臊就脸红。他出身于知识分子家庭,他家还是莫斯科的老户,像这样一个青年人竟然会变成疯狂的布尔什维克或者社会革命党左派——鬼知道他们之间有什么不同——真是难以想象,他穿着挺长的军大衣,端着枪,从特维尔林荫路的椴树后面跑过。这正是普希金赞美过的那条林荫路,不久之前,当萨布林还是一个规规矩矩的中学生时,常常腋下夹着一本语法书在这里散步。"出卖俄国,出卖军队,为德国人让路,把野兽放进来——这就是您,萨布林先生,打仗的目的!……那些士兵,那些呼哧直喘的混蛋还可以原谅,可是您……"罗辛亲自趴在机枪后面(在小尼基塔街的角上,奇奇金的牛奶店跟前的战壕里),当那个穿挺长的军大衣的单薄的身影又从树后跳出来时,便朝着黑影泼去一排子弹。萨布林扔下枪,坐到地上,用手捂住大腿根。几乎就在同时,罗辛的帽子被弹片打落了。他因伤掉队了。

巷战的第七天夜里,莫斯科上空笼罩着一片黄色的浓雾。隆隆的炮声已经停止。只是有些地方一小股一小股失去联系的士官生、大学生和旧官吏还在顽抗。不过,以地方自治局医生鲁德涅夫为首的社会治安委员会已不复存在。莫斯科被革命委员会的军队占领了。第二天在大街上可以看到不少穿便服的年轻人,手里拎着小包,眼睛里流露出敌意的目光。他们都悄悄地溜到库尔斯克车站和勃良斯克车站……尽管他们腿上绑着军用裹腿或脚上穿着骑兵的大马靴,可是并没有人去阻拦他们。

罗辛要不是受了震伤,也早就走了。可是他得了轻微的麻痹症,接着双目失明(暂时),最后,心脏又不知出了什么毛病。他一直盼着大本营会出动军队,从沃罗比约夫山上用六英寸口径的大炮轰克里姆林宫。但是革命刚刚开始深入到广大群众中间。卡佳劝丈夫离开这里,暂时把布尔什维克和德国人都忘掉。以后就会看出上下来。

瓦季姆·彼得罗维奇听从了卡佳的话。如今待在萨马拉,坐在医生的寓所里,连门也不出。除了吃,就是睡。可是叫他忘记,却办不到!每天早晨,他翻弄着用包装纸印的《萨马拉苏维埃公报》,一个劲儿地咬紧下颚。每一行字都像鞭子一样抽在他心上。

"……农民代表苏维埃全国代表大会呼吁德国和奥匈帝国的农民、

工人和士兵们,要坚决反对他们的政府所提出的帝国主义者的要求……呼吁法国、英国和意大利的士兵、农民和工人,要迫使他们嗜血成性的政府马上签订一项有诚意的、民主的世界和平条约……打倒帝国主义战争!全世界劳动者的友谊万岁!"

"忘记!卡佳,卡佳!看来首先要忘记自己。怎能忘记一千年的历史!从前的强大……不到一百年以前,俄国曾经称霸欧洲……怎么,现在把这一切都恭恭敬敬地送给德国人,听凭他们摆布?无产阶级专政!这叫什么话!多么愚蠢!唉,俄国式的愚蠢……那么庄稼人呢?唉,庄稼人呀!他们会为自己干的蠢事付出痛苦的代价……"

"不,德米特里·斯捷潘诺维奇,"罗辛听了医生在茶桌上发表的长篇大论,回答说,"俄国还可以找到足够的力量……我们还没有死绝……我们可不是任凭您那些德国人随意践踏的粪土……我们要较量一下!我们要保卫俄国!我们要惩罚……严厉地惩罚……等着瞧吧……"

卡佳作为参加这场茶余谈话的第三者,听了他们这些争论,只明白一点:她所爱的罗辛十分不幸,像忍受着缓慢的酷刑一样痛苦。他那剪得短短的圆头,已经出现银丝。一对深色的眼睛塌了下去。瘦削的脸孔仿佛被烧焦了似的。当他把沉重的大手在桌子的破漆布上紧握在一起说"我们要报仇!我们要惩罚!"时,卡佳只是觉得,他好像在外面受了气,受尽折磨,疲惫无力地回到家里,却仍然在吓唬什么人说:"你等着吧,我们一定要收拾你的……"可是,像罗辛这样文质彬彬、疲惫不堪,又能向什么人去报复呢?总不能向这些在冰冷的大街上乞讨面包和烟卷的衣衫褴褛的俄国士兵进行报复吧?……卡佳小心翼翼地坐到丈夫身旁,抚摩他的手。她的心头充满了对他的柔情和怜惜。她对别人从来没有恶感,一旦对谁稍有恶感,她便首先责备自己。

眼前发生的事件,她一点儿也不理解!她觉得这场革命好像降临到俄国的雷雨之夜。有些字眼儿使她害怕,比方,工农兵代表苏维埃,她觉得是个挺吓人的字眼儿;革命委员会好像公牛的吼声一样可怕(记得她小的时候,有一次站在花园里,一头公牛把毛茸茸的嘴脸从篱笆外伸进来)。每当她翻弄土黄色的报纸,读到"法国帝国主义怀有阴暗的侵略野心,伙同掠夺成性的盟国……"时,便会想到夏日里蓝雾弥漫的平静的巴黎、香榭兰和忧伤的气息、人行道旁淙淙流过的沟水,便会想起那个曾到处追随她的素不相识的老头儿,就在临死的前一天,在公园里的长凳上对她说:"您不必害怕,我患了心绞痛,我是个老头子。我遇上了一件很不幸的事——我爱上了您。哦,您的脸长得多么可爱,多么可爱呀……"

"哼,他们算得上什么帝国主义者呢!"卡佳心想。

冬天快过去了。城里流传着各种谣言,一个比一个离奇。有人说,英法两国正准备跟德国人秘密媾和,然后联合一致进攻俄国。也有人讲科尔尼洛夫将军取得了神话般的胜利:他率领一小伙军官,打败了几千人的赤卫军,占领了许多哥萨克村庄,因为没有必要防守才放弃了,现在正准备夏季发起对莫斯科的总攻势。

"唉,卡佳,"罗辛说,"我坐在这儿暖暖和和的,可别人还在打仗……不成,不成呀……"

二月四日,一群群的人打着红旗,举着标语,从医生住宅的窗前走过。落着大雪,狂风一吹,雪雾弥漫,铜号疯狂吹奏着《国际歌》。医生戴着皮帽子,穿着落满雪的皮大衣,大声嚷嚷着跑进餐室。

"先生们,跟德国人讲和了!"

罗辛默默地瞥了一下医生那带着雪水、流露出得意微笑的滑稽的宽脸,朝窗前走去。隔着暴风雪稠密的幕布,看到有无数的人走过,他们抱在一起,三五成群,一边喊叫,一边笑,只见军大衣、短皮袄、女人、小孩儿——好像普通老百姓,那些地道的俄罗斯人都涌上了街头。哪来这么多人呢?

罗辛那白发苍苍的后脑勺,既紧张又惶惑,缩到肩膀里去了。卡佳把脸颊贴到他的肩头上。高大的窗子外面沸腾着她所无法理解的生活。

"你瞧,瓦季姆,"她说,"他们的脸上多么快乐!……难道战争就这么结束了?真叫人不敢相信——这该是多么幸福呀……"

罗辛从她身旁走开,倒背着的手紧紧攥在一起,嘴闭成一条线,露出残酷的表情……

"可别高兴太早了……"

在一间狭小的拱顶房间里,有五个人围着桌子坐着,有的穿着揉皱了的西装上衣,有的穿着士兵的呢子上衣。他们由于失眠,脸色发暗。桌子上蒙着一块烧出了洞的呢子桌布,上面除了公文、烟头和几块面包之外,还摆着茶杯和几台电话。有时屋门打开了,从人声鼎沸的长走廊里走进来一个宽肩膀、扎着武装带的军人,送进一些文件要签字。

坐在桌旁的第五个人是会议主持者①,身材矮小,穿着一件挺短的灰西服上衣,坐在沙发椅上似乎在打盹。这张沙发椅对他的个子说来显得太高了。他把左手放在前额上,遮住眼睛和鼻子;只露出像直线似的嘴,上面长着挺硬的胡子和没有刮过的半边脸,脸上的肌肉不住地抽动着。只有非常熟悉他的人才能发现,他那锐利、狡黠的眼睛正从疲惫地遮住脸的手指缝里注视作报告的人,同时留心其他人面部表情的变化。

丁零零的电话铃声几乎一直不断。那个宽肩膀、扎武装带的人拿起听筒,压低声音,断断续续地说:"人民委员会。在开会。不行……"有时,不知什么人从走廊里撞到门上,门上的铜拉手便转动起来。窗外海风怒号,把雪糁子和雨点儿打到玻璃窗上。

作报告的人讲完了。旁边坐着的人,有的低着头,有的两手抱着脑袋。会议主持者把手掌往上挪了挪,放在秃头顶上,写了一张条子,在一个词的下面一连画了三条线,结果把钢笔尖都戳进纸里去了。他把纸条扔给左边的第三个人,这个人长得瘦削,留着小黑胡,头发向上竖着②。

左边的第三个人看了条子,从小胡子里微微一笑,就在条子上写了回答……

会议主持者两眼望着暴雪扬长的窗外,不慌不忙地把条子撕成小碎片。

"要军队没有军队,要给养没有给养,报告里说得很对,我们是在瞎折腾,"他用略微发哑的声音说,"德国人在进攻,将来还要进攻。报告里

---

① 这里写的是列宁。
② 这里写的是斯大林。

说得很对……"

"那么这就算完了？有什么出路没有？投降？转入地下？"大家打断了他。

"有什么出路吗？（他眯缝起眼睛）打。拼命地打。一定要打败德国人。要是现在打不败他们，就退守莫斯科。德国人占领莫斯科，我们就退到乌拉尔。建立乌拉尔-库兹涅茨克共和国。那里有煤，有铁，有战斗的无产阶级。我们要把彼得堡工人撤到那里去。这是一件很好的事。如果必要的话，哪怕撤到堪察加也没关系。只有一点，只有一点必须牢牢记住：要保存工人阶级的骨干，不能让敌人给杀掉。将来我们还会占领莫斯科和彼得堡……西方的形势千变万化……垂头丧气，抱着脑袋发愁，都不是布尔什维克的本色……"

他突然从高沙发椅上跳下来，敏捷得令人出乎意外，双手插在裤兜里，向柞木屋门跑去，拉开一扇门。站在走廊里的彼得堡工人都从浓重的蒸气和昏暗的灯光里把胡子拉碴、布满皱纹的瘦脸和闪亮的眼睛向他凑过来……他举起沾着墨水的大手：

"同志们，社会主义祖国在危急中！……"

第 二 章

入冬的时候，在南俄铁路的枢纽站上，有两股人流相遇了。那些社会活动家、换了便服的军人、商人、警察、从火光熊熊的庄园里逃出来的地主、投机商、演员、作家、官吏和感受到费尼莫尔·库珀所描写的时代气息的少年人——总之，不久以前还喧闹扰攘、穿戴花哨的两京居民，为了躲避《启示录》所预言的恐怖①，从北方纷纷逃向盛产粮食的顿河、库班河和捷列克河流域。

外高加索的百万大军密密麻麻地从南方迎面开来，他们携带着枪支、

---

① 见《新约·启示录》第六章第十二节。

大炮、弹药、一车厢一车厢的食盐、白糖和布匹。会车的车站上拥挤不堪，白军的间谍便乘机活动。哥萨克村民赶着车凑到火车跟前购买枪支，富裕的农民用面包和猪油交换布匹。匪徒和小偷到处乱窜。被抓住的，当场就在铁道上枪毙。

　　赤卫军的掩护队没有多大作用，他们像蜘蛛网一样，一冲就破。这里是大草原，自由的天地。这里从远古时候起，人们就歪戴着帽子走来走去。一切都是脆弱的，动荡不定，混乱不清。今天，外乡人和少地的农民的声音压倒了哥萨克，选举出工农兵代表苏维埃，而明天，土著的哥萨克将用马刀撵走共产党员，并派出送急件的信使——把委任证书藏在皮帽子里——到新切尔卡斯克去见阿塔曼卡列金。这里对彼得堡政权不屑一顾。

　　不过从十一月末以来，彼得堡政权已经开始认真对待了。建立了第一批革命队伍——这便是由水兵、工人和无家可归的士兵组成的游动列车队，他们使用的车厢都已破烂不堪。他们不大听从指挥，好闹事，打起仗来挺勇猛，可是稍受挫折就溜之大吉，每当战斗结束召开士兵大会的时候，便威胁说，要把他们的指挥官撕个稀巴烂。

　　按照当时制定的作战计划，红军分三路包围顿河和库班地带：萨布林从西北向前推进，切断顿河跟乌克兰的联系，西韦尔斯用半圆形阵势包围罗斯托夫和新切尔卡斯克，黑海水兵的队伍从新罗西斯克出发，向白军进逼。这一带的工厂和煤矿区内部都在准备暴动。

　　一月，红军队伍已经逼近塔甘罗格、罗斯托夫和新切尔卡斯克。在顿河的村庄里，哥萨克跟外乡人之间的纷争还没有达到动武的地步。顿河还是一片平静。阿塔曼卡列金稀稀拉拉的部队在红军的强兵压境情况下，没放一枪就从前线撤退了。

　　红军来势凶猛，白军岌岌可危。塔甘罗格的工人举行起义，从城里撵走了库捷波夫团的志愿军。由哥萨克下士波德捷尔科夫率领的红军队伍，在新切尔卡斯克城下打败并消灭了阿塔曼的最后一支掩护队。

　　于是阿塔曼卡列金向顿河发出最后一次绝望的号召，要哥萨克派出志愿人员参加惟一顽强的军事组织——由科尔尼洛夫将军、阿列克谢耶

310

夫将军和邓尼金将军①在罗斯托夫组建的志愿军……但是阿塔曼的号召没有人响应。

一月二十九日,卡列金在新切尔卡斯克宫里召集阿塔曼政府人员开会。在白色大厅的半圆形桌子旁边坐着顿河军的十四名地区长官、几个著名的将军和"莫斯科反对无政府状态和布尔什维主义中心"的代表。阿塔曼身材高大,愁眉不展,留着两撇夺拉胡,用阴郁的镇静口吻说:

"先生们,本人不能不对各位说明,我们的处境已经山穷水尽。布尔什维克的兵力,一天天增强。科尔尼洛夫准备把他所有的部队从我们的前线上撤走。他的决定是不可改变的。我发出保卫顿河地区的号召,总共召集到一百四十七条枪。顿河和库班的居民,不但不支持我们,反而敌视我们。为什么会这样?这种可耻的恐惧怎么说好呢?就是贪生怕死毁了我们。再也没有义务感,没有荣誉感。我建议各位交出你们的大权,让别人掌权去吧。"他坐下来,接着也不看任何人就补充说:"各位发言要简短,已经没有时间了……"

阿塔曼的副手、绰号叫"顿河夜莺"的米特罗凡·博加耶夫斯基气急败坏地对他喊道:

"换句话说,您是要把政权交给布尔维克?……"

阿塔曼听了回答说,可以由军政府相机行事,便立刻离开会场,迈着沉重的步伐,穿过侧门,回到住处。他望着窗外公园里不住摇晃的光秃的树枝和风雪欲来的令人绝望的阴云,唤了妻子一声,却没人答应。于是他继续往里走,走进卧室,里面的壁炉烧得正旺。他脱掉军装上衣,摘掉脖子上的十字架,仿佛还不完全相信似的,最后一次贴近地看了看挂在床头的军事地图。有许多小红旗把顿河和库班草原密密麻麻地围住了。只有一根贴着三色旗的小针插在罗斯托夫的黑点上。明明白白就是这样。阿塔曼从镶红条的蓝裤子后兜里掏出一支挺扁的勃朗宁手枪,还带着身上的热气,朝自己心窝开了一枪。

二月九日,科尔尼洛夫将军率领他的小股志愿军——一律由军官、士

---

① 邓尼金(1872—1947),帝俄将军,后来成为南俄白匪军总头目,失败后逃亡国外。

官生和军事学校学员组成——和拉着将军和特别重要的难民的辎重队,撤出罗斯托夫,越过顿河,进入大草原。

科尔尼洛夫身材矮小,长着卡尔梅克人的脸型,背着士兵的背囊,气冲冲地徒步走在队伍最前面。邓尼金将军坐在辎重队的一辆大车上,盖着虎皮被子,满脸愁容,他患支气管炎。

残雪化净了的褐色草原,从车窗外面向后飘去。带着大地解冻气息的凉风,从打碎了玻璃的窗口吹进来。卡佳正向窗外眺望。她头上扎了一块奥伦堡围巾,连前胸都盖上了,在背后打了一个结。罗辛穿着一件士兵大衣,头上戴着一顶破制帽,伸开腿打着盹。火车开得很慢。现在闪现出一带高大的树木,光秃的枝丫很密,上面修筑了密密麻麻的鸦巢。成群的白嘴鸦在大树的上空盘旋,在枝头上摇来晃去。卡佳向窗口更靠近一些。白嘴鸦惊慌、聒噪地发出春天的叫声——正像她在遥远的童年所听到的那样——它们在预报泛滥的春水、弥漫的大雾和第一场雷雨。

卡佳和罗辛坐火车往南走——到哪里去呢?是准备到罗斯托夫去吗?到新切尔卡斯克去吗?到顿涅茨一带的村庄去吗?他们是到正在酝酿内战的地方去。罗辛耷拉着头睡着了,他那几天没刮的脸更瘦削了,嘴紧闭着,露出厌恶的神情,嘴角上叠出硬邦邦的皱纹。卡佳突然害怕起来——这尖尖的鼻子、陌生的面孔,这不是他的脸……风把白嘴鸦的叫声送进窗子里。火车走得很慢,一经过道岔便发出哐当哐当的响声。铁道旁有一条泥泞的路,斜着伸向草原,路上走着一长排大车——毛茸茸的瘦马,沾满泥浆的大车,胡子拉碴的陌生而可怕的人。罗辛在睡梦中不知发出的是鼾声,还是嘶哑、痛苦的呻吟。卡佳于是用哆哆嗦嗦的手摸摸他的脸:

"瓦季姆,瓦季姆……"

他顿时停止了可怕的声音,睁开一双茫然无神的眼睛。

"呸,真见鬼!做了一场噩梦……"

火车停了。现在除鸦叫声之外,还听到嘈杂的人声。一些穿着男人皮靴的婆娘,背着袋子,推推搡搡地跑过来,爬上货车,露出白皙的大腿。

有一个毛茸茸的头,戴着一顶油渍麻花的制帽,从车窗窗口伸进来,一直凑到卡佳眼前,他长着一对狗熊似的小眼睛,从眼皮底下开始长着满脸大胡子,胡子都擀毡打绺了。

"顺便问问,您卖不卖机关枪?"

上铺发出干咳声,有人使劲翻了个身,用快活的声音回答说:

"有大炮,机关枪都卖光了。"

"大炮我们用不上。"那个庄稼人说,张开大嘴,胡子像笤帚似的向两边挓挲开。他把胳膊肘伸进窗口,又往里爬了爬,狡猾地往单间车厢里察看——有没有可问问价钱的东西?上铺有个大个子士兵突然跳下来——他长得宽脸膛、一对孩子气的浅蓝色眼睛、匀称的光头。他使劲勒紧了军大衣的皮带。

"你呀,老大爷,别再打仗了,你应该在热炕上躺躺,找人聊聊天。"

"你说得对,"那个庄稼人说,"我是应该歇歇了。可是,老总,眼下在炕上睡不着觉。根本不让你睡。总得把肚皮填饱。"

"靠抢劫吗?"

"嘿,你说哪儿去了⋯⋯"

"那你干吗要机关枪呢?"

"怎么跟你说呢?"庄稼人拧了一下鼻子,又用长茧子的大手揉搓一下脸上的胡子,他这样做的目的,是为了掩饰眼睛里的闪光——他那两只眼睛露出狡黠的微笑。"我儿子从前方回来了。他对我说,你快到车站上去打听打听,机关枪是什么行市。我愿意用四普特小麦换。怎么样?"

"富农!"士兵说着,笑起来。"滑头!你有几匹马,老大爷?"

"上帝赐给我八匹。有没有什么东西或武器要卖呢?"他把车厢里坐着的人又打量一遍,然后突然收敛了笑容,眼睛里也失去了光辉,转过脸去,仿佛车厢里坐着的不是人,而是一堆大粪,便踏着月台上的泥浆走去,手里摇晃着鞭子。

"看见了吗?"那个士兵说,泰然地瞥了卡佳一眼。"八匹马!他还会有十二个儿子呢。他让儿子们骑上马,到草原里去逛荡——抢东西。他自己往热炕上一躺,屁股坐在粮食堆上,窝藏赃物。"

那个兵转过脸去瞅瞅罗辛,忽然扬起眉毛,喜笑颜开。

"瓦季姆·彼得罗维奇,是您?"

罗辛连忙回头望望卡佳,可是没有别的办法,只好问了句"你好",伸过手去;那个兵紧紧握住他的手,在旁边坐下。卡佳发现罗辛神色很不自然。

"我们又见面了,"他无精打采地说。"看到你身强体壮,阿列克谢·伊万诺维奇,我很高兴……你看我好像参加化装舞会似的……"

这时卡佳才明白,这个兵就是罗辛从前的勤务兵阿列克谢·克拉西利尼科夫。瓦季姆·彼得罗维奇常常提起他,说他是聪明能干的俄国农民的卓越典型。令人奇怪的是,现在罗辛对待他却十分冷淡。不过,看样子克拉西利尼科夫倒明白了其中的缘故。他笑眯眯地点上一支烟,郑重其事地低声问道:

"是您的太太吗?"

"是的,我结婚了。我来给你们介绍一下。卡佳,这位就是我的守护神,你记得我常常跟你讲……我们一起打过仗,阿列克谢·伊万诺维奇……哼,当然了,我们得庆祝一下这可耻的和平……俄罗斯之鹰,哈哈……现在我跟妻子到南方去……离太阳近一点儿……("太阳"这个字眼儿说得很别扭,罗辛使劲皱皱眉头,克拉西利尼科夫连眉毛也没挑。)再也没有别的出路了……如今祖国为了报答我们,给我们奖赏——把刺刀扎在我们肚子上……(他突然扭一下身子,仿佛浑身被虱子咬得发痒。)我们不受法律保护,因为我们是人民的敌人……就是这么回事。"

"您的处境是不妙呀!"克拉西利尼科夫摇了摇头,眯缝起眼睛望着窗外。在隔着一道破栅栏的车站花园里聚集着一大堆人。"您现在的处境就像到了外国。我是了解您的,瓦季姆·彼得罗维奇,可别人不会了解。您也不了解我们的人民。"

"你说我怎么不了解呢?"

"嗯,是不了解……您从来不了解……您一生下来就在受骗。"

"受谁的骗?"

"受我们的骗,我们这些大兵,庄稼人一直在骗你们……只要你们一转过脸去,我们就要发笑。唉,瓦季姆·彼得罗维奇!什么奋不顾身的勇敢,什么热爱沙皇、热爱祖国,都是老爷们编的,我们不过是按照士兵条令背下来就是了……我是个庄稼人。我现在是到罗斯托夫去领我的弟弟,他受伤了,躺在那里,前胸被军官的子弹打了个洞,我去领他,然后回到乡下……也许要种地,也许去打仗……到时候就知道了……要是打仗,也是自己愿意,打仗也不用敲鼓,打得可凶……不,您不要到南方去了,瓦季姆·彼得罗维奇。到那里去不会有好事……"

罗辛用闪闪发亮的眼睛看着他,舔了舔干巴的嘴唇。克拉西利尼科夫越来越注意花园里发生的事。那里吵闹声越来越凶。有几个人爬到树上看热闹。

"叫我说,你们是干不过人民的。你们就像外国人似的,你们是资产阶级。这个字眼儿现在可危险,就像说谁是盗马贼似的。科尔尼洛夫将军倒算是挺能打仗的呢——他亲自把乔治十字勋章给我戴上的。可又怎么样?他想鼓动哥萨克去拥护立宪会议,结果一场空,因为他说的话不对路,可他好像还了解人民呢……听说他现在在库班草原里乱窜,就像一条狗落到狼群里……庄稼人说:'资产阶级要发疯了,因为他们在莫斯科得不到自由……'万一出什么事,大枪最管用,他们都把枪擦干净,涂上油。不,瓦季姆·彼得罗维奇,您跟太太一起回首都去吧……您在那里可比跟庄稼人在一起安全得多……您看那里出事了……(他突然提高了嗓门,皱紧眉头。)他们马上会把他打死……"

花园里发生的事,看样子已接近尾声。两个敦实的士兵,脸孔像野兽一样凶,紧紧抓住一个瘦弱的人,这个人穿一件用厚绒毯做的短上衣,前襟撕破了。他那没有刮的脸变得惨白,鼻子打肿了,嘴唇哆嗦着,嘴角上流出一股鲜血。他用闪亮、发白的眼睛盯着一个暴跳如雷的年轻婆娘。这个婆娘忽而把自己头上的毛围巾拽下来,忽而蹲下身子,抻开裙子,忽而向那个脸色苍白的人扑过去,用手抓住他头上竖起来的头发,甚至是兴高采烈地喊道:

"这个无赖偷了我的钱,从裙子底下拽出去的!还我钱!"她拼命地抓住他的脸颊,不肯松手。

那个脸色苍白的人出其不意地从她的手中挣脱出去,可那两个敦实的士兵又把他按住。婆娘尖叫了一声。这时就见方才那个脑袋长得像狗熊的庄稼人分开人群,在出事地点露面了,他用肩膀推开婆娘,照准那个脸色苍白的人的嘴,猛的"哎嘿"一声,狠狠揍了一拳。那个人立刻坐下了。在距离最近的一棵树上,有个人衣袖挺长,俯下身子喊道:"打人啦!"人群立刻拥上去。围住地上的身体,忽而弯腰,忽而直起,纷纷挥舞起拳头。

车窗从人群旁边飘浮过去。总算开车了!卡佳觉得被压抑的喊声哽塞在喉咙里。罗辛厌恶地皱了皱眉。克拉西利尼科夫摇摇头说:

"哎呀,哎呀,哎呀,大概无缘无故就把他打死了。这些婆娘想祸害谁就祸害谁。男人还不像她们那么凶。这四年光景她们可变了,叫人不敢相信!我们打仗回来,就发现婆娘都变了样儿。现在可再也不能用缰绳抽她们了,自己还得小心点儿,露出点儿笑模样。唉,婆娘变得真能干……"

在布尔什维克以半圆形阵势包围库班哥萨克的首府叶卡捷林诺达尔的形势下,自封为"拯救俄国的组织者"的阿列克谢耶夫和拉夫尔·科尔尼洛夫两位总司令,为什么率领一小股军官和士官生(总共有五千人),带着不多几门大炮,几乎没有任何弹药,偏要往南走,冲进红军重重包围的孤城,冷眼看来,似乎难以理解。

这里看不出有什么严格的战略计划。志愿军守不住罗斯托夫,被撵了出来。遍地的革命风暴把他们赶入库班大草原。不过,这里面倒是有一种政治企图,两个月之后被事实证明了。富裕的哥萨克早晚会起来反对外乡人。这些外乡人指的是所有从外地迁来的居民,他们靠租种哥萨克的土地生活,没有任何权利和特权。在库班有一百四十万哥萨克,却有一百六十万外乡人。

外乡人必然要想法夺取土地和政权。哥萨克必然要拿起武器保卫自己的特权。外乡人受布尔什维克的领导。哥萨克在开头的时候,不愿意受任何人管辖,他们觉得,怎么也没有坐在自己村子里当地主好。不料想到了二月,有一个哥萨克出身的冒险家戈卢博夫带着二十七名哥萨克,闯进新切尔卡斯克阿塔曼纳扎罗夫野战司令部开会的会场,他摇晃着手枪,在一片扳大枪枪栓的喀嚓声中,高声喝道:"站起来,你们这群坏蛋,苏维埃阿塔曼戈卢博夫接收大权来了!"第二天果然在城外的树林里把阿塔曼纳扎罗夫跟司令部的全体人员统统枪毙了(就是为了夺得阿塔曼的权标),另外还枪毙了两千来个哥萨克军官,然后又跑到草原里抓住米特罗凡·博加耶夫斯基,带着他到各村召开群众大会,宣传建立自由的顿河,宣布自己就是阿塔曼,终于在扎普拉夫村的群众大会上,自己也被打死了——总而言之,到了二月,哥萨克连一个首领也没有了。恰好在这时候,急躁、饥饿、蓬首垢面的大俄罗斯人从北方打过来了。

进入叶卡捷林诺达尔,便可以充当哥萨克的首领,进而调动哥萨克的正规部队,切断布尔什维克的俄国跟高加索、格罗兹尼油田和巴库油田的联系,保证效忠于协约国——这就是志愿军指挥部在开始后来所谓的"冰上远征"时所订的初步计划。

水兵谢苗·克拉西利尼科夫(阿列克谢的弟弟)跟其他的红军士兵一起,躺在冲沟沿上的一块田地里,离铁路的路基不远。跟他紧挨着的士兵,好像田鼠似的,忙着用铁锹挖土。挖好之后,把身子藏在里面,把步枪往前一伸,转过脸来对谢苗说:

"身子藏到地下去,老兄。"

谢苗吃力地挖着身子底下的黏土块。子弹在头顶上嗖嗖响。铁锹喀嚓一声撞到砖头上。他骂了一句,刚刚跪起来,就觉得前胸被什么热东西撞了一下。他憋了一口气,一头栽进他自己挖的坑里。

这是阻截志愿军的许多次短暂的战斗之一。几乎每次战斗,红军的兵力都要大上好几倍。他们能打,为了避免较大伤亡,也能撤退,在国内战争初期,他们并不要求每次战斗都打胜仗。如果阵地不利,或者"士官生"打得太猛,好吧,下次再收拾你们,便把科尔尼洛夫放过去。

志愿军则不然,每次战斗都是决定生死的赌注。他们必须把仗打赢,然后跟辎重队和伤员一起向前赶完一天的路程。他们无处可退。因此,每次战斗科尔尼洛夫的部下都是不要命地打,并且往往能打赢。这次也是这样。

科尔尼洛夫距离他那些在机枪火网下趴在地上的散兵线有半俄里远,叉开两条腿,站在一堆陈干草垛上。他抬起胳膊肘,举着望远镜向前眺望。他背着的粗麻布背囊,不住颤动着。身上穿着一件镶灰边的光板黑羊皮短皮袄,没有系扣。他觉得燥热。他的下巴在望远镜底下固执地向前撅着,上面长满了白胡茬。

总司令的副官多林斯基中尉在下面靠着草垛站着,这是一个大眼睛、黑眉毛的年轻人,身穿军官的大衣,头上戴着制帽,故意弄成剽悍的样子。他把在喉咙里翻滚着的激动咽下去,从下往上望着总司令花白的下巴,仿佛现在在这慈爱、亲切的花白胡茬里存在着脱险的惟一希望。

"长官,快下来吧,我求求您,小心打着,"多林斯基不住地叨咕着。他看见科尔尼洛夫发紫的嘴唇一下子张得很大,抽搐地龇着牙。这意味着:形势不妙。多林斯基不再向战场望去,那里有一些细小的黑影在褐绿色的草原上卧倒爬起,布尔什维克密集的散兵线正向这边跑来。嗖—嗖,嗖—嗖,榴霰弹向那里飞去。可是他知道,炮弹太少了,见鬼,太少了……轰隆,红军的六英寸口径大炮从炸断了的桥后郑重地开炮了……机关枪发出急促的嗒嗒声。子弹就在总司令头上很近的地方像蜜蜂似的嗡嗡作响。

"长官,小心打着……"

科尔尼洛夫放下望远镜。他那卡尔梅克人的褐色脸膛,长着像云雀一样的黑眼睛,紧锁着眉头。他在草垛上急得跺脚,突然转过身来,向他的亲兵卫队俯下身去——这些亲兵都是帖金人,下了马,站在草垛后面。他们长得很瘦,罗圈腿,戴着挺大的羊皮圆帽,穿着鲑鱼色条纹的切尔克斯大衣。他们抓住瘦马的笼头,一动不动地站在那里,摆出优美的姿势。

科尔尼洛夫用手指着冲沟的方向,用狗吠似的刺耳声音发出命令。帖金人像猫一样敏捷地跳上马——其中有个人用挺重的喉音喊了一句自己的话——他们拔出弯弯的马刀,开始用小跑,后来用大跑,向草原驰去,直奔冲沟,冲沟跟前有一块黑油油的田地,田地那面便是铁路的路基。

谢苗·克拉西利尼科夫这时正侧身躺着——这样好受一些。在一个小时之前,他还浑身有劲,气势汹汹,这阵子频频发出微弱的呻吟,吃力地吐出鲜血。他左边和右边的同志们凌乱地打着枪。他们跟他一样,也向冲沟对面一片慢坡的灰褐色土冈望去。大约有五十名骑兵摆成散兵线从冈上冲来。这是骑兵后备队发起冲锋。

突然从后面跑来一个人,在克拉西利尼科夫身旁跪倒,一边挥舞着毛瑟枪,一边拼命地吆喝着。他穿着一件黑色皮上衣。骑兵已经进了冲沟。穿皮上衣的人并不会军事口令,但是语气非常坚决地喊着:

"不许后退,不许后退!"

这时,在冲沟这边的沿上已经露出帖金人的大帽子,接着像一阵风似的传来拖长的喊杀声。帖金人从冲沟里冲出来。他们穿着带条的短棉袄,伏身在马脖子上,在泥泞的田地上奔驰着,田地的垄沟里还残存着脏雪。马蹄把泥块甩到空中。"呀—呀,呀—呀",一张张戴着高筒皮帽、留着小胡子、龇着牙、黑黝黝的脸尖叫着。这时已经看得见弯弯的马刀闪着寒光。哎呀,我们的人禁不住骑兵的冲锋!灰色的军大衣纷纷从地上爬起。边打边退。穿皮上衣的政委急得团团转,一下子扑到一个士兵跟前,朝背上打了一拳:

"向前冲,拼刺刀!"

克拉西利尼科夫看见,有一个穿带条的短棉袄的人好像故意从马上滚落下来,那匹高头大马惊慌地回头望望,向一旁跑去。散兵线响起金属的撞击声,冒起一团团浓烟,闪出黄色火光,这是榴霰弹接连爆炸了。红军战士瓦西卡原来是个爱说爱笑的家伙,穿着一件不合身的军大衣,一下子吓坏了,扔掉了步枪,脸色煞白,大张着嘴,望着飞奔而来的死神。骑兵越来越近,连人带马都显得越来越大。跑在最前面的一匹马,像狗似的俯下头,放平身子。马上的帖金人却直挺挺地站在马镫上,大衣的下摆向两边飘起来。

"坏蛋!"克拉西利尼科夫伸手去够步枪。"唉,政委算是完了!"一个帖金人跃马向着穿皮上衣的人扑过来。"开枪呀,见鬼!"

克拉西利尼科夫只见一把弯弯的马刀向着皮上衣砍去……帖金人的整个骑兵队立刻向红军的散兵线冲过来。传来一阵热烘烘的马汗味。

帖金人冲过散兵线,便向侧翼拐去。这时从冲沟里又钻出许多浅灰色和黑色的军大衣,闪耀着神气十足的肩章,磕磕绊绊地从田地里跑过。

"乌拉—拉!"

战斗转移到铁路跟前去了。好一阵子,克拉西利尼科夫只能听到被马刀砍伤了的政委的呻吟声。枪声渐渐稀落了。炮声完全沉寂了。克拉西利尼科夫闭上眼睛,觉得脑袋嗡嗡响,胸口隐隐作痛。他感到可怜自己,他不愿意死。身子变得越来越沉,好像往地上坠。他想起了妻子玛特廖娜,又可怜起她来。剩下她一个人,一定要完蛋的。可她是多么焦急地等待着他呀,还往塔甘罗格写过信——你快回来吧。现在玛特廖娜要是能看见他,一定会给他包扎好伤口,给他弄点儿水喝。现在要是能喝到掺酸牛奶的水,该有多好……

克拉西利尼科夫突然听到一阵骂街声和人语声,马上听出不是自己人,是一帮老爷。他略微睁开眼睛。走来四个人:一个穿灰色的切尔克斯大衣,两个穿军官的大衣,还有一个穿大学生的大衣,上面钉着下士的肩章。他们都像打猎似的,把枪夹在腋下。

"瞧,是个水兵,坏蛋,给他一刺刀。"有个人说。

"去他的吧——已经死了……这个可还活着。"

他们停下脚步,望着地上躺着的爱说爱笑的瓦西卡。那个穿切尔克斯大衣的人突然发疯似的大喝一声:

"站起来!"又用脚踢了一下。

克拉西利尼科夫看见瓦西卡站了起来,半边脸血糊糊的。

"立正——两手伸直!"穿切尔克斯大衣的人喊了一声,啪的一下打个大嘴巴。四个人立刻都端起枪。瓦西卡哭咧咧地叫道:

"可怜可怜我吧,大叔!"

那个穿切尔克斯大衣的人,从他身旁后退两步,猛地吐出一口气,把刺刀扎进他的肚子里,然后掉头就走了。其余的人俯下身子,往下扒瓦西卡的皮靴。

当志愿军枪毙了俘虏,焚烧了村公所——为的让大家以后记住——之后,继续往南走的时候,哥萨克们把谢苗·克拉西利尼科夫从地里抬回来。原来"士官生"的辎重队在刚刚发绿的草原平坦的地平线上一消失,哥萨克们就带着老婆孩子,牵着牲口,回到村子里。

谢苗害怕死在他乡。他身边还有些钱,便求人用大车把他送到罗斯托夫。他从罗斯托夫又给哥哥写信,说他胸部受了重伤,害怕死在外地,还说他希望能见到玛特廖娜。托一个老乡把信送去。

一九一八年以前,谢苗在黑海舰队的"刻赤号"驱逐舰上当过水兵。

黑海舰队当时由海军上将高尔察克①指挥。高尔察克尽管为人聪明,受过教育,自以为对俄国怀有无私的爱,却并不了解当前的形势,更不了解历史发展的必然趋势。他对全世界各国海军的兵力和武器都了如指掌,在海上的大雾之中可以准确无误地辨认出任何军舰的侧影,他是一位出色的鱼雷专家,又是在对马海战之后积极主张提高俄国海军战斗力的倡议者之一,然而在一九一七年之前如果有人跟他谈起政治,他会回答说他对政治不感兴趣,对政治一窍不通,并且认为只有大学生、不修边幅的女学员和犹太人才搞政治。

在他的想象里,俄国就是在单纵阵中冒着黑烟的主力舰(包括现有的和将来可能有的)和旗舰上高傲地飘扬着的、令德国人心惊胆战的安德烈十字旗。他喜欢陆军部庄严、威风(合乎大帝国气魄)的大门,门口有熟识的看门人(每次都像父亲一样慈爱地为他脱下大衣:"这天气可太糟糕了,亚历山大·瓦西里耶维奇!");他喜欢那些有教养、文质彬彬的同事和军官俱乐部对外隔绝的友谊气氛。皇帝就是这种制度、这些传统的主宰者。

毫无疑问,高尔察克也喜爱另一个俄国——这就是在军舰的甲板上

---

① 高尔察克(1873—1920),帝俄海军上将,一九一八至一九一九年自封为"俄国最高执政者",后被枪毙。

排成整齐队伍的水兵们。他们都戴着带飘带的无檐帽,脸膛宽阔,肤色黝黑,肌肉发达。每当傍晚降旗的时候,他们用优美的声音唱起晚祷。每当命令他们牺牲的时候,他们会"忘我地"献出生命。这个俄国是值得骄傲的。

一九一七年,高尔察克毫不犹豫地宣誓效忠于临时政府,继续指挥黑海舰队。他怀着莫大的痛苦忍受了一国之君的倒台,把这件事看作一种不可避免的事,又咬紧牙接受了水兵委员会和革命秩序,一切都是为了使舰队和俄国保持对德国的战争状态。仿佛只要剩下一艘鱼雷艇,他也会继续战斗下去。在塞瓦斯托波尔,他参加过水兵大会,当他回答那些外来的和当地的工人挑衅性的发言时说,至于他本人,并不需要达达尼尔海峡和博斯普鲁斯海峡,因为他既没有土地,也没有工厂,他没有什么东西可以运到国外去,但是他要求战争、战争、战争,倒不是因为他是资产阶级的雇佣兵(说到这里,他做出一副厌恶的表情,使他那张长着坚毅的下颚和软弱的嘴、深陷下去的眼睛、几天没有刮的脸显得十分难看),"但是,我是作为俄国的爱国者才这样说的。"

水兵们哄然大笑。这太可怕了!他们本来忠实可靠,昨天还甘愿为祖国和安德烈十字旗而赴汤蹈火,如今却朝着海军上将大喊:"打倒帝国主义的奴才!"他在说"俄国的爱国者"这些字眼时,说得铿锵有力,还做出明白的手势,他在这一刹那间真是心甘情愿为国捐躯,可是这些水兵——大概是鬼迷心窍了——却把海军上将当成企图欺骗他们的阴险的敌人。

谢苗·克拉西利尼科夫在这些群众大会上听说,希望继续打下去的并不是"爱国者",而是那些大发战争横财的资本家和大地主,老百姓不需要这场战争。还听说德国兵也跟我们一样,都是庄稼人和做工的,他们上前线打仗,是因为受了他们本国那些喝人血的资产阶级和孟什维克的骗。在这些群众大会上,"弟兄们"心中燃烧起仇恨的怒火……"一千年来他们一直在欺骗俄国老百姓!一千年来他们一直在喝我们的血!这些地主、资本家都不是好东西!"这回可睁开眼睛了:就是因为这个缘故,大家才过着牛马不如的生活……这才是我们的敌人!……于是谢苗尽管强烈地想念扔下的家业和年轻的妻子玛特廖娜,却握紧拳头听着台上的讲演,跟大家一样被革命的醇酒所陶醉了,在这种沉醉之中,便把思念家乡、思念美丽的妻子玛特廖娜的心情淡忘了……

有一次从彼得堡来了一个著名的宣传鼓动员瓦西里·鲁布廖夫。他立刻提出一个问题:"弟兄们,你们还要当多长时间的傻瓜?还要在这些大会上磨多长时间的牙?克伦斯基早就把你们出卖给资本家了。他们还会让你们瞎叫一阵子,然后反革命分子就会把你们的脑袋一个个地摘掉。趁现在还不晚,快把高尔察克甩掉,把舰队掌握在工农的手里……"

第二天,从主力舰上发出无线电波:解除全体指挥人员的武装。有几个军官开枪自杀了,其余的人都缴了械。高尔察克在旗舰"百战百胜的格奥尔吉号"上命令鸣笛,召唤全体船员到甲板上集合。水兵们都笑嘻嘻地来到甲板上。海军上将高尔察克整整齐齐穿着参加阅兵式的军装站在舰桥上。

"水兵们,"他用高嗓门破锣沙声地喊:"现在发生了一场无法挽救的灾难:人民的敌人、德国的秘密间谍,缴了军官的械。哪个大傻瓜能郑重其事地说出军官搞反革命阴谋!我敢说,根本就没有什么反革命阴谋,世上没有这种事。"

海军上将说到这里,在舰桥上跑来跑去,把指挥刀撞得丁当响,接着发起牢骚。

"目前所发生的事件,首先我认为是对我个人的侮辱,因为我在军官当中职位最高,当然,这个舰队我再也没法指挥了,我也不愿意指挥,我马上就给政府发电:我要离开舰队,辞职不干。好了!……"

谢苗看到海军上将抓住金晃晃的指挥刀,用双手抱住它,想摘下来,却怎么也解不开,硬是挣了下来——连他的嘴唇都青了。

"每一个正直的军官处在我的地位,都会这样做!……"

他举起指挥刀,一下子扔进大海。但是,就连这一副有历史意味的姿态,对水兵们也没起任何作用。

从那时起,舰队里发生了一系列严峻的事件,气压表降到最低点——预示暴风雨即将来临。水兵们被海上生活紧紧地联系在一起,他们健壮、大胆而机灵,他们漂洋过海,到过外国,他们比普通士兵更开通,他们对船上军官休息室和士兵的底舱之间不可逾越的鸿沟有更深的体会,因此,他们是最容易点燃的火种。于是,革命最先依靠了他们。"弟兄们"怀着用不完的全部热情投身到激烈的斗争中去,这就不能不引起敌人的反应,敌人起初犹豫不定,抱观望态度,现在开始调动兵力,积蓄力量。

现在谢苗没工夫想家和想妻子了。到了十月,漂亮话都已经说尽,步枪开始说话了。敌人到处都是。在每一个怀着恐惧、仇恨或隐蔽真实感情的目光里,都隐藏着死神。整个俄国,从波罗的海到太平洋,从白海到黑海,都处在一片混乱和不祥的动荡中。谢苗把步枪往肩上一扛,去跟"反革命势力"作斗争去了。

罗辛和卡佳拎着一个小包和一把茶壶,从车站上的人群中间挤出去,随着人流穿过亮着明晃晃刺刀的卡子,顺着罗斯托夫的中央大街往上坡走。

一个半月之前,彼得堡上流社会的风流人物还在这里逛商店。人行道上簇拥着近卫军的制帽,显得五光十色,马刺咔咔地响,到处可以听到说法国话,雍容华贵的太太为躲避阴湿的寒气,把小鼻子藏在珍贵的毛皮里。人们怀着一种不可理解的轻率,准备在这里过上一冬,到白夜快要出现的时候,便回到彼得堡的寓所或独门独院的住宅里,门前有仪表堂堂的看门人,有带圆柱的大厅,有地毯和火光熊熊的壁炉。啊,彼得堡!这一切总会平安地过去的。这些雍容华贵的太太是毫无罪过的。

可是,伟大的导演拍了一下巴掌,就像旋转舞台转了圈似的,一切都消失了。布景换了。罗斯托夫的大街空荡荡的。商店用木板钉死了,玻璃窗被子弹打出了窟窿。太太们都把毛皮围脖藏起来,扎上头巾。有一小部分军官跟随科尔尼洛夫逃走了,其余的人就像剧院里化装一样快,打扮成安分守己的小市民、演员、唱滑稽歌曲的歌手和教舞蹈的教师等等。二月的寒风刮得一堆堆垃圾沿着人行道乱飞……

"是呀,来晚了。"罗辛说。他耷拉着头往前走。他觉得俄罗斯的躯体已肢解成几千块。覆盖着整个帝国的一块大拱顶,被打得粉碎。人民变成一群散漫的牲畜。历史,伟大的过去,就像舞台布景模模糊糊的幕布,全然消失了。露出一片晒焦了的光秃秃的荒漠——上面是一座座坟丘……俄国完了。他觉得他内心里有一种东西在破碎,那些锋利的碎片正在刺痛他,而这种东西他一向认为是牢不可破的,是他生活的支柱……他落在卡佳后面一步,趔趔趄趄地走着。"罗斯托夫失守,科尔尼洛夫的军队好像是俄国最后一块飘摇不定的土地,说不定是今天还是明天就会被消灭,到那时候,只好把一颗子弹打进太阳穴了。"

他们信步走去。罗辛还记得跟他一个师的几个同事的地址。不过,他们也许逃走了或者被枪毙了?那样的话,只好死在马路上了。他望望卡佳。她却走得蛮安稳,打扮也蛮朴素,穿着一件厚呢子短上衣,扎着奥伦堡围巾。她那可爱的脸庞转来转去,灰色的大眼睛若无其事地东张西望,看看脱落了的牌匾,望望打碎了的橱窗。她嘴角上几乎挂着微笑。"她怎么了?难道她不明白这有多么可怕?她哪来的这种满不在乎的神气?"

在拐角上站着一堆没带武器的士兵。其中有个麻子,一只眼睛瘀了血,肿起来,胳肢窝底下夹着一块灰土土的面包,不慌不忙地一块一块往下撕,慢吞吞地嚼着。

"真叫人搞不明白,这儿到底是什么政权,是苏维埃政权,还是别的政权。"另一个提着木箱子的士兵对他说,箱子上还拴着一双穿旧的毡靴。那个正在吃面包的人回答说:

"这个政权就是布罗伊尼茨基同志。你要是能找到他,他派出一趟列车,咱们就能走。不然的话,就得在罗斯托夫遭一辈子罪。"

"他是什么人?多大的官儿?"

"好像是军事政委……"

罗辛走到那些士兵跟前,打听一个地址。有一个士兵不怀好感地说:

"我们不是本地人。"

另一个说:

"你呀,军官,到顿河来得不是时候。"

卡佳立刻拉了一下丈夫的衣袖,他们走到对面的人行道上。在一棵光秃秃的大树底下,在破长凳上坐着一个老头儿,身穿磨破的皮袄,头戴草帽。他把胡子拉碴的下巴放到手杖的弯把上,浑身打哆嗦。他紧闭双眼,泪水淌在深陷下去的脸颊上。

卡佳的脸颤抖起来。于是罗辛拽了一下她的衣袖:

"走吧,走吧,你要见一个可怜一个,就没有完了……"

他们在这座肮脏、破乱的城市里又转悠了半天,直到最后才找到他们想找的那座房子的门牌。他们一进大门,就看见里面有个人,个子不高,挺粗的腿,光光的脑瓜很像鸡蛋。身上穿着一件士兵的棉坎肩,油渍麻花。他手里端着锅,被臭味熏得扭过脸去。这就是跟罗辛在一个团里共过事的陆军中校捷季金。他把锅放在地上,跟瓦季姆·彼得罗维奇抱在一起吻了一气,然后把鞋跟一碰,握了握卡佳的手。

"我明白,我明白,您什么也不用说,我会给你们安排住处。当然,只好住在一个房间里。不过,里面还有大穿衣镜和无花果。我老婆,您看得出来,是本地人……起初我们住在那里(他指着一幢用砖修的二层楼房),现在变成资产阶级,搬到这里来了(他指了指一间歪歪扭扭的木头耳房)。您看,我在熬鞋油。我在劳动介绍所还登了记——说是失业者……只要邻居不告密,总可以熬过去。我们是俄国人,能吃苦,用不着现学。"

他张开大嘴笑起来,露出一排整齐的牙齿,然后若有所思地说:"是呀,竟然发生这样的事。"说完用手掌擦了一下头顶,反倒把鞋油抹了上去。

他的妻子长得跟他一样,矮矮的个儿,敦敦实实的,用唱歌般的声音向来客表示欢迎,不过从她那双褐色眼睛看得出来,她不大高兴。卡佳和罗辛被安置在一间低矮的房间里,墙上的糊墙纸剥落了。屋里的墙角上果然有一面并不怎么好的大镜子,朝墙放着,还有一盆无花果和一张铁床。

"为了安全起见,我们把镜子转了过去,朝里放着,您知道,这可是贵重东西。"捷季金说。"说不定什么时候来搜查,一下子就把镜子打个粉碎。他们也不愿意看见他们那副尊容。"他又笑了起来,擦擦头顶。"不过,我多少也能理解他们的心理:您知道,整个世界都打个落花流水,这面镜子当然应该砸碎。"

他的妻子把桌子收拾得干干净净,只是叉子生锈了,碟子也磕破了,他们显然把好东西都藏起来了。罗辛和卡佳吃着腊肚、白面包和肥肉煎蛋,觉得又难吃又香。捷季金忙忙活活,一个劲儿给他俩夹菜。他的妻子把两只胖胳膊往胸前一抱,发起牢骚,说日子如何难过:

"到处都无法无天,横行霸道,简直是一场大灾难。您知道,我有两个来月没出门了……要能快点儿把这些布尔什维克赶跑就好了……你们在首都听到什么说法没有?很快就能消灭他们吧?……"

"唉,你净信口瞎说。"捷季金不好意思地说。"说这种话,你知道,索菲娅·伊万诺夫娜,人家可不会客气的。"

"我长嘴就要说话,枪毙我好了!"索菲娅·伊万诺夫娜把两眼瞪得溜圆,胸前的两只胳膊抱得更紧了。"我们会有皇帝出世的,会有的……(冲着丈夫腆了一下胸脯)就是你一个人什么也看不出来……"

捷季金负疚地皱了皱眉头。等妻子生气地走出去,他才小声说起来:

"别介意,她倒是个热心肠,是个精明强干的内当家,您知道,只是眼前发生的事好像弄得她精神不正常……(他望望卡佳喝茶喝得发红的脸,又望望罗辛,罗辛正在卷烟。)唉,瓦季姆·彼得罗维奇,这一切可真不容易搞清楚……可也不能不管三七二十一地蛮干……我接触很多人,见的事情也挺多……我曾经到过巴泰斯克——就在顿河对岸,那里多半是穷人和工人……他们哪是什么强盗呢,瓦季姆·彼得罗维奇?根本不是,他们都是受欺负的和受侮辱的人……他们多么焦急地盼望苏维埃政权!……只是看在上帝的面上,您可别以为我是个布尔什维克……(他做出恳求的样子,把一双毛茸茸的短胳膊按在胸脯上,好像非常抱歉似的)那些傲慢而又糊涂的行政长官把罗斯托夫让给了苏维埃政权……您要是看到这里在阿塔曼卡列金统治之下搞成什么样子就好了……您可不知道,那些不守军纪、任意胡为的近卫军,穿得挺漂亮,一帮一帮地在花园街上游逛,说是:'我们要把这群混蛋再撵到地洞里去……'可他们说的混蛋,指的是全俄国的人民……人民不愿意钻地洞,当然要反抗……去年十二月,我到过新切尔卡斯克。您该记得,那里的中央大街上有个禁闭室——大概是亚历山大一世时阿塔曼普拉托夫修的——是一座帝国风格的小房子。瓦季姆·彼得罗维奇,现在我一闭上眼睛,好像仍然能看见这座柱廊上鲜血淋淋的台阶……当时我从跟前走过,听到可怕的叫声,您知道,只有受折磨的人才会这样叫喊……在光天化日之下,在顿河首府的中心……我往前凑凑。禁闭室跟前站着一群人,都是牵着马的哥萨克。他们默默地看着:在圆柱子跟前正在执行肉刑,为的是吓唬老百姓。每次从卫兵室里带出两个工人,都是因为同情布尔什维克而被捕的。您要知道,仅仅是同情。一下子就把他们的胳膊绑到圆柱子上,有四个年轻力壮的哥萨克用皮鞭子抽他们的后背和屁股。只听鞭子嗖嗖响,衬衫和裤子都打成碎片,血肉横飞,就像杀猪似的,血淌得满台阶都是……我对什么事都不会惊奇的,可那次大吃一惊——那叫声太瘆人了……光是肉皮子受苦,不会那样叫喊……"

罗辛耷拉眼皮听着。他那夹着烟卷的手指不住地哆嗦。捷季金用手抠桌布上的芥末渍。

"可是现在,阿塔曼已经死了,这位哥萨克的头面人物被埋在城外的大沟里去了,可台阶上流的血还要求复仇。穷人掌权……对我个人来说,不管是熬皮鞋油或者干什么别的活,都无所谓……在这场世界大战中我活着回来了,我现在惟一珍惜的就是生活气息,请原谅我用比喻,因为在战壕里看了不少书,说起话总难免带上两句文学比喻……我是说……(他回头朝门口看了一眼,压低声音)只要看到大家都能过上幸福生活,不管什么社会制度我都可以凑合……您要明白,瓦季姆·彼得罗维奇,我并不是布尔什维克……(他又把手按在胸脯上)就我个人来说,没有过多的要求,只要一块面包、一撮烟丝和彼此能说说真心话就行了……(他不好意思地笑了)可是问题就出在这里,那些小市民我不去说了,就连工人也不满……有一个军事政委布罗伊尼茨基同志,您听说过没有?我劝您一看见他的小汽车开过来,赶快藏起来。红军刚一来到罗斯托夫,他就钻了出来。别人一说点儿什么,他就大喊大叫:'列宁同志对我非常重视,我要直接打电报给列宁同志……'在他身边的都是些犯罪分子,不是征用东西,就是毙人。半夜里在大街上碰到什么人,就扒衣服。他的所作所为,跟土匪一样……这是怎么回事呢?征用的东西都跑到哪里去了?……您要知道,连革命委员会都拿他没有办法。都怕他。我就不相信他是个正派人……像他这样干,只会给无产阶级思想带来损害……"这时捷季金才发现,他扯得太远了,便转过脸去,嗤了一下鼻子,又把胳膊按在胸脯上,不过这次已经一声不响了。

"我真听不懂您说些什么,中校先生。"罗辛冷冷地说。"那些布罗伊尼茨基跟他们的同伙,都是地地道道的苏维埃政权……不应该替他们说话,应该跟他们斗争,豁出命来斗……"

"为了什么呢?"捷季金连忙问道。

"为了伟大的俄国,中校先生。"

"这又指的是什么?请原谅我提一个愚蠢的问题:您说的伟大的俄国,究竟指谁心中的俄国?我想弄个明白。是彼得堡上流社会所想象的俄国吗?这是一种理解……还是士兵心中的俄国呢?我们俩在一个团里共过事,您总该记得那些士兵如何英勇地牺牲在铁丝网上……或者是莫斯科商会所说的俄国。您记得在莫斯科大剧院,里亚布申斯基①不是为了伟大的俄国而痛哭流涕吗?这已经是第三种理解。还是那些工人心中的俄国?他们每逢节日走进肮脏的小酒馆才感戴伟大的俄国。还有一亿农民,他们……"

"见您的鬼去吧……(卡佳急忙在桌子底下攥住罗辛的手)对不起,中校。直到目前为止,就我所知,俄国指的是占整个地球六分之一的领土,上面住着具有伟大历史的人民……也许布尔什维克不是这样看的……只好请您原谅……"他勉强压住心头的怒火,苦笑了笑。

"不,您说得很对……我为此感到骄傲……就我个人来说,读了俄国的历史,感到完全满意。不过一亿农民并没有读过这些书。所以,他们并不感到骄傲。他们希望有自己的历史,这本历史不是记载过去如何如何,

---

① 里亚布申斯基(1871—1924),俄国银行家,创办自由保皇党,是反动资产阶级的领袖,是科尔尼洛夫叛乱的策划者,后来逃亡国外。

而是记载未来如何如何……他们要有一部过温饱生活的历史……这是没有办法阻止的。况且他们有了领头人——无产阶级。无产阶级走得就更远了,竟然想要创造所谓的世界历史……这也是没有办法阻止的……您怪我沾染了布尔什维克思想,瓦季姆·彼得罗维奇……可我怪自己只是袖手旁观——这是莫大的罪过。不过请原谅:战壕的生活使我筋疲力尽了。我只是希望将来自己能积极一些,那时候我也许能承受得起您的指责……"

总之,捷季金发火了,涨红的头顶沁出一颗颗汗珠。罗辛匆匆忙忙地扣大衣,衣钩却找不到鼻儿。卡佳紧皱着眉头,看看丈夫,望望捷季金。经过一阵难堪的沉默之后,罗辛说:

"我为失去一个伙伴感到遗憾。对您的款待表示衷心感谢……"

他连手也没往外伸,便走出房间。一直像"小绵羊"一样默默不语的卡佳,这时握紧了拳头,几乎是喊叫起来:

"瓦季姆,求求你,等一下……(他转过脸来,扬起眉毛)瓦季姆,这一次是你错了……(她的脸颊一下子红了)像你这种心情,这种想法,怎么能生活下去……"

"原来是这样!"罗辛发威风地说。"我祝贺你了……"

"瓦季姆,你从来没问过我的意见,我也没有那种要求,我不想干涉你的事……我完全相信你……可是,瓦季姆,亲爱的,你要明白,你现在的想法是不对的。我早就,早就想说……我们应该做的完全是另一种事……而不是你到这儿来想干的事……首先要搞清楚……只有当你相信(她说着松开了手,在这之前,她由于非常激动,一直在桌子底下撅着手指头)……只有当你相信,你所做的事问心无愧的时候,你才可以去杀人……"

"卡佳!"罗辛好像当头挨了一棒似的,恶狠狠地叫喊起来。"请你别说了!"

"不!……我所以这么说,因为我爱你爱到了发疯的地步……你不应当去杀人,不应当,不应当……"

捷季金不敢去劝阻任何一个人,只是小声地念叨着:

"我的朋友们,我的朋友们,让我们好好谈,总可以谈得通的……"

不过,他们已经不可能谈通了。罗辛最近几个月来压在心头的怒火,一下子变成疯狂的仇恨发泄出来。他站在门口,伸长脖子,龇着牙望着卡佳。

"我恨你。"他咬着牙说。"滚你的吧!……连你的爱一同见鬼去吧……你去嫁个犹太人……嫁个小布尔什维克……见鬼去吧!……"

他像在火车上那样,喉咙里发出一阵痛苦的呻吟。看样子他好像马上要动手,要出事……(捷季金甚至往前凑了凑,准备用身子挡住卡佳。)但是罗辛只是慢慢地眯缝起眼睛,走了出去……

谢苗·克拉西利尼科夫坐在医院的病床上,皱着眉头听哥哥阿列克谢说话。玛特廖娜捎来的东西——咸肉、鸡肉和馅饼——都放在床头上。谢苗连瞅也不瞅。他瘦得厉害,气色难看,脸也没刮,因为躺得太久,头发都擀毡了,穿着黄棉布衬裤的两条腿也很瘦。他用两手来回滚着一个红蛋。哥哥阿列克谢脸晒得黑黝黝的,下巴上长着金黄色的小胡子,叉开两腿坐在小凳子上,脚上穿着蛮好的皮靴,说起话来,声音又好听又亲热,可是他的每一句话,反倒加深了谢苗心中的隔膜。

"农民的路线是一回事,弟弟,工人又是一回事,"阿列克谢说。"咱们那里有个'深矿',从前工人都下井,后来井被水淹了,机器没法开,工程师都跑光了。可总得吃饭呀,对不对?工人全都参加了赤卫军。所以说,他们巴不得深入革命。对不对?可我们农民的革命,总共不过是尺把深的黑土。我们的深入就是翻地、种地和割地。我说得对吧?要是都去打仗,活计谁干呢?让娘儿们干?光靠她们,能摆弄摆弄牲口就不错了。可地要人侍弄,要经心照管。就是这么回事,弟弟。咱们回家吧,吃自己家的饭,你的病好得快。我们现在有了地,可人手不够。又要耙,又要种,又要割,我跟玛特廖娜俩能干过来吗?光是公猪我们就有十八头了,我还想再买一头母牛。样样活计都需要人手。"

阿列克谢从军大衣的衣袋里掏出烟口袋。谢苗摇摇头,表示他不想抽:"胸口还疼呢。"阿列克谢一边继续劝弟弟回家,一边摆弄东西,拿起一块松软的馅饼,用手摸一下。

"你快吃了吧,光油玛特廖娜就放了一磅呢。"

"这么回事,阿列克谢·伊万诺维奇,"谢苗说,"我真不知道怎么回答你。现在伤口还没长好,我乐得回趟家。不过现在我可不能在家种地,你就别指望了。"

"是这样。可不可以问问:为什么呢?"

"我受不了,阿廖沙……(谢苗的嘴唇抽搐起来,他勉强控制住了。)唉,你要明白,我受不了。我受的伤怎么能忘得了……怎么能忘得了他们怎么折腾那些战友……(他又抽搐起来,急忙向窗口转过脸去,用愤怒的眼睛望着窗外。)你应该替我想一想……我心中想的就是把这些黑心的家伙……(他嗫嚅着说了些什么,然后用拳头握紧那个红蛋,提高了嗓音。)我安不下心……只要这群坏蛋还在喝我们的血……我安不下心!……"

阿列克谢·伊万诺维奇摇摇头,吐了口唾沫,用手指把烟头捻灭了,向四下望望——往哪儿扔呢?——扔到病床底下。

"这没有什么,谢苗,你干的事,是神圣的……你先回家养养伤。我不会硬留你。"

阿列克谢·克拉西利尼科夫刚走出医院,就碰到他的老乡伊格纳特——前线的士兵。他们停下脚步,问过好。互相询问——生活得怎么样?伊格纳特说,他在苏维埃执委会当司机。

"咱们到'索莱利'去,"伊格纳特说,"然后到我的宿舍去住。今天那里有一场战斗。有个政委叫布罗伊尼茨基,你听说过没有?哼,今天看他可怎么下台吧。他手下那伙人什么事都敢干——全市的人都叫苦连天。昨天大白天,就在那个拐角上杀死两个孩子,都是小学生。他们无缘无故跑到孩子跟前,举刀就砍。我就站在这根电柱旁边,把我恶心死了……"

他们谈话之间,来到了"索莱利"电影院。里面人山人海。他们挤进去,在乐池跟前站住。舞台不大,上面摆着一张桌子,桌子后面坐着主席团(一个穿士兵大衣的圆脸女人、一个头上扎着肮脏绷带的脸色阴沉的士兵、一个戴眼镜的干巴巴的老工人和两个穿军装的年轻人。),桌子前面有一个脸色苍白、略微驼背的人,留着一头浓密的黑发,就像关在笼子里似的,迈着碎步走来走去。他一边讲话,一边单调地挥舞着软弱无力的拳头,另一只手攥着一摞剪报。

伊格纳特悄声告诉克拉西利尼科夫说:

"他是教师,在我们的苏维埃里担任工作……"

"……我们不能沉默了……我们不应当沉默……同志们,难道我们市真是你们大家为之奋斗的苏维埃政权吗?……我们这里的横行霸道……独裁专制,比沙皇还厉害……随随便便闯进和平居民的家里……天色一黑就没有人敢上街,上街就被扒衣服……拦路抢劫……在大街上屠杀儿童……关于这个问题,我在执委会里提过,在革委会里提过,可是他们都无能为力……军事政委一手遮天,包庇这些犯罪行为……同志们……(他抽搐着用那摞剪报拍打自己的胸脯)他们为什么要屠杀儿童?你们朝我们开枪好了……你们为什么屠杀儿童?……"

他最后几句话,被整个大厅激动的嗡嗡声淹没了。大家怀着恐惧和激昂的心情互相交换眼色。讲话的人在主席台的桌子旁边坐下,用报纸遮住他那紧皱眉头的脸孔。主持会场的头扎绷带的士兵,掉过头去往幕后望望:

"现在请赤卫军司令员特里丰诺夫发言……"

整个大厅鼓起掌来。有人举起手拍着。人群里有几个女人的声音喊道:"欢迎特里丰诺夫同志。"不知是谁用浊重的声音大喊了一声:"把特里丰诺夫推出来!"这时,阿列克谢·克拉西利尼科夫发现就在乐池跟前有一个人背朝着大厅站着,现在像弹簧似的直起身子,转过脸看着欢呼的人群,这个人长得魁梧、匀称,身穿漂亮的皮上衣,十字交叉地佩带着军官皮带。他那对鼓起的淡灰色眼睛,发出嘲弄的冷冷光芒,从众人脸上掠过,人们的手立刻放下,头也缩到肩膀里去了,大家停止鼓掌。有人弯着腰,向出口快步走去。

那个长着钢一般灰色的眼睛的人,露出一丝轻蔑的微笑。他迅速地正了正枪套。他的脸挺长,刮得精光,颇有演员风度。他又转过脸去看着台上,把两个胳膊肘搭在乐池的墙上。伊格纳特捅了一下克拉西利尼科夫的肋部。

"布罗伊尼茨基。嘿,我的老兄,他要是瞅你一眼——可吓人了。"

从幕后响起沉重的皮靴声,赤卫军司令特里丰诺夫走出来,身穿一件用毛毯做的上衣,袖子上扎着一块红布。手里拿着一顶制帽,帽圈也用红布缠着。他长得敦敦实实,神色镇定。他不慌不忙地走到舞台边上。他那剃光的头上的灰色皮肤动了几下。高眼眶落下的阴影遮住眼睛。他举起手(会场立刻静下来),用略微弯着的手掌指着站在台下的布罗伊尼茨基。

"同志们,军事政委布罗伊尼茨基同志就在这里。很好。让他来回答我们的问题。他要是不愿意回答,我们就要强迫他回答……"

"啊哈!"布罗伊尼茨基从台下威胁地说。

"是的,我们要强迫他回答。我们代表工农政权,他必须服从这个政权。时局就是这样,同志们,很难把一切事情一下子都搞清楚……时局很乱……大家都知道,脏东西总是浮在上面……从这里我们可以得出一个结论,有各种各样的坏人混进了革命队伍……"

"你说谁?……你指出名字,名字。"布罗伊尼茨基大叫起来,带出明显的波兰口音。

"别着急,到时候会说名字的……同志们,我们工农流血牺牲,才把白匪帮从罗斯托夫撵走……苏维埃政权在顿河已经立定了脚跟。那么为什么从四面八方都发出抗议的声音呢?工人焦急不安,赤卫军战士不满……军用列车闹事,他们问为什么让他们半路上耽搁,不放他们走……方才我们在这里听到了知识分子代表的呼声(他用手掌指着方才发言的人)。这是怎么回事?好像大家都对苏维埃政权不满。他们说,你们为什么抢劫?为什么酗酒?为什么屠杀儿童?方才发言的同志甚至提出可以朝他开枪……(有两三个地方发出笑声,还有几下掌声。)同志们!苏维埃政权不会抢劫,也不会屠杀儿童。只有混进苏维埃政权的各种坏蛋才会抢劫,才会杀人……从而破坏苏维埃政权的威信,从而把最有效的武器交到敌人手里……(他停顿一下,一片寂静,甚至连几百人的呼吸声都听不见。)所以,我想向布罗伊尼茨基同志提个问题……他知不知道昨天有两个小学生被杀死了?"

从台下传出冷冰冰的声音:

"知道。"

"很好。可他知不知道夜间发生的抢劫?知不知道'帕拉斯'旅社里个个喝得酩酊大醉?他知不知道征用的物资都落到谁手里了?你不说话了,布罗伊尼茨基同志?你已经无话可说了。征用物资都被一群匪徒换酒喝了……(大厅里一片嗡嗡声。特里丰诺夫举起手。)我们还发现了一个新情况……并没有人让你接管罗斯托夫的政权,你的委任状是假的,你动不动就提到莫斯科如何如何,尤其是提到列宁同志,都是无耻的谎言……"

布罗伊尼茨基这时挺着胸站在那里。他那突然苍白的漂亮脸孔上,掠过一阵痉挛。他猛然向旁边冲过去,那里有一个淡黄头发的年轻战士张着嘴站着,他一把抓住战士的大衣,指着特里丰诺夫用可怕的声音喊道:

"打死他这个坏蛋!"

年轻小伙子的脸立刻像野兽一样狰狞,他摘下背后的枪。特里丰诺夫叉开两腿,一动不动地站在那里,只是像老牛似的低下头。从旁边的幕布后面跳出一个工人,站到特里丰诺夫身边,匆匆忙忙、喀嚓喀嚓地扳动步枪的枪栓,接着又跳出来一个、两个、三个,于是整个舞台上是黑压压一片皮上衣、旧式大氅和军大衣,刺刀互相撞击着,发出丁当的声音。这时会议主席跳到椅子上,整理一下耷拉到眼睛上的绷带,用伤风的声音喊道:

"同志们,请不要慌,没有发生任何意外情况。后面的把门关上。特里丰诺夫同志百分之百的安全。现在请布罗伊尼茨基同志来回答。"

可是布罗伊尼茨基早没有影了。只有那个淡黄头发的战士还端着枪站在乐池旁边,吃惊地张大了嘴。

第 三 章

志愿军在科列涅夫村附近,遇到非常猛烈的抵抗。尽管伤亡很大,总算把这个村子攻下来了。在这里,一个始终瞒着大家的消息得到证实,这消息真比世界上的任何事都可怕:就在几天之前,库班的首府叶卡捷林诺达尔①一枪未发就投降了布尔什维克——那里原是志愿军行军的目的地、得到休息的机会和将来开展斗争的基地。波克罗夫斯基率领的库班志愿军、库班阿塔曼和拉达②,都逃得不知去向。于是,志愿军在距离目的地只有三天路程的时候,突然陷入了重围。

原来以为会受到库班热情欢迎的希望,化为泡影。看来,哥萨克不想借助"士官生"的帮助,决定自己想法搞清楚目前所发生的事情。军队路过的人家,都空无一人,在每个村子里都设有埋伏,在每道山梁后面都有机关枪堵截。如今志愿军还有什么指望呢?能指望这些来自乌克兰的库班哥萨克,或是念念不忘俄国人的宿怨的切尔克斯人,或是流落在富饶的库班的高加索军队的军用列车,会突然跟戴金肩章的军官和嘴上没毛的士官生一起喊:"让我们为科尔尼洛夫,为祖国,为信仰而齐声高呼'乌拉'!"可是志愿军能够向哥萨克或外乡人提出的口号,也只能是这个既不能充饥、又像沙皇的二十戈比银币一样老掉牙的公式。那些富裕的哥萨克村庄最关心的是"现在是不是宣布哥萨克共和国独立的时候?",而外乡人已经倒向红旗一边,准备为争取平分顿河与库班土地和打鱼的平等权利、为建立村苏维埃而战斗。

在志愿军后面的辎重车上,的确坐着一个最有名的宣传鼓动员,水兵费奥多尔·巴特金。他是个罗圈腿、皮肤微黑的汉子,身上穿着水兵的呢子上衣,头上戴着带有乔治飘带的无檐帽。那些军官有好几次都想打死

---

① 叶卡捷林诺达尔于一九二〇年改名为克拉斯诺达尔,现为克拉斯诺达尔边疆区首府。

② 拉达是乌克兰资产阶级民族主义者的反革命组织(1917—1918)。

他，说他是犹太人，是红色的狗崽子。可是科尔尼洛夫亲自出面庇护他，认为有名的水兵巴特金完全可以弥补志愿军在思想意识方面的一切缺陷。每当总司令需要向（村子里的）哥萨克讲话的时候，他就把巴特金派去打头阵，巴特金用他的伶牙俐齿向哥萨克们证明，是科尔尼洛夫在保卫革命，布尔什维克则相反，他们不过是被德国人收买的反革命分子。

志愿军要投降是不可能的——当时红军不要俘虏。要是散伙，也得一个个给打死。甚至有人提出一个方案：穿过阿斯特拉罕草原奔伏尔加河，然后逃到西伯利亚。但是科尔尼洛夫坚持己见：继续向叶卡捷林诺达尔进军；用强攻的方式占领它。志愿军离开科列涅夫村向南拐，经过艰苦战斗在乌斯季-拉宾村附近渡过库班河。在这个季节，库班河正泛滥，波涛滚滚。志愿军一步不停地向前走，后面拖着带有大批伤员的辎重队。但它还是那么可怕。反扑还是那么凶猛，因此每次都能突破红军的包围圈，继续前进。

志愿军为了欺骗敌人，向迈科普方向移动，但是走到菲利普村，便越过别拉亚河，来个急转弯，直奔正西，抄叶卡捷林诺达尔的后路。就在渡过别拉亚河之后，志愿军在一条狭窄的峡谷里被红军重兵包围了。他们似乎陷入绝境。连辎重队的轻伤员都发了枪……战斗持续了一整天。红军从高地上用大炮向渡河船只和辎重队轰击，机关枪也不停地扫射，不让散兵线站起来。但是到了黄昏，被打得散乱的志愿军部队使出最后一股劲，拼命发起反攻，红军突然撤离高地，放科尔尼洛夫部队向西开去。不久以前发生过的事又在重演——作战经验和这场战斗的结局生死攸关的意识取得了胜利。

周围的村子整夜火光熊熊。天气突然变了，起了北风。密布的乌云遮天蔽日。下起雨来了，倾盆大雨下了一夜。三月十五日，向新德米特罗夫村前进的志愿军，看到前面是一片汪洋的大水和稀泥。寥寥可数的有车道的小山冈，消失在笼罩着大地的浓雾中。人走在水里，没到膝盖，大车和大炮一直没到车轴。落起湿乎乎的雪片，一场罕见的暴风雪开始了。

罗辛从货车车厢里爬下来，正了正步枪和背囊，向四下望去。在铁路线上有一群瓦尔纳夫斯基团的战士吵吵嚷嚷……他们中间有穿军大衣的,有穿光板短皮袄的,有穿便服大衣、腰里扎着绳子的。有许多人都带着机关枪子弹袋、手榴弹和手枪。有人戴着制帽,有人头上戴着高筒皮帽,有人戴着从投机商人那里没收的圆顶礼帽。脚上穿着破皮靴、毡靴或裹着破布,在黏糊糊的稀泥里乱踹。刺刀碰得丁当响,有人喊道:"走哇,弟兄们,开大会去!我们要弄个明白!不能再糊里糊涂让我们去送死!"

这场风波是由往往夸大其词的谣言引起来的,据说红军在菲利普村附近吃了败仗:"科尔尼洛夫有五万士官生,可我们每次只派一个团前去送死……弟兄们,这是出卖!把指挥员搜来!"

战士们往车站院子里跑去,车站那面是一片笼罩在雨雾里的草原。货车的车门轰隆轰隆地一扇扇打开,人们发疯似的,背着枪从车上跳下来,心事重重地向那里跑去;院子里,风在人群上空刮得光秃的锥形杨树呜呜地响,成群的白嘴鸦一边盘旋,一边呱呱地叫。有几个要讲话的人,爬到用草皮子盖的地窖顶上,伸出拳头喊道:"同志们,我们为什么会挨科尔尼洛夫匪帮的打?……为什么有人把士官生放过去,让他们去打叶卡捷林诺达尔?……这叫什么作战计划?……让指挥员回答!"

上千的人群高呼起来:"回答!"喊声这么洪亮,把白嘴鸦都吓得飞到云端去了。罗辛站在车站门前的台阶上,看见密密麻麻攒动着的人头中间,有一顶揉绉的制帽向盖草皮子的地窖移动着,这就是指挥员:他那瘦骨嶙峋、刮得光光的脸,显得苍白、坚定,两眼凝视着前方。罗辛认出来,他是老相识谢尔盖·谢尔盖耶维奇·萨波日科夫。

战争爆发之前,萨波日科夫曾经代表"未来人"的团体发表过演说,把旧道德抨击得体无完肤。他曾经脸上画着迷惑人的花纹,身穿用亮绿棉绒布做的常礼服,在资产阶级社交界露面。战争期间,他自愿入伍,参加骑兵队,成为有名的勇敢侦察员和决斗专家。得过少尉官衔。到了一九一七年初,他突然被逮捕,押到彼得堡,因参加地下组织的罪名判处枪决。二月革命使他得到自由,有一个时期他代表无政府主义者参加士兵代表苏维埃。后来又销声匿迹了,直到十月又重新露面,参加过攻打冬宫。他是第一批加入赤卫军的正规军军官之一。

现在他一跐一滑地爬到盖草皮子的地窖顶上,下巴底下堆出许多褶子,把两手的大拇指插进腰上的皮带里,望着下面上千张向他仰起的脸。

"你们这些大嗓门的鬼东西,想知道那些带金肩牌的混蛋为什么揍你们吗? 就是因为你们好这样大吵大嚷,不成体统。"他用嘲笑的口吻说,声音并不怎么高,却使大家都能够听到。"你们不服从最高统帅的命令,你们一有点儿事就大吵大闹,这些还不算……原来你们当中有人好大惊小怪……谁告诉你们,我们在菲利普村吃了败仗? 谁告诉你们,科尔尼洛夫去打叶卡捷林诺达尔是因为有叛徒放他们过去? 是你说的吗?(他迅速伸出握着手枪的手,指着站在下面的一个战士说)喂,你上这儿来,咱们谈谈……啊哈,不是你说的……(他不大情愿地把手枪塞进衣袋里)你们以为我是个大傻瓜,是个不懂事的孩子,不知道你们为什么大吵大闹……你们要是愿意的话,我可以说出来——为的什么? 那儿——费季卡·伊沃尔金——一个,帕夫连科夫——两个,捷连季·杜利亚——三个,他们三个接到直通电报,说阿菲普车站上停着好几火车酒精……(笑声。罗辛佯笑地说:"这个坏蛋耍花招,滑了过去,真是个滑稽小丑。")好呀,事情很清楚,这些弟兄是急于打仗。事情很清楚,总司令是叛徒,要是这些装酒精的火车突然落到科尔尼洛夫的军官手里……这对共和国说来可是个不幸……(爆发一阵笑声,成群的白嘴鸦又飞上天空)同志们,我认为这次误会已经消除了……现在念一下最新战报。"

萨波日科夫掏出小报,高声宣读起来。罗辛转过身,穿过票房子来到站台,坐在一张破长凳上,卷起叶子烟来。一个星期以前,他利用假证件混进一列开赴前线的赤卫军列车。他总算把卡佳安排好了。那次喝茶时跟捷季金发生了一场不愉快的谈话以后,剩下的时间,罗辛就满城闲逛,直到深夜才回去找卡佳,为了硬下心肠,不敢正眼去看卡佳的脸,只是声色俱厉地说:

"你在这儿先住上一两个月——我也不知道……我相信您跟他一定会志同道合……一有机会,我就把食宿的费用还清。不过我坚持一点:劳驾请马上告诉他,不会白吃他的,用不着他施舍……好吧,我要离开一段时间。"

卡佳嘴唇微微翕动一下问：

"上前线吗？"

"嗯，你知道，这完全是我个人的事了……"

这样安排卡佳，可太不好了。去年盛夏，七月的一天，水平如镜的涅瓦河倒映出大桥的轮廓和瓦西里岛的柱廊，卡佳坐在堤岸上靠水边的花岗岩石凳上——在那显得如此遥远的阳光灿烂的一天，罗辛曾经对她说："战争会结束，革命会过去，帝国会消灭，只有您的一颗心是永恒不变的……"如今他俩竟然在这龌龊的院子里像仇人似的分手了……卡佳是不应该得到这种结局的……"可是，整个俄国都完蛋了，这又算得了什么……"

罗辛的计划非常简单：跟着赤卫军的队伍一起到达跟志愿军作战的地区，然后一有机会就跑过去。志愿军里的马尔科夫将军和涅任采夫上校都认识他。他可以向他们提供有关红军兵力部署和作战能力的珍贵情报。不过最重要的是，他可以感到自己生活在自己人中间，可以去掉该死的假面具，终于可以舒心地喘上一口气，可以随着一排子弹把血淋淋的仇恨向那些"受骗的傻瓜、飞扬跋扈的野人"的脸上唾去……

"关于酒精，指挥员说得很对。我们吵得太凶了。我们光会大吵大闹，可是要分析一下情况，老弟，就得费点儿心思了。"一个不起眼的家伙说道，他穿着一件光板短皮袄，胳肢窝和后背都露出了羊毛。他凑到罗辛跟前，在长凳上坐下，跟罗辛要了点儿烟。"你知道，我跟老年人似的，爱抽烟斗。（他转过一张饱经风霜的狡黠的脸，下巴上长着没有光泽的白胡子，两只眼睛眯缝着。）我在下城给商店老板看过仓库，这烟斗也就抽惯了。从一九一四年开始打仗，一直没有消停过，所以，老弟，我倒算得上老兵了。"

"是呀，你也应该休息了。"罗辛怏怏不乐地说。

"休息！你叫我上哪儿休息去？你呀，小伙子，我看出来了，你是个有钱人家的。不，我才不离开部队呢。我在资本家跟前吃了不少苦！从十六岁就给人家干活，总是看门。在瓦先科夫老板家升到车夫——你也许听说过这家人家——可是把一对灰马给饮坏了，那可是一对好马，我得承认,是给饮坏了;当然就给撵了出来。儿子给打死了,老伴也早死了。现在你告诉我:我该为谁打仗——为苏维埃还是为资本家? 我吃得饱,上个星期从死人脚上扒了一双皮靴。这回不透潮气了——你瞧,蛮好的东西。我的活计不过是打打枪,随着大帮喊喊乌拉,完了就往大锅旁边一坐。这可是为自己干活呀,小伙子。凡是参加咱们这个队伍的,都是穷人,像俗话说的,是穿不上裤子的穷光蛋,就像有个灾星在屋里的板凳上坐着。可立宪会议,我在下城也看见过怎么选举——清一色的知识分子和厉害的老家伙。"

"你倒真学会说这套话了。"罗辛说,偷偷瞥了对方一眼。这个人叫克瓦申。罗辛跟他在一节车厢里混了一个星期,他俩都睡在上铺,铺挨着铺。在车厢里,大家都管克瓦申叫老大爷。他不管在什么地方坐下,手里总拿一张报纸——干瘪的鼻子上戴着一副金丝夹鼻眼镜,小声念着。"这副眼镜,"他常常对别人讲,"我是在萨马拉凭收据取出来的。这副眼镜是百万富翁巴什基罗夫定做的。叫我用上了。"

"一点儿不错,我真学会了,"他回答罗辛说,"我从来没漏过一次大会。一到车站,我就把所有的法令、决定都看一遍。我们无产阶级的力量,就表现在讲话上。我们要不会讲话,没有觉悟,还有什么价值? 岂不成了不会说话的鱼!"

他掏出报纸,小心翼翼地打开,煞有介事地戴上夹鼻眼镜,读起社论来,吃力地咬着每个字眼,就像那篇社论不是用俄文写的:

"……记住,你们在为争取一切劳动者和被剥削者的幸福而战斗,你们在为争取创造美好、合理的生活的权利而战斗……"

罗辛掉过脸去,没有注意到克瓦申在念这两句话时,却从眼镜顶上定定地望着他。

"是呀,小伙子,看得出来,你是有钱人家的。"克瓦申已经用另一种声调说。"我念的东西你不爱听。你是不是间谍呀?"

瓦尔纳夫斯基团的梯队排成步行队形,离开阿菲普车站,向新德米特罗夫村进发。在昏黑的深夜里,风刮得刺刀嗖嗖地响,撕扯着人们的大衣,冰冷的雪糁子迎面打来。脚踩塌积雪的硬层,陷在黏糊糊的稀泥里。透过呼啸的风声,可以听到前面的呼喊:"站住!站住!轻一点儿!别挤,鬼东西!"

寒气打透了破旧的军大衣,砭人肌骨。罗辛心想:"可别跌倒了,跌倒就完蛋了,非被踩死不可……"这些突然的停顿和前面的喊声最叫人难受不过了。他们显然是迷了路,不知是在一条冲沟还是小河的沿上兜圈子。"弟兄们,我不行了,"不知是谁用断断续续的声音向大家诀别地说。"这是不是克瓦申叫唤?他一直走在我旁边。他老在琢磨我,我说的话他一句也不信。"(昨天罗辛好容易甩掉了他。)前面又停下了。罗辛撞到前面的人冻硬了的大衣后背上。他把冻僵了的手伸到袖筒里,耷拉着头站着,心里想:"四年来我一直不顾疲劳,跋涉几千里,就是为了杀人。这是非常重要的大事。至于说惹恼了卡佳并把她扔下了——这是一件小事。明天或后天,我就跑到那头去,也冒着这么大的风雪来杀这些俄国人。真是怪事,卡佳说我是一个高尚而善良的人。怪事,真是怪事。"

他怀着好奇心注意到自己的这种想法,可是思路突然断了。"唉,"他想,"糟了。我怕是要冻死。不然怎么会想到这类临死才会有的重大思想。这就是说,我马上就会倒在雪地上。"

但是前面冻硬了的后背摇晃一下,又向前走去。罗辛摇晃了一下,也跟着走去。不过现在两只脚一陷进去就没到膝盖。有千斤重的皮靴好容易从黏土里拔出来。风刮来断断续续的喊声:"河,弟兄们……"爆发出一片咒骂声。风依然刮得刺刀嗖嗖响,令人产生奇怪的念头。一些模糊不清的弯着腰的黑影从罗辛身旁走过去。他使出全副力气,呻吟着拔出脚来,又往前走去。

雪地上呈现出一条黑线,那是滚滚的河水,再往前面,一切都被狂飞的雪花遮住了。脚在斜坡上打滑。昏暗的河水滔滔流去。有人喊道:

"桥被水淹了……"

"往回走吗?"

"谁要往回走?是你吗?你要往回走?"

"松开手……同志,倒是松开手呀!"

"给他一枪把子……"

"哎呀……哎呀……哎呀……"

河岸底下,突然射出一道手电筒的光柱。被汹涌奔流的灰色河水淹没的桥面和冲断了的栏杆被照亮了。电筒光向高处照去,晃了两下就熄灭了。一个可怕的嘶哑声音喊道:

"一班……过河……枪和子弹举到头上。别挤……两人一对……开步走!"

罗辛举起枪,走进齐腰深的水里,河水倒不像寒风那样刺骨。水流猛冲着他的右肋,推他,要把他带进这灰白色的黑暗,带进深渊中去。脚底下直打滑,勉强摸到冲坏了的桥的桥板。

瓦尔纳夫斯基团被调到新德米特罗夫村,是为了增援地方部队。这个村所有的人都在挖战壕——在村公所和几所房子里修工事,架上机关枪。重炮部队安排在南边的格里戈里耶夫村。由德米特里·日洛巴①指挥的北高加索二团也在那个地区,他们从罗斯托夫开始一直追击着志愿军。在西边的阿菲普车站,有卫戍部队、炮兵和铁甲列车。红军的兵力非常分散,这在泥泞难行的地带是一种失策。

傍晚,有个哥萨克骑马穿过广场向村公所跑来,他浑身落满了湿漉漉的雪片,溅满了泥浆,到台阶跟前勒住马。那马鼓起的两肋,直冒热气。

"指挥员同志在哪儿?"

有几个人慌忙扣大衣扣,跑到台阶上。萨波日科夫推开大家,走出来,身上穿着骑兵的短大衣。

"我是指挥员。"

那个哥萨克大喘了两口气,俯在马鞍上说:

"前哨都给杀死了。就我一个人跑回来了。"

"还有什么情况?"

"再就是科尔尼洛夫天黑可能到达这里,他们正全速前进……"

---

① 日洛巴(1887—1938),一九一七年入党,内战时参加过几次重大战役,如察里津战役,被授予国内战争英雄称号;另一种版本曾用"希莱斯特"的姓氏。

站在台阶上的人互相交换了一下眼色。其中有几个共产党员,他们负责这个村子的保卫工作。萨波日科夫用鼻子嗤了一声,下巴底下堆出几道褶子:"我已做好准备,同志们,你们怎么样?……"那个哥萨克从马上跳下来,讲起埃尔代利将军那个旅的切尔克斯人如何把哨兵全给砍死了。一群战士、女人和小孩紧紧挤在台阶跟前,默默地听着。

罗辛也凑到跟前,他戴一顶长耳风帽,扎得严严实实。昨天夜里,他在一家闷热、臭气熏人的屋子里睡足了觉,把湿衣服也晾干了;他们一共有五十名红军战士一个挨一个地躺在包脚布和湿衣服中间。天亮时,女主人烤了很多面包,切成一块块地分给大家。

"同志们,你们可得卖卖力气,别让那些军官闯进我们村子。"

战士们回答年轻的女主人说:

"什么也别怕……怕就怕……"

接下去说的话便不大中听了,她举起一大块面包要揍他们:

"你们这些野猪,死在眼前了,还扯这些事……"

由于昨夜的行军,罗辛觉得浑身发酸,隐隐作痛。但是他的决心丝毫也没动摇。一清早,他在菜园里挖冻土。接着,又把一盒一盒的弹药从大车上搬到村公所。吃午饭时,每人发了一碗烧酒,热辣辣的酒一下肚,酸劲就没了,骨头也发软了,于是他决定,不能再耽搁下去,今天就结束。

现在他正在台阶跟前转悠,寻找机会要求去当前哨。他把一切都周密考虑过,直到大尉的肩章都准备好,缝在军装上衣的前胸了。他所盼望的机会果然来了。在萨波日科夫身旁站着的一个敦实的水兵走下台阶,召唤愿意干冒险的事的人。

"弟兄们,"他用洪钟般的声音说,"哪个不怕死……"

过了一小时之后,罗辛跟着一共有五十人的小队人马离开村子,向大雾弥漫的草原走去。阴湿的黄昏降临了。雪现在住了,狂风夹着大雨点打在脸上。根本没有路,他们在像小湖似的一片汪洋的水中走去,奔向前面的一带山冈,他们需要在山上挖战壕。

在湿冷的晨霭中闪出一团火光。轰隆一声巨响,嚎叫着向远方飞去……顺着山冈,沿着河岸,立刻响起一片凌乱的枪声。接着又是一团火光,又是一声炮响,而在前面的大雾中,也有一挺机枪嗒嗒地响起来。

这是科尔尼洛夫打过来了。他的先头部队已经来到河对岸。罗辛觉得他仿佛看见两三个人影俯着身子向河边跑来,钻进了灌木丛。他的心猛跳起来。他从战壕里探出身子,这条战壕就挖在河边的悬崖上。

浑浊发黄的大河,像锡水似的,卷起旋涡,跟河岸一样高,滚滚流去。左侧的河当中,有一道被河水淹没一半的大桥。有二十来个模模糊糊的黑影从河里爬上桥,俯着身子跑过来。从山冈上向河面和大桥射出的枪声,越来越凌乱,越来越密集。就在对岸不远的地方,有一座大炮射出长长的火舌。在罗辛蹲的战壕顶上,一颗榴霰弹爆炸了。从山梁后面,一下子钻出很多灰色的和黑色的人影,向渡口冲来——有跑的,有坐在地上出溜的,有连滚带爬的,有跌倒了的。人人肩上都有两条小小的肩章。

炮声又响了,一阵撕裂的嗡嗡声从战壕顶上滚过。"哎呀,哎呀,弟兄们……"有人呻吟起来。透过劈劈啪啪的枪声,有人喊道:

"我们被包围了!……弟兄们,往下撤!……"

罗辛感到:这正是他盼望已久的时机。他连忙趴下,一动也不动。脑子里闪过一个念头:"没有手绢,应该把布衫撕下一块,挑在刺刀上,一定要用法国话喊……"突然有人沉重地趴到他的背上,狠劲压住他,掐住他的脖子,吭吭哧哧地用手指头去够他的喉咙。罗辛抬起头,看见一张血淋淋的脸俯在自己的肩头,一只瞪得圆圆的褐色眼睛和大张着的没了牙的嘴。这个人又是克瓦申。克瓦申仿佛迷迷糊糊地念叨着:

"你快画十字吧……你可见到自己人了……"

罗辛把他从后背上掀下去,站起身来,身子直摇晃。克瓦申一下子又抱住他的肩头,像壁虱一样粘住不放。罗辛跟他厮打着,仰面朝天跌倒在战壕的胸墙上,发疯似的用牙咬住发臭的短皮袄。他感到胳膊肘和膝盖在湿乎乎的黏土上直出溜——一步半开外,就是悬崖的边沿。

"放开我!"罗辛终于咆哮起来。

他身子底下的泥土沉了下去,他跟克瓦申一起滚到悬崖底下的河边上。

炮声震得周围嗡嗡直响,爆炸声震撼着大地。志愿军的主力部队正在渡河。格里戈里耶夫村的大炮,正朝着渡口开火。在宽阔的雪地上,手榴弹到处乱滚,如果落在河里,便掀起一股股水柱。

白军的步兵正在渡河——两人骑在一匹马上。马一走进湍急的水流便往后退,只好用刺刀扎它。马拉的炮车从轧坏了道的陡峭河岸上,飞驰着下到河里。炮身东摇西晃地沉入水底。赶车的用鞭子打马,那几匹瘦马吃力地拉着大炮走上被水淹了半截的桥拱上。两旁的炮弹不住落下来,炸开了花,河水翻腾。马惊了,直立起来,被马套缠住,动弹不得。

拉着机枪的两轮车也向下跑来,它们不从桥上走,一头扎进河里,漂浮着,旋转着。有一辆车翻了,连人带马被河水冲走了——人都拼命地把住车轮。有一颗手榴弹从半天空落到这辆大车上,立刻飞起一股高高的水柱,把碎木片和尸体的碎块也抛起来。

河岸上有个小个子骑着一匹肮脏的瘦马转来转去,他下巴上留着山羊胡,穿着一件用毛毯做的烟色上衣,戴着一顶白色高筒皮帽,一直卡到眼皮顶上。他一边挥舞着皮鞭吓唬,一边用带有纨袴习气的高嗓门吆喝着。这个人就是马尔科夫将军,他正在指挥渡河。关于他的勇敢,有许多离奇的故事。

马尔科夫属于那类在世界大战中拼命厮杀并被尸体的臭气彻底毒化了的人;每当他手拿望远镜骑在马上或手握战刀在进攻的散兵线中指挥战争的可怕游戏的时候,他必定感受到一种无法比拟的快乐。归根结底,他只要打仗就行,不管跟谁打或为什么打。在他的脑海里有几个关于上帝、沙皇和祖国的现成公式。他认为这些都是绝对真理,此外更无所求。如同棋手下棋一样,他在整个世界的空间里只看到棋子在棋盘上移动。

他虚荣心强,刚愎自用,对待下级粗暴。军队里都害怕他,许多人对他心怀怨恨,因为他把一切人都看成棋子。但是,他作战勇敢,并且善于掌握作战的时机,一到关键时刻,指挥员要做出决定性的步骤,要豁上性命,拿着鞭子,冒着枪林弹雨,走在散兵线的最前头。

渡河战斗持续了一小时、两小时、三小时。河面和两岸又被白茫茫的暴风雪遮蔽了。风势越来越猛,向北转去。天气马上冷了。罗辛躺在悬崖底下的水边上,有一只肩膀脱了骱,他早已放弃被人发现的希望。尽管肩膀疼得厉害,他仍然从怀里掏出肩章,用别针马马虎虎地别到军装上,又把制帽上的红五星撕下来。克瓦申的尸体早被河水冲走了。伤兵到处都是,根本没有人去理会他们。

过河的军队并不稍停,一边打一边向新德米特罗夫村进逼。人们身上的衣服都冻硬了,上面结成一层冰壳。地也冻硬了,在马蹄和车轮底下发出咯吱声,坑坑洼洼的道路和车辙磨破了鞋,擦破了脚。有几个伤兵站起身来,向陡峭的岸上爬去,他们一步一瘸,常常跌倒。罗辛觉得他的两条腿仿佛冻到地上了。他咬紧牙(脱骱的肩膀、腰和跌断的膝盖都疼得难忍),也站起来,跟在伤兵的行列后面艰难地走去。没有人注意他。他花了很大力气,总算爬到悬崖顶上。一到上面,暴风雪刮得站不住脚,子弹嗖嗖直响。在前面一瘸一拐地走着一个略微驼背的人,穿着冻硬了的军官大衣,戴着一顶像角锥似的尖顶长耳风帽,突然往旁边一歪就倒了。罗辛为了顶住风,只好深深弯下腰。

有一匹死马伸出一条后腿躺在地上,被大雪盖上了。在一座被丢弃的大炮旁边,有两匹瘦马耷拉着脑袋站着,它们的肚子被冻在一块儿了,背上落成了小雪堆。而前面的机关枪叫得越来越凶猛,越来越顽强。志愿军拼死地打,为的是今天夜里能钻进温暖的屋子里,免得冻死在风雪扬长的旷野里。

格里戈里耶夫村的炮兵向进攻部队猛轰着。但是红军的其余部队,以及驻在阿菲普车站的后备队,都没有投入战斗。直到瓦尔纳夫斯基团在新德米特罗夫村被包围并在短兵相接的巷战中损失惨重之后,高加索二团接到进攻的命令,在一片沼泽地带和洼地里走了十俄里,连淹带冻,整整死了一连人,才在白军的背后发起冲击,使瓦尔纳夫斯基团的残部得到突围的机会。

白军也发生了同样的混乱现象。波克罗夫斯基指挥的库班部队奉命从南边攻入村子,却不服从命令,不肯从沼泽里走。况且波克罗夫斯基的将军肩章并不是沙皇恩赐的,而是库班政府发的,因而在一次军事会议上,他受到阿列克谢耶夫将军的无情奚落,阿列克谢耶夫用权贵的轻蔑口吻对他说:"喂,算了,上校——对不起,我不知道现在应该对您怎样称呼……"波克罗夫斯基就为了这一声"上校",便不肯穿越沼泽。埃尔代利的骑兵奉命从北边包围村子,由于冲沟涨水渡不过去,傍晚只好返回大队人马渡河的地方。

最先靠近新德米特罗夫村的是军官团。这些冻得半死、怒不可遏的军官,都是久经沙场的老兵,他们一闻到人家烧干牛粪的气味和烤面包的香味,一看到窗户里温暖的灯光,便不等援军来到,沿着雪和泥混合在一起的地面爬去,从结了薄冰的一片汪洋的水里蹚过去。在村口上,他们被发现了,机关枪朝着他们开火。他们扑上前去,拼起刺刀。他们每个人都十分清楚,每一秒应该做什么和怎样做。到处都有马尔科夫的白色高筒皮帽在晃动。这是由指挥官组成的队伍同一群指挥不力、纪律不严的士兵之间的一场战斗。

军官们冲进村子,在街上跟瓦尔纳夫斯基团的士兵和游击队展开一场短兵相接的混战。在黑暗和混战中,机枪手被刺刀扎死在机枪旁,或者被手榴弹炸死。白军的援兵源源不绝。红军被包围,向广场撤退,广场上的村公所设有革命委员会。

每个可以隐蔽的地方,都有人打枪,每个十字路口上,都发生激战。马拉的炮车溅起旋风般的泥浆,飞驰而来,到了广场边上掉过炮车,把炮口对准村公所的正面墙,射出榴弹:砰——铮!砰——铮!从窗口跳出许多人来,又冒出一股股黄烟——屋里的弹药盒被炮火打着,爆炸起来。

恰好这时高加索二团从东面向进攻部队开火。瓦尔纳夫斯基团的战士一听到敌人背后打响了,马上振作起精神。萨波日科夫连吆喝带咒骂已经喊哑了嗓子,从旗手的手里抢过用油布卷着的团旗,挥舞着穿过广场向几株在风中摇摆的高大杨树跟前跑去,那里集聚的白军最多。红军战士从大门后和板墙后面冲出来,从地上爬起来,端着上刺刀的枪从四面向这里跑来。他们推倒障碍物,突出重围,离开村子向西撤去。

这一夜罗辛是在一辆被丢弃的大车上过的,他把车上两具冻僵了的尸体拖下来,然后钻到干草里。零星的炮声响了一整夜,榴霰弹在新德米特罗夫村的上空不住地爆炸。一清早,在卡鲁日村过夜的志愿军的辎重队向那里开去。罗辛从大车上爬下来,跟在辎重队后面。他的心情十分兴奋,甚至忘记了疼痛。

风势依然很猛,现在变成东风,把夹着雪和雨的乌云吹散了。快到早晨八点的时候,透过高空中疾驰的阴云的碎片露出一片刚洗过的蓝天。太阳投下像剑一样笔直的、炎热的光芒。雪化了。草原迅速变了色,露出一条条翠绿的麦苗和一条条黄色的麦茬。雪水闪闪发光,小溪顺着车辙奔流。土冈上已经风干的尸体,用死盯盯的眼睛望着天空。

"瞧,那是罗辛,管保没错!罗辛,你怎么跑到这儿来了?"从旁边走过的大车上有人喊道。

罗辛回头看了看。一个脸色阴沉的哥萨克,身上披着一件发霉的皮袄,赶着一辆肮脏的破车,车上坐着三个伤号,头上扎着绷带,胳膊用带子吊着。其中有一个长得又高又瘦,从衣领里伸出挺长的脖子,不住点头,咧着干裂的嘴露出微笑,跟罗辛打招呼。罗辛勉强认出来,他就是跟自己在一个团里共过事的瓦西卡·捷普洛夫。这个捷普洛夫从前长着红扑扑的脸蛋儿,是个快活的家伙,爱搞女人,又是个酒鬼。罗辛默默地走到大车跟前,拥抱他,亲吻他:

"你说,捷普洛夫,我应该去找谁呢?你们的参谋长是谁?你瞧,我总算用别针把肩牌别上了。昨天才跑过来……"

"上车吧!站住,停下,你这混蛋!"捷普洛夫朝赶车的吆喝了一声。哥萨克嘟哝两句,便停下了车。罗辛爬上车,坐在犄角上,两腿在车轮顶上耷拉着。在暖洋洋的太阳底下坐马车,这可是太舒服了。他就像报告军情似的,把从离开莫斯科起的经历干干巴巴地讲了一遍。捷普洛夫轻声咳嗽着说:

"我亲自带你去见罗曼诺夫斯基将军……车一到村子,我们吃点儿东西,我就马上把这事儿安排好。你这个人真古怪!怎么?你还想直接去见参谋长,一五一十地讲:'我刚从赤匪那里逃过来,荣幸地前来报到……'你可不了解我们人的心理。不等送到司令部就把你捅了……你瞧,你瞧,"他指着一个穿军官大衣的大个子尸体。"这就是米什卡,科尔弗男爵,躺在这儿……怎么样?还记得他吗?……唉,他可是个好小伙子……喂,有烟卷吗?这早晨有多么好!你知道吗,我的好朋友,后天我们可以开进叶卡捷林诺达尔,在床上睡足了觉,然后就到林荫路上去!有音乐,有小姐,有啤酒!"

他大笑起来,笑声跟哭声一样。他那瘦得皮包骨、带着病容的脸,满布皱纹,颧骨上现出发烧的红斑。

"是呀,走遍整个俄国,到处都有音乐、小姐和啤酒。我们在叶卡捷林诺达尔待上一个月,洗刷干净,然后再跟他们算账。哈哈!现在我们可不是傻瓜了,我的好朋友……我们用鲜血买来了支配俄罗斯帝国的权利。我们要为他们建立秩序……这帮混蛋!你瞧那儿,躺着一个。"他用手指着壕沟边上不自然地伸开四肢躺在那里的一个穿羊皮袄的人。"这必是他们的哪一位丹东……"

罗辛坐的大车被一辆带柳条车篷的笨重的四轮马车撵了过去。车里坐着两个人,身上沾满泥浆,穿着农民的长袍,把衣领翻到后背上,戴着湿漉漉的皮帽子,其中有一个长得又魁梧,又肥胖,黑黝黝的脸有些浮肿,另一个瘪着嘴,嘴角上叼着一根长烟嘴,下巴上白胡子乱蓬蓬的,眼睛底下的泪囊向外鼓着。

"这都是祖国的拯救者。"捷普洛夫朝这两个人点点头。"既然找不到更好的,也只好将就一下。将来总会有用的。"

"那个胖子好像是古奇科夫①吧?"

"是他,到时候准会挨枪子儿,你尽管放心……那个叼烟嘴的,叫鲍里斯·苏沃林,也不是什么好货,老兄……他好像希望恢复君主制,又好像不完全是那么回事;总是模棱两可,不过,倒是个能干的记者……这个家伙我们不会打死的……"

大车进了村子。路旁花园后面的草屋和房舍好像都是空的。大火烧

---

① 古奇科夫(1862—1936),俄国资本家,十月党头目,曾任沙俄国家杜马主席,在临时政府中任陆海军部部长,也是科尔尼洛夫叛乱的策划者之一。

过的余烬,还冒着青烟。路上躺着几具尸体,半截身子被轧到泥浆里。有的地方还传来零星的枪声,这是从地窖和草棚里拖出来的外乡人,就地结果了性命。广场上乱七八糟地停着辎重队的大车。车上的伤兵,你喊他叫。几个累得筋疲力尽、迷迷糊糊的护士,穿着士兵的脏大衣,在大车中间走来走去。不知从谁家院子里传来野蛮的叫声和皮鞭声。骑马的人跑来跑去。板墙旁边有一帮士官生趴在大铁桶上喝牛奶。

碧蓝的高空中风势很猛,太阳却越来越明亮,越来越灼人了。在一棵大树和电线杆中间架起一根横杆,杆子上吊着七条长长的尸体,在风中摇来荡去,他们都歪着脖子,鞋被扒走了,脚穿着袜子向下耷拉着。他们是革命委员会和革命法庭的共产党员。

科尔尼洛夫的行军到了最后一天。骑兵侦察队用手遮住阳光,在晨雾中看到了浑澄澄的库班河对岸叶卡捷林诺达尔的金色圆顶。

骑兵先头部队的任务是从红军手里夺得这一带惟一一条渡船,这条渡船就在伊丽莎白村附近库班河的渡口。这是科尔尼洛夫新想出来的诡计。红军可能料到他会从南边的新德米特罗夫村发动攻势,也可能料到他会从西南新罗西斯克—叶卡捷林诺达尔的铁路沿线进攻。但假定他将采取极端危险的迂回战术攻城:绕到城西,率领全军在没有桥梁的地方只用一条渡船渡过水流湍急的库班河,背水作战,毫无退路——这样的战术运动,是红军总司令阿夫托诺莫夫①的参谋部无论如何也料不到的。然而科尔尼洛夫像老狐狸一样狡猾,选中了这条防守薄弱的路线,这样可以使他的部队得到两三天的休息时间,并可直接进入叶卡捷林诺达尔的果园和菜园地带。

占领阿菲普车站之后,弹药得到了补充,志愿军还把车站附近的铁路炸毁了,以免受到铁甲列车的袭击。尽管这样,当志愿军蹚着一片汪洋的雪水向前进攻的时候,红军有一辆铁甲列车的机关枪还能打到志愿军的

---

① 阿夫托诺莫夫(1890—1919),苏军将领,一九一八年指挥库班-黑海共和国的武装力量,后来在北高加索指挥作战。

侧翼。当一排排子弹溅起水花,飞到他们身边的时候,他们便藏在水里,像鸭子一样连头钻进去。然后再钻出来,拼命往前跑。防守阿菲普车站的红军打得很猛。不过,红军部队是注定要失败的,因为他们只知道防守,而敌人却在进攻。

志愿军部队用曲折的散兵线慢慢迂回,把阿菲普车站团团围住。阳光洒满了蔚蓝色的平原,水里露出许多树木、草垛和农家屋顶,一片片春云的阴影从汛水汇成的湖泊上掠过。科尔尼洛夫穿着一件短皮袄,戴着质地柔软的将军肩章,带着一副望远镜和一张地图,骑在马上,走在参谋们的最前面,走在这镜子似的蒸气里。他不时向传令兵发出命令,他们便骑着瘦马在飞溅的水珠中疾驰而去。有一阵子,他们落到火力网里,走在他旁边的罗曼诺夫斯基将军还受了点儿轻伤。

当车站西边合围完成、发起总攻的时候,科尔尼洛夫用鞭子抽了一下马,放马大走,直奔阿菲普。他对胜利蛮有把握。在那里,在铁路线上,一排排的车厢中间,在车站的房屋、仓库和营房中间,冲进去的志愿军部队正赶尽杀绝红军战士。这是志愿军最后一次和最血腥的一次胜利。

涅任采夫上校满面红光,样子挺年轻,兴冲冲地跳过许多尸体,跑到科尔尼洛夫跟前,夹鼻眼镜的玻璃闪闪发亮,他报告说:

"阿菲普车站攻下来了,长官。"

科尔尼洛夫急不可待,立刻打断他的话:

"弹药得到了吗?"

"是的,得到七百发炮弹,四车厢子弹。"

"谢天谢地!"科尔尼洛夫煞有介事地画起十字,小手指指甲挂到半大皮袄梆硬的皮子上。"谢天谢地……"

这时,涅任采夫用眼色示意,让他看看在车站跟前站着的一群敢死队——这是由亡命徒组成的独立团,他们的衣袖上都佩戴着三色角的标记。他们好像登上陡峭山峰的人似的,挂着大枪站在那里。他们脸上一副发疯的疲惫神气,他们的双手和许多人的脸都血糊糊的,眼神游移不定。

"他们两次扭转了局面,最先冲进车站,长官。"

"啊哈!"科尔尼洛夫打了一下马,尽管距离很近,却向敢死队疾驰而去(他们立刻慌乱起来,并且迅速站好队),正像一般纪念碑上所雕塑的那样,他全力勒住战马,扬起头,用急促的声音喊道:

"谢谢大家,我的雄鹰!谢谢你们打得漂亮,再谢谢你们缴获了炮弹……向你们深深地鞠躬……"

志愿军得到弹药补充之后,便用骑兵先头部队俘获的那艘木板渡船开始渡库班河。这时,全军的兵力——步兵和骑兵加在一起——有九千人,四千匹战马。渡河整整用了三天。他们就像一个庞大的游牧部落似的,在渡口两岸驻扎着人马、辎重队、伤兵车和弹药库。春风吹拂着在车杆上晒着的新洗的破衬衣。篝火冒着缕缕青烟。马被绊上腿,在草地上放牧。显得快活起来的军官们,爬到大车顶上,用望远镜向蓝色的远方瞭望,极力看清楚向往已久的城市的果园和教堂的圆顶。

"说真的……我们倒真像十字军攻打耶路撒冷。"

"那里,各位,有犹太女人,这里可只有无产阶级的女人……"

"我们宣布实行女人公有制……哈哈……"

"到澡塘去,到林荫路去,还有啤酒!"

叶卡捷林诺达尔方面没有任何干扰渡河的企图。偶尔只有侦察兵放几声枪。红军决心保卫这座城市。全城居民,包括妇女和儿童,都忙于挖战壕,拉铁丝网,架设大炮。黑海水兵的军用列车也从新罗西斯克开来,运来大炮和炮弹。政委们到各部队讲话,分析科尔尼洛夫军队的阶级本性,说他们的后台就是"残酷的世界资产阶级,同志们,我们现在就是跟世界资产阶级进行决战",他们发誓宁可战死,决不放弃叶卡捷林诺达尔。

第四天,志愿军向库班的首府发起强攻。

从黑海车站和库班沿河码头方面射出猛烈炮火,企图阻挡志愿军纵队的疯狂进攻。但是,高低不平的地形、果园、壕沟、栅栏和小河的河床,使志愿军没受多大损失就接近了城市。

这里展开了激战。在库班河高峻的河岸上有一片还没长叶子的杨树林,在林边上有一座小白房,平时都管这一带叫做"农场"。红军就在农场附近进行顽强抵抗,终于被打退了,然后他们又以密集的人群朝机关枪扑过来,占领了农场,一小时以后,又被乌拉盖上校的库班哥萨克再次打退。

科尔尼洛夫立刻在农场的小平房里设下司令部。从这里望去,叶卡捷林诺达尔笔直的街道、高大的白色楼房、房前花园、坟地、黑海车站和落在整个画面前的一道道长长的战壕,都看得一清二楚。这是一个阳光灿烂、风势很猛的春日。到处都飘浮着一片片炮火的青烟,大炮不停地怒吼着,使明亮、广阔的原野响起一片震耳欲聋、令人心碎的隆隆声。这一天,无论红军还是白军,都豁出命来打。

在那所小白房里,特别为总司令科尔尼洛夫安排了一个靠角上的房间,屋里设了野战电话,放了一张桌子和一把沙发椅。他马上走进去,在桌子旁边坐下,打开地图,苦苦地思考这场赌博的每个步骤。他的两个副官——多林斯基少尉和哈吉耶夫汗,一个站在门旁,一个守着电话。

总司令那副卡尔梅克人的堆满皱纹的瘦脸,从来不曾这样阴沉,花白头发剪成短短的平头。一只干巴巴的小手,戴着镶宝石的金戒指,毫无生气地放在地图上。他不听阿列克谢耶夫、邓尼金和其他将军的劝告,自作主张发起攻城战斗,如今,第一天快结束的时候,他的自信发生了动摇。但是这一点,他对自己也不敢承认。

他犯了两个错误:第一,不该把三分之一的兵力留在渡口,让马尔科夫将军指挥去保护辎重队;由于这个原因,对叶卡捷林诺达尔的第一次攻势,兵力不够集中,未能达到预期的目的——红军经受住冲击,据壕死守,看样子,守得十分牢固。第二个错误是,攻叶卡捷林诺达尔城采取了讨伐战术,就是以前在沿途上对哥萨克村庄采用过的战术:把全城团团围住(右翼派步兵和哥萨克沿着河岸向制革厂方向运动,左翼派埃尔代利的骑兵进行纵深迂回),以便封锁所有的通路和出口,对守城战士和全城居民,就像惩罚"强盗"和"叛匪"一样,一律使用枪毙、绞架和通条。这种战术的结果,使城里的人下定决心:宁可被打死,决不上绞架。"科尔尼洛夫要把全城的人杀光!"城里到处都有人这样喊叫。女人、姑娘和儿童,不分老幼,都冒着枪林弹雨往战壕里送一罐罐的牛奶、甜馅饺子和馅饼:"快吃吧,水兵同志,快吃吧,战士同志,就靠你们保护我们了,亲爱的同志们……"然后继续给战士们送食物和子弹盒,尽管到处都有骑兵沿街叫喊(特别是到了傍晚的时候):"净街喽!快回家!熄灯!……"

就这样,第一天红军占了优势。白军在这一天损失了三名优秀指挥官、一千来名军官和士兵,没有明确的攻击目标,却耗费了三分之一的弹药。

从新罗西斯克开出的破烂火车,穿过火力网,满载着水兵、炮弹和大炮,源源不绝地向城里开来。战士们一下火车,径直跑进战壕。由于人员密集和缺乏指挥,伤亡很大。

科尔尼洛夫一直没有出过农场小房犄角上的那个房间,守着地图坐在那里。他心里已经明白,他们或者拿下这座城市,或者全军覆没,再也没有别的出路。他的思路已经接近自杀的边缘……由他全权指挥的军队,就像用锡做的小人儿投进火炉里似的,渐渐熔化了。但是,这个有胆量却缺乏头脑的人,像水牛一样固执。

在伊丽莎白村教堂的台阶上,有二十来个受伤的军官坐着晒太阳。从东方传来大炮的隆隆声,一会儿猛些,一会儿轻些。而这里,却有成群的鸽子在被炮弹打穿的钟楼顶上不时地飞上万里无云的蓝天。教堂前面的广场空荡荡的。两旁被打掉窗户的草房,已无人居住。篱笆里的丁香花刚刚绽裂,篱笆跟前躺着一具死尸,脸朝下,被遮住一半,另一半落满苍蝇。

台阶上的人在小声聊天:

"我有一个未婚妻,是个非常漂亮的好姑娘,直到现在我还记得她穿着带褶的粉连衣裙那副样子。她现在在哪里,我可不知道了。"

"哦,爱情……甚至有点儿不大对头……可心里总是怀念从前的生活……干净的女人,你也打扮得蛮漂亮,安安静静地在饭馆里一坐……唉,真好呀,各位……"

"这个小布尔什维克已经发臭了。应该把他埋上……"

"苍蝇会把他吃光的。"

"小点儿声……别讲话了,各位……又是一阵猛烈的炮火……"

"你们信我的话吧,这是战斗结束了……我们的人已经进城了。"

一阵沉默。大家都转过脸去望着东方,一片烟雾和尘土好像灰黄色的乌云笼罩在叶卡捷林诺达尔的上空。一个红头发的军官,瘦得只剩一把骨头,一瘸一拐地走来,往台阶上一坐说:

"瓦利卡刚才死了……他拼命叫喊:'妈妈,妈妈,你能听见我的声音吗?'……"

台阶顶上有人厉声喝道:

"爱情!穿带褶衣服的小姐……净胡说八道。都是二线人员的闲扯。我有个老婆,比你那个穿带褶衣服的未婚妻还漂亮……我把她都打发见……(他恶狠狠地嗤了一下鼻子)你净是瞎扯,你根本没有什么未婚妻……你有的只是兜里的手枪和一把军刀,这就是你所有的家庭成员……"

罗辛背着步枪,在教堂跟前放哨,听了这话马上停下脚步,仔细打量一下说话的人,只见他长着一张孩子气的脸孔,翘鼻子、浅色头发,嘴角上有两道挺深的皱纹,暗蓝色的眼睛显得苍老、迟钝,那副神情很像一个没有睡足觉的杀人凶手。罗辛用手拄着步枪(他有一条腿还挺疼),他的思潮像开了闸的水,一齐涌来。被抛弃的卡佳的影子,在脑海里闪过,引起他一阵钻心的怜悯之情。他把前额贴到冰冷的刺刀背上。"算了,算了,这是软弱,这一切都没有必要……"他振作一下精神,沿着新绿的草地走来走去。"现在不是怜悯的时候,不是恋爱的时候……"

在被炮弹炸塌了的砖墙旁边,站着一个敦实个儿的人,皱紧眉头,用望远镜瞭望。他身上穿的漂亮的皮上衣、皮裤和软胎的哥萨克皮靴,都沾满已经干了的污泥。在他身旁的砖墙上,不时有子弹撞击的声音。

在他下面大约有一百步远的光景,就是炮兵阵地,堆着许多绿色炮弹箱。马匹刚刚被牵到板墙跟前,低头站着,拉出一堆冒热气的马粪。炮手们坐在炮架上,一边说笑,一边抽烟,偶尔往举着望远镜的指挥员那里望望。除了三个衣服破烂、胡子拉碴的炮兵之外,其余的几乎全是水兵。

烟雾和尘土遮住了地平线,遮住了一条条战壕、土地褶皱和果园。指挥员瞭望的目标,一会儿隐隐约约地露出来,一会儿又从视野里消失了。这时,从他跟前的那座房子后面,钻出来一个水兵,红铜色的皮肤,只穿一件水手衫,像猫似的贴着墙根溜过来,走到那个敦实个儿的人跟前坐下,用刺着花纹的结实的胳膊抱住膝盖,微微眯缝起一双棕黄色的鹰眼。

"岸边上有两棵大树,看清没有?"他悄声地说。

"嗯?"

"树后有座小房子,墙是白的,看清没有?"

"嗯?"

"那就是农场。"

"我知道。"

"往右边点儿——你看——是树林。那儿就是道路。"

"看见了。"

"从四点钟,有几个骑马的跑过去,有人来回走。晚上有两辆带篷马车来到这儿。那个魔鬼一定待在那儿,再没有别的地方了。"

"下去吧!"那个敦实个儿发命令说,然后把炮兵连长叫到跟前。一个穿羊皮袄的大胡子爬到小土冈上。那个敦实个儿把望远镜交给他,他朝望远镜里望了半天。

"斯柳萨列夫的庄子,农场,"他用伤风的声音说,"距离,四又四分之一俄里。可以照着斯柳萨列夫庄子开炮。"

他把望远镜还给指挥员,笨手笨脚地爬下去,可着嗓子喊道:

"炮兵准备!……距离……第一排炮……放!……"

大炮的炮口发出雷鸣般的巨响,炮身在压气机上向后坐了一下,冒出一团火光,于是沉重的榴弹向远处飞去,一边诉说着死亡,飞向库班河高峻的河岸上两株光秃的杨树,杨树底下就是科尔尼洛夫愁眉苦脸守着地图坐着的小白房。

攻城的第二天,马尔科夫将军带着他的军官团被调出辎重队。罗辛也在这个纵队里走着,他是一个普通兵。叶卡捷林诺达尔被大炮烟尘笼罩得更浓了,离那里只有七俄里,一个小时就跑完了。马尔科夫把高筒皮帽推到脑后,棉上衣敞着怀,走在最前面。他对身后好容易跟得上他的上校参谋说着话,用粗野的话骂起总司令来:

"把一个旅撕成好几块,让我——嗒嗒嗒——待在辎重队……要是让我带一个旅,我早就——嗒嗒嗒——打进了叶卡捷林诺达尔了……"

他跳过壕沟,举起鞭子,朝着在绿油油的田野上逶迤前进的纵队转过脸来,发出命令——由于叫喊用力,他脖子上的青筋都暴起来……

军官们气喘吁吁,汗流满面,神情却十分严肃,听到命令,跑步前进,纵队好像有一个看不见的轴心,转起圈子,到了从城里目力所及的地带,变成四条蜿蜒曲折的带子在田野上舒展开来。罗辛距离马尔科夫很近。他们停了几分钟。试验一下枪栓。整理和检查一下子弹带。马尔科夫又发出命令,把元音拖得老长,于是前哨离开大队,跑到前面很远的地方。散兵线跟在后面出发了。

左边有一条坑洼不平的道路,几辆死气沉沉的大车迎面慢吞吞地走来——车上拉着伤兵。有的伤兵耷拉着头,在地下跟着走。还有许多伤兵坐在壕沟边的土塄上,坐在翻倒的大车上。好像这些大车和伤兵是数不尽的——仿佛整整一个军。

有一个身材魁梧的胖子,骑着一匹黑马,撵过了军官团,这个人留着小黑胡,制帽上带红帽圈,穿着一件做工讲究的军装上衣,佩戴着军马司带金银绦的肩章。他朝着马尔科夫将军快活地喊了句什么,可是马尔科夫扭过脸去,不理睬他。这个人叫罗江科,是辎重队的,请了假到前面去看一眼攻城的情景。

一团人又停下来了。从远处传来命令——许多人抽起烟来。大家默默不语,望着前哨消失在壕沟和土冈中间的地方。马尔科夫将军挥动着鞭子,向一片高高的杨树林走去。那些杨树刚刚染上一点绿烟,从树林深处,每隔不长时间,便升起一股向四外散开的烟柱,树枝和土块飞得老高老高。

他们站了很久。已经到四点多钟。从树林后面出现一个骑马的人——他把身子伏在马脖子上,飞驰而来。罗辛看到那匹满身大汗的瘦

马在壕沟边上打起转来,不敢跳沟;后来扬了扬尾巴,跳过来,马上的人却把帽子弄掉了。他跑到队伍跟前,高叫起来:

"前进……炮兵营房……将军在前面……在那边……"

他用手朝前指了一下,在一个土冈上果然站着几个人影,其中有一个戴着白高筒皮帽。有人发出命令:

"散兵线,前进!"

罗辛只觉得喉咙发紧,眼睛发干——这是最害怕和最兴奋的一刹那,身体好像不复存在了,心中只有一个愿望:跑呀,喊呀,开枪呀,拼杀呀,让自己的心在这狂喜的一瞬间充满了鲜血——他的心要做出牺牲……

第一条散兵线移动了,罗辛也在里面,走在最左边。前面到了一个小土冈,马尔科夫在土冈上叉开双腿,脸朝着前进的军官团站着。

"朋友们,朋友们,前进!"他不住地重复着,他那总是眯缝着的眼睛,现在睁得挺大,显得十分可怕。

接着,罗辛看到一大片竖立着的干枯的草茎。草茎中间,到处都躺着一动不动的尸体,就像许多口袋似的,有趴着的,有侧卧的;有的穿着士兵的军装,有的穿着水兵服,有的穿着军官的大衣。他看见前面有一带用石板砌成的矮墙和没有叶子的带刺灌木。有一个穿着士兵的绗条坎肩的人,挺长的脸,背靠着围墙坐着,嘴一张一张地喘着气。

罗辛越过围墙,看见一条宽阔的马路。沿着马路,飞快地滚来一股股尘土。这是布尔什维克用机关枪向进攻部队扫射。他停下脚步,向后退了退,觉得喘不上气来,向四下望去。进攻部队已经越过围墙的人,都趴在地上。罗辛立刻卧倒,把脸贴到扎人的地面。他费很大劲强迫自己抬起头。散兵线都伏在地上不动。前面大约五十步远的光景,是一条壕沟,沟边上有土塄。罗辛跳起来,大弯腰,跑过这五十步。他的心猛烈地跳着。他跌到壕沟里,陷进黏糊糊的稀泥。在他后边,整个散兵线一个个跑过来。其中有一两个人,没跑到地方就跌倒了。大家趴在壕沟里,吃力地喘着气。头上一排排的子弹打到土塄上。

但在这时,前面似乎发生了变化,不知从什么地方嗡嗡地飞来几颗炮弹,朝营房打去。机关枪的火力顿时减弱了。

散兵线勉强爬起来,向前移动。罗辛看见自己红黑色的长长影子从起伏不平的田野上滑过。这影子扭曲着,忽而变短,忽而不知伸到多远的地方。他想:"真奇怪——我还活着,甚至还有影子。"

从营房里射出来的火力又猛烈起来,但是变得稀疏的散兵线,已经趴在离营房只有一百步远的一个深坑里了。马尔科夫瞪着可怕的眼睛,在灰色的黏土坑底走来走去。

"各位,各位,"他不住地重复着,"稍稍休息一会儿……抽支烟,真见鬼……然后——最后一次冲锋……小意思,总共一百步……"

罗辛旁边有个小个子的秃顶军官,一边望着被子弹打冒烟了的冲沟顶沿,一边老是小声重复着一句骂娘的脏话。有几个人用手捂着脸躺在那里。有一个人蹲在地上,两手抱着头吐血。还有很多人好像笼子里的鬣狗,在沟底走来走去。有人发出命令:"前进,前进!"好像谁也没听见。罗辛痉挛地紧了紧皮腰带,抓住一株灌木向上爬。他一下子出溜下来,咬紧牙,又向上爬去。到了沟顶上,他看见马尔科夫蹲在那里。只听他喊叫着:

"冲啊!前进!"

罗辛看见马尔科夫磨出窟窿的鞋掌在前面几步远的地方闪动。有几个人撵过了他。营房的砖墙上洒满落日的光辉。窗子上的碎玻璃映照得通红。有些人影跑出营房,顺着野地向远处带花园的房子跑去……

在炮兵营房的沙土院子里,有一群老百姓和战士站在破烂的体育设备旁边。他们的脸孔苍白、瘦削,神情紧张,眼皮耷拉着,胳膊无精打采地垂着。

在他们前面也站着一堆人,人数要少一些,都是军官,用手拄着大枪。他们怀着强烈的仇恨望着这些俘虏。双方都默默不语地等待着。这时,有人进了院子,蹦蹦跳跳地飞快走来,他是骑兵大尉冯·梅克——罗辛认出来了,就是那个眼神像没睡足觉的杀人凶手的家伙。

"全体,"他快活地喊了一声,"上边命令——全体……军官先生们,走出十个人来……"

在十名军官扳动枪栓走出来之前,俘房中间有人动弹起来。有一个大个子战士,长得胸膛宽阔,把呢子上衣从头顶上扒下来。另一个是工人,一脸害痨病的样子,牙齿掉光了,留着直竖竖的小黑胡,带着哭声喊道:

　　"你们这些寄生虫,喝工人的血吧!"

　　有两个人紧紧抱在一起。不知是谁用嘶哑的声音不和谐地唱道:"起来,饥寒交迫的……"那十个军官用肩膀顶住枪托。这时,罗辛感到有人眼盯盯地注视他。他抬起头来。(他正坐在箱子上脱靴子)没有看见那个人的脸,只见一双眼睛含着临死前的责备和极其严肃的神情望着他……"这是一双多么熟悉、多么亲切的灰眼睛呀,我的天哪!"

　　"放!"

　　枪声急促,却凌乱不齐。响起一片呻吟、叫喊,罗辛把身子俯得更低了,用肮脏的包脚布缠上被子弹擦伤的脚。

　　第二天跟第一天一样,并没有给志愿军带来胜利。右翼尽管攻占了炮兵营房,可是中路却一步也没有前进,而在中路作战的科尔尼洛夫团牺牲了一个指挥官,涅任采夫上校,他是科尔尼洛夫最宠爱的部下。左翼埃尔代利的骑兵反倒后退了。红军表现出前所未有的顽强,尽管叶卡捷林诺达尔几乎每家都躺着伤员。有许多妇女和儿童被打死在战壕边上和大街上。如果处在阿夫托诺莫夫地位上的是一位精明强干、有作战经验的指挥员,指挥红军部队全线出击,那么志愿军损失惨重的杂牌部队一定会被打得落花流水,全军覆没。

　　第三天,志愿军各团勉勉强强补充一下,又被派去打冲锋,接着又退到原来的阵地。许多人扔了大枪,回到后方的辎重队。将军们垂头丧气。阿列克谢耶夫骑马来视察一下阵地,摇摇白发苍苍的头就走了。但是没有人敢去报告总司令,说这场赌博已经输了,即使出现奇迹,他们能打进叶卡捷林诺达尔,那么现在也守不住这座城市。

　　涅任采夫的尸体已经用大车运到农场,停在科尔尼洛夫的窗前,科尔尼洛夫在心爱的部下僵死的前额上吻了一下,便再也没有开口,跟任何人也不说一句话。只有一次,一颗榴霰弹在房子跟前炸开了,有一颗子弹穿过窗户打进天花板,他阴沉着脸,用干巴巴的手指指着这颗子弹,不知为什么对副官哈吉耶夫说:

"把它保存起来,汗!"

第三天的后半夜,所有的战地电话都接到总司令的命令:"继续攻城。"

但是到了第四天,人人都明白,进攻的速度大大减弱了。库捷波夫将军接替死去的涅任采夫,但是他对科尔尼洛夫团(志愿军中最有作战能力的团)指挥不灵,士兵们趴在菜园里,不肯起来冲锋。各部队都打得没有劲。埃尔代利的骑兵继续后退。马尔科夫由于叫喊和咒骂嗓子都哑了,一边走一边打瞌睡,他的军官团也没能从营房向前跨出一步。

当天中午,在科尔尼洛夫的房间里召开了将军们的军事会议,有阿列克谢耶夫、罗曼诺夫斯基、马尔科夫、博加耶夫斯基、菲利莫诺夫和邓尼金参加。科尔尼洛夫把银发苍苍的小脑袋缩进肩膀里,听罗曼诺夫斯基的报告:

"炮弹没有,子弹没有。志愿军中的哥萨克纷纷回家。各团七零八落。士气低沉。有许多人并未受伤,也离开火线,跑到辎重队……"和一些诸如此类的话……

将军们都耷拉眼皮听着。马尔科夫把头靠在别人肩头上睡着了。在半明半暗中(因为窗子都拉上了窗帘),科尔尼洛夫高颧骨的脸孔活像一具风干的木乃伊。他用略微沙哑的声音说:

"这样看来,各位先生,形势的确严重。除开打下叶卡捷林诺达尔之外,我看不到有别的出路。我决定明天拂晓全线发起进攻。卡扎诺维奇那个团还没使用。我准备亲自率领这个团打冲锋。"

他突然嗤起鼻子。将军们仍然耷拉着脑袋坐着。邓尼金将军长得身体结实,下巴上留着花白胡子,样子很像一位富有经验、工作勤恳的官吏,他还患有气管炎,这时情不自禁地叫了出来:"啊,上帝呀,上帝呀!"接着咳嗽一阵,向门口走去。科尔尼洛夫朝邓尼金的背影瞥了一眼,那对黑眼睛闪闪发亮。他听完反对意见,站起身来,宣布散会。决定在四月一日发起决定性进攻。

过了半小时之后,邓尼金又回到科尔尼洛夫的房间,胸口仍然咻咻直喘。他坐下来,用温和的诚恳口气说:

"将军阁下,请允许我作为私人交谈,向您提出一个问题。"

"您请说吧,安东·伊万诺维奇。"

"拉夫尔·格奥尔吉耶维奇,您为什么这么坚持己见呢?"

科尔尼洛夫好像早已准备好了答案似的,马上回答说:

"没有别的出路。如果拿不下叶卡捷林诺达尔,我就朝自己的脑袋开枪。"他用手指指着太阳穴,手指上的指甲都给咬到肉了。

"您不能这样做!"邓尼金抬起两只又白又胖的手,放在胸前。"在上帝面前,在祖国面前……谁来指挥军队呢,拉夫尔·格奥尔吉耶维奇?……"

"您,将军阁下……"

科尔尼洛夫做出一种不耐烦的手势,表示这场谈话已经结束。

三月三十一日早晨,天气炎热,万里无云。刚刚发绿的大地,升起波浪似的蒸气。库班河黄浊的河水,在陡峭的岸间懒洋洋地流去,只有鱼偶尔泼剌一声跳出水面。四周一片沉寂。只是偶尔传来一声枪响,再就是远处的大炮轰隆不已,榴弹呼啸着飞过。人们都在休息,准备明天投入一场新的血战。

多林斯基坐在门前的台阶上抽烟。心里想:"应该洗洗衬衫、衬裤、袜子……要能洗个澡有多好。"甚至不知名的小鸟偶然飞到树林里,也在快活地叫着。多林斯基抬起头。突然间,一切化为乌有了。一颗榴弹嚓地一下正落到绿油油的树林里,带着钢铁的咔嚓声爆炸了。小鸟再也不唱歌了。多林斯基把烟头朝一只蠢笨的母鸡扔去,这只母鸡不知为什么没有被人捉去做汤。他叹了口气,回到屋里,在门口坐下,但是马上又跳起来,走进半明半暗的房间里。科尔尼洛夫站在桌旁提裤子。

"怎么,茶还没弄好吗?"他轻声问道。

"马上就好,长官,我已经安排了。"

科尔尼洛夫在桌旁坐下,把胳膊肘靠在桌子上,伸出一只干巴巴的手掌摸摸前额上的皱纹。

"有件事我想告诉您,少尉……就是想不起来了,真糟糕……"

多林斯基等他继续说下去,便俯身在桌子上。可是这种低微的声音、不知所措的神情可不像总司令的脾气,使他感到害怕。

科尔尼洛夫重复说:

"真糟糕……我一定会想起来的,您不要走开……刚才望望窗外,今天早晨可真好……是的,是这么回事……"

他停顿一下,抬起头谛听着。这时,多林斯基也听出来榴弹那种令人心惊的呼啸声越来越近,好像就是朝这拉着窗帘的窗子飞来的。多林斯基后退了两步。头上响起一声可怕的爆炸。空气猛然一震。火光一闪。总司令四肢叉开的身体被抛到房间的半空中……

多林斯基被震出了窗外。他坐在草地上,浑身落满白灰,嘴唇直哆嗦。人们向他跑过来……

科尔尼洛夫躺在担架上,下半身盖着一件羊皮斗篷。有个医生蹲在旁边忙活着。稍远一点儿,站着一群参谋官,比他们离担架站得更近一些的是邓尼金,戴着一顶大檐制帽,很不相称。

一分钟之前,科尔尼洛夫还有口气。他身上也没有明显的伤痕,只是太阳穴上有一块小小的擦伤。医生是个不起眼儿的人,但在这一刹那他知道,所有的目光都集中在他身上,所以,尽管他知道一切都完了,却依然煞有介事地进行诊查。他不慌不忙地站起身来,正了正眼镜,摇摇头,仿佛在说:"十分遗憾,在这种场合医学也无能为力。"

邓尼金走到医生跟前,压低声音说:

"您说两句令人宽慰的话吧!"

"没有希望!"医生摊开双手。"完了。"

邓尼金痉挛地掏出手绢,捂在眼睛上,颤抖起来。他那结实的身体完全瘫痪了。那群参谋官向他跟前凑过来,已经不是望着尸体,而是望着他了。他跪下来,在科尔尼洛夫蜡黄的脸上画了个十字,在前额上吻了一下。有两个军官把尸体抬起来。第三个激动地说:

"各位先生,谁来接受指挥权呢?"

"当然是我,我来接受。"邓尼金抽噎着高叫起来。"关于这一点,拉夫尔·格奥尔吉耶维奇早就有过安排,昨天他还跟我提到这事……"

这天夜里,志愿军的所有部队都悄悄地撤离阵地,步兵、骑兵、辎重队、野战医院和拉着政治活动家的大车,都向北往格纳奇巴乌村方向转移,用车拉着两具尸体——一具是科尔尼洛夫的,另一具是涅任采夫的。

科尔尼洛夫的远征没有成功。它的主要领导者和一半的参加者,都已死去。似乎未来的历史学家提到这次远征时,一笔就可以带过了。

其实,科尔尼洛夫的这次"冰上远征"具有特殊的意义。经过这次远征,白军第一次找到自己的语言、自己的传说,形成了自己的军事术语,创造了一切,直到新制定的白勋章,勋章的乔治绶带上画着一把剑和一顶荆冠。

后来每逢招兵和动员入伍的时候,每逢跟外国人进行不愉快的谈话和跟当地居民发生误会的时候,他们都把光荣殉难的荆冠提出来作为首要的和最高的论据。这一点是无法反驳的,比如有人提到某某将军用通条打遍了全县的人(按当时的简洁说法,就叫"通了一顿")。可是打人的都是殉难者或后继的殉难者,对于他们当然不可苛求。

科尔尼洛夫的远征不过是一场大悲剧的开端,随着序幕结束,悲剧正式开场,一场比一场可怕,一场比一场悲惨,许许多多充满痛苦的场面,一一呈现在眼前。

第 四 章

阿列克谢·克拉西利尼科夫从车厢的踏板上跳下来,像抱小孩儿似的把弟弟抱起来,放到月台上。玛特廖娜站在车站门口的大钟旁边。谢苗一下子没有认出她来:她穿了一件城市样式的大衣,油黑发亮的头发上系着一块干干净净的白头巾,头巾的扎法既保留旧时妇女的传统,又合乎革命后新兴的款式。她那年轻、漂亮的圆脸显出惊恐的神情,嘴唇闭得紧紧的。

当谢苗由哥哥搀着,勉强迈动双脚走到跟前的时候,玛特廖娜的褐色眼睛眨巴起来,脸哆嗦起来……

"我的天哪,"她轻声说道,"他变得多么难看啊!"

谢苗忍着疼叹了口气,把手搭在妻子的肩头,用嘴唇轻轻触了触她那干净、冰凉的脸颊。阿列克谢从她手里接过鞭子。三个人默默地站了一会儿。阿列克谢说:

"总算把丈夫给你弄回来了。差一点儿没给打死。没什么,我们还可以一块儿割地。好了,走吧,我的亲爱的弟弟、弟妹!"

玛特廖娜温柔有力地搂住谢苗的后背,扶他走到大车跟前,车上铺着自家织的地毯,上面还垫着几个绣花的坐垫。安排谢苗坐好之后,她也坐到身旁,把脚往前一伸,脚上穿着新鞋,也是城市样式。阿列克谢正了正马套,快活地说:

"二月,有个骑兵掉了队,没赶上军列。我用自家烧的酒灌了他两天两夜。还给了他五百卢布的克伦斯基票子,这才弄到这匹马。"他亲切地拍拍这匹有劲的棕黄色骟马的屁股,跳到大车的车辕上,正了正羊羔皮帽子,抖了抖缰绳。大车走到田间的道路上,两旁是刚刚发青的田野,空中灿烂的阳光里,有一只云雀拍打着翅膀,热情地唱着歌。谢苗好久没刮过的土色的脸上泛出一丝微笑,玛特廖娜把他搂在自己的怀里,露出询问的目光,于是他回答说:

"是呀,你们现在使的用的……"

谢苗走进粉刷干净的宽敞的草房,觉得很舒心。小窗上的绿色窗板、用木板新修的台阶,还有——他一步迈进这熟悉的矮门——暖烘烘的抹上白灰的炉子、蒙着绣花桌布的结实的桌子、搁板上放着根本不是乡下人用的镍制和陶瓷餐具;左边是玛特廖娜的卧室,里面放着一张挺宽的铁床,上面铺着带花边的被子,擩着一堆蓬松的枕头;右边是阿列克谢的房间(原来是过世的父亲住的),墙上挂着笼头、鞍子、带金属装饰的马套、军刀、步枪、照片,三个房间里都精心布置着盆花、无花果和仙人掌——这种富裕的生活和整洁的环境,令谢苗大吃一惊。他离家只有一年半光景,可现在瞧吧——又是无花果,又是公主睡的床,又是玛特廖娜穿的城里人的连衣裙。

"你们的气派赶上地主了。"他说,在长凳上坐下,吃力地解开围巾。玛特廖娜把城里人穿的大衣放进箱子,扎上围裙,把桌布翻了个个儿,马上放好桌子。把炉叉伸进炉子里,拽出一铁锅菜汤放到炉口跟前,可能由于锅重,她蹲下腿,把露出的半截胳膊都累红了。桌上已经摆好咸肉、熏鹅和干鱼。玛特廖娜朝阿列克谢使个眼色,阿列克谢挤挤眼,她又端来一瓦罐土烧酒。

哥俩在桌旁坐定之后,阿列克谢把头一杯酒端给弟弟。玛特廖娜鞠了一躬。当谢苗把一杯热辣辣的老锅头喝下去,勉强吐了口气之后,玛特廖娜和阿列克谢两人都擦了擦眼睛。这意味着他俩看到谢苗还活着,而且能跟他们在一张桌上吃饭,心里非常高兴。

"我们的日子,老弟,过得算不上出奇,可也过得不错,精打细算。"大家吃完红甜菜汤时,阿列克谢说。玛特廖娜把装骨头的盘子收拾走,又回来挨着丈夫坐下。"你还记得公爵的别墅靠林子有块耕地吧?那可是块宝地。我在村社里可没少吵闹,光烧酒就请乡亲们喝了六维德罗,到底把这块地分给我了。我跟玛特廖娜刚把它翻完。去年夏天,河边上那块长条地收成也不错。眼前摆着这些玩意儿:铁床、大镜子、咖啡壶、汤匙、小碟和各种各样的破烂东西,都是去年冬天搞来的。你的玛特廖娜可真会算计。一个集日也不放过。我还是老法子,把东西换成现钱,她可不,她杀了猪,杀了鸡,再弄些面和土豆,装到车上,把裙子往起一披,就进城了……她并不到集市上去,直接奔从前那些有钱人家,用眼睛瞪摸道:'这张床给你两普特面和六磅咸肉……这个床单给你点儿土豆……'我们从集上往回走,简直笑死人,跟吉卜赛人一模一样,拉了一车破烂。"

玛特廖娜握着丈夫的手说:

"我有个表姐,叫阿夫多季娅,你还记得吧?比我大一岁,我们给阿列克谢提了这门亲。"

阿列克谢笑起来,用手在口袋里摸索着:

"这些娘儿们背着我就把亲事定了……不过,可也倒是,这男寡我也守够了。喝了点儿酒,就找人给拉皮条,这种龌龊事儿,完了也抖搂不干净……"

他掏出烟荷包和烟斗,烟锅四周烧焦了,烟斗上还拴着小铜铃,装上了自家种的叶子烟,喷得满屋烟雾。谢苗因为说话过多,又喝了点儿酒,觉得头晕,坐在那里,一边听着,一边惊叹不已。

天黑的时候,玛特廖娜领他到洗澡间,给他仔仔细细洗个澡,还洗了蒸浴,用桦树枝替他拍打,然后用羊皮袄把他裹上,又坐到桌旁吃晚饭,把瓦罐里的酒喝个一干二净。谢苗尽管身体很弱,仍然跟妻子睡在一起,被她那热乎乎的胳膊搂住脖子就睡着了。第二天早晨一睁开眼睛,屋里早都收拾利索了,烧得暖和和的。玛特廖娜眼珠闪闪发亮,笑得露出白牙,她正在和面。阿列克谢大概一会儿就该从地里回来吃早饭。春天的阳光从洁净的小窗照射进来,无花果的叶子也闪闪发光。谢苗在床上坐起来,伸了伸懒腰:好像昨天这一天和跟玛特廖娜睡的这一夜,使他的身体壮实了一倍。穿好衣服,洗了脸,问哥哥的刮脸刀在哪儿。他在哥哥房间里窗子旁边照着镜子刮了脸,走到外面,在大门口站下,向坐在邻家花园里的老人点头招呼,这个老人记得四代皇帝。老人摘下皮帽子,傲慢地俯下头,然后还那么坐着,把一双穿着毡靴的麻木不仁的脚整齐地摆着。把一双青筋嶙嶙的胳膊整齐地叠放在手杖上。

熟悉的街道,这时空荡荡的。在草房中间的空隙可以看见远远伸展开去的一条条新绿。在地平线上,在山冈上,有几处停着卸了套的大车。谢苗向左边望去——有两个磨房风车在白垩的悬崖顶上懒洋洋地转动着。下边的斜坡上,在果园和草房顶中间,露出一座白色的钟楼。隔着一带枝丫疏朗的树林,从前公爵宅邸的玻璃窗,被朝阳照得闪闪发光。白嘴鸦在窝顶上盘旋聒噪。树林和富丽宅邸的正面墙,都在涨水的池塘里映出倒影。池塘边上有几头老牛躺着,有许多儿童奔跑着。

谢苗把双手插在哥哥的长袍肥大的口袋里,站在大门口,皱紧眉头四下观望。望着,望着,一股悲愤涌上心头,他透过这在村子顶上、在淡紫色花园和新翻的土地顶上荡漾着的透明蒸气所看到的,已经不是眼前的世界和一片恬静。阿列克谢赶着大车回来,老远就快活地喊他。开大门的时候,又仔细地打量他一下。卸了骟马,然后到院子里吊着的洗手壶底下洗了手。

"不要紧,老弟,习惯就好了。"他亲切地说。"我刚从德国前线回来那阵子,也是这样,什么也看不惯,两眼通红,难过极了……唉,都怨这该死的战争……走,吃早饭去吧!"

谢苗一声不吭。连玛特廖娜也发现,丈夫不大高兴。吃过早饭,阿列克谢又赶车下地了。玛特廖娜光着脚,披上裙子,赶着另一匹马去送粪。谢苗躺在哥哥的行李上,翻来覆去,怎么也睡不着。悲愤吞噬着他的心。他咬着牙想:"他们不会理解我的,跟他们没什么好谈的。"但是到了傍晚,三个人一起走到大门口,在原木上坐坐,谢苗到底憋不住了,说:

"阿列克谢,你那步枪也该擦擦了。"

"去它的吧……老弟,在一百年之内,我们是不会打仗了。"

"高兴得太早了。无花果也养得太早了。"

"你也不要过早地生气。"阿列克谢点上烟斗,把一口唾沫吐在两脚中间。"我们还是聊聊庄稼人的事吧,又不是开大会。在大会上讲的那一套,我都知道,我也扯着嗓子喊过。不过你呀,谢苗,要学会听你需要的东西,不需要的,你就当耳旁风。比方说,把土地给劳动者。这是完全正确的。现在比方说,建立贫农委员会。我们在村子里也掌握住了这些委员。可是在索斯诺夫卡,贫农委员会想干什么,就干什么,到各家征用东西,任意胡来,弄得人心惶惶。博布林斯基伯爵的领地全都划给国营农场,农民连一寸土地也没得到。参加委员会的都是什么人呢?有两个当地人都是穷光蛋,一匹马也没有,剩下的,天知道是干什么的,都是外来的,好像是服苦役的犯人什么的……你明白没有?"

"唉,我说的不是这个……"谢苗扭过脸去。

"你说的不是这个,可我说的就是这个。一九一七年在前线,我也喊过打倒资产阶级。可一个枪子儿打到我腿上——让老天爷保佑那个开枪打我的人吧,我马上就复员回家了。我看明白了,不管你头一天吃得多么多,第二天还得吃饭。那就干活吧……"

谢苗用手指甲敲着原木说：

"你们脚底下的土地都着火了，可你们却躺下睡大觉。"

"也许你们海军，"阿列克谢坚持己见地说，"或者城市里，革命还没结束。可在我们这里，一分完土地，革命就结束了。眼下我们的任务是，一种完地，就动手收拾这些委员。在圣彼得节日到来之前，一个委员会也不留。统统活埋。我们不怕共产党。我们连魔鬼都不怕，这你可要记住……"

"少说两句吧，阿列克谢·伊万诺维奇，你瞧，他浑身直哆嗦。"玛特廖娜轻声说。"他是个病人，你能要他怎么样？"

"我不是病人……我在这里是外人！"谢苗大叫一声，站起来，躲到篱笆跟前去了。

这场谈话就这样结束了。

在一抹已经暗淡的晚霞里，有两只蝙蝠好像魔鬼似的飞来飞去。有的人家的窗口已经露出灯光——还没吃完晚饭。从远处传来了歌声——都是少女的声音。不一会儿，歌声突然中断了，从笼罩在暮色里的宽阔街道上，传来一阵急促的马蹄声。骑马的人把马停住一会儿，不知喊了些什么，然后又策马飞奔。阿列克谢拿出嘴里的烟斗，侧耳倾听。他霍地从原木上站起来。

"出什么事了吗？"玛特廖娜用发抖的声音说。

那个骑马的终于来到跟前——原来是个没戴帽子的小伙子，光着两只脚，来回悠荡着……

"德国鬼子来了！"他喊道。"在索斯诺夫卡已经杀了四个人！……"

新历三月中旬签订和约①之后，德军从里加到黑海的全线开始推进——占据乌克兰和顿巴斯。

德国人根据同中央拉达签订的和约，可以得到七千五百万普特粮食、

---

① 指布列斯特和约（1918年3月3日）。苏联政府对德媾和，争取巩固政权的时间，却也做出让步，除割让波兰等土地外，规定乌克兰为德国的附属国。

一千一百万普特活牛和生猪、二百万只鸡和鹅、二百五十万普特白糖、两千万公升酒、两千五百车皮鸡蛋、四千普特咸肉,此外还有奶油、皮革、羊毛、木材等等……

德国人严格按照军事规则向乌克兰进军——分成几路头戴钢盔的绿灰色纵队。红军薄弱的掩护部队被德军的重炮轰得七零八落。

德军的步兵、汽车辎重队、浩浩荡荡的炮兵纵队一一开过来,大炮的炮身用曲折线条涂上斑斓的颜色;坦克车和装甲车轰隆而过,还用车拉着浮桥船和渡河的完整桥梁。一队队的飞机在天空中嗡嗡个不停。

这是近代化装备向几乎手无寸铁的人民进攻。红军部队——大多由从前的士兵、农民、矿工和城市工人拼凑起来的——在数量上比德军少得多,只好且战且退,向北方和东方撤去。

在基辅,在把乌克兰出卖给德国人的中央拉达里,安插了沙皇的侍从将军斯科罗帕茨基①作首领;他披上乌克兰独立分子最喜欢的蓝色长袍,一只手叉着腰,另一只手握着黑特曼的权标:"伟大的乌克兰万岁!从今以后永远保持和平、秩序和昌盛。工人去开车床,农民去扶大犁!红色的邪术快快滚开!"

那个送来可怕消息的小伙子在弗拉基米尔村的大街上跑过以后,又过了一个星期,在一天的清晨,一个骑兵侦察队在白垩悬崖上的风车旁边出现了——有二十个人骑着高大的黑马,身材魁梧,看样子不像俄国人,穿着绿灰色的短军装,戴着带帽带的枪骑兵帽。他们居高临下地往村子里望望,便下了马。

村子里还有些闲人——今天有不少人没下地干活。这一下子,小孩儿挨家挨户地跑去报信,女人们隔着篱笆互相召唤,不一会儿在教堂前的广场上就集聚了一群人。大家都抬头往上瞅,可以清楚看见,德国人在风车旁边架起两挺机枪。

---

① 斯科罗帕茨基(1873—1945),帝俄将军,一九一八年"乌克兰国"的头目,一九一八年侨居德国,同法西斯分子合作。

又过了不一会儿,从村子的另一头传来铁轱辘的辚辚声和鞭子的啪啪声,一对满身大汗的暗栗色马,拉着一辆军用大车,迈着大步跑进广场。赶车的是个笨手笨脚的士兵,长着白色眼珠,大下巴,戴着一顶无檐帽,穿着一身挺瘦的军装。在他身后坐着一个德国军官,两手叉腰,样子很像一个严厉而古怪的老爷,戴着一只单眼镜和一顶像玩具一样小巧的新制帽。在军官的左边,有个人蜷缩着,却是村里的老相识,公爵的管家——去年秋天他只穿着衬裤从公爵的庄园里逃了出去。

现在他却皱紧眉头坐在车上,穿着一身讲究的大衣,戴着一顶呢子制帽,脸胖得滚圆,刮得精光,还戴着金丝眼镜——这就是格里戈里·卡尔洛维奇·米利。唉,庄稼人一看见这位格里戈里·卡尔洛维奇,便觉得后背发痒。

"脱帽!"那个古怪的军官突然用俄国话大声喊道。站得离大车近的一些人,不大情愿地摘掉帽子。广场上肃静下来。那个军官仍然双手叉腰坐在车上,那只单眼镜还闪闪发光,他开始一字一顿地讲起话来,吐字很费劲,可发音挺准确:

"弗拉基米尔村的农民们,你们看到了那边山冈上有两挺德国的机关枪。这机关枪很好使……你们当然都是有头脑的农民。我也不想伤害你们。不过我应当告诉大家,威廉皇帝的德军开到你们这里,是为了在你们当中恢复正直人的生活。我们德国人,最不喜欢盗窃别人的财产,对于这种行为,我们严惩不贷。布尔什维克教你们的可不一样,对吧?我们就是为了这个,才把布尔什维克赶走,他们再也不会回来了。我劝大家好好想一想自己所干的坏事,把你们从庄园主人那里偷去的东西立刻还回去……"

听了这些话,人群里甚至有人干咳了两声。格里戈里·卡尔洛维奇一直坐着不动,把帽檐拉到眼睛上,仔细打量眼前这些农民。他那胖脸上突然闪过一丝得意的微笑——显然他是认出了哪个人。军官讲完了。农民一声不吭。

"我已尽到了义务。现在该您讲讲了,米利先生。"那个军官对管家说。

格里戈里·卡尔洛维奇非常谦恭地谢绝了这个建议：

"中尉先生,我没什么可说的了。他们全都明白。"

"好。"军官说,他对一切都无所谓。"奥古斯特,久(走)吧!"

戴无檐帽的士兵抽了一鞭子,军用大车穿过闪开一条路的人群,向公爵的宅邸走去。三天以前,乡苏维埃执委会还在那里办公。农民望着大车的后影。

"这个德国人老把手叉在腰上。"人群里有人说了一句。

"可格里戈里·卡尔洛维奇,伙计们,没有吱声。"

"你等着吧,他有的是话说。"

"这可真倒霉,上帝呀,这究竟是为了什么呢?……"

"这回你瞧吧,警察局长马上该来了。"

"已经来到索斯诺夫卡了。召集大家开会,把庄稼人臭骂一顿,说你们这些没出息的东西,都是强盗,土匪,你们忘了一九〇五年了? 一连训了三个钟头,句句不离他妈的。把政策都交代清楚了。"

"现在会怎么办呢?"

"用鞭子打。"

"等一等,我们种上的地呢? 现在该归谁呢?"

"庄稼对半分。许可我们收,一半交给公爵。"

"唉,真见鬼,只有逃走了……"

"逃到哪里去,你这个傻瓜!……"

农民们唠了一会儿就散了。到了傍晚,大家把沙发、沙发椅、床、窗帘、镶金框的大镜子和绘画,纷纷送回公爵的宅邸里。

克拉西利尼科夫一家人正在吃晚饭,却没有点灯。阿列克谢每次放下汤匙,都在窗外望望,叹一口气。玛特廖娜像耗子似的悄悄地在炉子和桌子中间走来走去。谢苗弓着背坐在那里,卷曲的黑发耷拉到前额上。玛特廖娜每次往下收拾碎渣和往上端一盆新菜时,好像不经意地用胳膊或胸脯碰他一下。可他连头也不抬,一直固执地沉默着。

突然,阿列克谢扑到窗前,手指甲撞到玻璃上,向外张望。这时,在黄昏的沉寂中可以清晰听见远处传来拖长的、发疯似的嚎叫。玛特廖娜立刻在长凳上坐下,两手攥在一起,夹在膝盖中间。

"瓦西卡·杰缅季耶夫挨打了,"阿列克谢轻轻地说,"他刚刚被带到公爵的院子里。"

"他已经是第三个了。"玛特廖娜小声说。

三个人都沉默了,静静地听着。这嚎叫声加重了绝望和恐怖的气氛,笼罩着入夜的村庄。

谢苗猛地站起身来,迅速紧了紧裤子上的皮带,走进哥哥的房间。玛特廖娜也一声不响地跟在后面。谢苗从墙上摘下步枪。玛特廖娜抱住他的脖子,身子悬空了,仰着头,咬紧白牙——一动也不动。谢苗想把她推开,却推不动。步枪掉在土地上,于是他往床上一趴,把脸埋在枕头里。玛特廖娜在他身旁坐下,急急忙忙抚摩着丈夫粗硬的头发。

管家格里戈里·卡尔洛维奇·米利不愿依靠警察或新黑特曼的伪军的力量,请求德军派人到弗拉基米尔村来。德国人很乐意干这种事。于是有两排德军带着机关枪进入弗拉基米尔村。

士兵都分别住在各家。据说哪家要住兵,似乎都是格里戈里·卡尔洛维奇亲自定的。不管怎么说,凡是去年参加过捣毁公爵庄园的农民和由非党群众组成的乡执委会全体委员(有十个年轻人在德国人到来之前就逃出村子),都得养活一个德国兵,还要替他喂马。

于是,阿列克谢·克拉西利尼科夫家也有人来敲门了——这是一个雄赳赳的德国兵,全副武装,背着步枪,戴着钢盔。他哇啦哇啦地说些听不明白的话,拿出一份凭证给阿列克谢看,还拍拍他的肩膀:

"号(好)哇,朋友……"

他们腾出阿列克谢的房间,让这个德国兵住,只是把马套和武器收拾起来。这个德国兵马上安排好住处——铺上一条好毛毯,在墙上挂上威廉的像,又吩咐把地扫干净些。

趁玛特廖娜扫地的时候,他把穿脏的衬衣都找出来,要求给他洗洗:"脏的,呸!"他说,"请,洗的。"然后对一切非常满意,穿着皮靴往床上一躺,抽起雪茄来。

这个德国兵长得很胖,两撇小扁胡向上翘起。衣服穿得很讲究,很合身。吃饭就像阉猪一样能吃。不管玛特廖娜给他往屋里送什么,他都一扫而光;他还特别喜欢吃咸猪肉。把咸猪肉拿给德国人吃,玛特廖娜心疼死了,可是阿列克谢说:"别心疼了,让他撑饱了好睡,免得惹麻烦。"

德国兵一旦没事可做,就哼起军队进行曲或者用带有基辅风景的明信片往家乡写信。他倒不怎么捣乱,只是走路脚步很响,就像他是这家主人似的,把大皮靴踩得咔咔的。

如今,克拉西利尼科夫家就像屋里停着死人似的,不管上桌吃饭,还是吃完离开桌子,都一声不响。阿列克谢心情不快,前额堆起皱纹。玛特廖娜消瘦下去,总唉声叹气,用围裙偷偷擦眼泪。她最担心的还是谢苗,他可别火气上来,做出冒失事。但是,他这些天来倒挺安静,好像把自己的感情都隐藏起来。

现在在乡公所里和各家的大门上,每天都贴出黑特曼新出的布告,有要求把土地和牲畜归还地主的,有征用物资和征税的,有征购粮食的,有严厉镇压任何叛乱企图和窝藏共产党的,等等……

农民看完这些布告,一声不吭。接着又传来种种不祥的谣言,说是有个村子,收购商人在德国骑兵保护下,把没脱粒的粮食都强行运走了,付给一些外国纸币,女人们根本不想要;有的村子有一半牲畜被赶走了;有的村子粮食被拉个干净,连麻雀都没吃的。

每到夜里,农民开始在僻静的地方凑到一起,一小堆一小堆的,听人讲各种故事,一边干咳起来。这可怎么办呢?有什么办法没有?压在他们身上的力量这样强大,他们只敢喘气,不敢说个不字。

谢苗开始参加这些集会,是在村里后街河边上一棵柳树下。他披着上衣坐在地上,一边抽烟,一边听。有时候,他恨不得跳起来,甩掉上衣,伸开膀子喊道:"同志们!……"可是这样做一点儿用处也没有,只会吓坏了他们,他们会摇晃着裤裆,四下逃散。

有一天黄昏时候,他在牧场上遇见一个人,这个人站在那里,朝他龇牙一笑。谢苗本想打旁边走过去,那个人却悄声叫他:

"哥儿们!"

谢苗哆嗦了一下:难道他是自己人?斜眼瞅着他问:

"干什么?"

"你是阿列克谢的弟弟吧?"

"是又怎么样?"

"一家人不认一家人了……'刻赤号'的同伙,你总该记得吧?"

"科任!是你!"谢苗把手紧紧地塞进那个人手里。

他俩站在那里,彼此端详着。科任急忙向四下望了一眼说:

"你们把枪截了吗?"

"没有,我们这里眼下还算平静。"

"麻利的弟兄有吧?"

"谁知道,眼下还看不出来。我们都走着瞧呢,看下一步他们怎么办?"

"哎呀,哥儿们,你们这是干什么?"科任讲了起来,他的眼睛仔细望着黄昏里模糊的轮廓,滴溜乱转。"你们还瞧什么?人家把你们当成肥鹅,正拔你们的毛呢,你们却伸着脖子等死。你知不知道,我们那里的马斯片村已经叫德国人的大炮轰平了。妇女和孩子跑得东的东,西的西……男人都钻了林子……新斯帕斯村的人也往外跑,费多罗夫卡和古利亚伊波列村的人,都跑到我们那里去了……"

"跑到你们那里——投奔谁?"

"你知道季布里夫森林吧?都聚集到那里去了……好吧,你悄悄地跟大伙说说:你们弗拉基米尔村凑出四十条短筒枪,十条大枪,要带上子弹,还有手榴弹——能搞到多少算多少——你们把这些东西藏在田野的草垛里……明白了吗?索斯诺夫卡已经收集齐了,藏在草垛底下,弟兄们就等听我的信儿了……贡佳耶夫卡有三十个庄稼弟兄已经备好马,等待出发。我们必须撤走。"

"往哪儿走?投奔谁去?"

"当然是投奔阿塔曼……他叫休西。我们现在在整个叶卡捷林诺斯拉夫地区招集人马……上个星期,我们打垮了伪军,烧了一座庄园……

嘿,哥儿们,那可真痛快:把酒呀,糖呀,都白白送给农民……你要记住——过一个星期我再来……"

他朝谢苗挤挤眼,跳过篱笆,弯着腰向芦苇丛里跑去,从那里传来阵阵鼓噪的蛙声。

弗拉基米尔村早就传来关于阿塔曼和袭击庄园的消息,不过没有人相信。可如今却出来个活生生的见证人。当天晚上,谢苗就把这件事告诉了哥哥。阿列克谢认真地听完。

"阿塔曼叫什么?"

"说是叫休西。"

"没听说过。只是传说有个马赫诺①,涅斯托尔·伊万诺维奇,好像他有二十五个人,都是亡命徒,专袭击庄园。至于这个休西,没听说过……一切都可能,现在庄稼人什么事都干得出来。好哇,休西就休西吧,这是正义的事……只是,谢苗,我跟你说:眼下你先别告诉别人,等到时候我去告诉他们。"

谢苗耸了耸肩膀,微微一笑。

"哼,等到人家把你们的毛都拔光的时候。"

科任在那天晚上大概不止跟谢苗一个见过面。第二天全村都悄悄议论开短筒枪、手榴弹和阿塔曼的队伍。每到夜里,如果仔细听的话,就可以听到有的院子里传出锉东西的吱嘎声。不过暂时村子里还是一片平静。德国人甚至建立起秩序,发布命令:每星期六要打扫大街。好吧,大街都扫得干干净净。

接着就降临了一场灾难。一天清晨,还没等把牲口赶出去饮水呢,扫得干干净净的街上来了许多警察和拿着号牌的甲长,敲着各家的小窗户:"快出来!"

庄稼人都光着脚,一边扣衣扣,一边往大门外跑,到街上他们接到一份正式通知:哪一家要把多少粮食、羊毛、咸肉和鸡蛋卖给德军兵站,德国

---

① 马赫诺(1889—1934),乌克兰小资产阶级反革命组织头目,在反对德国占领军和邓尼金时,依靠贫农,在反对苏维埃时,依靠富农,后失败,逃亡罗马尼亚。

人将按照什么价格付给马克。教堂前面的广场上已经停着一排军用大车。住在各家的德国兵,都头戴钢盔,手持步枪,站在大门口,脸上露出得意的笑容。

农民们直挠头。有人指着天发誓。有人把帽子往地上一摔:

"我的天哪,我们根本没有粮食!就是杀了我,也一点儿没有!……"

正在这时,管家坐着轻便马车顺着大街走来。农民们与其说害怕德国兵和警察,不如说更害怕管家的金丝眼镜,因为格里戈里·卡尔洛维奇了解底细,他什么都看得见。

他勒住了儿马。警察局长凑到马车跟前。两人商量一阵。警察局长向警察们吆喝一声,他们走进头一个人家的院子,立刻从粪堆底下翻到了粮食。当这家的主人叫苦连天的时候,格里戈里·卡尔洛维奇只是眼镜闪一下光亮而已。

这时,阿列克谢正在自己家的院子里急得走来走去——他简直不知所措了,那副神情十分可怜。玛特廖娜用手绢捂着眼睛,在台阶上哭哭啼啼。

"我要这些钱,这些马克,有什么用?有什么用?"阿列克谢问着,拿起一块木头或破车轱辘扔到篱笆跟前的荨麻里去。看见一只公鸡,他便跺着脚骂它"混蛋!",一把抓住仓房门上的锁头:"我们将来可吃什么呢?难道吃这些马克不成?这么说他们是要把我们撵出家门,去要饭?让我们变成穷光蛋?让我们再永远给他们当牛做马?"

谢苗坐在玛特廖娜身旁说:

"比这还要糟呢……你这匹骟马也得给牵走。"

"那可不成!那样的话,老弟,我敢拿斧子剁他!"

"你明白得太晚了。"

"哎呀,亲爱的,"玛特廖娜哭诉道,"我要用牙把他们的喉咙咬断……"

外面有人用枪托把大门撞得咚咚响。住在他们家的肥胖的德国兵走进来,泰然自若,神色快活,就像回自己家似的。他身后跟着六个警察和一个官吏,官吏制帽上戴着一颗三叉戟的黑特曼帽徽,手里捧着一本用线绳系着的活页账。

"这里——大大的,"德国兵朝仓房点点头,对那个文官说,"油的,狼(粮)食的。"

阿列克谢用发疯的目光瞥了德国兵一眼,退到一边,把一把生锈的大钥匙拼命往黑特曼官吏的脚底下一摔。

"喂,喂,你这个坏蛋!"那个官吏叫了起来。"你是想吃鞭子吧,狗养的!"

谢苗用胳膊肘推开玛特廖娜,就往台阶下面冲去,可是有一把宽刃的刺刀立刻对准他的胸口。

"站住!"德国兵用命令的口吻厉声喝道。"俄国佬,回去!"

军用大车整整装了一天,直到深夜,车队才开走。村子被抢劫一空。家家都没点灯,也没人吃晚饭。一户户黑漆漆的草房,女人们用手握紧了马克纸币,放声痛哭……

唉,要是有谁跟老婆带着这些马克进城去,到各家商店走走,就会发现:空空如也,没有一根钉子,没有一尺布头,没有一块皮革。工厂都停工了。粮食、白糖、肥皂、原料,都用火车运到德国去了。农民和农妇总不会买一架钢琴、一幅荷兰古画或一把中国茶壶带回家去。他们看看那些前额留着鬈发、两撇胡子向下耷拉的伪军——伪军穿着蓝色长袍、戴着红顶的羊羔皮帽,在最热闹的大街上走走,挤在那些头戴圆顶礼帽、脸刮得铁青、买空卖空、倒腾外币的商人中间,只好痛苦地长叹一声,空手往回走。而在半路上,火车走上二十俄里便要停下来,车轴烧热了,没有润滑油、机器油,因为都给德国人运走了。往车轴上撒一点儿沙子,继续往前走,不一会儿车轴又烧热了。

就是由于这个缘故,女人们才紧握着德国马克大哭,男人们把牲口藏到林间的冲沟里,避一避风——谁知道明天又会贴出黑特曼的什么布告呢!

村子里没有一家点灯,所有的草房都黑洞洞的。只有丛林对面的湖畔，公爵宅院里的玻璃窗灯火通明。公爵的管家正在那里宴请德国军官。正在演奏军乐——德国华尔兹的声音造成一种奇怪的恐怖气氛，笼罩着一片漆黑的村子。突然一道大光，一颗照明弹天晓得飞得多高，这是为了使站在庄园院子里的德国士兵开心，管家早已叫人把一大木桶啤酒滚到院子里。照明弹破碎了。缓缓坠落的万点星星，照亮了草房顶、果园、柳丛、白色的钟楼和篱笆。有许多张愁苦的脸仰望着这些星星。星光十分明亮，他们脸上的每一道阴郁的皱纹都清晰可见。可惜的是，在这一刹那，没法用一种无形的照相机把这些愁容拍摄下来。这样的照片会为德军总参谋部提供一份重要资料，促使他们思考。

这些星光使得离村子一俄里远的田野里也像白天一样明亮。有几个人悄悄地走到一个孤零零的草垛跟前，迅速趴到地上。只有一个人站在草垛旁边，不肯趴下。他仰头望望天上坠落下来的火星，冷笑了笑：

"你倒挺亮呀，混账玩意儿！"

火星没等落到地上就熄灭了，四周一片漆黑。草垛旁边聚集了一群人，把武器扔到地上，丁当作响。

"一共有多少？"

"十支短筒枪，科任同志，四条大枪。"

"少哇……"

"没来得及……明晚上再送来一些。"

"可子弹在哪儿？"

"接着——在兜里……子弹有的是。"

"好吧，伙计们，藏到草垛底下……手榴弹，伙计们，弄点儿手榴弹……短筒枪只适合老头儿使——躲在灌木后面的壕沟里。打完一枪，往裤裆里一塞，就完事了。可年轻的战士需要的是大枪，而最需要的——还是手榴弹。懂不懂？嗯，要是谁会使军刀，还是军刀最顺手。军刀比一切武器都顶用。"

"科任同志，咱们今晚上就干它一下子吧。"

"我敢保证，全村的人都会参加……大家都气坏了，简直是把心头肉都剜去了……我们可以拿起叉子、钐刀，可以说拿全部劳动工具去干……

趁睡梦中宰了他们,最容易不过了……"

"这是谁?你是指挥员吗?"科任用威严的声音喊道。沉默片刻。他又用温和的口吻说起来,接着嗓音渐渐提高:"谁是这里的指挥员呢?我倒想知道……我是不是在跟一群傻瓜谈话?要不然,我马上就走,让那些德国人和伪军打你们,抢你们……(他悄声地骂了一句)你们懂得纪律不?难道为了不守纪律,叫我用军刀砍了头的还少吗?你们要想参加队伍,首先要宣誓:完全、无条件地服从阿塔曼……要不,你们就别去。到了我们那里,自由倒是自由,爱唱就唱,爱玩就玩,可是头领喊一声:'上马!'你就得绝对服从。懂不懂?(他沉默一会儿。然后用和解而严肃的口吻说)这两天还不能动德国人。要动就得集合大队人马。"

"科任同志,让我们收拾一下格里戈里·卡尔洛维奇总行吧——反正他是不想让我们活了。"

"要收拾管家,是可以的,但也要等下星期以后,不然的话,我办不完事儿。头几天,在奥西波夫卡有个德国兵强奸妇女。好吧。这个妇女就在甜馅饺子里放了几根小针。这个德国兵吃了,从桌子旁边跳起来,就往外跑,扑腾一声跌倒在地,不一会儿就没气儿了。德国人当场就把这个女人整死了。男人们都动起斧子……至于德国人都干了些什么,叫人连想都不愿意想……现在连奥西波夫卡村的地址都找不到了……这就是匹马单枪、鲁莽上阵的结果!懂不懂?"

玛特廖娜躺在床上,翻来覆去,唉声叹气。天放亮了,公鸡喔喔啼叫。开着窗子的窗台上落了一层露珠。一只蚊子在营营地飞。炉台上的猫醒了,轻巧地跳到地上,走过去闻闻墙角上的垃圾。

哥俩坐在一张空桌子旁边,悄悄地谈话。谢苗用两手支着下巴,阿列克谢向他俯过身去,盯盯地望着他的脸:

"我不能干,谢苗,你要理解我,亲爱的。玛特廖娜一个人干不过来这么多的活儿。这是多少年积攒的家业,怎么能说扔就扔?他们会给你弄得片瓦不留。你再想回来,只剩下一片空地。"

"怎么能扔?"谢苗说。"你这点儿家业算得了什么?我们打胜了,你可以盖一座砖瓦房。(他冷笑了笑)需要开展游击战,可你总舍不了家业。"

"我还要说——谁供给你们粮食?"

"你的粮食根本没给我们,都给德国人、给黑特曼和各种混蛋吃了……真是奴隶……"

"你别瞎说。难道一九一七年我没为革命打过仗?难道我没选进士兵委员会?难道我没瓦解过帝国主义战线?说得是呀……你别忙着责骂我,谢苗……就是现在,要是红军开过来,我会头一个拿起枪。可干什么让我到森林里去找什么阿塔曼呢?"

"在这个时候,阿塔曼也有用。"

"那倒也是。"

"我叫这该死的伤口拖累住了。"谢苗把两只胳膊在桌子上伸开。"这真叫我苦恼……可我们黑海舰队的伙伴,有好多人都加入阿塔曼的队伍了。到时候我们要叫乌克兰四面起火……"

"你又看见科任了吗?"

"看见了。"

"他说什么?"

"我们跟他商量好,不久就要在你们村子点火。"

阿列克谢瞥了弟弟一眼,脸刷地一下白了,他低下了头。

"是呀,当然应该……这座该死的庄园就像眼中钉竖立在这里……只要格里戈里·卡尔洛维奇不死,他是不会让我们喘口气的……"

玛特廖娜从床上跳下来,只穿着衬衫,外面披了一条带玫瑰花的披肩,走到桌子跟前,攥着拳头,用骨节在桌上敲了几下:

"我的东西给他们拿走了,我可咽不下这口气!我们女人要赶在你们前头,去跟这群魔鬼算账。"

谢苗突然快活地瞥她一眼:

"怎么?你们娘儿们准备怎么打呢?倒挺有意思。"

"我们自有娘儿们的打法。等他坐下吃饭,就给他放点儿砒霜……这种药我们能搞到。再不把他引到草棚或澡房里——我还没有勾针吗?给他往这地方一扎,他连哼都不会哼一声。我们会动手的,只是你们可别胆小……什么时候需要,我们也会扛起大枪,一点儿也不比你们差……"

谢苗跺了一下脚,放声大笑起来:

"这可是个了不起的娘儿们,嘿,你真行!"

"放开我!"玛特廖娜甩了一下披肩,走到门坎跟前,光着脚穿上皮鞋,咯噔咯噔地走出去,大概是照料牲口去了。谢苗和阿列克谢还摇着头,笑了半天:"这个娘儿们简直是阿塔曼,真了不起。"黎明前的清风从开着的小窗吹进来,吹得无花果的叶子沙沙作响,从外面传来一阵含糊不清的语声和外国歌的片断歌声。这是住在他家的德国兵喝醉了,从公爵的庄园回来,大皮靴蹚起一片尘土。

阿列克谢啪的一声把小窗狠狠关上。

"谢苗,回你的地方去躺下。"

"你害怕了?"

"那个醉鬼一定会缠住你……他总该记得,白天你朝他扑过去。"

"我还要跟他干的。"谢苗站起身,正想回去躺下。"唉,阿廖沙,革命就是因为你们这号人难以发动才要完蛋呢……科尔尼洛夫欺侮你们,还嫌不够?伪军和德国人又来欺侮你们,还嫌不够?你们还没受够吗?(他突然打断话头)等等……"

从院子里传来含糊不清的语声和大皮靴沉重而不稳的脚步声。突然响起女人的气急败坏的喊声:"放开我!……"接着是一片厮打声和呼哧声,玛特廖娜好像疼得难忍,大声喊叫起来:"谢苗,谢苗!……"

谢苗拐着瘸腿,发疯似的从草房里蹿出去。阿列克谢只是用双手抓住板凳,坐着不动——反正他清楚地知道,在人们扑到一块时会发生什么事情。他想:"刚才我把斧子放在门斗里了,这斧子一定会……"谢苗在院子里发疯似的大喝一声。接着咔嚓一下。是斧子声。院子里不知是什么东西发出咝咝声、汩汩声,然后沉重地倒在地上。

玛特廖娜走进屋来,脸色煞白,用手拽着披肩。她把身子靠在炉子

383

上,高高的胸脯起伏着,吁吁直喘。突然,她朝阿列克谢的眼前直摆手,叫他不要动……

谢苗出现在门口,十分镇静,脸色苍白:

"哥哥,帮一把——总得把他弄个地方埋起来……"

第 五 章

德军到达天然边界顿河和亚速海,便停下了。德国人占领了一个比整个德国还要大的富饶地区。德军总参谋部一到顿河,就跟在乌克兰一样,立刻卷入政治,保护当地的大规模土地占有制,支持富裕的哥萨克。在四年以前,这些哥萨克曾夸下海口,说要直捣柏林。就是这些敦实个儿、宽脸膛的哥萨克,裤缝上镶着红条,身体像铁打的一样结实,如今好像变成了驯顺的绵羊。

当德国人还没打到罗斯托夫的时候,一支号称万人的哥萨克军队便在野战阿塔曼波波夫的率领下攻打顿河的首府新切尔卡斯克。在顿河沿岸的一带高原上展开一场血战,驻守新切尔卡斯克的红军哥萨克和从罗斯托夫赶来救援的布尔什维克眼看把顿河人打败了。但是,一个意想不到的离奇事件扭转了战局。

这时,由德罗兹多夫斯基上校率领的一支志愿军,从罗马尼亚撤下来,徒步往回走。四月二十二日,这支队伍突然闯进罗斯托夫,并且一直守到傍晚才被撵出来。于是,这支志愿军扑奔大草原寻找科尔尼洛夫的部队。四月二十五日,他们在半路上听到新切尔卡斯克城下激战的炮声。他们也不问是谁跟谁打,为什么打,便掉转方向去攻城,用一辆装甲汽车开路,闯进红军的后备队,造成一片惊慌。顿河人看到从天上掉下来的援军,便转入反攻,打败红军并把红军赶走了。新切尔卡斯克被占领了。地方政权从革命委员会转到"顿河自救会"手里。紧接着德国人就来到了。

德国人很聪明,没有进驻新切尔卡斯克,在他们的庇护下,由城里的哥萨克"自救会"把阿塔曼的权标献给了自称是"威廉皇帝的亲密朋友"

的克拉斯诺夫将军①。教堂的大钟敲起悦耳的钟声。在教堂前面铺着鹅卵石的大广场上,哥萨克们欢呼:"乌拉!"连白发苍苍的哥萨克也祝福说:"好哇,但愿成功!"

德国人没再越过罗斯托夫往顿河和库班的内地深入。他们曾企图征服巴泰斯克——顿河左岸跟罗斯托夫相对的一座村子,村子里住的是罗斯托夫工厂、作坊的工人和郊区的贫民。德国人尽管用猛烈的炮火轰击,发起几次流血的冲锋,到底没能把它攻下来。巴泰斯克村几乎被春汛淹没了,却拼命抵抗,终于没有被征服。

德国人以罗斯托夫为界,停止前进了。他们的任务局限于支持阿塔曼的政权和为阿塔曼的军队运输武器。这些武器都是从设在乌克兰的俄国军用仓库里弄来的。他们在对待两支志愿军——邓尼金的志愿军和德罗兹多夫斯基的队伍——采取什么态度这一棘手问题上,也小心谨慎。志愿军有两个信条:一是消灭布尔什维克,二是重新对德作战,也就是对协约国忠诚不渝。德国人认为第一条合乎理智,值得赞赏,第二条是一种糊涂想法,不过也并不特别可怕。因此,他们便佯装不知有志愿军存在。而德罗兹多夫斯基和邓尼金也装聋作哑,似乎不知道俄国大地上来了德国人。

比如,有一次德罗兹多夫斯基的队伍从基什尼奥夫往罗斯托夫去,路过一条河。河这岸的博里斯拉夫尔驻扎着德国人,河对岸的卡霍夫卡驻扎着布尔什维克。

德国人曾经从河上的大桥强渡,未能成功。这次德罗兹多夫斯基的队伍从桥上强渡过去,把红军撵出卡霍夫卡,也没等德国人向他们致谢,便继续赶路了。

邓尼金也遇到类似的矛盾,只是规模要更大一些。四月末,在叶卡捷林诺达尔城下被击溃的志愿军残部,好容易到达叶戈尔雷茨村和梅切京村一带,这里距离新切尔卡斯克大约有五十俄里。他们在这里意外地得

---

① 克拉斯诺夫(1869—1947),帝俄将军,发动哥萨克叛乱,失败后,逃亡国外,为法西斯做间谍工作,被绞死。

救了——他们得到罗斯托夫被德军占领、新切尔卡斯克被阿塔曼率领的顿河人占领的消息。红军不再理会志愿军,他们掉转枪口去打新的敌人——德国人了。

志愿军现在可以休息一下,治一治伤员,养精蓄锐。头一件大事就是补充部队的给养。

从季霍列茨克站到巴泰斯克铁路沿线的所有车站上,都堆积着红军准备向罗斯托夫发起反攻用的大量军用物资。马尔科夫将军、博加耶夫斯基将军和埃尔代利将军率领三个纵队偷袭距离最近的红军后方,在克雷洛夫站、索瑟卡和新列乌什科夫站上,抢劫了军用列车,炸毁了铁甲列车,带着大量虏获物返回草原。红军向德国人发动进攻的计划遭到破坏。

脱臼的肩膀好了,在战斗中受到轻微的擦伤也痊愈了。罗辛身体更结实,皮肤晒黑了,最近几天住在僻静的村子里,也吃胖了。

自从他离开莫斯科一直像精神病一样折磨着他的任务——为了布尔什维克给予他的侮辱而进行报复——已经完成。他已经报复了。无论如何,有一刹那的情景他是牢记不忘的……他跑到铁路的土堤跟前……他们打胜了……只觉得膝盖发抖,太阳穴直蹦。他摘下软胎的制帽,用它擦净了刺刀。他这样做是下意识的,是老兵保持枪支干净的习惯动作。从前那种发疯的仇恨心理,他已经没有了,他也不再感到头上好像箍着一个铅箍,血液直往眼睛上涌。他只不过是追上敌人,把刀尖扎进去,然后再擦干净——这么说,他做得对,真对吗?已经清醒的理智极力要弄明白:他做得对不对?对吗?真对吗?那么他为什么还要一个劲儿地扪心自问呢?

这是一个星期天。村子的教堂里正在做礼拜。罗辛来晚了,在台阶上挤在新剃过头的士兵中间站了一会儿,便信步走到教堂后面的老坟地里。他在开着蒲公英的草地上走了一会儿,揪了一根小草,用嘴嚼着,在一个土冈上坐下。瓦季姆·彼得罗维奇是一个正直的人,按照卡佳的说法,还是一个善良的人。

从挂满蜘蛛网、半开着的窗子里,传出孩子们的歌声,而辅祭的粗重的喊声显得怒气冲冲和残酷无情,好像马上就会把孩子们的声音吓住,它们会扑打一下翅膀就飞走了。瓦季姆·彼得罗维奇的思绪情不自禁地萦绕于往事,仿佛希望从往事里寻找某种欢快的、最天真无邪的东西……

他快乐地醒来。高大明净的窗子外面是春天的天空,湛蓝湛蓝的——从那以后,他再也没有看见过这样的蓝天。可以听到果园里树枝在沙沙作响。小木床旁边的椅子上,放着一件新做的天蓝色带小白点的细纹假缎子衬衫。这件衬衫马上使人联想到星期天。于是他想,在这漫长的一天,他应该做些什么,能见到谁——这一切是那么诱人,那么令人高兴,他甚至还想躺一会儿……他望着糊墙纸,那上面是同样的图案:一座中国式小房,房檐翘起,一座陡立的小桥,有两个中国人打着伞,还有一个中国人戴着一顶好像灯伞的草帽,坐在桥上钓鱼。这些善良而可笑的中国人,他们住在这河边的小房里,生活一定很幸福……从走廊里传来母亲的声音:"瓦季姆,你快穿好了吗?我可穿完了……"而这平静可爱的声音在他的一生中总是象征着平安和幸福……他穿好带小白点儿的衬衫站在母亲身旁。她穿着一件用绸子做的漂亮的连衣裙。母亲吻他,从头上摘下梳子替他梳头:"嗯,现在好了。走吧……"她一边顺着宽阔的楼梯往下走,一边打开伞。房前的平地扫得干干净净,甚至留着扫帚印,上面停着三匹等得不耐烦的棕黄马:里套在撒欢,连稳重的辕马也用蹄子刨出坑来。车夫酒足饭饱,洋洋得意,穿着天鹅绒坎肩,露出两只紫红色衣袖,转过普加乔夫①式的大胡子说:"节日好!"母亲舒舒服服地坐在被太阳晒得暖和的四轮马车上。瓦季姆由于一种幸福感而紧紧贴在妈妈身上,他已经预感到——风马上就会在耳边呼呼响,路旁的大树会扑面而来。马车绕过庄园,飞跑起来。现在来到村中的宽阔大街上,农民们恭恭敬敬地行礼,小鸡从车轮底下逃命,吓得咯咯叫。教堂的白色围墙、绿色的草地、开着碎花的桦树、树下歪歪斜斜的十字架、一座座的坟丘……教堂台阶上成群的乞丐……稔熟的烧香味。

这座教堂和桦树,至今犹在。瓦季姆·彼得罗维奇觉得,那些桦树在

---

① 普加乔夫(1742—1775),俄国农民运动领袖。

蓝天底下织成的绿色花边仿佛浮现在眼前……而他的母亲早就躺在桦树底下了——从教堂拐角数起,第五棵桦树底下,她的坟丘四周用围墙围着。三年前,教堂的诵经员写信告诉瓦季姆·彼得罗维奇说,坟上的围墙已经坏了,木十字架也烂了……直到如今,他才怀着痛心的悔恨想起,他一直没有回信。

母亲那亲爱的脸庞、慈爱的双手、每天早晨唤他起床的那种使他整天感到幸福的声音……对他每一根头发、每一块擦伤的抚爱……我的上帝呀,不管他有多大的痛苦,他知道都将被母亲的爱所淹没。只是如今所有这一切都跟那默默无言的脸庞一起埋在桦树底下的坟丘里,并且化成泥土了……

瓦季姆·彼得罗维奇把胳膊肘支在膝盖上,用双手捂住脸。

已经过去了漫长的岁月。可他一直觉得,仿佛只要他再挣扎一下,就会像从前一样,在一个蔚蓝的早晨幸福地醒来。两个中国人打着伞,领他穿过小拱桥,走进房檐翘起的小房……在那里等待他的,正是无比可爱、无比亲近的母亲……

"我的祖国。"瓦季姆·彼得罗维奇想道,又想起那辆在村中奔驰而去的三马车。"这就是俄罗斯……这就是代表从前的俄罗斯的东西……这一切现在都不存在了,而且一去不复返了……那个穿假缎子衬衫的孩子已经变成了杀人凶手。"

他连忙站起来,倒背着手在草地上走来走去,把手指头捏得喀吧喀吧响。他的思绪竟然把他带到他原以为已经关死闸门的地方。因为他曾经相信,他到这边来是寻求死亡的……可是他竟然没有死……他如果死了倒也简单,这阵子他的尸体早已躺在草原上的水坑里,上面落满苍蝇……

"哼,那又怎么样,"他想,"死倒容易,活着真难……这正是我们每个人的功劳:我们不但要把血肉之躯奉献给就要毁灭的祖国,而且把自己三十五年来的全部生活、自己的眷恋和希望、中国式的小房和全部的纯洁都奉献给她……"

他甚至发出呻吟,连忙回头望望——有没有人听见?但是,孩子们的歌声仍然那么响亮。生了锈的檐板上有两只鸽子在咕咕地叫……他仿佛怕被谁发觉似的,匆忙回忆起另一段光景——那是使他感到一种难以忍受的怜恤的时刻。(关于这种心情他从来没对卡佳提过。)那是一年以前在莫斯科发生的事。罗辛在火车站上就听说了,那一天为叶卡捷琳娜·德米特里耶夫娜的丈夫举行葬礼,现在她已经孑然一身了。他来到她的住处时,已经黄昏了,女用人说她正在睡觉,他决意等她醒来,便在客厅里坐下。女用人悄声告诉他说,叶卡捷琳娜·德米特里耶夫娜一直在哭泣,"躺在床上,脸朝着墙,嗯,就像小孩子似的,一个劲儿哭,哭得我们只好把厨房门关上……"他决定等下去,哪怕等上一夜也行。他坐在沙发上听着钟摆在什么地方滴答滴答地响,这滴答声一秒一秒地带走了时间,夺走了生命,在那可爱的脸庞上增添一道道皱纹,在头发上撒下银霜——这滴答声多么残酷无情呀……罗辛觉得卡佳如果没有睡着,她听到钟表的滴答声,心里想的也一定是这个。接着他听到了她的脚步声,是那么软弱,那么不稳,仿佛她的鞋跟歪了似的。她在卧室里踱来踱去,好像在悄声地自言自语。常常停下来,一停就许久不动弹。罗辛有些担心起来,仿佛透过墙壁看清了卡佳的思路。房门吱嘎一声,她走进了餐室,把橱柜里的玻璃杯弄得丁当响。罗辛直起身,准备扑过去。她把门开了个缝儿:"丽莎,是您吗?"她穿着一件驼绒睡衣,一只手握着酒杯,另一只手握着一个可怜的小药瓶……原来她就想用这瓶药来摆脱她的忧愁和孤独,摆脱无情的时光和一切……她那灰色的眼睛和瘦削的脸庞,她像是一个被所有的人抛弃了的孩子……正应该把她送进中国式的小房里。瓦季姆·彼得罗维奇当时曾经对她说:"您可以支配我和我的整个生命……"她便深信不疑,她可以在他的怜爱中消除自己的孤独和度过余生……

这是为什么?究竟为什么?当然,他一直觉得,卡佳一刻也没离开他——无论是当仇恨像铅箍一样箍着他的头的时候,还是在这一个月末的凶恶战斗中。卡佳好像一个看不见的幽灵,张开双臂,不出声地苦苦哀求他,挡住他前进的道路,当他喊得声嘶力竭,把刺刀扎进红军的军大衣的时候,同时也扎透了这个形影不离的幽灵,然后摘下帽子,擦净刀刃……

礼拜做完了。从教堂里蜂拥似的走出一群晒得黝黑的士官生和军官。从从容容地走出几位知名的将领,他们眼里流露出习以为常的严肃神情,穿着干净的军装,戴着勋章和十字章。那个身材高大、仪表堂堂的美男子,下巴上的胡子向两边分开,歪戴着制帽的,是埃尔代利;那个其貌不扬、戴着一顶肮脏的高筒皮帽的,是说话刻薄的马尔库夫;那个矮个子是库捷波夫,粗墩墩的,长着翘鼻子和一对狗熊似的小眼睛;哥萨克博加耶夫斯基留着两撇打卷的小胡子。接着走出来的是邓尼金和罗曼诺夫斯基,他俩一边走,一边谈。罗曼诺夫斯基是表情冷漠的"神秘人物"(军队中都这样称呼他),长着一张聪明、漂亮的脸。当总司令走过的时候,大家都立正,连站在桦树底下抽烟的人也把烟扔了。

邓尼金现在可不是从前那副倒霉相了,那时候他是个患支气管炎的"老头儿",穿着一双破皮靴,一身便服,连个行李也没有,坐在辎重队的大车上,死气白赖地跟在志愿军后面。如今,他胸脯挺得很高,穿得甚至挺阔气,他那银白的胡须,使每个人油然产生一种儿子般的尊敬,眼睛也圆了,充满一种像雄鹰一般严峻的水汪汪的光泽。当然,他远远赶不上科尔尼洛夫,但是跟其他将军比较起来,他是最有经验和最有头脑的。他把两个手指举到帽檐上,威风凛凛地走出教堂的大门,跟罗曼诺夫斯基一起上了马车。

这时,捷普洛夫走到罗辛跟前;他是个细高挑儿,左手用绷带吊着,肩上披着一件揉皱了的骑兵大衣。因为是星期天,他新刮了脸,心情也蛮好。

"你听到最新消息了吗,罗辛?德国人和芬兰人马上就会拿下彼得堡。由曼纳林①指挥——你还记得他吗?是一位侍从将军,挺能干,还是个剑法高明的家伙……在芬兰把社会主义者杀得一个不剩。布尔什维克们,你知道吗,已经拎着皮箱从莫斯科逃跑了,经过阿尔汉格尔斯克往外走。管保是真的……有个谢杰利尼科夫中尉刚从新切尔卡斯克来,是他说的……嗯,新切尔卡斯克有的是漂亮娘儿们和小妞儿,真他妈的带劲

---

① 曼纳林(1867—1951),曾任帝俄军官,一九一八年任芬兰摄政,升元帅,一九四四年出任芬兰总统,一九四六年下台。

儿！谢杰利尼科夫说,一个人可以摊上十个……"他叉开两条细瘦的罗圈腿,哈哈大笑,笑得喉结都从军装的领子里钻出来。

罗辛没理他关于"漂亮娘儿们"的话茬儿,于是捷普洛夫又把话题转到政治消息上,志愿军在偏僻的草原里最关心这些消息了。

"据说,整个莫斯科都埋下了地雷——克里姆林宫、教堂、剧院、所有的著名建筑和整个街区都埋了,所有的电线都通到索科利尼基,那里有一座秘密的别墅,白天黑夜都有肃反工作人员看守……我们一去打它——你想想吧,砰的一声！莫斯科就飞上天了……(他把身子凑近些,压低声音)管保是真的。总司令已经采取了相应措施：专门往莫斯科派了侦察员,要找到那些电线,等我们打到莫斯科时,免得发生爆炸……不过,因为这个,我们要把他们统统吊起来！就在红场上！真他妈的带劲儿！当众吊起来,还敲着战鼓。"

罗辛皱了皱眉头,站起身来：

"你最好还是讲讲那些小妞儿吧,捷普洛夫。"

"怎么？你不爱听？"

"是的,不爱听。"罗辛坚定地看着捷普洛夫那对傻乎乎的棕黄色眼睛。

那个家伙把大嘴往旁边一撇。

"怪不得呢！你一定是忘不了红军给你的那份口粮……"

"什么？"罗辛皱紧眉头,往跟前凑了凑。"你说什么？"

"我说的是,团里人人都议论的事……你呀,罗辛,应该把你在红军中干了哪些事,好好交代交代……"

"败类！"

只是因为捷普洛夫有一只手还用绷带吊着,他还算作一名伤员,才使他免挨一个耳光。罗辛没有打他,他一只手背在背后,猛然转过身,耸起肩膀,直挺挺向坟墓中间走去。

捷普洛夫把滑下去的军大衣往上拽了拽,望着罗辛直挺挺的背影,露出委屈的苦笑。这时,骑兵上尉冯·梅克和跟他形影不离的瓦列里扬·奥诺利走来。瓦列里扬·奥诺利是个满脸雀斑的年轻人,长着一对充满幻想的浅色大眼睛,他是辛菲罗波尔一家烟厂老板的儿子,穿着一件带褐色污痕的破旧的大学生大衣,戴着士官肩章。

"你们怎么了?吵架了?"冯·梅克粗声粗气地问道,凡是耳背的人说话嗓门都高。还在发愣的捷普洛夫,用手捻着两撇奔拉胡,把方才他跟罗辛中校的谈话从头到尾学了一遍。

"上尉先生,您还感到奇怪,岂非怪事。"奥诺利流露着充满幻想的眼神,显得无聊地说。"我从第一天起就看明白了,罗辛中校是个奸细。"

"别说了,瓦利卡。"冯·梅克挤了挤眼,左半拉脸由于受过震伤,都跟着抽搐了一下。"关键在于马尔科夫将军赏识他。这种事可不能随便说……不过你敢拿手枪打赌:罗辛是个布尔什维克,是个坏蛋和败类……"

北高加索直到五月末为止都比较平静。双方正准备进行一场决战。志愿军的目的是夺取主要的铁路枢纽,切断高加索同内地的联系,借助哥萨克日军的帮助,肃清境内的红军。库班-黑海共和国中央执行委员会却要准备在三个战场上进行苦战——要打德国人,要打哥萨克白军,还要打死灰复燃的"邓尼金匪帮"。

高加索红军有将近十万名战士,主要是由从前沙皇外高加索军队的士兵、外乡人和本地的哥萨克青年组成。这支红军的总司令阿夫托诺莫夫受到库班-黑海中央执行委员会委员们的怀疑,说他有个人独裁的野心,他也经常同政府发生争执。有一次,在季霍列茨克村的群众大会上,他把中央执委会说成是德国人的间谍,是内奸。中央执委会为了回敬他,"谴责"阿夫托诺莫夫和投奔他的索罗金①是土匪和人民的敌人,诅咒他们,让他们遭到永世的耻辱。

这种没有休止的"吵闹",使军队陷于瘫痪。本来志愿军驻扎在红军三支部队的当中,红军应该集中三路兵力进行围攻,可是红军发生了内

---

① 索罗金(1884—1918),左翼社会革命党,军官,一九一八年曾指挥北高加索军和第十一集团军,后来发动反苏维埃政权的叛乱,被捕处决。

讧,不住地开大会,罢免指挥员,这样一来,即使侥幸也难免全军覆灭的悲惨结局。

幸而莫斯科的命令终于战胜了地方当局的顽固。阿夫托诺莫夫被任命为前线总监,北路的指挥权交给了一个性格阴郁的拉脱维亚人卡尔宁中校。索罗金仍然担任西路指挥。

恰好在这时,德罗兹多夫斯基上校率领三千名军官加入了志愿军,这些军官个个精锐凶悍,打起仗来,一个顶得上十个普通士兵;村子里富裕的哥萨克也都跨上战马纷纷来投奔;从彼得堡、莫斯科和全国各地都有许多军官听到"冰上远征"的奇迹之后,单独地或三五成群地悄悄赶来;阿塔曼克拉斯诺夫尽管吝啬,也供给志愿军一些武器和金钱。志愿军一天天壮大起来,由于将军和社会活动家们的巧妙宣传,由于地方苏维埃政权愚蠢行动的刺激,由于从北边逃来的军官们的现身说法,军队的士气也大为高涨。

到了五月末,当地的红军已经对付不了它。志愿军开始转入反攻,在托尔戈车站沉重地打击了卡尔宁所率领的北路红军。

"弟兄们,你们怎么不唱了?"

"嗓子哑了。"

"喂,我弄点火炭来。"伊万·伊里奇·捷列金在一堆篝火旁边蹲下来,点着了烟斗,便坐在那里听着。篝火上面扔了几块从铁路栅栏上拆下来的木板,火着得正旺。

夜深了。顺着铁路路基的一堆堆篝火几乎都熄了。寒夜里繁星密布。篝火照亮了停在铁道线上的货车——那些像砖一样红的车厢,都已破烂不堪。这些列车有的来自太平洋沿岸,有的来自北极的沼泽,有的来自突厥斯坦的沙漠,有的来自伏尔加河和波列西耶。每趟列车上都标有"速回"的字样。但是,所有的限期早已超过了。这些饱经风霜的车厢,本来是为和平建设而修造的,如今车轴没有涂油,车厢板已经拆毁,却在星空底下休息,准备从事一项荒诞已极的工作。这些车厢连带里面装的东西,将会一列车一列车地被翻到斜坡底下去;它们被塞满了红军战俘,就像往木桶里塞鲱鱼似的,然后钉死门窗,上面用粉笔标明:"不易损坏物品、慢行"的字样,开到几千俄里之外去。它们将变成斑疹伤寒病人的坟墓和运输冷冻尸体的冷藏车。它们将在火光熊熊的爆炸中飞上天空……在西伯利亚的密林中,车上的门窗将被拆去修补篱笆和牲口圈……即使保全下来,也烧得一塌糊涂、破烂不堪,还要经过很长很长时间,按照"速回"的要求,好容易返回始发站,停在生锈的线路上,等待修理。

"怎么样,捷列金同志,莫斯科的报纸怎么说的,内战快完了吗?"

"直到胜利为止。"

"你看……这么说,还指望着我们呢……"

在篝火旁边懒洋洋地躺着几个人,留着大胡子,脸被晒得黝黑……睡又不想睡,多说话又没有兴致。有一个人向捷列金要了一点烟末。

"捷列金同志,这些捷克斯洛伐克人究竟是什么人?他们怎么跑到咱们这里来了?从前好像也没有这种人……"

伊万·伊里奇解释说,捷克斯洛伐克人是奥地利的战俘,沙皇政府想用他们组建军队,派到法国,可是没来得及……

"可是现在,苏维埃政权不能放他们出去,因为他们是去参加帝国主义战争……要求他们解除武装。于是他们就发动叛乱了……"

"怎么,捷列金同志,难道我们还要跟他们打仗吗?"

"现在谁也不知道……消息都不准确……我想未必打他们……他们统共才四万人……"

"嗯,这咱们打得了……"

篝火旁又沉默起来。方才跟捷列金要烟的人,斜眼瞥了他一下便说起来,显然是出于讨好心理。

"沙皇那时候,把我们赶到萨拉卡梅什。也没有告诉我们:为什么要去打土耳其人,我们为什么要去卖命。那里的大山才可怕呢。你往四外一瞅,就会想到,一定是你妈生你的时辰不好……现在可不同了:现在打仗是为了自己,要拼命打……现在一切都清清楚楚:跟谁打?为什么打?……"

"倒也是,就拿我来说,我的外号叫鬼见愁,"另一个战士用粗重的声音说,他用胳膊肘支着坐起来,坐得离篝火非常近,叫人感到奇怪,他的大胡子竟然没被火烧着。他的样子很可怕,黑头发耷拉在前额上,皮肤粗糙的脸上,一对圆眼睛炯炯有神。"我到过两次远东,因为流浪不知坐过多少次牢……好。最后到底把我关在营房里,发了一张军人证,就让我打仗去了……挂过六次花……瞧这,"他把手指伸进嘴里,把嘴唇往旁边一拽,露出打掉了牙齿的牙根。"我想办法跑到莫斯科,住进医院,恰好这时,布尔什维克起来了……我的罪遭到头了。他们问我:'你的成分?'我回答说:'你们不用到远处去找,我就是世代的光荣雇农,连生身父母都不知道。'他们一听,哈哈大笑。发给我一条枪,还给我一份证件。那时我们就开始在城里巡逻,寻找资本家……你走进一座漂亮的住宅,主人当然都吓坏了……你检查一下他们把东西藏在什么地方,像面粉、白糖……这些混蛋很害怕,吓得直筛糠,可就是不跟我们说话,什么也不说……有时候把你气得要命——你这个肥猪,难道不是人吗?你可以说话,可以咒骂,可以哀求我呀……你就是骂娘,他也是一句话不说……我心想,这是怎么回事呢?……我心里很生气——我一辈子一声不吭,为这些胖乎乎的魔鬼干了一辈子活,为他们流了不知多少血……可他们不拿我当人待……这我才明白,他们资本家原来这样!阶级的仇恨在我心中燃烧。好……有一次要征用商人里亚宾金的住宅。我们去了四个人,为了让他们害怕,带了一挺机枪。我们砰砰敲门。过了不一会儿,有一个穿得利利索索的女用人给我们开了门,这个小鸽子吓得脸煞白,不知怎么好,哎呀直叫,踮着脚走路……我们把她推到一边,走进客厅——那屋子可大了,有好几根大圆柱子,屋子当中摆着一张桌子,里亚宾金正跟客人围着桌子吃春饼呢。当时正是谢肉节,他们当然都喝得醉醺醺的……正当这个时候,无产阶级却在饿死!……我把大枪往地上一蹾,朝他们破口大骂。就瞅他们坐着不动,还笑嘻嘻的……这时,里亚宾金跑上前来,脸喝得通红,高高兴兴,眼睛鼓着,他说:'亲爱的同志们,我早就知道你们是来征用我这所房子和我的财产!让我们吃完饼吧,其实你们也不妨跟我们坐在一块儿……这没什么难为情的,因为现在这都是人民的财产。'接着请我们桌前就座……我们犹豫了一会儿,到底在桌旁坐下了,握着大枪,皱紧眉头……可里亚宾金又是给我们斟酒,又是端饼,又是布菜……一边说着话,一边哈哈笑……他那天讲的故事可多了,模仿大伙儿的表情,挖苦嘲笑……客人们哈哈大笑,我们也跟着笑起来。接着又讲起资本家发迹的各种笑话,也发生争论,我们当中有谁要发脾气,主人就用酒灌他:我们用的都是茶杯——别的杯子不用……开始打香槟酒了,我们都把大枪堆到墙角上……我心想:'鬼见愁呀,是你在这大厅里走来走去吗?是你用手扶着大圆柱子吗?'我们大家一齐唱起歌来。到了晚上,我们把机枪架在门口台阶上,免得闲人闯进来。整整喝了两天一宿。我这一辈子都不声不响,这一下子可算够本了。不过,里亚宾金到底把我们骗了,唉,这个狡猾的商人!……他趁我们喝酒的时候,那个女用人还帮他忙,把所有的钻石、黄金、外币和各种值钱的东西都转移到可靠的地方去了……我们所得到的只是四面墙和屋里的家具……这个里亚宾金跟我们告别时还讲,当然醉醺醺的:'亲爱的同志们,你们拿吧,把一切都拿去吧,什么我都不吝惜,我来自人民,我要回到人民中间去……'他当天就逃到国外去了。可我被带到肃反委员会。我对他们说:'是我的错,你们枪毙我好了!'只是因为我觉悟低,才没毙了我。可我直到如今还挺高兴,因为到底痛痛快快喝了一顿……有值得回想的东西……"

"资本家里有很多坏蛋,可我们当中也不少。"不知是谁坐在篝火的烟后面说。大家都向他那个方向望了望。向捷列金要烟的人说:

"人民既然在一九一四年流过血,现在什么也阻挡不住他们了……"

"我指的不是这个,"篝火后面那个声音重复说,"敌人是敌人,血是血……可我说的是坏蛋。"

"那你自己是什么人呢?"

"我吗?我就是坏蛋。"那个声音轻轻地回答说。

于是,大家都一声不响了,望着即将熄灭的篝火里的火炭。捷列金的后背上掠过一阵寒颤。夜很冷。篝火旁边有人翻了翻身,把皮帽子枕在脸底下又睡了。

捷列金站起身,伸伸懒腰,抻抻胳膊腿。这时烟已经散尽了,可以看得清楚盘腿坐在篝火对面的坏蛋。只见他嘴里嚼着一根蒿秆。火炭的微光照亮了他那像女人一样温柔的瘦削的长脸,唇上长着几根稀疏的浅色胡子。后脑勺上戴着一顶破旧的制帽,窄肩膀上披着一件士兵大衣。他光着膀子。衬衫就放在身旁,他大概正在衬衫上找什么。一发现大家都望着他,他便缓缓地抬起头,慢慢地露出孩子气的微笑。

捷列金认出来,这个人是他那连里的战士米什卡·索洛明,是叶列茨郊区的农民,自愿加入赤卫军,后来从西韦尔斯的军队来到北高加索。

他的目光跟捷列金相遇了,只对视了一刹那,他马上垂下眼睑,好像不好意思似的;这时,伊万·伊里奇才想起来,米什卡·索洛明在连队里以会写诗和酗酒出名,尽管很少有人看到他喝醉。只见他懒洋洋地晃了一下肩头,甩掉军大衣,开始穿衬衫。伊万·伊里奇爬上路基,向一节客车车厢走去,车厢的小窗跟前彻夜点着一盏煤油灯,里面住着团长谢尔盖·谢尔盖耶维奇·萨波日科夫。从路基上望去,天上的星星和地面上渐渐熄灭的篝火淡淡的红点都看得更清楚了。

"有开水,来吧,捷列金。"萨波日科夫说,从小窗探出头来,用牙叼着一个弯烟斗。

煤油灯安在侧面的墙上,朦胧地照亮了二等车厢里一间拆得破破烂烂的单间、挂在墙上的武器、扔得到处都是的书籍和军用地图。谢尔盖·谢尔盖耶维奇·萨波日科夫只穿着肮脏的粗纹布衬衫,挎着背带,转过脸来对走进来的捷列金说:

"想喝点儿酒吗?"

伊万·伊里奇在铺位上坐下。从敞开的窗口,随着夜间的寒风传来鹌鹑的咕咕声。有个红军战士睡眼惺忪地从生炉子的货车车厢里爬出来解手,磕磕绊绊地走过去,发出踢拉趿拉的脚步声。三弦琴轻轻地发出琤琤声。就在跟前什么地方,有一只公鸡啼叫起来——已经是半夜十二点多了。

"这怎么会有公鸡叫呢?"萨波日科夫问,到底摆弄完茶壶了。他两眼通红,消瘦的脸上露出红斑……他在身后的铺位上摸索一阵,找到夹鼻眼镜戴上,望着捷列金:"在团的驻地,哪儿来的活公鸡呢?"

"又来了一帮难民,我已经向政委汇报过了。有二十辆大车,拉着女人和小孩儿……天知道是怎么回事。"捷列金说,搅着杯子里的茶。

"从哪儿来的?"

"从普里沃利纳亚村。他们有一大队人马,可是在半路上被哥萨克打了。都是外乡人,贫农。他们村子里有两个哥萨克军官召集一支队伍,半夜里发动袭击,解散了苏维埃,还绞死了好多人。"

"总而言之,是件平平常常的事。"萨波日科夫说,把每个字眼都咬得清清楚楚。看样子,他醉得挺厉害,叫捷列金进来,不过是为了发发牢骚……伊万·伊里奇疲乏极了,浑身酸疼,不过坐在软和的地方,喝杯茶,倒也蛮舒服,所以他也不急于离开,尽管跟谢尔盖·谢尔盖耶维奇谈话,是谈不出什么正经的。

"捷列金,你的夫人在哪儿?"

"在彼得堡。"

"怪人!在和平环境,你完全可以成为一个有福的小市民。有一位贤妻、两个规矩的孩子和一台留声机……你干吗要参加红军呢?你会给打死的……"

"我已经对你说过了……"

"你怎么?也许要钻进党里去?"

"如果事业需要,我就入党。"

"可我,"萨波日科夫把藏在模糊的夹鼻眼镜后面的双眼眯缝起来,"就是放进大锅里煮三次,也成不了共产党员……"

"这可是的,要说有怪人,你可真是个怪人,谢尔盖·谢尔盖耶维奇……"

"不是那么回事儿。我脑子里缺点儿辩证法……野性难改——总是用一只眼瞧着树林子。哼!你说我是怪人?(他微微一笑,显然带着得意神情。)从十月革命头一天起,我就为苏维埃而战。哼!你读过克鲁泡特金①的著作吗?"

"没有,没读过……"

---

① 克鲁泡特金(1842—1921),俄国无政府主义者。

"看得出来……寂寞呀,老兄……资本主义世界卑鄙而寂寞,叫人无法忍受……可我们胜利了,共产主义世界同样寂寞而单调,安分而寂寞……而克鲁泡特金是个好老头儿:富有诗意和幻想,憧憬无阶级社会。他是最有教养的老头儿:'给人们以无政府的自由吧!赶快消灭世间罪恶的渊薮,也就是大城市,于是,没有阶级的人类将在大地上建成乡村的天堂,因为人的主要动力在于博爱……'嘻嘻……"

萨波日科夫仿佛有意气什么人,发出刺耳的笑声,夹鼻眼镜也在瘦削的鼻梁上跳动起来。他一边笑着,一边伸手从铺位底下拽出一个装酒的小铁桶,倒进茶杯里,一饮而尽,出声地嚼起方糖。

"我们的悲剧,亲爱的朋友,就在于我们俄国知识分子都是在农奴制的平静环境里长大的,一爆发革命,虽说没有吓死,可也吓得屁滚尿流……像我们这样软弱的人,怎能经得起这样惊吓!对不?我们都是坐在乡村幽静的凉亭里,一边听着小鸟的歌声,一边想:'真的,要是能让所有的人都过上幸福生活,该有多好……'这就是我们的出发点……西方的知识分子,都是有头脑的家伙,是资产阶级的精华,他们有一项严格的任务:发展科学,发展工业,向世界上放出唯心主义迷惑人的烟雾……那里的知识分子知道,他们为什么生活……可我们这里,唉,同胞们!……我们为谁服务?我们有什么使命?一方面,我们跟斯拉夫主义者血肉相连,是他们精神上的继承者。可你知道斯拉夫主义是怎么回事吗?不过是俄国地主的理想。另一方面,我们花的钱都是俄国资产阶级给的,我们靠他们供养……尽管这样,我们只肯为人民服务……你看我们怪不怪:为人民服务!……真是一出悲喜剧!我们为了人民的痛苦而痛哭流涕,把眼泪都流干了。可是我们这些眼泪一旦被人剥夺了,便没有办法生活了……我们曾经幻想过,有一天我们的农民会打到君士坦丁堡,爬上圆顶,把东正教的十字架插到圣索菲亚大教堂顶上……我们想把整个地球都拿来送给农民。可他们是怎么对待我们这些热心肠的人、我们这些幻想家和为他们而痛哭流涕的人呢?用木叉……真是荒唐之极,闻所未闻!这一下子可把我们吓坏了……亲爱的朋友,从此开始消极怠工了……知识分子向后退,要把脑袋从车辕里抽出来:'我不干了,你们不用我,自己干试试……'这正当俄国处在万丈深渊的边缘上……这是一个无法挽回的大错误。一切都由于贵族教育的缘故,我们太软弱了:一旦离开书本,便无法理解革命……书本上把革命描绘得非常完美……可现实中,人民从德国前线上逃跑,把军官整死,把总司令碎尸万段,把庄园烧了,在铁路线上抓住商人的老婆,从裤腰里往外搜钻石耳环……嗯,不行,这样的人民我们可摆弄不了,在我们书本上可从来没有这样的人民……这怎么办呢?难道要躲在家里让眼泪流成河吗?糟糕的是,我们连哭都不会了……我们的幻想撞得粉碎,没法生活下去……我们由于恐惧和厌恶,把头钻到枕头底下,我们当中有的人跑到外国去了,另一些人比较厉害,拿起了武器。贵族家庭里发生了争吵……可是老百姓有百分之七十是文盲,不知道怎么发泄自己的仇恨,便横冲直撞——搞得腥风血雨,一片恐怖……他们说:'我们被出卖了,我们被换酒喝了!把镜子砸碎!把一切都砸个稀烂!'在我们知识分子当中,只有极少数人成了共产党员。当一艘船要沉的时候,该怎么办呢?要把一切多余的东西都扔到海里去……共产党做的头一件事,就是把那些装着俄国理想主义的旧木桶扔进海里……这一切都是'老头子'干的,他呀,老兄,可是个地道的俄国人……老百姓用他们像野兽一样灵敏的嗅觉马上就觉出这是自己人,不是老爷;这种人不会光是流泪,他们的办法是很干脆的……就是因为这个,亲爱的朋友,我才跟他们在一起,尽管我是在克鲁泡特金的温室里,在玻璃窖里,在幻想中长大的……像我这样的人,嘿,还真不少呢!你不要笑,捷列金,你不过是个未定型的胚胎,只知道欢乐而未经过加工的雏形……你明白吗,有的人有意识地把自己里朝外地翻过来,让嫩肉露在外面,好敏锐地感受着每一种事物,以便坚定自己的一种意志力——仇恨……没有仇恨是不能打仗的……我们将完成人力所能及的事情——为人民规定一个前进的目标……但是,我们毕竟很少……可敌人到处都是……关于捷克斯洛伐克人你听说了吗?政委来,会告诉你的……你知道我担心什么吗?我担心,我们这是在自杀。我不相信我们能支持下去,用不了一两个月,顶多半年,我们就支持不住了……老兄,我们是注定要失败的……结果还得将军来收场……我告诉你吧,一切都是斯拉夫主义者的过错……农民解放运动刚一开始,我们就应该大声疾呼:'糟了,我们要完蛋了,我们需要的是集约的农业、飞速发展的工业和普及教育……就让新的普加乔夫或斯坚卡·拉辛①出世吧,反正要把农奴制的基础砸个粉碎……'当时我们就应该向群众宣传这个道理,应该用这种思想去教育知识分子……可我们流了数不完的幸福眼泪,已经筋疲力尽了:'我的天哪,俄国多么辽阔广大,多么与众不同! 现在农民像空气一样自由,地主的庄园都完好无缺,那里住着屠格涅夫笔下的少女,我们人民的心灵是秘不可测的——可不像那嗇的西方……'我现在就是要打破一切幻想!"

萨波日科夫再也讲不下去了。他的脸通红。不过看样子,他的主要想法并没有说出来。捷列金被他这一顿滔滔不绝的议论弄糊涂了,张着嘴坐在那里,放在膝盖上的茶杯也凉了。从车厢的走廊里传来一阵脚步声,仿佛来了一个重得出奇的人。房门开了,门口出现一个宽肩膀、中等个儿的人,宽阔的前额上粘着几绺黑发。他一声不响地在油灯跟前坐下,把两只大手放在膝盖上。他那被风吹得粗糙的脸上,有几条稀疏的皱纹,深得好像刀痕,由于眼窝深、眉毛向下耷拉,眼睛藏在阴影里看不清楚。这人就是团特务科长格姆扎同志。

"又搞到酒了?"他问,声音虽轻,却一本正经。"小心点儿,同志……"

"哪来的酒? 见你的鬼去吧。你没看见我们喝的是茶吗?"萨波日科夫说。

格姆扎一动不动,瓮声瓮气地说:

"你不说实话,就更糟。酒味儿都飘到窗外去了,货车上都蠢蠢欲动了,战士们都闻到了……难道我们的麻烦还少吗? 再说,你又讲起哲学,那些没完没了的混话,我这才断定,你是喝醉了。"

"好,我喝醉了,你就枪毙我吧!"

"我要枪毙你很容易,这你很清楚,我所以宽容你,是因为考虑到你

---

① 斯坚卡·拉辛(? —1671),俄国农民起义领袖。

作战勇敢……"

"给我点儿烟。"萨波日科夫说。

格姆扎神气活现地从衣袋里掏出一个破烟口袋。然后朝着捷列金慢悠悠地说起来,那声音真像磨面似的:

"每次都是这种不能容许的景象:上一周就毙了三个坏蛋,都是我亲自审问的——都是败类,一切都招认了。可他马上就去弄酒喝……今天毙了一个十足的坏蛋,邓尼金的反间谍,还是他自己在芦苇里抓到的……好哇,他又喝醉了,大讲哲学。他净是胡言乱语,嗯,方才我站在窗子底下听着,就感到像吃了臭肉一样恶心……也就是我吧,换个人,光凭他这套哲学也会把他送到特务科去,因为他在腐化……然后他病上两天,不能担任团的指挥工作……"

"可是你毙的是我的一个大学的同学。"萨波日科夫眯细了眼睛,他的鼻孔翕动起来。

格姆扎什么也没回答,好像他根本没听见这句话。捷列金垂下头……萨波日科夫把汗津津的鼻子凑到格姆扎跟前说:

"邓尼金的间谍是不假。可我跟他俩一起常常跑去参加'哲学晚会'。天知道他为什么参加了白军……也许是由于绝望……我亲自把他给你带去的……我已经尽到了责任,你也就该行了吧?怎么,当他被带到冲沟里去的时候,你还要我跳喀马林舞?……我跟在后面,看得清清楚楚。"他两眼逼视着格姆扎那对黑糊糊的眼窝。"我可以不可以有点儿人情味儿,还是我必须把内心的一切感情烧个干净?"

格姆扎不慌不忙地说:

"不行,你不可以有……别的人,我不大了解……可你必须把自己的一切感情烧个干净……像你内心里的这种感情,就是产生反革命的老巢。"

三个人沉默了许久。空气沉闷。黑洞洞的窗外,万籁俱寂。格姆扎自己倒了点儿茶,掰一大块灰色的面包,好像饿得很厉害似的,慢慢吃起来。然后用低沉的声音讲起关于捷克斯洛伐克人的情况。他讲的消息很令人不安。原来从奔萨到海参崴漫长的铁路线上,所有列车上的捷克斯洛伐克人都发动了叛乱。没等苏维埃地方政权醒悟过来,这条铁路和沿线城市都已处于捷克人的打击之下。西部的军用列车洗劫了奔萨,在塞兹兰附近集结,攻占了塞兹兰,又向萨马拉逼近。这些捷克人纪律严明、装备精良、作战机智勇敢。暂时还说不清,这是一种单纯的武装叛乱,还是受某种外部势力指使?很明显,两种因素都有。不管怎么说,从太平洋到伏尔加河出现了一个新的战场,战火像导火索一样在燃烧,将要造成一场可怕的灾难。

外面有人走到窗子底下。格姆扎打住话头,皱紧眉毛,转过身去。

有个声音唤他:

"格姆扎同志,请出来一会儿……"

"什么事?你就说吧……"

"机密。"

格姆扎把眉毛垂到眼窝上,用双手挂着铺位,又坐了一会儿,吃力地站起身来,走出门去,他的肩膀挂到两边的门框上。他在通过台的车梯蹬上一坐,向前俯着身子。黑暗里有个身材高大的人影,穿着骑兵的大衣,走到他跟前,把马刺撞得喀嚓响。这个人匆匆地向他附耳低语了些什么……

格姆扎一走出去,萨波日科夫便拼命地抽烟斗,气冲冲地往窗外吐了几口唾沫,把夹鼻眼镜摘下来,往旁边一扔,突然放声大笑起来。

"原来全部秘密都在这儿:不管提出什么问题,只能简单地回答……有没有上帝?没有。可不可以杀人?可以。什么是最迫切的目标?是世界革命……老兄,这儿不需要知识分子的感情……"

他突然不说了,探出头去听着。整个车厢突然震动了一下——这是格姆扎用拳头敲墙。只听他那暴怒的嘶哑声音咆哮起来:

"哼,要是你跟我撒谎,你这狗娘养的……"

谢尔盖·谢尔盖耶维奇一把抓住捷列金的胳膊:

"听见了吗?你知道是怎么回事?关于咱们的司令索罗金有些不愉快的谣言……这个是特务科的同志,刚从那边回来。你明白格姆扎为什么像魔鬼一样阴沉着脸……"

黎明前,星光已经暗淡了。难民大车里的公鸡又啼叫起来。沉睡着的野营地上落下一层露珠。捷列金回到自己的单间,脱下皮靴,叹了口气,躺到铺位上,压得弹簧吱嘎响。

捷列金有时觉得,他一生中那段短暂的幸福,不过是在绿油油的大草原里、在辚辚车轮声中的一场梦……他过去的生活是顺利和平静的:大学时代、广大深邃的彼得堡、工作、住在瓦西里岛上他的寓所里一群无忧无虑的怪家伙。当时觉得,未来了如指掌。他甚至没有考虑过未来的事:光阴从他的屋顶上从容、悠闲地逝去。伊万·伊里奇知道,他会勤恳地完成他应该承担的工作,当他白发苍苍、回顾自己走过的道路时,便会发现,他跟成千上万跟他相似的伊万·伊里奇一样,走过的是一条漫长的道路,却从未误入危险的歧途。只有达莎,以不可阻挡之势闯入了他那平凡的生活,她那双灰色眼睛闪烁着令人害怕的幸福光辉。不错,他总是有一种短暂的怀疑偶尔极其隐秘地浮现出来——他注定得不到这种幸福!但是他极力排遣这种疑心,并且打算只要战争岁月过去,他一定要为达莎建立一个幸福的家。甚至当帝国的长城颓然倒塌,一切都陷于混乱,一亿五千万人民由于愤怒和痛楚而咆哮起来的时候,伊万·伊里奇还是想,暴风雨总会过去的,达莎屋前的水坑在雨过天晴之后还会闪耀出平和的光辉。

可现在他又躺在军用列车的铺位上。昨天是战斗,明天还是战斗。如今他明白了:回到旧日的生活是不可能了。一回想起一年以前的事,他不禁感到羞愧——那时他忙忙碌碌地在石岛街上安家,还买了一张红木床,让达莎在上面生下一个死婴。

达莎头一个撞到旋涡底上了。在夏园附近把她扑倒了的"蹦跶蹦"、死婴头上直竖竖的头发、饥饿、黑暗,这里每个字眼都充满着愤怒和仇恨——这就是达莎所看到的革命。每天夜里,革命就在屋顶上呼啸,把雪花撒到结了冰的窗户上,用暴风雪的吼声告诉达莎:你是异己分子!当彼得堡灰蒙蒙的春天刮起湿冷的风,房檐往下滴水,冰溜顺着百孔千疮的排水管哗啦啦地往下落的时候,达莎对伊万·伊里奇说了一番话(他刚回到家来,兴高采烈,敞着大衣,用特别炯炯有神的目光瞥了达莎一眼,达莎却蜷缩着身子,把头巾一直裹到下巴上)。

"伊万,我恨不得砸碎自己的脑袋,"她说,"把一切都永远忘却……那样的话,我还能够做你的伴侣……像这样,晚上躺进可怕的被窝,早晨重新开始可诅咒的一天——你要明白:我受不了,我活不下去……我并不是要很多很多东西,我什么也不需要,你不必那样想……我只想过一种舒心的生活……我不需要别人的施舍……我不爱你了……请原谅……"

她说完就扭过脸去。

达莎在感情上一向严肃。如今她变得冷酷无情。伊万·伊里奇问她:

"也许,我们最好暂时分开一段时间,达莎?……"

于是,他在这一冬头一次看到她的眉毛快活地扬起来,眼睛里闪耀出一种异样的期望,她那瘦削的脸庞可怜地颤抖起来……

"我觉得,我们还是分开好,伊万。"

于是,他立刻通过鲁布廖夫坚决要求参加红军,并于三月末坐着军用列车向南方进发。达莎到"十月"车站的月台上为他送行,当车厢的窗子向前移动的时候,她用毛披肩捂着脸,痛心地哭起来。

从那以后,伊万·伊里奇不知走了几百俄里的路,可是,不论是战斗,不论是疲劳,不论是艰难困苦,都无法使他忘掉那张挤在一群女人中间、热泪滚滚的可爱脸庞,后面就是候车室熏黑了的墙壁。达莎跟他告别时的那副神情,好像这就是永别似的。他极力想弄明白,他究竟在什么地方没能讨她的欢心?归根结底,她感情冷漠的原因,当然只能在他身上找,因为死了孩子的女人不止她一个。总不会是这场革命夺去了她的心……有多少对夫妇——他在心里挨家算着——在这严峻、混乱的年代反倒变得更加亲密了……可他又错在哪里呢?

有时,他心里也会涌起一阵愤慨:好哇,亲爱的,你再找一个吧,看他能不能像我这样哄着你……整个世界正在全面崩溃,可她却沉溺于自己的痛苦之中……简直是任性,养成了吃甜面包的习惯;你不想尝尝掺糠的黑面包?

这一切都对,就是这么回事,不过由此得出进一步结论:伊万·伊里奇本人是完美无缺的,谁不爱他就是一种罪过。伊万·伊里奇每次想到这里,就碰到了难题……"嗯,说真的,我有什么了不起的?身体健康——这是第一条。聪明绝顶、饶有风趣?并非如此,就像十号套鞋一样平平常常……是英雄?是大人物?是令女人着迷的美男子?都不是……只不过是一个平凡、诚实的普通人,像我这样的人也有几百万……只是由于偶然的机会中了彩:有一位迷人的姑娘爱上了我,她热情、聪明、高尚,超过我一千倍,突然又莫名其妙地不爱我了……"

他一边打量自己,一边想:这个原因是不是他跟不上时代,形象猥琐?他甚至连作战也平庸得很,就像从前在工厂里上班一样?现在他常常遇到一些善恶都突出得可怕的人,他们跨着大步从血腥的战场上走过,投下庞大的身影……"可你呀,伊万·伊里奇,要能对敌人恨之入骨也好,要能贪生怕死也好……"

这种种念头,使伊万·伊里奇十分苦恼。他不知不觉地成为团里最可靠、最有头脑和最勇敢的干部之一。一有什么危险的任务,便交给他,他都完成得很出色。

跟谢尔盖·谢尔盖耶维奇的这场谈话,使他思考很多问题。团长似乎是个开朗的人,原来也忍受着痛苦的折磨……而他的痛苦要深刻得多……还有米什卡·索洛明呢?还有那个"鬼见愁"?还有成千上万你平时没有注意到的人呢?他们头发蓬乱、身材高大、满脸痛苦,却跟得上时代。有的人连要说的话也没有,只是手里握着大枪,还有的人拼命喝酒,悔恨不已……这就是俄国,这就是革命……

"连长同志……快醒醒……"

捷列金在铺位上坐起来。阳光透过车窗射进来,太阳像金色圆球,悬挂在嫩绿的草原的边缘上。一个留着棕黄色胡子的宽脸膛的战士,脸红得好像早晨的太阳,又摇晃了一下伊万·伊里奇。

"有急事,团长叫你……"

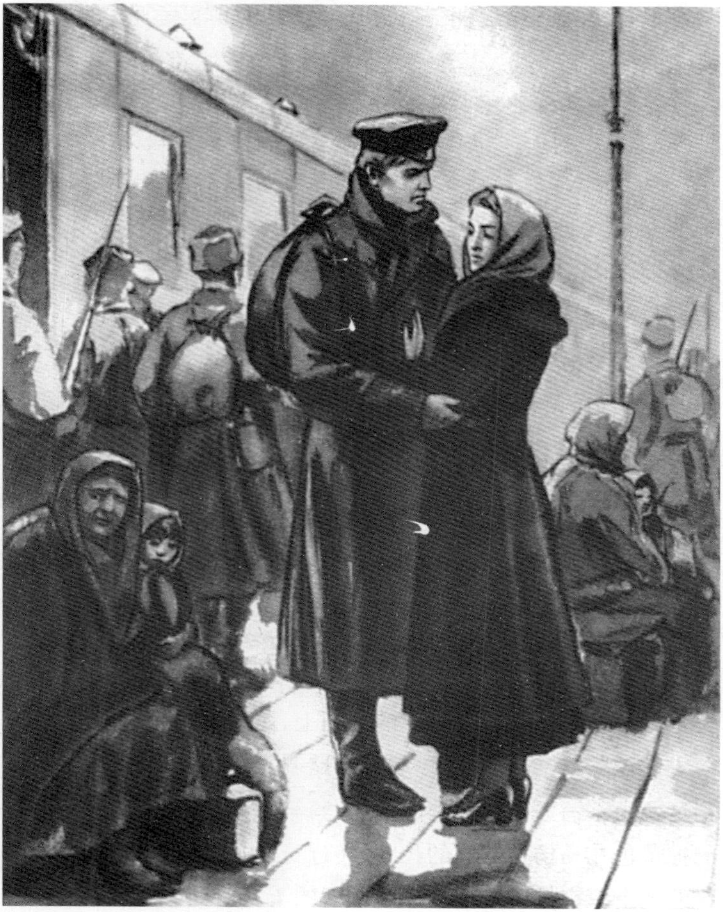

萨波日科夫的单间还点着气味难闻的煤油灯。里面坐着的有格姆扎、团政委索科洛夫斯基——一个肺病患者,长着一头黑发和两只失眠而炯炯发亮的黑眼睛;还有两个营长、几个连长和士兵委员会的代表,这位代表脸上露出一副傲慢、甚至气愤的神情……大家都抽着烟。谢尔盖·谢尔盖耶维奇已经穿好军装上衣,带着手枪,一只手哆哆嗦嗦地举着电报带。

"……这样一来,敌人突然占领车站,便切断我军的联系,使我们腹背受敌。"当伊万·伊里奇走进单间的门口时,萨波日科夫正在用嘶哑的声音念道。"如果我们坐视当地居民受白匪的蹂躏,等待他们的必然是死亡、杀害和拷打。为了革命,为了不幸的居民,请迅速派兵救援,勿失时机!"

"没有司令的指示,我们能有什么办法?"索科洛夫斯基喊道。"我再去用电报跟他联系一下试试……"

"你就去试试吧,"格姆扎用预知不祥的口吻说。(大家都望着他)"我的意见是:你亲自跑一趟,带上四个战士,把捷列金也带上,坐验道车直奔司令部……得不到指示就别回来……萨波日科夫,请给索罗金司令打个报告……"

有个骑马的人站在长出青草的土冈上,用手掌遮住眼睛,仔细地望着横在前方的铁路路基,有一团尘雾沿着路基飞快滚来。

当这团尘雾消失在洼凹处的时候,骑马的人用小腿和马刺把马一夹,羸瘦的棕黄色儿马扬扬暴怒的长脸,转过身下了土冈,土冈两侧的坡上有志愿军的一个军官排躺在刚刚胡乱堆起的土堆后面。

"验道车,"冯·梅克说,从马鞍上跳下来,用鞭杆敲敲儿马前腿的膝盖。"卧倒。"脾气暴躁的马蜷起腿,竖起耳朵,终于被制服了,长出口气,俯下身子,先把脸贴到地上,躺下来,鼓起瘦骨嶙峋的肋部,安静下来。

冯·梅克回到土冈顶上,在罗辛旁边蹲下。这时,验道车又从洼凹处蹿出来,现在已经分辨得出上面是六个穿军大衣的人。

"一点儿不错,是红军!"冯·梅克把头向左一转:"一班!"把头向右一转:"准备!向移动目标急射……放!"

土冈上空发出好像浆过的细棉布的撕裂声。透过那团尘雾可以看见,有一个人从验道车上跌下来,翻了几个个儿,滚到路基的坡底下,用双手抓住青草。

从疾驰而去的验道车上也开了枪——有三个人用步枪,两个人用手枪。不一会儿他们就会藏到扳道员的小房后面第二个洼凹处。冯·梅克把鞭子在空中抽得咔咔响,大发脾气:

"跑掉了,跑掉了!你们只会打老鸹!真丢脸!"

罗辛的枪法是公认最准的。他沉着地把准星对准验道车前面一英尺远的地方,瞄准一个身材魁梧、膀阔腰圆、脸刮得精光的人——看样子是个指挥官……"他多么像捷列金呀!"他不禁想道。"是的……这有多么可怕……"

罗辛开枪了。那个人的制帽打飞了,恰在这时,验道车钻进第二个洼凹处。冯·梅克把鞭子一甩。

"废物!全班都是废物!你们不会打枪,诸位军官先生,你们是废物。"

他瞪圆了一双没有睡足觉的杀人凶手似的眼睛,絮絮不休地骂着,直到那些军官从地上爬起来,拍拍膝盖上的尘土,嘟哝起来:

"您呀,大尉,还是少说点儿为妙,这里还有比您大的官儿呢。"

罗辛又压上一夹子弹,觉得两手还在发抖。为什么呢?难道只是因为一想到这个人非常像伊万·捷列金吗?胡扯——捷列金现在在彼得格勒呢……

政委索科洛夫斯基和头上缠着绷带的捷列金走上村公所的台阶——一幢用砖修的二层楼。按照习惯,村公所对面就是教堂,前面是一片没有铺石子的广场,广场上从前往往有集市。如今那些小铺子用木板钉死了,玻璃窗打破了,栅栏被拆走了。教堂当做野战医院,院子里的绳子上挂着战士们的破衣服,随风飘荡。

司令员索罗金的司令部就设在这座村公所里。一进门的过道上扔得满地都是烟头和碎纸,在通往二楼的楼梯旁边,有个红军战士坐在弯木椅子上,把大枪夹在两腿中间。他闭着双眼,嘴里哼着草原上的歌曲。这是一个颧骨很宽的小伙子,把带红帽圈的制帽推到后脑勺上,从制帽底下竖起一绺头发——这是军人蛮横的一种标志。索科洛夫斯基急忙问:

"我们要见索罗金同志……应该往哪儿走?"

这个战士睁开眼睛,他的眼睛由于无聊而打盹,显得迷迷糊糊。他的鼻子很软,显得轻浮。他两眼打量索科洛夫斯基——看看脸,看看衣服,又看看皮靴,然后照样打量了一下捷列金。政委不耐烦地往前凑过去一点儿。

"我跟您打听一下,同志……我们有紧急的事要见司令。"

"按照规矩,不许跟站岗的交谈。"这个头发竖起的战士说。

"呸,真见鬼!司令部里总是有这类混账——形式主义!"索科洛夫斯基喊道。"我要求您回答,同志:索罗金在不在?"

"我什么也不知道……"

"那么参谋长在哪儿?在办公室吗?"

"嗯,在办公室。"

索科洛夫斯基拽了一个伊万·伊里奇的衣袖,就想往楼上跑。于是那个哨兵把身子往下一沉,但是坐在椅子上没动,只是把大枪从腿当中抽了出来:

"你们要上哪儿去?"

"什么上哪儿去?找参谋长。"

"有通行证吗?"

于是政委向这个哨兵解释,他们坐验道车跑到这里来,究竟为的什么事,累得口吐白沫子。哨兵一边听着,一边瞅瞅放在门口的机枪,望望过道的墙上贴得满满的布告、命令和通知。然后摇摇头:

"同志,您应该明白,您还算是有觉悟的人,"他愁苦地说,"有通行证,你就过去,没有,我就开枪,没什么客气。"

他俩只好服从,尽管发通行证的地方就在广场对面什么地方,那个机关大概已经关门了,警卫队长已经走了,只会告诉他们明天来。索科洛夫斯基甚至立刻感到疲倦了……这时,有个矮小的人影从广场闯进门来,穿着一件破衬衫,口子撕到肚脐,大皮靴踩得哐哐响,他大声喊道:

"米季卡,发肥皂了……"

哨兵一阵风似的从椅子上跳起来,跑到台阶上。索科洛夫斯基和捷列金毫无阻挡地上了二楼,碰到几位眼皮有点儿浮肿的漂亮女人,穿着绸上衣,把他俩支使得东一头西一头,终于找到了参谋长的房间。

房间里,有个穿着考究的军人躺在一张破沙发上,连脚也放在上面,他正在端详自己的指甲。他显得彬彬有礼,用深思熟虑的"无产阶级"态度,张口"同志",闭口"同志"(同时,从他嘴里说出来的"同志",听起来跟"索科洛夫斯基伯爵"或"捷列金公爵"一模一样),问清了事情的缘由,道了声歉,便走出去,两只齐膝高的系带黄皮靴嘎吱嘎吱地响。隔壁的房间里响起一阵低语声,远处的门又砰的一声关上了,然后一切都沉寂下来。

索科洛夫斯基用炯炯发亮的眼睛望着捷列金:

"你明白是怎么回事吗?我们来到了什么地方?难道这里是白军司令部?"

他耸起瘦削的肩膀,由于极度惊讶,他那两个肩膀半天也没放下来。隔壁又响起一阵低语声。屋门突然大开,参谋长走进来,他是个中年人,长得很结实,宽阔的前额已经秃了,阴沉着脸,穿着一件粗布的战士军装,大肚子上扎着一根高加索皮带。他仔细而迅速地瞥了捷列金一眼,朝索科洛夫斯基点点头,在桌子后面坐下,习惯地把一双毛茸茸的大手摆在面前。他的前额湿乎乎的,就像酒足饭饱的人常常出点儿汗似的。他发觉对方在打量自己,便把那张微微浮肿的漂亮脸孔阴沉得更厉害了。

"值班的告诉我,说你们俩来这里有紧急的事。"他神情冷淡、一本正经地说。"我感到奇怪的是,团长或政委您为什么不利用直通电报线……"

"我要了三次都不通。"索科洛夫斯基猛地站起来,从衣袋里掏出电报带,递给参谋长。"我们的同志正在流血牺牲,我们又怎么能平心静气地等着……得不到军部的指示……兄弟部队要求支援……'无产阶级自由团'可能被打垮,跟着团队的大车队,有两千多难民……"

参谋长把电报带匆匆扫了一眼,就扔了,电报带碰到一个大墨水池上,卷成一团。

"在'无产阶级自由团'的防地正进行战斗,这种情况,同志们,我们清楚……对于你们的热心、你们的革命热情,我表示赞赏。(他好像在寻找恰当的词句)不过今后请你们不要制造恐慌……况且敌人的行动带有偶然性……总之,我们已经采取了一切必要措施,你们可以安心回去执行自己的任务。"

他扬起了头。他的目光威严而安详。捷列金明白,谈话已经结束,便站起身来。索科洛夫斯基仍然坐在那里,好像被人当头打了一棒。

"我不能带着这样的答复回团。"他说。"今天战士们就会召开群众大会,今天他们就会自作主张赶去增援'无产阶级自由团'……我可以事先告诉您,同志,在群众大会上我要表示赞成派兵增援……"

参谋长的脸涨红起来,光秃、硕大的前额闪闪发亮。他把沙发椅往后撞得哐当一声,站起身来,他的战士军裤掉下去半截,把双手插到皮带里。

"那您就要在全军的革命法庭上承担责任,同志!请不要忘记,现在已不是一九一七年!"

"您别吓唬我,同志!"

"住嘴!"

这时,门一下子开了,走进来一个身材高大、体型非常匀称的人,穿着一件用蓝色细呢子做的切尔克斯大衣。他那英俊的脸显得阴郁,黑色头发垂到前额上,留着两撇奔拉胡,脸上带有酗酒和残忍的人常有的娇嫩的红晕。他的嘴唇湿润而发红。黑眼睛睁得挺大。他来回甩着大衣的左袖,径直走到索科洛夫斯基和捷列金面前,用疯狂的目光瞥了他俩一眼。然后转过身朝着参谋长。他的鼻孔怒气冲冲地翕动着:

"又是旧军队的作风!叫人'住嘴'是什么意思?他们要是有罪,可以枪毙他们……但不要耍那套将军脾气……"

参谋长垂下头,一声不吭地听着训斥。他不能回嘴,因为这个人就是司令索罗金。

"坐下吧,同志们,有什么事跟我说。"索罗金平静地说,在窗台上坐下。

索科洛夫斯基又讲起他们来的目的:要求上级允许瓦尔纳夫斯基团立即出动,支援跟他们相邻的"无产阶级自由团";除开革命的义务要求他们这样做以外,这里面也包含着一个简单的道理:"无产阶级自由团"一旦被打垮,瓦尔纳夫斯基团跟基地的联系将被切断。

索罗金只在窗台上坐了不大一会儿。他开始从这扇门到那扇门之间急促地走来走去,提出几个简短的问题。每当他急遽转身的时候,他那漂亮、浓密的头发就会飘舞起来。战士们喜爱他热情奔放和作战勇敢。他善于在群众大会上讲话。在当时只要有这两个条件,往往可以代替军事科学。他原来是一个哥萨克军官,官衔是上尉,随尤登尼奇①的军队到外高加索作过战。十月革命后,他回到库班,在自己的家乡彼得保罗村跟同乡组成一支游击队,围攻叶卡捷林诺达尔的时候,他率领游击队打过漂亮仗。他从此福星高照。名望冲昏了头脑。而他的精力又非常充沛,他既有工夫打仗,又有工夫寻欢作乐。况且参谋长会精心安排,让他生活在漂亮的女人和开心的合适环境中间。

"我的司令部是怎么答复你们的?"当索科洛夫斯基把话说完的时候,他马上问道。索科洛夫斯基掏出攥成团儿的肮脏手绢,痉挛地擦着额头。

参谋长连忙说:

"我答复说,为了救援'无产阶级自由团',我们已经采取了一切必要措施。我答复说,瓦尔纳夫斯基团部干涉集团军司令部的指挥,是完全不能容许的,此外,还会制造毫无根据的恐慌。"

"哎,同志,您这样处理问题不对。"索罗金突然缓和了口气说。"纪律——当然要……可是有些东西比您的纪律重要一千倍……这就是群众的意志! 革命的激情应当加以鼓励,尽管它跟您的科学背道而驰……即

---

① 尤登尼奇(1862—1933),帝俄将军,后成为西北白匪军头目,率兵进犯彼得格勒失败后流亡国外。

使瓦尔纳夫斯基团的行动毫无益处,甚至有害,也不要紧!我们这叫革命……您现在不许他们去,他们马上会召开群众大会,我知道那些鼓动家,他们该大喊大叫,说我整天喝酒,把军队出卖了……"

他又跑到炉子跟前,用发疯的目光瞅着索科洛夫斯基:

"把报告拿来!"

捷列金马上把那份报告取出来,放到桌子上。司令一把抓起来,两眼骨碌乱转地匆匆看过,墨迹淋漓地写道:

"兹令瓦尔纳夫斯基团立即整队出发,去完成自己的革命天职。"

参谋长带着冷笑望望司令,当司令把报告递给他的时候,他向后退了一步,背起手:

"您可以把我送交法庭,这个命令我决不签署……"

在这一刹那,伊万·伊里奇扑到索罗金跟前,抓住他的手腕,没让他举起手枪。索科洛夫斯基用身子挡住参谋长。四个人都吃力地喘着气。索罗金挣出了胳膊,把手枪塞进衣袋里,走了出去,把门砰的一关,把墙皮都震落了……

接着外面又响起砰砰的关门声,司令急促的脚步声才消失了。

参谋长用低嗓音和解地说:

"我可以老实告诉你们,同志们,如果我签署了这道命令,便会造成一场大规模的灾难。"

"什么灾难?"索科洛夫斯基咳嗽了一声,用嘶哑的声音问道。参谋长用异样的目光瞥了他一眼。

"您猜不出我指的什么吗?"

"猜不出。"索科洛夫斯基的眼角哆嗦起来。

"我指的是整个集团军……"

"怎么回事呢?"

"我没有权利把军事秘密泄露给一个团政委。对不对,同志?我要是那样做,您头一个就得毙了我……不过,我们说得太远了。好……随你们怎么办,自己承担责任好了……"

他走到地图跟前,地图上插满了小旗。索科洛夫斯基和捷列金也凑上前去,在他背后站着。显然是这两张嘴喷出的热气使参谋长有些不快——他的肩胛骨在衬衫底下直动弹。但是,他平静地掏出一根脏牙签,用咬过的那头在地图上比画着,从几个小三色旗开始往南移动,移向小红旗密集的地方。

"白军就在这儿。"参谋长说。

"在哪儿?在哪儿?"索科洛夫斯基紧凑到地图的跟前,用发花的眼睛在地图上搜寻着。"但这是托尔戈瓦亚……"

"对,这是托尔戈瓦亚。它一失守,便为白军扫清了一半道路。"

"我不明白……我们认为白军要往北起码有几十俄里……"

"那是我们认为,政委同志,可白军并不那样认为。目前,托尔戈瓦亚受到四面围攻。白军有飞机,有坦克。这已经不是从前那个科尔尼洛夫匪帮了……他们在内线作战,指哪儿打哪儿。主动权在他们手里。"

"托尔戈瓦亚北面是德米特里·日洛巴的铁师……"捷列金说。

"已经被击溃了……"

"还有个骑兵旅呢?……"

"也被打垮了……"

索科洛夫斯基抻抻脖子,又往地图跟前凑凑。

"您倒是一个非常沉着的人,同志。"他说。"您对托尔戈瓦亚丢不丢,好像满不在乎似的……这个被击溃了,那个被打垮了。"他转过脸朝着参谋长。"那我们集团军呢?"

"我们在等待总司令的指示。卡尔宁同志有他自己的考虑。我们司令部总不能用拳头捶桌子,要求总司令部发布进攻命令——您认为对不对?打仗跟开大会可是两码事。"

参谋长露出微妙的笑容。索科洛夫斯基屏住呼吸,盯着他那镇静的胖脸。参谋长神色自若地经受住了这样的逼视。

"情况就是这样,同志们,"他说,回到桌子跟前,"就是因为这个,我没有权利从前线上撤下任何一个部队,尽管从表面上看这样做完全有道理,甚至是必要的……我们的处境十分艰难。好吧,你们马上回部队去。我方才对你们说的,暂时不要往外传。必须绝对保证军心稳定。至于

'无产阶级自由团',你们可以不必为他们的命运担心,我已接到令人放心的消息……"

参谋长的眉毛在鹰钩鼻子顶上拧成个疙瘩。他点了一下头,把两位来访者打发走。索科洛夫斯基和捷列金走出办公室。在隔壁的房间里,值班的正站在窗前修指甲。他向要走的客人恭恭敬敬地鞠了一躬。

"混账。"索科洛夫斯基低声地说了一句。

当他俩走到街上的时候,他拽住捷列金的衣袖:

"喂,你有什么看法?"

"从形式上看,他是对的。实质上,他当然是怠工。"

"怠工?嗯,不……这里的把戏要厉害得多……我回去把他毙了……"

"可别,索科洛夫斯基,别干蠢事……"

"这是叛变,我告诉你说吧,这是叛变。"索科洛夫斯基嘟哝说。"格姆扎每天都听到报告说司令部里常常喝得烂醉。索罗金把政委都撵跑了。下面的人就甭想接近他。索罗金在咱们军里就是上帝和沙皇,天知道,大家喜爱他作战勇敢——倒是自己人。可是那个参谋长,你知道他是什么人?别利亚科夫在沙皇的军队里当过上校……你明白这问题多么复杂吗?好,我们坐车回去吧……我们能闯过去吧,你认为怎么样?"

参谋长摇了一下铃铛,门口准确地出现了值班的。

"你去了解一下,司令的情况怎么样?"参谋长说,一本正经地看文件。

"索罗金同志在饭厅。已经半醉了。"

值班的等参谋长勉强发出一声冷笑,也意味深长地笑了笑:

"陪着他的是津卡。"

"好。去吧。"

别利亚科夫走进联络勤务室。查看了电话记录。用清楚细密的字体签署了几份文件,在走廊头上一个房间的门口站了一会儿。隔着门听到里面传出轻轻的六弦琴声。参谋长掏出手绢,擦干了粗壮、发红的脖子,敲了敲门,没等里面回答便走进去。

房间当中摆着一张桌子,上面铺着摊开的报纸,摆着肮脏的食具和酒杯,索罗金捋起切尔克斯大衣肥大的衣袖,坐在桌旁。他那英俊的脸孔仍然十分阴郁。有一绺黑头发落在湿乎乎的前额上。他用扩大了的瞳孔盯盯地望着别利亚科夫。在他旁边的一张矮凳上坐着的是津卡,她用一条腿压着另一条腿,露出吊袜带和裤角的花边,正在弹六弦琴。这是一个挺年轻的女人,蓝眼睛和湿润的嘴唇都色泽鲜艳,纤细的鼻子颇有果断的气概,浅色头发向上拢得高高的,蓬蓬乱乱,只有嘴角上两道病态的皱纹,尽管不大明显,却为她那妩媚的脸庞增添了一种会咬人的小野兽的神情。按照她的证件上记载,她是鄂木斯克人,是铁路工人的女儿,这一点当然无人相信,而且也无人相信她只有十八岁,无人相信她姓卡纳维娜,名叫济纳伊达。但是,她打得一手好字,会喝酒,会弹六弦琴,还会唱迷人的浪漫曲。索罗金曾发誓,要是她胆敢在司令部散播白卫军的腐化堕落风气,就亲手枪毙她。大家听了,也就放心了。

"你算是真行,没什么说的。"别利亚科夫摇着头说,为了防备万一,他靠门站着。"你叫我多么尴尬?来这两个家伙明明是中央委员,用开大会吓唬我们,你马上就跑到他们那边去了……最简单的办法是,你跑到发报机跟前,往叶卡捷林诺达尔拍个电报,他们马上会给你派来一个犹太人,他会给你组建司令部,他会跟你睡在一张床上,跟你一起上茅房,注意你的一切想法。真可怕呀!司令索罗金有独裁的倾向!好,你就接受监督吧……你可以撤掉我……可以枪毙我……但是在下级面前用手枪吓唬我,我决不答应……你这么一来,还有什么纪律可言!……真岂有此理!"

索罗金继续望着参谋长,伸出一只又大又有力的手去抓酒瓶颈,却抓了个空。一阵短暂的抽搐使他嘴歪了,胡子托挛起来。他到底用手抓住酒瓶,倒了两大杯。

"坐下,喝!"

别利亚科夫斜眼瞥了一下津卡裤角上的花边,走到桌子跟前。索罗金说:

"要不是看你脑瓜好使,早就把你枪毙了……纪律……我的纪律就是打仗。好,你们谁去发动一下群众试试……可我就能带得了他们,咱们走着瞧——别人谁也不行,我一个人就能打垮白卫军那些混蛋……全世界都会发抖……"

他用鼻孔猛吸一口气,太阳穴上发红的青筋跳动起来:

"不用那些中央委员,我也可以扫清库班、顿河和捷列克河……这些委员只会待在叶卡捷林诺达尔唱高调……都是混账,胆小鬼……嗯,还有什么说的——我会骑马,我会打仗,我是独裁者……我会带兵!"

他伸手去取酒杯,但是别利亚科夫一下子把他杯里的酒给泼了:

"别喝了……"

"啊哈,你发号施令?"

"我以朋友的身份请求你。"

索罗金往椅子上一仰,短叹了几声,两眼四下张望,直到他的目光落到津卡身上。她正用指甲拨弄琴弦。

"黑夜呼吸着……"她慵倦地扬起眉毛唱道。

索罗金倾听着,太阳穴上的青筋跳得更厉害了。他站起身来,把津卡的头向后一扳,贪婪地吻起她的嘴来。开头她还拨弄两下,后来六弦琴就从她的膝盖上滑落下去了。

"这是另一回事。"别利亚科夫怀着善意说。"唉,索罗金,我真喜欢你,连我自己也不知道为什么,就是喜欢你。"

津卡终于挣脱了身子,满脸涨红,低低地弯下腰去捡六弦琴。她明亮的眼睛从散乱的头发底下闪闪发亮。她用舌尖舔了一下微肿的嘴唇:

"呸,弄得好疼……"

"哎,这么办吧,朋友们,我还藏着一瓶好酒……"

别利亚科夫突然停住,把下面的话咽了下去。他一只手抟挲着手指伸在半空中,也停住不动了。窗外砰地响起一下枪声,人群吵嚷起来。津卡带着六弦琴一阵风似的从房里溜走了。索罗金皱起眉头,走到窗前……

"你别去,我先打听一下是怎么回事。"参谋长连忙说。

在司令部驻地发生争吵和射击,是很平常的事。索罗金的军队由两大部分组成,一部分是库班哥萨克,他们的核心是索罗金去年组织起来的,另一部分是乌克兰人,是由在德国人攻势下撤退的乌克兰红军的残部组成的……在库班人和乌克兰人之间存在着世仇。乌克兰人在外地作战,常打败仗,而路过哥萨克的村子时,要草要粮,不大客气。

打架斗殴的事,天天发生。不过今天刚刚开头的场面,要严重得多。一群骑马的哥萨克呼喊着疾驰而过。一伙一伙害了怕的红军战士离开栅栏和果园乱跑。从车站的方向传来激烈的枪声。有一个受伤的哥萨克,在司令部窗前的广场上,一边在尘土里乱滚乱爬,一边拼命喊叫。

司令部里一片惊慌。今天一清早,电报线收不到任何消息,这阵子却发来一大摞疯狂的情报。能够搞清楚的只有一点:白军沿着索瑟卡—乌曼村方向迅速推进,追赶几列惊慌逃命的红军列车。跑在最前面的列车已经到达司令部驻地,开始在火车站上和村子里抢劫。库班人开了火。双方发生激战。

索罗金骑着一匹高大、烈性的棕黄色骒马飞出大门。他后面跟着五十个护兵,都穿着切尔克斯大衣,提着弯弯的马刀,风帽的帽耳在身后飘舞。索罗金骑在马上稳稳当当。他没戴皮帽子,好让人一下子能认出他的脸孔。他那英俊的头向后仰着,风吹起他的头发、衣袖和下摆。他酒意还没醒,神色刚毅,脸孔苍白。两眼锐利地凝视前方,目光透出杀气。战马跑过的地方,扬起一团烟尘。

到了车站附近,从一道用矮树丛做的篱笆后面响起一阵枪声。有几个护兵大声呼叫起来,有一个滚下了马,索罗金甚至连头也不回。他望见前方两列货车中间灰土土的一群战士在叫嚷着、攒动着、奔跑着。

人们从远处就认出了他。有许多人爬到车盖顶上。人群里挥舞着大枪,高声喊叫。索罗金没有减慢速度,一下子越过车站花园的栅栏,飞奔到铁路线上,闯到密集的人群中。有人上前抓住马笼头。他把双手举到头上,高喊道:

"同志们,战友们,战士们!出了什么事?为什么开枪?为什么惊慌?是谁在欺骗你们?是哪一个混蛋?"

"我们给出卖了!"有一个惊慌的声音哭叫着说。

"指挥员把我们出卖了!他们不打就撤!"有许多声音喊叫起来……于是站在铁路线上、田野里和车盖顶上的好几千人一齐吼叫起来：

"我们给出卖了……全军都给打垮了……打倒司令!打死司令!"

响起一阵口哨声、号叫声,就像突然刮来一阵妖风似的。护兵们的马嘶叫着直立起来。一张张狰狞的面孔、黑黝黝的手向着索罗金拥来。于是他又拼命叫喊,把他那结实有力的脖子都喊得胀了起来：

"住嘴!你们不是革命军队……是一群匪徒和混账……把怕死鬼和制造恐慌的人给我交出来……把白卫军的奸细给我交出来!"

他突然打了一下马,马扬起前蹄,向人群里面冲去。索罗金从马鞍上俯下身子,用手指着说：

"就是他!"

人群不由得转过脸去看他指着的那个人。这是一个大高个儿、大鼻子、面容瘦削的人。他脸刷地白了,挖挣开胳膊时,想往后退。究竟是索罗金真的认识他,还是为了挽救局势临时抓他当替罪羊,就没法知道了……人群需要流血。索罗金抽出弯弯的马刀,嗖的一声扬起来,照着大个子的长脖子砍去。鲜血好像激溅的喷泉喷射到马脸上。

"革命军队就是要这样惩罚人民的敌人。"

索罗金又打了一下马,挥舞着血淋淋的马刀,杀气腾腾,脸色惨白,在人群中间兜着圈子,一边咒骂、恐吓,一边安慰：

"我们根本没打败仗……间谍和白军的奸细故意制造恐慌……是他们鼓动你们抢劫,破坏纪律……谁说我们给打败了?谁看到我们给打败了?是你这个败类看见了怎么的?同志们,我率领你们打过仗,你们是了解我的……我身上就挂过二十六次花!我要求你们马上停止抢劫!都回到列车上去!今天我就领你们发起进攻……那些胆小鬼和怕死鬼,等待他们的是人民愤怒的惩罚……"

人群静静地听着。大家感到惊异,有人为了看清楚这位司令,爬到别人的肩头上。还能听到愤愤不平的声音,但是人们的心被点燃了。到处可以听到人们的议论："没说的,他讲得很对……就让他率领咱们吧。咱们跟着他走……"躲藏起来的连长也都露面了，队伍渐渐回到军用列车跟前。索罗金的切尔克斯大衣胸口也撕开了，他是为了让大家看伤疤自己撕的……他的脸色显得发疯似的苍白……一场惊慌平息了，派出机枪堵住正在开来的军用列车。传达坚决命令的电报沿着整个铁路线一个接一个地发出去。

但是不管怎么样，全军的撤退是无法避免的。直到几天以后，在季马舍夫车站一带才算把部队整顿好，开始迎击敌人。红军分成两路纵队向维谢尔基和科列涅夫卡进发。只要什么地方战斗形成拉锯状态，那里就可以看到索罗金骑着棕黄马纵横驰骋。仿佛只凭他那热情奔放的意志就可以扭转战局，挽救黑海沿岸地带。于是，北高加索共和国的中央执行委员会也只好正式承认他在作战方面的领导权了。

第 六 章

五月末，正当邓尼金的军队开始"第二次库班远征"的时候，在俄罗斯苏维埃共和国的上空又聚集着新的雷雨。有三个捷克师从乌克兰前线向东方转移时，几乎从奔萨到鄂木斯克铁路线上所有的军用列车同时哗变。

这次哗变是外国蓄谋已久对苏联进行武装干涉的第一次打击。这几个捷克师，是从一九一四年开始由居住在俄国的捷克人组建的，后来又编入了战俘，到了十月革命后便变成了国内的一种异己势力，他们用武力干涉国家的内政。

要煽动他们用武力反对俄国革命，并不是一件简单的事。直到这时，捷克人还把俄国当成将会使捷克人民摆脱奥地利帝制的解放者。捷克农民在喂过圣诞节吃的鹅时，还按照老传统说："留一只鹅给俄国人。"这些捷克师在进占乌克兰的德军的打击下，且战且退，准备转移到法国去，在战场上向全世界表明，他们曾为捷克的自由而战，捷克对打败德奥联军的胜利做出过贡献。

当捷克人的军用列车向海参崴开去的时候,迎面开来了被俘的德国人和特别可恨的匈牙利人。在错车的车站上,两股相向的人流碰到一起,火气便发作了。白军的奸细跟捷克人咬耳根子,说布尔什维克搞阴谋诡计,他们好像准备解除捷克人的武装,把捷克人的军用列车交给德国人。

五月十四日,在切利亚宾斯克车站上,捷克人跟匈牙利人发生了一场严重的殴斗。切利亚宾斯克的工农兵代表苏维埃逮捕了几个气焰嚣张的捷克人。整个列车都拿起了武器。这里的苏维埃跟整个铁路沿线一样,只有一些装备很差的红军战士,只好做出让步。关于切利亚宾斯克事件的消息,立刻传遍所有的军用列车。而共和国最高军事委员会主席[①]为处理这类事件竟然发布一项叛卖和挑衅性的命令,于是发生了一场大爆炸。命令说:

"各工农兵代表苏维埃务必解除捷克斯洛伐克人的武装:如果在铁路沿线发现任何携带武器的捷克斯洛伐克人,应当就地枪毙;任何军用列车如果发现有一个携带武器的捷克斯洛伐克士兵,应当全部赶下列车,关进战俘营。凡执行不力者,严惩不贷。"

由于捷克人纪律严明,团结一致,有作战经验,又有大量的机关枪和大炮,而苏维埃的赤卫军装备既差,又缺乏有经验的指挥,结果不是苏维埃解除捷克人的武装,相反,倒是捷克人解除了苏维埃的武装,成为从奔萨到鄂木斯克整个铁路沿线的主人。

这场哗变是从奔萨开始的,当地苏维埃派出五百名赤卫军战士去镇压一万四千名捷克兵。赤卫军向火车站发起攻击,几乎被全歼。捷克人从奔萨拉走了国家证券印制所的一台印制机,在别津丘克和利皮亚吉附近的一场大战中打败红军,占领了萨马拉。

就这样,又开辟了一个新的内战战场,迅速蔓延到伏尔加河、乌拉尔和西伯利亚的广大地区。

---

① 当时军委主席是托洛茨基(1879—1940),他从极左跳到右倾投降主义,故称托派,后被开除出党,逃亡国外。第三部第十九章有细致描写。

德米特里·斯捷潘诺维奇·布拉文医生趴在敞开的窗口,倾听着远处传来隐隐的炮声。街上阒无人迹。白热的太阳烤着低矮房屋的墙壁、空商店落满尘埃的窗户、没有用的牌匾和覆盖着一层石灰粉的柏油,热得难以忍受。

医生向右边望去,广场上矗立着一座用木板钉死的方尖碑,上面挂着退了色的破布条,这是用来覆盖亚历山大二世的塑像的;旁边停着一门大炮;有一群市民正在翻开鹅卵石,往底下挖什么显然是没有必要的东西。在这群人中间,有大司祭斯洛沃霍托夫,有萨马拉知识分子的光荣和骄傲——公证人米申,有高级食品店老板罗曼诺夫,有前地方自治局委员斯特拉姆博夫和一个白发苍苍的美男子,从前的豪绅和地主库罗耶多夫。他们都是德米特里·斯捷潘诺维奇的主顾和打扑克牌的牌友……一个红军战士坐在石墩子上,把大枪用腿夹着,正在抽烟。

萨马尔卡河对岸,炮声隆隆。窗子上的玻璃不时发出轻微的哗啦声。医生一听到哗啦声,便阴险地撇撇嘴,还朝花白的胡子嗤嗤鼻子。他的脉搏是一百零五次。这就意味着,他从前那种喜欢从事社会工作的习性依然未改。只是目前过多流露自己的感情太危险。就在街对面列杰尔珠宝店窗子上钉着的木板上,贴着革命委员会的布告,白晃晃的,非常刺眼,布告上说对反革命分子格杀勿论。

在空荡荡的大街上,出现了一个奇怪的人影,显得惊慌失措,戴着一顶用椰子纤维做的双檐盔形帽,穿着一件战前式样的柞丝绸西服上衣。他贴着墙根蹑手蹑脚地走来,不时回头张望,还突然跳起来,好像有人要从他耳朵上边打枪似的。他那淡黄色的头发一直耷拉到肩头。棕黄色胡子好像贴在苍白的长脸上。

这个人就是戈维亚金,地方自治会的统计员,曾经枉费心机企图唤醒达莎心中"美好的兽性"。他来找德米特里·斯捷潘诺维奇,显然有特别重大的事情,才使他能克服对于空荡荡的大街和轰隆隆的炮声的恐惧。

戈维亚金一看医生正站在窗口,便拼命地摆手,那意思大概是:"为了上帝,不要看我,后面有人盯着哪。"他回头望望,在革命委员会的布告底下贴着墙站住,然后穿过横街,钻进大门。又过了一会儿,他敲起医生家的后门。

"为了上帝,快把窗户关上,我们受人监视。"戈维亚金走进餐室,压低声音说,可他的声音仍然很响。"放下窗帘……不,还是不放的好……德米特里·斯捷潘诺维奇,我是奉命来找您的……"

"我能效什么劳呢?"医生嘲弄地说,在桌旁坐下来,桌上铺着一块烧出洞的肮脏油布。"坐下谈吧……"

戈维亚金拉过一把椅子,一屁股坐下,蜷着一条腿,喷着唾沫,跟医生附耳大声说:

"德米特里·斯捷潘诺维奇……刚才在立宪会议委员会的一次秘密会议上,经过表决决定,由您出任卫生部副部长。"

"副部长?"医生反问道,嘴角向下耷拉着,下巴上堆满了皱纹。"是这样,是这样。那么是哪个共和国的呢?"

"不是共和国,是政府……我们采取了主动行动……我们要建立一个阵线……我们可以得到一部印钞票的机器……由捷克人的军队打头阵,我们要向莫斯科进攻……我们要召开立宪会议……是我们召开,您明白吗?我们……今天发生了一场激烈争论。社会革命党和孟什维克要拿去全部部长职位。可是我们地方自治会坚持要您出任,终于通过了您的任命……我为此感到骄傲。您同意吗?"

正在这时,萨马尔卡河对岸响起一下惊天动地的炮声,震得桌子上的茶杯丁当响,吓得戈维亚金一下子跳起来,用手捂住心口:

"这是捷克人……"

又轰隆响了一声,接着仿佛就在附近响起嗒嗒的机枪声。戈维亚金吓得脸色煞白,又坐下去,蜷起一条腿。

"这是混账的红军……他们把机枪架在粮仓顶上……可是没有疑问,捷克人正在攻打这座城市……一定会把它拿下来……"

"好吧,我同意,"德米特里·斯捷潘诺维奇用粗浊的声音说。"想喝点儿茶吗?只有凉茶。"

戈维亚金谢绝了,仿佛出神似的低声说:

"领导政府的都是爱国者——最正直的人,最高尚的人物……沃利斯基,您是认得的,特维尔的律师,一位大好人……福尔图纳托夫上尉……克利姆什金是我们萨马拉的,也是一个最高尚的人……所有的社会革命党都是毫不妥协的斗士……甚至盼望切尔诺夫①能参加——不过这是最大的机密……他正在北方跟布尔什维克干呢……军官也跟我们建立了紧密联系……加尔金上校就是军界代表……据说他是丹东第二……总之,万事俱备。只等着发起强攻了……根据一切情况看来,捷克人预定在今天晚上发起强攻……我代表民团。这真叫人害怕,又叫人忙乱……但是,应该战斗,应该做出牺牲……"

窗外响起高亢而不和谐的军号声——《国际歌》。戈维亚金马上俯下身子,把头放在德米特里·斯捷潘诺维奇的肚子上;他那麦秸色的头发看上去好像是洋娃娃头上的假发。

太阳落到预兆雷雨的乌云后面去了。黑夜并没带来凉爽。星星被一片烟雾遮住。河对面的炮声越来越密,越来越响。爆炸声震得房屋发抖。布尔什维克布置在粮仓后面的六英寸口径大炮向黑暗里还击。房顶上的机枪嗒嗒作响。在萨马尔卡河对岸的郊区还有红军的前哨部队,郊区和这岸有一条木桥相连,那里只能听到微弱的枪声。

乌云越积越厚,隐隐地发出雷鸣。到处是一片漆黑。不论城里还是河面上,都没有一点儿灯火。只有大炮闪烁着火光。

城里谁也没有睡。在一个秘密的地下室里,立宪会议委员会正在连轴转地开会。由军官组织筹建的志愿军,已经穿戴整齐,全副武装,分散在各家焦急地等待着。市民们站在窗前,凝视着可怖的暗夜。街上的巡逻队此呼彼应着。在寂静的间歇里,可以听到向东驶去的列车的车头发出凄厉、疯狂的汽笛声。

俯窗眺望的人,看见一道蜿蜒曲折的闪电,从天空的这一头一直划到另一头。照得伏尔加浑浊的河水闪烁着阴沉的光辉。码头上的驳船和轮

---

① 切尔诺夫(1873—1952),社会革命党的头目之一,曾任临时政府的农业部长,十月革命后参与反革命叛乱,后逃亡国外。

船的轮廓都显现出来。在河的上空,在铁瓦的屋顶上,高高耸立着庞然大物的粮仓、新教教堂的尖顶、女修道院的白色钟楼——这座钟楼据说是修女苏姗娜用到各地募捐来的钱修成的。电光灭了。一片黑暗……

天空裂开了。突然起了风。烟囱里发出瘆人的呜呜声。捷克人发起了进攻。

捷克人排成稀稀落落的散兵线,从克里亚日车站出发,一路攻打铁路大桥,一路绕过炼脂油厂攻打河对岸的郊区。起伏不平的地势、河堤和密密的柳条丛,妨碍他们前进。

一条木桥和一条大铁桥,是进城的咽喉要道。布尔什维克布置在粮仓后面广场上的大炮封锁了这两条要道。沉重的炮击和忽闪的火光,鼓舞了不大相信指挥员的作战经验的红军的士气。

夜向尽,捷克人使用了诡计。在粮仓旁边的木板棚里住着没有撤走的波兰难民,携家带口。捷克人知道这个情况。当他们的炮弹在粮仓的上空爆炸的时候,波兰人从板棚里跑出来,到处乱窜,寻找躲避的地方。炮兵们一边咒骂,一边用擦炮的通条把他们从大炮跟前赶开。等到六英寸口径的大炮轰隆作响的时候,这些难民震得耳聋眼花,便四下逃散了……这时,从粮仓跟前又跑来一群妇女。她们高喊着:

"别放炮了,求求老爷,别放炮了,我们求求你们,别伤害不幸的人!"

她们从四面把大炮团团围住。

这些奇怪的波兰女人,有的抓住通条,有的扳住大炮的轮子,有的紧紧抱住炮手的胳膊,沉重地吊在这些被炮声震得发昏的炮手身上,揪住他们的大胡子,把他们按倒在马路上……这些女人上衣里面穿的是军装,裙子里面穿的是马裤……

"弟兄们,他们是捷克人!"有人嚷道,他的脑袋被手枪打开了花……有的人还厮打着,有的人拔腿就跑……可是捷克人已经把大炮的炮栓卸掉,一边打枪,一边撤退。然后钻到粮仓之间的狭道里,便无影无踪了。

大炮不能用了。机枪退下来。捷克人继续进攻,包围了萨马尔卡河对岸的郊区,一直逼近伏尔加河边。

第二天早晨,乌云散了。干热的太阳照射在德米特里·斯捷潘诺维奇住宅没有擦过的玻璃窗上。医生已经细心地穿戴整齐,坐在桌旁。他的眼睛塌下去了——一夜未曾合眼。洗杯缸、托盘和茶碟都堆满了烟头。有时他掏出一把破梳子,往前梳理他那花白的鬈发。他现在时刻等待有人来叫他去就任副部长。原来他的虚荣心还非常强呢。

有一群伤兵哩哩啦啦从他窗前的贵族街上走过。他们仿佛走在一座人烟灭绝了的城市里。有的伤兵用血迹斑斑的破布马马虎虎地缠绑着,在人行道上靠墙坐下,望着空空的窗户——但是无处去讨一口水喝或要一块面包吃。

夜里的雷雨并没使街道凉爽,太阳一出来,就把大街晒得灼热。河对岸,轰隆隆、劈啪啪、嗒嗒嗒响个不停。有辆小汽车从贵族街上驶过,扬起一团团石灰粉,弥漫街头,车上政委的扭曲的脸孔和发黑的嘴唇一闪而过。小汽车下了坡,穿过木桥,后来据说被一颗炮弹打中,连车带人都炸碎了。时间停步不前了——战斗似乎无尽无休。城市屏止了呼吸。上流社会的妇女已经穿好白色连衣裙,躺在床上,用枕头蒙住头。立宪会议委员会的委员们正喝着面粉厂老板娘为他们烧的早茶。在地下室里,这些部长们的脸孔好像死人一样。而河对岸,轰隆隆、劈啪啪、嗒嗒嗒响个不停……

到了晌午,德米特里·斯捷潘诺维奇走到窗前,呼呼哧哧地打开窗子,他在这蓝色的烟雾中再也坐不住了。街上一个伤兵都没有了。许多人家都把窗子打开,有的从窗帘后露出一只眼睛向外窥望,有的晃动着焦急的脸孔。正门也有人探头探脑,马上又缩回去。看样子,好像布尔什维克都跑光了……可是对岸怎么还响着密集的枪炮声呢?……啊,叫人多难受!……

突然,仿佛奇迹似的,从拐角后面走出一个细长腿的军官,穿着一件掐腰挺高、像雪一样白的军装上衣,略微踌躇一会儿,顺着街心走来。军刀直打他的皮靴鞡。肩上的金肩章跟正午的太阳一样闪闪发光,不禁使人想起旧政权的幸福……

德米特里·斯捷潘诺维奇的心里产生了一种早已忘怀的感情,他仿佛想起什么,不免愤愤然了。他以难以想象的迅速从窗口探出头去,向军官喊道:

"立宪会议万岁!"

那个少尉立刻朝医生的胖脸挤挤眼,神秘地回答说:

"到时候自会分晓……"

于是,所有的窗口都探出头,招呼着,询问着:

"军官先生……哎,怎么样? 我们给打下来了? 布尔什维克撤了?"

德米特里·斯捷潘诺维奇戴上白制帽,拿了手杖,又照照镜子,走出门来。人们都往街上走来,就像教堂里刚做完礼拜似的。果然不知什么地方敲起洪亮的钟声。高高兴兴、吵吵嚷嚷的人群汇集到十字街头。德米特里·斯捷潘诺维奇的衣袖被人拉住了,原来是他曾经看过病的一位太太,胖得长出三层下颏,戴着一顶挺大挺大的帽子,上面插的假花散发出一股樟脑味。

"大夫,您看:捷克人!"

在十字路口上站着两个捷克人,端着枪,被一群女人团团围住。一个捷克人把脸刮得发青,另一个留着小黑胡。他们一边做出紧张的笑容,一边迅速搜索着屋顶、窗户和脸孔。

他们那漂亮的军帽、带皮纽扣的军装上衣、左袖上钉着的盾形臂章、结实的皮包和子弹带、他们那坚毅的脸孔——这一切都引起人们的欣喜和带着敬意的惊异。这两个人仿佛从另一个世界突然降临到贵族街上。

"乌拉!"人群中有几个旧官吏欢呼起来。"捷克人万岁! 把他们抬起来! 快点儿!"

德米特里·斯捷潘诺维奇往前挤了挤,嗤着鼻子,想发表一篇像样的欢迎词,但是由于心情激动,嗓子发干,于是他急忙奔向秘密开会的地点,那里有崇高的使命等待他去执行。

面粉厂老板娘的地下室空荡荡的——只有浓重的烟草味、烟灰缸里横七竖八扔满的烟头和桌子头上一个黄头发的男人,他把脸埋到一些画满大鼻子脸孔的纸上,正在睡大觉。德米特里·斯捷潘诺维奇摇摇他的肩膀。那个人深深地吐了口气,抬起留着长胡子的脸,两只浅蓝色的眼睛睡眼惺忪,游移不定:

"怎么回事?"

"政府在哪里?"德米特里·斯捷潘诺维奇一本正经地问。"本人是卫生部的副部长。"

"啊,布拉文医生。"那个黄头发说。"呸,见鬼,可我是……嗯,城里怎么样了?"

"还没有消灭干净。不过,这已经是尾声。贵族街上已经出现了捷克人的巡逻队。"

那个黄头发大张着嘴,露出白牙,哈哈笑了起来:

"好!啊,见鬼,真神速!这样的话,整三点政府将在这里开会。如果一切顺利,傍晚我们可以搬到一处好房子……"

"请原谅……"德米特里·斯捷潘诺维奇脑海里闪过一个可怕的猜测。"我是在跟党中央委员谈话吗?您是不是阿夫克先季耶夫[①]?"

那个黄头发做了一个含糊的手势算是回答,仿佛在说:"有什么法子……"电话铃响了。他从桌子上抓起听筒。

"您先去吧,医生,您的岗位现在是在大街上……您记住,我们不应当允许过火行为发生……您是资产阶级知识分子的代表,您去控制一下他们的热情……不然的话,您知道,"他挤挤眼,"将来就不好办了……"

医生走出来。现在全城的人都涌上了街头。就像过复活节似的互相问候。互相祝贺。互相传播消息……

"有好几千个布尔什维克都跳进了萨马尔卡河……正往这岸游过来……"

"那也照样打他们……"

"光淹死的就有多少……完蛋了……"

---

① 阿夫克先季耶夫(1878—1943),社会革命党头目,曾任临时政府内政部长,十月革命后参与叛乱,失败后逃亡国外。

429

"一点儿也不错——城市下游,整个伏尔加河上全是尸首……"

"要叫我说,得感谢上帝……这算不得什么罪过……"

"是呀,他们死得活该……"

"先生们,你们听说没有? 他们把一个打钟的从钟楼上摔下来了……"

"谁摔的? 是布尔什维克吗?"

"为的是不让敲钟……这叫做关上门听不见……要把别的什么人弄死,我还能够理解,可干吗要把打钟的弄死呢?"

"您上哪儿去? 上哪儿去,老大爷?"

"到底下。想看看粮仓。不知打坏没有……"

"疯了。码头上还有布尔什维克呢。"

"德米特里·斯捷潘诺维奇,可盼到这一天了! ……您干吗那样心事重重的呢?"

"是这样——我被推举当了副部长……"

"祝贺您了,部长大人……"

"嗯,眼下还没有什么可贺的……还没有打下莫斯科呢……"

"哎,医生,我们只要能呼吸一点儿新鲜空气,也就谢天谢地了……"

一对对金肩章在人群中威武地晃动起来。这是往昔的、舒适的、受到保护的一切的象征。一队军官迈着坚定的步伐走过去,后面跟着一群扮着鬼脸的男孩子。花枝招展的女人满脸堆笑。人群从花园街拐到贵族街上,中间经过库尔利娜的用绿瓷砖贴面、豪华得怪诞的宅邸。有一个男孩子突然钻进人群……

"怎么回事? 出了什么事?"

"军官老爷,这个院子里有布尔什维克,两个,藏在柴垛后面……"

"啊哈……先生们,先生们,快往前走……"

"这些军官往哪儿跑?"

"先生们,先生们,不要惊慌……"

"发现了肃反委员会的!"

"德米特里·斯捷潘诺维奇,我们还是往边上靠吧,不然的话,可……"

枪声响了。人群呼啦散开了。跑得连帽子都丢了。德米特里·斯捷潘诺维奇累得气喘吁吁,又回到贵族街上。他感到自己对眼前发生的一切都负有责任。他来到广场跟前,眯细两眼看着罩在亚历山大二世纪念像外面的方尖碑。他伸出右手,气愤而响亮地说:

"布尔什维克准备把俄国原有的一切都毁掉。他们千方百计想使俄国人民忘掉自己的历史。这里竖立着对任何人都毫无害处的沙皇纪念像,况且他还是个解放者。快把这些难看的板子和讨厌的破布取下来。"

这就是他向人民发表的第一次演说。马上就有几个戴制帽的机灵的年轻人,看样子像是商店的伙计,跟着喊起来:

"拆掉!"

接着响起从纪念像上拆木板的喀嚓声。德米特里·斯捷潘诺维奇继续往前走去。人群渐渐稀落了。这里,河对岸的枪声越来越响了。有一个人几乎赤条条的,只穿着一件湿淋淋的衬裤,从萨马尔卡河向着医生迎面跑来。他那黑头发耷拉到眼睛上。宽阔的胸膛刺着花纹。有几个女人一阵尖叫,慌忙跑进大门。只见他突然一转身,顺着斜坡往下跑,奔伏尔加河跑去。他后面还跟着三个人,接着后面还有……还有……他们都湿淋淋的,半裸着身子,气喘吁吁……街上有人高喊:

"布尔什维克!打死他们!"

这些人好像惊弓之鸟,连忙拐弯,顺着斜坡向码头跑。德米特里·斯捷潘诺维奇急了,也跑起来,抓住一个没有睫毛、鼻子带钩的瘦弱家伙:

"我是新政府的部长……这里需要马上派一挺机枪来!快去,我命令你……"

"俄国话,我的不懂,"那个人费劲地转动着舌头,不大乐意地说……医生把他一下子推开……需要迅速采取行动……他亲自跑去寻找带机枪的捷克人……在一扇铁门跟前,门上的红星被打落下来,悬在半空中,他又看见一个布尔什维克——身上晒得黑红,剃光头,留着鞑靼式的胡子。他的军装上衣撕破了,肩头上有一块伤,还直淌血。他龇着细小的牙,像狗一样摇着头,吭哧着——看样子,死真可怕。

431

人群向他涌来。特别是女人喊出发疯的话。很多人挥舞起阳伞、手杖和握紧的拳头……有一个退休将军就站在正门的台阶上,一边向那个布尔什维克挥舞着发紫的双手,一边拼命压过别人,大声喊叫。他那挺大的制帽从秃顶上滑下来,肌肉松弛的脖子上还戴着一枚勋章,来回晃动。

"先生们,坚决一些……这是个政委……要毫不留情……我有个儿子也是赤党……太伤心了……先生们,请你们找到我儿子,给我带到这儿来……我要当着大家的面毙了他。我要毙了这个儿子……对这个人也决不能留情……"

"在这种情形下,出面干涉毫无益处。"德米特里·斯捷潘诺维奇激动地想着,便要走开,又回头望望……喊声已经沉寂了……受伤的政委刚才站过的地方,只见手杖和阳伞飞舞……除开殴打声之外,几乎是一片寂静。那个退休将军站在台阶上向下瞅,好像乐队指挥似的,把一只手举在滑到鼻子上的制帽上面,无力地挥动着。

公证人米申从后面赶上德米特里·斯捷潘诺维奇。他穿着一件肮脏的长袍,连领子下的纽扣都扣得严严的,脸肿了,夹鼻眼镜缺了一个镜片。

"打死了……用阳伞打死了……这种私刑太可怕了……啊,医生,说是现在在萨马尔卡河边的情景,非常可怕……"

"那样的话,我们到那里去……您知道,我参加政府了……"

"知道,我很高兴……"

德米特里·斯捷潘诺维奇以政府名义拦住一行六人的军官小队,要他们陪同他到河边去,那里正在发生不应有的过火行为。现在所有的十字路口都站有捷克人的巡逻队。花枝招展的女人向他们献鲜花,当场教他们俄语,发出响亮的笑声,竭力使这些外国人喜欢她们,喜欢这座城市和整个俄罗斯,只是这些捷克人在被俘的岁月中对俄罗斯已经厌恶透了。

在萨马尔卡泥泞的河岸上,志愿军正在追歼从郊区逃来的红军残部。德米特里·斯捷潘诺维奇来得太晚了。那些从木桥上跑过来或斜着游过萨马尔卡河的红军,已经坐上驳船和轮船,向伏尔加河上游逃去。在岸边懒洋洋的波浪里躺着几具尸体。还有好几百死尸已被冲进伏尔加河了。

在一只倒扣着的破船上,坐着戈维亚金,袖子上缠着一条三色布条。

他那淡黄色的头发被汗水浸湿了。一对全然白色的眼睛死盯盯地注视着阳光灿烂的河面。德米特里·斯捷潘诺维奇走上前去,厉声喊道:

"民团副团长先生,有人向我报告,说这里正在发生不应有的过火行为……政府要求……"

医生没有说下去,因为他看到戈维亚金双手抱着一根柞木棒子,上面沾着鲜血和头发。戈维亚金用一种轻得几乎听不清楚的声音嘟哝着说:

"又漂来一个……"

他无精打采地从船上下来,走到水边上,望着一个剃光的头斜着水流向这里慢慢游来。有五六个小伙子拎着大棒子,走到戈维亚金跟前。于是,德米特里·斯捷潘诺维奇回头去找陪他来的军官,他们正在喝巴伐利亚克瓦斯,卖克瓦斯的人很麻利,扎着一条干净的围裙,不知为什么这么机灵,这时候就把小车赶出来了。医生向这些军官发表一篇演说,讲述应该制止过分的残暴行为。他指指戈维亚金和正向这里游来的头。前边提过的那个细长腿的骑兵少尉,穿着雪白的军装上衣,动了动沾着克瓦斯白沫子的小胡子,举起步枪就打。那个头沉到水底下去了。

于是,德米特里·斯捷潘诺维奇感到,凡是他有权管的,他毕竟管到了,便转身回城。他必须赶忙去参加政府的第一次会议。医生喘着粗气,往山上爬,皮鞋扬起尘土。脉搏不少于一百二十次。在他眼前展现出令人头晕目眩的美好前景:向莫斯科进军、一千六百座教堂敲起洪亮的钟声——天知道,也许总统的宝座在等着他……革命本来就是这么回事:转瞬之间,革命倒退了——各种社会革命党、社会民主党,你瞧,已经被革命碾在车轮底下,连肠子都出来了……不,不,左派的这些试验可算够了。

第 七 章

叶卡捷琳娜·德米特里耶夫娜在一间低矮的客厅里,坐在无花果后面,一边用拳头攥着被泪水浸湿了的手绢,一边给妹妹达莎写信。

雨敲打着带气泡玻璃的小窗,院子里的洋槐东摇西晃。风把亚速海上的乌云向岸上卷来,刮得墙上剥落了的糊墙纸不住摇颤。

卡佳写道:

达莎,达莎,我的绝望达到了极点。瓦季姆死了。这是昨天我寄居那家的主人捷季金中校告诉我的。当时我不信,问他是从哪儿知道的。他交给了我一个叫瓦列里扬·奥诺利的科尔尼洛夫分子的地址,这个人刚从军队里来。我当天晚上就跑到旅馆去找他。他大概是喝醉了,把我拽进他的房间,就叫我喝酒……这太可怕了……你都无法想象这儿都是些什么人……我问:"我丈夫是给打死了吗?……"你要知道,这个奥诺利跟他是一个团的弟兄,他们在一起打过仗……天天看见他……这个人嘲笑地回答说:"是打死了,您可以放心,乖乖,我亲眼看见苍蝇都把他吃了……"接着又说:"罗辛在我们那里受怀疑,他在作战中死了,还算他运气……"这个人既没说这事发生在哪一天,也没说瓦季姆死的地点……我哀求他,我放声大哭……他却喝道:"我记不得每个人死的地点。"说完,他要代替我的丈夫……啊,达莎!……这是些什么人哪!……我慌慌张张跑出旅馆……

我无法相信瓦季姆已经不在了……可是又不能不信——这个人有什么必要扯谎呢?连中校也说,看样子是这么回事……瓦季姆上前线去了这么长时间,我只收到一封信——写得很短,一点儿也不像他……信是复活节过后第二个星期收到的……什么称呼也没有……下面就是他的原话:"给你寄去……钱。我不能去看你……我还记得你在临别时说的话……我不知道人能不能不再杀人……我不明白究竟是什么原因使我变成了杀人凶手……我尽量不去想这些,可是看来又不能不想,总应该想出个办法……等这一切都过去之后——如果这一切能过去的话——我们就会见面了……"

就是这些。达莎,我真不知流了多少眼泪。他离开我,竟然为的是去死……我怎么才能挽留他,唤他回来,使他免于死亡呢?我有什么法子呢?只有紧紧抱住他,把他贴在自己的心上……也只有这种办法……可是近来他根本不理睬我。革命对他虎视眈眈，使他坐卧不安。唉，可我什么也不明白。我们大家还要活下去吗？一切都破碎了……我们就像狂风中的小鸟，在俄国到处飘泊……为的什么呢？要是现在流的这些血、遭受的这些痛苦和折磨能够换回从前的家、干干净净的餐厅、大家在一起玩牌的朋友……那样我们就会重新得到幸福吗？过去已经毁灭了，永远毁灭了，达莎……我这一生已经结束了，让另一代人诞生吧。他们一定是坚强的……比我们更好……

卡佳放下笔，用攥成一团的手绢擦干了眼睛。然后望着顺小窗的四扇玻璃向下流的雨水。院中的洋槐被刮弯了，不住摇晃，仿佛暴怒的狂风在撕它的头发。卡佳又接着写下去：

  瓦季姆到前线去了。春天到了。我的全部生活，就是盼他归来。这种心境多么悲苦，明明知道没有人要我等他……记得有一天将近傍晚，我望着窗外。洋槐开花了，硕大的花蕾都绽开了。一群麻雀跳来跳去……我心里不禁感到非常委屈，非常孤独……我在这个大地上完全是一个陌生人……战争结束了，革命也会过去。俄国不会回到原来的样子。我们打仗、牺牲、痛苦。可树木照样开花，跟去年春天一样，跟许多年以前的春天一样。这棵树、这群麻雀——整个大自然——都将离开我，远远地离开我去过它们自己的——我所无法理解的生活……

  达莎，我们为什么要遭受这么多苦难？这一切总不能白受吧……我们女人——你和我——只知道自己的小天地……可是周围发生的一切——整个俄国——就像熊熊大火的火源！应该从里面诞生出新的幸福……人们要是没有这种信念，难道会这样互相仇恨、彼此残杀吗？……我失去了一切……我自己都觉得活着没有意思……可是我还活着，因为一想到把头放在火车底下或把绳子拴在钩子上……就觉得可耻——不是害怕，而是可耻。

  明天我就要离开罗斯托夫了，以免触景生情……我要到叶卡捷林诺斯拉夫①去……那里还有几个熟人。他们劝我到糖果店去工作。达莎,也许你也会到南方来……听说你们彼得堡情况很糟……

这就是男人不同于女人的地方:女人永远不会抛下心爱的人就走,哪怕是到了世界末日……可瓦季姆却走了……当他充满着自信的时候,他是爱过我的……你总该记得那年六月在彼得堡的时候,太阳曾经明亮地照耀过我们的幸福……我一辈子也不会忘记北方那苍白的太阳……我身边连瓦季姆的一张照片都没有,也没有任何东西……这一切好像是一场梦……我没法理解,达莎,没法理解他怎么会死掉……我大概要发疯了……我这一生过得多么凄凉和多么没有必要……

卡佳再也写不下去了……她的手绢被泪水湿透了……但是,还得把日常生活的琐事告诉妹妹,人们看信最想知道的还是这些平凡的琐事……于是她在急骤的雨声中又写下下面一些话,不掺杂自己的任何思想感情……写到食品的价格,生活的昂贵……"不管什么布和线,都没有……一根针就值一千五百卢布,或者换两头小活猪崽儿……邻家的一个十七岁的姑娘,晚上回来竟然一丝不挂,还挨了打——在大街上被人扒了衣服。主要是抢皮鞋抢得厉害……"她还谈到德国人,说他们在市公园组织了军乐队,还下命令打扫大街,把粮食、油和鸡蛋都运到德国去了……普通老百姓和工人恨透了他们,但是大家都沉默着,因为没有地方申诉。

这一切都是捷季金中校告诉她的。"他这个人倒很好,不过显然因为多一张嘴而犯愁……他老婆可就毫不客气,照直说出来了。"卡佳还写道:"前天我满二十七岁,可我的样子……算了,不去管它……现在这已无关紧要……已经没人去看它好坏……"

于是,她又拿起手绢来。

卡佳把这封信交给了捷季金。他答应一旦有机会,就把信寄到彼得堡去。但在卡佳走后,他还把这封信在口袋里放了好长时间。跟北方的

---

① 叶卡捷林诺斯拉夫于一九二六年改名第聂伯罗彼得罗夫斯克,现属于乌克兰。

交通联络十分困难。邮局停止工作了。只有那些善走远路而又不怕死的家伙肯去送信,并为此索取很大一笔钱。

卡佳临走之前,把从萨马拉带来的很少一点儿东西都变卖了,只留下一件小玩意儿——一只绿宝石戒指——卡佳过生日时收到的礼品。那是很久以前的事了,是在战前彼得堡的一个春天的早晨。这件事在她的记忆里显得那么遥远,使卡佳跟她在那里度过了短暂青春的多雾的城市之间失去了任何联系。达莎、已故的尼古拉·伊万诺维奇和卡佳一起到涅瓦大街去……三个人挑了一只绿宝石戒指。她把这绿色的火焰戴到手指上,这是她从那段生活里带出来的惟一一件东西……

从罗斯托夫车站一下子开出好几列火车。卡佳被推搡着,挤进一节三等车厢。她靠窗坐下,把一个包着补好的衬衣的小包放在膝盖上。被春水淹没的草地、顿河低洼的河岸、地平线上的烟雾、不肯向德国人屈服的巴泰斯克的模糊的轮廓,都开始向后浮去。陡峭的河岸底下,是一座座被淹没了一半的渔村、用泥抹的茅屋、果园、倒扣着的大船、抬着渔网走的小男孩儿。再往前去,便是辽阔的亚速海,上面好像铺上了一层乳汁,远处是几片斜帆。再往前去,是塔甘罗格工厂那些不再冒烟的烟囱。草原。土冈。废弃了的矿井。坐落在白垩山坡上的大村庄。蓝天中的苍鹰。跟这旷野一样凄凉的火车汽笛声。车站上愁眉苦脸的农民。德国兵的钢盔……

卡佳像老太婆一样躬着身子望着窗外。可能是由于她的面容是那么愁苦而美丽,坐在对面的一个德国兵久久地端详着这个陌生的俄国女人。他那戴着镀镍眼镜的瘦削、疲惫的脸孔,仿佛也笼罩了一片愁云。

"只要时候一到,太太,那些作恶的人会为这一切受到报应的。"他操着德语轻声地说。"不论是在我们德国,还是在全世界,都是这样:将会出现一场大审判……法官的名字就叫社会主义……"

开头,卡佳还没明白这个德国兵是跟她说话——她抬眼望望那对洁净的镀镍大眼镜。德国人向她友好地点点头:

"太太懂德国话吗?"

437

"懂。"

"当一个人遭受巨大苦难的时候,他如果能明白这些苦难的原因都是合理的,便会得到安慰。"德国人说,把两条腿蜷到椅子底下,低下头,拿眼从眼镜顶上望着卡佳。"我曾经仔细研究人类的历史。经过一段长时期的平静之后,我们又进入一个灾难时期。这就是我的结论。我们正赶上一个伟大的文明毁灭的开始。从前,雅利安人已经经历过类似情况。那是在第四世纪,野蛮民族毁灭了罗马。许多人想把它跟我们时代完全等同起来。不过那是不对的。罗马是被基督教思想瓦解的。野蛮民族所毁坏的不过是罗马的尸体。现代文明将受到社会主义的改造。那时候只知道破坏,现在还要建设。基督教思想中最有破坏作用的是:平等、国际主义、穷人在道德上超过富人。这都是野蛮民族的思想,正是这些野蛮民族喂养着庞然大物的寄生虫——沉醉在奢侈中的罗马。正是由于这个原因,罗马人才那么害怕基督教,那么残酷地迫害基督徒。但在基督教里没有建设的思想,它不会组织劳动。在世间它只满足于破坏,而其余的一切都许愿说天国里有。基督教只不过是一把进行破坏和惩罚的利剑。即使在天国里,在理想的世界里,它许给人们的也不过是颠倒过来的罗马帝国的等级制度、阶级制度和官僚制度,并没有别的东西。这就是基督教的主要错误。罗马跟它针锋相对,提出建立秩序的思想。不过当时,混乱本身——天下大乱——就是野蛮民族梦寐以求的理想,他们就盼着这一时刻到来,好冲上罗马的城墙。这一时刻来到了。从前的城市变成冒烟的废墟。沿路到处是尸体,有被木橛钉着的,被野蛮民族的大车轧死的。活路是没有的,因为欧洲、小亚细亚和非洲,到处都是火光冲天。罗马人就像小鸟,在世界大火灾里来回乱飞。他们有的被野蛮民族杀死,有的在森林里被野兽吃掉,有的在沙漠里饿死、晒死和冻死。我读过当时人写的一篇记叙,描写阿拉里克率领日耳曼人攻入罗马时,罗马行政长官的夫人普罗巴带着两个女儿趁黑夜乘船出逃。这三个罗马女人经过台伯河上,看见吞没这座永恒的城市的大火。这就是世界的末日……"

德国人打开背囊,从最底下取出一个皮面挺旧的厚笔记本,面带矜持的笑容翻了一会儿。

"在这儿,"他说着,挪到卡佳的椅子上坐下,"为了使您清楚了解罗马人面临死亡是什么样子,请您听听阿米亚努斯·马尔塞利努斯①的著作中的一段文字吧。他是这样描写这些宇宙的统治者的:

紫色丝织长袍随风摆动,露出里面富丽的衬衣,上面绣着各种各样的鸟兽。他们高大的带篷马车,由五十名随从陪着,风驰电掣地从街上驶过,震得马路和房屋摇颤。当时浴池跟商店、酒馆、游乐场所往往相连,他们当中如果有人去沐浴,便会下命令把一切公用设施都给他一个人使用。当他浴毕出来时,便戴上戒指,扣好镶宝石的纽扣,穿上贵重的长袍,这件长袍的料子足够做十二个人的衣服。然后在外面还要罩上能够满足他的自尊心的服装;同时,他还忘不了要做出一副威严的气概,这种气概就是放在征服锡拉库萨的伟大的玛尔凯路斯身上也嫌过分。有时,他也带上一大批仆从、厨子、食客和相貌可憎的太监,做一次大胆的远征,到他意大利的庄园去,猎鸟狩兔以为娱乐。如果偶尔——特别是烈日炎炎的中午——他有勇气乘上镀金的帆船,渡过琉克林湖,前往他海滨的别墅,过后他就会把这次旅行比作恺撒和亚历山大的远征。如果苍蝇钻进甲板上的纱幔,或朝阳透过皱褶照射进来,他就会自怨自艾,为何没有投生在永恒黑暗的基麦里国。这些权贵的贵宾,便是那些食客和谄媚者,他们对主子的每句话都要报以掌声。他们对室内的大理石柱和拼花地板都赞喜不已。宴席上摆着大得出奇的野禽和鲜鱼,引起满座惊奇。仆人把秤取来,以便证明所说重量非虚,当明智的客人掉过脸去,不愿看这种光景的时候,食客们却叫来公证人,做出记录,证明这类奇迹翔实可信……

"是呀,好景不长……"德国人说着,把笔记本合上。"这些人只好到处流浪,沿着路途或到焚毁了的城里去找吃的。而野蛮民族像潮水似的,继续从东方涌来,一路上劫掠一空。大约五十年的光景,一个罗马帝国化

---

① 阿米亚努斯·马尔塞利努斯(约330—约400),罗马历史学家,著有《事业》一书。

为乌有。伟大的罗马城长满荒草,在废宫中间放牧羊群。黑夜开始笼罩欧洲,几乎有七百年之久。所以会出现这种情况,是因为基督教只会破坏,但是根本不懂得组织劳动。在十诫当中根本没提劳动。十诫的道德标准很适合那些既不耕种也不收获的人,因为有奴隶替他们耕种和收获。基督教于是成了帝王和征服者的宗教。劳动始终得不到组织,并且不当做人的美德。如今,第二批野蛮民族将把劳动的宗教带到世界上来,他们将毁灭第二个罗马。您读过施本格勒①的著作吗?他是一个彻头彻尾的罗马人,他只有一句话说对了:对于他的欧洲说来,太阳已经陨落了。然而,对于我们说来,太阳刚刚升起。他是不可能把全世界的无产阶级带进坟墓里去的。天鹅在临死之前有一段绝唱。资产阶级也是这样,施本格勒就是资产阶级的绝唱……这是他们最后一张唯心主义的王牌。基督教已经老掉了牙。可我们的牙齿像钢铁一样锋利……我们跟基督教不同的是,我们按照社会主义方式组织劳动……我们被迫跟布尔什维克作战……噢!……您以为我们不知道是谁强迫我们举起手,又是去打什么人的吗?唉,我们并不像别人想象的那样,我们十分明白……从前我们瞧不起俄国人。现在我们对俄国人感到惊异,并且尊敬他们……"

火车鸣着长笛从一个大村庄旁边驶过:盖着铁瓦的结实的木房、长长的麦秸垛、围着栅栏的果园和店铺的招牌,都一闪而过。在跟火车并行的尘土飞扬的道路上,有一个庄稼人赶着大车,他穿着一件军装上衣,没扎腰带,戴着一顶羊皮帽子。他叉开双腿站在车上,车不太大,铁轱辘,车夫一个劲儿摇晃缰绳。身高膘壮的马拼命跑着,想撵过火车。庄稼人掉过头来望着车厢的玻璃窗,不知喊了一句什么,露出满口的白牙。

"这就是古利亚伊波列,"那个德国人说,"是个非常富裕的村子。"

卡佳由于坐错了车,没有坐上直达客车,一路上得换好几次车。上下车的忙乱、在候车室里长时间的等候、一张张陌生的脸孔、她从来没看见过的广阔大草原从车窗外面缓缓向后移去,倒使她摆脱了痛苦的思绪。

---

① 施本格勒(1880—1936),德国唯心主义哲学家,著有《欧洲的没落》,他是德国法西斯主义思想的鼻祖之一。

那个德国人早已下车了——临别时还使劲摇晃一下卡佳的手。这个人坚定不移地相信眼前所发生的一切都是合理的,仿佛准确地规定了自己在这些事件中应尽的一份义务。他那种平静的乐观主义,既使卡佳感到惊奇,又使她感到不安。人人都认为眼前是一场毁灭、恐怖和混乱,他却认为是盼望已久的伟大时代的开始。

在这一年里,卡佳所听到的,都是无力的咬牙切齿声和完全绝望的叹息声,她所看到的,都是狰狞的脸孔和攥紧的拳头——正像在三月的早晨,她在父亲家里所看到的情景一样。当然,捷季金中校既不唉声叹气,也不咬牙切齿,不过照他自己的说法,他是一个"傻子",他出于对正义的"傻乎乎"的信念欢迎革命。

凡是属于卡佳的生活圈子里的人,都认为这场革命是俄罗斯的彻底毁灭,是俄罗斯文化的彻底毁灭,是整个生活的破碎,是全世界的农民暴动,是《圣经·启示录》预言的实现。当帝国存在的时候,它的机器运转准确,有条有理。农民种地,矿工挖煤,工厂生产物美价廉的商品,商人忙着做生意,官吏像钟表上的许多齿轮有节奏地工作着。待在上面的人从中得到奢侈的生活享受。有人议论这种制度不合理。可是,又有什么办法,上帝就是这样安排的。突然,一切都被打得落花流水,在帝国的废墟上,只是一群炸了窝的蚂蚁……庸人吓得翻白眼,晕头转向、摇摇摆摆走去……

火车在一个小站上停了很久,周围一片沉寂。卡佳探头往窗外望望。黑暗中有棵高大的树木,树叶发出轻轻的沙沙声。在这不可理解的大地的上面,布满繁星的天空仿佛无边无际。

卡佳把胳膊肘靠在打开的车窗窗框上。树叶的沙沙声、繁星和温暖的泥土气息,都令她想起了从前的一个夜晚。那是在巴黎郊区的公园里……有几个人坐上两辆汽车来到公园,大家都很熟,都是彼得堡人……他们在池塘边上的凉亭里用晚餐,坐在凉亭上,真是心旷神怡。垂柳拂着水面,就像一朵朵银白的云彩。

在聚餐的人当中有一个卡佳不认识的侨居俄国的德国人,他讲得一口流利的法国话。他穿着一身晚礼服,却没戴帽子。他长得瘦瘦的,一张长脸显得神经质,前额很大,已经谢了顶,沉重的眼皮当中流露出严肃的神情。他安静地坐在那里,把细长的手指放在高脚杯的底座上。当卡佳喜欢什么人的时候,心头就会感到温暖和充满柔情。湖上的七月的夜,仿佛在抚摸她那半裸露的肩头。透过爬满亭子顶上的葡萄叶子的空隙,可以看到星星。烛光暖洋洋地照射出朋友们的面庞、桌布上的飞蛾和那个陌生人沉思的脸孔。卡佳感到他一边打量她,一边想着什么。那天晚上,她一定非常漂亮。

散席的时候,大家从桌旁站起来,沿着像高大的桥洞一般黑暗的林荫道向公园尽头的凉台走去,好从台上观赏巴黎的灯火,那个德国人恰好走在卡佳的身边。

"太太,您不认为美貌是不允许存在的和不能容忍的吗?"他一本正经地说,有意强调他说这话并不是开玩笑。卡佳走得很慢。这个人跟她攀谈起来,而他的语声又没有压过头上黑糊糊的树顶的沙沙声,觉得十分惬意。德国人走在卡佳的左侧,两眼向前看,望着林荫道尽头泛出淡紫色的都市灯火。"我是工程师。我父亲非常有钱。我在大企业里干事。我要跟几十万人打交道。我能见到并且了解许多您不知道的事。请原谅,这样的谈话会不会使您感到枯燥?"

卡佳朝他转过头去,默默地笑了。在远处灯火映照出的朦胧夜色中,他看清了她的眼神和微笑,便接下去说:

"不幸的是,我们生活在两个时代的交接点上。一个富丽堂皇的时代已经没落。另一个时代却在机器和冷酷单调的工厂街的隆隆声中诞生了。这个时代的名字,就叫群众,就叫芸芸众生,人和人之间的一切差别,到这里都消灭干净。人就是会开机器的两只灵巧的手。这里有另一套法律,另一种计算时间的方法,另一种真理。太太,您是旧时代遗留下来的最后一个女人。所以,我望着您的脸,就感到一种怅惘。您的脸就像一切能够唤起将要消灭的感情的、毫无用处却绝无仅有的东西一样,不为新时代所需要……这些感情指的是:爱情呀,自我牺牲呀,诗意呀,幸福的眼泪呀……美貌!……美貌有什么用? 只能令人神魂颠倒……这是不能容许的……我敢肯定,将来一定会颁布取缔美貌的法令……您听说过传送带的工作吗？这是美国的最新发明。必须向群众普及跟着转动的传送带做工的原理……到那时,盗窃和杀人大概都比在传送带旁边有一秒钟的精神涣散犯的罪要轻一些……请您设想一下：如果车间的钢铁厂房里走进一个美貌的女人,弄得大家心神不定……那会造成什么后果？会造成动作错乱、肌肉颤抖,手会出现几秒钟的迟缓,几秒钟的失灵……由几秒钟的错误可以变成几小时,几小时就可以造成严重事故……我的厂子出产的产品不如邻厂……企业会垮台……有的银行会倒闭……有的交易所会有反应,股票猛跌……有人就会朝自己的心口开枪……这一切都由于在厂房里有一个美貌得犯罪的女人,窸窸窣窣地摆动着裙子走过去。"

卡佳笑了。关于传送带,她一无所知。她从来没有进过工厂,只是看见过熏得漆黑的大烟囱有煞风景……她倒很喜欢宽阔的林荫路上熙熙攘攘的人群,并没感觉到人群有什么不好。在湖上聚餐的朋友当中,就有两个是社会民主主义者。所以,从良心上说,她觉得十分坦然。至于她的同伴扬着头,沿着温暖、黑暗的林荫道缓缓走着说出的一席话,她倒是觉得新奇有趣,就像曾经在她的客厅里挂的立体派绘画似的……不过那天晚上,卡佳可没有心思去探讨哲学……

"您一定是吃过漂亮女人的亏,不然,您怎么会这样恨她们。"她说着,轻轻地笑起来,心里想的却是另一回事……这另一回事像夜色一样朦胧,像花和叶的香味一样微妙,像树梢漏下的星光一样渺茫——这是令人甜蜜得头晕的爱情的萌动。她爱的并不是这个身材高大的德国人——也许,也包括他。他唤起了她的欲念。就在不久以前还认为是不可能的、甚至已经绝望的感情,却这么轻易袭来,这么轻易左右了她……

她不知道,在巴黎的那些日子,她会做出什么事……但是,一切立刻中断了……世界大战的炮声响了……卡佳再也没见到那个德国人。是他知道要爆发战争还是猜测到这一点了？那天晚上他们靠在凉台的石栏杆上,一边欣赏漫布在黑暗地平线上像钻石一样闪烁不定的巴黎灯火,一边继续谈着；那个德国人还用严肃的绝望口吻几次提到灾难是不可避免的。他脑海里仿佛只有一个固执的念头：不论是夏夜的美景,还是卡佳的魅力,一切都是徒劳无益的。

443

她不记得自己说了些什么,大概也是废话。不过,这都无关紧要。他把胳膊肘靠在栏杆上站着,脸颊几乎挨到卡佳的肩头。卡佳知道,夜里的空气已经跟她的香水、肩膀和头发的香味混合在一起了……如果当时他用一只大手搂住她的后背,她大概——或者她现在觉得——不会躲开……不,这样的事并没有发生……

风吹得脸发疼,刮乱了头发。车头冒出一团团火星。火车行驶在草原上。卡佳仍然什么也看不清楚,便离开窗口。她把身子靠在座位的角落里。攥紧了冷冰冰的手指。

她现在感到内疚了。这是怎么回事?她听到瓦季姆故去的消息还不到一个星期,就产生这种念头,这比失节、比背叛还要坏……她竟然想入非非,想念起那个根本不存在的情人……这个德国人当然给打死了……他是预备役军官。打死了,打死了……所有的人都死了,一切都毁灭了,七零八落,烟消云散,就像那天在公园里河边的凉台上的夜晚——一去不复返了。

卡佳闭紧嘴唇,免得叫出声来。她合上眼。一阵难忍的痛苦撕裂她的胸口……肮脏的车厢里,一支蜡烛忽明忽暗,乘客稀少。那些举起的手、乱蓬蓬的胡须、从上铺耷拉下来没有穿鞋的脚,映照出不眠的黑影,摇曳不定。夜已深了,可是没有人睡觉。大家压低了声音谈话。

"我告诉你们说吧,这是个最糟糕的地方……"

"怎么?难道这里不太平吗?"

"对不起,您说什么?这么说,这里也有劫道的?这可就怪了,德国人干吗呢?他们应该保护过路的行人……既然把人家的国家占领了,就应该建立秩序。"

"德国人,对不起,先生们,他们压根儿不管我们……他们会说:亲爱的,你们自己去想办法吧——这些坏事都是你们的人干的……一点儿也不错。我们的人天生就偷盗成性……老百姓都是坏蛋……"

这时有个很自信的声音回答说:

"应当把整个俄罗斯文学一笔勾销,在全世界烧掉……都给写出来了!大概整个俄国也没有一个老实人……还记得,有一次去芬兰,把一双套鞋落在旅馆里了……他们派人骑马把套鞋送来，可那双套鞋已经破了……这才是诚实的人民呢。再说他们怎么对付共产党、对付一切俄国人吧。在阿博市起义被镇压下去以后，芬兰人拷打当地的赤卫军头领，用火烧他。隔着河都能听到这个布尔什维克的叫声。"

"唉呀，天哪，我们这儿到什么时候才能建立点儿秩序呢……"

"对不起，我到过基辅……那里商店可阔气了，咖啡馆里有音乐……女人大模大样地戴着钻石首饰上街。完全是正常的生活……收购黄金和别的贵重东西的商行，生意都挺兴隆……大街上非常热闹，都很好……是个美妙的城市……"

"可扯一块裤料，就要半年的薪水。投机商简直要勒死我们……您知道，他们都长着大脑门儿，都穿着蓝咔叽呢西服……坐在咖啡馆里，拿提货单做生意……早晨起来，满城买不到火柴。过了一星期，一盒火柴卖一个卢布。还有这些针。我老婆过命名日，我送给她两根针和一轴线。可以前，要送她钻石耳环……知识分子算完了，要死绝了……"

"应该毫不留情，枪毙这些投机商……"

"唉，同志先生，这儿总不能用布尔什维克的办法……"

"可是，基辅有什么消息？黑特曼的交椅还坐得稳吗？"

"只要德国人支持他就行……据说又出来一个想在乌克兰称王的人，他叫瓦西里·维希万内。他本人是哈布斯堡的一个亲王，可是穿一身乌克兰人的服装。"

"公民们，该睡觉了，把蜡吹了吧。"

"怎么，要吹蜡？这可是在火车上……"

"那样会安全点儿……不然，从大地里所有的窗子都看得见——有亮光。"

车厢里立刻沉默起来。车轮的辚辚声也显得格外清楚。车头冒出的火星，向草原的黑暗里飞去。接着有人用嘶哑的声音暴跳如雷地喊道：

"谁说要'吹蜡'？（一片沉默。使人发瘆。）啊哈，吹了蜡……他好摸人家的皮包。现在要找到说这话的人，把他从平台上扔下去。"

有人发愁地从牙缝里挤出嘘嘘声。有个惊慌不安的声音说：

"上个星期我坐火车,有个女人带两个包,被人用钩子钩走了……"

"这一定是马赫诺的手下干的。"

"马赫诺的人不会为两个包沾了手。他们要干,就劫火车。"

"先生们,睡觉前犯不上议论这事……"

于是大家闲扯起来,一个比一个可怕。有的故事,简直叫人毛骨悚然。这时才弄明白,原来现在火车不紧不慢走着的这个地带,就是土匪的巢穴,德国人都不敢从这里走,连乘警都在前一站下车了……这一带村子里的庄稼汉都穿着海龙皮袄逛来逛去,姑娘们穿的是丝绸和天鹅绒。这里没有一天听不到枪声:不是用机枪劫火车,就是把后面几节车厢摘了钩,让它们顺坡往下滑,弄到一边去,再不,火车正开着,车门突然大开,走进一帮胡子拉碴的家伙,带着斧子和短筒枪:举起手!要是俄国人,把你扒个精光,就像刚离娘胎似的,要是碰到犹太人……

"犹太人怎么的?这跟犹太人有什么关系?"一个身穿蓝咔叽呢西服、脸刮得光光的人,发疯似的喊道,他就是方才赞美基辅的那个人。"为什么一切都是犹太人的罪过呢?……"

他这一叫,气氛更紧张了。说话声立刻小了。卡佳又合上眼。她倒没有什么怕抢的——如果有,也就是那只绿宝石戒指。但是,她也感到一阵难捱的恐怖。为了摆脱这种仿佛心都停止跳动的难受状态,她又试图回忆那个迷人的、好梦未成的夜晚。但是,在一片漆黑中,只能听到车轮声:卡—坚—卡,哐—当—当,卡—坚—卡,哐—当—当,完—蛋—啦,完—蛋—啦……

……火车仿佛开进了死道岔,突然一下停住,车闸发出钢铁的尖叫,挂钩哐当一声,玻璃哗啦直响,有几个皮包从上铺沉重地掉下来。最为奇怪的是连哎哟一声的都没有。大家从座位上跳起来,东张西望,侧耳听着。即使没人说,大家也明白:出事了。

黑暗里响起了枪声。那个穿咔叽呢西服、刮光脸的家伙,急忙从车厢里跑出去,不知钻到什么地方藏起来了。窗外的路基底下,有很多人在奔跑。砰,砰——火光晃眼,枪声震耳……有人厉声喝道:"别探头!"一颗手榴弹爆炸了。车厢摇晃了一下。乘客们吓得牙直打架。有人爬上通过台。枪托把门敲得当当响。十来个人挤挤插插闯进来,头戴羊皮帽,举着手榴弹吓唬人,枪支撞得劈啪响。胸口呼呼哧哧喘着气。

"收拾东西,下车!"

"快点快点,不然……"

"米什卡,用手榴弹开了这些资产阶级……"

乘客们向后闪去。一个浅色头发的小伙子,脸色苍白,凶相毕露,举起手榴弹,把全身往前探着,他就这样举着手榴弹一动不动地站了一阵子……

"这就下车,这就下车,这就下车!"大家嗫嚅地说。乘客们毫无反抗、一声不吭地开始下车——有人拎着皮包,有人只抱一个垫子或茶壶……有一个戴夹鼻眼镜的人,下巴上的胡子歪到一边去了,在强盗中间穿过时还满脸堆笑。

夜很凉。繁星好像华丽的罩子,覆盖着草原。卡佳抱着小包坐在一堆烂枕木上。当时没立刻打死,现在大概也不会打死了。她觉得好像昏厥过后一样软弱无力。"哪儿还不都一样,"她想,"不管是坐在这儿的枕木上,还是在叶卡捷林诺斯拉夫到处瞎闯,连饭都吃不上……"肩头发冷。她打了个哈欠。那些身材高大的庄稼人正在车厢里拽行李架上的皮包,从窗口往外扔。那个戴夹鼻眼镜的人想要爬上路基回到车厢跟前:

"先生们,先生们,我那里装的是物理仪器,看在上帝面上,请小心点儿,很容易碎……"

乘客们嘘他,从后面拉住他的雨衣,把他拽回人群里。这时从黑暗里传来一阵丁当声和马蹄声,跑来一个马队。在队伍前面大约两匹马的距离,有一个雄赳赳的家伙,戴着一顶高筒皮帽,在马鞍上颠簸着。乘客们闪到一旁。这一队人马端着枪、举着刀,在车厢跟前停下。

那个戴皮帽的彪形大汉用洪亮的声音问:

"没有伤亡吧,弟兄们?"

"没有,没有……我们正卸车……叫大车过来吧。"好几个人回答说。那个戴皮帽的彪形大汉掉转马头,闯到乘客的人群里。

"拿出证件来。"他下命令说,摆弄着马,马嘴泡沫横飞,都落到乘客

447

吓得瞪圆了的眼睛里。"你们不要怕,你们现在在马赫诺首领的人民军保护下。我们只枪毙军官和警察,"他威吓地提高了声音,"还有拿人民财产投机倒把的奸商。"

那个穿雨衣的人又凑到前边去,用手正了正夹鼻眼镜。

"对不起,我可以保证,我们中间没有您方才说的那种人……这里都是和平居民……我姓奥布鲁切夫,物理教师……"

"教师,教师,"那个戴皮帽的彪形大汉用责备的口吻说,"可净跟坏人勾结。站到一边去。弟兄们,别动这个家伙,他是教师……"

从车厢里取来蜡烛。开始检查证件。果然没有军官,也没有警察。那个穿咔叽呢西装、刮光脸的家伙,也混在这里,他凑到蜡烛紧跟前……不过这时他穿的已经不是咔叽呢了,而是一件乡下人穿的破袍子,戴着一顶士兵的制帽。这身打扮,真不知他是从哪儿弄来的,想必是装在皮包里,随身带着。他友好地拍拍那些横眉竖眼的强盗们的肩膀。

"我是一个歌手,能跟你们相识,十分高兴,朋友们。演员需要体验生活,我是一个演员……"

他咳嗽了一声,清清嗓子,这时有人神秘地对他说:

"到那里就会弄清楚:你是什么样的演员,不要高兴得太早……"

大车赶过来了,都是一些不大的铁轱辘车。马赫诺分子把皮包、篮子、包裹都扔到大车上,然后跳上去,坐在东西上面,车夫按照草原的方式打起呼哨,每辆车上的三匹肥马往前一冲,大车队带着呼哨声和马蹄声消失在草原里。

马队也走了。只剩几个马赫诺分子还在车厢跟前走来走去。这时,乘客们用举手表决的方式选出一个代表团,以便请求匪徒们允许他们继续往前走。那个浅色头发的小伙子走过来,他身上挂满了手榴弹。有一绺头发从制帽的帽檐底下伸出来,遮住一只眼睛。另一只眼睛是蓝的,露出恬然无耻的目光。

"什么事?"他问道,把每个代表都从上到下打量一遍。"你们想上哪儿去?坐什么车去?唉,你们这群傻瓜……可是司机早跳下火车,跑到大草原里去了,现在怎么也跑了十多里。深更半夜的,我不能把你们扔在这里不管,说不定会有什么无组织的家伙在草原里乱闯……公民们,听口令……(他从路基上下来,整理一下沉重的腰带。其余的马赫诺分子也跟着下来,背上步枪。)公民们,排成四列纵队……带上东西往草原里走……"

他从卡佳身旁走过时,俯下身来,碰碰她的肩膀。

"喂,姑娘……别难过,我们不会委屈你的……拿起小包儿,不用站队,挨着我走吧。"

卡佳把头巾拉到眉毛上,用手拎着小包走在平坦的草原上。那个前额上耷拉一绺头发的小伙子,走在她的左边,不时回头望望那群默默不语、垂头丧气地走着的俘虏。他从牙缝里轻轻吹着口哨。

"您是什么人?从哪里来?"他问卡佳。卡佳没回答,扭过脸去。现在她既不感到害怕,也不感到激动,她只觉得无所谓——一切都仿佛处在一种似梦非梦的状态中。小伙子又重问了一遍。

"这么说,您是不肯降低身份,不愿意跟土匪说话。非常遗憾,太太。不过,您这贵族的傲气可要去掉——不是从前那时候了……"

他掉过脸去,突然从肩头摘下步枪,向着一个离开队伍、一瘸一瘸地走着的模糊人影恶狠狠地喝道:

"喂,你这个坏蛋掉队了……我可要开枪了!"

那个人影连忙钻到人群里。小伙子得意地笑了笑。

"这个傻瓜,他能跑到哪里去呢?……大概是想解个手。就这么回事,太太……您不愿意讲话,可不吱声,会更害怕……您不要害怕,我没喝醉。我一喝醉,一句话也没有……那时候脾气可就坏了……让我们认识一下吧,"他把两个指头举到帽檐上,"米什卡·索洛明。从红军里开了小差……大概是天生的强盗,应该这么认为。是个坏人。您倒真没看错……"

"我们上哪儿去?"卡佳问。

"进村子,到团部去。到那里要检查你们,盘问你们,有的人可要嘴啃泥,有的人会放掉。像您这样的年轻女人,不必害怕……况且,还有我陪着您。"

"我看,您就最叫人害怕。"卡佳说,也斜着眼睛瞟了同伴一下。她没料到这句话竟然刺痛了他。他挺直了身子,用鼻孔急促地喘着粗气——他那长脸皱紧眉头,在星光底下显得苍白。"婊子!"他嘟哝了一句。他们又默默地向前走。米什卡一边走,一边卷上一支烟,点着了。

"哪怕您死不承认,我也能猜出您是什么人。您一定是军官太太。"

"不假。"卡佳说。

"您丈夫一定参加了白匪军。"

"是的……我丈夫被打死了……"

"我不敢担保不是我的子弹敲掉了他……"

他露出一口牙。卡佳迅速瞥了一眼,脚底下绊了一跤。米什卡扶住她的胳膊肘。她抽出了胳膊,摇摇头。

"我原来在高加索前线……到这里不过四个星期,一直跟白匪军打仗。我这杆大枪不知往那些高贵的骨头里打进多少子弹了……"

卡佳又摇摇头。他默默地走了一阵,然后笑起来:

"唉,在乌曼站附近,我们受到两面夹攻。我们的瓦尔纳夫斯基团被打垮了。政委索科洛夫斯基被打死了,团长萨波日科夫带着不几个战士逃跑了,人人都挂了花……我穿过德国人的阵地跑到首领这里。这里可快活多了。再也没人管着我——都是人民军队。太太,我们是游击队,可不是土匪。指挥官我们自己来选……我们自己撤换:端起手枪,一下就妥……只有一个人领导我们——就是首领……您以为,抢了火车,就把东西都拿到酒馆里喝掉?才不是那么回事呢。一切财物都交到司令部。由司令部分配。一部分给农民,一部分给军队。火车就是我们的军需机关。我们是人民军队,就是说,我们自己就是人民,我们跟德国处于战争状态。问题就是这么处理的。我们要把地主全都杀光。警察、黑特曼的军官,最好别碰见我们,不然就用刀把他们干掉。小股的奥地利人和德国人,我们往叶卡捷林诺斯拉夫撵。我们就是这样的土匪。"

草原上的星星仿佛无边无际。在他们走路的前方,天边上有的地方刚刚开始发绿。卡佳越走越好绊跤,偷偷叹着气。可米什卡却满不在乎,看那样子,背着大枪也能走上一千俄里。卡佳这时担心的只是不要露出软弱无力的样子,免得这个信口开河、自吹自擂的家伙滥用他的怜悯……

"你们可倒好!"她停下脚步,整整头巾,好喘口气,然后又踏着苦艾和黄鼠洞向前走。"我们给你们生下孩子,难道就是为了让你们杀死他们。不许杀人,这就是我要说的。"

"这套话我们早都听到过了。这是娘儿们好弹的老调。"米什卡不假思索地说。"我们的政委就常常说:'要用阶级观点看问题……'你用步枪瞄准时,你瞄的不是一个人,而是个阶级产物。懂吗?怜悯没有一点儿用处,怜悯甚至是地道的反革命。不过,还有另一个问题,亲爱的……"

他的声音突然发生了奇怪的变化——变得低沉,仿佛在自言自语似的:

"我总不能背着大枪在前线逛荡一辈子。都说米什卡是酒鬼,喝酒喝中毒了,将来免不了填阴沟,那是活该。这话说得对,可也不全对……我还不打算马上死,甚至非常不愿意死……打死我的那颗子弹还没倒出来呢。"

他把前额上的那绺头发往旁边一甩。

"现在,人算个什么呢?一件军大衣加上一支步枪?不,不是那么回事……天知道我想要什么!你看,我自己都不知道……你仔细想想:嗯,是要一大车钱?不是。我是感到做人的痛苦……况且现在正是兵荒马乱——又是革命,又是内战。我把脚磨破了,挨冷受冻,还要挨枪子儿——这一切都为了自己的阶级,都心甘情愿……今年三月,我担任警戒任务,在机枪的火力底下,在冰窟窿里躺了整整半天……这么一来,我在前线成了英雄吧?可是悄悄地扪心自问:你算是什么人呢?喝够了酒,就生自己的气,气得发疯,恨不得拔出腿叉子来……"

米什卡又挺直了身子,呼吸着夜里凉爽的空气。他的脸孔好像有些忧伤,几乎很像女人的模样。两只手深深插进军大衣的衣袋里,现在他已经不是对卡佳说话,好像是对一个在他前面飞着的幽灵说话:

"我知道,我听说过——教育……我的头脑是愚昧无知的。我的孩子将来会受到教育。可像我现在这个样子,是十足的坏蛋……这可真要命……描写知识分子的小说不知写了多少。啊，里面有那么多有趣的话。可是为什么不为我写一部小说呢？您以为只有知识分子才会发疯吗？我在梦中也听到喊声……一下子醒来——恨不得再一次自杀……"

从黑暗里闯出来几个骑马的人，从老远就喊着："站住，站住……"米什卡摘下步枪。"站住，你他妈的！连自己人都认不出来！……"他扔下卡佳，向那几个骑马的人走去，他们商量了半天，不知商量些什么。

俘虏们站在那里，惊慌不安地窃窃私语。卡佳坐在地上，把脸埋在膝盖里。东方，绿色的曙光越来越亮，从那里传来一股潮气、烧牛粪的烟味、乡村人家的气息。

这漫无边际的黑夜里的星星，也开始暗淡了，渐渐消失。又得站起来向前走。不一会儿，狗叫起来了，眼前出现了粪堆、井台上的桔槔、乡村的屋顶。像一团团雪似的睡在草地上的大鹅，也显现出来。珊瑚般的早霞倒映在平静的湖面上。米什卡走过来，皱着眉头说：

"您不要跟那些人走，我单独给您安排个地方。"

"好吧。"卡佳回答说，好像她听到的是从远方传来的声音。

不论到哪儿都是一样，她只想躺下睡觉……

她透过粘在一起的眼皮看见一片高大的向日葵，向日葵后面是画着花鸟的绿色窗板。米什卡用指甲轻轻敲着带气泡的小玻璃窗。小房的白墙中间有扇门慢慢打开，一个庄稼人伸出头发蓬乱的脑袋。他的两撇胡子往上翘起来，张牙露齿地打了个哈欠。"好吧，"他说，"进来吧……"

卡佳摇摇晃晃地走进屋里，惊起一群苍蝇，营营乱飞。庄稼人从间壁后面抱出来一件皮袄和一个枕头："去睡吧！"说完就走了。卡佳走进间壁里面上了床。觉得好像米什卡俯在她身上，给她正了正枕头。一下子就昏睡过去，倒是蛮舒服……

……一阵车轮声惊扰了她。有许多车轮在滚动，轰隆作响。过去了许多马车。马车那面是摩天高楼的窗子，反射着阳光。半圆形的石墨屋顶。这是巴黎。旁边驶过的马车上，都坐着浓妆艳抹的女人。大家不知喊些什么，回头张望，用手指点……女人们挥动着带花边的阳伞……路上奔驰的车辆越来越多。我的天哪!这是在追捕什么人……这种事竟然发生在巴黎,在繁华的林荫路上!他们来了。在绿幽幽的曙光中,有些高大的黑影骑着长鬃马。想动动不得,想跑跑不了!听,这马蹄声多响!喊声震天!叫人连气也透不过来!……

……卡佳在床上坐起来。窗外,车轮辚辚,战马嘶叫。从间壁墙没挂门帘的小门,她可以看到许多人出出进进,都带着武器。屋子里人声鼎沸,皮靴咔咔响。许多人挤在桌子跟前,仔细看着桌子上的什么东西,说一些粗俗的俏皮话。已经是白昼,从小窗口有几条淡淡的光线射进屋内叶子烟的蓝色烟雾里。

没有人注意卡佳。卡佳整了整衣裳,拢了拢头发,但仍然坐在床上不动。村里显然来了新的队伍。根据挤在屋里的人焦急不安的喧嚷声可以断定,正在酝酿什么大事。一个带娘儿们声调的尖厉声音,说话直打奔儿,下命令地喝道:

"见他妈的鬼!把这个坏蛋找来!"

于是,人语声和喊声从屋里传到院子里,传到大街上,街上停着许多套着三匹马的大车、备好鞍子的战马、一堆堆的士兵、水兵和武装的农民。

"彼得里钦科……彼得里钦科在哪儿?……快跑去找他……"

"你自个儿怎么不跑呢,你这个胖猪……喂,小老弟,叫团长一声……他跑到哪儿去了?只有鬼知道……他在这儿,在大车上睡觉,喝醉了……这个魔鬼,非得用凉水浇不可……听见没有,快去拿个桶,到井沿去打一桶水——要不,算是叫不醒团长了……喂,老弟,浇凉水不管用,把臭油子抹到他脸上……醒了,醒了……告诉他,首领发火了……来了……来了……"

走进屋里的正是刚才那个戴高筒皮帽的彪形大汉。看样子,他方才睡了一个好觉,所以他那留着两撇胡的红脸上勉强可以看出一对浮肿的眼睛……他嘟嘟哝哝挤到桌子跟前,坐下。

"你干的什么事,坏蛋——你把军队给出卖了!你被收买了!"一个尖厉的声音咬牙切齿、直打奔儿地高叫起来。

"怎么回事?嗯——我睡着了,嗯,就这么回事。"团长瓮声瓮气地说,好像他坐在大木桶底下似的。

"这么回事。这么回事,我告诉你……是这么回事!"说话声突然咽住了。"是你把德国人给放过去了……"

"我怎么把德国人放过去了?我什么也没放过去……"

"你的尖兵在哪儿?我们走了一夜,怎么连一个也看不见……为什么军队陷入埋伏?"

"你喊什么?谁知道德国人是从哪儿来的……草原这么大……"

"就是你的不是,坏蛋!"

"喂,喂……"

"你的不是!"

"别碰我!"

屋子里立刻鸦雀无声。站在桌旁的人群向后闪开。不知是谁喘着粗气,扭打起来。一只手突然举起手枪。有好几只手一起把它抓住。枪声响了。卡佳用手堵住耳朵,急忙伏在枕头上。从天棚上落下一块块灰泥。人声又嘈杂起来,已经变得快活了。团长彼得里钦科站起身来,羊皮帽几乎触到天棚,他由一群部下簇拥着,大摇大摆走出去。

窗外行动起来了。起义的农民骑上马,跳上大车。鞭子啪啪响,车轴吱嘎嘎叫,响起一片疯狂的咒骂。屋里走空了,这时卡佳才明白,方才她为什么没有看清那个用女人腔发号施令、吆喝喊叫的人。原来他个子矮小。他背朝卡佳坐在桌旁,把两只胳膊肘放在地图上。

他那栗子皮色的长发直溜溜的,耷拉在像孩子一样狭窄的肩头。身穿黑呢子上衣,交叉戴着武装带,皮腰带上挎着两支手枪和一把军刀,脚上穿着带马刺的漂亮皮靴,两腿交叉着蜷在椅子底下。他不住地摇着头,使油亮的头发在肩头上摆动,一边匆匆地写着什么,弄得墨迹淋漓,还时常划破纸。

方才给卡佳腾出床铺的那个庄稼人,悄悄地从院子里走进来。

他的脸孔红扑扑的,一副讨好的神情,头发上沾着草末子。他傻乎乎地眨巴着眼睛,在写字那个人对面的长凳上坐下,把两只手塞到大腿底下,用光着的脚搔另一只脚。

"您真忙,一个劲儿忙,涅斯托尔·伊万诺维奇,我还以为你能在这儿吃午饭呢。昨天刚宰了个小牛,好像我事先就知道你会来似的……"

"没工夫……别打搅……"

"啊……(庄稼人沉默了一会儿,眼睛也不眨了。他那双眼睛变得聪明而痛苦。他朝着写字人的那只手注视了片刻。)这么说,涅斯托尔·伊万诺维奇,你们是不想在我们村子里打仗了?"

"看情况吧……"

"嗯,是呀,那当然了,打仗的事嘛……我是想问问,要是在这里打仗,得安排一下牲口……是把它们赶到村外的人家藏起来怎么的?"

那个留长发的人扔下钢笔,把一只小手插到头发里,把他写的东西又看了一遍。庄稼人的胡子里和胳肢窝都有点儿发痒,便搔了一下。仿佛现在才想起来似的:

"涅斯托尔·伊万诺维奇,可那些呢子怎么办呢?你赐给我们的呢子,可太好了。都是军用品,太惹人注意了……有六大车。"

"你们还嫌少吗?不满足?嫌少?"

"嘿,你这是怎么说的,怎么会嫌少呢……连这还不知道怎么感谢你呢……你知道得很清楚,我们村给你送去四十名战士……连我儿子都去了。他说:'爹,我应该为农民的事业而流血……'要是不够,我们也可以去,老头子自告奋勇……你就打吧,我们会支持你……只是这些呢子,要是出什么事——嗯,但愿那些德国人、警察可别闯来……你知道他们对付老百姓多么厉害——可我们怎么办呢:这打仗的事,用不用我们担心呢?"

那个留长发的人直起后背。他从头发里抽出手来,把住桌沿。可以听见他喘气的声音。他把头向后仰了几下。庄稼人小心翼翼离开他,顺着长凳往外移动,把放在底下的手抽出来,侧着身子溜出屋子。

椅子摇晃起来,那个留长发的人一脚把它踢开。卡佳终于战战兢兢地看清了这个身材矮小的人的面孔,他穿着一件半军式的黑上衣。那样子很像一个乔装打扮的修士。他那坚毅的眼眶下面,眼窝深处有一双发疯似的褐色眼睛死盯盯地望着卡佳。他脸色发黄,长着浅麻子,刮得精光,很像个娘们儿,脸上仿佛流露出一种像半大孩子似的不够成熟和凶狠的神情。只有那对眼睛显得老练和聪明。

卡佳如果知道站在她面前的就是首领马赫诺本人,恐怕要哆嗦得更厉害了。他仔细打量坐在床上的这个年轻女人,见她穿着一双落满尘土的皮鞋,揉皱了、却依然很雅致的绸连衣裙,像村妇一样扎着深色头巾,看来他到底猜不出这是个什么人物来到他住的屋子。他似笑非笑地把挺长的上嘴唇一撇,露出稀落落的牙齿。他用尖厉的声音提出简短的问题:

"谁的女人?"

卡佳没明白怎么回事,摇了摇头。他脸上的笑容消失了,气色很难看,吓得卡佳嘴唇直哆嗦。

"你是什么人?是窑姐儿?要是有梅毒,我就毙了你。嗯?会说俄国话吗?有病吗?还是没病?"

"我是被掳来的。"卡佳用勉强听得见的声音说。

"你会干什么?会修指甲吗?我们可以提供工具……"

"好。"她回答的声音更低了。

"但是不准在军队里胡搞……明白吗?留下吧。我晚上打完仗回来,你给我修指甲。"

关于首领马赫诺,民间流传着许多荒诞的传说。说他在阿卡图伊监狱服苦刑时,曾经企图逃跑过好几次,有一次真跑出来了,但在木柴棚子里被堵住,他操起斧子跟士兵厮打起来。他浑身的骨头都被枪托打断了,还用铁链子锁住;他被锁了三年,像黄鼠狼一样一声不吭,只是不分黑天白日地往下褪手铐,到底没能把铁铐褪下去。他在服苦役的地方认识一个无政府主义者阿尔申诺夫-马林,于是成了这个无政府主义者的学生。

涅斯托尔·马赫诺生在叶卡捷林诺斯拉夫附近的古利亚伊波列村,父亲是个木匠。他从小在一家小铺里当学徒,就开始常常挨打,而且就在那个时候,因为他性情狠毒和长着一对褐色眼睛,人们给他起个外号,叫黄鼠狼。有一次由于顽皮挨了打,他就用开水烫掌柜的,被撵了出来。他又纠集一伙人,到瓜地和果园去偷瓜果,耍流氓,过着放纵的生活,直到他父亲又把他送进一家印刷厂。传说好像在那里,在十八年之后当上马赫诺匪帮的总参谋长和智囊的无政府主义者沃林就发现了他。好像沃林非

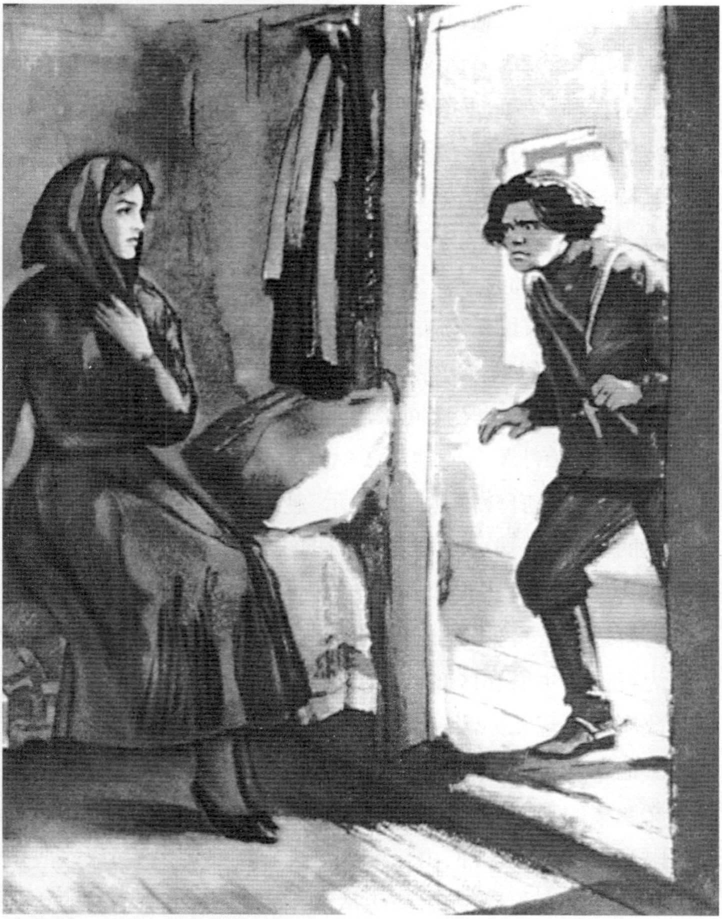

常喜欢这个孩子,开始教他认字,教他无政府主义,还把他送进学校,于是马赫诺成了教师。不过,这种说法不符合实际。马赫诺从来没当过教师,倒是这样认为会更准确一些:他认识沃林是后来的事,他接触无政府主义也是在服苦役的监狱里,通过阿尔申诺夫的介绍。

从一九〇三年起,马赫诺又开始在古利亚伊波列闹事,不过这回可不是偷瓜摸果了,这回偷了地主的庄园和老板的仓库:今天偷马,明天偷地窖,后天给老板送去一张条子,让老板把多少多少钱放到石头底下。当时他跟警察保持着一种奇怪的酒肉交情。

这时,人们真正害怕起马赫诺来了,可是农民并不出卖他,因为越是快到一九〇五年革命的时候,马赫诺对地主干得越坚决。等到地主的庄园终于被放火烧了,农民纷纷耕种老爷的土地的时候,马赫诺跑到城里,干起大活计。一九〇六年初,他带着弟兄们袭击了别尔江斯克金库,打死三名官吏,抢走了现金,但是被同伙出卖了,落到阿卡图伊服苦役⋯⋯

过了十二年,二月革命使他出了狱,他又出现在古利亚伊波列,那里的农民不肯听临时政府含糊其词的指示,赶跑了地主,均分了土地。马赫诺提起从前的功绩,被选为乡自治会的副主席。他立刻采取建立"自由农民体制"的激烈路线,还在地方自治会的一次会议上宣布,自治会里的人都是资产阶级和士官生;争论得激烈的时候,他当场打死了一名委员,并且自封为自治会主席和区政委。

临时政府对他毫无办法。过了一年之后,德国人来了。马赫诺只好逃之夭夭。他在俄国各地流浪了一个时期,直到一九一八年夏来到当时无政府主义麇集的莫斯科。这里既有老无政府主义者阿尔申诺夫——他用忧郁的眼光观察革命事件,由于他无法理解的命运的捉弄,这些革命事件竟然由布尔什维克领导,还有一生从来不梳胡子、不梳头发的沃林——他是雄辩的理论家和无政府状态——"秩序之母"的支柱,还有急不可待的野心家巴龙、阿尔坚、捷佩尔、亚科夫·阿雷、克拉斯诺库特斯基、格拉格宗、钦齐佩尔、切尔尼亚克和其他许多伟人,这些人都没能参与革命进程,一文不名地待在莫斯科,他们每天会议的议程只有一个,就是"组织工作和财政"⋯⋯其中有些人后来成为马赫诺无政府主义队伍的领袖,另一些人参与了爆炸列昂季耶夫胡同布尔什维克莫斯科委员会的事件。

马赫诺的出现,毫无疑问给那些坐在莫斯科咖啡馆里发愁的无政府主义者留下了深刻印象。马赫诺是个干事业的人,而且敢作敢为。于是想一个主意——让涅斯托尔·伊万诺维奇到基辅去,刺杀黑特曼斯科罗帕茨基和他的将军们。

马赫诺带着一名无政府主义者做助手,在别列尼欣越过乌克兰边界,甚至瞒过坐在那里的要路上的可怕的政委萨延科的警觉。他化装成一个军官,但又改变主意,不想去基辅了,因为草原上自由的风扑面而来,他觉得做秘密工作不合口味。他径直回到古利亚伊波列。

他在家乡找到了五个可靠的伙伴。他们带上斧子和快刀、短筒枪,埋伏在地主列兹尼科夫庄园附近的冲沟里,半夜钻进地主的家,不声不响地杀死了地主和他的三个在黑特曼警察局里做事的兄弟。然后把房子烧了。干了这件事,他弄到七条步枪、一支手枪、马匹和鞍子,还有几套警察制服。

他跟五个小兄弟如今都武装精良,骑上马,不失时机地去洗劫离开大村庄的庄户人家,从四面八方放火焚烧。他扩大了队伍。他带着发疯的劲头跑遍全县,从这头到那头,杀光了所有的地主。后来,他决定干一件出奇的事,这件事使他名声远扬。

这件事发生在圣三主日。草原上的巨富、地主米尔戈罗德斯基把女儿嫁给黑特曼的一个团长。他的邻居当中有些在这兵荒马乱的时候也敢在草原的大路上乘车驰驱的,赶来参加婚礼。从省城和基辅也都有客人前来。

米尔戈罗德斯基的庄园,派护兵严加防守。正房的棚顶上架起一挺机关枪,新郎也带来许多同事——都是年轻、魁梧的军官,穿着肥大的蓝灯笼裤,按照古老的规矩,裤裆长得拖到地面,身上穿着鲜红的呢子长袍,头上戴着羊羔皮帽,帽子上的金穗儿差一点儿耷拉到腰。人人肋下都挎着弯弯的军刀,走起路来军刀直打前尖翘起的羊皮皮靴。

新娘刚从英国回来不久,她在那里修完了女子寄宿学校,可现在乌克兰话已经讲得蛮好。她穿着绣花的罩袖,戴着项链、饰条,穿着红皮靴。

地主老爷从基辅定做了一件毛皮镶边的天鹅绒短褂,那样式跟黑特曼马泽帕①著名肖像上画的完全一样。这场婚礼准备按古老的方式办,尽管在战火纷飞的乌克兰已不易找到百年的蜜酒,但是大摆筵席所必需的东西,倒准备得很充足。

做完礼拜之后,新娘由人领着穿过花园来到新修的石头教堂。陪着新娘的女友,一边走一边唱歌,她们都长得非常漂亮,而新娘本人就像哥萨克民歌里的人物一样。"嘿,"新郎的傧相等在围墙跟前说,"嘿,看来,好日子又回到乌克兰了……"婚礼结束了,新婚夫妇走到教堂的台阶上,人们把燕麦向他们扬去。地主老爷穿着马泽帕式的短褂,举起梅日戈里耶城的古圣像为他们祝福。大家喝过香槟酒,高呼:"白头到老",把酒杯摔在地上,新婚夫妇坐上小汽车去赶火车,客人留下来喝喜酒。

夜色降临在庄园宽敞的院子里,仆人和护兵们正在院子里跳舞,用脚做出各种刁钻的花样。房子里所有的窗子,灯火通明,洋溢着欢乐气氛。从亚历山大罗夫斯克请来的犹太人乐队,拼命地拉着、吹着。主人已经麻利地跳完一场疯狂的戈帕克舞,喝起苏打水。小姐和太太们已经跑到敞开的窗子跟前去乘凉,新郎的好朋友——都是分队头目、少尉或中校——已经回到酒席上,把军刀撞得丁当响,发誓要揍那些该死的俄国佬,一定要打到莫斯科。

在这时候,有一个身材短小的军官,穿一身黑特曼警官的制服,出现在筵席中间。在这样的日子,警察也赶来庄园贺喜,没有什么奇怪的。他规规矩矩地走进来,一声不响地鞠了一躬,一声不响地斜眼看看乐队。只有几个人发现他穿的制服好像太大,还有一位太太突然不安地对另一位太太说:"这个人是谁?样子多可怕!……"尽管这个陌生的军官尽量把眼睛望着地下,可是那双眼睛还不由自主地流露出魔鬼一般的光芒……不过,喝醉了酒,难免产生各种奇怪的错觉……

乐队奏过玛祖卡和华尔兹之后,又奏起了探戈。有两三个穿红短褂

---

① 马泽帕(1644—1709),乌克兰首领,曾借瑞典兵力闹独立,被彼得一世打败,拜伦和普希金都写过他。

的人,脚步还站得挺稳,立刻搂住了女舞伴。不知是谁命令熄掉上面的灯。在半明半暗之中,在那仿佛从永远消逝的岁月的深处传来的软绵绵的乐声中,一对对舞伴开始扭扭捏捏,做出有气无力的样子,仿佛在表现死亡的甜蜜。

这时,响起了枪声。客人们吓呆了。音乐停了。乔装成警官的马赫诺,站在半开的门旁放食物的桌子后面,用两支手枪向红短裤开枪。一个身材魁梧、红光满面的中校,新郎的好友,扬起双手,沉甸甸地倒在饭桌上,一下子把桌子压翻了。女人们尖叫起来。另一个中校正要往外抽军刀,没等抽出来,就趴到地毯上了……还有三个军官举着军刀向马赫诺冲去,有两个立刻倒下了,另一个人跳到窗外,在那里像兔子似的叫喊起来。在对面的门口出现两个也穿警察制服的人,相貌凶恶,留着额发,齐向客人开枪。女人东奔西窜。人们纷纷跌倒。老爷坐在沙发椅上站不起来,马赫诺走到跟前,向他嘴里打了一枪。院子和花园里也响起了枪声,从窗口跳出去的客人到处乱跑。只有几个人躲藏在灌木丛和池塘的芦苇里,保全了性命。仆人和护兵都被打死了。马赫诺的弟兄套上大车,往上装财物和枪支,一直装到天亮。太阳升起,照见一座烈火升腾的庄园。

这次大胆的袭击,在古利亚伊波列发生了强烈的影响。当时,农民在德国人的统治下,在还乡地主的盘剥下,在黑特曼警察局的迅速镇压下,已经完全灰心失望了。地主不信任农民,不肯把土地租给他们,而且不但要农民交出今年夏天的收成,还要补交去年损失的粮食。农民被逼得走投无路。这时马赫诺出现了,扬言要用恐怖手段。于是大大小小的村庄都传遍消息,说是出来了一个首领。

农民猛然醒悟了。地主的庄园被烧了。草原里的麦垛也烧了。游击队勇猛地袭击装载着运往德国的粮食的轮船和驳船。骚动蔓延到第聂伯河右岸。德奥军队奉命制止这场骚乱。往全国各地派出几百个讨伐队。于是,马赫诺带领人数不多、装备精良的队伍,主动向奥军发起攻击。

当时,首领马赫诺的军队确实不大。其中固定的核心——从不溃逃的——只有二三百个不要命的家伙。这里有黑海的水兵、由于种种原因不能在家乡露面的前线士兵和带着队伍投靠马赫诺的小头目,还有一些来历不明的人,他们打仗是为了逞勇敢和过快乐生活。

于是所谓的"战斗队员"——孤军奋战的无政府主义者,听说有一支新兴的游击队,骑着快马奔驰如风,便纷纷前来入伙。当他们徒步来到马赫诺的营盘时,一个个衣衫褴褛、饥饿不堪,一个口袋里装着炸弹,另一个装着一本克鲁泡特金的著作,见到首领说:

"我们听说你好像是个天才。嗯!倒要瞧瞧。"

"你们瞧吧。"首领回答说。

"是呀,"他们说,"如果你真是那样,你就会在世界历史的篇页上留名。天知道,说不定你该成为克鲁泡特金第二。"

"有可能。"首领回答说。

这些无政府主义者坐在辎重车上,开始跟着首领奔波,跟他一起喝酒,对他讲一些新奇的话,而这些话他非常爱听——讲的是历史和荣誉。他们当中有些人渐渐升到负责和指挥的职位。每个人身后都跟着一辆两马快车,拉着战斗中获得的财物:一箱白兰地、一桶黄金、一口袋衣服。像这样的无政府主义者有:恰尔东、斯科罗皮翁诺夫、尤戈洛博夫、切列德尼亚克、恩加列茨、"法国人"和另外很多人。一到长期驻扎的地方,他们便把各家妓院的快活女郎全都弄来,举办雅典之夜,并且要首领相信,只有这样对待性的问题,才会使生活得到解放,至于谈到梅毒,如果能实现绝对的自由,梅毒不过是区区小事,微不足道。马赫诺骂他的无政府主义者是禽兽,并且不止一次地威胁说,要把他们统统枪毙,然而又容忍着他们,因为他们都是读书人,他们最懂得世界声誉的价值。

马赫诺的军队没有固定的大本营。他的指挥部设在马鞍和快车上,根据需要可以从省的这一头转移到另一头。每当准备发起袭击或面临重大战斗的时候,马赫诺便派人到各村去送信,自己也在大庭广众发表煽动性的演说,他的话一讲完,部下就把成匹的呢子和花布扔到人群里去。在一天之中,他的基干部队就会得到大量农民游击队员的补充。战斗一结束,这些志愿兵同样迅速回到自己的村子,藏好武器,当德国人的炮兵轰隆隆地从门前驶过去寻找敌人的时候,他们做出若无其事的样子,站在大门前,懒洋洋地搔痒痒。德奥军队追逐马赫诺的时候,每次都扑空,而且这个无所不在的恶魔总是出现在他们的后方。这些游击队就像古代的游牧民族似的,不肯进行决战,一边嚎叫、打呼哨、放枪,一边骑着马或坐着快车呼啦散去,然后再在出人意料的地方集合起来,发动突然袭击。

村子空了。马赫诺坐在一辆套三匹马、铺地毯的大车上,也跟在军队后面出发了。这时已经晌午了。一个满脸泪痕的胖姑娘,把裙子挽得挺高,用苦艾扎的笤帚扫地。房东坐在打开的小窗跟前,一边望着前面的山冈——这群步兵和骑兵正向山冈进发,冈上有两扇风车平静地转动着——一边唉声叹气:看样子,方才跟马赫诺的谈话并没使他安心。

卡佳走到井台上,洗了脸,整理一下装束。房东唤她去吃早饭,她只吃了两块面疙瘩,喝了点儿牛奶。现在,她完全不知道该干什么和有什么盼头,便靠另一个窗户坐下。天气炎热。街上有很多鸡跑来跑去,刨着新鲜的马粪。房前的小园子里,向日葵低垂了金色的圆盘,樱桃正灌浆。鹞鹰在村子的上空盘旋。房东干咳一声,又叹了几口气。

"你干脆把裙子撩到头上去好了,不要脸的东西。"他对泪痕满面的姑娘说。"他们摸摸你,有什么了不起……你又不是头一个。"

那姑娘抽噎了一下,扔掉笤帚,放下裙子,盖住两条肥胖的白腿。房东望着笤帚出了一阵子神。

"到底是谁?你说出来,不要怕,亚历山德拉……"

"这个该死的家伙,我也不知道他叫什么……反正不是咱们村的……戴眼镜……"

"你瞧,"房东连忙说,好像反倒高兴了似的。"戴眼镜……这一定是他们那些无政府主义者中间的。"他转过脸对卡佳说:"这是我侄女亚历山德拉……打发她到场院里取麦秸………场院才有多远?可她第二天早晨才回来,衣服也都撕破了。呸!……"

"他喝醉了。用手枪逼着我。我能有什么办法?"亚历山德拉轻轻地哭起来。房东用一只光着的脚向她跺了一下:

"你给我出去。我自己还不知道怎么活下去呢。"

姑娘跑了出去。他又干咳起来,不时拿眼望望前方的山冈。

463

"哼,有什么法子?难道我们喜欢养着这群强盗?比方说,派官差,各家出马去给他们拉车。可他们这群魔鬼,一跑就是百八十里……马可不是机器,马要精心爱护……眼下我们的牲口都累垮了……唉,这场战争!……"

挂在桌子顶上的油灯灯罩,发出丁当声,窗子上的玻璃发出轻轻的震颤声。仿佛传来一股热气。远处的轰隆声从大地上滚过去。房东麻利地探出头,露半个身子,向前方望了很久,在冈上的风车旁边出现一个骑马的人。然后整整齐齐地捏拢手指,朝着墙角上的画像画个十字。

"这是德国人的大炮,打我们的人。"他说,又把手伸到退了色的布衫底下搔起痒来。"嘿,这个年头儿!"他捡起笤帚,扔到墙角上,朝院子里走去,光着脚,蜷着脚趾。远处的轰隆声又从村子上空滚过。卡佳在屋里再也坐不住了,走到外面散发着马粪味的酷热的太阳地里。

这时,昨天那群乘客惊慌不安地从街上走过。最前面的是物理教师奥布鲁切夫,跨着大步,两眼从夹鼻眼镜顶上望着前方;他穿着一件胶皮雨衣和一双套鞋,那神情很像个领袖——大家都信任他。

"加入我们一伙吧!"他对卡佳叫道。她走上前去。乘客个个无精打采,面孔消瘦;有两个上了年纪的女人还泪痕不干呢。那个化装的投机商人却杳无踪影。

"我们当中有个人压根儿不见了,一定是给他们枪毙了。"奥布鲁切夫用振作的声音说。"诸位,如果我们不能在自己身上找到足够的勇气,等待我们大家的将是和他同样的命运……我们必须马上决定一个问题:是等这场仗打完,还是利用看来没有人看守我们的机会,徒步走到铁路线上……谁要发言,限定一分钟。"

这时,大家立刻同时讲起来。有的人指出,如果这伙强盗在空旷的大草原里追上他们,毫无疑问会把他们全都打死。另一些人说,逃跑毕竟还有一线活命的希望。还有一些人相信德国人会打胜,坚持等到战斗结束。当山冈后面又传来轰隆的炮声时,所有的人都沉默了,痛苦地皱紧眉头,望着山上,却什么也看不见,只有那两扇风车懒洋洋地转动着。奥布鲁切夫发表了明确的演说,归纳了各种互相矛盾的见解。有两个太太像望着先知似的,望着他的嘴。这群乘客没能做出任何决定,仍然呆立在空荡荡的大街上,只有小鸡和麻雀围着他们,甚至没有一个人想到要可怜一下自己的同胞——俄国人……哪有那种事!看,一个光着头的村妇从小窗口探出头来望望,打了个哈欠,又掉过脸去。从草房山墙后面走出一个庄稼人,怒气冲冲,没系腰带,连正眼也不瞧他们一眼,抓起一个土块,使劲朝别人家的公猪打去。村子上空鹞鹰也在漠不关心地盘旋着,偶尔望望这些被抢劫一光、在这里没有人需要的城里人。

山冈后面扬起一片尘土。从风车跟前出现一个骑马的人,立刻又消失了。乘客中有人提议还是回到昨天过夜的村公所。那两个太太首先走了。当山冈后面出现疾驰如飞的三马车时,其余的人也走了。街上只剩下卡佳和那个在雨衣里面毅然决然抱着膀子的物理教师。

一共有四五辆大车,绕过湖边,进了村子。车上拉的是伤号。头一辆大车在一家窗前停下。赶车的是个身材高大的游击队员,穿着皮袄敞着怀,喊道:

"娜杰日达,你的人送回来了!"

从屋里跑出一个女人,急忙摘掉围裙,低声哭叫起来,扑到大车上。从车上下来一个脸色白得发青的小伙子,用胳膊搂住女人的脖子,耷拉着头,躬着身子,一瘸一拐地走进屋里。马车走到另一家院子跟前,从里面跑出三个穿得花花绿绿的姑娘。

"快接你们家的人吧,亲爱的姑娘们,伤很轻。"车夫向她们快活地喊道。然后他又调转马头,慢慢走着,寻找安置最后一个伤兵的地方。车上坐的是米什卡·索洛明,眯缝着两眼,头上扎着血迹斑斑的衬衫布片,牙关紧闭。突然,车夫勒住了马:

"吁……老天爷,怎么是您!叶卡捷琳娜·德米特里耶夫娜?……"

卡佳无论如何也没料到在这里会遇到这种场面。她激动得喘不上气来,跑到快车跟前。车上站着一个人,叉开双腿,一手掐腰,一手抓住皮缰绳,正是阿列克谢·克拉西利尼科夫。他的脸颊上长满了卷曲的胡子,浅色眼睛流露出快活的光辉。腰带上挎着手榴弹,皮袄外面挂着机枪的子弹带,后面背着一条马枪。

465

"叶卡捷琳娜·德米特里耶夫娜……您怎么跑到我们这里来了?您住在哪家?是这家吗?米特罗凡家?他是我本家的哥哥,也姓克拉西利尼科夫。可您瞧:米什卡多可怜,半个脑袋给榴霰弹炸开了花……"

卡佳跟快车并排走着。阿列克谢刚打完仗,还情绪蛮高,有些飘飘然。他眼睛闪着光,露出白牙,笑了起来:

"这帮德国人让我们消灭个干净……都是傻瓜……朝我们的机枪扑了三次。这群小鸽子倒得满地都是……这回首领可有东西给部队穿了……吁……米特罗凡!该你出洞了……快把受伤的英雄接过去……可我告诉您说,叶卡捷琳娜·德米特里耶夫娜,千万不要离开这家人家。我们这里秩序不大好……"

钟楼敲起响亮的钟声。全村的栅栏门劈劈啪啪响,窗板都打开了,女人跑到大街上,小心谨慎的庄稼人也走了出来,不知道从什么地方来的这么多人;大家唱着歌,有说有笑,到村外的大路上去迎接凯旋的马赫诺军队。

阿列克谢·克拉西利尼科夫跟卡佳一起把半死的米什卡抬进米特罗凡的院子里,把他放在阴凉处,放在夏天的仓房里亚历山德拉的床上。卡佳给他包扎,好容易把黏在头发上干硬的血布揭掉。米什卡只是把牙咬得咯吱响。当他们给他洗头盖骨右侧可怕的伤口时,端着盆子的亚历山德拉惊叫了一声,晃悠起来。阿列克谢夺过盆子,把她推开了。

"您看,旁边有一块尖尖的骨头往外竖着。"他对卡佳说。"萨什卡,快把糖夹子拿来……"

"哎哟,不用了,已经断了。"

卡佳用指甲掐住伤口里竖着的骨头片,拽了一下。米什卡大叫起来。这肯定是一块碎骨头。她的指甲打滑了,她掐得更深一点儿,一下子拽了出来。

阿列克谢粗声叹了口气,笑起来:

"我们是按照农民的方式打仗!……"

她用干净的细布把米什卡的头缠好。他浑身汗水淋漓,哆哆嗦嗦,躺在皮袄下面,睁开眼睛。阿列克谢向他俯下身子。

"嗯,怎么样,还能活吗?"

"昨天我跟她吹牛,这就是吹牛的结果。"米什卡说,露出僵死的笑容。他望着卡佳。卡佳洗了手,也走到跟前,俯下身子。他翕动着嘴唇:

"阿廖沙,你要保护她。"

"我知道,我知道。"

"我对她起过坏心……应该把她送回城里。"

他又眼盯盯地望着卡佳,那眼神几乎是疯狂的。他忍受着疼痛和高烧,完全不当一回事,不过是小小的烦恼。死神的逼近,涤荡他心中一切波澜起伏的激情和矛盾心理。在这一刹那,他感到他并不是酒鬼和坏蛋,而是一个真正的俄国人,他有一颗大无畏的心,就像迎着暴风雨飞翔的鸟一样,他能够创造英雄的业绩,丝毫不比别人逊色——他能够肩负起任何崇高的事业……

阿列克谢轻声说:

"现在让他睡吧。不要紧——他是个有血性的小伙子,让他好好躺一躺。"

卡佳跟阿列克谢一起走到院子里。在这无边无际的天空底下,在这灼热的大草原里,她仿佛仍然处在一种白日做梦的奇异状态中,这里散发着自古就有的烧牛粪的烟味,这里经过一个世纪的停歇之后,人们又骑上快马任意驰骋,迎着自由的风咧开嘴,露出牙,这里任何欲念都可以得到满足,就像口渴了可以喝到一大碗水一样。

她并不觉得害怕。她自己的痛苦已经缩成一个小团儿,在这里是没人需要的,连她自己也觉得毫无必要了。如果这时有人号召她去做出牺牲,去建树功勋,她会毫不犹豫、不假思索地起身就走。如果有人说:要她马上就死——那又有什么?——她只会长出一口气,抬起安详的眼睛望着天空。

"瓦季姆·彼得罗维奇阵亡了。"她说。"我不想回莫斯科,那儿我什么亲人都没有了……什么也没有……妹妹怎么样——我也不知道……我想随便找个安身的地方——可能去叶卡捷林诺斯拉夫……"

阿列克谢叉开双脚,望着地上,摇了摇头:

"瓦季姆·彼得罗维奇白送了命,他是一个好人……"

"是呀,是呀。"卡佳说,不禁热泪盈眶。"他是个非常好的人。"

"你们当时不肯听我的话。当然了,我们是为自己,你们也是为自己。这没什么可埋怨的。但是,怎么能与人民为敌呢!难道说我们能举手投降不成?今天您看到这些庄稼汉了吧?可他是一个很正直的人……"

卡佳望着从篱笆里面耷拉出来的一条沉甸甸的甜樱桃枝说:

"阿列克谢·伊万诺维奇,您帮我出出主意,该怎么办?总得活下去……"说完,她又害怕起来——她的话好像落进了空虚中。阿列克谢没有马上回答:

"该怎么办?哼,真是老爷式的问题。这有什么难的?一个受过教育的女人,懂得好几国话,长得又漂亮,倒要问一个庄稼汉——该怎么办?"

他脸上流露出鄙夷的神情。他抚弄一下腰带上的手榴弹,发出轻微的丁当声。卡佳不禁缩做一团。他说:

"您到城里可以找到事做。可以到酒馆里,唱歌呀,跳舞呀,可以当交际花,靠个阔佬,还可以进办公室当打字员。您不愁找不到饭吃。"

卡佳低垂下头,她感到他眼盯盯地望着她,他的目光使她抬不起头来。就像昨天跟米什卡在一起的情景一样,她突然明白阿列克谢的目光为什么那么恶狠狠地盯住她的头顶。现在可不是什么宽容、饶恕的时候。不是自己人,就意味着是敌人。方才她竟然问人家,应该怎样生活。她竟然问一个刚打完仗的战士,他还没从飞马驰骋中、从子弹的呼啸声中、从胜利的陶醉中清醒过来……应该怎么生活?卡佳也觉得这个问题提得荒唐。要是问一问:应该找个什么样的男朋友、坐上快车在草原上追逐什么样的自由?他的眼睛马上就会闪耀出善意的光辉了……

卡佳明白了其中的缘故,便像小野兽似的耍了一点儿狡猾。在这一昼夜里,她第一次企图为自己辩解:

"您没理解我的意思,阿列克谢·伊万诺维奇。我像一片落叶似的在大地上飘零,这并不是我的过错。应该爱什么?应该珍惜什么?既然没人教过我,也就不要向我提这类问题。首先要教给我。(他不再把手榴弹弄得丁当响,这意味着他开始留心听了。)瓦季姆·彼得罗维奇去参加白军,违背我的意愿。我并不希望他去。可他当时责备我,说我缺乏仇恨……我一切都看得清清楚楚,一切都明白,阿列克谢·伊万诺维奇,只是我袖手旁观……这太可怕了。这正是我苦恼的原因……就是因为这个,我才问您,我应该怎么办,怎么生活下去……"

她沉默了一会儿,然后坦然自若地望着阿列克谢·伊万诺维奇的眼睛。他眨了眨眼。脸上露出蒙头转向、不知所措的神情,仿佛他上了大当似的。他的手情不自禁地摸着后脑勺,搔起来。

"您的处境很惨,这话您说得对。"他说着,皱紧鼻子。"我们很简单。弟弟在院子里弄死一个德国人,房子给烧了——就跑了。上哪儿去?找首领去。可您是知识分子……的确……"

卡佳的花招成功了。看样子,阿列克谢·伊万诺维奇正考虑马上解决这个该死的问题:像卡佳这样无地也无马的人,究竟应该为什么样的真理而斗争呢?

他们俩站在甜樱桃树底下的篱笆旁边的这场讨论,是没有什么结果的。卡佳望着甜樱桃树,心里很想摘下两个像耳环一样耷拉下来的黑色果实,但她依然静静地站在克拉西利尼科夫面前,只是她那对被蓝天照得更明亮的大眼睛里闪射出一点点幽默的光辉。

"既然是我们庄稼人养活你们城里人,那么你们就应该站在我们一边。"阿列克谢·伊万诺维奇说,为了加强印象,还做了一个坚决的手势。"我们农民,反对德国人,反对白匪,反对共产党,但是我们拥护自由的村苏维埃。明白了吗?"

她点点头。他接着说下去。这时,她跷起脚尖,伸出左手——因为右边袖子胳肢窝被扯破了——摘下两颗黑樱桃;把一颗送进嘴里,另一颗拽住蒂把摇晃着。

"我要是个乡下人,一切都好办了。"她说,吐出樱桃核。"祖国啊,俄罗斯啊,人民啊,不知听过多少遍了,可这究竟是怎么回事,我是第一次才看到。"她把另一个樱桃也吃了,两眼仔细打量阿列克谢·伊万诺维奇,望着他那被阳光照成金黄色的胡子、敞着怀的皮袄、结实的腿和吓人的武器。

"人民,人民,"他说,越来越觉得发窘了,"当然没啥了不起的……但是,自己的东西我们决不放弃。"他用力抓住篱笆上伸出来的木桩,试试它结不结实。"就是跟整个世界打,我们也要拼命去干……我是不会讲话的,您呀,叶卡捷琳娜·德米特里耶夫娜,倒应该去听听我们那些无政府主义者讲话,他们可有口才啦……只不过……(他的眉毛向上扬了扬,目光好像探询似的从卡佳身上掠过)糟糕的是,他们都是不可救药的流氓,酒鬼……叫我看,倒不能让他们看见您……"

"没关系。"卡佳说。

"怎么个没关系?"

"我是说,我又不是小孩子,别想跟我打这个主意。"

"您这话说得好……"

卡佳的下巴抖动了一下,她笑盈盈地又伸手去够甜樱桃枝。她感到全身都被灼热的阳光透射着、爱抚着。这也是一场白日的梦境。

"可到底,"她说,"我在你们这儿能干点儿什么呢?阿列克谢·伊万诺维奇,您是怎么想的呢?"

"搞教育工作……首领准备成立一个政治部……说是还想自己办报。"

"嗯,那您呢?"

"我?……(他又抓住木桩子,摇晃一下篱笆)我是个普通战士,赶机枪车的,我的任务就是打仗……您呀,叶卡捷琳娜·德米特里耶夫娜,先熟悉一下环境,当然不要马上做决定。我先给您引见一下我的兄弟媳妇玛特廖娜。看看我们家能不能收留您……"

"可首领马赫诺还命令我晚上去给他修指甲呢。"

"什么?!"阿列克谢立刻用双手抓住皮袄里头的皮带,连鼻子都显得更尖了。"指甲?……那您怎么回答他的呢?"

"我回答说,我是俘虏。"卡佳平静地说。

"好吧。要派人找您,您就去。不过,我也要到那里去……"

这时,肥胖的亚历山德拉从台阶上跑下来,跑得围裙直忽闪。

"来了,来了!"她大喊起来,急忙去开大门。从远处传来"乌拉"声、零星的枪声、马蹄声。首领带着队伍回来了。卡佳和阿列克谢走到大街上。滚滚的尘土笼罩着大路。山冈上的风车旁边,有很多骑马的人和三马车疾驰而来。

先头部队已经进了村子。周围有很多小孩儿在转悠,姑娘在奔跑。满身大汗、嘴吐白沫的马匹,都鼓起肚子。马赫诺的士兵歪戴着帽子站在大车上,满脸尘土和汗水。

马赫诺坐在一辆两马的快车上,车上铺着波斯地毯,地毯边随风飘动。他双手叉腰坐在弹药箱上,把羊皮帽子贴着大腿攥住。他那苍白的脸十分紧张,干燥的嘴唇闭得紧紧的。

他后面的大车上,坐着六个人,都是城市装束——穿着西装上衣,戴着软胎礼帽和草帽,所有的人都留着长头发、大胡子,戴眼镜:他们都是参谋部和政治部里的无政府主义者。

471